Londres, le 25 novembre 2015

Émile Zola

Contes à Ninon
suivi de
Nouveaux Contes à Ninon

*Édition établie, présentée et annotée
par Jacques Noiray*
Professeur émérite
à l'Université de Paris-Sorbonne

Gallimard

© Éditions Gallimard, 2014.

PRÉFACE

CONTES À NINON

Il n'est jamais sans intérêt de se pencher sur les premiers textes d'un grand écrivain, surtout lorsqu'ils offrent en apparence, comme dans le recueil qu'on va lire, une telle différence avec l'image que l'on se forme traditionnellement de leur auteur. En effet, comment reconnaître, à première vue, dans ces « bien pâles ébauches » adressées à la naïve Ninon[1] le futur auteur de L'Assommoir *ou de* Germinal *? Comment concilier l'idéalisme de ces textes de débutant, leur penchant pour le conte bleu, le goût de la rêverie et du merveilleux dont ils témoignent bien souvent avec le réalisme, la force, l'intensité des romans de la maturité de l'écrivain ? C'est pourquoi, après avoir compté, du vivant de Zola (avec* Le Rêve *peut-être), parmi les rares œuvres du romancier naturaliste acceptées par la critique conservatrice et jugées dignes d'être mises entre toutes les mains (ce qui explique qu'ils aient été beaucoup lus en leur temps), les*

---

1. C'est Zola lui-même qui juge ainsi ses propres contes, dans « Le Carnet de danse ». Voir ci-dessous, p. 66.

Contes à Ninon *sont aujourd'hui, et pour les mêmes raisons sans doute, ignorés du grand public et boudés par la critique. Et pourtant, les choses ne sont pas si simples. Il suffit de s'arrêter un instant sur ces textes oubliés pour y reconnaître, au-delà des maladresses de l'écrivain novice et de la naïveté de l'idylle, la richesse, l'ambiguïté, la puissance d'imagination et d'expression qui donneront bientôt leur prix aux romans à venir.*

Un hymne à la jeunesse

Les Contes à Ninon *sont, dans tous les sens du terme, une œuvre de jeunesse. Jeunesse de l'écrivain, qui n'a guère plus de dix-neuf ans lorsqu'il compose le premier de ses récits, « La Fée Amoureuse », et vingt-quatre ans lorsque paraît son recueil. Jeunesse du narrateur, le « jeune conteur » à peine plus âgé, sans doute, que la jeune fille à laquelle il s'adresse. Jeunesse des personnages aussi : vingt ans, c'est l'âge de Simplice, seize ans, celui de Georgette, l'héroïne du « Carnet de danse », celui de Sidoine et Médéric aussi. Plus généralement, « seize ans », la perfection même, l'absolu de la jeunesse, ce point éphémère et magique où l'enfance, sans cesser tout à fait d'être encore, se sépare d'elle-même pour entrer dans la vie adulte, c'est le moment symbolique du recueil tout entier. Ce que les contes se proposent d'abord d'exalter, non sans mièvrerie parfois (mais la mièvrerie aussi est un des charmes de l'enfance), ce sont les temps heureux des commencements. Ce qu'il faut raviver, c'est « le rêve des seize ans », dans sa fraîcheur et sa naïveté, avec son cortège fleuri de visions idylliques, d'amours idéales, de drames minuscules : chanter, pour retrouver l'enfance perdue, les « coquetteries de la rose » et les « infidélités de la libellule ».*

Célébrer la jeunesse, c'était pour l'écrivain de vingt ans revenir un peu nostalgiquement sur les souvenirs heureux de son adolescence provençale. L'auteur se confond alors avec le narrateur, lorsqu'il s'agit de rappeler, dès la dédicace du recueil, « les campagnes de [sa] chère Provence », « les grandes lignes bleues des collines lointaines », la « beauté âpre » de cette « patrie sévère » dont il est maintenant séparé. Mais les Contes à Ninon ne sont pas les Lettres de mon moulin. La Provence n'y est évoquée que fugitivement, au début du « Carnet de danse », à travers ses musiques et ses parfums, fifre et tambourin, sauge et thym, genévriers et pistachiers sauvages. C'est que l'âme de la Provence se trouve moins contenue dans des souvenirs précis, des notations sensorielles concrètes, que dans une figure imaginaire chargée de résumer pour l'écrivain toute la patrie perdue : c'est Ninon, ou Ninette, puisque la jeune fille porte les deux noms[1], compagne rêvée des anciens jours qui attend au pays le retour de son amoureux. En elle se résume tout un passé qui déjà s'éloigne, fait d'espérances, de désirs vagues, de rêveries, de courses solitaires dans la campagne aixoise, tour à tour riante et sévère comme la jeune fille. Un échange s'établit entre la nature et la femme, semblables dans leur beauté comme dans leur caractère, au point que dans la mémoire de l'écrivain elles finissent par se confondre : « C'est à vous comparer ainsi que je me mis à vous aimer follement toutes deux, ne sachant laquelle j'adorais davantage, de ma chère Provence ou de ma chère Ninon » (p. 45).

---

1. Les premiers contes (« Simplice » et « La Fée Amoureuse ») ont paru avec le surtitre de « Contes à Ninette », qui fut, avec « Contes de mai », l'un des titres projetés pour le recueil. Voir la Notice, p. 499.

*Il faut s'arrêter sur ce nom de Ninon, que l'auteur n'a pas choisi au hasard. Pour le lecteur passionné de Musset qu'était le jeune Zola depuis ses années aixoises, il renvoie clairement aux deux héroïnes d'*À quoi rêvent les jeunes filles, *Ninette et Ninon, modèles jumeaux, pour la Ninon de Zola, de légèreté et de naïveté enfantine. Amoureuses toutes deux du jeune Silvio, elles rêvent comme lui d'amour idéal, et leur idylle traversée de malentendus attendrissants mais finalement surmontés n'est pas sans annoncer les aventures discrètement mélancoliques de Simplice et de Fleur-des-Eaux ou d'Odette et Loïs, les héros de « La Fée Amoureuse », ou bien encore les rêveries ingénues de Georgette, la jeune fille du « Carnet de danse ». Une autre raison poussait Zola à placer ses premiers écrits dans la mouvance du romantisme de Musset : c'est que pour lui la découverte du poète s'est faite à Aix, pendant ses années de collège, et que dans son esprit l'auteur des* Nuits *a toujours été associé à l'évocation de sa jeunesse provençale, aux promenades dans la campagne aixoise, à la libre camaraderie au grand air, aux lectures faites en commun avec ses amis Cézanne et Baille. Toujours, lorsqu'il parle de Musset (dans* L'Œuvre, *dans une étude reprise dans* Documents littéraires*), il parle de la Provence, et lorsqu'il parle de la Provence, Musset n'est jamais bien loin. Une sorte d'équation à quatre termes étroitement liés s'établit ainsi, dès les premiers textes de Zola, entre la Provence, la jeunesse, la poésie de Musset et l'amitié pure, dont Ninon n'est dans les contes qu'une incarnation à peine érotisée. On pourrait dire ainsi que dans le nom de Ninon se concentrent symboliquement, pour l'écrivain de vingt ans, tous les éléments de sa poétique personnelle, et que la jeune fille doit nous apparaître, non comme un être réel, existant ou ayant existé dans la vie sentimentale de Zola, mais comme un pro-*

duit de la nostalgie, une allégorie de l'enfance en train de disparaître, avec son cortège mélancolique d'amitiés lointaines, d'amours irréelles et de paysages inaccessibles.

Figures de Ninon

Une preuve du caractère symbolique et abstrait de la figure de Ninon, c'est l'étonnante plasticité de ce personnage. Tantôt, c'est une enfant, « une petite fille naïve [...] que l'on endort avec de belles histoires » (p. 46 pour toutes les références de ce paragraphe). Tantôt, c'est une « bien-aimée », amante et épouse à la fois, une maîtresse « belle et ardente », au « corps souple », à la « beauté innommée ». Tantôt encore c'est une amie, une « sœur » secourable, un « ange gardien » fidèle au milieu des épreuves, sachant rendre « plus douces les tristesses des soirées mélancoliques ». Tantôt enfin c'est un compagnon, un « frère consolateur », un « vieux camarade », une « robuste intelligence d'homme », un « esprit viril, digne de science et de sagesse », idéalisant en sa personne les amitiés de jeunesse laissées au pays provençal. Ce que cette figure polymorphe est chargée de représenter, c'est la synthèse de l'amour, l'amour total, à la fois spirituel et sensuel, intellectuel et sentimental, fraternel et viril, intime et universel. Ainsi Ninon peut-elle personnifier, pour Zola, « le rêve de l'ancienne Grèce », celui de l'amour idéal dont parle Platon dans son Banquet. *Rêve d'un amour immense et pur, « en dehors du sexe et du sang », exonéré de toute violence et de toute souillure charnelle, seul capable de réaliser la complète harmonie et la parfaite jouissance par la fusion du corps et de l'esprit des amants en un être unique : « Lorsque je sentais en moi ton corps souple, ton doux visage d'enfant, ta pensée faite de ma pensée, je goûtais dans son plein cette volupté inouïe, vainement cherchée aux anciens âges, de posséder une créature par tous les nerfs de ma chair, toutes les affections de mon cœur, toutes les facultés de mon intelligence ».*

Mais Ninon ne représente pas seulement pour Zola la perfection de la philia *platonicienne. Le jeune écrivain est trop nourri, vers 1860, de lectures romantiques pour que sa créature ne rappelle pas aussi les nombreuses sylphides qui ont peuplé (et surpeuplé) la littérature et les arts depuis le début du XIXe siècle, et d'abord celle que Chateaubriand évoque dans ses* Mémoires d'outre-tombe, *« charmant fantôme de [sa] jeunesse [...], fille aînée de [ses] illusions, doux fruit de [ses] mystérieuses amours avec [sa] première solitude[1] ! » Cette illusoire et charmante figure féminine, cette « belle Sylphide » que Zola évoque à son tour dans une lettre à Baille du 29 décembre 1859, c'est aussi celle qu'il célèbre, à l'époque où il écrit ses premiers contes, dans un poème de jeunesse, « L'Aérienne », composé sans doute de mars à mai 1861, et dont il ne reste que des fragments. On y retrouve la « vision divine » de la femme à la fois « sœur » et « bien-aimée », « amante et douce amie [...] qui console le cœur en chantant ses vingt ans ». Il n'y manque pas non plus l'éloge de la Provence, « région d'amour, de parfum, de lumière », « sœur de l'Italie et de la Grèce antique », terre de passion chaste et brûlante comme celle que vivent en imagination le conteur et sa chère Ninon. Tout cela, il faut bien l'avouer, n'a rien de très original, et se ressent d'influences encore mal assimilées. Autour de 1860, au moment où Zola, écrivain novice, hésite entre la poésie et la prose, la figure de Ninon, comme celle de l'Aérienne, témoigne de la sou-*

---

1. Chateaubriand, *Mémoires d'outre-tombe*, IIIe partie, livre XXXV, chap. XI.

mission de son imagination à des formes convenues que plus tard il critiquera chez les auteurs mêmes, Chateaubriand, George Sand ou Lamartine, qu'il admirait à vingt ans.

En tout cas, qu'elle vienne de la Grèce antique, des souvenirs de la Provence perdue ou des lectures romantiques de son créateur, Ninon ne saurait être autre chose qu'un fantasme, une projection de l'esprit, simple construction mentale née du désir et de la solitude. Elle n'a pas de vie personnelle. Elle n'existe pas comme personnage. Sa présence dépend de celui qui l'a créée. Dans les contes, elle ne parle pas, elle ne répond pas, elle se contente d'écouter les paroles du narrateur qui parfois l'interpelle (« écoute bien, Ninon », « te souviens-tu, Ninon », « tu sauras, Ninon ») ou imagine lui-même les réactions qu'il prête à sa créature (« tu dois t'étonner de mes exclamations », « tu plains la pauvre fille, Ninon », « n'est-tu pas lasse, Ninon », « comme tu frapperais du pied, si je n'achevais pas », etc.). Ninon n'est qu'un prétexte, un moyen commode de donner au conte, en lui supposant dans le texte même un destinataire privilégié, le tour d'oralité qui doit le rendre plus vivant. Mais son utilité dramatique est nulle. On le voit bien en comparant les contes où elle apparaît (tous sauf un) et celui où elle n'apparaît pas (« Celle qui m'aime ») : sa présence ou son absence ne changent rien au récit. Pour obéir à la fiction qu'exprime le titre du recueil, Zola s'efforce d'introduire son personnage de muette écouteuse jusque dans des contes où elle n'a rien à faire, comme les « Aventures du grand Sidoine et du petit Médéric ». Mais c'est pour mieux faire ressortir, à son insu, l'artifice de cette convention, comme dans la cascade de questions rhétoriques qui ponctuent la fin du premier chapitre de cette nouvelle. Dans les Nouveaux Contes, *Zola, plus expérimenté, ne cherchera pas à insérer à tout prix son héroïne dans des textes qui n'ont pas été écrits pour elle.*

Divers registres, divers tons

La première veine qui parcourt l'ensemble des Contes à Ninon, *c'est celle de la fantaisie. Zola, pour sa première œuvre publiée, a choisi, au moins en apparence, la légèreté. Telle est la tonalité des textes les plus anciens du recueil, « La Fée Amoureuse », « Simplice », « Le Carnet de danse ». Cette fantaisie s'exprime le plus souvent sous la forme de la féerie, qui propose, dans le cadre d'une nature enchantée, loin de toute réalité historique ou sociale, les aventures idylliques ou mélancoliques de personnages jeunes, beaux, oublieux du monde et seulement préoccupés d'amour. Et même lorsqu'il ne s'agit plus de princes ou de fées, une atmosphère générale de merveilleux enveloppe la plupart des contes. Dans « Le Grand Sidoine et le petit Médéric », Zola nous présente les aventures du « couple le plus merveilleux du monde ». Dans « Sœur-des-Pauvres », il développe, sous la forme d'une légende miraculeuse, une version christianisée de « La Fée Amoureuse ». La bonne Vierge y remplace la bonne fée, l'amour de tous se substitue à l'amour égoïste du couple d'amants. Mais c'est toujours la même simplicité affichée, la même croyance tranquille au merveilleux, la même naïveté qui donne aux personnages, comme Zola le dira bien plus tard dans* Le Rêve *à propos d'Angélique, ou dans* Lourdes *à propos de Bernadette, l'allure de « petites figures de vitrail*[1] *» ; la*

---

1. *Le Rêve*, chap. XIV, Gallimard, « Bibliothèque de la Pléiade », t. IV, p. 989 : « sa petite figure douce de vierge de vitrail » ; première ébauche de *Lourdes*, Bibliothèque Méjanes, Aix-en-Provence, Ms. 1455, f° 30 : « une petite figure de vitrail ».

même tonalité médiévale aussi, sensible dans les effets d'un style légèrement archaïsant : (« retirez-vous ! il n'y a céans que des guerriers », « elle laissait foule derrière elle, comme font les rois à leur passage », « la chère enfant avait sûrement perdu la tête, s'imaginant que les gros sous sont monnaie de pierrots, et que ces enfants du bon Dieu ont meuniers pour moudre et boulangers pour pétrir le pain de chaque jour »). Mais les deux contes diffèrent dans leur dénouement. À la mort idéale des amants de « La Fée Amoureuse », éternisés sous la forme de deux fleurs jumelles, s'oppose la fin bourgeoise de Sœur-des-Pauvres, devenue bonne dame d'œuvres et riche fermière. C'est que le premier conte date de 1859 et le second de 1864 : entre les deux s'est amorcée l'évolution qui conduira Zola des royaumes enfantins de l'idylle aux champs plus âpres mais plus vrais de la réalité.

On pourrait s'étonner de voir le premier Zola se complaire dans l'évocation de la féerie, si l'on s'en tient à la réputation de réaliste cru et trivial qui s'attache traditionnellement à l'auteur de L'Assommoir. *En fait, il n'y a là nulle contradiction. Au contraire, le goût de la féerie, comme le penchant à la sentimentalité, font partie de l'imaginaire profond du romancier, au même titre que le « sens du réel ». On les retrouve tout au long de son œuvre. Ainsi Pauline Quenu dans* La Joie de vivre *est une Sœur-des-Pauvres multipliée, trouvant son bonheur dans le sacrifice de soi et l'action charitable.* Au Bonheur des Dames *est un « conte bleu » dans lequel Denise, la jeune vendeuse, finit après bien des tourments par gagner l'amour de son patron et par l'épouser. Angélique dans* Le Rêve *attend le prince charmant et le trouvera sous la forme miraculeuse d'un jeune fils d'évêque qu'elle épousera, triomphant de tous les obstacles, avant d'être ravie au ciel au sortir de l'église où ses noces viennent d'être célébrées. Et même dans des œuvres plus « noires », comme* Germinal *ou* La Bête humaine, *on discernerait sans peine tout un fonds mythologique d'où proviennent les métaphores de l'ogre ou de la fée, appliquées à la mine ou à la locomotive. Cette tendance au merveilleux, insoucieuse de la vraisemblance réaliste, culmine à la fin de l'œuvre dans* Les Trois Villes *et surtout dans* Les Quatre Évangiles. *Alliée à un retour du lyrisme sentimental, elle transforme les derniers romans en textes légendaires, les personnages positifs en héros (Mathieu dans* Fécondité, *Luc dans* Travail, *Marc dans* Vérité*), en bonnes déesses (Marianne dans* Fécondité*) ou en bonnes fées (Sœurette dans* Travail*), leurs adversaires en démons (le frère Gorgias dans* Vérité*), en sorcières (Séraphine dans* Fécondité*) ou en ogresses (Fernande dans* Travail*). Ainsi la veine féerique inaugurée dans les* Contes à Ninon, *loin de disparaître, se répand dans l'œuvre entière, au point d'en constituer l'une des lignes de force profondes. En marge des sévères proclamations naturalistes se développe quasi clandestinement, comme un contrepoint nécessaire, la « débauche exquise » de la fantaisie. Zola reconnaît lui-même dans un article de 1876 recueilli dans* Le Naturalisme au théâtre[1] *sa « tendresse pour la féerie » : à côté de la peinture de la vie réelle, trop terne, trop triviale, trop vraie parfois, il faut réserver un espace où puisse divaguer librement ce qu'il appelle « l'adorable école buissonnière de l'imagination ».* Les Contes à Ninon *sont dans l'œuvre de Zola la première manifestation (la plus naïve, la plus authentique) de ce désir profond de liberté, que l'entreprise réaliste viendra bientôt dissimuler, sans le censurer totalement.*

---

1. « La Féerie et l'opérette », dans *Œuvres complètes*, Cercle du Livre précieux, t. XI, p. 498.

Cependant, un ennui peut naître des grâces de la fantaisie et de la fadeur de l'idylle. Il devient lassant de « toujours aimer, toujours chanter le rêve des seize ans » (p. 102). Il faut parfois réveiller l'attention vacillante de l'auditoire par un brusque changement de ton. C'est ce qui se passe au début du « Sang », le conte le plus angoissant du recueil : « J'aurai raison de tes paupières paresseuses, Ninon. Je veux te dire aujourd'hui un conte si terrible, que tu ne les fermeras de huit jours. Écoute. La terreur est douce après un trop long sourire » (p. 102). Zola aimera toujours ces ruptures brutales destinées à désarçonner le lecteur, à relever son goût affadi par le piquant de la surprise. Après les trivialités populaires de L'Assommoir *viendra le drame feutré et bourgeois d'*Une page d'amour. *Après les fadeurs du* Rêve, *les noirceurs de* La Bête humaine, *« un drame violent à donner le cauchemar à tout Paris*[1] *». Dans les* Contes à Ninon, *ce n'est pas un hasard si « Le Sang » fait immédiatement suite à « La Fée Amoureuse », comme si l'idylle devait aboutir aux hallucinations terrifiantes des quatre soudards. Les effets de rupture sont donc recherchés, de façon très concertée, dans la composition du recueil : l'insolite grinçant de « Celle qui m'aime » remplace les naïvetés enfantines du « Carnet de danse », la fable ironique des « Voleurs et l'âne » aboutit au merveilleux édifiant de « Sœur-des-Pauvres », qui débouche lui-même sur la satire voltairienne des « Aventures du grand Sidoine et du petit Médéric ». Le recueil est ainsi composé avec une volonté affichée de changements brusques dans les thèmes comme dans le ton qui est encore, si l'on y prend garde, un des caractères de la fantaisie.*

---

1. Ébauche de *La Bête humaine*, BnF, Ms. NAF 10.274, f° 338.

Du rêve au cauchemar

Il existe plusieurs manières d'échapper aux séductions trop douces de la féerie. Une de ces issues conduit au fantastique. Le plus bel exemple est évidemment celui du « Sang », dans lequel, un soir de bataille, quatre soldats survivants vont connaître, dans l'épouvante, quatre cauchemars différents qui peuvent se ramener à deux visions principales. La première hallucination développe une hantise propre à l'imagination de Zola et que l'on retrouvera dans les Nouveaux Contes à Ninon, *avant bien d'autres textes, celle de l'inondation. Mais ici l'horreur est redoublée par la matière même que roule le fleuve fantastique aperçu en rêve par Gneuss et Clérian, le sang. C'est ce sang répandu, ce sang perdu par les hommes dans toutes les violences de l'histoire qui menace, en retour, d'engloutir l'humanité tout entière et de la faire disparaître. La crainte de la perte du fluide vital, fréquente chez Zola (c'est ainsi que mourra le petit Charles, le dernier rejeton des Rougon-Macquart, dans* Le Docteur Pascal*), se double de l'angoisse inverse du trop-plein et de la submersion. La deuxième hallucination met en scène une autre forme fondamentale de l'imaginaire zolien, celle du sacrifice, reconnaissable dans l'œuvre et dans la vie de l'écrivain jusqu'à son engagement dans l'affaire Dreyfus. Le conte nous en propose ici, dans les rêves d'Elberg et de Flem, deux formes opposées et complémentaires. Le premier sacrifice, dans lequel on reconnaît le meurtre d'Abel, met fin à l'éternité heureuse du paradis primitif, rompt l'union harmonieuse de l'homme avec la nature et fait entrer l'humanité dans la malédiction de l'histoire, c'est-à-dire dans une suite sans fin de meurtres et de carnages. Le second, le sacrifice de Jésus, cherche à conjurer cette* *catastrophe, à restaurer magiquement l'ordre divin détruit par le meurtre d'Abel et à retrouver la pureté du paradis perdu. En vain :* « *Regarde, la terre est méchante comme hier. Jésus est mort, et l'herbe n'a pas fleuri* » *(p. 115). Le sang du juste ne rachètera pas le sang versé par la victime, le* « *vieux monde* » *ne retrouvera pas* « *l'innocence de sa jeunesse* ». *Il faudra donc, pour sortir de ce cauchemar, une solution différente, celle du travail. C'est en oubliant le sang, en enterrant leurs armes, en échangeant l'épée contre la charrue, que les quatre reîtres trouveront le salut. Telle est la morale du conte. Telle sera, trente ans plus tard, celle de* La Débâcle *: le départ de Jean Macquart, soldat devenu laboureur, sur les ruines du pays dévasté, vers* « *toute une France à refaire* ». *Telle sera encore, dans* Fécondité, *l'itinéraire de Mathieu Froment, qui trouvera dans le retour à la terre le bonheur, la fortune et la force. Il est remarquable que* « *Le Sang* », *cette histoire au fantastique gore un peu facile en apparence, se présente en fait comme la matrice de plusieurs des grands thèmes, imaginaires ou idéologiques, qui traverseront l'œuvre de Zola jusqu'à la fin : l'horreur du sang répandu, la hantise de l'écoulement et de l'inondation, l'obsession du sacrifice, l'éloge du travail sauveur. Voilà qui doit nous inciter à ne pas prendre les* Contes à Ninon *à la légère.*

Le fantastique, dans notre recueil, ne se limite pas au conte du « *Sang* ». *On le trouve encore disséminé dans d'autres textes, où il apparaît plus fugitivement, sous des formes différentes. Un épisode de* « *Sœur-des-Pauvres* » *illustre particulièrement cet aspect : lorsque Guillaume et Guillaumette, poussés par leur cupidité, veulent s'emparer du tas de gros sous sortis du sac miraculeux de la petite fille, les pièces se changent dans leurs mains en animaux répugnants, reptiles ou chauves-souris, en aiguilles pointues, en charbons ardents. Il y a là sans doute un souvenir de légendes merveilleuses, d'inspiration religieuse ou profane, illustrant le châtiment des pécheurs et des méchants (ainsi dans le conte de Perrault, « Les Fées », où la sœur mauvaise reçoit en punition le don de cracher à chaque parole vipères et crapauds). Mais Zola emploie pour évoquer cette métamorphose toutes les ressources d'une imagination baroque et puissante. La terreur naît du grouillement, du pullulement, de la transformation continuelle de ces formes mouvantes, de l'« effrayante fécondité » d'une vie maléfique sortie malgré eux de leurs mains : « Guillaume et Guillaumette, fous d'épouvante, couraient, emportés dans le vertige de cette étrange création. À droite, à gauche, de toutes parts, ils hâtaient l'éclosion de nouveaux êtres. De leurs doigts ruisselait la vie. Le flot vivant montait. Ce trésor, où tantôt se mirait la lune, n'était plus qu'une masse noirâtre qui se mouvait lourdement, se soulevant, s'affaissant sur elle-même, comme fait le vin dans la cuve » (p. 155).*

D'autres fois, le fantastique est moins violent, moins halluciné, plus proche de l'étrange ou de l'insolite. C'est le cas dans « Celle qui m'aime », le plus singulier de tous les contes du recueil, le seul où le personnage de Ninon n'apparaisse pas. Dans une fête foraine dont le décor, l'agitation populaire, les bruits, les odeurs, le pandémonium coloré et brillant rappellent de très près le poème en prose de Baudelaire « Le vieux saltimbanque » (paru dans La Revue *fantaisiste en novembre 1861 et dans* La Presse *en août 1862, où Zola avait pu le lire), la baraque branlante où se cache Celle qui m'aime, gardée par un homme en costume de magicien, apparaît comme le lieu mystérieux où va se révéler, pour le narrateur, l'amour idéal. Celui-ci apparaît d'abord, à travers une petite vitre ronde, sous la forme d'une créature vêtue de blanc, couronnée de fleurs, « toute blancheur, toute innocence », à la fois angélique et virginale, comme une épousée le jour de ses noces. Mais cette image idéale va vite se charger d'une ambiguïté inquiétante. D'abord prise pour une « sainte », Celle qui m'aime n'a plus, au second regard, qu'« un air bonne fille, point bégueule du tout et fort accommodant » (p. 87). De la vierge à la prostituée, la chute est brutale, et le narrateur découvrira vite, lorsqu'il retrouvera la jeune femme dans la rue, à qui il a affaire : « Où allons-nous ? lui demandai-je de nouveau. Elle haussa les épaules, avec une petite moue d'insouciance ; elle me dit de sa voix d'enfant : "Mais où tu voudras, chez moi, chez toi, peu importe" » (p. 91-92).*

Cette dégradation de l'amour idéal est favorisée par l'atmosphère triviale et bruyante de la fête foraine, et par la grossièreté des êtres vulgaires qui entourent le narrateur. Mais ce qui donne à la scène son caractère inquiétant, ce sont les circonstances dans lesquelles a lieu la rencontre de la femme chargée d'incarner l'amour idéal. Les deux personnages sont séparés par une vitre, sans autre communication possible que celle du regard. Cette relation réduite à une simple exhibition transforme l'homme en voyeur, et la femme en objet prostitué. Mais cet échange n'est pas égal. Du côté de la femme c'est pire, puisqu'elle ne peut voir celui qui l'observe. La présence du voyeur se ramène pour elle à un œil, « toujours seul et fixe ». Elle est ressentie comme une intrusion violente qui donne à celle qui se sait regardée « de folles terreurs ». Il y aurait beaucoup à dire sur cet œil menaçant et fatidique, aux implications tout hugoliennes (la première partie de La Légende des siècles, *où figure « La conscience », parut en 1859 et Zola connaissait certainement le poème). Mais il semble que celui-ci veuille surtout nous amener à cette conclusion désespérante que l'amour se réduit pour l'homme à la vision décevante d'un objet inaccessible, et pour la femme à un simulacre de viol auquel elle ne peut se soustraire. Nous sommes loin ici des mièvreries de « La Fée Amoureuse ». Ce qui demeure après la lecture de cette bizarre histoire, c'est une impression générale de malaise et d'absurdité, amplifiée par les apparitions répétées du personnage de l'Ami du peuple dont les discours ineptes parsèment le conte, et par l'évocation inquiétante de la foule, qui impose à l'arrière-plan du récit sa présence obsédante et morne : « Il y a, au-dessus des foules, je ne sais quelle angoisse, quelle immense tristesse, comme s'il se dégageait de la multitude un souffle de terreur et de pitié » (p. 88). C'est de ce malaise que naît le fantastique subtil du conte, bien différent de celui que l'on peut trouver dans « Le Sang ». À une histoire de terreur, à un cauchemar cruel et violent, « Celle qui m'aime » oppose un cauchemar plus discret, plus insidieux, mais non moins angoissant.*

C'est pourquoi, plutôt que celui de fantastique, c'est le terme d'insolite qui conviendrait sans doute le mieux pour qualifier « Celle qui m'aime ». Car l'insolite naît toujours, comme ici, au sein du réel, de la découverte d'une étrangeté contenue dans ce réel même. C'est le fantastique de la réalité. Il suppose une attention aux choses, une acuité du regard (« Celle qui m'aime » est l'histoire de l'œil), la capacité de fouiller le réel banal pour y reconnaître le détail curieux qui produira le récit. L'insolite ne se sépare pas du réalisme qui le soutient. En ce sens, ce conte, placé au centre du livre (quatrième des huit textes qui le composent), en est aussi le pivot et pour ainsi dire l'emblème. Tenant à la fois du réel et du rêve, mais penchant vers le réel — comme l'héroïne, d'abord pure apparition, se transforme en « une pauvre fille de la terre, vêtue d'indienne déteinte » (p. 91) —, *« Celle qui m'aime »* illustre la tendance générale des Contes à Ninon *à délaisser l'idylle et le merveilleux pour se tourner vers les vérités plus « âpres » du monde réel. Dans la dédicace « à Ninon » qui ouvre le recueil, l'auteur avoue qu'il est « las du songe, las du printemps »,* las même de sa chère Ninon, *et qu'il lui est venu « des besoins cuisants de réalité ». En octobre 1864, au moment où le livre va paraître, c'en est fini, au moins Zola le proclame-t-il, des mensonges séduisants de la fantaisie. Le prologue des « Voleurs et l'âne » est clair sur ce point : il faut laisser là Ninon, « riante et sereine », dans son « nid » d'inconscience et d'illusions : « Tu ignores comment va le monde. Je n'aurai pas le courage de t'avouer que les fleurs en sont bien malades, et que demain peut-être les cœurs y seront morts »* (p. 118).

Quitter le rêve, quitter Ninon, c'est ce à quoi s'efforcent, de manières différentes, plusieurs contes du recueil. « Les Voleurs et l'âne », sous la forme d'une fable ironique, montrent comment l'amour advient par surprise à celui qui feint de le mépriser. « Sœur-des-Pauvres », sous la légende édifiante, laisse entrevoir le tableau des misères sociales, au point que Louis Hachette, à qui Zola avait proposé le conte, lui aurait rendu le manuscrit en lui déclarant : « Vous êtes un révolté[1] *! » Les « Aventures du grand Sidoine et du petit Médéric », sous le signe de Voltaire et de Swift, s'essaient à la satire sociale et politique. Zola y risque même quelques traits (contre les guerres du Second Empire, contre les grands travaux d'Haussmann) qu'il reprendra plus tard, avec bien plus d'acuité, dans ses articles de la fin des années 1860 et dans* La Curée. *Mais la*

---

1. C'est Paul Alexis qui rapporte ces propos dans ses *Notes d'un ami*, Charpentier, 1882, p. 61.

nouvelle, qui occupe à elle seule près de la moitié du recueil, est trop longue, brasse trop de sujets disparates, manque d'unité et de force. Sa morale, on le voit bien, est celle de Candide : il faut travailler sans raisonner. Mais les invraisemblances, les naïvetés, le sérieux moralisateur enveloppé dans un humour laborieux transforment ce long récit qui se voudrait picaresque en un discours insipide et sans grande cohérence. Le genre du conte philosophique ne convient guère à l'auteur de Germinal qui n'y reviendra pas dans la suite de son œuvre.

*

Zola n'estimait pas beaucoup les Contes à Ninon, qu'il considérait, non sans raison, comme l'œuvre imparfaite d'un débutant. À un journaliste qui feignait de louer le recueil pour mieux critiquer L'Assommoir, il écrivait en 1876 : « À la vérité j'ai encore chez moi des œuvres qui sont beaucoup plus remarquables que les Contes à Ninon ; ce sont mes anciennes narrations de collège, conservées au fond d'un tiroir. J'ai même mon premier cahier d'écriture, où les bâtons ont déjà un mérite littéraire bien supérieur à celui de mes derniers romans[1]. » On peut souscrire à ce jugement ironique, mais pas complètement. Car les Contes à Ninon ne sont pas l'œuvre de n'importe quel débutant. On y trouve en germe bien des thèmes qui seront développés dans les romans de la maturité, on y reconnaît les promesses d'une imagination puissante et déjà maîtresse de ses effets. Zola tâtonne encore, il s'essaie à tous les

---

1. Lettre à Louis Boussès de Fourcaud, 23 septembre 1876, dans *Correspondance*, Presses de l'Université de Montréal-Éditions du CNRS, 1980, t. II, p. 494.

genres, à tous les tons, à tous les styles. Mais les Contes à Ninon *sont plus et mieux qu'un simple exercice. Il faut lire ces textes de jeunesse pour découvrir d'où est parti le romancier qui se révélera, trois ans plus tard, dans* Thérèse Raquin*; pour comprendre aussi qu'il existera toujours, à côté de l'écrivain naturaliste, un autre* Zola, *plus lyrique, plus sentimental, plus intime, plus profond peut-être, en tout cas non moins vrai que l'auteur du* Roman expérimental.

NOUVEAUX CONTES À NINON

D'un recueil l'autre

De 1864 à 1874, des Contes *aux* Nouveaux Contes à Ninon*, la situation de Zola a changé, et les intentions de l'écrivain, en publiant ce nouveau recueil, sont toutes différentes*[1]. *Les* Contes à Ninon *se présentaient comme un recueil* prospectif, *le geste inaugural d'un inconnu qui lançait à l'avenir, comme une bouteille à la mer, le produit de ses premiers travaux littéraires. Les* Nouveaux Contes, *au contraire, sont un recueil* rétrospectif, *le bilan de dix années de production, un florilège de textes variés dont le seul point commun, à quelques exceptions près, est d'avoir été publiés dans la presse, entre 1865 et 1874. Textes brefs, donc (sauf « Les Quatre Journées de Jean Gourdon », qui tient dans ce nouveau recueil la place qu'occupait « Sidoine et Médéric » dans l'ancien), textes mineurs sans doute, jetés au vent de l'actualité, vite oubliés du public, mais non sans intérêt ni sans importance.*

---

1. Voir sur ce point la Notice, p. 506 et suivantes.

Il est significatif que Zola ait tenu à rattacher les Nouveaux Contes *aux* Contes à Ninon, *en présentant ce nouveau volume comme une continuation du premier, alors qu'il n'y a guère de similitudes, au moins en apparence, entre les textes des deux recueils. L'écrivain voulait sans doute profiter de l'effet de publicité produit par la réédition, six mois plus tôt, des* Contes à Ninon *chez Charpentier, qui avait ramené l'attention du public sur les contes et sur leur destinataire. Pour souligner cette filiation, il fallait donc non seulement reprendre le titre du premier livre, mais surtout ressusciter le personnage de Ninon, absent des premières versions des textes réunis dans le nouveau recueil, où la jeune fille, quand elle existait, était appelée « ma chère » (« Un bain »), Cendrine (« Les Fraises ») ou Manon (« Lili »). De là l'importance du texte d'ouverture, daté symboliquement du 1er octobre 1874 comme celui des* Contes à Ninon *était daté du 1er octobre 1864, et reprenant le même titre. Revenir à 1864, c'était faire ressurgir dans la mémoire de l'écrivain, « comme des bouffées de jeunesse », tous les souvenirs de Provence déjà rappelés dans l'introduction des* Contes à Ninon : *libres promenades dans la campagne aixoise, premières amours, premières illusions. Mais le narrateur ne s'attarde guère à cette évocation un peu conventionnelle. Les dix années écoulées ont bien changé les choses : « Ah ! ma chère âme, que de tempêtes ont grondé, que d'eau noire, que de débâcles ont passé depuis ce temps sous les ponts croulants de mes rêves ! Dix ans de travaux forcés, dix ans d'amertume, de coups donnés et reçus, d'éternel combat ! » (p. 290-291). Pour l'écrivain aguerri, toujours tendu vers de nouvelles luttes, le passé ne semble plus qu'une image qui s'efface. La nostalgie n'est permise qu'un instant, comme un répit passager, et l'auteur, comme pour se disculper, la dissimule sous* *le masque de l'ironie : « Ah ! Ninon, quelle débauche de blanc et de rose ! » (p. 294). Les souvenirs et les récits d'autrefois prennent ainsi une valeur ambiguë, à la fois retrouvés avec émotion et dépréciés ironiquement comme des bagatelles : « Ce sont des contes, rien que des contes, de la confiture dans de la porcelaine de gamins » (p. 294).*

Non sans quelque exagération (et quelque ingratitude aussi pour une activité qui l'a nourri pendant plusieurs années), Zola se montre très sévère, dans l'introduction des Nouveaux Contes à Ninon, *pour le métier de journaliste, qu'il qualifie de « besogne mauvaise », et pour la presse en général qu'il traite de « torrent de médiocrité trouble qui coule à pleins bords ». Il l'accuse de lui avoir pris, pendant dix ans, le meilleur de lui-même, au détriment de la littérature. En 1882, parvenu au succès, Zola se montrera moins critique et, dans* Une campagne, *il louera le journalisme d'être pour l'écrivain une école d'énergie et de style. En 1874 au contraire il déplore, ou semble déplorer, d'avoir travaillé en vain. Le produit de tant d'efforts a disparu, consumé dans « la fournaise du journal », il n'en reste « qu'un peu de cendre ». Ce n'est pas une œuvre que l'œuvre d'un journaliste, seulement une « montagne de papier noirci » : « Ah ! Ninon, je n'ai rien fait encore » (p. 295). Lamentations excessives sans doute. Zola pense-t-il vraiment ce qu'il écrit ? Quand il pousse ce cri de désespoir, il a déjà derrière lui neuf romans dont plusieurs chefs-d'œuvre, deux volumes de critiques, plusieurs pièces jouées. Mais il ne s'en contente pas. L'œuvre accomplie n'est rien à côté de l'œuvre à faire. Il exalte, pour mieux rabaisser ses textes journalistiques, l'énorme charge des travaux littéraires qui l'attendent. Il lui faut poursuivre, aller de l'avant sans cesse. Son ambition est immense et totale : « Je veux le roman, je veux le drame, je veux la vérité partout »* (p. 295).

Du pittoresque au réalisme

Que valent donc, à côté de ce programme colossal, les historiettes rassemblées ici ? Pourquoi les avoir conservées ? Pourquoi les avoir publiées ? Comment comprendre ce paradoxe, d'un auteur qui disqualifie dans sa préface les textes qu'il présente à son lecteur ? Il faut voir là, semble-t-il, une précaution. Les écrivains qu'il respecte, ceux qu'il considère, avec Balzac, comme ses modèles, Flaubert et les Goncourt, ont toujours méprisé la presse, qu'ils tenaient pour l'ennemie mortelle de la littérature. Au moment où il s'apprête à publier des contes et des chroniques issus du journal, Zola cherche à se disculper aux yeux de ses maîtres en feignant de déprécier des textes auxquels, en réalité, il tient. Il ne les aurait pas recueillis, quelque dérisoires qu'il les prétende, s'il ne leur avait reconnu des qualités littéraires. Ces feuilles volantes, lancées aux quatre vents de la presse, il a voulu leur conférer, en les publiant, la dignité, l'éternité du livre. Et il faut s'en féliciter. Car dans la production d'un grand écrivain, il n'y a rien de négligeable. C'est parmi les miettes tombées de sa table que se trouvent parfois, pour le lecteur attentif, les morceaux les plus savoureux.

La diversité des pièces réunies dans les Nouveaux Contes à Ninon *rend malaisée une définition générale adaptée à tous les types de textes représentés ici. Zola les appelle simplement « contes », et ainsi faisaient ses contemporains, sans souci de précision générique supplémentaire. Ce terme s'applique à tous les textes brefs, quelle que soit leur longueur (de quelques pages à plus d'une trentaine), leur ton ou leur sujet. Il suffit, semble-*

t-il, qu'ils adoptent la forme du récit, qu'ils fassent intervenir un narrateur, qu'ils s'adressent à un public. En fait, ce qui définit le mieux le conte, c'est son support de publication. Les contes sont nés vers 1830, ils se sont multipliés après 1840 en même temps que la presse populaire à grand tirage. Ils représentent, avec le roman-feuilleton et le poème en prose (avec lequel ils ont beaucoup d'affinités), une forme d'écriture spécifiquement moderne. Conçu pour le journal, leur calibre est d'une ou deux colonnes ou d'un bas de page. Beaucoup d'écrivains de l'époque (Daudet, Vallès, Mirbeau, Maupassant, Villiers, tant d'autres) ont pratiqué cette forme d'écriture rémunératrice, et Zola lui-même s'y est adonné activement, surtout entre 1865 et 1875. Genre informe et multiforme, le conte se définit d'abord par sa plasticité. Les textes qui figurent dans les Nouveaux Contes à Ninon n'ont pas été fixés une fois pour toutes avant leur apparition en librairie. Rares sont ceux qui n'ont été publiés qu'une fois, avant d'être recueillis en volume[1]. La plupart du temps, ils paraissent deux, trois fois, à quelques mois de distance, dans des journaux différents, et souvent sous des formes différentes. Le livre apporte encore son lot de modifications[2]. Au fil du temps, Zola rajoute un préambule, supprime des développements, bouleverse même parfois profondément la forme ou le contenu du texte. Ainsi « Le Paradis des chats » était d'abord intitulé, lorsqu'il parut en

1. Voir p. 512-514 la liste des publications préoriginales des contes.
2. On trouvera la somme de ces variantes dans l'édition des *Contes et nouvelles* de Zola établie par Roger Ripoll (Gallimard, « Bibliothèque de la Pléiade », 1976). On lira aussi, à titre d'exemple, la première version du conte « Le Chômage » intitulée « Le Lendemain de la crise », p. 516-523.

1866 dans Le Figaro, *« La Journée d'un chien errant ». Zola passera du chien au chat deux ans plus tard dans* La Tribune, *reprendra encore ce texte en le modifiant dans* La Cloche *en 1872, avant de l'incorporer au volume. Certains contes sont constitués après coup, au moment de la composition du recueil, par un montage de plusieurs fragments différents. C'est le cas de « Lili », dont la première partie, publiée dans* La Tribune *en septembre 1868 (avant d'être reprise dans* La Cloche *en 1872) est postérieure aux deux dernières parties, parues dans* L'Événement illustré *en juin 1868 (et reprises ensuite dans* La Tribune *en 1869 et dans* La Cloche *en 1872). Les « Souvenirs » VI, XII et XIV sont construits de la même façon. On ne peut donc pas considérer les textes qui composent les* Nouveaux Contes à Ninon *comme ayant été écrits* pour le livre *(ce qu'étaient, en revanche, les* Contes à Ninon*). Ils ont été d'abord écrits* pour le journal. *Leur histoire est plus complexe, leur texte plus variable, leur statut littéraire plus instable et (au moins à l'époque) moins prestigieux. Mais c'est aussi pour cette raison qu'ils sont plus libres, plus modernes, et c'est pourquoi, malgré le temps qui nous sépare d'eux, ils gardent un charme auquel nous sommes toujours sensibles.*

En fait, le terme qui conviendrait sans doute le mieux pour définir les Nouveaux Contes à Ninon, *ce serait celui de* chronique, *aussi vague souvent que celui de* conte, *mais plus clairement lié à l'écriture journalistique et aux petits faits de la réalité quotidienne. La chronique n'est pas plus spécialisée que le conte, sa forme n'est pas plus fixée, mais le propre de ce genre sans lois est de s'intéresser librement à l'actualité, aux détails de la vie courante, et d'en faire ressortir l'originalité dans un style vif et fantaisiste. Balzac, dans* Un grand homme de province à Paris, *a le premier défini la chronique moderne, dont il attribue l'invention à Lucien de Rubempré, comme « un de ces délicieux articles » où, « en deux colonnes », sont peints « un des menus détails de la vie parisienne, une figure, un type, un événement normal, ou quelques singularités*[1] *». Le chroniqueur se fait ainsi le « peintre de la vie moderne » dont parle Baudelaire. Il porte sur les choses un regard neuf, il prête attention à ce que la vie quotidienne a de plus pittoresque, de plus curieux, de plus fugace. Cette curiosité, on la retrouve partout dans les* Nouveaux Contes à Ninon : *dans le portrait d'un personnage typique (le croque-mort dans « Mon voisin Jacques »), dans une scène de jardin public (« Lili »), dans la représentation détaillée de la vie et du travail des ouvriers (« Le forgeron », « Le chômage »). Elle est particulièrement active dans les « Souvenirs », où abondent les instantanés de la vie parisienne : petites choses vues (l'inconnue du parc Monceau, VII), petits métiers (la marchande de violettes, VIII ; la « sarcleuse » du palais de Versailles, XI), scènes de rue (fiacres chargés de malles filant vers les gares, I), paysages parisiens (les bains flottants sur la Seine, III ; le cimetière du Père-Lachaise, VI), personnages insolites (le fabricant de diamants artificiels, X), etc. Le plus souvent, de l'anecdote relatée se dégage une idée de portée générale, non pas sous la forme d'un discours, mais au détour d'une phrase (« quand les hommes sont coupés en deux, on dirait qu'on les plie comme des écheveaux », p. 435), à travers une question finale (« où est-il donc, le petit village ? », p. 375), dans une conclusion apparemment désinvolte ou piquante (« le croque-mort est croqué », p. 340). La chronique, sur un mode mineur, sans*

---

1. Balzac, *Illusions perdues*, Gallimard, « Folio classique », p. 460.

s'attarder ni disserter, nous parle de l'amour, de la mort, de la misère, du temps qui passe. Pour qu'elle soit bonne, il ne suffit pas qu'elle soit pittoresque ou curieuse, il faut aussi qu'elle nous arrête un instant, qu'elle nous fasse réfléchir, qu'elle soit porteuse de sens.

Le prisme de la mémoire

La matière dont se nourrit la chronique est sans doute abondante, mais elle n'est pas inépuisable, et l'on comprend que les mêmes sujets, les mêmes figures, les mêmes détails reviennent souvent d'un article à l'autre. Le thème de la première chronique de Lucien de Rubempré que nous cite Balzac, « Les passants de Paris », dans combien de journaux, sous combien de plumes différentes ne le retrouverait-on pas ? Ce qui fait l'originalité de ce genre de texte, ce qui le rend unique, c'est la présence toute proche du narrateur en personne qui s'adresse directement à son public pour lui raconter ce qu'il a vu, éprouvé, pensé. Le récit anecdotique doit être porté par une voix particulière, dans laquelle le lecteur reconnaît (ou croit reconnaître) celle de l'auteur qui lui parle d'homme à homme. Zola utilise beaucoup ce procédé de l'intervention personnelle. La chronique devient pour lui un propos familier, une « causerie » (c'est le titre général sous lequel une grande partie des Nouveaux Contes à Ninon *ont été publiés dans* La Tribune). *Elle témoigne de la fraîcheur d'une expérience individuelle du monde, elle révèle une sensibilité qui s'exprime librement. C'est surtout vrai dans les « Souvenirs ». Toujours centrés sur le* moi *du narrateur, animés par la parole d'un « je » omniprésent qui se raconte, s'égaie, s'étonne, s'émeut, se souvient, ces textes s'apparentent à des confidences. En faisant res-*

sortir la présence vivante du narrateur derrière son récit, la chronique se rapproche de l'autobiographie. Que celle-ci soit réelle ou fictive (au moins partiellement), peu importe. Il suffit que les contes semblent rapporter une expérience vécue pour qu'ils gagnent en vraisemblance et en intérêt. Mais c'est une autobiographie particulière. Ici, pas de récit linéaire, pas d'histoire d'une vie. Chaque conte est une partie d'un ensemble toujours à compléter, toujours à construire, derrière lequel se dessine l'unité d'une personnalité en devenir. C'est ainsi qu'il faut lire les Nouveaux Contes à Ninon, *et particulièrement les quatorze fragments intitulés « Souvenirs », qui sont certainement la section la plus intéressante du recueil : comme une autobiographie éclatée, une mosaïque d'idées et de sensations, de choses vues et rêvées, de vérité et de fiction dont la somme reste à faire. De cette nature fragmentaire, instable, lacunaire, provisoire, l'autobiographie tire aussi sa plus grande modernité.*

Ce caractère d'autobiographie à la fois réelle et fictive explique le rôle fondamental du souvenir dans les Nouveaux Contes à Ninon. *Les moments heureux de la jeunesse, que l'introduction du recueil semblait renvoyer, avec les illusions perdues, vers une époque révolue, font sans cesse retour à la mémoire. Il ne faut pas se méprendre : il existe dans ces contes deux formes de passé. D'une part le passé fictif de Ninon, celui de la fantaisie et de la convention, de l'évocation factice d'une figure imaginaire tout imprégnée d'une sensibilité romantique dont Zola, après 1865, commence à se défaire. C'est ce passé-là qui est congédié. C'est celui-là qui meurt. D'autre part le passé réel de l'écrivain, les souvenirs vrais, l'histoire personnelle, l'expérience vécue. Ce passé-là est vivant. C'est lui qui informe la connaissance du présent, qui lui donne sens et richesse.*

Dans la chronique zolienne, la peinture de la vie moderne ne se sépare pas du souvenir. La longue durée de la mémoire soutient le regard que l'observateur porte sur le monde actuel. Présent et passé se rejoignent, se répondent, se complètent. Dans les « Souvenirs » l'un ne va jamais sans l'autre. Il suffit d'évoquer les fiacres chargés de malles filant vers les gares pour que surgisse, intact et précieux, « l'immense bleuissement de la Méditerranée » (p. 379). La vue des bains flottants sur la Seine ramène le souvenir des baignades dans la « bonne rivière » des jeunes années. Une promenade au Père-Lachaise jusqu'à la tombe de Musset fait revivre les cimetières des campagnes du Midi, et les lectures du poète faites sous les arbres, dans l'ombre « parfumée de sauge et de lavande ». Un campement de Bohémiens établi à la porte de Saint-Ouen rappelle d'autres roulottes, d'autres guenilles, d'autres belles filles sauvages, dans « la petite ville provençale » où l'écrivain a grandi (p. 413). L'entrée en guerre de la France en 1870 suscite le souvenir d'autres guerres, celles de Crimée et d'Italie, et du passage des régiments partant pour l'Orient dans les rues et dans la campagne d'Aix-en-Provence, avec leur musique enthousiasmante et leurs « mille petites flammes » au soleil (p. 423). Toujours, à l'évocation du présent, ressurgit le souvenir, avec sa charge d'émotions, de sensations vives. Le passé revit, et avec lui l'enfant que le narrateur n'a jamais cessé d'être. Nous sommes bien loin ici de Ninon et de ses fadeurs. C'est l'auteur lui-même, sa personne, son moi intime qui se ressaisissent dans leur intégralité, par l'opération miraculeuse de la mémoire. « Je me souviens... », cette phrase qui revient avec tant d'insistance dans les contes, n'est pas l'indicatif de la nostalgie. Elle est plutôt le signe d'un retour heureux à soi-même, dans l'unité retrouvée, à travers le temps.

Naissance d'un engagement

En mettant l'accent sur l'importance du temps et de la mémoire, les Nouveaux Contes à Ninon *éclairent l'histoire intime de leur auteur. Mais en se présentant comme le bilan de dix ans de production littéraire et journalistique, ils permettent aussi de mesurer l'évolution de ses idées, et cela dans deux domaines principaux : la littérature et la politique. Alors que l'introduction des* Contes à Ninon *se contentait d'évoquer, sans grande précision, une attirance nouvelle de l'écrivain pour le réel que les contes eux-mêmes, à l'exception peut-être des « Voleurs et l'âne », n'illustraient guère, l'ensemble des* Nouveaux Contes *témoigne de l'avancée de Zola sur la route du réalisme, en ces années 1865 et suivantes, si importantes pour la formation de son esthétique. L'introduction du recueil rappelle la fracture intervenue dans l'œuvre entre 1865 et 1867 (entre* La Confession de Claude *et* Thérèse Raquin*), qui sépare radicalement aussi les* Contes à Ninon *des* Nouveaux Contes *: « j'ai quitté nos galants sentiers d'amoureux, où les fleurs poussent, où l'on ne cueille que des sourires [...] j'ai parlé de vérité, j'ai prétendu qu'on pouvait tout écrire, j'ai voulu prouver que l'art est dans la vie et non ailleurs » (p. 292). Zola donne au texte liminaire du volume des allures de manifeste littéraire. Pour lui, l'écrivain moderne doit « tout voir, tout savoir, tout dire », son but serait, si cela était possible, de « coucher l'humanité sur une page blanche, tous les êtres, toutes les choses ». Seul le roman, dans la voie réaliste ouverte par Balzac et continuée par le naturalisme, pourra contenter cette ambition démesurée. Le modèle de Zola en 1874, ce n'est plus Musset (même s'il lui conserve une* *sympathie qui ne se démentira jamais), c'est* La Comédie humaine. *Il rêve maintenant d'une œuvre qui serait « l'arche immense »* (p. 295), *l'encyclopédie colossale de tous les savoirs, de tous les milieux sociaux, de tous les êtres vivants. À partir de 1869, l'entreprise des* Rougon-Macquart *tentera de satisfaire ce désir de totalité. À leur modeste façon, les* Nouveaux Contes *apportent leur pierre à l'édifice. Car leur visée est réaliste aussi. Ces chroniques du présent et du passé sont à la fois un réservoir de « petits faits vrais » et un exercice d'observation et de description du monde réel. Dans leur matière comme dans leur manière, elles sont un laboratoire du roman naturaliste.*

Ce qui est vrai pour la littérature l'est aussi pour la politique. De 1864 à 1874, les opinions de Zola se sont précisées. Alors qu'on ne trouverait dans les Contes à Ninon, *et en cherchant bien encore, que des évocations prudentes de la misère (dans « Sœur-des-Pauvres », où elles se voilent de merveilleux) et des allusions très modérées aux guerres du Second Empire et à sa politique de grands travaux (dans « Sidoine et Médéric », où la satire se dissimule sous l'égide de Voltaire ou de Swift), dans les* Nouveaux Contes à Ninon *au contraire l'engagement de Zola se radicalise, son opposition à l'Empire, puis à la République conservatrice qui lui a succédé après 1870, se fait beaucoup plus virulente. Grâce à la libéralisation du régime de la presse intervenue en mai 1868, de nombreux journaux républicains ont pu être fondés. Zola, toujours en quête d'argent dans ces années difficiles, y a trouvé l'espace qu'il cherchait pour publier romans et chroniques.* La Tribune, La Cloche, *où ont paru d'abord un grand nombre des* Nouveaux Contes, *sont des feuilles républicaines, hostiles au régime impérial. Écrivant dans des journaux de gauche, Zola a été conduit à durcir ses positions, et ses écrits journalistiques ont pris, à partir de 1868, une tournure beaucoup plus violente.*

L'écrivain n'a pas recueilli dans les Nouveaux Contes *tous ses articles politiques, loin de là*[1]. *Mais les échantillons qu'il en donne montrent la vigueur de son engagement contre l'Empire. « Le Jeûne » est une attaque d'une ironie mordante contre l'hypocrisie de la société impériale : l'Église prêche l'abstinence sans la pratiquer, la noblesse qui feint de lui obéir n'écoute en fait que son égoïsme. « Les Épaules de la marquise » sont de la même veine et du même ton. Zola se souviendra très précisément de ce conte dans* La Curée, *et prêtera à Renée les mêmes goûts qu'à sa petite marquise, les mêmes divertissements, et la même fonction de soutien charnel de l'Empire. « Le Chômage » est un texte beaucoup plus virulent, surtout dans sa version première, « Le Lendemain de la crise », parue dans* Le Corsaire *en 1872, et qui entraîna la suspension du journal. Zola y attaque très violemment le personnel politique de la République conservatrice issue de l'Assemblée nationale de 1871, mettant en parallèle l'égoïsme des dirigeants orléanistes et légitimistes qui pratiquent la politique du pire et la misère des ouvriers frappés par la crise*[2]. *Zola adoucira le texte dans le volume, par prudence sans doute après le scandale provoqué par la publication de l'article dans le journal. Mais s'il supprime les attaques* ad hominem, *il conserve la vive condamnation sociale et morale et la*

---

1. On en trouvera l'intégralité dans les « Chroniques » recueillies au t. XIII des *Œuvres complètes* de Zola publiées par Henri Mitterand, Cercle du Livre précieux, 1969.
2. Nous donnons ce texte, « Le Lendemain de la crise », p. 516.

compassion pour les pauvres qui ressortent d'une présentation en apparence objective et neutre de la misère des ouvriers chômeurs. Le Zola de Germinal, *plus encore que celui de* L'Assommoir, *est en germe dans ce texte capital. Même lorsqu'ils ne sont pas directement engagés, les* Nouveaux Contes *ont souvent une coloration politique :* « Le Grand Michu » *est une réduction tragi-comique de l'épisode du soulèvement des républicains de Provence après le coup d'État du 2 décembre.* « Le Paradis des chats » *évoque à demi-mot, dans sa chute finale, l'état de léthargie heureuse auquel l'Empire a réduit la France.* « Le Forgeron » *exalte la grandeur solaire et créatrice d'un fabricateur de progrès en qui s'incarne l'optimisme positiviste et républicain. Zola retrouvera bientôt cette figure épique du « héros grandi du travail » dans* L'Assommoir, *avec le personnage de Goujet, avant de la célébrer encore, tout à la fin de son œuvre, dans* Travail. *Les* Nouveaux Contes à Ninon *témoignent donc, pendant les dix années essentielles où l'œuvre de Zola a grandi et s'est affirmée, de l'intérêt croissant de l'écrivain pour les questions sociales et politiques. Désormais, ses convictions démocratiques et républicaines se sont précisées et ne varieront plus, au moins sur les principes.*

*

On aurait donc tort de considérer les Nouveaux Contes à Ninon *comme des textes négligeables. Si on les rapproche des* Contes à Ninon, *ils montrent le chemin parcouru, ils mesurent les progrès accomplis par l'écrivain. Ces deux recueils sont deux jalons, l'un à l'origine, avec toutes les maladresses de la jeunesse, l'autre en bonne voie déjà, sur la route des chefs-d'œuvre de la maturité. En fait les* Contes *et les* Nouveaux Contes, *si différents qu'ils puissent être, se conjuguent et se complètent. Ils ont tous deux les qualités qui manquent souvent aux œuvres conçues d'un seul jet. Ce sont des recueils, des anthologies, des œuvres-bouquet. Zola a choisi avec soin les textes qui les composent. Ils sont chargés de montrer (de mettre en scène) l'éventail des qualités que celui-ci voulait présenter à ses lecteurs, celles pour lesquelles il entendait être reconnu comme écrivain. Il y expose tous ses talents, il joue de tous les registres, de tous les genres possibles : le merveilleux, le fantastique, la satire, l'épopée, le récit réaliste, l'autobiographie. Il y exploite tous les tons : l'humour, l'ironie, le pathétique, le sérieux démonstratif, la colère. Ces volumes de contes sont une réfraction de l'œuvre entière, non seulement de l'œuvre passée, mais aussi de l'œuvre à venir. Ils ne font pas seulement le bilan de quinze années de production littéraire. Ils annoncent aussi bien des thèmes, bien des figures, bien des formes que l'écrivain développera par la suite, dans ses grands chefs-d'œuvre. Comprenons alors que les* Contes *et les* Nouveaux Contes *à Ninon ne doivent pas être pris à la légère. Nul lecteur, s'il prétend s'intéresser à Zola, ne peut les ignorer. À l'ombre des* Rougon-Macquart, *ces textes mineurs sans doute sont des* essais, *avec tout ce que le terme comporte de jeu et de liberté créatrice. Comme tels, ils ont leur place dans le grand système de l'œuvre zolienne, qu'ils enrichissent et qu'ils éclairent.*

JACQUES NOIRAY

Note sur l'édition

Le texte retenu pour les *Contes à Ninon* est celui de la deuxième édition revue par l'auteur, Charpentier, 1874.

Pour les *Nouveaux Contes à Ninon*, nous suivons le texte de l'édition originale, Charpentier, 1874.

L'orthographe a été modernisée.

J. N.

CONTES À NINON

À NINON

Les voici donc, mon amie, ces libres récits de notre jeune âge, que je t'ai contés dans les campagnes de ma chère Provence, et que tu écoutais d'une oreille attentive, en suivant vaguement du regard les grandes lignes bleues des collines lointaines.

Les soirs de mai, à l'heure où la terre et le ciel s'anéantissaient avec lenteur dans une paix suprême, je quittais la ville et gagnais les champs : les coteaux arides, couverts de ronces et de genévriers ; ou bien les bords de la petite rivière, ce torrent de décembre, si discret aux beaux jours ; ou encore un coin perdu de la plaine, tiède des embrasements de midi, vastes terrains jaunes et rouges, plantés d'amandiers aux branches maigres, de vieux oliviers grisonnants et de vignes laissant traîner sur le sol leurs ceps entrelacés.

Pauvre terre desséchée, elle flamboie au soleil, grise et nue, entre les prairies grasses de la Durance et les bois d'orangers du littoral. Je l'aime pour sa beauté âpre, ses roches désolées, ses thyms et ses lavandes. Il y a dans cette vallée stérile je ne sais quel air brûlant de désolation : un étrange ouragan de passion semble avoir soufflé sur la contrée ; puis, un grand accablement s'est fait, et les campagnes, ardentes encore, se sont comme endormies dans un dernier désir. Aujourd'hui, au milieu de mes forêts du Nord, lorsque je revois en pensée ces poussières et ces cailloux, je me sens un amour profond pour cette patrie sévère qui n'est pas la mienne[1]. Sans doute, l'enfant rieur et les vieilles roches chagrines s'étaient autrefois pris de tendresse ; et, maintenant, l'enfant devenu homme dédaigne les prés humides, les verdures noyées, amoureux des grandes routes blanches et des montagnes brûlées, où son âme, fraîche de ses quinze ans, a rêvé ses premiers songes.

Je gagnais les champs. Là, au milieu des terres labourées ou sur les dalles des coteaux, lorsque je m'étais couché à demi, perdu dans cette paix qui tombait des profondeurs du ciel, je te trouvais, en tournant la tête, mollement couchée à ma droite, pensive, le menton dans la main, me regardant de tes grands yeux. Tu étais l'ange de mes solitudes, mon bon ange gardien que j'apercevais près de moi, quelle que fût ma retraite ; tu lisais dans mon cœur mes secrets désirs, tu t'asseyais partout à mon côté, ne pouvant être où je n'étais pas. Aujourd'hui, j'explique ainsi ta présence de chaque soir. Autrefois, sans jamais te voir venir, je n'avais point d'étonnement à rencontrer sans cesse tes clairs regards : je te savais fidèle, toujours en moi.

Ma chère âme, tu me rendais plus douces les tristesses des soirées mélancoliques. Tu avais la beauté désolée de ces collines, leur pâleur de marbre, rougissante aux derniers baisers du soleil. Je ne sais quelle pensée éternelle élevait ton front et grandissait tes yeux. Puis, lorsqu'un sourire passait sur tes lèvres paresseuses, on eût dit, dans la jeunesse et la splendeur soudaine de ton visage, ce rayon de mai qui fait monter toutes fleurs et toutes verdures de cette terre frémissante, fleurs et verdures d'un jour que brûlent les soleils de juin. Il existait, entre toi et les horizons, de secrètes harmonies qui me faisaient aimer les pierres des sentiers. La petite rivière avait ta voix ; les étoiles, à leur lever, regardaient de ton regard ; toutes choses, autour de moi, souriaient de ton sourire. Et toi, donnant ta grâce à cette nature, tu en prenais les sévérités passionnées. Je vous confondais l'une avec l'autre. À te voir, j'avais conscience de son ciel libre, et, lorsque mes yeux interrogeaient la vallée, je retrouvais tes lignes souples et fortes dans les ondulations des terrains. C'est à vous comparer ainsi que je me mis à vous aimer follement toutes deux, ne sachant laquelle j'adorais davantage, de ma chère Provence ou de ma chère Ninon.

Chaque matin, mon amie, je me sens des besoins nouveaux de te remercier des jours d'autrefois. Tu fus charitable et douce, de m'aimer un peu et de vivre en moi ; dans cet âge où le cœur souffre d'être seul, tu m'apportas ton cœur pour épargner au mien toute souffrance. Si tu savais combien de pauvres âmes meurent aujourd'hui de solitude ! Les temps sont durs à ces âmes faites d'amour. Moi, je n'ai pas connu ces misères. Tu m'as présenté à toute heure un visage de femme à adorer, tu as peuplé mon désert, te mêlant à mon sang, vivante dans ma pensée. Et moi, perdu en ces amours profondes, j'oubliais, te sentant en mon être. La joie suprême de notre hymen me faisait traverser en paix cette rude contrée des seize ans, où tant de mes compagnons ont laissé des lambeaux de leurs cœurs.

Créature étrange, aujourd'hui que tu es loin de moi et que je puis voir clair en mon âme, je trouve un âpre plaisir à étudier pièce à pièce nos amours. Tu étais femme, belle et ardente, et je t'aimais en époux. Puis, je ne sais comment, parfois tu devenais une sœur, sans cesser d'être une amante ; alors, je t'aimais en amant et en frère à la fois, avec toute la chasteté de l'affection, tout l'emportement du désir. D'autres fois, je trouvais en toi un compagnon, une robuste intelligence d'homme, et toujours aussi une enchanteresse, une bien-aimée, dont je couvrais le visage de baisers, tout en lui enserrant la main en vieux camarade. Dans la folie de ma tendresse, je donnais ton beau corps que j'aimais tant, à chacune de mes affections. Songe divin, qui me faisait adorer en toi chaque créature, corps et âme, de toute ma puissance, en dehors du sexe et du sang. Tu contentais à la fois les ardeurs de mon imagination, les besoins de mon intelligence. Ainsi tu réalisais le rêve de l'ancienne Grèce, l'amante faite homme, aux exquises élégances de forme, à l'esprit viril, digne de science et de sagesse. Je t'adorais de tous mes amours, toi qui suffisais à mon être, toi dont la beauté innommée m'emplissait de mon rêve. Lorsque je sentais en moi ton corps souple, ton doux visage d'enfant, ta pensée faite de ma pensée, je goûtais dans son plein cette volupté inouïe, vainement cherchée aux anciens âges, de posséder une créature par tous les nerfs de ma chair, toutes les affections de mon cœur, toutes les facultés de mon intelligence.

Je gagnais les champs. Couché sur la terre, appuyant ta tête sur ma poitrine, je te parlais pendant de longues heures, le regard perdu dans l'immensité bleue de tes yeux. Je te parlais, insoucieux de mes paroles, selon mon caprice du moment. Parfois, me penchant vers toi, comme pour te bercer, je m'adressais à une petite fille naïve, qui ne veut point dormir et que l'on endort avec de belles histoires, leçons de charité et de sagesse ; d'autres fois, mes lèvres sur tes lèvres, je contais à une bien-aimée les amours des fées ou les tendresses charmantes de deux jeunes amants ; plus souvent encore, les jours où je souffrais de la sotte méchanceté de mes compagnons, et ces jours-là réunis ont fait les années de ma jeunesse, je te prenais la main, l'ironie aux lèvres, le doute et la négation au cœur, me plaignant à un frère des misères de ce monde, dans quelque conte désolant, satire pleine de larmes. Et toi, te pliant à mes caprices, tout en restant femme et épouse, tu étais tour à tour petite fille naïve, bien-aimée, frère consolateur. Tu entendais chacun de mes langages. Sans jamais répondre, tu m'écoutais, me laissant lire dans tes yeux les émotions, les gaietés et les tristesses de mes récits. Je t'ouvrais mon âme toute large, désireux de ne rien cacher. Je ne te traitais point comme ces amantes communes auxquelles les amants mesurent leurs pensées : je me donnais entier, sans jamais veiller à mes discours. Aussi, quels longs bavardages, quelles histoires étranges, filles du rêve ! quels récits décousus, où l'invention s'en allait au hasard, et dont les seuls épisodes supportables étaient les baisers que nous échangions ! Si quelque passant nous eût épiés le soir, au pied de nos rochers, je ne sais quelle singulière figure il eût faite à entendre mes paroles libres, et à te voir les comprendre, ma petite fille naïve, ma bien-aimée, mon frère consolateur.

Hélas ! ces beaux soirs ne sont plus. Un jour est venu où j'ai dû vous quitter, toi et les champs de Provence. Te souviens-tu, mon beau rêve, nous nous sommes dit adieu, par une soirée d'automne, au bord de la petite rivière. Les arbres dépouillés rendaient les horizons plus vastes et plus mornes ; la campagne, à cette heure avancée, couverte de feuilles sèches, humide des premières pluies, s'étendait noire, avec de grandes taches jaunes, comme un immense tapis de bure. Au ciel, les derniers rayons s'effaçaient, et, du levant, montait la nuit, menaçante de brouillards, nuit sombre que devait suivre une aube inconnue. Il en était de ma vie comme de ce ciel d'automne ; l'astre de ma jeunesse venait de disparaître, la nuit de l'âge montait, me gardant je ne savais quel avenir. Je me sentais des besoins cuisants de réalité ; je me trouvais las du songe, las du printemps, las de toi, ma chère âme, qui échappais à mes étreintes et ne pouvais, devant mes larmes, que me sourire avec tristesse. Nos amours divines étaient bien finies ; elles avaient, comme toutes choses, vécu leur saison. C'est alors, voyant que tu te mourais en moi, que j'allai au bord de la petite rivière, dans la campagne moribonde, te donner mes baisers du départ. Oh ! l'amoureuse et triste soirée ! Je te baisai, ma blanche mourante, j'essayai une dernière fois de te rendre la vie puissante de tes beaux jours ; je ne pus, car j'étais moi-même ton bourreau. Tu montas en moi plus haut que le corps, plus haut que le cœur, et tu ne fus plus qu'un souvenir.

Voici bientôt sept ans que je t'ai quittée[1]. Depuis le jour des adieux, dans mes joies et dans mes chagrins, j'ai souvent écouté ta voix, la voix caressante d'un souvenir, qui me demandait les contes de nos soirées de Provence.

Je ne sais quel écho de nos roches sonores répond dans mon cœur. Toi que j'ai laissée loin de moi, tu m'adresses de ton exil des prières si touchantes, qu'il me semble les entendre tout au fond de mon être. Ce doux frémissement que laissent en nous les voluptés passées, m'invite à céder à tes désirs. Pauvre ombre disparue, si je dois te consoler par mes vieilles histoires, dans les solitudes où vivent les chers fantômes de nos songes évanouis, je sens combien moi-même je trouverai d'apaisement à m'écouter te parler, comme aux jours de notre jeune âge.

J'accueille tes prières, je vais reprendre, un à un, les contes de nos amours, non pas tous, car il en est qui ne sauraient être dits une seconde fois, le soleil ayant fané, dès leur naissance, ces fleurs délicates, trop divinement simples pour le grand jour ; mais ceux de vie plus robuste, et dont la mémoire humaine, cette grossière machine, peut garder le souvenir.

Hélas ! je crains de me préparer ici de grands chagrins. C'est violer le secret de nos tendresses que de confier nos causeries au vent qui passe, et les amants indiscrets sont punis en ce monde par l'indifférente froideur de leurs confidents. Une espérance me reste : c'est qu'il ne se trouvera pas une seule personne en ce pays qui ait la tentation de lire nos histoires. Notre siècle est vraiment bien trop occupé, pour s'arrêter aux causeries de deux amants inconnus. Mes feuilles volantes passeront sans bruit dans la foule et te parviendront vierges encore. Ainsi, je puis être fou tout à mon aise ; je puis, comme autrefois, aller à l'aventure, insoucieux des sentiers. Toi seule me liras, je sais avec quelle indulgence.

Et maintenant, Ninon, j'ai satisfait tes vœux. Voici mes contes. N'élève plus ta voix en moi, cette voix du souvenir qui fait monter des larmes à mes yeux. Laisse en paix mon cœur qui a besoin de repos, ne viens plus, dans mes jours de lutte, m'attrister en me rappelant nos paresseuses nuits. S'il te faut une promesse, je m'engage à t'aimer encore, plus tard, lorsque j'aurai vainement cherché d'autres maîtresses en ce monde, et que j'en reviendrai à mes premières amours. Alors, je regagnerai la Provence, je te retrouverai au bord de la petite rivière. L'hiver sera venu, un hiver triste et doux, avec un ciel clair et une terre pleine des espérances de la moisson future. Va, nous nous adorerons toute une saison nouvelle ; nous reprendrons nos soirées paisibles, dans les campagnes aimées ; nous achèverons notre rêve.

Attends-moi, ma chère âme, vision fidèle, amante de l'enfant et du vieillard.

ÉMILE ZOLA

1er octobre 1864

SIMPLICE

I

Il y avait autrefois — écoute bien, Ninon, je tiens ce récit d'un vieux pâtre —, il y avait autrefois, dans une île que la mer a depuis longtemps engloutie, un roi et une reine qui avaient un fils. Le roi était un grand roi : son verre était le plus profond de son empire ; son épée, la plus lourde ; il tuait et buvait royalement. La reine était une belle reine : elle usait tant de fard qu'elle n'avait guère plus de quarante ans. Le fils était un niais.

Mais un niais de la plus grosse espèce, disaient les gens d'esprit du royaume. À seize ans, il fut emmené en guerre par le roi : il s'agissait d'exterminer certaine nation voisine qui avait le grand tort de posséder un territoire. Simplice se comporta comme un sot : il sauva du carnage deux douzaines de femmes et trois douzaines et demie d'enfants ; il faillit pleurer à chaque coup d'épée qu'il donna ; enfin la vue du champ de bataille, souillé de sang et encombré de cadavres, lui mit une telle pitié au cœur, qu'il n'en mangea pas de trois jours. C'était un grand sot, Ninon, comme tu vois.

À dix-sept ans, il dut assister à un festin donné par son père à tous les grands gosiers du royaume. Là encore il commit sottise sur sottise. Il se contenta de quelques bouchées, parlant peu, ne jurant point. Son verre risquant de rester toujours plein devant lui, le roi, pour sauvegarder la dignité de la famille, se vit forcé de le vider de temps à autre en cachette.

À dix-huit ans, comme le poil lui poussait au menton, il fut remarqué par une dame d'honneur de la reine. Les dames d'honneur sont terribles, Ninon. La nôtre ne voulait rien moins que se faire embrasser par le jeune prince. Le pauvre enfant n'y songeait guère ; il tremblait fort, lorsqu'elle lui adressait la parole, et se sauvait, dès qu'il apercevait le bord de ses jupes dans les jardins. Son père, qui était un bon père, voyait tout et riait dans sa barbe. Mais, comme la dame courait plus fort et que le baiser n'arrivait pas, il rougit d'avoir un tel fils, et donna lui-même le baiser demandé, toujours pour sauvegarder la dignité de sa race.

« Ah ! le petit imbécile ! » disait ce grand roi qui avait de l'esprit.

II

Ce fut à vingt ans que Simplice devint complètement idiot. Il rencontra une forêt et tomba amoureux.

Dans ces temps anciens, on n'embellissait point encore les arbres à coups de ciseaux, et la mode n'était pas de semer le gazon ni de sabler les allées. Les branches poussaient comme elles l'entendaient ; Dieu seul se chargeait de modérer les ronces et de ménager les sentiers. La forêt que Simplice rencontra était un immense nid de verdure, des feuilles

Simplice

et encore des feuilles, des charmilles impénétrables coupées par de majestueuses avenues. La mousse, ivre de rosée, s'y livrait à une débauche de croissance ; les églantiers, allongeant leurs bras flexibles, se cherchaient dans les clairières pour exécuter des danses folles autour des grands arbres ; les grands arbres eux-mêmes, tout en restant calmes et sereins, tordaient leur pied dans l'ombre et montaient en tumulte baiser les rayons d'été. L'herbe verte croissait au hasard, sur les branches comme sur le sol ; la feuille embrassait le bois, tandis que, dans leur hâte de s'épanouir, pâquerettes et myosotis, se trompant parfois, fleurissaient sur les vieux troncs abattus. Et toutes ces branches, toutes ces herbes, toutes ces fleurs chantaient ; toutes se mêlaient, se pressaient, pour babiller plus à l'aise, pour se dire tout bas les mystérieuses amours des corolles. Un souffle de vie courait au fond des taillis ténébreux, donnant une voix à chaque brin de mousse dans les ineffables concerts de l'aurore et du crépuscule. C'était la fête immense du feuillage.

Les bêtes à bon Dieu, les scarabées, les libellules, les papillons, tous les beaux amoureux des haies fleuries, se donnaient rendez-vous aux quatre coins du bois. Ils y avaient établi leur petite république ; les sentiers étaient leurs sentiers ; les ruisseaux, leurs ruisseaux ; la forêt, leur forêt. Ils se logeaient commodément au pied des arbres, sur les branches basses, dans les feuilles sèches, vivaient là comme chez eux, tranquillement et par droit de conquête. Ils avaient, d'ailleurs, en bonnes gens, abandonné les hautes branches aux fauvettes et aux rossignols.

La forêt, qui chantait déjà par ses branches, par ses feuilles, par ses fleurs, chantait encore par ses insectes et par ses oiseaux.

III

Simplice devint en peu de jours un vieil ami de la forêt. Ils bavardèrent si follement ensemble, qu'elle lui enleva le peu de raison qui lui restait. Lorsqu'il la quittait pour venir s'enfermer entre quatre murs, s'asseoir devant une table, se coucher dans un lit, il demeurait tout songeur. Enfin, un beau matin, il abandonna soudain ses appartements et alla s'installer sous les feuillages aimés.

Là, il se choisit un immense palais.

Son salon fut une vaste clairière ronde, d'environ mille toises de surface. De longues draperies vert sombre en ornaient le pourtour ; cinq cents colonnes flexibles soutenaient, sous le plafond, un voile de dentelle couleur d'émeraude ; le plafond lui-même était un large dôme de satin bleu changeant, semé de clous d'or.

Pour chambre à coucher, il eut un délicieux boudoir, plein de mystère et de fraîcheur. Le plancher ainsi que les murs en étaient cachés sous de moelleux tapis d'un travail inimitable. L'alcôve, creusée dans le roc par quelque géant, avec des parois de marbre rose et un sol de poussière de rubis.

Il eut aussi sa chambre de bains, une source d'eau vive, une baignoire de cristal perdue dans un bouquet de fleurs. Je ne te parlerai pas, Ninon, des mille galeries qui se croisaient dans le palais, ni des salles de danse et de spectacle, ni des jardins. C'était une de ces royales demeures comme Dieu sait en bâtir.

Le prince put désormais être un sot tout à son aise. Son père le crut changé en loup et chercha un héritier plus digne du trône.

IV

Simplice fut très occupé les jours qui suivirent son installation. Il lia connaissance avec ses voisins, le scarabée de l'herbe et le papillon de l'air. Tous étaient de bonnes bêtes, ayant presque autant d'esprit que les hommes.

Dans les commencements, il eut quelque peine à comprendre leur langage ; mais il s'aperçut bientôt qu'il devait s'en prendre à son éducation première. Il se conforma vite à la concision de la langue des insectes. Un son finit par lui suffire, comme à eux, pour désigner cent objets différents, suivant l'inflexion de la voix et la tenue de la note. De sorte qu'il alla se déshabituant de parler la langue des hommes, si pauvre dans sa richesse.

Les façons d'être de ses nouveaux amis le charmèrent. Il s'émerveilla surtout de leur manière de juger les rois, qui est celle de ne point en avoir. Enfin il se sentit ignorant auprès d'eux, et prit la résolution d'aller étudier à leurs écoles.

Il fut plus discret dans ses rapports avec les mousses et les aubépines. Comme il ne pouvait encore saisir les paroles du brin d'herbe et de la fleur, cette impuissance jetait beaucoup de froid dans leurs relations.

Somme toute, la forêt ne le vit pas d'un mauvais œil. Elle comprit que c'était là un simple d'esprit et qu'il vivrait en bonne intelligence avec les bêtes. On ne se cacha plus de lui. Souvent il lui arrivait de surprendre au fond d'une allée un papillon chiffonnant la collerette d'une marguerite[1].

Bientôt l'aubépine vainquit sa timidité jusqu'à donner des leçons au jeune prince. Elle lui apprit amoureusement le langage des parfums et des couleurs. Dès lors, chaque matin, les corolles empourprées saluaient Simplice à son lever ; la feuille verte lui contait les cancans de la nuit, le grillon lui confiait tout bas qu'il était amoureux fou de la violette.

Simplice s'était choisi pour bonne amie une libellule dorée, au fin corsage, aux ailes frémissantes. La chère belle se montrait d'une désespérante coquetterie : elle se jouait, semblait l'appeler, puis fuyait lestement sous sa main. Les grands arbres, qui voyaient ce manège, la tançaient vertement, et, graves, disaient entre eux qu'elle ferait une mauvaise fin.

V

Simplice devint subitement inquiet.

La bête à bon Dieu, qui s'aperçut la première de la tristesse de leur ami, essaya de le confesser. Il répondit en pleurant qu'il était gai comme aux premiers jours.

Maintenant, il se levait avec l'aurore pour courir les taillis jusqu'au soir. Il écartait doucement les branches, visitant chaque buisson. Il levait la feuille et regardait dans son ombre.

« Que cherche donc notre élève ? » demandait l'aubépine à la mousse.

La libellule, étonnée de l'abandon de son amant, le crut devenu fou d'amour. Elle vint lutiner autour de lui. Mais il ne la regarda plus. Les grands arbres l'avaient bien jugée : elle se consola vite avec le premier papillon du carrefour.

Les feuillages étaient tristes. Ils regardaient le jeune prince interroger chaque touffe d'herbe, sonder du regard les longues avenues ; ils l'écoutaient se plaindre de la profondeur des broussailles, et ils disaient :

« Simplice a vu Fleur-des-Eaux, l'ondine de la source. »

VI

Fleur-des-Eaux était fille d'un rayon et d'une goutte de rosée. Elle était si limpidement belle, que le baiser d'un amant devait la faire mourir, elle exhalait un parfum si doux, que le baiser de ses lèvres devait faire mourir un amant.

La forêt le savait, et la forêt jalouse cachait son enfant adorée ; elle lui avait donné pour asile une fontaine ombragée de ses rameaux les plus touffus. Là, dans le silence et dans l'ombre, Fleur-des-Eaux rayonnait au milieu de ses sœurs. Paresseuse, elle s'abandonnait au courant, ses petits pieds demi-voilés par les flots, sa tête blonde couronnée de perles limpides. Son sourire faisait les délices des nénuphars et des glaïeuls. Elle était l'âme de la forêt.

Elle vivait insoucieuse, ne connaissant de la terre que sa mère, la rosée, et du ciel que le rayon, son père. Elle se sentait aimée du flot qui la berçait, de la branche qui lui donnait son ombre. Elle avait mille amoureux et pas un amant.

Fleur-des-Eaux n'ignorait pas qu'elle devait mourir d'amour ; elle se plaisait dans cette pensée, et vivait en espérant la mort. Souriante, elle attendait le bien-aimé.

Une nuit, à la clarté des étoiles, Simplice l'avait vue au détour d'une allée. Il la chercha pendant un long mois, pensant la rencontrer derrière chaque tronc d'arbre. Il croyait toujours la voir glisser dans les taillis ; mais il ne trouvait, en accourant, que les grandes ombres des peupliers agités par les souffles du ciel.

VII

La forêt se taisait maintenant ; elle se défiait de Simplice. Elle épaississait son feuillage, elle jetait toute sa nuit sur les pas du jeune prince. Le péril qui menaçait Fleur-des-Eaux la rendait chagrine ; elle n'avait plus de caresses, plus d'amoureux babil.

L'ondine revint dans les clairières, et Simplice la vit de nouveau. Fou de désir, il s'élança à sa poursuite. L'enfant, montée sur un rayon de lune, n'entendit point le bruit de ses pas. Elle volait ainsi, légère comme la plume qu'emporte le vent.

Simplice courait, courait à sa suite sans pouvoir l'atteindre. Des larmes coulaient de ses yeux, le désespoir était dans son âme.

Il courait, et la forêt suivait avec anxiété cette course insensée. Les arbustes lui barraient le chemin. Les ronces l'entouraient de leurs bras épineux, l'arrêtant brusquement au passage. Le bois entier défendait son enfant.

Il courait, et sentait la mousse devenir glissante sous ses pas. Les branches des taillis s'enlaçaient plus étroitement, se présentaient à lui, rigides comme des tiges d'airain. Les feuilles sèches s'amassaient dans les vallons ; les troncs d'arbres abattus se mettaient en travers des sentiers ; les rochers roulaient d'eux-mêmes au-devant du prince. L'insecte le piquait au talon ; le papillon l'aveuglait en battant des ailes à ses paupières.

Fleur-des-Eaux, sans le voir, sans l'entendre, fuyait toujours sur le rayon de lune. Simplice sentait avec angoisse venir l'instant où elle allait disparaître.

Et, désespéré, haletant, il courait, il courait.

VIII

Il entendit les vieux chênes qui lui criaient avec colère :

« Que ne disais-tu que tu étais un homme ? Nous nous serions cachés de toi, nous t'aurions refusé nos leçons, pour que ton œil de ténèbres ne pût voir Fleur-des-Eaux, l'ondine de la source. Tu t'es présenté à nous avec l'innocence des bêtes, et voici qu'aujourd'hui tu montres l'esprit des hommes. Regarde, tu écrases les scarabées, tu arraches nos feuilles, tu brises nos branches. Le vent d'égoïsme t'emporte, tu veux nous voler notre âme. »

Et l'aubépine ajouta :

« Simplice, arrête, par pitié ! Lorsque l'enfant capricieux désire respirer le parfum de mes bouquets étoilés, que ne les laisse-t-il s'épanouir librement sur la branche ! Il les cueille et n'en jouit qu'une heure. »

Et la mousse dit à son tour :

« Arrête, Simplice, viens rêver sur le velours de mon frais tapis. Au loin, entre les arbres, tu verras se jouer Fleur-des-Eaux. Tu la verras se baigner dans la source, se jetant au cou des colliers de perles humides. Nous te mettrons de moitié dans la joie de son regard : comme à nous, il te sera permis de vivre pour la voir. »

Et toute la forêt reprit :

« Arrête, Simplice, un baiser doit la tuer, ne donne pas ce baiser. Ne le sais-tu pas ? La brise du soir, notre messagère, ne te l'a-t-elle pas dit ? Fleur-des-Eaux est la fleur céleste dont le parfum donne la mort. Hélas ! la pauvrette, sa destinée est étrange. Pitié pour elle, Simplice, ne bois pas son âme sur ses lèvres. »

IX

Fleur-des-Eaux se tourna et vit Simplice. Elle sourit, elle lui fit signe d'approcher, en disant à la forêt :
« Voici venir le bien-aimé. »
Il y avait trois jours, trois heures, trois minutes, que le prince poursuivait l'ondine. Les paroles des chênes grondaient encore derrière lui ; il fut tenté de s'enfuir.
Fleur-des-Eaux lui pressait déjà les mains. Elle se dressait sur ses petits pieds, mirant son sourire dans les yeux du jeune homme.
« Tu as bien tardé, dit-elle. Mon cœur te savait dans la forêt. J'ai monté sur un rayon de lune et je t'ai cherché trois jours, trois heures, trois minutes. »
Simplice se taisait, retenant son souffle. Elle le fit asseoir au bord de la fontaine ; elle le caressait du regard ; et lui, il la contemplait longuement.
« Ne me reconnais-tu pas ? reprit-elle. Je t'ai vu souvent en rêve. J'allais à toi, tu me prenais la main, puis nous marchions, muets et frémissants. Ne m'as-tu pas vue ? Ne te rappelles-tu pas tes rêves ? »
Et comme il ouvrait enfin la bouche :
« Ne dis rien, reprit-elle encore. Je suis Fleur-des-Eaux, et tu es le bien-aimé. Nous allons mourir. »

X

Les grands arbres se penchaient pour mieux voir le jeune couple. Ils tressaillaient de douleur, ils se disaient de taillis en taillis que leur âme allait prendre son vol.

Toutes les voix firent silence. Le brin d'herbe et le chêne se sentaient pris d'une immense pitié. Il n'y avait plus dans les feuillages un seul cri de colère. Simplice, le bien-aimé de Fleur-des-Eaux, était le fils de la vieille forêt.

Elle avait appuyé la tête à son épaule. Se penchant au-dessus du ruisseau, tous deux se souriaient. Parfois, levant le front, ils suivaient du regard la poussière d'or qui tremblait dans les derniers rayons du soleil. Ils s'enlaçaient lentement, lentement. Ils attendaient la première étoile pour se confondre et s'envoler à jamais.

Aucune parole ne troublait leur extase. Leurs âmes, qui montaient à leurs lèvres, s'échangeaient dans leurs haleines.

Le jour pâlissait, les lèvres des deux amants se rapprochaient de plus en plus. Une angoisse terrible tenait la forêt immobile et muette. De grands rochers d'où jaillissait la source jetaient de larges ombres sur le couple, qui rayonnait dans la nuit naissante.

Et l'étoile parut, et les lèvres s'unirent dans le suprême baiser, et les chênes eurent un long sanglot. Les lèvres s'unirent, les âmes s'envolèrent.

XI

Un homme d'esprit s'égara dans la forêt. Il était en compagnie d'un homme savant.

L'homme d'esprit faisait de profondes remarques sur l'humidité malsaine des bois, et parlait des beaux champs de luzerne qu'on obtiendrait en coupant tous ces grands vilains arbres.

L'homme savant rêvait de se faire un nom dans les sciences en découvrant quelque plante encore inconnue. Il furetait dans tous les coins, et découvrait des orties et du chiendent.

Arrivés au bord de la source, ils trouvèrent le cadavre de Simplice. Le prince souriait dans le sommeil de la mort. Ses pieds s'abandonnaient au flot, sa tête reposait sur le gazon de la rive. Il pressait sur ses lèvres, à jamais fermées, une petite fleur blanche et rose, d'une exquise délicatesse et d'un parfum pénétrant.

« Le pauvre fou ! dit l'homme d'esprit, il aura voulu cueillir un bouquet et se sera noyé. »

L'homme savant se souciait peu du cadavre. Il s'était emparé de la fleur, et sous prétexte de l'étudier, il en déchirait la corolle. Puis, lorsqu'il l'eut mise en pièces :

« Précieuse trouvaille ! s'écria-t-il. Je veux, en souvenir de ce niais, nommer cette fleur *Anthapheleia limnaia*[1]. »

Ah ! Ninette, Ninette, mon idéale Fleur-des-Eaux, le barbare la nommait *Anthapheleia limnaia* !

LE CARNET DE DANSE

I

Te souviens-tu, Ninon, de notre longue course dans les bois ? L'automne semait déjà les arbres de feuilles d'un jaune pourpre que doraient encore les rayons du soleil couchant. L'herbe était plus claire sous nos pas qu'aux premiers jours de mai, et les mousses roussies donnaient à peine asile à quelques rares insectes. Perdus dans la forêt pleine de bruits mélancoliques, nous pensions entendre les plaintes sourdes de la femme qui croit voir à son front la première ride. Les feuillages, que ne pouvait tromper cette pâle et douce soirée, sentaient venir l'hiver dans la brise plus fraîche, et se laissaient tristement bercer, pleurant leur verdure rougie.

Longtemps nous errâmes dans les taillis, peu soucieux de la direction des sentiers, mais choisissant les plus ombreux et les plus discrets. Nos francs éclats de rire effrayaient les grives et les merles qui sifflaient dans les haies ; et parfois, nous entendions glisser bruyamment sous les ronces un lézard vert troublé dans son extase par le bruit de nos pas. Notre course était sans but ; nous avions vu, après une journée de nuages, le ciel sourire vers le soir ; nous étions lestement sortis pour profiter de ce rayon de soleil. Nous allions ainsi, soulevant sous nos pieds une odeur de sauge et de thym, tantôt nous poursuivant, tantôt marchant lentement, les mains enlacées. Puis je cueillais pour toi les dernières fleurs, ou je cherchais à atteindre les baies rouges des aubépines que tu désirais comme un enfant. Et toi, Ninon, pendant ce temps, couronnée de fleurs, tu courais à la source voisine, sous prétexte de boire, mais plutôt pour admirer ta coiffure, ô coquette et paresseuse fille !

Il se mêla soudain aux murmures vagues de la forêt de lointains éclats de rire ; un fifre et un tambourin se firent entendre, et la brise nous apporta des bruits affaiblis de danse. Nous nous étions arrêtés, l'oreille tendue, tout disposés à voir dans cette musique le bal mystérieux des sylphes. Nous nous glissâmes d'arbre en arbre, dirigés par le son des instruments ; puis, lorsque nous eûmes écarté avec précaution les branches du dernier massif, voici le spectacle qui s'offrit à nos yeux.

Au centre d'une clairière, sur une bande de gazon entourée de genévriers et de pistachiers sauvages, allaient et venaient en cadence une dizaine de paysans et de paysannes. Les femmes nu-tête, la gorge cachée sous un fichu, sautaient franchement, en laissant échapper ces éclats de rire que nous avions entendus ; les hommes, pour danser plus à l'aise, avaient jeté leurs vêtements parmi leurs outils de travail qui brillaient dans l'herbe.

Ces braves gens faisaient peu de cas de la mesure. Adossé contre un chêne, un homme, sec et anguleux, jouait du fifre, en frappant de la main gauche sur un tambourin au son grêle, selon la mode de Provence.

Il semblait suivre avec amour la mesure pressée et criarde. Parfois son regard s'égarait sur les danseurs ; il haussait alors les épaules de pitié. Musicien juré de quelque gros village, il avait été arrêté comme il passait par là, et ne pouvait voir sans colère ces habitants de l'intérieur des campagnes violer ainsi les lois de la belle danse. Blessé durant le quadrille par les sauts, par les trépignements des paysans, il rougit d'indignation, lorsque, l'air achevé, ils continuèrent leurs enjambées, cinq grandes minutes, sans paraître se douter seulement de l'absence du fifre et du tambourin.

Il eût été charmant sans doute de surprendre les lutins de la forêt dans leurs ébats mystérieux. Mais, au moindre souffle, ils se fussent évanouis ; et courant à la salle de bal, à peine eussions-nous trouvé, pour trace de leur passage, quelques brins d'herbe légèrement courbés. C'eût été moquerie : nous faire entendre leurs rires, nous inviter à partager leur joie, puis s'enfuir à notre approche, sans nous permettre le moindre quadrille.

On ne pouvait danser avec des sylphes, Ninette ; avec des paysans, rien n'était d'une réalité plus engageante.

Nous sortîmes brusquement du massif. Nos bruyants danseurs n'eurent garde de s'envoler. Ils ne s'aperçurent même que longtemps après de notre présence. Ils s'étaient remis à gambader. Le joueur de fifre, qui avait fait mine de s'éloigner, ayant vu briller quelques pièces de monnaie, venait de reprendre ses instruments, battant et soufflant de nouveau, tout en soupirant de prostituer ainsi la mélodie. Je crus reconnaître la mesure lente et insaisissable d'une valse. J'enlaçais déjà ta taille, j'épiais l'instant de t'emporter dans mes bras, lorsque tu te dégageas vivement pour te mettre à rire et à sauter, tout comme une brune et hardie paysanne. L'homme au tambourin, que mes préparatifs de beau danseur consolaient, n'eut plus qu'à se voiler la face et à gémir sur la décadence de l'art.

Je ne sais pourquoi, Ninon, je me souvins hier soir de ces folies, de notre longue course, de nos danses libres et rieuses. Puis, ce vague souvenir fut suivi de cent autres vagues rêveries. Me pardonneras-tu de te les conter ? Cheminant au hasard, m'arrêtant et courant sans raison, je m'inquiète peu de la foule ; mes récits ne sont que de bien pâles ébauches : mais tu m'as dit les aimer.

La danse, cette nymphe pudiquement lascive, me charme plutôt qu'elle ne m'attire. J'aime, simple spectateur, à la voir secouer ses grelots sur le monde ; voluptueuse sous les cieux d'Espagne et d'Italie, se tordre en étreintes, en baisers de feu ; long voilée dans la blonde Allemagne, glisser amoureusement comme un rêve ; et même discrète et spirituelle, marcher dans les salons de France. J'aime à la retrouver partout : sur la mousse des bois comme sur de riches tapis ; à la noce de village ainsi que dans les soirées étincelantes.

Mollement renversée, l'œil humide, les lèvres entrouvertes, elle a traversé les temps, en nouant et dénouant ses bras sur sa tête blonde. Toutes les portes se sont ouvertes, au bruit cadencé de ses pas, celles des temples, celles des joyeuses retraites ; là parfumée d'encens, ici la robe rougie de vin, elle a frappé harmonieusement le sol ; et après tant de siècles, elle nous arrive, souriante, sans que ses membres souples pressent ou retardent la mélodieuse cadence.

Vienne donc la déesse. Les groupes se forment, les danseuses se cambrent sous l'étreinte des danseurs. Voici l'immortelle. Ses bras levés tiennent un tambour de basque ; elle sourit, puis donne le signal ; les couples s'ébranlent, suivent ses pas, imitent ses attitudes. Et moi, j'aime à suivre des yeux le tourbillon léger ; je cherche à surprendre tous les regards, toutes les paroles d'amour ; j'ai l'ivresse du rythme, dans le coin perdu où je rêve, remerciant l'immortelle, si elle m'a laissé ignorant et gauche, de m'avoir donné tout au moins le sentiment de son art harmonieux.

À vrai dire, Ninette, je la préférerais, la blonde déesse, dans son amoureuse nudité, écartant et agitant sans lois sa blanche ceinture. Je la préférerais loin des salons, se croyant cachée à tout regard profane, traçant sur le gazon ses pas les plus capricieux. Là, à peine voilée, foulant mollement l'herbe de ses pieds roses, elle agirait dans son innocente liberté, elle trouverait le secret de la mélodie du mouvement. Là, j'irais, caché dans le feuillage, admirer son beau corps, mince et flexible, et suivre du regard les jeux de l'ombre sur ses épaules, selon que son caprice l'emporterait ou la ramènerait.

Mais, parfois, je me suis pris à la détester, lorsqu'elle s'est présentée à moi sous l'aspect d'une jeune coquette, bien empesée, niaisement décente ; lorsque je l'ai vue obéir aveuglément à un orchestre, faire la moue, paraître s'ennuyer, étouffer un bâillement en s'acquittant de ses pas comme d'un devoir. Je dirai le tout : jamais je n'ai admiré sans chagrin l'immortelle dans un salon. Ses fines jambes s'embarrassent dans les grandes jupes de nos élégantes ; elle se trouve par trop gênée, elle qui ne veut être que liberté et que caprice ; et, troublée, elle se conforme lourdement à nos sottes révérences, perdant toujours sa grâce pour rencontrer souvent le ridicule.

Je voudrais pouvoir lui fermer nos portes. Si je la souffre quelquefois sous les lustres, sans trop de tristesse, c'est grâce à ses tablettes d'amour, à son carnet de danse.

Ninon, le vois-tu dans sa main, ce petit livre ? Regarde : le fermoir et le porte-crayon sont en or ; jamais on ne vit papier plus doux ni plus parfumé ; jamais reliure n'eut plus d'élégance. Voilà notre offrande à la déesse. D'autres lui ont donné la couronne et l'écharpe ; nous, par bonté d'âme, lui avons fait cadeau du carnet de danse.

Elle avait tant d'adorateurs, la pauvre enfant, on la pressait de tant d'invitations, qu'elle ne savait plus où donner de la tête. Chacun venait l'admirer en implorant un quadrille, et la coquette accordait toujours ; elle dansait, dansait, perdait la mémoire, était accablée de réclamations, se trompait encore ; de là une confusion terrible, d'immenses jalousies. Elle se retirait, les pieds brisés, la mémoire perclue[1]. On eut pitié d'elle, on lui donna le petit livre doré. Depuis ce temps, plus d'oubli, plus de confusion, plus de passe-droit. Lorsque les amants l'assiègent, elle leur présente le carnet ; chacun y inscrit son nom, c'est aux plus amoureux à arriver les premiers. Fussent-ils cent, les pages blanches sont en grand nombre. Si, lorsque les lustres pâlissent, tous n'ont pas pressé sa fine taille, qu'ils s'en prennent à leur paresse, et non à l'indifférence de l'enfant.

Sans doute, Ninon, le moyen était simple. Tu dois t'étonner de mes exclamations à propos de quelques feuilles de papier. Mais quelles charmantes feuilles, exhalant un parfum de coquetterie, pleines de doux secrets ! Quelle longue liste de beaux amoureux, dont chaque nom est un hommage, chaque page une soirée entière de triomphe et d'adoration ! Quel livre magique, contenant une vie de tendresse, où le profane ne peut épeler que de vains noms, où la jeune fille lit couramment sa beauté et l'admiration qu'elle excite !

Le Carnet de danse

    Chacun vient à son tour faire acte de soumission, chacun vient signer sa lettre d'amour. Ne sont-ce pas là, en effet, les mille signatures d'une déclaration sous-entendue ? Ne devrait-on pas, si l'on était de bonne foi, les écrire sur le premier feuillet, ces éternelles phrases, toujours jeunes ? Mais le petit livre est discret, il ne veut pas forcer sa maîtresse à rougir. Elle et lui savent seuls ce qu'il faut rêver.

    Franchement, je le soupçonne d'être fort rusé. Vois comme il se dissimule, comme il se fait naïf et nécessaire. Qu'est-il ? sinon un aide pour la mémoire, un moyen tout primitif de rendre la justice en accordant à chacun son tour. Lui, parler d'amour, troubler les jeunes filles ! On se trompe grandement. Tourne les pages, tu ne trouveras pas le plus petit « Je t'aime ». Il le dit en vérité, rien n'est plus innocent, plus naïf, plus primitif que lui. Aussi les grands-parents le voient-ils sans effroi dans les mains de leurs filles. Tandis que le billet signé d'un seul nom se cache sous le corsage, lui, la lettre aux mille signatures, se montre hardiment. On le rencontre partout au grand jour, dans les salons et dans la chambre de l'enfant. N'est-il pas le petit livre le moins dangereux qu'on connaisse ?

    Il trompe jusqu'à sa maîtresse elle-même. Quel péril peut offrir un objet d'un usage si commun, approuvé d'ailleurs par les grands-parents ? Elle le feuillette sans crainte. C'est ici qu'on peut accuser le carnet de danse de manifeste hypocrisie. Dans le silence, que penses-tu qu'il murmure à l'oreille de l'enfant ? De simples noms ? Oh ! que non pas ! mais bel et bien de longues conversations amoureuses. Il n'a plus son air de nécessité ni de désintéressement. Il babille, il caresse ; il brûle et balbutie de tendres paroles. La jeune fille se sent oppressée ; tremblante, elle continue. Et soudain la fête renaît pour elle, les lustres brillent, l'orchestre chante amoureusement ; soudain chaque nom se personnifie, et le bal, dont elle était la reine, recommence avec ses ovations, ses paroles caressantes et flatteuses.

Ah ! livre malin, quel défilé de jeunes cavaliers ! Celui-là, tout en pressant mollement sa taille, vantait ses yeux bleus ; celui-ci, ému et tremblant, ne pouvait que lui sourire ; cet autre parlait, parlait sans cesse, débitant ces mille galanteries qui, malgré leur vide de sens, en disent plus que de longs discours.

Et, lorsque la vierge s'est oubliée une fois avec lui, le rusé sait bien qu'elle reviendra. Jeune femme, elle parcourt les feuillets, les consulte avec anxiété pour connaître de combien s'est augmenté le nombre de ses admirateurs. Elle s'arrête avec un triste sourire à certains noms qu'elle ne retrouve plus sur les dernières pages, noms volages qui sans doute sont allés enrichir d'autres carnets. La plupart de ses sujets lui restent fidèles ; elle passe avec indifférence. Le petit livre rit de tout cela. Il connaît sa puissance ; il doit recevoir les caresses d'une vie entière.

La vieillesse vient, le carnet n'est pas oublié. Les dorures en sont fanées, les feuillets tiennent à peine. Sa maîtresse, qui a vieilli avec lui, paraît l'en aimer davantage. Elle en tourne encore souvent les pages et s'enivre de son lointain parfum de jeunesse.

N'est-ce pas un rôle charmant, Ninon, que celui du carnet de danse ? N'est-il pas, comme toute poésie, incompris de la foule, lu couramment des seuls initiés ? Confident des secrets de la femme, il l'accompagne dans la vie, ainsi qu'un ange d'amour versant à pleines mains les espérances et les souvenirs.

II

Georgette sortait à peine du couvent. Elle avait encore cet âge heureux où le songe et la réalité se confondent ; douce et passagère époque, l'esprit voit ce qu'il rêve et rêve ce qu'il voit. Comme tous les enfants, elle s'était laissé éblouir par les lustres flambants de ses premiers bals ; elle se croyait de bonne foi dans une sphère supérieure, parmi des êtres demi-dieux, graciés des mauvais côtés de la vie.

Légèrement brunes, ses joues avaient les reflets dorés des seins d'une fille de Sicile ; ses grands cils noirs voilaient à demi le feu de son regard. Oubliant qu'elle n'était plus sous la férule d'une sous-maîtresse, elle contenait la vie ardente qui brûlait en elle. Dans un salon, elle n'était jamais qu'une petite fille, timide, presque sotte, rougissant pour un mot et baissant les yeux.

Viens, nous nous cacherons derrière les grands rideaux, nous verrons l'indolente étendre les bras et s'éveiller en découvrant ses pieds roses. Ne sois pas jalouse, Ninon : tous mes baisers sont pour toi.

Te souviens-tu ? onze heures sonnaient. La chambre était encore sombre. Le soleil se perdait dans les épaisses draperies des fenêtres, tandis qu'une veilleuse, aux lueurs mourantes, luttait vainement avec l'ombre. Sur le lit, lorsque la flamme de la veilleuse se ravivait, apparaissaient une forme blanche, un front pur, une gorge perdue sous des flots de dentelles, plus loin, l'extrémité délicate d'un petit pied ; hors du lit, un bras de neige pendant, la main ouverte.

À deux reprises la paresseuse se retourna sur la couche pour s'endormir de nouveau, mais d'un sommeil si léger, que le subit craquement d'un meuble la fit enfin dresser à demi. Elle écarta ses cheveux tombant en désordre sur son front, elle essuya ses yeux gros de sommeil, ramenant sur ses épaules tous les coins des couvertures, croisant les bras pour se mieux voiler.

Quand elle fut bien éveillée, elle avança la main vers un cordon de sonnette qui pendait auprès d'elle ; mais elle la retira vivement ; elle sauta à terre, courut écarter elle-même les draperies des fenêtres. Un gai rayon de soleil emplit la chambre de lumière. L'enfant, surprise de ce grand jour et venant à se voir dans une glace demi-nue et en désordre, fut fort effrayée. Elle revint se blottir au fond de son lit, rouge et tremblante de ce bel exploit. Sa chambrière était une fille sotte et curieuse ; Georgette préférait sa rêverie aux bavardages de cette femme. Mais, bon Dieu ! quel grand jour il faisait, et combien les glaces sont indiscrètes !

Maintenant, sur les sièges épars, on voyait négligemment jetée une toilette de bal. La jeune fille, presque endormie, avait laissé ici sa jupe de gaze, là son écharpe, plus loin ses souliers de satin. Auprès d'elle, dans une coupe d'agate, brillaient des bijoux ; un bouquet fané se mourait à côté d'un carnet de danse.

Le front sur l'un de ses bras nus, elle prit un collier et se mit à jouer avec les perles. Puis elle le posa, ouvrit le carnet, le feuilleta. Le petit livre avait un air ennuyé et indifférent. Georgette le parcourait sans grande attention, paraissant songer à tout autre chose.

Comme elle en tournait les pages, le nom de Charles, inscrit en tête de chacune d'elles, finit par l'impatienter.

« Toujours Charles, se dit-elle. Mon cousin a une belle écriture ; voilà des lettres longues et penchées qui ont un aspect grave. La main lui tremble rarement, même lorsqu'elle presse la mienne. Mon cousin est un jeune homme très sérieux. Il doit être un jour mon mari. À chaque bal, sans m'en faire la demande, il prend mon carnet et s'inscrit pour la première danse. C'est là sans doute un droit de mari. Ce droit me déplaît. »

Le carnet devenait de plus en plus froid. Georgette, le regard perdu dans le vide, semblait résoudre quelque grave problème.

« Un mari, reprit-elle, voilà qui me fait peur. Charles me traite toujours en petite fille ; parce qu'il a remporté huit à dix prix au collège, il se croit forcé d'être pédant. Après tout, je ne sais trop pourquoi il sera mon mari ; ce n'est pas moi qui l'ai prié de m'épouser ; lui-même ne m'en a jamais demandé la permission. Nous avons joué ensemble, autrefois ; je me souviens qu'il était très méchant. Maintenant il est très poli ; je l'aimerais mieux méchant. Ainsi je vais être sa femme ; je n'avais jamais bien songé à cela ; sa femme, je n'en vois vraiment pas la raison. Charles, toujours Charles ! on dirait que je lui appartiens déjà. Je vais le prier de ne pas écrire si gros sur mon carnet : son nom tient trop de place. »

Le petit livre, qui, lui aussi, semblait las du cousin Charles, faillit se fermer d'ennui. Les carnets de danse, je le soupçonne, détestent franchement les maris. Le nôtre tourna ses feuillets et présenta sournoisement d'autres noms à Georgette.

« Louis, murmura l'enfant. Ce nom me rappelle un singulier danseur. Il est venu, sans presque me regarder, me prier de lui accorder un quadrille. Puis, aux premiers accords des instruments, il m'a entraînée à l'autre bout du salon, j'ignore pourquoi, en face d'une grande dame blonde qui le suivait des yeux. Il lui souriait par moments, et m'oubliait si bien que je me suis vue forcée, à deux reprises, de ramasser moi-même mon bouquet. Quand la danse le ramenait auprès d'elle, il lui parlait bas ; moi, j'écoutais, mais je ne comprenais point. C'était peut-être sa sœur. Sa sœur, oh! non : il lui prenait la main en tremblant ; puis, lorsqu'il tenait cette main dans la sienne, l'orchestre le rappelait vainement auprès de moi. Je demeurais là, comme une sotte, le bras tendu, ce qui faisait fort mauvais effet ; les figures en restaient toutes brouillées. C'était peut-être sa femme. Que je suis niaise ! sa femme, vraiment, oui ! Charles ne me parle jamais en dansant. C'était peut-être... »

Georgette resta les lèvres demi-closes, absorbée, pareille à un enfant mis en face d'un jouet inconnu, n'osant approcher et agrandissant les yeux pour mieux voir. Elle comptait machinalement sous ses doigts les glands de la couverture, la main droite allongée et grande ouverte sur le carnet. Celui-ci commençait à donner signe de vie ; il s'agitait, il paraissait savoir parfaitement ce qu'était la dame blonde. J'ignore si le libertin en confia le secret à la jeune fille. Elle ramena sur ses épaules la dentelle qui glissait, acheva de compter scrupuleusement les glands de la couverture, et dit enfin à demi-voix :

« C'est singulier, cette belle dame n'était sûrement ni la femme, ni la sœur de M. Louis. »

Elle se remit à feuilleter les pages. Un nom l'arrêta bientôt.

« Ce Robert est un vilain homme, reprit-elle. Je n'aurais jamais cru qu'avec un gilet d'une telle élégance, on pût avoir l'âme aussi noire. Durant un grand quart d'heure, il m'a comparée à mille belles choses, aux étoiles, aux fleurs, que sais-je, moi ? J'étais flattée, j'éprouvais tant de plaisir, que je ne savais quoi répondre. Il parlait bien et longtemps sans s'arrêter. Puis, il m'a reconduite à ma place, et là, il a manqué de pleurer en me quittant. Ensuite je me suis mise à une fenêtre ; les rideaux m'ont cachée, en retombant derrière moi. Je songeais un peu, je crois, à mon bavard de danseur, lorsque je l'ai entendu rire et causer. Il parlait à un ami d'une petite sotte, rougissant au moindre mot, d'une échappée de couvent, baissant les yeux, s'enlaidissant par un maintien trop modeste. Sans doute il parlait de Thérèse, ma bonne amie. Thérèse a de petits yeux et une grande bouche. C'est une excellente fille. Peut-être parlaient-ils de moi. Les jeunes gens mentent donc ! Alors, je serais laide. Laide ! Thérèse l'est cependant davantage. Sûrement ils parlaient de Thérèse. »

Georgette sourit et eut comme une tentation d'aller consulter son miroir.

« Puis, ajouta-t-elle, ils se sont moqués des dames qui étaient au bal. J'écoutais toujours, je finissais par ne plus comprendre. J'ai pensé qu'ils disaient de gros mots. Comme je ne pouvais m'éloigner, je me suis bravement bouché les oreilles. »

Le carnet de danse était en pleine hilarité. Il se mit à débiter une foule de noms pour prouver à Georgette que Thérèse était bien la petite sotte enlaidie par un maintien trop modeste.

« Paul a des yeux bleus, dit-il. Certes, Paul n'est pas menteur, et je l'ai entendu te dire des paroles bien douces.

— Oui, oui, répéta Georgette, M. Paul a des yeux bleus, et M. Paul n'est pas menteur. Il a des moustaches blondes que je préfère beaucoup à celles de Charles.

— Ne me parle pas de Charles, reprit le carnet ; ses moustaches ne méritent pas le moindre sourire. Que penses-tu d'Édouard ? il est timide et n'ose parler que du regard. Je ne sais si tu comprends ce langage. Et Jules ? il n'y a que toi, assure-t-il, qui saches valser. Et Lucien, et Georges, et Albert ? Tous te trouvent charmante et quêtent pendant de longues heures l'aumône de ton sourire. »

Georgette se remit à compter les glands de la couverture. Le bavardage du carnet commençait à l'effrayer. Elle le sentait qui brûlait ses mains ; elle eût voulu le fermer et n'en avait pas le courage.

« Car tu étais reine, continua le démon. Tes dentelles se refusaient à cacher tes bras nus, ton front de seize ans faisait pâlir ta couronne. Ah ! ma Georgette, tu ne pouvais tout voir, sans cela tu aurais eu pitié. Les pauvres garçons sont bien malades à l'heure qu'il est ! »

Et il eut un silence plein de commisération. L'enfant qui l'écoutait, souriante, effarouchée, le voyant rester muet :

« Un nœud de ma robe était tombé, dit-elle. Sûrement cela me rendait laide. Les jeunes gens devaient se moquer en passant. Ces couturières ont si peu de soin !

— N'a-t-il pas dansé avec toi ? interrompit le carnet.

— Qui donc ? » demanda Georgette, en rougissant si fort que ses épaules devinrent toutes roses.

Et, prononçant enfin un nom qu'elle avait depuis un quart d'heure sous les yeux, et que son cœur épelait, tandis que ses lèvres parlaient de robe déchirée :

« M. Edmond, dit-elle, m'a paru triste, hier soir. Je le voyais de loin me regarder. Comme il n'osait approcher, je me suis levée, je suis allée à lui. Il a bien été forcé de m'inviter.

— J'aime beaucoup M. Edmond », soupira le petit livre.

Georgette fit mine de ne pas entendre. Elle continua :

« En dansant, j'ai senti sa main trembler sur ma taille. Il a bégayé quelques mots, se plaignant de la chaleur. Moi, voyant que les roses de mon bouquet lui faisaient envie, je lui en ai donné une. Il n'y a pas de mal à cela.

— Oh! non! Puis, en prenant la fleur, ses lèvres, par un singulier hasard, se sont trouvées près de tes doigts. Il les a baisés un petit peu.

— Il n'y a pas de mal à cela, répéta Georgette qui depuis un instant se tourmentait fort sur le lit.

— Oh! non! J'ai à te gronder vraiment de lui avoir tant fait attendre ce pauvre baiser. Edmond ferait un charmant petit mari. »

L'enfant, de plus en plus troublée, ne s'aperçut pas que son fichu était tombé et que l'un de ses pieds avait rejeté la couverture.

« Un charmant petit mari, répéta-t-elle de nouveau.

— Moi, je l'aime bien, reprit le tentateur. Si j'étais à ta place, vois-tu, je lui rendrais volontiers son baiser. »

Georgette fut scandalisée. Le bon apôtre continua :

« Rien qu'un baiser, là, doucement sur son nom. Je ne le lui dirai pas. »

La jeune fille jura ses grands dieux qu'elle n'en ferait rien. Et, je ne sais comment, la page se trouva sous ses lèvres. Elle n'en sut rien elle-même. Tout en protestant, elle baisa le nom à deux reprises.

Alors, elle aperçut son pied, qui riait dans un rayon de soleil. Confuse, elle ramenait la couverture, quand elle acheva de perdre la tête en entendant crier la clé dans la serrure.

Le carnet de danse se glissa parmi les dentelles et disparut en toute hâte sous l'oreiller.

C'était la chambrière.

CELLE QUI M'AIME

I

Celle qui m'aime est-elle grande dame, toute de soie, de dentelles et de bijoux, rêvant à nos amours, sur le sofa d'un boudoir ? marquise ou duchesse, mignonne et légère comme un rêve, traînant languissamment sur les tapis les flots de ses jupes blanches et faisant une petite moue plus douce qu'un sourire ?

Celle qui m'aime est-elle grisette pimpante, trottant menu, se troussant pour sauter les ruisseaux, quêtant d'un regard l'éloge de sa jambe fine ? Est-elle la bonne fille qui boit dans tous les verres, vêtue de satin aujourd'hui, d'indienne grossière demain, trouvant dans les trésors de son cœur un brin d'amour pour chacun ?

Celle qui m'aime est-elle l'enfant blonde s'agenouillant pour prier au côté de sa mère ? la vierge folle m'appelant le soir dans l'ombre des ruelles ? Est-elle la brune paysanne qui me regarde au passage et qui emporte mon souvenir au milieu des blés et des vignes mûres ? la pauvresse qui me remercie de mon aumône ? la femme d'un autre, amant ou mari, que j'ai suivie un jour et que je n'ai plus revue ?

Celle qui m'aime est-elle fille d'Europe, blanche comme l'aube ? fille d'Asie, au teint jaune et doré comme un coucher de soleil ? ou fille du désert, noire comme une nuit d'orage ?

Celle qui m'aime est-elle séparée de moi par une mince cloison ? est-elle au-delà des mers ? est-elle au-delà des étoiles ?

Celle qui m'aime est-elle encore à naître ? est-elle morte il y a cent ans ?

II

Hier, je l'ai cherchée sur un champ de foire. Il y avait fête au faubourg, et le peuple endimanché montait bruyamment par les rues.

On venait d'allumer les lampions. L'avenue, de distance en distance, était ornée de poteaux jaunes et bleus, garnis de petits pots de couleur, où brûlaient des mèches fumeuses que le vent effarait. Dans les arbres, vacillaient des lanternes vénitiennes. Des baraques en toile bordaient les trottoirs, laissant traîner dans le ruisseau les franges de leurs rideaux rouges. Les faïences dorées, les bonbons fraîchement peints, le clinquant des étalages, miroitaient à la lumière crue des quinquets.

Il y avait dans l'air une odeur de poussière, de pain d'épice et de gaufres à la graisse. Les orgues chantaient ; les paillasses enfarinés riaient et pleuraient sous une grêle de soufflets et de coups de pied. Une nuée chaude pesait sur cette joie.

Au-dessus de cette nuée, au-dessus de ces bruits, s'élargissait un ciel d'été, aux profondeurs pures et mélancoliques. Un ange venait d'illuminer l'azur pour quelque fête divine, fête souverainement calme de l'infini.

Perdu dans la foule, je sentais la solitude de mon cœur. J'allais, suivant du regard les jeunes filles qui me souriaient au passage, me disant que je ne reverrais plus ces sourires. Cette pensée de tant de lèvres amoureuses, entrevues un instant et perdues à jamais, était une angoisse pour mon âme.

J'arrivai ainsi à un carrefour, au milieu de l'avenue. À gauche, appuyée contre un orme, se dressait une baraque isolée. Sur le devant, quelques planches mal jointes formaient estrade, et deux lanternes éclairaient la porte, qui n'était autre chose qu'un pan de toile relevé en façon de rideau. Comme je m'arrêtais, un homme portant un costume de magicien, grande robe noire et chapeau en pointe semé d'étoiles, haranguait la foule du haut des planches.

« Entrez, criait-il, entrez, mes beaux messieurs, entrez, mes belles demoiselles ! J'arrive en toute hâte du fond de l'Inde pour réjouir les jeunes cœurs. C'est là que j'ai conquis, au péril de ma vie, le Miroir d'amour, que gardait un horrible Dragon. Mes beaux messieurs, mes belles demoiselles, je vous apporte la réalisation de vos rêves. Entrez, entrez voir Celle qui vous aime ! Pour deux sous Celle qui vous aime ! »

Une vieille femme, vêtue en bayadère, souleva le pan de toile. Elle promena sur la foule un regard hébété ; puis, d'une voix épaisse :

« Pour deux sous, cria-t-elle, pour deux sous Celle qui vous aime ! Entrez voir Celle qui vous aime ! »

III

Le magicien battit une fantaisie entraînante sur la grosse caisse. La bayadère se pendit à une cloche et accompagna.

Le peuple hésitait. Un âne savant jouant aux cartes offre un vif intérêt; un hercule soulevant des poids de cent livres est un spectacle dont on ne saurait se lasser; on ne peut nier non plus qu'une géante deminue ne soit faite pour distraire agréablement tous les âges. Mais voir Celle qui vous aime, voilà bien la chose dont on se soucie le moins, et qui ne promet pas la plus légère émotion.

Moi, j'avais écouté avec ferveur l'appel de l'homme à la grande robe. Ses promesses répondaient au désir de mon cœur; je voyais une Providence dans le hasard qui venait de diriger mes pas. Ce misérable grandit singulièrement à mes yeux, de tout l'étonnement que j'éprouvais à l'entendre lire mes secrètes pensées. Il me sembla le voir fixer sur moi des regards flamboyants, battant la grosse caisse avec une furie diabolique, me criant d'entrer d'une voix plus haute que celle de la cloche.

Je posais le pied sur la première planche, lorsque je me sentis arrêté. M'étant tourné, je vis au pied de l'estrade un homme me retenant par mon vêtement. Cet homme était grand et maigre; il avait de larges mains couvertes de gants de fil plus larges encore, et portait un chapeau devenu rouge, un habit noir blanchi aux coudes, et de déplorables culottes de casimir[1], jaunes de graisse et de boue. Il se plia en deux, dans une longue et exquise révérence, puis, d'une voix flûtée, me tint ce discours :

« Je suis fâché, monsieur, qu'un jeune homme bien

élevé donne un mauvais exemple à la foule. C'est une grande légèreté que d'encourager dans son impudence ce coquin spéculant sur nos mauvais instincts ; car je trouve profondément immorales ces paroles criées en plein vent, qui appellent filles et garçons à une débauche du regard et de l'esprit. Ah ! monsieur, le peuple est faible. Nous avons, nous les hommes rendus forts par l'instruction, nous avons, songez-y, de graves et impérieux devoirs. Ne cédons pas à de coupables curiosités, soyons dignes en toutes choses. La moralité de la société dépend de nous, monsieur. »

Je l'écoutai parler. Il n'avait pas lâché mon vêtement et ne pouvait se décider à achever sa révérence. Son chapeau à la main, il discourait avec un calme si complaisant, que je ne songeai pas à me fâcher. Je me contentai, quand il se tut, de le regarder en face, sans lui répondre. Il vit une question dans ce silence.

« Monsieur, reprit-il avec un nouveau salut, monsieur, je suis l'Ami du peuple[1], et j'ai pour mission le bonheur de l'humanité. »

Il prononça ces mots avec un modeste orgueil, en se grandissant brusquement de toute sa haute taille. Je lui tournai le dos et montai sur l'estrade. Avant d'entrer, comme je soulevais le pan de toile, je le regardai une dernière fois. Il avait délicatement pris de sa main droite les doigts de sa main gauche, cherchant à effacer les plis de ses gants qui menaçaient de le quitter.

Puis, croisant les bras, l'Ami du peuple contempla la bayadère avec tendresse.

IV

Je laissai retomber le rideau et me trouvai dans le temple. C'était une sorte de chambre longue et étroite, sans aucun siège, aux murs de toile, éclairée par un seul quinquet. Quelques personnes, des filles curieuses, des garçons faisant tapage, s'y trouvaient déjà réunies. Tout se passait d'ailleurs avec la plus grande décence : une corde, tendue au milieu de la pièce, séparait les hommes des femmes.

Le Miroir d'amour, à vrai dire, n'était autre chose que deux glaces sans tain, une dans chaque compartiment, petites vitres rondes donnant sur l'intérieur de la baraque. Le miracle promis s'accomplissait avec une admirable simplicité : il suffisait d'appliquer l'œil droit contre la vitre, et au-delà, sans qu'il soit question de tonnerre ni de soufre, apparaissait la bien-aimée. Comment ne pas croire à une vision aussi naturelle !

Je ne me sentis pas la force de tenter l'épreuve dès l'entrée. La bayadère m'avait regardé au passage, d'un regard qui me donnait froid au cœur. Savais-je, moi, ce qui m'attendait derrière cette vitre : peut-être un horrible visage, aux yeux éteints, aux lèvres violettes ; une centenaire avide de jeune sang, une de ces créatures difformes que je vois, la nuit, passer dans mes mauvais rêves. Je ne croyais plus aux blondes créations dont je peuple charitablement mon désert. Je me rappelais toutes les laides qui me témoignent quelque affection, et je me demandais avec terreur si ce n'était pas une de ces laides que j'allais voir apparaître.

Je me retirai dans un coin. Pour reprendre courage, je regardai ceux qui, plus hardis que moi, consultaient le destin, sans tant de façons. Je ne tardai pas à goûter un singulier plaisir au spectacle de ces diverses figures, l'œil droit grand ouvert, le gauche fermé avec deux doigts, ayant chacune leur sourire, selon que la vision plaisait plus ou moins. La vitre se trouvant un peu basse, il fallait se courber légèrement. Rien ne me parut plus grotesque que ces hommes venant à la file voir l'âme sœur de leur âme par un trou de quelques centimètres de tour.

Deux soldats s'avancèrent d'abord : un sergent bruni au soleil d'Afrique, et un jeune conscrit, garçon sentant encore le labour, les bras gênés dans une capote trois fois trop grande. Le sergent eut un rire sceptique. Le conscrit demeura longtemps courbé, singulièrement flatté d'avoir une bonne amie.

Puis vint un gros homme en veste blanche, à la face rouge et bouffie, qui regarda tranquillement, sans grimace de joie ni de déplaisir, comme s'il eût été tout naturel qu'il pût être aimé de quelqu'un.

Il fut suivi par trois écoliers, bonshommes de quinze ou seize ans, à la mine effrontée, se poussant pour faire accroire qu'ils avaient l'honneur d'être ivres. Tous trois jurèrent qu'ils reconnaissaient leur tante.

Ainsi les curieux se succédaient devant la vitre, et je ne saurais me rappeler aujourd'hui les différentes expressions de physionomie qui me frappèrent alors. Ô vision de la bien-aimée ! quelles rudes vérités tu faisais dire à ces yeux grands ouverts ! Ils étaient les vrais Miroirs d'amour, Miroirs où la grâce de la femme se reflétait en une lueur louche où la luxure s'étalait dans de la bêtise.

V

Les filles, à l'autre carreau, s'égayaient d'une plus honnête façon. Je ne lisais que beaucoup de curiosité sur leurs visages ; pas le moindre vilain désir, pas la plus petite méchante pensée. Elles venaient tour à tour jeter un regard étonné par l'étroite ouverture, et se retiraient, les unes un peu songeuses, les autres riant comme des folles.

À vrai dire, je ne sais trop ce qu'elles faisaient là. Je serais femme, si peu que je fusse jolie, que je n'aurais jamais la sotte idée de me déranger pour aller voir l'homme qui m'aime. Les jours où mon cœur pleurerait d'être seul, ces jours-là sont jours de printemps et de beau soleil, je m'en irais dans un sentier en fleurs me faire adorer de chaque passant. Le soir, je reviendrais riche d'amour.

Certes, mes curieuses n'étaient pas toutes également jolies. Les belles se moquaient bien de la science du magicien, depuis longtemps elles n'avaient plus besoin de lui. Les laides, au contraire, ne s'étaient jamais trouvées à pareille fête. Il en vint une, aux cheveux rares, à la bouche grande, qui ne pouvait s'éloigner du miroir magique ; elle gardait aux lèvres le sourire joyeux et navrant du pauvre apaisant sa faim après un long jeûne.

Je me demandai quelles belles idées s'éveillaient dans ces têtes folles. Ce n'était pas un mince problème. Toutes avaient, à coup sûr, vu en songe un prince se mettre à leurs genoux ; toutes désiraient mieux connaître l'amant dont elles se souvenaient confusément au réveil. Il y eut sans doute beaucoup de déceptions ; les princes deviennent rares, et les yeux de notre âme, qui s'ouvrent la nuit sur un monde meilleur, sont des yeux bien autrement complaisants que ceux dont nous nous servons le jour. Il y eut aussi de grandes joies ; le songe se réalisait, l'amant avait la fine moustache et la noire chevelure rêvées.

Ainsi chacune, dans quelques secondes, vivait une vie d'amour. Romans naïfs, rapides comme l'espérance, qui se devinaient dans la rougeur des joues et dans les frissons plus amoureux du corsage.

Après tout, ces filles étaient peut-être des sottes, et je suis un sot moi-même d'avoir vu tant de choses, lorsqu'il n'y avait sans doute rien à voir. Toutefois, je me rassurai complètement à les étudier. Je remarquai qu'hommes et femmes paraissaient en général fort satisfaits de l'apparition. Le magicien n'aurait certes jamais eu le mauvais cœur de causer le moindre déplaisir à de braves gens qui lui donnaient deux sous.

Je m'approchai, j'appliquai, sans trop d'émotion, mon œil droit contre la vitre. J'aperçus, entre deux grands rideaux rouges, une femme accoudée au dossier d'un fauteuil. Elle était vivement éclairée par des quinquets que je ne pouvais voir, et se détachait sur une toile peinte, tendue au fond ; cette toile, coupée par endroits, avait dû représenter jadis un galant bocage d'arbres bleus.

Celle qui m'aime portait, en vision bien née, une longue robe blanche, à peine serrée à la taille, traînant sur le plancher en façon de nuage. Elle avait au front un large voile également blanc, retenu par une couronne de fleurs d'aubépine. Le cher ange était, ainsi vêtu, toute blancheur, toute innocence.

Elle s'appuyait coquettement, tournant les yeux vers moi, de grands yeux bleus caressants. Elle me parut ravissante sous le voile : tresses blondes perdues dans la mousseline, front candide de vierge, lèvres délicates, fossettes qui sont nids à baisers. Au premier regard, je la pris pour une sainte ; au second, je lui trouvai un air bonne fille, point bégueule du tout et fort accommodant.

Elle porta trois doigts à ses lèvres, et m'envoya un baiser, avec une révérence qui ne se sentait aucunement du royaume des ombres. Voyant qu'elle ne se décidait pas à s'envoler, je fixai ses traits dans ma mémoire, et je me retirai.

Comme je sortais, je vis entrer l'Ami du peuple. Ce grave moraliste, qui parut m'éviter, courut donner le mauvais exemple d'une coupable curiosité. Sa longue échine, courbée en demi-cercle, frémit de désir ; puis, ne pouvant aller plus loin, il baisa le verre magique.

VI

Je descendis les trois planches, je me trouvai de nouveau dans la foule, décidé à chercher Celle qui m'aime, maintenant que je connaissais son sourire.

Les lampions fumaient, le tumulte croissait, le peuple se pressait à renverser les baraques. La fête en était à cette heure de joie idéale, où l'on risque d'avoir le bonheur d'être étouffé.

J'avais, en me dressant, un horizon de bonnets de linge et de chapeaux de soie. J'avançais, poussant les hommes, tournant avec précaution les grandes jupes des dames. Peut-être était-ce cette capote rose ; peut-être cette coiffe de tulle ornée de rubans mauves ; peut-être cette délicieuse toque de paille à plume d'autruche. Hélas ! la capote avait soixante ans ; la coiffe, abominablement laide, s'appuyait amoureusement à l'épaule d'un sapeur ; la toque riait aux éclats, agrandissant les plus beaux yeux du monde, et je ne reconnaissais point ces beaux yeux.

Il y a, au-dessus des foules, je ne sais quelle angoisse, quelle immense tristesse, comme s'il se dégageait de la multitude un souffle de terreur et de pitié. Jamais je ne me suis trouvé dans un grand rassemblement de peuple sans éprouver un vague malaise. Il me semble qu'un épouvantable malheur menace ces hommes réunis, qu'un seul éclair va suffire, dans l'exaltation de leurs gestes et de leurs voix, pour les frapper d'immobilité, d'éternel silence.

Peu à peu, je ralentis le pas, regardant cette joie qui me navrait. Au pied d'un arbre, en plein dans la lumière jaune des lampions, se tenait debout un vieux mendiant, le corps roidi, horriblement tordu par une paralysie. Il levait vers les passants sa face blême, clignant les yeux d'une façon lamentable, pour mieux exciter la pitié. Il donnait à ses membres de brusques frissons de fièvre, qui le secouaient comme une branche sèche. Les jeunes filles, fraîches et rougissantes, passaient en riant devant ce hideux spectacle.

Plus loin, à la porte d'un cabaret, deux ouvriers se battaient. Dans la lutte, les verres avaient été renversés, et à voir couler le vin sur le trottoir, on eût dit le sang de larges blessures.

Les rires me parurent se changer en sanglots, les lumières devinrent un vaste incendie, la foule tourna, frappée d'épouvante. J'allais, me sentant triste à mourir, interrogeant les jeunes visages, et ne pouvant trouver Celle qui m'aime.

VII

Je vis un homme debout devant un des poteaux qui portaient les lampions, et le considérant d'un air profondément absorbé. À ses regards inquiets, je crus comprendre qu'il cherchait la solution de quelque grave problème. Cet homme était l'Ami du peuple.

Ayant tourné la tête, il m'aperçut.

« Monsieur, me dit-il, l'huile employée dans les fêtes coûte vingt sous le litre. Dans un litre, il y a vingt godets comme ceux que vous voyez là : soit un sou d'huile par godet. Or, ce poteau a seize rangs de huit godets chacun : cent vingt-huit godets en tout. De plus — suivez bien mes calculs —, j'ai compté soixante poteaux semblables dans l'avenue, ce qui fait sept mille six cent quatre-vingts godets, ce qui fait par conséquent sept mille six cent quatre-vingts sous, ou mieux trois cent quatre-vingt-quatre francs. »

En parlant ainsi, l'Ami du peuple gesticulait, appuyant de la voix sur les chiffres, courbant sa longue taille, comme pour se mettre à la portée de mon faible entendement. Quand il se tut, il se renversa triomphalement en arrière ; puis, il croisa les bras, me regardant en face d'un air pénétré.

« Trois cent quatre-vingt-quatre francs d'huile ! s'écria-t-il, en scandant chaque syllabe, et le pauvre peuple manque de pain, monsieur ! Je vous le demande, et je vous le demande les larmes aux yeux, ne serait-il pas plus honorable pour l'humanité, de distribuer ces trois cent quatre-vingt-quatre francs aux trois mille indigents que l'on compte dans ce faubourg ? Une mesure aussi charitable donnerait à chacun d'eux environ deux sous et demi de pain. Cette pensée est faite pour faire réfléchir les âmes tendres, monsieur. »

Voyant que je le regardais curieusement, il continua d'une voix mourante, en assurant ses gants entre ses doigts :

« Le pauvre ne doit pas rire, monsieur. Il est tout à fait déshonnête qu'il oublie sa pauvreté pendant une heure. Qui donc pleurerait sur les malheurs du peuple, si le gouvernement lui donnait souvent de pareilles saturnales ? »

Il essuya une larme et me quitta. Je le vis entrer chez un marchand de vin, où il noya son émotion dans cinq ou six petits verres pris coup sur coup sur le comptoir.

VIII

Le dernier lampion venait de s'éteindre. La foule s'en était allée. Aux clartés vacillantes des réverbères, je ne voyais plus errer sous les arbres que quelques formes noires, couples d'amoureux attardés, ivrognes et sergents de ville promenant leur mélancolie. Les baraques s'allongeaient grises et muettes, aux deux bords de l'avenue, comme les tentes d'un camp désert.

Le vent du matin, un vent humide de rosée, donnait un frisson aux feuilles des ormes. Les émanations âcres de la soirée avaient fait place à une fraîcheur délicieuse. Le silence attendri, l'ombre transparente de l'infini tombaient lentement des profondeurs du ciel, et la fête des étoiles succédait à la fête des lampions. Les honnêtes gens allaient enfin pouvoir se divertir un peu.

Je me sentais tout ragaillardi, l'heure de mes joies étant venue. Je marchais d'un bon pas, montant et descendant les allées, lorsque je vis une ombre grise glisser le long des maisons. Cette ombre venait à moi, rapidement, sans paraître me voir ; à la légèreté de la démarche, au rythme cadencé des vêtements, je reconnus une femme.

Elle allait me heurter, quand elle leva instinctivement les yeux. Son visage m'apparut à la lueur d'une lanterne voisine, et voilà que je reconnus Celle qui m'aime : non pas l'immortelle au blanc nuage de mousseline ; mais une pauvre fille de la terre, vêtue d'indienne déteinte. Dans sa misère, elle me parut charmante encore, bien que pâle et fatiguée. Je ne pouvais douter : c'étaient là les grands yeux, les lèvres caressantes de la vision ; et c'était de plus, à la voir ainsi de près, la suavité de traits que donne la souffrance.

Comme elle s'arrêtait une seconde, je saisis sa main, que je baisai. Elle leva la tête et me sourit vaguement, sans chercher à retirer ses doigts. Me voyant rester muet, l'émotion me serrant à la gorge, elle haussa les épaules, en reprenant sa marche rapide.

Je courus à elle, je l'accompagnai, mon bras serré à sa taille. Elle eut un rire silencieux ; puis frissonna et dit à voix basse :

« J'ai froid : marchons vite. »

Pauvre ange, elle avait froid ! Sous le mince châle noir, ses épaules tremblaient au vent frais de la nuit. Je l'embrassai sur le front, je lui demandai doucement :

« Me connais-tu ? »

Une troisième fois, elle leva les yeux, et sans hésiter :

« Non », me répondit-elle.

Je ne sais quel rapide raisonnement se fit dans mon esprit. À mon tour je frissonnai.

« Où allons-nous ? » lui demandai-je de nouveau.

Elle haussa les épaules, avec une petite moue d'insouciance ; elle me dit de sa voix d'enfant :

« Mais où tu voudras, chez moi, chez toi, peu importe. »

IX

Nous marchions toujours, descendant l'avenue.

J'aperçus sur un banc deux soldats, dont l'un discourait gravement, tandis que l'autre écoutait avec respect. C'était le sergent et le conscrit. Le sergent, qui me parut très ému, m'adressa un salut moqueur, en murmurant :

« Les riches prêtent parfois, monsieur. »

Le conscrit, âme tendre et naïve, me dit d'un ton dolent :

« Je n'avais qu'elle, monsieur : vous me volez Celle qui m'aime. »

Je traversai la route et pris l'autre allée.

Trois gamins venaient à nous, se tenant par les bras et chantant à tue-tête. Je reconnus les écoliers. Les petits malheureux n'avaient plus besoin de feindre l'ivresse. Ils s'arrêtèrent, pouffant de rire, puis me suivirent quelques pas, me criant chacun d'une voix mal assurée :

« Hé ! monsieur, madame vous trompe, madame est Celle qui m'aime ! »

Je sentais une sueur froide mouiller mes tempes. Je précipitais mes pas, ayant hâte de fuir, ne pensant plus à cette femme que j'emportais dans mes bras. Au bout de l'avenue, comme j'allais enfin quitter ce lieu maudit, je heurtai, en descendant du trottoir, un homme commodément assis dans le ruisseau. Il appuyait la tête sur la dalle, la face tournée vers le ciel, se livrant sur ses doigts à un calcul fort compliqué.

Il tourna les yeux, et, sans quitter l'oreiller :

« Ah ! c'est vous, monsieur, me dit-il en balbutiant. Vous devriez bien m'aider à compter les étoiles. J'en ai déjà trouvé plusieurs millions, mais je crains d'en oublier quelqu'une. C'est de la statistique seule, monsieur, que dépend le bonheur de l'humanité. »

Un hoquet l'interrompit. Il reprit en larmoyant :

« Savez-vous combien coûte une étoile ? Sûrement le bon Dieu a fait là-haut une grosse dépense, et le peuple manque de pain, monsieur ! À quoi bon ces lampions ? Est-ce que cela se mange ? Quelle en est l'application pratique, je vous prie ? Nous avions bien besoin de cette fête éternelle. Allez, Dieu n'a jamais eu la moindre teinte d'économie sociale. »

Il avait réussi à se mettre sur son séant ; il promenait autour de lui des regards troubles, hochant la tête d'un air indigné. C'est alors qu'il vint à apercevoir ma compagne. Il tressaillit, et, le visage pourpre, tendit avidement les bras.

« Eh ! eh ! reprit-il, c'est Celle qui m'aime. »

X

. . . .
. . . .

« Voici, me dit-elle, je suis pauvre, je fais ce que je peux pour manger. L'hiver dernier, je passais quinze heures courbée sur un métier, et je n'avais pas du pain tous les jours. Au printemps, j'ai jeté mon aiguille par la fenêtre. Je venais de trouver une occupation moins fatigante et plus lucrative.

« Je m'habille chaque soir de mousseline blanche.

Seule dans une sorte de réduit, appuyée au dossier d'un fauteuil, j'ai pour tout travail à sourire depuis six heures jusqu'à minuit. De temps à autre, je fais une révérence, j'envoie un baiser dans le vide. On me paie cela trois francs par séance.

« En face de moi, derrière une petite vitre enchâssée dans la cloison, je vois sans cesse un œil qui me regarde. Il est tantôt noir, tantôt bleu. Sans cet œil, je serais parfaitement heureuse ; il gâte le métier. Par moments, à le rencontrer toujours seul et fixe, il me prend de folles terreurs ; je suis tentée de crier et de fuir.

« Mais il faut bien travailler pour vivre. Je souris, je salue, j'envoie un baiser. À minuit, j'efface mon rouge et je remets ma robe d'indienne. Bah ! que de femmes, sans y être forcées, font ainsi les gracieuses devant un mur. »

LA FÉE AMOUREUSE

Entends-tu, Ninon, la pluie de décembre battre nos vitres ? Le vent se plaint dans le long corridor. C'est une vilaine soirée, une de ces soirées où le pauvre grelotte à la porte du riche que le bal entraîne dans ses danses, sous les lustres dorés. Laisse là tes souliers de satin, viens t'asseoir sur mes genoux, près de l'âtre brûlant. Laisse là ta riche parure : je veux ce soir te dire un conte, un beau conte de fées.

Tu sauras, Ninon, qu'il y avait autrefois, sur le haut d'une montagne, un vieux château sombre et lugubre. Ce n'étaient que tourelles, que remparts, que ponts-levis chargés de chaînes ; des hommes couverts de fer veillaient nuit et jour sur les créneaux, et seuls les soldats trouvaient bon accueil auprès du comte Enguerrand, le seigneur du manoir.

Si tu l'avais aperçu, le vieux guerrier, se promenant dans les longues galeries, si tu avais entendu les éclats de sa voix brève et menaçante, tu aurais tremblé d'effroi, tout comme tremblait sa nièce Odette, la pieuse et jolie damoiselle. N'as-tu jamais remarqué, le matin, une pâquerette s'épanouir aux premiers baisers du soleil parmi des orties et des ronces ? Telle s'épanouissait la jeune fille parmi de rudes chevaliers.

Enfant, lorsque au milieu de ses jeux elle apercevait son oncle, elle s'arrêtait, et ses yeux se gonflaient de larmes. Maintenant, elle était grande et belle ; son sein s'emplissait de vagues soupirs ; et un effroi plus âpre encore la saisissait, chaque fois que venait à paraître le seigneur Enguerrand.

Elle demeurait dans une tourelle éloignée, s'occupant à broder de belles bannières, se reposant de ce travail en priant Dieu, en contemplant de sa fenêtre la campagne d'émeraude et le ciel d'azur. Que de fois, la nuit, se levant de sa couche, elle était venue regarder les étoiles, et, là, que de fois son cœur de seize ans s'était élancé vers les espaces célestes, demandant à ces sœurs radieuses ce qui pouvait l'agiter ainsi. Après ces nuits sans sommeil, après ces élans d'amour, elle avait des envies de se suspendre au cou du vieux chevalier ; mais une rude parole, un froid regard l'arrêtaient, et, tremblante, elle reprenait son aiguille. Tu plains la pauvre fille, Ninon ; elle était comme la fleur fraîche et embaumée dont on dédaigne l'éclat et le parfum.

Un jour, Odette la désolée suivait de l'œil en rêvant deux tourterelles qui fuyaient, lorsqu'elle entendit une voix douce au pied du château. Elle se pencha, elle vit un beau jeune homme qui, la chanson sur les lèvres, réclamait l'hospitalité. Elle écouta et ne comprit pas les paroles ; mais la voix douce oppressait son cœur, des larmes coulaient lentement le long de ses joues, mouillant une tige de marjolaine qu'elle tenait à la main.

Le château resta fermé, un homme d'armes cria des murs :

« Retirez-vous ! il n'y a céans que des guerriers. »

Odette regardait toujours. Elle laissa échapper la tige de marjolaine humide de larmes, qui s'en alla tomber aux pieds du chanteur. Ce dernier, levant les yeux, voyant cette tête blonde, baisa la branche et s'éloigna, se retournant à chaque pas.

Quand il eut disparu, Odette se mit à son prie-Dieu, où elle fit une longue prière. Elle remerciait le ciel sans savoir pourquoi ; elle se sentait heureuse, tout en ignorant le sujet de sa joie.

La nuit, elle eut un beau rêve. Il lui sembla voir la tige de marjolaine qu'elle avait jetée. Lentement, du sein des feuilles frissonnantes, se dressa une fée, mais une fée si mignonne, avec des ailes de flamme, une couronne de myosotis et une longue robe verte, couleur de l'espérance.

« Odette, dit-elle harmonieusement, je suis la fée Amoureuse. C'est moi qui t'ai envoyé ce matin Loïs, le jeune homme à la voix douce ; c'est moi qui, voyant tes pleurs, ai voulu les sécher. Je vais par la terre glanant des cœurs et rapprochant ceux qui soupirent. Je visite la chaumière aussi bien que le manoir, je me suis plu souvent à unir la houlette au sceptre des rois. Je sème des fleurs sous les pas de mes protégés, je les enchaîne avec des fils si brillants et si précieux, que leurs cœurs en tressaillent de joie. J'habite les herbes des sentiers, les tisons étincelants du foyer d'hiver, les draperies du lit des époux ; et partout où mon pied se pose, naissent les baisers et les tendres causeries. Ne pleure plus, Odette : je suis Amoureuse, la bonne fée, et je viens sécher tes larmes. »

Et elle rentra dans sa fleur, qui redevint bouton en repliant ses feuilles.

Tu le sais bien, toi, Ninon, que la fée Amoureuse existe. Vois-la danser dans notre foyer, et plains les pauvres gens qui ne croiront pas à ma belle fée.

Lorsque Odette s'éveilla, un rayon de soleil éclairait sa chambre, un chant d'oiseau montait du dehors, et le vent du matin caressait ses tresses blondes, parfumé du premier baiser qu'il venait de donner aux fleurs. Elle se leva, joyeuse, elle passa la journée à chanter, espérant en ce que lui avait dit la bonne fée. Elle regardait par instants la campagne, souriant à chaque oiseau qui passait, sentant en elle des élans qui la faisaient bondir et frapper ses petites mains l'une contre l'autre.

Le soir venu, elle descendit dans la grande salle du château. Près du comte Enguerrand se trouvait un chevalier qui écoutait les récits du vieillard. Elle prit sa quenouille, s'assit devant l'âtre où chantait le grillon, et le fuseau d'ivoire tourna rapidement entre ses doigts.

Au fort de son travail, ayant jeté les yeux sur le chevalier, elle lui vit la tige de marjolaine entre les mains, et voilà qu'elle reconnut Loïs à la voix douce. Un cri de joie faillit lui échapper. Pour cacher sa rougeur, elle se pencha vers les cendres, remuant les tisons avec une longue tige de fer. Le brasier crépita, les flammes s'effarèrent, des gerbes bruyantes jaillirent, et soudain, du milieu des étincelles, surgit Amoureuse, souriante et empressée. Elle secoua de sa robe verte les parcelles embrasées qui couraient sur la soie, pareilles à des paillettes d'or ; elle s'élança dans la salle, elle vint, invisible pour le comte, se placer derrière les jeunes gens. Là, tandis que le vieux chevalier contait un combat effroyable contre les Infidèles, elle leur dit doucement :

« Aimez-vous, mes enfants. Laissez les souvenirs à l'austère vieillesse, laissez-lui les longs récits auprès des tisons ardents. Qu'au pétillement de la flamme ne se mêle que le bruit de vos baisers. Plus tard il sera temps d'adoucir vos chagrins en vous rappelant ces douces heures. Quand on aime à seize ans, la voix est inutile ; un seul regard en dit plus qu'un grand discours. Aimez-vous, mes enfants ; laissez parler la vieillesse. »

Puis elle les recouvrit de ses ailes, si bien que le comte, qui expliquait comme quoi le géant Buch Tête-de-Fer fut occis par un terrible coup de Giralda la lourde épée[1], ne vit pas Loïs déposant son premier baiser sur le front d'Odette frissonnante.

Il faut, Ninon, que je te parle de ces belles ailes de ma fée Amoureuse. Elles étaient transparentes comme verre et menues comme ailes de moucheron. Mais, lorsque deux amants se trouvaient en péril d'être vus, elles grandissaient, grandissaient, et devenaient si obscures, si épaisses, qu'elles arrêtaient les regards et étouffaient le bruit des baisers. Aussi le vieillard continua-t-il longtemps son prodigieux récit, et longtemps Loïs caressa Odette la blonde, à la barbe du méchant suzerain.

Mon Dieu ! mon Dieu ! les belles ailes que c'était ! Les jeunes filles, m'a-t-on dit, les retrouvent parfois : plus d'une sait ainsi se cacher aux yeux des grands-parents. Est-ce vrai, Ninon ?

Lorsque le comte eut fini sa longue histoire, la fée Amoureuse disparut dans la flamme, et Loïs s'en alla, remerciant son hôte, envoyant un dernier baiser à Odette. La jeune fille dormit si heureuse, cette nuit-là, qu'elle rêva des montagnes de fleurs éclairées par des milliers d'astres, chacun mille fois plus brillant que le soleil.

Le lendemain, elle descendit au jardin, cherchant les tonnelles obscures. Elle rencontra un guerrier, le salua, et allait s'éloigner lorsqu'elle lui vit dans la main la tige de marjolaine baignée de larmes. Et voilà qu'elle reconnut encore Loïs à la voix douce, qui venait de rentrer au château sous un nouveau déguisement. Il la fit asseoir sur un banc de gazon, auprès d'une fontaine. Ils se regardaient tous deux, ravis de se voir en plein jour. Les fauvettes chantaient, on sentait dans l'air que la bonne fée devait rôder par là. Je ne te dirai pas toutes les paroles qu'entendirent les vieux chênes discrets ; c'était plaisir de voir les amoureux bavarder si longtemps, si longtemps, qu'une fauvette qui se trouvait dans un buisson voisin, eut le temps de se bâtir un nid.

Tout à coup les pas lourds du comte Enguerrand se firent entendre dans l'allée. Les deux pauvres amoureux tremblèrent. Mais l'eau de la fontaine chanta plus doucement, et Amoureuse sortit, riante et empressée, du flot clair de la source. Elle entoura les amants de ses ailes, puis glissa légèrement avec eux, passant à côté du comte, qui fut fort étonné d'avoir ouï des voix et de ne trouver personne.

Elle berce ses protégés, elle va, leur répétant tout bas :

« Je suis celle qui protège les amours, celle qui ferme les yeux et les oreilles des gens qui n'aiment plus. Ne craignez rien, beaux amoureux : aimez-vous sous le jour éclatant, dans les allées, près de l'eau des fontaines, partout où vous serez. Je suis là et je veille sur vous. Dieu m'a mise ici-bas pour que les hommes, ces railleurs de toute sainteté, ne viennent jamais troubler vos pures émotions. Il m'a donné mes belles ailes et m'a dit : "Va, et que les jeunes cœurs se réjouissent." Aimez-vous, je suis là et je veille sur vous. »

Et elle allait, butinant la rosée qui était sa seule nourriture, entraînant, dans une ronde joyeuse, Odette et Loïs, dont les mains se trouvaient enlacées.

Tu me demanderas ce qu'elle fit des deux amants. Vraiment, mon amie, je n'ose te le dire. J'ai peur que tu ne te refuses à me croire, ou bien que, jalouse de leur fortune, tu ne me rendes plus mes baisers. Mais te voilà toute curieuse, méchante fille, et je vois bien qu'il me faut te contenter.

Or, apprends que la fée rôda ainsi jusqu'à la nuit. Lorsqu'elle voulut séparer les amants, elle les vit si chagrins, mais si chagrins de se quitter, qu'elle se mit à leur parler tout bas. Il paraît qu'elle leur disait quelque chose de bien beau, car leurs visages rayonnaient et leurs yeux grandissaient de joie. Et, lorsqu'elle eut parlé et qu'ils eurent consenti, elle toucha leurs fronts de sa baguette.

Soudain... Oh ! Ninon, quels yeux grands d'étonnement ! Comme tu frapperais du pied, si je n'achevais pas !

Soudain Loïs et Odette furent changés en tiges de marjolaine, mais de marjolaine si belle, qu'il n'y a qu'une fée pour en faire de pareille. Elles se trouvaient placées côte à côte, si près l'une de l'autre que leurs feuilles se mêlaient. C'étaient là des fleurs merveilleuses qui devaient rester épanouies, en échangeant éternellement leurs parfums et leur rosée.

Quant au comte Enguerrand, il se consola, dit-on, en contant chaque soir comme quoi le géant Buch Tête-de-Fer fut occis par un terrible coup de Giralda la lourde épée.

Et maintenant, Ninon, lorsque nous gagnerons la campagne, nous chercherons les marjolaines enchantées pour leur demander dans quelle fleur se trouve la fée Amoureuse. Peut-être, mon amie, une morale se cache-t-elle sous ce conte. Mais je ne te l'ai dit, nos pieds devant l'âtre, que pour te faire oublier la pluie de décembre qui bat nos vitres, et t'inspirer, ce soir, un peu plus d'amour pour le jeune conteur.

LE SANG

Voici déjà bien des rayons, bien des fleurs, bien des parfums. N'es-tu pas lasse, Ninon, de ce printemps éternel ? Toujours aimer, toujours chanter le rêve des seize ans. Tu t'endors le soir, méchante fille, lorsque je te parle longuement des coquetteries de la rose et des infidélités de la libellule. Tes grands yeux, tu les fermes d'ennui, et moi, qui ne peux plus y puiser l'inspiration, je bégaie sans parvenir à trouver un dénouement.

J'aurai raison de tes paupières paresseuses, Ninon. Je veux te dire aujourd'hui un conte si terrible, que tu ne les fermeras de huit jours. Écoute. La terreur est douce après un trop long sourire.

I

Quatre soldats, le soir de la victoire, avaient campé dans un coin désert du champ de bataille. L'ombre était venue, et ils soupaient joyeusement au milieu des morts.

Assis dans l'herbe, autour d'un brasier, ils grillaient sur les charbons des tranches d'agneau, qu'ils mangeaient saignantes encore. La lueur rouge du foyer les éclairait vaguement, projetant au loin leurs ombres gigantesques. Par instants, de pâles éclairs couraient sur les armes gisant auprès d'eux, et alors on apercevait dans la nuit des hommes qui dormaient les yeux ouverts.

Les soldats riaient avec de longs éclats, sans voir ces regards qui se fixaient sur eux. La journée avait été rude. Ne sachant ce que leur gardait le lendemain, ils fêtaient les vivres et le repos du moment.

La Nuit et la Mort volaient sur le champ de bataille, où leurs grandes ailes secouaient le silence et l'effroi.

Le repas achevé, Gneuss chanta. Sa voix sonore se brisait dans l'air morne et désolé ; la chanson, joyeuse sur ses lèvres, sanglotait avec l'écho. Étonné de ces accents qui sortaient de sa bouche et qu'il ne connaissait point, le soldat chantait plus haut, quand un cri terrible, sorti de l'ombre, traversa l'espace.

Gneuss se tut, comme pris de malaise. Il dit à Elberg[1] :

« Va donc voir quel cadavre s'éveille. »

Elberg prit un tison enflammé et s'éloigna. Ses compagnons purent le suivre quelques instants à la lueur de la torche. Ils le virent se courber, interrogeant les morts, fouillant les buissons de son épée. Puis il disparut.

« Clérian, dit Gneuss après un silence, les loups rôdent ce soir : va chercher notre ami. »

Et Clérian se perdit à son tour dans les ténèbres.

Gneuss et Flem, las d'attendre, s'enveloppèrent dans leurs manteaux, couchés tous deux auprès du brasier demi-éteint. Leurs yeux se fermaient, lorsque le même cri terrible passa sur leurs têtes. Flem se leva, silencieux, et marcha vers l'ombre où s'étaient effacés ses deux compagnons.

Alors Gneuss se trouva seul. Il eut peur, peur de ce gouffre noir, où courait un râle d'agonie. Il jeta dans le brasier des herbes sèches, espérant que la clarté du feu dissiperait son effroi. La flamme monta, sanglante, le sol fut éclairé d'un large cercle lumineux ; dans ce cercle, les buissons dansaient fantastiquement, et les morts, qui dormaient à leur ombre, semblaient secoués par des mains invisibles.

Gneuss eut peur de la lumière. Il dispersa les branches enflammées, il les éteignit sous ses talons. Comme l'ombre retombait, plus pesante et plus épaisse, il frissonna, redoutant d'entendre passer le cri de mort. Il s'assit, puis se releva pour appeler ses compagnons. Les éclats de sa voix l'effrayèrent ; il craignit d'avoir attiré sur lui l'attention des cadavres.

La lune parut, et Gneuss vit avec épouvante un pâle rayon glisser sur le champ de bataille. Maintenant la nuit n'en cachait plus l'horreur. La plaine dévastée, semée de débris et de morts, s'étendait devant le regard, couverte d'un linceul de lumière ; et cette lumière, qui n'était pas le jour, éclairait les ténèbres, sans en dissiper les horreurs muettes.

Gneuss, debout, la sueur au front, eut la pensée de monter sur la colline éteindre le pâle flambeau des nuits. Il se demanda ce qu'attendaient les morts pour se dresser et venir l'entourer, maintenant qu'ils le voyaient. Leur immobilité devint une angoisse pour lui ; dans l'attente de quelque événement terrible, il ferma les yeux.

Et, comme il était là, il sentit une chaleur tiède au talon gauche. Il se baissa vers le sol, il vit un mince ruisseau de sang qui fuyait sous ses pieds. Ce ruisseau, bondissant de cailloux en cailloux, coulait avec un gai murmure ; il sortait de l'ombre, se tordait dans un rayon de lune, pour s'enfuir et retourner dans l'ombre ; on eût dit un serpent aux noires écailles dont les anneaux glissaient et se suivaient sans fin. Gneuss recula sans pouvoir refermer les yeux ; une effrayante contraction les tenait grands ouverts, fixés sur le flot sanglant.

Il le vit se gonfler lentement, s'élargir dans son lit. Le ruisseau devint rivière, rivière lente et paisible qu'un enfant aurait franchie d'un élan. La rivière devint torrent et passa sur le sol avec un bruit sourd, rejetant sur les bords une écume rougeâtre. Le torrent devint fleuve, fleuve immense.

Ce fleuve emportait les cadavres ; et c'était un horrible prodige que ce sang sorti des blessures en telle abondance qu'il charriait les morts.

Gneuss reculait toujours devant le flot qui montait. Ses regards n'apercevaient plus l'autre rive ; il lui semblait que la vallée se changeait en lac.

Soudain, il se trouva adossé contre une rampe de roches ; il dut s'arrêter dans sa fuite. Alors il sentit la vague battre ses genoux. Les morts qu'emportait le courant, l'insultaient au passage ; chacune de leurs blessures devenait une bouche qui le raillait de son effroi. La mer épaisse montait, montait toujours ; maintenant elle sanglotait autour de ses hanches. Il se dressa dans un suprême effort, se cramponna aux fentes des roches ; les roches se brisèrent, il retomba, et le flot couvrit ses épaules.

La lune pâle et morne regardait cette mer où ses rayons s'éteignaient sans reflet. La lumière flottait dans le ciel. La nappe immense, toute d'ombre et de clameurs, paraissait l'ouverture béante d'un abîme.

La vague montait, montait ; elle rougit de son écume les lèvres de Gneuss.

II

À l'aube, Elberg en arrivant éveilla Gneuss qui dormait, la tête sur une pierre.

« Ami, dit-il, je me suis égaré dans les buissons. Comme je m'étais assis au pied d'un arbre, le sommeil m'a surpris et les yeux de mon âme ont vu se dérouler des scènes étranges, dont le réveil n'a pu dissiper le souvenir.

« Le monde était à son enfance. Le ciel semblait un immense sourire. La terre, vierge encore, s'épanouissait aux rayons de mai, dans sa chaste nudité. Le brin d'herbe verdissait, plus grand que le plus grand de nos chênes : les arbres élargissaient dans l'air des feuillages qui nous sont inconnus. La sève coulait largement dans les veines du monde, et le flot s'en trouvait si abondant, que, ne pouvant se contenter des plantes, il ruisselait dans les entrailles des roches et leur donnait la vie.

« Les horizons s'étendaient calmes et rayonnants. La sainte nature s'éveillait. Comme l'enfant qui s'agenouille au matin et remercie Dieu de la lumière, elle épanchait vers le ciel tous ses parfums, toutes ses chansons, parfums pénétrants, chansons ineffables, que mes sens pouvaient à peine supporter, tant l'impression en était divine.

« La terre, douce et féconde, enfantait sans douleur. Les arbres à fruit croissaient à l'aventure, les champs de blé bordaient les chemins, comme font aujourd'hui les champs d'orties. On sentait dans l'air que la sueur humaine ne se mêlait point encore aux souffles du ciel. Dieu seul travaillait pour ses enfants.

« L'homme, comme l'oiseau, vivait d'une nourriture providentielle. Il allait, bénissant Dieu, cueillant les fruits de l'arbre, buvant l'eau de la source, s'endormant le soir sous un abri de feuillage. Ses lèvres avaient horreur de la chair ; il ignorait le goût du sang, il ne trouvait de saveur qu'aux seuls mets que la rosée et le soleil préparaient pour ses repas.

« C'est ainsi que l'homme restait innocent et que son innocence le sacrait roi des autres êtres de la création. Tout était concorde. Je ne sais quelle blancheur avait le monde, quelle paix suprême le berçait dans l'infini. L'aile des oiseaux ne battait pas pour la fuite ; les forêts ne cachaient pas d'asiles dans leurs taillis. Toutes les créatures de Dieu vivaient au soleil, ne formant qu'un peuple, n'ayant qu'une loi, la bonté[1].

« Moi, je marchais parmi ces êtres, au milieu de cette nature. Je me sentais devenir plus fort et meilleur. Ma poitrine aspirait longuement l'air du ciel. J'éprouvais, quittant soudain nos vents empestés pour ces brises d'un monde plus pur, la sensation délicieuse du mineur remontant au grand air.

« Comme l'ange des rêves berçait toujours mon sommeil, voici ce que vit mon esprit dans une forêt où il s'était égaré.

« Deux hommes suivaient un étroit sentier perdu sous le feuillage. Le plus jeune marchait en avant ; l'insouciance chantait sur sa lèvre ; son regard avait une caresse pour chaque brin d'herbe. Parfois, il se tournait pour sourire à son compagnon. Je ne sais à quelle douceur je reconnus que c'était là un sourire de frère.

« Les lèvres et les yeux de l'autre homme restaient sombres et muets. Il couvait la nuque de l'adolescent d'un regard de haine, hâtant sa marche, trébuchant derrière lui. Il semblait poursuivre une victime qui ne fuyait pas.

« Je le vis couper le tronc d'un arbre qu'il façonna grossièrement en massue. Puis, craignant de perdre son compagnon, il courut, cachant son arme derrière lui. Le jeune homme, qui s'était assis pour l'attendre, se leva à son approche, et le baisa au front, comme après une longue absence.

« Ils se remirent à marcher. Le jour baissait. L'enfant pressa le pas, en apercevant au loin, entre les derniers troncs de la forêt, les lignes tendres d'un coteau, jaune de l'adieu du soleil. L'homme sombre crut qu'il fuyait. Alors il leva le tronc d'arbre.

« Son jeune frère se tournait. Une joyeuse parole d'encouragement était sur ses lèvres. Le tronc d'arbre lui écrasa la face, et le sang jaillit.

« Le brin d'herbe qui en reçut la première goutte, la secoua avec horreur sur la terre. La terre but cette goutte, frémissante, épouvantée ; un long cri de répugnance s'échappa de son sein, et le sable du sentier rendit le hideux breuvage en mousse sanglante.

« Au cri de la victime, je vis les créatures se disperser sous le vent de l'effroi. Elles s'enfuirent par le monde, évitant les chemins frayés ; elles se postèrent dans les carrefours, et les plus forts attaquèrent les plus faibles. Je les vis dans l'isolement polir leurs crocs et acérer leurs griffes. Le grand brigandage de la création commença.

« Alors passa devant moi l'éternelle fuite. L'épervier fondit sur l'hirondelle, l'hirondelle dans son vol saisit le moucheron, le moucheron se posa sur le cadavre. Depuis le ver jusqu'au lion, tous les êtres se sentirent menacés. Le monde se mordit la queue et se dévora éternellement.

« La nature elle-même, frappée d'horreur, eut une longue convulsion. Les lignes pures des horizons se brisèrent. Les aurores et les soleils couchants eurent de sanglants nuages ; les eaux se précipitèrent avec d'éternels sanglots, et les arbres, tordant leurs branches, jetèrent chaque année des feuilles flétries à la terre. »

III

Comme Elberg se taisait, Clérian parut. Il s'assit entre ses deux compagnons et leur dit :

« Je ne sais si j'ai vu ou si j'ai rêvé ce que je vais conter, tant le rêve avait de réalité, tant la réalité paraissait un rêve.

« Je me suis trouvé sur un chemin qui traversait le monde. Il était bordé de villes, et les peuples le suivaient dans leurs voyages.

« J'ai vu que les dalles en étaient noires. Mes pieds glissaient, et j'ai reconnu qu'elles étaient noires de sang. Dans sa largeur, le chemin s'inclinait en deux pentes ; un ruisseau, coulant au centre, roulait une eau rouge et épaisse.

« J'ai suivi ce chemin où la foule s'agitait. J'allais de groupe en groupe, regardant la vie passer devant moi.

« Ici, des pères immolaient leurs filles dont ils avaient promis le sang à quelque dieu monstrueux. Les blondes têtes se penchaient sous le couteau, pâlissantes au baiser de la mort.

« Là, des vierges frémissantes et fières se frappaient pour se dérober à de honteux embrassements, et la tombe servait de blanche robe à leur virginité.

« Plus loin, des amantes mouraient sous les baisers. Celle-ci, pleurant son abandon, expirait sur le rivage, les yeux fixés sur les flots qui avaient emporté son cœur ; celle-là, assassinée entre les bras de l'amant, s'envolait à son cou, emportés tous deux dans une éternelle étreinte[1].

« Plus loin, des hommes, las d'ombre et de misère, envoyaient leurs âmes trouver dans un monde meilleur une liberté vainement cherchée sur cette terre.

« Partout, les pieds des rois laissaient sur les dalles de sanglantes empreintes. Celui-ci a marché dans le sang de son frère ; celui-là, dans le sang de son peuple ; cet autre, dans le sang de son Dieu. Leurs pas rouges sur la poussière faisaient dire à la foule : "Un roi a passé là."

« Les prêtres égorgeaient les victimes ; puis, penchés stupidement sur leurs entrailles palpitantes, prétendaient y lire les secrets du ciel. Ils portaient des épées sous leurs robes et prêchaient la guerre au nom de leur Dieu. Les peuples, à leur voix, se ruant les uns sur les autres, se dévoraient pour la glorification du Père commun.

« L'humanité entière était ivre ; elle battait les murs, elle se vautrait, sur les dalles souillées d'une boue hideuse. Les yeux fermés, tenant à deux mains un glaive à double tranchant, elle frappait dans la nuit et massacrait.

« Un souffle humide de carnage passait sur la foule qui se perdait au loin dans un brouillard rougeâtre. Elle courait, emportée dans un élan d'épouvante, elle se roulait dans l'orgie avec des éclats de plus en plus furieux. Elle foulait aux pieds ceux qui tombaient, et faisait rendre aux blessures la dernière goutte de sang. Elle haletait de rage, maudissant le cadavre, dès qu'elle ne pouvait plus en arracher une plainte.

« La terre buvait, buvait avidement ; ses entrailles n'avaient plus de répugnance pour la liqueur âcre. Comme l'être avili par l'ivresse, elle se gorgeait de lie.

« Je pressais le pas, ayant hâte de ne plus voir mes frères. Le noir chemin s'étendait toujours aussi vaste à chaque nouvel horizon ; le ruisseau que je suivais semblait porter le flot sanglant à quelque mer inconnue.

« Et comme j'avançais, je vis la nature devenir sombre et sévère. Le sein des plaines se déchirait profondément. Des blocs de rocher partageaient le sol en stériles collines et en vallons ténébreux. Les collines montaient, les vallons se creusaient de plus en plus ; la pierre devenait montagne, le sillon se changeait en abîme.

« Pas un feuillage, pas une mousse ; des roches désolées, la tête blanchie par le soleil, les pieds ténébreux et mangés par l'ombre. Le chemin passait au milieu de ces roches, dans un silence de mort.

« Enfin il fit un brusque détour, et je me trouvai dans un site funèbre.

« Quatre montagnes, s'appuyant lourdement les unes sur les autres, formaient un immense bassin. Leurs flancs roides et unis, qui s'élevaient, pareils aux murs d'une ville cyclopéenne, faisaient de l'enceinte un puits gigantesque dont la largeur emplissait l'horizon.

« Et ce puits, dans lequel tombait le ruisseau, était plein de sang. La mer épaisse et tranquille montait lentement de l'abîme. Elle semblait dormir dans son lit de rochers. Le ciel la reflétait en nuées de pourpre.

« Alors je compris que là se rendait tout le sang versé par la violence. Depuis le premier meurtre, chaque blessure a pleuré ses larmes dans ce gouffre, et les larmes y ont coulé si abondantes, que le gouffre s'est empli.

— J'ai vu, cette nuit, dit Gneuss, un torrent qui allait se jeter dans ce lac maudit.

— Frappé d'horreur, reprit Clérian, je m'approchai du bord, sondant du regard la profondeur des flots.

Je reconnus à leur bruit sourd qu'ils s'enfonçaient jusqu'au centre de la terre. Puis, mon regard s'étant porté sur les rochers de l'enceinte, je vis que le flot en gagnait les cimes. La voix de l'abîme me cria : "Le flot qui monte, montera toujours et atteindra les sommets. Il montera encore, et alors un fleuve échappé du terrible bassin se précipitera dans les plaines. Les montagnes lasses de lutter avec la vague, s'affaisseront. Le lac entier s'écroulera sur le monde, et l'inondera. C'est ainsi que des hommes qui naîtront, mourront noyés dans le sang versé par leurs pères."

— Le jour est proche, dit Gneuss : les vagues étaient hautes, la nuit dernière. »

IV

Le soleil se levait, lorsque Clérian acheva le récit de son rêve. Un son de trompette qu'apportait le vent du matin, se faisait entendre vers le nord. C'était le signal qui rassemblait autour du drapeau les soldats épars dans la plaine.

Les trois compagnons se levèrent et prirent leurs armes. Ils s'éloignaient, jetant un dernier regard sur le foyer éteint, lorsqu'ils virent Flem venir à eux en courant dans les hautes herbes. Ses pieds étaient blancs de poussière.

« Amis, dit-il, je ne sais d'où je viens, tant ma course a été rapide. Pendant de longues heures, j'ai vu la ronde échevelée des arbres fuir derrière moi. Le bruit de mes pas qui me berçait m'a fait clore les paupières, et, toujours courant, sans que mon élan se ralentît, j'ai dormi d'un sommeil étrange.

« Je me suis trouvé sur une colline désolée. Un soleil ardent frappait les grands rocs. Mes pieds ne pouvaient se poser sans que la chair en fût brûlée. J'avais hâte d'atteindre la cime.

« Et, comme je me précipitais dans mes bonds, je vis monter un homme qui marchait lentement. Il était couronné d'épines ; un lourd fardeau pesait sur ses épaules, une sueur de sang inondait sa face. Il allait péniblement, chancelant à chaque pas.

« Le sol brûlait, je ne pus subir son supplice ; je montai l'attendre sous un arbre, au sommet de la colline. Alors je reconnus qu'il portait une croix. À sa couronne, à sa robe pourpre tachée de boue, je crus comprendre que c'était là un roi, et j'eus grande joie de sa souffrance.

« Des soldats le suivaient, pressant sa marche du fer de leur lance. Arrivés sur la roche la plus élevée, ils le dépouillèrent de ses vêtements, ils le couchèrent sur l'arbre sinistre.

« L'homme souriait tristement. Il tendit les mains grandes ouvertes aux bourreaux ; les clous y firent deux trous sanglants. Puis, rapprochant ses pieds l'un de l'autre, il les croisa, et un seul clou suffit.

« Couché sur le dos, il se taisait en regardant le ciel. Deux larmes coulaient lentement sur ses joues, larmes qu'il ne sentait pas, et qui se perdaient dans le sourire résigné de ses lèvres.

« La croix fut dressée, le poids du corps agrandit horriblement les blessures, et j'entendis les os se briser. Le crucifié eut un long frisson. Puis, il se remit à regarder le ciel.

« Moi, je le contemplais. Voyant sa grandeur dans la mort, je disais : "Cet homme n'est pas un roi." Alors j'eus pitié, je criai aux soldats de le frapper au cœur.

« Une fauvette chantait sur la croix[1]. Son chant était triste et parlait à mes oreilles comme la voix d'une vierge en pleurs.

« "Le sang colore la flamme, disait-elle, le sang empourpre la fleur, le sang rougit la nue. Je me suis posée sur le sable, mes pattes étaient sanglantes ; j'ai effleuré les branches du chêne, mes ailes étaient rouges.

« "J'ai rencontré un juste, je l'ai suivi. Je venais de me baigner dans la source, et ma robe était pure. Mon chant disait : réjouissez-vous, mes plumes ; sur l'épaule de cet homme, vous ne serez plus souillées de la pluie du meurtre.

« "Mon chant dit aujourd'hui : pleure, fauvette du Golgotha, pleure ta robe tachée par le sang de celui qui te gardait l'asile de son sein. Il est venu pour rendre la blancheur aux fauvettes, hélas ! et les hommes le forcent à me mouiller de la rosée de ses plaies.

« "Je doute, et je pleure ma robe tachée. Où trouverai-je ton frère, ô Jésus ! pour qu'il m'ouvre son vêtement de lin ? Ah ! pauvre maître, quel fils né de toi lavera mes plumes que tu rougis de ton sang ?"

« Le crucifié écoutait la fauvette. Le vent de la mort faisait battre ses paupières ; l'agonie tordait ses lèvres. Son regard se leva vers l'oiseau, plein d'un doux reproche ; son sourire brilla, serein comme l'espérance.

« Alors, il poussa un grand cri. Sa tête se pencha sur sa poitrine, et la fauvette s'enfuit, emportée dans un sanglot. Le ciel devint noir, la terre frémit dans l'ombre.

« Je courais toujours et je dormais. L'aurore était venue, les vallées s'éveillaient, rieuses dans les brouillards du matin. L'orage de la nuit avait donné plus de sérénité au ciel, plus de vigueur aux feuilles vertes. Mais le sentier se trouvait bordé des mêmes épines qui me déchiraient la veille ; les mêmes cailloux durs et tranchants roulaient sous mes pieds ; les mêmes serpents rampaient dans les buissons et me menaçaient au passage. Le sang du juste avait coulé dans les veines du vieux monde, sans lui rendre l'innocence de sa jeunesse.

« La fauvette passa sur ma tête, et me cria :

« "Va, va, je suis bien triste. Je ne puis trouver une source assez pure où me baigner. Regarde, la terre est méchante comme hier. Jésus est mort, et l'herbe n'a pas fleuri. Va, va, ce n'est qu'un meurtre de plus." »

V

La trompette sonnait toujours le départ.

« Fils, dit Gneuss, c'est un laid métier que le nôtre. Notre sommeil est troublé par les fantômes de ceux que nous frappons. J'ai, comme vous, senti, pendant de longues heures, le démon du cauchemar peser sur ma poitrine. Voici trente ans que je tue, j'ai besoin de sommeil. Laissons là nos frères. Je connais un vallon où les charrues manquent de bras. Voulez-vous que nous goûtions au pain du travail ?

— Nous le voulons », répondirent ses compagnons.

Alors les soldats creusèrent un grand trou au pied d'une roche, et enterrèrent leurs armes. Ils descendirent se baigner à la rivière ; puis, tous quatre se tenant par les bras, ils disparurent au coude du sentier.

LES VOLEURS ET L'ÂNE

I

Je connais un jeune homme, Ninon, que tu gronderais fort. Léon adore Balzac et ne peut souffrir George Sand ; le livre de Michelet[1] a failli le rendre malade. Il dit naïvement que la femme naît esclave, il ne prononce jamais sans rire les mots d'amour et de pudeur. Ah ! comme il vous maltraite ! Sans doute, il se recueille la nuit pour vous mieux déchirer le jour. Il a vingt ans.

La laideur lui paraît un crime. Des yeux petits, une bouche trop grande, le mettent hors de lui. Il prétend que, puisqu'il n'y a pas de fleurs laides dans les prés, toutes les jeunes filles doivent naître également belles. Quand le hasard le met dans la rue face à face avec un laideron, trois jours durant il maudit les cheveux rares, les pieds larges, les mains épaisses. Lorsque au contraire la femme est jolie, il sourit méchamment, et le silence qu'il garde alors est formidable de mauvaises pensées.

Je ne sais laquelle de vous trouverait grâce devant lui. Brunes et blondes, jeunes et vieilles, gracieuses et contrefaites, il vous enveloppe toutes dans le même anathème. Le vilain garçon ! Et comme son regard rit tendrement ! Comme sa parole est douce et caressante !

Léon vit en plein quartier Latin.

Ici, Ninon, je me trouve fort embarrassé. Pour un rien, je me tairais, maudissant l'heure où j'ai eu l'étrange fantaisie de te commencer ce récit. Tes oreilles curieuses sont grandes ouvertes au scandale, et je ne sais trop comment t'introduire dans un monde où tu n'as jamais mis le bout de tes petits pieds.

Ce monde, ma bien-aimée, serait le paradis, s'il n'était l'enfer.

Ouvrons le livre du poète[1], lisons le chant de la vingtième année. Vois, la fenêtre se tourne au midi ; la mansarde, pleine de fleurs et de lumière, est si haute, si haute dans le ciel, que parfois on entend les anges causer sur le toit. Comme font les oiseaux qui choisissent la branche la plus élevée pour dérober leurs nids aux mains des hommes, les amoureux ont bâti le leur au dernier étage. Là, ils ont la première caresse du matin et le dernier adieu du soleil.

De quoi vivent-ils ? Qui le sait ? Peut-être de baisers et de sourires. Ils s'aiment tant, qu'ils n'ont pas le loisir de songer au repas qui leur manque. Ils n'ont pas de pain, et ils en jettent aux moineaux. Quand ils ouvrent l'armoire vide, ils se rassasient en riant de leur pauvreté.

Leurs amours datent des premiers bluets. Ils se sont rencontrés dans un champ de blé. Se connaissant depuis longtemps, sans s'être jamais vus, ils ont pris le même sentier pour rentrer à la ville. Elle portait, comme une fiancée, un gros bouquet sur le sein. Elle a monté les sept étages, et, trop lasse, elle n'a pu redescendre.

Est-ce demain qu'elle en aura la force ? Elle l'ignore. En attendant, elle se repose en trottant menu par la mansarde, arrosant les fleurs, soignant un ménage qui n'existe pas. Puis, elle coud, pendant que le jeune homme travaille. Leurs chaises se touchent ; peu à peu, pour plus de commodité, ils finissent par n'en prendre qu'une pour eux deux. La nuit vient. Ils se grondent de leur paresse.

Ah ! comme il ment ce poète, Ninon, et comme son mensonge est séduisant ! Qu'il ne soit jamais homme, l'éternel enfant ! Qu'il nous trompe encore, lorsqu'il ne pourra plus se tromper lui-même ! Il vient du paradis pour nous en conter les amours. Il a rencontré là-haut Musette et Mimi, deux saintes, qu'il s'est plu à faire descendre parmi nous. Elles n'ont fait qu'effleurer la terre de leurs ailes, elles s'en sont allées dans le rayon qui les apportait. Aujourd'hui, les cœurs de vingt ans les cherchent et pleurent de ne pouvoir les trouver.

Me faut-il te mentir à mon tour, ma bien-aimée, en les demandant au ciel, ou dois-je plutôt avouer que je les ai rencontrées en enfer ? Si là, près du foyer, dans ce fauteuil où tu te berces, un ami m'écoutait, comme je lèverais hardiment le voile d'or dont le poète a paré des épaules indignes[1] ! Mais toi, tu me fermerais la bouche de tes petites mains, tu te fâcherais, tu crierais au mensonge, pour trop de vérité. Comment pourrais-tu croire aux amoureux de notre âge qui boivent au ruisseau, quand la soif les prend dans la rue ? Quelle serait ta colère, si j'osais te dire que tes sœurs, les amantes, ont dénoué leurs fichus et qu'elles se sont échevelées ! Tu vis, riante et sereine, dans le nid que j'ai bâti pour toi ; tu ignores comment va le monde. Je n'aurai pas le courage de t'avouer que les fleurs en sont bien malades, et que demain peut-être les cœurs y seront morts.

Ne bouchez pas vos oreilles, mignonne; vous n'aurez point à rougir.

II

Léon vit donc en plein quartier Latin. Sa main est la plus serrée dans ce pays où toutes les mains se connaissent. La franchise de son regard lui fait un ami de chaque passant.

Les femmes n'osent lui pardonner la haine qu'il leur témoigne, et sont furieuses de ne pouvoir avouer qu'elles l'aiment. Elles le détestent tout en l'adorant.

Avant les faits que je vais te conter, je ne lui ai jamais connu de maîtresse. Il se dit blasé et parle des plaisirs de ce monde comme en parlerait un trappiste, s'il rompait son long silence. Il est sensible à la bonne chère et ne peut souffrir un mauvais vin. Son linge est d'une grande finesse, ses vêtements sont toujours d'une exquise élégance.

Je le vois souvent s'arrêter devant les vierges de l'école italienne, les yeux humides. Un beau marbre lui donne une heure d'extase.

D'ailleurs, Léon mène la vie d'étudiant, travaillant le moins possible, flânant au soleil, s'oubliant sur tous les divans qu'il rencontre. C'est surtout durant ces heures de demi-sommeil qu'il déclame ses plus grosses injures contre les femmes. Les yeux fermés, il paraît caresser une vision, en maudissant le réel.

Un matin de mai, je le rencontrai, l'air ennuyé. Il ne savait que faire, il marchait dans la rue en quête d'aventures. Les pavés étaient fangeux, et l'imprévu ne se présentait de loin en loin aux pieds du promeneur que sous la forme d'une flaque d'eau. J'eus pitié de lui, je lui proposai d'aller voir aux champs si l'aubépine fleurissait.

Pendant une heure, il me fallut subir de longs discours philosophiques concluant tous au néant de nos joies. Peu à peu, cependant, les maisons devenaient plus rares. Déjà, sur le seuil des portes, nous voyions des marmots barbouillés se rouler fraternellement avec de gros chiens. Comme nous entrions en pleine campagne, Léon s'arrêta soudain devant un groupe d'enfants qui jouaient au soleil. Il caressa le plus jeune, puis il m'avoua qu'il adorait les têtes blondes.

J'ai toujours aimé, pour ma part, ces sentiers étroits, resserrés entre deux haies, que les grands chariots ne creusent pas de leurs roues. Le sol en est couvert d'une mousse fine, douce aux pieds comme le velours d'un tapis. On y marche dans le mystère et le silence ; et, lorsque deux amoureux s'y égarent, les épines des murs verdoyants forcent l'amante à se presser sur le cœur de l'amant. Nous nous étions engagés, Léon et moi, dans un de ces chemins perdus où les baisers ne sont écoutés que des fauvettes. Le premier sourire du printemps avait eu raison de la misanthropie de mon philosophe. Il éprouvait de longs attendrissements pour chaque goutte de rosée, il chantait comme un écolier en rupture de ban.

Le sentier s'allongeait toujours. Les haies, hautes et touffues, étaient tout notre horizon. Cette sorte d'emprisonnement et l'ignorance où nous étions de la route redoublaient notre gaieté.

Peu à peu le passage devint plus étroit : il nous fallut marcher l'un derrière l'autre. Les haies faisaient de brusques détours, le chemin se changeait en labyrinthe.

Alors, à l'endroit le plus resserré, nous entendîmes un bruit de voix ; puis, trois personnes surgirent à un des coudes du feuillage. Deux jeunes gens marchaient en avant, écartant les branches trop longues. Une jeune femme les suivait.

Je m'arrêtai et je saluai. Le jeune homme qui me faisait face, m'imita. Ensuite, nous nous regardâmes. La situation était délicate : les haies nous pressaient, plus épaisses que jamais, et aucun de nous ne semblait disposé à tourner le dos. C'est alors que Léon, qui venait derrière moi, se dressant sur la pointe des pieds, aperçut la jeune femme. Sans mot dire, il s'enfonça bravement dans les aubépines ; ses vêtements se déchirèrent aux ronces, quelques gouttes de sang parurent sur ses mains. Je dus l'imiter.

Les jeunes gens passèrent en nous remerciant. La jeune femme, comme pour récompenser Léon de son dévouement, s'arrêta devant lui, indécise, le regardant de ses grands yeux noirs. Il chercha vite son mauvais sourire, mais ne le trouva pas.

Lorsqu'elle eut disparu, je sortis du buisson, donnant la galanterie à tous les diables. Une épine m'avait blessé au cou, et mon chapeau s'était si bien niché entre deux branches, que j'eus toutes les peines du monde à l'en retirer. Léon se secoua. Comme j'avais fait un signe d'amitié à la belle passante, il me demanda si je la connaissais.

« Certainement, lui répondis-je. Elle se nomme Antoinette. Je l'ai eue trois mois pour voisine. »

Nous nous étions remis à marcher. Il se taisait. Alors, je lui parlai de Mlle Antoinette.

C'était une petite personne toute fraîche, toute mignonne ; le regard demi-moqueur, demi-attendri ; le geste décidé, l'allure leste et pimpante ; en un mot, une bonne fille. Elle se distinguait de ses pareilles par une franchise et une loyauté rares dans le monde où elle vivait. Elle se jugeait elle-même, sans vanité comme sans modestie, disant volontiers qu'elle était née pour aimer, pour jeter au vent du caprice son bonnet par-dessus les moulins.

Pendant trois longs mois d'hiver, je l'avais vue, pauvre et isolée, vivre de son travail. Elle faisait cela sans étalage, sans prononcer le grand mot de vertu, mais parce que telle était son idée du moment. Tant que son aiguille marcha, je ne lui connus pas un amoureux. Elle était un bon camarade pour les hommes qui la venaient voir ; elle leur serrait la main, riait avec eux, mais tirait son verrou à la première menace d'un baiser. J'avouai que j'avais essayé de lui faire quelque peu la cour. Un jour, comme je lui apportais une bague et des pendants d'oreilles :

« Mon ami, m'avait-elle dit, reprenez vos bijoux. Lorsque je me donne, je ne me donne encore que pour une fleur. »

Quand elle aimait, elle était paresseuse et indolente. La dentelle et la soie remplaçaient alors l'indienne. Elle effaçait soigneusement les blessures de l'aiguille, et d'ouvrière devenait grande dame.

D'ailleurs, dans ses amours, elle gardait sa liberté de grisette. L'homme qu'elle aimait le savait bientôt ; il le savait tout aussi vite, lorsqu'elle ne l'aimait plus. Ce n'était pas, cependant, une de ces belles capricieuses changeant d'amant à chaque chaussure usée. Elle avait une grande raison et un grand cœur. Mais la pauvre fille se trompait souvent ; elle plaçait ses mains dans des mains indignes, et les retirait vite de dégoût. Aussi était-elle lasse de ce quartier Latin, où les jeunes gens lui semblaient bien vieux.

À chaque nouveau naufrage, son visage devenait un peu plus triste. Elle disait de rudes vérités aux hommes ; elle se querellait de ne pouvoir vivre sans aimer. Puis elle se cloîtrait, jusqu'à ce que son cœur brisât les grilles.

Je l'avais rencontrée la veille. Elle éprouvait un grand chagrin : un amant venait de la quitter, alors qu'elle l'aimait encore un peu.

« Je sais bien, m'avait-elle dit, que, huit jours plus tard, je l'aurais laissé là moi-même : c'était un méchant garçon. Mais je l'embrassais encore tendrement sur les deux joues. C'est au moins trente baisers perdus. »

Elle avait ajouté que, depuis ce temps, elle traînait à sa suite deux amoureux qui l'accablaient de bouquets. Elle les laissait faire, leur tenant parfois ce discours : « Mes amis, je ne vous aime ni l'un ni l'autre : vous seriez de grands fous de vous disputer mes sourires. Soyez frères plutôt. Vous êtes, je le vois, de bons enfants ; nous allons nous égayer en vieux camarades. Mais, à la première querelle, je vous quitte. »

Les pauvres garçons se serreraient donc la main avec chaleur, tout en s'envoyant au diable. C'étaient eux sans doute que nous venions de rencontrer.

Telle était Mlle Antoinette : pauvre cœur aimant égaré en pays de débauche ; douce et charmante fille qui semait les miettes de ses tendresses à tous les moineaux voleurs du chemin.

Je donnai à Léon ces détails. Il m'écouta sans témoigner un grand intérêt, sans provoquer mes confidences par la moindre question. Lorsque je me tus :

« Cette fille est trop franche, me dit-il ; je n'aime pas sa façon de comprendre l'amour. »

Il avait tant cherché qu'il retrouvait son méchant sourire.

III

Nous étions enfin sortis des haies. La Seine coulait à nos pieds ; sur l'autre rive, un village mirait ses pieds dans la rivière. Nous nous trouvions en pays de connaissance ; maintes fois nous avions rôdé dans les îles qui descendaient au fil de l'eau.

Après un long repos sous un chêne voisin, Léon me déclara qu'il mourait de faim et de soif. J'allais lui déclarer que je mourais de soif et de faim. Alors nous tînmes conseil. La décision fut touchante d'unanimité : nous devions nous rendre au village ; là, nous procurer un grand panier ; ce panier serait convenablement empli de plats et de bouteilles ; enfin tous trois, le panier et nous, nous gagnerions l'île la plus verte.

Vingt minutes après, nous n'avions plus qu'à trouver un canot. Je m'étais obligeamment chargé de la corbeille ; je dis corbeille, et le terme est encore modeste. Léon marchait en avant, demandant une barque à chaque pêcheur. Les barques étaient toutes en campagne. J'allais proposer à mon compagnon de dresser notre table sur le continent, lorsqu'on nous indiqua un loueur qui peut-être nous contenterait.

Le loueur habitait, au bout du village, une cabane bâtie à l'angle de deux rues. Or, il arriva qu'en tournant cet angle, nous nous trouvâmes de nouveau en face de Mlle Antoinette, suivie de ses deux amoureux. L'un, comme moi, pliait sous le poids d'un énorme panier ; l'autre, comme Léon, avait l'air effaré d'un homme en quête de quelque objet introuvable. J'eus un regard de pitié pour le pauvre diable qui suait, tandis que Léon parut me remercier d'avoir accepté un fardeau qui fit rire un peu méchamment la jeune femme.

Le loueur fumait, debout sur le seuil de sa porte. Depuis cinquante ans, il avait vu des milliers de couples lui venir emprunter ses rames pour gagner le désert. Il aimait ces blondes amoureuses qui, parties les fichus empesés, revenaient, un peu chiffonnées, les rubans en grand désordre. Il leur souriait au retour, lorsqu'elles le remerciaient de ses barques qui connaissaient si bien et gagnaient d'elles-mêmes les îles aux herbes les plus hautes.

Le brave homme vint à nous, en apercevant nos paniers.

« Mes enfants, nous dit-il, je n'ai plus qu'un canot. Que ceux qui ont trop faim aillent s'attabler là-bas, sous les arbres. »

Cette phrase était, certes, très maladroite : on n'avoue jamais devant une femme qu'on a trop faim. Nous nous taisions, indécis, n'osant plus refuser la barque. Antoinette, toujours railleuse, eut cependant pitié de nous.

« Ces messieurs, dit-elle en s'adressant à Léon, nous ont déjà cédé le pas ce matin ; nous le leur cédons à notre tour. »

Je regardai mon philosophe. Il hésitait, il balbutiait, comme quelqu'un qui n'ose dire sa pensée. Quand il vit mes yeux se fixer sur lui :

« Mais, dit-il vivement, le dévouement n'a que faire ici : un seul canot peut nous suffire. Ces messieurs nous déposeront dans la première île venue, et nous reprendront au retour. Acceptez-vous cet arrangement, messieurs ? »

Antoinette répondit qu'elle acceptait. Les paniers furent soigneusement déposés au fond de la barque. Je me plaçai tout contre le mien, le plus loin possible des rames. Antoinette et Léon, ne pouvant sans doute faire autrement, s'assirent côte à côte, sur le banc resté libre. Quant aux deux amoureux, luttant toujours de bonne humeur et de galanterie, ils saisirent les rames dans un fraternel accord.

Ils gagnèrent le courant. Là, comme ils maintenaient la barque, la laissant descendre au fil de l'eau, Mlle Antoinette prétendit qu'en amont de la rivière les îles étaient plus désertes et plus ombreuses. Les rameurs se regardèrent, désappointés ; ils firent tourner le canot, ils remontèrent péniblement, luttant contre le flot rapide en cet endroit. Il est une tyrannie bien lourde et bien douce : c'est le désir d'un tyran aux lèvres roses, qui peut, dans un de ses caprices, demander le monde et le payer d'un baiser.

La jeune femme s'était penchée, plongeant sa main dans l'eau. Elle l'en retirait toute pleine ; puis, rêveuse, semblait compter les perles qui s'échappaient de ses doigts. Léon la regardait faire, se taisant, mal à l'aise de se sentir aussi près d'une ennemie. Il ouvrit deux fois les lèvres, sans doute pour dire quelque sottise ; mais il les referma vite, voyant que je souriais. D'ailleurs, ni lui ni elle ne paraissaient faire grand cas de leur voisinage. Ils se tournaient même un peu le dos.

Antoinette, lasse de mouiller ses dentelles, me parla de son chagrin de la veille. Elle me dit s'être consolée. Mais elle était encore bien triste. Aux jours d'été, elle ne pouvait vivre sans amour. Elle ne savait que faire en attendant l'automne.

« Je cherche un nid, ajouta-t-elle. Je le veux tout de soie bleue. On doit aimer plus longtemps, lorsque meubles, tapis et rideaux ont la couleur du ciel. Le soleil se tromperait, s'y oublierait le soir, croyant se coucher dans une nue. Mais je cherche en vain. Les hommes sont des méchants. »

Nous étions arrivés en face d'une île. Je dis aux rameurs de nous y descendre. J'avais déjà un pied à terre, lorsque Antoinette se récria, trouvant l'île laide et sans feuillages, déclarant qu'elle ne consentirait jamais à nous abandonner sur un pareil rocher. Léon n'avait pas bougé de son banc. Je repris ma place, nous continuâmes à monter.

La jeune femme, avec une joie d'enfant, se mit à décrire le nid qu'elle rêvait. La chambre devait être carrée ; le plafond, haut et voûté. La tapisserie des murs serait blanche, semée de bluets liés en gerbe par un bout de ruban. Aux quatre angles, il y aurait des consoles chargées de fleurs ; au milieu, une table, également couverte de fleurs. Puis, un sofa, petit, pour que deux personnes assises y tiennent à peine, en se pressant beaucoup ; pas de glace qui égare le regard dans une coquetterie égoïste ; des tapis et des rideaux très épais, pour étouffer le bruit des baisers. Fleurs, sofa, tapis, rideaux seraient bleus. Elle mettrait une robe bleue, et n'ouvrirait pas la fenêtre, les jours où le ciel aurait des nuages.

Je voulus à mon tour orner un peu la chambre. Je parlai de cheminée, de pendule, d'armoire.

« Mais, me dit-elle étonnée, on ne se chaufferait pas, on n'aurait que faire de l'heure. Je trouve votre armoire ridicule. Me croyez-vous assez sotte pour traîner nos misères dans mon nid ? J'y voudrais vivre libre, insouciante, non pas toujours, mais quelques bonnes heures, chaque soir d'été. Les hommes, s'ils devenaient anges, se fatigueraient de Dieu lui-même. Je sais ce qu'il en est. C'est moi qui aurais la clé du paradis dans la poche. »

Une seconde île verdoyait devant nous. Antoinette battit des mains. C'était bien le plus charmant petit désert qu'un Robinson pût rêver à vingt ans. La rive, un peu haute, était bordée de grands arbres, entre lesquels les églantiers et les herbes luttaient de croissance. Un mur impénétrable se bâtissait là chaque printemps, mur de feuilles, de branches, de mousses, qui se grandissait encore en se mirant dans l'eau. Au-dehors, un rempart de rameaux enlacés ; au-dedans, on ne savait. Cette ignorance des clairières, ce large rideau de verdure qui tremblait au vent, sans jamais s'écarter, faisaient de l'île une retraite mystérieuse que le passant des rives voisines peuplait volontiers des blanches filles de la rivière.

Nous tournâmes longtemps autour de cet énorme bouquet de feuillage avant de trouver un port. Il semblait ne vouloir pour habitants que les oiseaux libres. Enfin, sous une grande broussaille s'avançant au-dessus de l'eau, nous pûmes prendre pied. Antoinette nous regarda descendre. Elle allongeait la tête, essayant de voir au-delà des arbres.

L'un des rameurs qui maintenait la barque en se tenant à une branche, lâcha prise. Alors la jeune femme, se sentant emportée, tendit le bras et, saisissant à son tour une racine, elle s'y cramponna, appela à son secours, et cria qu'elle ne voulait pas aller plus loin. Puis, lorsque les rameurs eurent amarré le canot, elle sauta sur le gazon et vint à nous, toute vermeille de son exploit.

« Soyez sans crainte, messieurs, nous dit-elle, je ne veux pas vous gêner; s'il vous plaît d'aller au nord, nous irons au midi. »

IV

Je repris mon panier, je me mis gravement à chercher l'herbe la moins humide. Léon me suivait, suivi lui-même d'Antoinette et de ses amoureux. Nous fîmes ainsi le tour de l'île. Revenu à notre point de départ, je m'assis, décidé à ne pas chercher davantage. Antoinette fit encore quelques pas, parut hésiter, puis revint se placer en face de moi. Nous étions au nord, elle ne songeait point à aller au midi. Alors Léon trouva le site charmant et jura que je ne pouvais mieux choisir.

Je ne sais comment cela se fit, les paniers se trouvèrent côte à côte, les provisions se mêlèrent si parfaitement, lorsqu'on les étala sur l'herbe, que nous ne pûmes jamais reconnaître chacun notre bien. Il nous fallut avoir une seule nappe. Par esprit de justice, nous partageâmes tous les mets.

Les deux amoureux s'étaient empressés de prendre place aux côtés de la jeune femme. Ils prévenaient ses désirs. Pour un morceau qu'elle demandait, elle en recevait régulièrement deux. Elle mangeait d'ailleurs de grand appétit.

Léon, au contraire, mangeait peu, nous regardant dévorer. Forcé de s'asseoir près de moi, il se taisait, il m'adressait un regard moqueur, chaque fois qu'Antoinette souriait à ses voisins. Comme elle prenait des deux côtés, elle tendait les mains, à droite et à gauche, avec une égale complaisance, remerciant chaque fois de sa voix douce. Ce que voyant, il me faisait des grands signes que je ne comprenais point.

Décidément, la jeune femme était, ce jour-là, d'une coquetterie désespérante. Les pieds repliés sous ses jupes, elle disparaissait presque dans l'herbe ; un poète l'eût volontiers comparée à une grande fleur qui aurait eu le don du regard et du sourire. Elle, si naturelle d'ordinaire, avait des mouvements mutins, des minauderies dans la voix que je ne lui connaissais pas. Les amoureux, confus de ses bonnes paroles, se regardaient d'un air triomphant. Moi, étonné de cette coquetterie soudaine, voyant par instants la maligne rire sous cape, je me demandais lequel de nous transformait cette fille simple en rusée commère.

Le gazon commençait à se dégarnir. On riait plus qu'on ne parlait. Léon changeait de place à chaque instant, ne se trouvant bien à aucune. Comme il avait repris son air méchant, je craignis un discours et je suppliai du regard notre compagne de me pardonner un ami aussi maussade. Mais elle était fille vaillante :

un philosophe de vingt ans, tout sérieux qu'il fût, ne la déconcertait pas.

« Monsieur, dit-elle à Léon, vous êtes triste, notre gaieté paraît vous être importune. Je n'ose plus rire.

— Riez, riez, madame, répondit-il. Si je me tais, c'est que je ne sais point, comme ces messieurs, trouver de ces belles choses qui vous mettent en joie.

— Est-ce dire que vous n'êtes pas flatteur ? Mais parlez vite, alors. Je vous écoute, je veux de grosses vérités.

— Les femmes ne les aiment pas, madame. D'ailleurs, lorsqu'elles sont jeunes et belles, quel mensonge peut-on leur faire qui ne soit vrai ?

— Allons, vous le voyez, vous êtes un courtisan comme les autres. Voilà que vous me forcez à rougir. Lorsque nous sommes absentes, vous nous déchirez à belles dents, messieurs les hommes ; mais que la moindre de nous paraisse, vous n'avez pas de saluts assez profonds, pas de phrases assez tendres. C'est de l'hypocrisie, cela ! Moi, je suis franche, je dis : les hommes sont méchants, ils ne savent pas aimer. Voyons, monsieur, soyez franc à votre tour. Que dites-vous des femmes ?

— Ai-je toute liberté ?

— Certainement.

— Vous ne vous fâcherez pas ?

— Eh ! non, je rirai plutôt. »

Léon se posa en orateur. Comme je connaissais le discours, l'ayant entendu plus de cent fois, je me récréai, pour le supporter, à jeter de petits cailloux dans la Seine.

« Lorsque Dieu, dit-il, s'aperçut qu'il manquait un être à sa création, ayant employé toute la fange, il ne sut où prendre la matière nécessaire pour réparer son oubli. Il lui fallut s'adresser aux créatures ; il reprit à chaque animal un peu de sa chair, et de ces emprunts faits au serpent, à la louve, au vautour, il créa la femme. Aussi, les sages qui ont connaissance de ce fait, omis dans la Bible, ne s'étonnent-ils pas en voyant la femme fantasque, sans cesse en proie à des humeurs contraires, fidèle image des éléments divers qui la composent. Chaque être lui a donné un vice; le mal épars dans la création s'est réuni en elle; de là ses caresses hypocrites, ses trahisons, ses débauches... »

On eût dit que Léon récitait une leçon. Il se tut, cherchant la suite. Antoinette applaudit.

« Les femmes, reprit l'orateur, naissent légères et coquettes, comme elles naissent brunes ou blondes. Elles se livrent par égoïsme, peu soucieuses de choisir selon le mérite. Un homme est fat, il a la beauté régulière des sots : elles vont se le disputer. Qu'il soit simple et affectueux, qu'il se contente d'être homme d'esprit, sans le crier sur les toits, elles ne sauront même pas s'il existe. En toutes choses, il leur faut des joujoux qui brillent : jupes de soie, colliers d'or, pierreries, amants peignés et fardés. Quant aux ressorts de l'amusante machine, peu leur importe qu'ils fonctionnent bien ou mal. Elles n'ont pas charge d'âmes. Elles se connaissent en cheveux noirs, en lèvres amoureuses, mais elles sont ignorantes des choses du cœur. C'est ainsi qu'elles se jettent dans les bras du premier niais venu, confiantes en sa grande mine. Elles l'aiment, parce qu'il leur plaît; il leur plaît, parce qu'il leur plaît. Un jour, le niais les bat. Alors elles crient au martyre, elles se désolent, disant qu'un homme ne peut toucher à un cœur sans le briser. Les folles, que ne cherchent-elles la fleur d'amour où elle fleurit! »

Antoinette applaudit de nouveau. Le discours, tel que je le connaissais, s'arrêtait là. Léon l'avait prononcé tout d'un trait, comme ayant hâte de le finir. La dernière phrase dite, il regarda la jeune femme et parut rêver. Puis, ne déclamant plus, il ajouta :

« Je n'ai eu qu'une bonne amie. Elle avait dix ans, et moi douze. Un jour elle me trompa pour un gros dogue qui se laissait tourmenter sans jamais montrer les dents. Je pleurai beaucoup, je jurai de ne plus aimer. J'ai tenu ce serment. Je n'entends rien aux femmes. Si j'aimais, je serais jaloux et maussade ; j'aimerais trop, je me ferais haïr ; on me tromperait, et j'en mourrais. »

Il se tut, les yeux humides, tâchant vainement de rire. Antoinette ne raillait plus ; elle l'avait écouté, toute sérieuse ; puis, s'écartant de ses voisins, regardant Léon en face, elle vint poser la main sur son épaule.

« Vous êtes un enfant », lui dit-elle simplement.

V

Un dernier rayon qui glissait sur la rivière, la changeait en un ruban d'or et de moire. Nous attendions la première étoile pour descendre le courant à la fraîcheur du soir. Les paniers avaient été reportés dans la barque. Nous nous étions couchés dans l'herbe, à l'aventure, chacun selon son gré.

Antoinette et Léon s'étaient placés sous un grand églantier, qui allongeait ses bras au-dessus de leurs têtes. Les branches vertes les cachaient à demi ; comme ils me tournaient le dos, je ne pouvais voir s'ils riaient ou s'ils pleuraient. Ils parlaient bas, paraissaient se quereller. Moi, j'avais choisi un petit tertre, semé d'une herbe fine ; paresseusement étendu, je voyais à la fois le ciel et la pelouse où se posaient mes pieds. Les deux galants, appréciant sans doute le charme de mon attitude, étaient venus se coucher, l'un à ma gauche, l'autre à ma droite.

Ils abusaient de leur position pour me parler tous deux à la fois.

Celui qui se trouvait à ma gauche, me touchait légèrement au bras, lorsqu'il voyait que je ne l'écoutais plus.

« Monsieur, me disait-il, j'ai rarement rencontré une femme plus capricieuse que Mlle Antoinette. Vous ne sauriez croire comme sa tête tourne au moindre souffle. Pour citer un exemple, lorsque nous vous avons rencontré, ce matin, nous allions dîner à deux lieues d'ici. À peine aviez-vous disparu, qu'elle nous a fait revenir sur nos pas ; la contrée lui plaisait, disait-elle. C'est à perdre l'esprit. Moi, j'aime les choses qui s'expliquent. »

Celui qui était à ma droite disait en même temps, me forçant aussi à l'écouter :

« Monsieur, je désire depuis ce matin vous parler en particulier. Nous croyons, mon compagnon et moi, vous devoir des explications. Nous avons remarqué votre grande amitié pour Mlle Antoinette, et nous regrettons vivement de vous gêner dans vos projets. Si nous avions connu votre amour une semaine plus tôt, nous nous serions retirés, pour ne pas causer le moindre chagrin à un galant homme ; mais, aujourd'hui, il est un peu tard : nous ne nous sentons plus la force du sacrifice. D'ailleurs, je veux être franc : Antoinette m'aime. Je vous plains, et je me mets à votre disposition. »

Je me hâtai de le rassurer. Mais j'eus beau lui jurer que je n'avais jamais été et que je ne serais jamais l'amant d'Antoinette, il n'en continua pas moins à me prodiguer les plus tendres consolations. Il lui était trop doux de penser qu'il m'avait volé ma maîtresse.

L'autre, fâché de l'attention accordée à son camarade, se pencha vers moi. Pour m'obliger à prêter l'oreille, il me fit une grosse confidence.

« Je veux être franc avec vous, me dit-il : Antoinette m'aime. Je plains sincèrement ses autres adorateurs. »

À ce moment, j'entendis un bruit singulier ; il partait du buisson sous lequel Léon et Antoinette s'abritaient. Je ne sus si c'était un baiser ou le petit cri d'une fauvette effarouchée.

Cependant, mon voisin de droite avait surpris mon voisin de gauche me disant qu'Antoinette l'aimait. Il se souleva, le regarda d'un air menaçant. Je me laissai glisser entre eux, je gagnai sournoisement une haie derrière laquelle je me blottis. Alors, ils se trouvèrent face à face.

Ma broussaille était admirablement choisie. Je voyais Antoinette et Léon, sans entendre toutefois leurs paroles. Ils se querellaient toujours ; seulement, ils paraissaient plus près l'un de l'autre. Quant aux amoureux, ils se trouvaient au-dessus de moi, et je pus suivre leur dispute. La jeune femme leur tournant le dos, ils étaient furieux tout à leur aise.

« Vous avez mal agi, disait l'un ; voici deux jours que vous auriez dû vous retirer. N'avez-vous pas l'esprit de le voir ? c'est moi qu'Antoinette préfère.

— En effet, répondit l'autre, je n'ai point cet esprit-là. Mais vous avez la sottise, vous, de prendre comme vous appartenant les sourires et les regards qu'on m'adresse.

— Soyez certain, mon pauvre monsieur, qu'Antoinette m'aime.

— Soyez certain, mon heureux monsieur, qu'Antoinette m'adore. »

Je regardai Antoinette. Décidément, il n'y avait pas de fauvette dans le buisson.

« Je suis las de tout ceci, reprit l'un des soupirants. N'êtes-vous pas de mon avis, il est temps que l'un de nous disparaisse ?

— J'allais vous proposer de nous couper la gorge », répondit l'autre.

Ils avaient élevé la voix ; ils gesticulaient, se levant, s'asseyant dans leur colère. La jeune femme, distraite par le bruit croissant de la querelle, tourna la tête. Je la vis s'étonner, puis sourire. Elle attira sur les deux jeunes gens l'attention de Léon, auquel elle dit quelques mots qui le mirent en gaieté.

Il se leva, s'approchant de la rive, entraînant sa compagne. Ils étouffaient leurs éclats de rire et marchaient en évitant de faire rouler les pierres. Je pensai qu'ils allaient se cacher, pour se faire chercher ensuite.

Les deux galants criaient plus fort ; faute d'épées, ils préparaient leurs poings. Cependant, Léon avait gagné la barque ; il y fit entrer Antoinette, et se mit à en dénouer tranquillement l'amarre ; puis, il y sauta lui-même.

Comme l'un des amoureux allait lever le bras sur l'autre, il vit le canot au milieu de la rivière. Stupéfait, oubliant de frapper, il le montra à son compagnon.

« Eh bien ! eh bien ! cria-t-il en courant à la rive, que veut dire cette plaisanterie ? »

On m'avait parfaitement oublié derrière ma broussaille. Le bonheur et le malheur rendent égoïste. Je me levai.

« Messieurs, dis-je aux pauvres garçons béants et effarés, vous souvient-il de certaine fable[1] ? Cette plaisanterie veut dire ceci : on vous vole Antoinette, que vous pensiez m'avoir volée.

— La comparaison est galante ! me cria Léon. Ces messieurs sont des larrons et madame est un... »

Madame l'embrassait. Le baiser étouffa le vilain mot.

« Frères, ajoutai-je en me tournant vers mes compagnons de naufrage, nous voici sans vivres et sans toit pour abriter nos têtes. Bâtissons une hutte, vivons de baies sauvages, en attendant qu'il plaise à un navire de nous venir tirer de notre île déserte. »

VI

Et puis ?

Et puis, que sais-je, moi ! Tu m'en demandes trop long, Ninette. Voici deux mois qu'Antoinette et Léon vivent dans le nid couleur du ciel. Antoinette est restée une bonne et franche fille, Léon médit des femmes avec plus de verve que jamais. Ils s'adorent.

SŒUR-DES-PAUVRES

I

À dix ans, elle paraissait si chétive, la pauvre enfant, que c'était pitié de la voir travailler autant qu'une servante de ferme. Elle avait les grands yeux étonnés, le sourire triste des gens qui souffrent sans se plaindre. Les riches fermiers qui, le soir, la rencontraient au sortir du bois, mal vêtue, chargée d'un lourd fardeau, lui offraient parfois, lorsque le grain s'était bien vendu, de lui acheter un bon jupon de grosse futaine[1]. Et alors elle répondait : « Je sais, sous le porche de l'église, un pauvre vieux qui n'a qu'une blouse, par ce grand froid de décembre ; achetez-lui une veste de drap, et j'aurai chaud demain, à le voir si bien couvert. » Ce qui lui avait fait donner le surnom de Sœur-des-Pauvres ; et les uns la nommaient ainsi, en dérision de ses mauvaises jupes ; les autres, en récompense de son bon cœur.

Sœur-des-Pauvres avait eu jadis un fin berceau de dentelle et des jouets à remplir une chambre. Puis, un matin, sa mère ne vint pas l'embrasser au lever. Comme elle pleurait de ne point la voir, on lui dit qu'une sainte du bon Dieu l'avait emmenée au paradis, ce qui sécha ses larmes. Un mois auparavant, son père était ainsi parti. La chère petite pensa qu'il venait d'appeler sa mère dans le ciel, et que, réunis tous deux, ne pouvant vivre sans leur fille, ils lui enverraient bientôt un ange pour l'emporter à son tour.

Elle ne se rappelait plus comment elle avait perdu ses jouets et son berceau. De riche demoiselle elle devint pauvre fille, cela sans que personne en parût étonné : sans doute des méchants étaient venus qui l'avaient dépouillée en honnêtes gens. Elle se souvenait seulement d'avoir vu, un matin, auprès de sa couche, son oncle Guillaume et sa tante Guillaumette[1]. Elle eut grand-peur, parce qu'ils ne l'embrassèrent point. Guillaumette la vêtit à la hâte d'une étoffe grossière ; Guillaume, la tenant par la main, l'emmena dans la misérable cabane où elle vivait maintenant. Puis c'était tout. Elle se sentait bien lasse chaque soir.

Guillaume et Guillaumette, eux aussi, avaient possédé de grandes richesses, autrefois. Mais Guillaume aimait les joyeux convives, les nuits passées à boire, sans songer aux tonneaux qui s'épuisent ; Guillaumette aimait les rubans, les robes de soie, les longues heures perdues à tâcher vainement de se faire jeune et belle ; si bien qu'un jour le vin manqua à la cave, et que le miroir fut vendu pour acheter du pain. Jusqu'alors, ils avaient eu cette bonté de certains riches, qui souvent n'est qu'un effet du bien-être et du contentement de soi ; ils sentaient plus profondément le bonheur en le partageant avec autrui et mêlant ainsi beaucoup d'égoïsme à leur charité. Aussi ne surent-ils pas souffrir et rester bons ; regrettant les biens qu'ils avaient perdus, n'ayant plus de larmes que pour leur misère, ils devinrent durs envers le pauvre monde.

Ils oubliaient que leur pauvreté était leur œuvre, ils accusaient chacun de leur ruine, et se sentaient au cœur un grand besoin de vengeance, exaspérés de leur pain noir, cherchant à se consoler en voyant une plus grande souffrance que la leur.

Aussi se plaisaient-ils aux haillons de Sœur-des-Pauvres, à ses petites joues amincies, toutes blanches de larmes. Ils ne s'avouaient pas la joie mauvaise qu'ils prenaient à la faiblesse de cette enfant, lorsque, au retour de la fontaine, elle chancelait, tenant à deux mains la lourde cruche[1]. Ils la battaient pour une goutte d'eau versée, disant qu'il fallait corriger les mauvais caractères ; et ils frappaient avec tant de hâte et de rancune qu'on voyait aisément que ce n'était pas là une juste correction.

Sœur-des-Pauvres souffrait toute leur misère. Ils la chargeaient des travaux les plus fatigants, l'envoyaient glaner au soleil de midi et ramasser du bois mort par les temps de neige. Puis, aussitôt rentrée, elle avait à balayer, à laver, à mettre chaque chose en ordre dans la cabane. La chère petite ne se plaignait plus. Les jours de bonheur étaient si loin d'elle, qu'elle ne savait pas qu'on peut vivre sans pleurer. Elle ne songeait jamais qu'il y avait des demoiselles rieuses et caressées ; dans son ignorance des jouets et des baisers, elle acceptait les coups et le pain sec de chaque soir, comme faisant également partie de la vie. Et cela surprenait les hommes sages, de voir une enfant de dix ans montrer une grande pitié pour toutes les souffrances, sans paraître songer à sa propre infortune.

Or, un soir, je ne sais quel saint fêtaient Guillaume et Guillaumette, ils lui donnèrent un beau sou neuf en lui permettant d'aller jouer le restant du jour. Sœur-des-Pauvres descendit lentement à la ville, bien embarrassée de son sou, ne sachant que faire pour jouer. Elle arriva ainsi dans la grande rue. Il y avait là, à gauche, près de l'église, une boutique pleine de bonbons et de poupées, si belle la nuit aux lumières, que les enfants de la contrée en rêvaient comme d'un paradis. Ce soir-là, un groupe de marmots, bouche béante, muets d'admiration, se tenait sur le trottoir, les mains appuyées aux vitres, le plus près possible des merveilles de l'étalage. Sœur-des-Pauvres envia leur audace. Elle s'arrêta au milieu de la rue, laissant pendre ses petits bras, ramenant ses haillons que le vent écartait. Un peu fière d'être riche, elle serrait bien fort son beau sou neuf et choisissait du regard le jouet qu'elle allait acheter. Enfin elle se décida pour une poupée qui avait des cheveux comme une grande personne ; cette poupée, qui était bien haute comme elle, portait une robe de soie blanche, pareille à celle de la Sainte Vierge.

La fillette avança de quelques pas. Honteuse, comme elle regardait autour d'elle, avant d'entrer, elle aperçut sur un banc de pierre, en face de la belle boutique, une femme mal vêtue, berçant dans ses bras un enfant qui pleurait. Elle s'arrêta de nouveau, tournant le dos à la poupée. Aux cris de l'enfant, ses mains se croisèrent de pitié ; et, sans honte cette fois, elle s'approcha rapidement pour donner son beau sou neuf à la pauvre femme.

Cette dernière, depuis quelques instants, regardait Sœur-des-Pauvres. Elle l'avait vue s'arrêter, puis s'avancer vers les jouets ; de sorte que, lorsque l'enfant vint à elle, elle comprit son bon cœur. Elle prit le sou, les yeux humides ; puis, elle retint dans la sienne la petite main qui le lui donnait.

« Ma fille, dit-elle, j'accepte ton aumône, parce que je vois bien qu'un refus te chagrinerait. Mais, toi-même, ne désires-tu rien ? Toute mal vêtue que je suis, je puis contenter un de tes vœux. »

Pendant qu'elle parlait ainsi, les yeux de la pauvresse brillaient, pareils à des étoiles, tandis que, autour de sa tête, courait une flamme, comme une couronne faite d'un rayon de soleil. L'enfant, maintenant endormi sur ses genoux, souriait divinement dans son repos.

Sœur-des-Pauvres secoua sa tête blonde.

« Non, madame, répondit-elle, je n'ai aucun désir. Je voulais acheter cette poupée que vous voyez en face, mais ma tante Guillaumette me l'aurait brisée. Puisque vous ne voulez pas de mon sou pour rien, j'aime mieux que vous me donniez un bon baiser en échange. »

La mendiante se pencha et la baisa au front. À cette caresse, Sœur-des-Pauvres se sentit soulevée de terre ; il lui sembla que son éternelle fatigue s'en était allée ; en même temps, il lui vint au cœur une plus grande bonté.

« Ma fille, ajouta l'inconnue, je ne veux pas que ton aumône reste sans récompense. J'ai, comme toi, un sou dont je ne savais que faire, avant de te rencontrer. Des princes, des grandes dames, m'ont jeté des bourses d'or, et je ne les ai pas jugés dignes de le posséder. Prends-le. Quoi qu'il arrive, agis selon ton cœur. »

Et elle le lui donna. C'était un vieux sou de cuivre jaune, rongé sur les bords, percé au milieu d'un trou large comme une grosse lentille. Il était si usé, qu'on ne pouvait savoir de quel pays il venait, si ce n'est qu'on voyait encore, sur une des faces, une couronne de rayons à demi effacée. C'était peut-être là quelque monnaie des cieux.

Sœur-des-Pauvres, le voyant si mince, tendit la main, comprenant qu'un tel cadeau ne portait point préjudice à la mendiante, et le considérant comme un souvenir d'amitié qu'elle lui laissait.

« Hélas ! pensait-elle, la pauvre femme ne sait ce qu'elle dit. Les princes, les belles dames n'ont que faire de son sou. Il est si laid qu'il ne paierait pas seulement une once de pain. Je ne vais pas même pouvoir le donner à un pauvre. »

La femme, dont les yeux brillaient de plus en plus, sourit, comme si l'enfant eût parlé tout haut. Elle lui dit doucement :

« Prends-le toujours, et tu verras. »

Alors Sœur-des-Pauvres l'accepta, pour ne pas la désobliger. Elle baissa la tête, afin de le mettre dans la poche de sa jupe ; lorsqu'elle la releva, le banc était vide. Elle fut grandement étonnée et s'en revint, toute songeuse de la rencontre qu'elle venait de faire.

II

Sœur-des-Pauvres couchait au grenier, dans une sorte de soupente, où gisaient pêle-mêle des débris de vieux meubles. Les jours de lune, grâce à une étroite lucarne, elle voyait clair à se mettre au lit. Les autres jours, elle gagnait sa couche à tâtons, pauvre couche faite de quatre planches mal jointes et d'une paillasse dont les toiles se touchaient par endroits.

Or, ce soir-là, la lune était dans son plein. Une raie lumineuse s'allongeait sur les poutres, emplissant le grenier de clarté.

Lorsque Guillaume et Guillaumette furent couchés, Sœur-des-Pauvres monta. Par les nuits sombres, elle avait parfois grand peur des subits gémissements, des bruits de pas qu'elle croyait entendre, et qui n'étaient autre chose que les craquements des charpentes et que les courses rapides des souris. Aussi aimait-elle d'un amour fervent le bel astre dont les rayons amis dissipaient ses frayeurs. Les soirs où il brillait, elle ouvrait la lucarne, elle le remerciait dans ses prières d'être revenu la voir.

Elle fut toute satisfaite de trouver de la lumière chez elle. Elle était fatiguée, elle allait dormir bien tranquille, se sentant gardée par sa bonne amie la lune. Souvent elle l'avait sentie, dans son sommeil, se promener ainsi par la chambre, silencieuse et douce, mettant en fuite les vilains songes des nuits d'hiver.

Elle alla vite s'agenouiller sur un vieux coffre, en plein dans la blonde clarté. Là, elle pria le bon Dieu. Puis, s'approchant du lit, elle dégrafa sa jupe.

La jupe glissa à terre, mais voilà qu'elle laissa échapper par la poche entrouverte une pluie de gros sous. Sœur-des-Pauvres les regarda rouler, immobile, effrayée.

Elle se baissa, les ramassa un à un, les prenant du bout des doigts. Elle les empilait sur le vieux coffre, sans chercher à connaître leur nombre, car elle ne savait compter que jusqu'à cinquante, et elle voyait bien qu'il y en avait là plusieurs centaines. Quand elle n'en trouva plus sur le sol, ayant soulevé la jupe, elle comprit à son poids que la poche était encore pleine. Pendant un grand quart d'heure, elle en tira des poignées de sous, désespérant de jamais trouver le fond. Enfin elle n'en sentit plus qu'un. L'ayant pris, elle le reconnut: c'était le sou que la mendiante lui avait donné le soir même.

Elle se dit alors que le bon Dieu venait de faire un miracle, et que ce vilain sou qu'elle avait dédaigné, était un sou comme les riches n'en ont pas. Elle le sentait frémir entre ses doigts, prêt à se multiplier encore. Aussi tremblait-elle qu'il ne lui prît fantaisie d'emplir le grenier de richesses. Elle ne savait déjà que faire de ces piles de monnaie neuve qui brillaient au clair de lune. Troublée, elle regardait autour d'elle.

En bonne travailleuse, elle avait toujours du fil et une aiguille dans la poche de son tablier. Elle chercha un morceau de vieille toile pour faire un sac. Elle le fit si étroit, que sa petite main pouvait à peine entrer dedans ; l'étoffe manquait ; d'ailleurs, Sœur-des-Pauvres était pressée. Puis, ayant mis tout au fond le sou de la pauvresse, elle commença, pile par pile, à glisser dans la bourse les pièces qui couvraient le coffre. Chaque pile en tombant emplissait le sac, et aussitôt le sac redevenait vide. Les centaines de gros sous y tinrent fort à l'aise. Il était facile de voir qu'il en aurait contenu quatre fois davantage.

Après quoi, Sœur-des-Pauvres fatiguée le cacha sous la paillasse, et s'endormit. Elle riait dans ses rêves, songeant aux grandes aumônes qu'elle allait pouvoir distribuer le lendemain.

III

Le matin, en s'éveillant, Sœur-des-Pauvres pensa avoir rêvé. Il lui fallut toucher son trésor pour croire à sa réalité. Il était un peu plus lourd que la veille, ce qui fit comprendre à l'enfant que le sou merveilleux avait encore travaillé pendant la nuit.

Elle se vêtit à la hâte, elle descendit, ses sabots à la main, pour ne point faire de bruit. Elle avait caché le sac sous son fichu, le serrant contre sa poitrine. Guillaume et Guillaumette, profondément endormis, ne l'entendirent pas. Elle dut passer devant leur lit, elle faillit tomber de peur de les savoir aussi près d'elle ; puis elle se prit à courir, ouvrit la porte toute grande, et s'enfuit, oubliant de la refermer.

On était en hiver, aux matinées les plus froides de décembre. Le jour naissait à peine. Le ciel, aux pâles clartés de cette aurore, semblait de même couleur que la terre, couverte de neige. Cette blancheur universelle qui emplissait l'horizon, avait un grand calme. Sœur-des-Pauvres marchait vite, suivant le sentier qui conduisait à la ville. Elle n'entendait que le craquement de ses sabots dans la neige. Bien que grandement préoccupée, elle choisissait par amusement les ornières les plus profondes.

Comme elle approchait, elle se souvint que, dans sa hâte, elle avait oublié de prier Dieu. Elle s'agenouilla sur le bord du sentier. Là, seule, perdue dans cette immense et triste sérénité de la nature endormie, elle dit son oraison avec cette voix d'enfant, si douce, que Dieu ne sait la distinguer de celle des anges. Elle se dressa bientôt. Le froid l'ayant saisie, elle pressa le pas.

Il y avait grande misère dans le pays, surtout cette année-là, où l'hiver était rude et le pain si cher, que les riches seuls en pouvaient acheter. Les pauvres gens, ceux qui vivent de soleil et de pitié, sortaient dès le matin pour voir si le printemps ne venait pas, ramenant avec lui des aumônes plus larges. Ils allaient par les routes ou s'asseyaient sur les bornes, aux portes des villes, implorant les passants ; car il faisait si froid, dans leurs greniers, qu'autant valait loger au grand chemin. Et ils étaient en si grand nombre, qu'on aurait pu en peupler un gros village.

Sœur-des-Pauvres avait ouvert le petit sac. En entrant dans la ville, elle vit venir à elle un aveugle conduit par une petite fille qui la regardait tristement, la prenant pour une sœur, à la voir si mal vêtue.

« Mon père, dit-elle au pauvre vieux, tendez vos mains. Jésus m'envoie vers vous. »

Elle s'adressait au bonhomme, parce que les doigts de la fillette étaient trop mignons et qu'ils n'auraient guère contenu qu'une dizaine de gros sous. Aussi, pour emplir les mains que l'aveugle lui tendit, il lui fallut puiser sept fois dans le sac tant elles étaient longues et larges. Puis, avant de s'éloigner, elle dit à la petite de prendre une dernière poignée de monnaie.

Elle avait hâte d'arriver devant l'église, près des bancs de pierre, où les pauvres se réunissaient le matin ; la maison de Dieu les abritait des vents du nord ; le soleil, à son lever, donnait en plein sous le porche. Elle dut encore s'arrêter. Au coin d'une ruelle, elle trouva une jeune femme qui avait sans doute passé la nuit là, tant elle était transie et grelottante ; les yeux fermés, les bras serrés sur la poitrine, elle paraissait dormir, n'espérant plus que dans la mort. Sœur-des-Pauvres se tenait devant elle, la main pleine de sous, ne sachant comment lui donner son aumône. Elle pleurait, pensant être venue trop tard.

« Bonne femme, disait-elle — et elle la touchait doucement à l'épaule —, tenez, prenez cet argent. Il vous faut aller déjeuner à l'auberge et dormir devant un grand feu. »

À cette voix douce, la bonne femme ouvrit les yeux, les mains tendues. Elle croyait peut-être dormir encore et songer qu'un ange était descendu vers elle.

Sœur-des-Pauvres gagna vite la grand-place. Il y avait foule, sous le porche, pour le premier rayon. Les mendiants, assis aux pieds des saints, tremblaient de froid, les uns auprès des autres, sans se parler. Ils roulaient doucement la tête, comme font les mourants. Ils se pressaient dans les coins, afin de ne rien perdre du soleil, lorsqu'il allait paraître.

Sœur-des-Pauvres commença par la droite, jetant des poignées de sous dans les chapeaux de feutre et dans les tabliers, cela de si bon cœur, que bien des pièces roulaient sur les dalles. Elle ne comptait pas, la chère enfant. Le petit sac faisait merveille ; il ne désemplissait pas, il se gonflait tellement à chaque nouvelle poignée prise par la fillette, qu'il versait comme un vase trop plein. Les pauvres gens restaient ébahis de cette pluie joyeuse : ils ramassaient les sous tombés, oubliant le soleil qui se levait, disant des : « Dieu vous le rende ! » à la hâte. L'aumône était si large, que de bons vieux croyaient que les saints de pierre leur jetaient cette fortune ; ils le croient même encore.

L'enfant riait de leur joie. Elle fit trois fois le tour, afin de donner à chacun la même somme ; puis elle s'arrêta, non pas que le petit sac se trouvât vide, mais parce qu'elle avait beaucoup à faire avant le soir. Comme elle allait s'éloigner, elle aperçut dans un coin un vieillard infirme qui, ne pouvant s'approcher, tendait les mains vers elle. Triste de ne point l'avoir vu, elle s'avança, pencha le sac, pour lui donner davantage. Les sous se mirent à couler de cette méchante bourse comme l'eau d'une fontaine, sans s'arrêter, si abondamment que Sœur-des-Pauvres ferma bientôt l'ouverture avec le poing, car le tas aurait monté en peu d'instants aussi haut que l'église. Le pauvre vieux n'avait que faire de tant d'argent, et peut-être les riches seraient-ils venus le voler.

IV

Alors, ceux de la grand-place ayant les poches pleines, elle marcha vers la campagne. Les mendiants, oubliant de soulager leurs souffrances, se mirent à la suivre ; ils la regardaient avec étonnement et respect, entraînés dans un élan de fraternité. Elle, seule, regardant autour d'elle, s'avançait la première. La foule venait ensuite.

L'enfant, vêtue d'une indienne en lambeaux, était bien sœur des pauvres gens de sa suite, sœur par les haillons, sœur par la tendre pitié. Elle se trouvait là en famille, donnant à ses frères, s'oubliant elle-même ; elle marchait gravement de toute la force de ses petits pieds, heureuse de faire la grande fille ; et cette blondine de dix ans rayonnait d'une naïve majesté, suivie de son escorte de vieillards.

L'étroite bourse à la main, elle allait de village en village, distribuant des aumônes à toute la contrée. Elle allait devant elle, sans choisir les chemins, prenant les routes des plaines et les sentiers des coteaux ; puis elle s'écartait, traversant les champs, pour voir si quelque vagabond ne s'abritait pas au pied des haies ou dans le creux des fossés. Elle se haussait, regardant à l'horizon, regrettant de ne pouvoir jeter un appel à toutes les misères du pays. Elle soupirait en songeant qu'elle laissait peut-être derrière quelque souffrance ; cette crainte faisait qu'elle revenait parfois sur ses pas pour visiter un buisson. Et, soit qu'elle ralentît sa marche aux coudes des chemins, soit qu'elle courût à la rencontre d'un indigent, son cortège la suivait dans chacun de ses détours.

Or, il arriva, comme elle traversait un pré, qu'une bande de pierrots[1] vint s'abattre devant elle. Les pauvres petits, perdus dans la neige, chantaient d'une façon lamentable, demandant une nourriture qu'ils avaient cherchée en vain. Sœur-des-Pauvres s'arrêta, interdite de rencontrer des misérables auxquels ses gros sous n'étaient d'aucun secours ; elle regardait son sac avec colère, maudissant cet argent qui se refusait à la charité. Cependant les pierrots l'entouraient ; ils se disaient de la famille, ils lui réclamaient leur part dans ses bienfaits. Près d'éclater en sanglots, ne sachant que faire, elle prit dans le sac une poignée de sous, car elle ne pouvait se décider à les renvoyer sans aumône. La chère enfant avait sûrement perdu la tête, s'imaginant que les gros sous sont monnaie de pierrots, et que ces enfants du bon Dieu ont meuniers pour moudre et boulangers pour pétrir le pain de chaque jour. Je ne sais ce qu'elle pensait faire, mais ce que personne n'ignore, c'est que l'aumône, jetée poignée de sous, tomba poignée de blé sur la terre.

Sœur-des-Pauvres ne parut pas étonnée. Elle servit un vrai festin aux pierrots, leur offrant toutes sortes de graines, en telle quantité que, le printemps venu, le pré se couvrit d'une herbe épaisse et haute comme une forêt. Depuis ce temps, ce coin de terre appartient aux oiseaux du ciel ; ils y trouvent, en toute saison, une nourriture abondante, bien qu'ils y viennent par milliers, de plus de vingt lieues à la ronde.

Sœur-des-Pauvres reprit sa marche, heureuse de son nouveau pouvoir. Elle ne se contentait plus de distribuer de gros sous ; elle donnait, selon la rencontre, de bonnes blouses bien chaudes, de lourds jupons de laine, ou encore des souliers si légers et si forts, qu'ils pesaient à peine une once[1] et usaient les cailloux. Tout cela sortait d'une fabrique inconnue ; les étoffes étaient merveilleuses de solidité et de souplesse ; les coutures se trouvaient si finement piquées, que, dans le trou qu'aurait fait une de nos aiguilles, les aiguilles magiques avaient aisément trouvé place pour trois de leurs points ; et, ce qui n'était pas le moindre prodige, chaque vêtement prenait la taille du pauvre qui s'en couvrait. Sans doute un atelier de bonnes fées venait de s'établir au fond du sac, apportant les fins ciseaux d'or qui coupent dix robes de chérubin dans la feuille d'une rose. C'était, pour sûr, besogne du ciel, tant l'ouvrage était parfait et promptement cousu.

Le petit sac ne se montrait pas plus fier pour cela. Les bords en étaient légèrement usés, et la main de Sœur-des-Pauvres les avait peut-être un peu élargis ; maintenant, il pouvait bien être gros comme deux nids de fauvette. Pour que tu ne m'accuses pas de mensonge, il me faut te dire comment en sortaient les grands vêtements, tels que les jupes, les manteaux, amples de quatre ou cinq mètres. La vérité est qu'ils s'y trouvaient pliés sur eux-mêmes, comme les feuilles du coquelicot quand il ne s'est pas échappé du calice ; pliés avec tant d'art, qu'ils n'étaient guère plus gros que le bouton de cette fleur. Alors Sœur-des-Pauvres prenait le paquet entre deux doigts, le secouant à petits coups ; l'étoffe se dépliait, s'allongeait et devenait vêtement, non plus bon pour des anges, mais propre à couvrir de larges épaules. Quant aux souliers, je n'ai pu savoir jusqu'à ce jour sous quelle forme ils sortaient du sac ; j'ai ouï dire cependant, mais je n'affirme rien, que chaque paire était contenue dans une fève qui éclatait en touchant la terre. Tout cela, bien entendu, sans préjudice des poignées de gros sous qui tombaient dru comme grêle de mars.

Sœur-des-Pauvres marchait toujours. Elle ne sentait point la fatigue, bien qu'elle eût fait près de vingt lieues depuis le matin, cela sans boire ni manger. À la voir passer sur le bord des routes, laissant à peine trace, on eût dit qu'elle était emportée par des ailes invisibles. On l'avait aperçue, dans ce jour, aux quatre points du pays. Tu n'aurais pas trouvé dans la contrée un coin de terre, plaine ou montagne, dont la neige ne portât la légère empreinte de ses petits pieds. Vraiment, Guillaume et Guillaumette, s'ils la poursuivaient, risquaient de courir une bonne semaine avant que de l'atteindre ; non pas qu'il y eût à hésiter sur le chemin qu'elle prenait, car elle laissait foule derrière elle, comme font les rois à leur passage ; mais parce qu'elle marchait si gaillardement qu'elle-même, en d'autres temps, n'aurait pu faire un pareil voyage en moins de six grandes semaines.

Et son cortège allait s'augmentant à chaque village. Tous ceux qu'elle secourait, marchaient à sa suite, si bien que, vers le soir, la foule s'étendait derrière elle, sur une longueur de plusieurs centaines de mètres. C'étaient ses bonnes œuvres qui la suivaient ainsi. Jamais saint ne s'est présenté devant Dieu avec une aussi royale escorte.

Cependant, la nuit tombait. Sœur-des-Pauvres marchait toujours ; toujours le petit sac travaillait. Enfin, on vit l'enfant s'arrêter sur le sommet d'un coteau ; elle se tint immobile, regardant les plaines qu'elle venait d'enrichir, et ses haillons se détachaient en noir dans la blancheur du crépuscule. Les mendiants firent cercle autour d'elle ; ils s'agitaient par grandes masses sombres, avec le sourd frémissement des foules. Puis, le silence régna. Sœur-des-Pauvres, haute dans le ciel, souriait, ayant un peuple à ses pieds. Alors, ayant beaucoup grandi depuis le matin, debout sur le coteau, elle leva la main au ciel, disant à son peuple :

« Remerciez Jésus, remerciez Marie. »

Et tout son peuple entendit sa voix douce.

V

Il était fort tard, lorsque Sœur-des-Pauvres revint au logis. Guillaume et Guillaumette s'étaient endormis, las de colère et de menaces. Elle entra par la porte de l'étable, qui ne fermait qu'au loquet. Elle gagna vite son grenier, où elle trouva sa bonne amie la lune, si claire, si joyeuse, qu'elle paraissait connaître le bel emploi de la journée. Souvent le ciel nous remercie ainsi par de plus clairs rayons.

L'enfant se sentait grand besoin de repos. Mais, avant de se mettre au lit, elle voulut revoir le sou miraculeux, celui qui se trouvait au fond du sac. Il avait tant et si bien travaillé, qu'il méritait vraiment d'être baisé. Elle s'assit sur le coffre, elle se mit à vider la bourse, posant les poignées de monnaie à ses pieds. Un quart d'heure durant, elle tâcha d'atteindre le fond ; le tas lui montait aux genoux, et alors elle désespéra. Elle voyait bien qu'elle emplirait le grenier, sans avancer en rien la besogne. Fort embarrassée, elle ne trouva rien de mieux que de tourner lestement le petit sac à l'envers. Il y eut un éboulement de gros sous prodigieux ; la mansarde en fut, du coup, pleine aux trois quarts. Le sac était vide.

Cependant, à ce bruit, Guillaume s'éveilla. Le cher homme, bien qu'il n'eût pas ouï dans son sommeil l'écroulement du plancher, aurait ouvert les yeux pour un liard tombé sur les dalles. Il secoua Guillaumette.

« Hé ! femme, dit-il, entends-tu ? »

Et comme la vieille balbutiait, de méchante humeur :

« La petite est rentrée, reprit-il. Je crois qu'elle a volé quelque passant, car j'entends là-haut le tintement d'une grosse bourse. »

Guillaumette se souleva, sans plus gronder et fort éveillée. Elle alluma vite la lampe en disant :

« Je savais bien que cette fille était vicieuse. »

Puis, elle ajouta :

« Je m'achèterai une coiffe à rubans et des souliers de coutil[1]. Dimanche, je serai fière. »

Alors tous deux, à peine vêtus, Guillaume allant le premier, Guillaumette élevant la lampe, montèrent à la mansarde. Leurs ombres, maigres et bizarres, s'allongeaient le long des murs.

Au haut de l'échelle, ils s'arrêtèrent d'étonnement. Il y avait sur le sol une couche de pièces épaisse de trois pieds, cela dans tous les coins, sans qu'il fût possible d'apercevoir large comme la main de plancher. Par endroits, s'élevaient des tas de monnaie ; on eût dit les vagues de cette mer de gros sous. Au milieu, entre deux de ces tas, dormait Sœur-des-Pauvres, dans un rayon de lune. L'enfant, cédant au sommeil, n'avait pu gagner son lit ; elle s'était laissée glisser doucement ; elle rêvait du ciel, sur cette couche faite d'aumônes. Les bras ramenés contre la poitrine, elle tenait dans sa main droite le magique cadeau de la mendiante. Son souffle faible et régulier s'entendait au milieu du silence ; tandis que l'astre bien-aimé, se mirant autour d'elle dans la monnaie neuve, l'entourait comme d'un cercle d'or.

Guillaume et Guillaumette n'étaient pas bonnes gens à longtemps s'étonner. Le miracle étant à leur profit, ils ne songèrent guère à l'expliquer, se souciant peu qu'il fût œuvre du bon Dieu ou du diable. Lorsqu'ils eurent un instant compté le trésor des yeux, ils voulurent s'assurer qu'il n'était pas seulement jeu de l'ombre et reflet de lune. Ils se baissèrent avidement, les mains grandes ouvertes.

Or, ce qu'il advint alors est si peu croyable, que j'hésite à le dire. À peine Guillaume eut-il pris une poignée de pièces, que ces pièces se changèrent en énormes chauves-souris. Il ouvrit les doigts avec terreur, et les vilaines bêtes s'échappèrent, poussant des cris aigus, le frappant à la face de leurs longues ailes noires. Guillaumette, de son côté, saisit une nichée de jeunes rats, aux dents blanches et fines, qui la mordirent cruellement en s'enfuyant le long de ses jambes. La vieille femme, que la vue d'une souris faisait évanouir, se mourait de les sentir courir dans ses jupes.

Ils s'étaient dressés, n'osant plus caresser cet argent si neuf d'apparence, mais si déplaisant au toucher. Ils se regardaient mal à l'aise, s'encourageaient avec ces regards, moitié riants, moitié fâchés, d'un enfant que vient de brûler une friandise trop chaude. Guillaumette céda la première à la tentation ; elle allongea ses bras maigres et prit deux nouvelles poignées de sous. Comme elle serrait les poings, pour ne rien laisser échapper, elle poussa un grand cri de douleur ; car, à la vérité, elle avait saisi deux poignées d'aiguilles si longues, si pointues, que ses doigts se trouvaient comme cousus aux paumes de ses mains. Guillaume, à la voir se baisser, voulut sa part du trésor. Il se hâta, mais ne ramassa pour tout butin que deux belles pelletées de charbons ardents qui brûlèrent comme poudre sur sa peau, tant ils étaient enflammés.

Alors, rendus furieux par la souffrance, ils se précipitèrent sur les gros sous, fouillant en plein tas, cherchant à gagner le miracle de vitesse. Mais les gros sous n'étaient pas sous à se laisser surprendre. À peine touchés, ils s'envolaient en sauterelles, rampaient en serpents, fuyaient en eau bouillante, se dissipaient en fumée ; toute forme leur semblait bonne, et ils ne s'en allaient pas sans avoir quelque peu brûlé ou mordu les voleurs.

Il y avait là une effrayante fécondité, si rapide, donnant naissance à tant de créatures différentes, qu'une inexprimable terreur régnait. Crapauds volants[1], hiboux, vampires, phalènes se pressaient à la lucarne, battant de l'aile, s'échappant par grandes volées. Les scorpions, les araignées, tous les hideux habitants des lieux humides, gagnaient les coins par longues files effarouchées ; le grenier, bien que fort lézardé, n'avait pas assez de trous pour eux, et ils étaient là, se poussant, s'écrasant dans les fentes.

Guillaume et Guillaumette, fous d'épouvante, couraient, emportés dans le vertige de cette étrange création. À droite, à gauche, de toutes parts, ils hâtaient l'éclosion de nouveaux êtres. De leurs doigts ruisselait la vie. Le flot vivant montait. Ce trésor, où tantôt se mirait la lune, n'était plus qu'une masse noirâtre qui se mouvait lourdement, se soulevant, s'affaissant sur elle-même, comme fait le vin dans la cuve.

Bientôt pas un gros sou ne resta. Le tas en entier s'était animé. Alors Guillaume et Guillaumette, ne prenant plus que reptiles, s'enfuirent en se jetant à la face deux poignées de couleuvres.

Et, comme s'ils avaient emporté tous les monstres dans ces deux dernières poignées, le grenier se trouva vide. Sœur-des-Pauvres, n'ayant rien entendu, dormait, calme et souriante.

VI

À son réveil, Sœur-des-Pauvres eut un remords. Elle se dit qu'elle était allée bien loin chercher la misère du pays entier, sans songer à soulager celle de son oncle et de sa tante.

La chère enfant avait compassion de toutes les

souffrances. Un pauvre était pauvre pour elle, avant d'être bon ou méchant. Elle ne distinguait point entre les larmes, elle pensait volontiers qu'elle n'avait pas charge de distribuer des peines et des récompenses, mais mission d'essuyer des pleurs. Dans sa petite raison de dix ans, il n'y avait pas grande idée de justice ; elle était toute charité, toute aumône. Lorsqu'elle songeait aux damnés d'enfer, il lui venait au cœur des pitiés, qu'elle n'éprouvait jamais aussi fortes pour les âmes du purgatoire.

Quelqu'un lui ayant dit un jour que tel pauvre ne méritait pas le pain qu'elle lui donnait, elle n'avait pas compris. Elle se refusait à croire que ce n'est pas assez d'avoir faim pour manger.

Or, pour réparer son oubli, Sœur-des-Pauvres reprenant le petit sac, alla vite acheter, en bel argent neuf, une terre qui touchait à la cabane de ses parents. Elle acheta en outre une paire de bœufs, blancs et roux, aux poils luisants comme de la soie. Elle n'eut garde d'oublier la charrue. Puis, elle loua un garçon de ferme qui conduisit l'attelage au bord du champ, à la porte de la chaumière. Pendant ce temps, elle amassait à la ville des provisions de toutes sortes, souches de vigne qui brûlent avec un feu clair, fine fleur de farine, salaisons, légumes secs. Elle se faisait suivre de trois grosses charrettes, allant de boutique en boutique, les chargeant de ce qu'elle pensait nécessaire à un ménage. Et c'était merveille comme elle dépensait en grande fille l'argent du bon Dieu, n'achetant pas choses inutiles, ainsi qu'on aurait pu l'attendre d'une bambine de son âge, mais bien meubles solides, pièces de toile, chaudrons de cuivre, tout ce que souhaite dans ses rêves une ménagère de trente ans.

Lorsque les trois charrettes furent pleines, elle vint les faire ranger auprès des bœufs et de la charrue.

Alors elle comprit que la chaumière était bien misérable, bien petite, pour contenir ces richesses, et elle eut du chagrin de ne pouvoir acheter une ferme, non pas qu'elle manquât d'argent, mais parce qu'il n'y avait point de ferme dans cette partie du pays. Elle résolut d'appeler les maçons et de leur faire bâtir une grande habitation, sur l'emplacement même de la pauvre demeure. Mais en attendant, comme elle était pressée, elle se contenta de verser sur le sol, devant les charrettes, quelques tas de gros sous, pour payer les frais de bâtisse.

Elle fit si bien, qu'elle ne mit pas une heure à tout disposer de la sorte. Guillaume et Guillaumette dormaient encore, n'ayant entendu ni le bruit des roues ni le fouet du garçon de ferme.

Alors, Sœur-des-Pauvres s'approcha de la porte, ayant aux lèvres un fin sourire, car elle avait parfois l'espièglerie du bien. Elle s'était hâtée un peu par malice ; elle s'applaudissait d'avoir réussi à devancer le réveil de ses parents.

Elle donna un dernier regard à ses achats, puis se mit à crier, en frappant dans ses mains de toutes ses forces :

« Oncle Guillaume, tante Guillaumette ! »

Et, comme les deux vieux ne bougeaient, elle heurta du poing les planches mal jointes du volet, en répétant plus haut, à plusieurs reprises :

« Oncle Guillaume, tante Guillaumette, ouvrez vite, la fortune demande à entrer ! »

Or, Guillaume et Guillaumette entendirent cela en dormant, ce qui les fit sauter du lit, avant d'avoir pris la peine de s'éveiller. Sœur-des-Pauvres criait encore, lorsqu'ils parurent sur le seuil, se poussant, se frottant les yeux, pour mieux voir ; et ils s'étaient tant pressés, que Guillaume avait les jupes et Guillaumette les culottes. Ils n'eurent garde de s'en douter, ayant bien d'autres sujets d'étonnement. Les tas de gros sous s'élevaient, hauts comme des meules de foin, devant les trois charrettes qui avaient fort grand air, les chaudrons et les meubles de chêne se détachant sur la neige. Les bœufs, au vent froid du matin, soufflaient avec bruit. Le soc de la charrue semblait d'argent, blanc des premiers rayons.

Le garçon de ferme s'avança et dit à Guillaume :

« Maître, où dois-je conduire l'attelage ? Ce n'est pas saison de labour. Soyez sans crainte : vos champs sont ensemencés, vous aurez ample récolte. »

Et, pendant ce temps, les charretiers s'étaient approchés de Guillaumette.

« Brave dame, lui disaient-ils, voici votre ménage, avec vos provisions d'hiver. Hâtez-vous de nous dire où nous devons décharger nos charrettes. C'est peu d'un jour pour rentrer au logis toutes ces richesses. »

Les deux vieux, bouche béante, ne savaient que répondre. Ils regardaient timidement ces biens qu'ils ne se connaissaient pas, ils songeaient aux vilains sous qui s'étaient si cruellement moqués d'eux, la nuit dernière. Sœur-des-Pauvres, cachée dans un coin, riait de leur étrange figure ; elle ne désirait tirer autre vengeance de leur peu d'amitié pour elle, dans les jours d'infortune. La pauvre petite n'avait jamais tant ri de sa vie. Je t'assure, tu aurais ri comme elle, de voir Guillaume en jupes et Guillaumette en culottes, ne sachant s'ils devaient se réjouir ou pleurer, faisant la grimace la plus plaisante du monde.

Enfin, comme elle les voyait près de rentrer et de fermer porte et fenêtre, elle se montra.

« Mes amis, dit-elle au garçon de ferme et aux charretiers, entrez tout ceci dans la chaumière ; n'ayez point souci d'emplir les chambres jusqu'au plafond.

Je n'avais pas songé à la petitesse du logis, j'ai tant acheté qu'il nous faut maintenant un château. Mais voici l'argent pour les maçons. »

Elle disait cela afin d'être entendue de ses parents, car elle pensait avec raison les rassurer en leur donnant à comprendre qu'elle était la bonne fée qui leur faisait ces cadeaux. Or, Guillaume et Guillaumette se promettaient depuis la veille de la battre, en punition de ce qu'elle les avait quittés tout un jour ; mais, lorsqu'ils l'entendirent parler ainsi, lorsqu'ils virent les hommes déposer les meubles et les provisions à leur porte, ils la regardèrent, ils éclatèrent en sanglots, sans savoir pourquoi. Il leur sembla qu'une main les serrait à la gorge. Ils restaient là, debout, près d'étouffer, ne sachant que faire, dans cette émotion qu'ils ne connaissaient pas. Et, tout d'un coup, ils comprirent qu'ils aimaient Sœur-des-Pauvres. Alors, riant dans les larmes, ils coururent l'embrasser, ce qui les soulagea.

VII

Un an plus tard, Guillaume et Guillaumette se trouvaient les plus riches fermiers du pays. Ils possédaient une grande ferme neuve ; leurs champs s'étendaient à tant de lieues à la ronde, qu'un même horizon ne pouvait les contenir. Qu'un pauvre devienne riche, cela n'est point rare ; personne, dans nos temps, ne songe à s'en étonner. Mais, lorsque Guillaume et Guillaumette de méchants devinrent bons, il y en eut qui se refusèrent à le croire. C'était la vérité cependant. Les parents de Sœur-des-Pauvres, ne souffrant plus le froid ni la faim, retrouvèrent leur bon cœur d'autrefois.

Comme ils avaient beaucoup pleuré, ils se sentirent frères des misérables et les soulagèrent sans égoïsme.

Les larmes, je le sais, sont bonnes conseillères. Pourtant, si Guillaumette n'aima plus trop la dentelle, si Guillaume cessa de boire et préféra le travail, m'est avis que les gros sous avaient en eux quelque vertu secrète qui aida au miracle ; car ils n'étaient pas comme les premiers sous venus, qui consentent à payer les mauvaises dépenses ; eux, se refusaient aux méchants cœurs et rendaient charitable, en dirigeant la main des honnêtes gens qui les possédaient. Ah ! les braves gros sous, n'ayant point la morne stupidité de nos laides pièces d'or et d'argent !

Guillaume et Guillaumette baisaient Sœur-des-Pauvres du matin au soir. Les premiers jours, ils lui évitaient toute fatigue, ils se fâchaient dès qu'elle parlait de travail. Il était aisé de voir qu'ils souhaitaient en faire une belle demoiselle, avec de petites mains blanches, bonnes à nouer des rubans. « Fais-toi fière, lui disaient-ils chaque matin ; ne te chagrine du reste. » Mais la fillette ne l'entendait point ainsi ; elle serait morte de tristesse, à rester assise tout le long du jour, sans autre besogne que de regarder filer les nuages ; ses richesses lui étaient une moindre distraction que de frotter ses meubles de chêne et de tirer soigneusement ses draps de fine toile. Elle prenait donc du plaisir à sa guise, répondant à ses parents : « Laissez, je suis chaudement vêtue et n'ai que faire de dentelle ; j'aime mieux souci de ménage que souci de toilette. »

Et elle disait cela si sagement, que Guillaume et Guillaumette comprirent qu'elle avait une grande raison. Ils ne la contrarièrent plus dans ses goûts. Ce fut fête pour elle. Elle se leva, ainsi qu'autrefois, à cinq heures, et se chargea des soins domestiques ; non pas qu'elle balayât et lavât, comme aux jours du malheur, car ce n'était une besogne de sa force que d'entretenir en propreté un aussi vaste logis ; mais elle surveilla les servantes, elle n'eut aucune fausse honte à les aider dans leurs travaux de laiterie et de basse-cour. Elle était bien la jeune fille la plus riche et la plus active de la contrée. Chacun s'émerveillait de ce qu'elle n'eût point changé en devenant grosse fermière, sinon qu'elle avait les joues plus roses et le cœur plus gai au travail. « Bonne misère, disait-elle souvent, tu m'as appris à être riche. »

Elle songeait beaucoup pour son âge, ce qui l'attristait parfois. Je ne sais comment elle s'aperçut que ses gros sous lui devenaient de peu d'utilité. Les champs lui donnaient le pain, le vin, l'huile, les légumes, les fruits ; les troupeaux lui fournissaient la laine pour les vêtements, la chair pour les repas ; tout s'offrait à ses entours, et les produits de la ferme suffisaient amplement à ses besoins, ainsi qu'à ceux de ses gens. Même la part des pauvres était large, car elle ne donnait plus aumônes d'argent, mais viande, farine, bois à brûler, pièces de toile et de drap, se montrant sage en cela, offrant ce qu'elle savait nécessaire aux indigents, leur évitant la tentation de mal employer les sous de la charité.

Or, dans cette abondance de biens, plusieurs tas de gros sous dormaient au grenier, où Sœur-des-Pauvres se chagrinait de les voir occuper la place de vingt à trente bottes de paille. Elle préférait de beaucoup cette paille, récompense du travail, à cette monnaie qu'elle entassait sans grand mérite. Aussi, peu à peu, en vint-elle à se sentir un profond dédain pour cette sorte de richesse, bonne à dormir dans les coffres des avares, ou encore à s'user aux mains des trafiquants des villes.

Elle était si lasse de cette fortune incommode, qu'un matin elle se décida à la faire disparaître. Elle avait conservé le petit sac qui dévorait les gros sous d'une façon si aisée ; il fit son devoir en conscience et nettoya proprement le grenier. Sœur-des-Pauvres agit de ruse, car elle se garda de mettre au fond le sou de la mendiante ; de sorte que l'argent s'en alla bel et bien, sans avoir la tentation de revenir.

Ainsi, elle prit soin de ne pas devenir trop riche, sentant qu'il y avait là danger pour le cœur. Elle donna peu à peu une partie de ses terres, qui étaient trop vastes pour nourrir une seule famille. Elle mesura son revenu à ses besoins. Puis, comme les bons bras ne manquaient pas à la ferme, lorsque, malgré elle, les sous s'amassaient au grenier, elle y montait en cachette, elle s'appauvrissait à plaisir. Pour assurer son contentement, elle garda toute sa vie la bourse enchantée, qui donnait si largement aux heures de détresse, et qui, aux heures de fortune, ne savait plus que prendre.

Sœur-des-Pauvres avait un autre souci. Le cadeau de la pauvresse l'embarrassait. Elle s'effrayait du pouvoir qu'il lui donnait ; car, lors même qu'on ne doute pas de soi, il y a plus de gaieté de cœur à se sentir humble que puissant. Elle l'eût volontiers jeté à la rivière ; mais un méchant pouvait le trouver dans le sable et en user au dommage de chacun ; et, certes, s'il employait à faire le mal la moitié de l'argent qu'elle avait dépensé en bonnes œuvres, il n'est point douteux qu'il ne ruinât le pays. Aussi comprit-elle alors que la mendiante ait longtemps cherché avant de donner son aumône : c'était là un cadeau faisant la joie ou le désespoir d'un peuple, selon la main qui le recevait.

Elle garda le sou. Comme il était percé, elle se le pendit au cou, à l'aide d'un ruban ; ainsi elle ne pouvait le perdre. Mais cela la chagrinait de le sentir sur sa poitrine ; elle eût tout fait au monde pour retrouver la pauvresse. Elle l'aurait priée de reprendre ce dépôt, trop lourd pour être longtemps gardé, et de la laisser vivre en bonne fille, ne faisant d'autres miracles que des miracles de travail et de joyeuse humeur.

Or, l'ayant vainement cherchée, elle désespérait de jamais la rencontrer.

Un soir, passant devant l'église, elle entra faire un bout de prière. Elle alla tout au fond, dans une petite chapelle qu'elle aimait pour son ombre et son silence ; les vitraux, d'un bleu sombre, éclairaient les dalles comme d'un reflet de lune ; la voûte, un peu basse, n'avait pas d'écho. Mais, ce soir-là, la petite chapelle était en fête. Un rayon égaré, après avoir traversé la nef, donnait en plein sur l'humble autel, allumant dans les ténèbres le cadre doré d'un vieux tableau.

Sœur-des-Pauvres, qui s'était agenouillée sur la pierre nue, eut une courte distraction, à voir ce bel adieu du soleil à son coucher, sur ce cadre qu'elle ne savait point là. Puis, penchant la tête, elle commença son oraison ; elle suppliait le bon Dieu de lui envoyer un ange qui se chargeât du gros sou.

Au fort de sa prière, elle leva le front. Le baiser du soleil montait lentement ; il avait laissé le cadre pour la toile peinte ; on eût pu croire qu'une lumière blonde sortait de l'image sainte. Elle rayonnait sur le mur noir ; et c'était comme si quelque chérubin eût écarté un coin du voile des cieux, car on y voyait, dans un éblouissement de gloire et de splendeur, la Vierge Marie endormant Jésus sur ses genoux.

Sœur-des-Pauvres regardait, cherchant à se souvenir. Elle avait vu, en songe peut-être, cette belle sainte et cet enfant divin. Eux aussi la reconnaissaient sans doute : ils lui souriaient, et même elle les vit sortir de la toile, pour descendre vers elle.

Elle entendit une voix douce qui disait :

« Je suis la sainte mendiante des cieux. Les pauvres de la terre me font l'offrande de leurs larmes, et je tends la main à chaque misérable, afin qu'il se soulage. J'emporte au ciel ces aumônes de souffrance. Ce sont elles qui, amassées une à une dans les siècles, formeront au dernier jour les trésors de félicité des élus.

« C'est ainsi que je vais par le monde, pauvrement vêtue, comme il convient à une fille du peuple. Je console les indigents mes frères, je sauve les riches par la charité.

« Je t'ai vue, un soir, et j'ai reconnu en toi celle que je cherchais. C'est un rude labeur que le mien. Lorsque je rencontre un ange sur la terre, je lui confie une partie de ma mission. J'ai pour cela des sous du ciel qui ont l'intelligence du bien, qui rendent fées les mains pures.

« Vois, mon Jésus te sourit : il est content de toi. Tu as été mendiante des cieux, car chacun t'a fait l'aumône de son âme, et tu amèneras ton cortège de pauvres jusque dans le paradis. Maintenant, donne ce sou qui te pèse ; les chérubins ont seuls cette force de porter éternellement le bien sur leurs ailes. Sois humble, sois heureuse. »

Sœur-des-Pauvres écoutait la parole divine ; elle était là, demi-penchée, muette, en extase ; et, dans ses yeux grands ouverts, se reflétait l'éblouissement de la vision. Elle demeura longtemps immobile. Puis, comme le rayon montait toujours, il lui sembla que la porte du ciel se refermait ; la Vierge, ayant pris le ruban à son cou, disparut lentement. L'enfant regardait encore, mais elle voyait seulement le haut du cadre doré, brillant faiblement aux dernières lueurs.

Alors, ne sentant plus le poids du sou sur sa poitrine, elle crut en ce qu'elle venait de voir. Elle se signa, elle s'en alla, remerciant Dieu.

C'est ainsi qu'elle n'eut plus de souci et qu'elle vécut longtemps, jusqu'au jour où l'ange qu'elle attendait depuis sa jeunesse, l'emmena auprès de sa mère et de son père, dont les regrets l'appelaient depuis si longtemps au paradis. Elle trouva près d'eux Guillaume et Guillaumette, qui l'avaient quittée, eux aussi, un jour qu'ils étaient las.

Et plus de cent ans après sa mort, on n'aurait pu trouver un seul mendiant dans la contrée ; non pas qu'il y eût dans les armoires des familles de nos vilaines pièces d'or ou d'argent ; mais il s'y rencontrait toujours, on ne savait comment, quelques fils du sou de la Vierge, de ces gros sous de cuivre jaune, qui sont la monnaie des travailleurs et des simples d'esprit.

AVENTURES DU GRAND SIDOINE ET DU PETIT MÉDÉRIC

I

MES HÉROS

À cent pas, le grand Sidoine avait quelque peu l'aspect d'un peuplier, si ce n'est qu'il était plus haut de taille et de tournure plus épaisse. À cinquante, on distinguait parfaitement son sourire satisfait, ses gros yeux bleus à fleur de tête, ses énormes poings qu'il balançait d'une façon timide et embarrassée. À vingt-cinq, on le déclarait sans hésiter garçon de cœur, fort comme une armée, mais bête comme tout.

Le petit Médéric, pour sa part, avait, quant à la taille, de fortes ressemblances avec une laitue, je dis une laitue en bas âge. Mais, à remarquer ses lèvres fines et mobiles, son front pur et élevé, à voir la grâce de son salut, l'aisance de son allure, on lui accordait aisément plus d'esprit qu'aux doctes cervelles de quarante grands hommes. Ses yeux ronds, pareils à ceux d'une mésange, dardaient des regards pénétrants comme des vrilles d'acier; ce qui, certes, l'aurait fait juger méchant enfant, si de longs cils blonds n'avaient voilé d'une ombre douce la malice et la hardiesse de ces yeux-là. Il portait des cheveux bouclés, il riait d'un bon rire engageant, de sorte qu'on ne pouvait s'empêcher de l'aimer.

Bien qu'ils eussent grand-peine à converser librement, le grand Sidoine et le petit Médéric n'en étaient pas moins les meilleurs amis du monde. Ils avaient seize ans tous deux, étant nés le même jour, à la même minute, et se connaissaient depuis lors ; car leurs mères, qui se trouvaient voisines, se plaisaient à les coucher ensemble dans un berceau d'osier, aux jours où le grand Sidoine se contentait encore d'une couche de trois pieds de long. Sans doute, c'est chose rare que deux enfants, nourris d'une même bouillie, aient des croissances si singulièrement différentes. Ce fait embarrassait d'autant plus les savants du voisinage, que Médéric, contrairement aux usages reçus, avait à coup sûr rapetissé de plusieurs pouces. Les cinq ou six cents doctes brochures écrites sur ce phénomène par des hommes spéciaux[1], prouvaient de reste que le bon Dieu seul savait le secret de ces croissances bizarres, comme il sait, d'ailleurs, ceux des Bottes de sept lieues, de la Belle au bois dormant et de ces mille autres vérités, si belles et si simples, qu'il faut toute la pureté de l'enfance pour les comprendre.

Les mêmes savants, qui faisaient métier d'expliquer ce qui ne saurait l'être, se posaient encore un grave problème. Comment peut-il se faire, se demandaient-ils entre eux, sans jamais se répondre, que cette grande bête de Sidoine aime d'un amour aussi tendre ce petit polisson de Médéric ? et comment ce petit polisson trouve-t-il tant de caresses pour cette grande bête ? Question obscure, bien faite pour inquiéter des esprits chercheurs : la fraternité du brin d'herbe et du chêne.

Je ne me soucierais pas autant de ces savants, si un d'eux, le moins accrédité dans la paroisse, n'avait dit, certain jour, en hochant la tête : « Hé, hé ! bonnes gens, ne voyez-vous pas ce dont il s'agit ? Rien n'est plus simple. Il s'est fait un échange entre les marmots. Quand ils étaient au berceau, alors qu'ils avaient la peau tendre et le crâne de peu d'épaisseur, Sidoine a pris le corps de Médéric, et Médéric, l'esprit de Sidoine ; de sorte que l'un a crû en jambes et en bras, tandis que l'autre croissait en intelligence. De là leur amitié. Ils sont un même être en deux êtres différents ; là c'est, si je ne me trompe, la définition des amis parfaits. »

Lorsque le bonhomme eut ainsi parlé, ses collègues rirent aux éclats et le traitèrent de fou. Un philosophe daigna lui démontrer comme quoi les âmes ne se transvasent point de la sorte, ainsi qu'on fait d'un liquide ; un naturaliste lui criait en même temps, dans l'autre oreille, qu'on n'avait pas d'exemple, en zoologie, d'un frère cédant ses épaules à son frère, comme il lui céderait sa part de gâteau. Le bonhomme hochait toujours la tête, répétant : « J'ai donné mon explication, donnez la vôtre ; nous verrons ensuite laquelle des deux sera la plus raisonnable. »

J'ai longtemps médité ces paroles et je les ai trouvées pleines de sagesse. Jusqu'à meilleure explication — si tant est que j'aie besoin d'une explication pour continuer ce conte —, je m'en tiendrai à celle donnée par le vieux savant. Je sais qu'elle blessera les idées nettes et géométriques de bien des personnes ; mais, comme je suis décidé à accueillir avec reconnaissance les nouvelles solutions que mes lecteurs trouveront sans aucun doute, je crois agir justement, en une matière aussi délicate.

Ce qui, Dieu merci, n'était pas sujet à controverse — car tous les esprits droits conviennent assez souvent d'un fait —, c'est que Sidoine et Médéric se trouvaient au mieux de leur amitié. Ils découvraient chaque jour tant d'avantages à être ce qu'ils étaient, que, pour rien au monde, ils n'auraient voulu changer de corps ni d'esprit.

Sidoine, lorsque Médéric lui indiquait un nid de pie, tout au haut d'un chêne, se déclarait l'enfant le plus fin de la contrée ; Médéric, lorsque Sidoine se baissait pour s'emparer du nid, croyait de bonne foi avoir la taille d'un géant. Mal t'en eût pris, si tu avais traité Sidoine de sot, espérant qu'il ne saurait te répondre : Médéric t'aurait prouvé, en trois phrases, que tu tournais à l'idiotisme. Et Médéric donc, si tu l'avais raillé sur ses petits poings, tout juste assez forts pour écraser une mouche, c'eût été une bien autre chanson ; je ne sais trop comment tu aurais échappé aux longs bras de Sidoine. Ils étaient forts et intelligents tous deux, puisqu'ils ne se quittaient point, et ils n'avaient jamais songé qu'il leur manquât quelque chose, si ce n'est les jours où le hasard les séparait.

Pour ne rien cacher, je dois dire qu'ils vivaient un peu en vagabonds, ayant perdu leurs parents de bonne heure, se sentant d'ailleurs de force à manger en tous lieux et en tous temps. D'autre part, ils n'étaient pas garçons à se loger tranquillement dans une cabane. Je te laisse à penser quel hangar il eût fallu pour Sidoine ; quant à Médéric, il se serait contenté d'une armoire. Si bien que, pour la commodité de tous deux, ils logeaient aux champs, dormant en été sur le gazon, se moquant du froid l'hiver, sous une chaude couverture de feuilles et de mousses sèches.

Ils formaient ainsi un ménage assez singulier. Médéric avait charge de penser ; il s'en acquittait à merveille, connaissait au premier coup d'œil les terrains où se trouvaient les pommes de terre les plus savoureuses, et savait, à une minute près, le temps qu'elles devaient rester sous la cendre, pour être cuites à point. Sidoine agissait ; il déterrait les pommes de terre, ce qui n'était pas, je t'assure, une petite besogne, car, si son compagnon n'en mangeait qu'une ou deux, il lui en fallait bien, quant à lui, trois ou quatre charretées ; puis, il allumait le feu, les couvrait de braise, se brûlait les doigts à les retirer.

Ces menus soins domestiques n'exigeaient pas grandes ruses ni grande force de poignets. Mais il faisait bon voir les deux compagnons, dans les exigences plus graves de la vie, comme lorsqu'il fallait se défendre contre les loups, pendant les nuits d'hiver, ou encore se vêtir décemment, sans bourse délier, ce qui présentait des difficultés énormes.

Sidoine avait fort à faire pour tenir les loups à distance ; il lançait à droite et à gauche des coups de pied à renverser une montagne. Le plus souvent, il ne renversait rien du tout, par la raison qu'il était très maladroit de sa personne. Il sortait ordinairement de ces luttes les vêtements en lambeaux. Alors le rôle de Médéric commençait. De faire des reprises, il n'y fallait pas songer. Le malin garçon préférait se procurer de beaux habits neufs, puisque, d'une façon comme d'une autre, il devait se mettre en frais d'imagination. À chaque blouse déchirée, ayant l'esprit fertile en expédients, il inventait une étoffe nouvelle. Ce n'était pas tant la qualité que la quantité qui l'inquiétait : figure-toi un tailleur qui aurait à habiller les tours Notre-Dame.

Une fois, dans un besoin pressant, il adressa une requête aux meuniers, sollicitant de leur bienveillance les vieilles voiles de tous les moulins à vent de la contrée. Comme il demandait avec une grâce sans pareille, il obtint bientôt assez de toile pour confectionner un superbe sac qui fit le plus grand honneur à Sidoine.

Une autre fois, il eut une idée plus ingénieuse encore. Comme une révolution venait d'éclater dans le pays, et que le peuple, pour se prouver sa puissance, brisait les écussons, déchirait les bannières du dernier règne, il se fit donner sans peine tous les vieux drapeaux qui avaient servi dans les fêtes publiques. Je te laisse à penser si la blouse, faite de ces lambeaux de soie, fut splendide à voir.

Mais c'étaient là des habits de cour, et Médéric cherchait une étoffe qui résistât plus longtemps aux griffes et aux dents des bêtes fauves. Un soir de bataille, les loups ayant achevé de dévorer les drapeaux, il lui vint une subite inspiration, en considérant les morts restés sur le sol. Il dit à Sidoine de les écorcher proprement, fit ensuite sécher les peaux au soleil. Huit jours après, son grand frère se promenait, la tête haute, vêtu galamment des dépouilles de leurs ennemis. Sidoine, un peu coquet, ainsi que tous les gros hommes, se montrait très sensible aux beaux ajustements neufs ; aussi se mit-il à faire chaque semaine un furieux carnage de loups, les assommant d'une façon plus douce, par crainte de gâter les fourrures.

Médéric n'eut plus, dès lors, à s'inquiéter de la garde-robe. Je ne t'ai point dit comment il arrivait à se vêtir lui-même, mais tu as sans doute compris qu'il y arrivait sans tant de ruses. Le moindre bout de ruban lui suffisait. Il était fort mignon, de taille bien prise, quoique petite ; les dames se le disputaient pour l'attifer de velours et de dentelle. Aussi le rencontrait-on toujours mis à la dernière mode.

Je ne saurais dire que les fermiers fussent très enchantés du voisinage des deux amis. Mais ils avaient tant de respect pour les poings de Sidoine, tant d'amitié pour les jolis sourires de Médéric, qu'ils les laissaient vivre dans leurs champs, comme chez eux. Les enfants, d'ailleurs, ne mésusaient pas de l'hospitalité ; ils ne prélevaient quelques légumes que lorsqu'ils étaient las de gibier et de poisson. Avec de plus méchants caractères, ils auraient ruiné le pays en trois jours ; une simple promenade dans les blés eût suffi. Aussi leur tenait-on compte du mal qu'ils ne faisaient pas. On leur avait même de la reconnaissance pour les loups qu'ils détruisaient par centaines, et pour le grand nombre d'étrangers curieux qu'ils attiraient dans les villes d'alentour.

J'hésite à entrer en matière, avant de t'avoir conté plus au long les affaires de mes héros. Les vois-tu bien, là, devant toi ? Sidoine, haut comme une tour, vêtu de fourrures grises, Médéric, paré de rubans et de paillettes, brillant dans l'herbe à ses pieds, comme un scarabée d'or. Te les figures-tu se promenant dans la campagne, le long des ruisseaux, soupant et dormant dans les clairières, vivant en liberté sous le ciel de Dieu ? Te dis-tu combien Sidoine était bête, avec ses gros poings, et que d'ingénieux expédients, que de fines reparties se logeaient dans la petite tête de Médéric ? Te pénètres-tu de cette idée, que leur union faisait leur force, que, nés l'un loin de l'autre, ils auraient été de pauvres diables fort incomplets, obligés de vivre selon les us et coutumes de tout le monde ? As-tu suffisamment compris que si j'avais de mauvaises intentions, je pourrais cacher là-dessous quelque sens philosophique ? Es-tu enfin décidée à me remercier de mon géant et de mon nain, que j'ai élevés avec un soin particulier, de façon à en faire le couple le plus merveilleux du monde ?

Oui ?

Alors je commence, sans plus tarder, l'étonnant récit de leurs aventures.

II

ILS SE METTENT EN CAMPAGNE

Un matin d'avril — l'air était encore vif, de légers brouillards s'élevaient de la terre humide —, Sidoine et Médéric se chauffaient à un grand feu de broussailles. Ils venaient de déjeuner et attendaient que le brasier se fût éteint, pour faire un bout de promenade. Sidoine, assis sur une grosse pierre, regardait les charbons d'un air pensif; mais il fallait se défier de cet air-là, car il était connu de tous que le brave enfant ne pensait jamais à rien. Il souriait béatement, en appuyant les poings sur ses genoux. Médéric, couché en face de lui, contemplait avec amour les poings de son compagnon; bien qu'il les eût vus grandir, il trouvait, à les regarder, un éternel sujet de joie et d'étonnement.

« Oh! la belle paire de poings! songeait-il; les maîtres poings que voilà! Comme les doigts en sont épais et bien plantés! Je ne voudrais pas, pour tout l'or du monde, en recevoir la moindre chiquenaude : il y aurait de quoi assommer un bœuf. Ce cher Sidoine ne semble pas se douter qu'il porte notre fortune au bout des bras. »

Sidoine, que le feu réjouissait, allongeait en effet les mains d'une façon indolente. Il dodelinait de la tête, abîmé dans un oubli complet des choses de ce monde. Médéric se rapprocha du feu qui s'éteignait.

« N'est-ce pas dommage, reprit-il à voix basse, d'user de si belles armes contre les méchantes carcasses de quelques loups galeux ? Elles méritent vraiment un plus noble usage, comme d'écraser des bataillons entiers et de renverser des murs de citadelle. Nous qui sommes nés sûrement pour de grands destins, nous voilà dans notre seizième année, sans avoir encore fait le moindre exploit. Je suis las de la vie que nous menons au fond de cette vallée perdue, je crois qu'il est grandement temps d'aller conquérir le royaume que Dieu nous garde quelque part ; car plus je regarde les poings de Sidoine, et plus j'en suis convaincu : ce sont là des poings de roi. »

Sidoine était loin de songer aux grandes destinées rêvées par Médéric. Il venait de s'assoupir, ayant peu dormi la nuit précédente. On sentait, à la régularité de son souffle, qu'il ne prenait pas même la peine d'avoir des songes.

« Hé ! mon mignon ! » lui cria Médéric.

Il leva la tête, il regarda son compagnon d'un air inquiet, agrandissant les yeux, dressant les oreilles.

« Écoute, reprit celui-ci, et tâche de comprendre, s'il est possible. Je songe à notre avenir, je trouve que nous le négligeons beaucoup. La vie, mon mignon, ne consiste pas à manger de belles pommes de terre dorées et à se vêtir de splendides fourrures. Il faut, en outre, se faire un nom dans le monde, se créer une position. Nous ne sommes pas gens du commun, pouvant nous contenter de l'état et du titre de vagabonds. Certes, je ne méprise pas ce métier, qui est celui des lézards, bêtes à coup sûr plus heureuses que bien des hommes ; mais nous serons toujours à temps de le reprendre. Il s'agit donc de sortir au plus tôt de ce pays, trop petit pour nous, et de chercher une contrée plus vaste, où nous puissions nous montrer à notre avantage. Sûrement, nous ferons vite fortune, si tu me secondes selon tes moyens, j'entends en distribuant des taloches d'après mes avis et conseils. Me comprends-tu ?

— Je crois que oui, répondit Sidoine d'un ton modeste ; nous allons voyager et nous battre tout le long de la route. Ce sera charmant.

— Seulement, continua Médéric, il nous faut un but pour nous ôter le loisir de baguenauder en chemin. Vois-tu, mon mignon, nous aimons trop le soleil. Nous serions bien capables de passer notre jeunesse à nous chauffer au pied des haies, si nous ne connaissions, au moins par ouï-dire, le pays où nous désirons nous rendre. J'ai donc cherché une contrée qui fût digne de nous posséder. Je t'avoue que, d'abord, je n'en trouvais aucune. Heureusement, je me suis rappelé une conversation que j'ai eue, il y a quelques jours, avec un bouvreuil de ma connaissance. Il m'a dit venir en droite ligne d'un grand royaume, nommé le Royaume des Heureux, célèbre par la fertilité du sol et l'excellent caractère des habitants ; il est gouverné en ce moment par une jeune reine, l'aimable Primevère, qui, dans la bonté de son cœur, ne se contente pas de laisser vivre en paix ses sujets, mais veut encore faire participer les animaux de son empire aux rares félicités de son règne. Je te dirai, une de ces nuits, les étranges histoires que m'a contées à ce sujet mon ami le bouvreuil. Peut-être — car tu me parais singulièrement curieux aujourd'hui —, désires-tu connaître comment je compte agir dans le Royaume des Heureux. Dès à présent, à ne juger les choses que de loin, il me semble assez convenable de me faire aimer de l'aimable Primevère, et de l'épouser, pour vivre grassement ensuite, sans souci des autres empires du monde. Nous verrons à te créer une position qui convienne à tes goûts, en te permettant de t'entretenir la main. Mon mignon, je jure de te tailler tôt ou tard une noble besogne, telle que le monde, dans mille ans, parlera encore de tes poings. »

Sidoine, qui avait compris, aurait sauté au cou de son frère, si cela eût été possible. Lui dont l'imagination était fort paresseuse d'ordinaire, il voyait, avec les yeux de l'âme, des champs de bataille vastes comme des océans, riante perspective qui faisait courir des frissons de joie le long de ses bras. Il se leva, serra la ceinture de sa blouse et se campa devant Médéric.

Celui-ci songeait, jetant autour de lui des regards tristes.

« Les habitants de ce pays ont toujours été bons pour nous, dit-il enfin. Ils nous ont soufferts dans leurs champs. Sans eux, nous n'aurions pas si fière mine. Nous devons, avant de les quitter, leur laisser une preuve de notre reconnaissance. Que pourrions-nous bien faire qui leur fût agréable ? »

Sidoine crut naïvement que cette question s'adressait à lui. Il eut une idée.

« Frère, répondit-il, que penses-tu d'un grand feu de joie ? Nous pourrions brûler la ville prochaine, à l'extrême satisfaction des habitants ; car, pour peu qu'ils aient mon goût, rien ne les distraira autant que de belles flammes rouges par une nuit bien noire. »

Médéric haussa les épaules.

« Mon mignon, dit-il, je te conseille de ne jamais te mêler de ce qui me regarde. Laisse-moi réfléchir une seconde. Si j'ai besoin de tes bras, alors tu travailleras à ton tour.

« Voici, reprit-il après un silence. Il y a là, au sud, une montagne qui, m'a-t-on dit, gêne beaucoup nos bienfaiteurs. La vallée manque d'eau ; leurs terres sont d'une telle sécheresse, qu'elles produisent le pire vin du monde, ce qui est un continuel chagrin pour les buveurs du pays. Las de piquette, ils ont convoqué dernièrement toutes leurs académies ; une aussi docte assemblée allait certainement inventer la pluie, sans plus de peine que si le bon Dieu s'en fût mêlé. Les savants se sont donc mis en campagne ; ils ont fait des études fort remarquables sur la nature et la pente des terrains, concluant que rien ne serait plus facile que de dériver et d'amener dans la plaine les eaux du fleuve voisin, si cette diablesse de montagne ne se trouvait justement sur le passage. Observe, mon mignon, combien les hommes nos frères sont de pauvres sires. Ils étaient là une centaine à mesurer, à niveler, à dresser de superbes plans ; ils disaient, sans se tromper, ce qu'était la montagne, marbre, craie ou pierre à plâtre ; ils l'auraient pesée, s'ils l'avaient voulu, à quelques kilogrammes près ; et pas un, même le plus gros, n'a songé à la porter quelque part, où elle ne gênât plus. Prends la montagne, Sidoine, mon mignon. Je vais chercher dans quel lieu nous pourrions bien la poser sans malencontre. »

Sidoine ouvrit les bras. Il en entoura délicatement les rochers. Puis, il fit un léger effort, se renversant en arrière, et se releva, serrant le fardeau contre sa poitrine. Il le soutint sur son genou, attendant que Médéric se décidât. Ce dernier hésitait.

« Je la ferais bien jeter à la mer, murmurait-il, mais un tel caillou occasionnerait pour sûr un nouveau déluge. Je ne puis non plus la faire mettre brutalement à terre, au risque d'écorner une ville ou deux. Les cultivateurs pousseraient de beaux cris, si j'encombrais un champ de navets ou de carottes. Remarque, Sidoine, mon mignon, l'embarras où je suis. Les hommes se sont partagé le sol d'une façon ridicule. On ne peut déranger une pauvre montagne sans écraser les choux d'un voisin.

— Tu dis vrai, mon frère, répondit Sidoine. Seulement, je te prie d'avoir une idée au plus vite. Ce n'est pas que ce caillou soit lourd ; mais il est si gros, qu'il m'embarrasse un peu.

— Viens donc, reprit Médéric. Nous allons le poser entre ces deux coteaux que tu vois au nord de la plaine. Il y a là une gorge qui souffle un froid du diable en ce pays. Notre caillou, qui la bouchera parfaitement, abritera la vallée des vents de mars et de septembre. »

Lorsqu'ils furent arrivés, et comme Sidoine s'apprêtait à jeter la montagne du haut de ses bras, ainsi que le bûcheron jette son fagot, au retour de la forêt :

« Bon Dieu ! mon mignon, cria Médéric, laisse-la glisser doucement, si tu ne veux ébranler la terre, à plus de cinquante lieues à la ronde. Bien : ne te hâte ni ne te soucie des écorchures. Je crois qu'elle branle. Il serait bon de la caler avec quelque roche, pour qu'elle ne s'avise de rouler lorsque nous ne serons plus ici. Voilà qui est fait. Maintenant, les braves gens boiront de bon vin. Ils auront de l'eau pour arroser leurs vignes et du soleil pour en dorer les grappes. Écoute, Sidoine, je suis bien aise de te le faire observer, nous sommes plus habiles qu'une douzaine d'académies. Nous pourrons, dans nos voyages, changer à notre gré la température et la fertilité des pays. Il ne s'agit que d'arranger un peu les terrains, d'établir au nord un paravent de montagnes, après avoir ménagé une pente pour les eaux. La terre, je l'ai souvent remarqué, est mal bâtie ; je doute que les hommes aient jamais assez d'esprit pour en faire une demeure digne de nations civilisées. Nous verrons à y travailler un peu, dans nos moments perdus. Aujourd'hui, voilà notre dette de reconnaissance payée. Mon mignon, secoue ta blouse qui est toute blanche de poussière, et partons. »

Sidoine, il faut le dire, n'entendit que le dernier mot de ce discours. Il n'était pas philanthrope, ayant l'esprit trop simple pour cela ; il se souciait peu d'un vin dont il ne devait jamais boire. L'idée de voyager le ravissait ; à peine son frère eut-il parlé de départ, que la joie lui fit faire deux ou trois enjambées, ce qui l'éloigna de plusieurs douzaines de kilomètres. Heureusement, Médéric avait saisi un pan de la blouse.

« Ohé ! mon mignon, cria-t-il, ne pourrais-tu avoir des mouvements moins brusques ? Arrête, pour l'amour de Dieu ! Crois-tu que mes petites jambes soient capables de semblables sauts ? Si tu comptes marcher d'un tel pas, je te laisse aller en avant et te rejoindrai peut-être dans quelques centaines d'années. Arrête, assieds-toi. »

Sidoine s'assit. Médéric saisit à deux mains le bas de la culotte de fourrure. Comme il était d'une merveilleuse agilité, il grimpa légèrement sur le genou de son compagnon, en s'aidant des touffes de poils et des accrocs qu'il rencontra en chemin. Puis, il s'avança le long de la cuisse, qui lui sembla une belle grande route, large, droite, sans montée aucune. Arrivé au bout, il posa le pied dans la première boutonnière de la blouse, s'accrocha plus haut à la seconde, monta ainsi jusqu'à l'épaule. Là, il fit ses préparatifs de voyage, prit ses aises, se coucha commodément dans l'oreille gauche de Sidoine. Il avait choisi ce logis pour deux raisons : d'abord il se trouvait à l'abri de la pluie et du vent, l'oreille en question étant une maîtresse oreille ; ensuite il pouvait, en toute sûreté d'être entendu, communiquer à son compagnon une foule de remarques intéressantes.

Il se pencha sur le bord d'un trou noir qu'il découvrit dans le fond de sa nouvelle demeure, et, d'une voix perçante, cria dans cet abîme :

« Maintenant, mon mignon, tu peux courir, si bon

te semble. Ne t'amuse pas dans les sentiers, fais en sorte que nous arrivions au plus vite. M'entends-tu ?

— Oui, frère, répondit Sidoine. Je te prie même de ne pas parler si haut, car ton souffle me chatouille d'une façon désagréable. »

Et ils partirent.

III

LÉGER APERÇU SUR LES MOMIES

Ce n'est pas Sidoine qui aurait jamais sollicité un ministre des Travaux publics pour l'établissement de ponts et de routes. Il marchait d'ordinaire à travers champs, s'inquiétant peu des fossés, encore moins des coteaux ; il professait un dédain profond pour les coudes des sentiers frayés. Le brave enfant faisait de la géométrie sans le savoir, car il avait trouvé, à lui tout seul, que la ligne droite est le plus court chemin d'un point à un autre.

Il traversa ainsi une douzaine de royaumes, ayant soin de ne pas poser le pied au beau milieu de quelque ville, ce qu'il sentait devoir déplaire aux habitants. Il enjamba deux ou trois mers, sans trop se mouiller. Quant aux fleuves, il ne daigna même pas se fâcher contre eux, les prenant pour ces minces filets d'eau dont la terre est sillonnée après une pluie d'orage. Ce qui l'amusa prodigieusement, ce furent les voyageurs qu'il rencontra ; il les voyait suer le long des montées, aller au nord pour revenir au midi, lire les poteaux au bord des routes, se soucier du vent, de la pluie, des ornières, des inondations, de l'allure de leurs chevaux. Il avait vaguement conscience du ridicule de ces pauvres gens, qui s'en vont de gaieté de cœur risquer une culbute dans quelque précipice, lorsqu'ils pourraient demeurer si tranquillement assis à leur foyer.

« Que diable ! aurait dit Médéric, quand on est ainsi bâti, on reste chez soi. »

Mais pour l'instant, Médéric ne regardait pas sur la terre. Au bout d'un quart d'heure de marche, il désira cependant reconnaître les lieux où ils se trouvaient. Il mit le nez dehors, se pencha sur la plaine ; il se tourna aux quatre points du monde, et ne vit que du sable, qu'un immense désert emplissant l'horizon. Le site lui déplut.

« Seigneur Jésus ! se dit-il, que les gens de ce pays doivent avoir soif ! J'aperçois les ruines d'un grand nombre de villes, et je jurerais que les habitants en sont morts, faute d'un verre de vin. Sûrement, ce n'est pas là le Royaume des Heureux ; mon ami le bouvreuil me l'a donné comme fertile en vignobles et en fruits de toutes espèces ; il s'y trouve même, a-t-il ajouté, des sources d'une eau limpide, excellente pour rincer les bouteilles. Cet écervelé de Sidoine nous a certainement égarés. »

Et se tournant vers le fond de l'oreille :

« Hé ! mon mignon ! cria-t-il, où vas-tu ?

— Pardieu ! répondit Sidoine sans s'arrêter, je vais devant moi.

— Vous êtes un sot, mon mignon, reprit Médéric. Vous avez l'air de ne pas vous douter que la terre est ronde, et qu'en allant toujours devant vous, vous n'arriveriez nulle part. Nous voilà bel et bien perdus.

— Oh ! dit Sidoine en courant de plus belle, peu m'importe : je suis partout chez moi.

— Mais arrête donc, malheureux ! cria de nouveau Médéric. Je sue, à te regarder marcher ainsi. J'aurais dû veiller au chemin. Sans doute, tu as enjambé la demeure de l'aimable Primevère, sans plus de façons qu'une hutte de charbonnier : palais et chaumières sont de même niveau pour tes longues jambes. Maintenant, il nous faut courir le monde au hasard. Je regarderai passer les empires, du haut de ton épaule, jusqu'au jour où nous découvrirons le Royaume des Heureux. En attendant, rien ne presse ; nous ne sommes pas attendus. Je crois utile de nous asseoir un instant, pour méditer plus à l'aise sur le singulier pays que nous traversons en ce moment. Mon mignon, assieds-toi sur cette montagne qui est là, à tes pieds.

— Ça, une montagne ! répondit Sidoine en s'asseyant, c'est un pavé, ou le diable m'emporte ! »

À vrai dire, ce pavé était une des grandes pyramides. Nos compagnons, qui venaient de traverser le désert d'Afrique, se trouvaient pour lors en Égypte. Sidoine, n'ayant pas en histoire des connaissances bien précises, regarda le Nil comme un ruisseau boueux, quant aux sphinx et aux obélisques, ils lui parurent des graviers d'une forme singulière et fort laide. Médéric, qui savait tout sans avoir rien appris, fut fâché du peu d'attention que son frère accordait à cette boue et à ces pierres, visitées et admirées de plus de cinq cents lieues à la ronde.

« Hé ! Sidoine, dit-il, tâche de prendre, s'il t'est possible, un air d'admiration et de respectueux étonnement. Il est du dernier mauvais goût de rester calme en face d'un pareil spectacle. Je tremble que quelqu'un ne t'aperçoive, dodelinant ainsi de la tête devant les ruines de la vieille Égypte. Nous serions perdus dans l'estime des gens de bien. Remarque qu'il ne s'agit pas ici de comprendre, ce que personne n'a envie de faire, mais de paraître profondément pénétré du haut intérêt que présentent ces cailloux.

Tu as tout juste assez d'esprit pour t'en tirer avec honneur. Là, tu vois le Nil, cette eau jaunâtre qui croupit dans la vase. C'est, m'a-t-on dit, un fleuve très vieux ; il est à croire cependant qu'il n'est pas plus âgé que la Seine et la Loire. Les peuples de l'Antiquité se sont contentés d'en connaître les embouchures : nous, gens curieux, aimant à nous mêler de ce qui ne nous regarde pas, nous en cherchons les sources depuis quelques centaines d'années, sans avoir pu découvrir encore le plus mince réservoir[1]. Les savants se partagent : d'après les uns, il existerait certainement une fontaine quelque part, qu'il s'agirait seulement de bien chercher ; les autres, qui me paraissent avoir des chances de l'emporter, jurent qu'ils ont fouillé tous les coins, et qu'à coup sûr le fleuve n'a point de sources. Moi, je n'ai pas d'opinion décidée en cette matière, car il m'arrive rarement d'y songer ; d'ailleurs, une solution quelconque ne m'engraisserait pas d'un centimètre. Regarde maintenant ces vilaines bêtes qui nous entourent, brûlées par des millions de soleils ; c'est pure malice, assure-t-on, si elles ne parlent pas ; elles connaissent le secret des premiers jours du monde, et l'éternel sourire qu'elles gardent sur les lèvres est simplement par manière de se moquer de notre ignorance. Pour moi, je ne les juge pas si méchantes ; ce sont de bonnes pierres, d'une grande simplesse d'esprit, qui en savent moins long qu'on ne veut le dire. Écoute toujours, mon mignon, ne crains pas de trop apprendre. Je ne te dirai rien sur Memphis[2], dont nous apercevons les ruines à l'horizon ; je ne te dirai rien par l'excellente raison que je ne vivais pas au temps de sa puissance. Je me défie beaucoup des historiens qui en ont parlé. Je pourrais lire, comme un autre, les hiéroglyphes des obélisques et des vieux murs écroulés ; mais, outre que cela ne m'amuserait pas, étant très scrupuleux en matière d'histoire, j'aurais la plus grande crainte de prendre un *A* pour un *B*, et de t'induire ainsi en des erreurs qui seraient pour toi d'une déplorable conséquence. Je préfère joindre à ces considérations générales un léger aperçu sur les momies. Rien n'est plus agréable à voir qu'une momie bien conservée. Les Égyptiens s'enterraient sans doute avec tant de coquetterie, dans la prévision du rare plaisir que nous aurions un jour à les déterrer. Quant aux pyramides, selon l'opinion commune, elles servaient de tombeaux, si pourtant elles n'étaient pas destinées à un autre usage qui nous échappe. Ainsi, à en juger par celle sur laquelle nous sommes assis — car notre siège, je te prie de le remarquer, est une pyramide de la plus belle venue —, je les croirais bâties par un peuple hospitalier, pour servir de sièges aux voyageurs fatigués, n'était le peu de commodité qu'elles offrent à un tel emploi. Je finirai par une morale. Sache, mon mignon, que trente dynasties dorment sous nos pieds ; les rois sont couchés par milliers dans le sable, emmaillotés de bandelettes, les joues fraîches, ayant encore leurs dents et leurs cheveux. On pourrait, si l'on cherchait bien, en composer une jolie collection qui offrirait un grand intérêt pour les courtisans. Le malheur est qu'on a oublié leurs noms et qu'on ne saurait les étiqueter d'une façon convenable. Ils sont tous plus morts que leurs cadavres. Si jamais tu deviens roi, songe à ces pauvres momies royales endormies au désert ; elles ont vaincu les vers cinq mille ans, et n'ont pu vivre dix siècles dans la mémoire des hommes. J'ai dit. Rien ne développe l'intelligence comme les voyages. Je compte parfaire ainsi ton éducation, en te faisant un cours pratique sur les divers sujets qui se présenteront en chemin. »

Durant ce long discours, Sidoine, pour complaire à son compagnon, avait pris l'air le plus bête du monde. Note que c'était précisément là l'air qu'il fallait. Mais, à la vérité, il s'ennuyait de toute la largeur de ses mâchoires, regardant d'un œil désespéré le Nil, les sphinx, Memphis, les pyramides, s'efforçant même de penser aux momies, sans grands résultats. Il cherchait furtivement à l'horizon s'il ne trouverait pas un sujet qui lui permît d'interrompre l'orateur d'une façon polie. Comme celui-ci se taisait, il aperçut, un peu tard, deux troupes d'hommes, se montrant aux deux bouts opposés de la plaine.

« Frère, dit-il, les morts m'ennuient. Apprends-moi quels sont ces gens qui viennent à nous. »

IV

LES POINGS DE SIDOINE

J'ai oublié de te dire qu'il pouvait être midi, lorsque nos voyageurs discouraient de la sorte, assis sur une des grandes pyramides. Le Nil roulait lourdement ses eaux dans la plaine, pareil à la coulée d'un métal en fusion ; le ciel était blanc comme la voûte d'un four énorme chauffé pour quelque cuisson gigantesque ; la terre n'avait pas une ombre, et dormait sans haleine, écrasée sous un sommeil de plomb. Dans cette immense immobilité du désert, les deux troupes formées en colonnes, s'avançaient, semblables à des serpents glissant avec lenteur sur le sable.

Elles s'allongeaient, s'allongeaient toujours. Bientôt ce ne furent plus de simples caravanes, mais deux armées formidables, deux peuples rangés par files démesurées qui allaient d'un bout de l'horizon à l'autre, coupant d'une ligne sombre la blancheur éclatante du sol. Les uns, ceux qui descendaient du nord, portaient des casaques bleues; les autres, ceux qui montaient du midi, étaient vêtus de blouses vertes. Tous avaient à l'épaule de longues piques à pointe d'acier; de sorte qu'à chaque pas que faisaient les colonnes, un large éclair les sillonnait silencieusement. Ils marchaient les uns contre les autres.

« Mon mignon, cria Médéric, plaçons-nous bien, car, si je ne me trompe, nous allons avoir un beau spectacle. Ces braves gens ne manquent pas d'esprit. Le lieu est on ne peut mieux choisi pour couper commodément la gorge à quelques cent mille hommes. Ils vont se massacrer à l'aise, et les vaincus auront un beau champ de course, lorsqu'il s'agira de décamper au plus vite. Parlez-moi d'une pareille plaine pour se battre à l'extrême satisfaction des spectateurs. »

Cependant, les deux armées s'étaient arrêtées en face l'une de l'autre, laissant entre elles une large bande de terrain. Elles poussèrent des clameurs effroyables, elles brandirent leurs armes, se montrèrent le poing, mais n'avancèrent pas d'une toise. Chacune semblait avoir un grand respect pour les piques ennemies.

« Oh! les lâches coquins! répétait Médéric qui s'impatientait; est-ce qu'ils comptent coucher ici? Je jurerais qu'ils ont fait plus de cent lieues pour le seul plaisir de se gourmer[1]. Et, maintenant, les voilà qui hésitent à échanger la moindre chiquenaude. Je te demande un peu, mon mignon, s'il est raisonnable à deux ou trois millions d'hommes de se donner rendez-vous en Égypte, sur le coup de midi, pour se regarder face à face, en se criant des injures. Vous battrez-vous, coquins? Mais vois-les donc: ils bâillent au soleil, comme des lézards ; ils semblent ne pas se douter que nous attendons. Ohé ! doubles lâches, vous battrez-vous ou ne vous battrez-vous pas ? »

Les Bleus, comme s'ils avaient entendu les exhortations de Médéric, firent deux pas en avant. Les Verts, voyant cette manœuvre, en firent par prudence deux en arrière. Sidoine fut scandalisé.

« Frère, dit-il, j'éprouve une furieuse envie de m'en mêler. La danse ne commencera jamais, si je ne la mets en branle. N'es-tu pas d'avis qu'il serait bon d'essayer mes poings, en cette occasion ?

— Pardieu ! répondit Médéric, tu auras eu une idée décente dans ta vie. Retrousse tes manches, fais-moi de la propre besogne. »

Sidoine retroussa ses manches et se leva.

« Par lesquels dois-je commencer ? demanda-t-il ; les Bleus ou les Verts ? »

Médéric songea une seconde.

« Mon mignon, dit-il, les Verts sont à coup sûr les plus poltrons. Daube-les-moi[1] d'importance, pour leur apprendre que la peur ne garantit pas des coups. Mais attends : je ne veux rien perdre du spectacle ; je vais, avant tout, me poster commodément. »

Ce disant, il monta sur l'oreille de son frère et s'y coucha à plat ventre, en ayant soin de ne passer que la tête ; puis il saisit une mèche de cheveux qu'il rencontra sous sa main, afin de ne pas être jeté à bas dans la bagarre. Ayant ainsi pris ses dispositions, il déclara être prêt pour le combat.

Aussitôt, Sidoine, sans crier gare, tomba sur les Verts à bras raccourcis. Il agitait ses poings en mesure, ainsi que des fléaux, et battait l'armée à coups pressés, comme blé sur aire. En même temps, il lançait ses pieds à droite et à gauche, au beau milieu des bataillons, lorsque quelques rangs plus épais lui barraient le passage. Ce fut un beau combat, je te l'assure, digne d'une épopée en vingt-quatre chants. Notre héros se promenait sur les piques, sans plus s'en soucier que de brins d'herbe ; il allait, deçà, delà, ouvrait de toutes parts de larges trouées, écrasant les uns contre terre, lançant les autres à vingt ou trente mètres de hauteur. Les pauvres gens mouraient, n'ayant seulement pas la consolation de savoir quelle rude main les secouait ainsi. Car, au premier abord, quand Sidoine se reposait tranquillement sur la pyramide, rien ne le distinguait nettement des blocs de granit. Puis, lorsqu'il s'était dressé, il n'avait pas laissé à l'ennemi le temps de l'envisager. Observe qu'il fallait au regard deux bonnes minutes, pour monter le long de ce grand corps, avant de rencontrer une figure. Les Verts n'avaient donc pas une idée très nette de la cause des formidables bourrades qui les renversaient par centaines. La plupart pensèrent sans doute, en expirant, que la pyramide s'écroulait sur eux, ne pouvant s'imaginer que des poings d'homme eussent autant de ressemblance avec des pierres de taille.

Médéric, émerveillé de ce fait d'armes, se trémoussait d'aise ; il battait des mains, se penchait au risque de tomber, perdait l'équilibre, se raccrochait vite à la mèche de cheveux. Enfin, ne pouvant rester muet en de telles circonstances, il sauta sur l'épaule du héros, où il se maintint, en se tenant au lobe de l'oreille ; de là, tantôt il regardait dans la plaine, tantôt il se tournait pour crier quelques mots d'encouragement.

« Oh ! là, là ! criait-il, quelles tapes, mon doux Jésus ! quel beau bruit de marteau sur l'enclume ! Ohé, mon mignon ! frappe à ta gauche, nettoie-moi ce gros de cavalerie qui fait mine de détaler. Eh ! vite donc ! frappe à ta droite, là, sur ce groupe de guerriers chamarrés d'or et de broderies, et lance pieds et poings ensemble, car je crois qu'il s'agit ici de princes, de ducs et autres crânes d'épaisseur. Pardieu ! voilà de rudes taloches : la place est nette, comme si la faux y avait passé. En cadence, mon mignon, en cadence ! Procède avec méthode ; la besogne en ira plus vite. Bien, cela ! Ils tombent par centaines, dans un ordre parfait. J'aime la régularité en toute chose, moi. Le merveilleux spectacle ! Dirait-on pas un champ de blé, un jour de moisson, lorsque les gerbes sont couchées au bord des sillons, en longues rangées symétriques. Tape, tape, mon mignon. Ne t'amuse pas à écraser les fuyards un à un ; ramène-les-moi vertement par le fond de leur culotte, et ne lève la main que sur trois ou quatre douzaines au moins. Oh ! là, là ! quelles calottes, quelles bourrades, quels triomphants coups de pied ! »

Et Médéric s'extasiait, se tournait en tous sens, ne trouvant pas d'exclamations assez choisies pour peindre son ravissement. À la vérité, Sidoine n'en frappait ni plus fort ni plus vite. Il avait pris au début un petit train bonhomme, continuant la besogne avec flegme, sans accélérer le mouvement. Il surveillait seulement les bords de l'armée. Lorsqu'il apercevait quelque fuyard, il se contentait de le ramener à son poste d'une chiquenaude, pour qu'il eût sa part au régal, quand viendrait son tour. Au bout d'un quart d'heure d'une pareille tactique, les Verts se trouvaient tous couchés proprement dans la plaine, sans qu'un seul restât debout pour aller porter au reste de la nation la nouvelle de leur défaite ; circonstance rare et affligeante, qui ne s'est pas reproduite depuis dans l'histoire du monde.

Médéric n'aimait pas à voir le sang versé. Quand tout fut terminé :

« Mon mignon, dit-il à Sidoine, puisque tu as anéanti cette armée, il me semble juste que tu l'enterres. »

Sidoine, ayant regardé autour de lui, aperçut cinq ou six buttes de sable qui se trouvaient là, il les poussa sur le champ de bataille, à l'aide de vigoureux coups de pied, et les aplanit de la main, de manière à en faire un seul coteau, qui servît de tombe à près de onze cent mille hommes. En pareil cas, il est rare qu'un conquérant prenne lui-même ce soin pour les vaincus. Ce fait prouve combien mon héros, tout héros qu'il était, se montrait bon enfant à l'occasion.

Durant l'affaire, les Bleus, stupéfaits de ce renfort qui leur tombait du haut d'une des grandes pyramides, avaient eu le temps de reconnaître que ce n'était pas là un éboulement de pavés, mais un homme en chair et en os. Ils songèrent d'abord à l'aider un peu ; puis, voyant la façon aisée dont il travaillait, comprenant qu'ils seraient plutôt un embarras, ils se retirèrent discrètement à quelque distance, par crainte des éclaboussures. Ils se haussaient sur la pointe des pieds, se bousculaient pour mieux voir, accueillaient chaque coup d'un tonnerre d'applaudissements. Quand les Verts furent morts et enterrés, ils poussèrent de grands cris, ils se félicitèrent de la victoire, se mêlant tumultueusement, parlant tous à la fois.

Cependant Sidoine, ayant soif, descendit au bord du Nil, pour boire un coup d'eau fraîche. Il le tarit d'une gorgée ; heureusement pour l'Égypte, il trouva ce breuvage si chaud et si fade, qu'il se hâta de rejeter le fleuve dans son lit, sans en avaler une goutte. Vois à quoi tient la fertilité d'un pays.

De fort méchante humeur, il revint dans la plaine et regarda les Bleus en se frottant les mains.

« Frère, dit-il d'un ton insinuant, si je frappais un peu sur ceux-ci, maintenant ? Ces hommes font beaucoup de bruit. Que penses-tu de quelques coups de poing pour les forcer à un silence respectueux ?

— Garde-t'en bien ! répondit Médéric, je les observe depuis un instant, et je leur crois les meilleures intentions du monde. Pour sûr, ils s'occupent de toi. Tâche, mon mignon, de prendre une pose majestueuse ; car, si je ne me trompe, tes grandes destinées vont s'accomplir. Regarde, voici venir une députation. »

Au tapage d'un million d'hommes émettant chacun leur avis, sans écouter celui du voisin, avait succédé le plus profond silence. Les Bleus venaient sans doute de s'entendre ; ce qui ne laisse pas que d'être singulier, car, dans les assemblées de notre beau pays, où les membres ne sont guère qu'au nombre de quelques centaines, ils n'ont pu jusqu'ici s'accorder sur la moindre vétille.

L'armée défilait en deux colonnes. Bientôt elle forma un cercle immense. Au milieu de ce cercle, se trouvait Sidoine, fort embarrassé de sa personne ; il baissait les yeux, honteux de voir tant de monde le regarder. Quant à Médéric, il comprit que sa présence serait un sujet d'étonnement, inutile et même dangereux en ce moment décisif. Il se retira par prudence dans l'oreille qui lui servait de demeure depuis le matin.

La députation s'arrêta à vingt pas de Sidoine. Elle n'était pas composée de guerriers, mais de vieillards aux crânes nus et sévères, aux barbes magistrales, tombant en flots argentés sur les tuniques bleues. Les mains de ces vieillards avaient pris les rides sèches des parchemins qu'elles feuilletaient sans cesse ;

leurs yeux, habitués aux seules clartés des lampes fumeuses, soutenaient l'éclat du soleil avec les clignements de paupières d'un hibou égaré en plein jour ; leurs échines se courbaient comme devant un pupitre éternel ; tandis que, sur leurs robes, des taches d'huile et des traînées d'encre dessinaient les broderies les plus bizarres, signes mystérieux qui n'étaient pas pour peu de chose dans leur haute renommée de science et de sagesse.

Le plus vieux, le plus sec, le plus aveugle, le plus bariolé de la docte compagnie, avança de trois pas, en faisant un profond salut. Après quoi, s'étant dressé, il élargit les bras pour joindre aux paroles les gestes convenables.

« Seigneur Géant, dit-il d'une voix solennelle, moi, prince des orateurs, membre et doyen de toutes les académies, grand dignitaire de tous les ordres, je te parle au nom de la nation. Notre roi, un pauvre sire, est mort, il y a deux heures, d'un dérangement du ventre, pour avoir vu les Verts à l'autre bout de la plaine. Nous voilà donc sans maître qui nous charge d'impôts, qui nous fasse tuer au nom du bien public. C'est là, tu le sais, un état de liberté déplaisant communément aux peuples. Il nous faut un roi au plus vite ; et, dans notre hâte de nous prosterner devant des pieds royaux, nous venons de songer à toi, qui te bats si vaillamment. Nous pensons, en t'offrant la couronne, reconnaître ton dévouement à notre cause. Je le sens, une telle circonstance demanderait un discours en une langue savante, sanscrite, hébraïque, grecque, ou tout au moins latine ; mais que la nécessité où je me trouve d'improviser, que la certitude de pouvoir réparer plus tard ce manque de convenances, me servent d'excuses auprès de toi. »

Le vieillard fit une pause.

« Je savais bien, songeait Médéric, que mon mignon avait des poings de roi. »

V

LE DISCOURS DE MÉDÉRIC

« Seigneur Géant, continua le prince des orateurs, il me reste à t'apprendre ce que la nation a résolu et quelles preuves d'aptitude à la royauté elle te demande, avant de te porter au trône. Elle est lasse d'avoir pour maîtres des gens qui ressemblent en tous points à leurs sujets, ne pouvant donner le moindre coup de poing sans s'écorcher, ni prononcer tous les trois jours un discours de longue haleine sans mourir de phtisie au bout de quatre ou cinq ans. Elle veut, en un mot, un roi qui l'amuse, et elle est persuadée que, parmi les agréments d'un goût délicat, il en est deux surtout dont on ne saurait se lasser : les taloches vertement appliquées et les périodes vides et sonores d'une proclamation royale. J'avoue être fier d'appartenir à une nation qui comprend à un si haut point les courtes jouissances de cette vie. Quant à son désir d'avoir sur le trône un roi amusant, ce désir me paraît en lui-même encore plus digne d'éloges. Ce que nous voulons se réduit donc à ceci. Les princes sont des hochets dorés que se donne le peuple, pour se réjouir et se divertir à les voir briller au soleil ; mais, presque toujours, ces hochets coupent et mordent, ainsi qu'il en est des couteaux d'acier, lames brillantes dont les mères effraient vainement leurs marmots. Or nous souhaitons que notre hochet soit inoffensif, qu'il nous réjouisse, qu'il nous divertisse, selon nos goûts, sans que nous courions le risque de nous blesser, à le tourner et le retourner entre nos doigts. Nous voulons de grands coups de poing, car ce jeu fait rire nos guerriers, les amuse honnêtement, en leur mettant du cœur au ventre ; nous désirons de longs discours, pour occuper les braves gens du royaume à les applaudir et les commenter, de belles phrases qui tiennent en joie les parleurs de l'époque. Tu as déjà, seigneur Géant, rempli une partie du programme, à l'entière satisfaction des plus difficiles ; je le dis en vérité, jamais poings ne nous ont fait rire de meilleur cœur. Maintenant, pour combler nos vœux, il te faut subir la seconde épreuve. Choisis le sujet qu'il te plaira : parle-nous de l'affection que tu nous portes, de tes devoirs envers nous, des grands faits qui doivent signaler ton règne. Instruis-nous, égaie-nous. Nous t'écoutons. »

Le prince des orateurs, ayant ainsi parlé, fit une nouvelle révérence. Sidoine, qui avait écouté l'exorde d'un air inquiet, et suivi les différents points avec anxiété, fut frappé d'épouvante à la péroraison. Prononcer un long discours en public lui paraissait une idée absurde, sortant par trop de ses habitudes journalières. Il regardait sournoisement le docte vieillard, craignant quelque méchante raillerie, se demandant si un bon coup de poing, appliqué à propos sur ce crâne jauni, ne le tirerait pas d'embarras. Mais le brave enfant n'avait pas de méchanceté. Ce vieux monsieur venait de lui parler si poliment, qu'il lui semblait dur de répondre d'une façon aussi brusque. S'étant juré de ne point desserrer les lèvres, sentant d'ailleurs toute la délicatesse de sa position, il dansait sur l'un et l'autre pied, roulait ses pouces, riait de son rire le plus niais. Comme il devenait de plus en plus idiot, il crut avoir trouvé une idée de génie. Il salua profondément le vieux monsieur.

Cependant, au bout de cinq minutes, l'armée s'impatienta. Je crois te l'avoir dit, ces événements se passaient en Égypte, sur le coup de midi. Or, tu le sais, rien ne rend de plus méchante humeur, que d'attendre au grand soleil. Les Bleus témoignèrent bientôt par un murmure croissant que le seigneur Géant eût à se dépêcher ; autrement, ils allaient le planter là, pour se pourvoir ailleurs d'une majesté plus bavarde.

Sidoine, étonné qu'une révérence n'eût pas contenté ces braves gens, en fit coup sur coup trois ou quatre, se tournant en tous sens, afin que chacun eût sa part.

Alors ce fut une tempête de rires et de jurons, une de ces belles tempêtes populaires où chaque homme lance un quolibet, ceux-ci sifflant comme des merles, ceux-là battant des mains en manière de dérision. Le vacarme grandissait par larges ondées, décroissait pour grandir encore, pareil à la clameur des vagues de l'océan. C'était, à la verve du peuple, un excellent apprentissage de la royauté.

Tout à coup, pendant un court moment de silence, une voix douce et flûtée se fit entendre dans les hauteurs de Sidoine ; une douce, une tendre voix de petite fille, au timbre d'argent, aux inflexions caressantes.

« Mes bien-aimés sujets… » disait-elle.

Des applaudissements formidables l'interrompirent, dès ces premiers mots. Le gracieux souverain ! des poings à pétrir des montagnes, et une voix à rendre jalouse la brise de mai !

Le prince des orateurs, stupéfait de ce phénomène, se tourna vers ses savants collègues :

« Messieurs, leur dit-il, voici un géant qui a, dans son espèce, un organe singulier. Je ne pourrais croire, si je ne l'entendais, qu'un gosier capable d'avaler un bœuf avec ses cornes, puisse filer des sons d'une si remarquable finesse. Il y a là certainement une curiosité anatomique qu'il nous faudra étudier et expliquer à tout prix. Nous traiterons ce grave sujet à notre prochaine réunion, nous en ferons une belle et bonne vérité scientifique qui aura cours dans nos établissements universitaires. »

« Hé ! mon mignon, souffla doucement Médéric dans l'oreille de Sidoine, ouvre larges tes mâchoires, fais-les jouer en mesure, comme si tu broyais des noix. Il est bon que tu les remues avec vigueur, car ceux qui ne t'entendront pas, verront au moins que tu parles. N'oublie pas les gestes non plus : arrondis les bras avec grâce durant les périodes cadencées ; plisse le front et lance les mains en avant, dans les éclats d'éloquence : tâche même de pleurer, aux endroits pathétiques. Surtout pas de bêtises. Suis bien le mouvement. Ne va pas t'arrêter court, au beau milieu d'une phrase, ni poursuivre, lorsque je me tairai. Mets les points et les virgules, mon mignon. Cela n'est pas difficile, la plupart de nos hommes d'État ne font autre métier. Attention ! je commence. »

Sidoine ouvrit effroyablement la bouche et se mit à gesticuler, avec des mines de damné. Médéric s'exprima en ces termes :

« Mes bien-aimés sujets,

« Comme il est d'usage, laissez-moi m'étonner et me juger indigne de l'honneur que vous me faites. Je ne pense pas un traître mot de ce que je vous dis là ; je crois mériter, comme tout le monde, d'être un peu roi à mon tour, et je ne sais vraiment pourquoi je ne suis pas né fils de prince, ce qui m'aurait évité l'embarras de fonder une dynastie.

« Avant tout, je dois, pour assurer ma tranquillité future, vous faire remarquer les circonstances présentes. Vous me croyez une bonne machine de guerre ; c'est même à ce seul titre que vous m'offrez la couronne. Moi, je me laisse faire. Si je ne me trompe, on appelle cela le suffrage universel. L'invention me paraît excellente, les peuples s'en trouveront au mieux lorsqu'on l'aura perfectionnée. Veuillez donc, à l'occasion, vous en prendre à vous seuls, si je ne tiens pas toutes les belles choses que je vais vous promettre ; car je puis en oublier quelqu'une, sans méchanceté, et il ne serait pas juste de me punir d'un manque de mémoire, lorsque vous auriez vous-mêmes manqué de jugement.

« J'ai hâte d'arriver au programme que je me traçais depuis longtemps, pour le jour où j'aurais le loisir d'être roi. Il est d'une simplicité charmante, je le recommande à mes collègues les souverains, qui se trouveraient embarrassés de leurs peuples. Le voici dans son innocence et sa naïveté : la guerre au-dehors, la paix au-dedans.

« La guerre au-dehors est une excellente politique[1]. Elle débarrasse le pays des gens querelleurs, en leur permettant d'aller se faire estropier hors des frontières. Je parle de ceux qui naissent les poings fermés, qui, par tempérament, sentiraient de temps à autre le besoin d'une petite révolution, s'ils n'avaient à rosser quelque peuple voisin. Dans chaque nation, il y a une certaine somme de coups à dépenser ; la prudence veut que ces coups se distribuent à cinq ou six cents lieues des capitales. Laissez-moi vous dire toute ma pensée. La formation d'une armée est simplement une mesure prévoyante prise pour séparer les hommes tapageurs des hommes raisonnables ; une campagne a pour but de faire disparaître le plus possible de ces hommes tapageurs, et de permettre au souverain de vivre en paix, n'ayant pour sujets que des hommes raisonnables. On parle, je le sais, de gloire, de conquêtes et autres balivernes. Ce sont là de grands mots dont se paient les imbéciles.

« Si les rois se jettent leurs troupes à la tête au moindre mot, c'est qu'ils s'entendent et se trouvent bien du sang versé. Je compte donc les imiter en appauvrissant le sang de mon peuple, qui pourrait, un beau jour, avoir la fièvre chaude. Seulement, un point m'embarrassait. Plus on va, plus les sujets de guerre deviennent difficiles à inventer; bientôt on en sera réduit à vivre en frères, faute d'une raison pour se gourmer honnêtement. J'ai dû faire appel à toute mon imagination. De nous battre pour réparer une offense, il n'y fallait pas songer : nous n'avons rien à réparer, personne ne nous provoque, nos voisins sont gens polis et de bon ton. De nous emparer des territoires limitrophes, sous prétexte d'arrondir nos terres, c'était là une vieille idée qui n'a jamais réussi en pratique, et dont les conquérants se sont toujours mal trouvés. De nous fâcher à propos de quelques balles de coton ou de quelques kilogrammes de sucre, on nous aurait pris pour de grossiers marchands, pour des voleurs qui ne veulent pas être volés; tandis que nous tenons, avant tout, à être une nation bien apprise, ayant en horreur les soucis du commerce, vivant d'idéal et de bons mots. Aucun moyen d'un usage commun en matière de bataille ne pouvait donc nous convenir. Enfin, après de longues réflexions, il m'est venu une inspiration sublime. Nous nous battrons toujours pour les autres, jamais pour nous, ce qui nous évitera toute explication sur la cause de nos coups de poing. Remarquez combien cette méthode sera commode, et quel honneur nous tirerons de pareilles expéditions. Nous prendrons le titre de bienfaiteurs des peuples, nous crierons bien haut notre désintéressement, nous nous poserons modestement en soutiens des bonnes causes, en dévoués serviteurs des grandes idées[1]. Ce n'est pas tout. Comme ceux que nous ne servirons pas pourront s'étonner de cette singulière politique, nous répondrons hardiment que notre rage de prêter nos armées à qui les demande est un généreux désir de pacifier le monde, de le pacifier bel et bien à coups de pique. Nos soldats, dirons-nous, se promènent en civilisateurs, coupant le cou à ceux qui ne se civilisent pas assez vite, semant les idées les plus fécondes dans les fosses creusées sur les champs de bataille. Ils baptiseront la terre d'un baptême de sang pour hâter l'ère prochaine de liberté. Mais nous n'ajouterons pas qu'ils auront ainsi une besogne éternelle, attendant vainement une moisson qui ne saurait lever sur des tombes.

« Voilà, mes chers sujets, ce que j'ai imaginé. L'idée a toute l'ampleur et l'absurdité nécessaires pour réussir. Donc, ceux d'entre vous qui se sentiraient le besoin de proclamer une ou deux républiques sont priés de n'en rien faire chez moi. Je leur ouvre charitablement les empires des autres monarques. Qu'ils disposent librement des provinces, changent les formes des gouvernements, consultent le bon plaisir des peuples ; qu'ils se fassent tuer chez mes voisins, au nom de la liberté, et me laissent gouverner chez moi aussi despotiquement que je l'entendrai[2].

« Mon règne sera un règne guerrier.

« Obtenir la paix au-dedans est un problème plus difficile à résoudre. On a beau se débarrasser des méchants garçons, il reste toujours dans les masses un esprit de révolte contre le maître de leur choix. Souvent j'ai réfléchi à cette haine sourde que les nations ont portée de tous temps à leurs princes ; mais j'avoue n'avoir jamais pu en trouver la cause raisonnable et logique. Nous mettrons cette question au concours dans nos académies, pour que nos savants se hâtent de nous indiquer d'où vient le mal et quel doit être le remède. Mais, en attendant l'aide de la science, nous emploierons, pour guérir notre peuple de son inquiétude maladive, les faibles moyens dont nos prédécesseurs nous ont légué la recette. Certes, ils ne sont pas infaillibles ; si nous en faisons usage, c'est qu'on n'a pas encore inventé de bonnes cordes assez longues et assez fortes pour garrotter une nation. Le progrès marche si lentement ! Ainsi nous choisirons nos ministres avec soin. Nous ne leur demanderons pas de grandes qualités morales ni intellectuelles ; il les suffira médiocres en toutes choses. Mais ce que nous exigerons absolument, c'est qu'ils aient la voix forte, et se soient longtemps exercés à crier : "Vive le roi !" sur le ton le plus haut, le plus noble possible. Un beau : "Vive le roi !" poussé dans les règles, enflé avec art, s'éteignant dans un murmure d'amour et d'admiration, est un mérite rare qu'on ne saurait trop récompenser. À vrai dire, cependant, nous comptons peu sur nos ministres ; souvent ils gênent plus qu'ils ne servent. Si notre avis prévalait, nous jetterions ces messieurs à la porte, nous vous servirions de roi et de ministres, le tout ensemble. Nous fondons de plus grandes espérances sur certaines lois que nous nous proposons de mettre en vigueur ; elles vous empoigneront un homme au collet, elles vous le lanceront à la rivière, sans plus amples explications, selon l'excellente méthode des muets du sérail. Vous voyez d'ici combien sera commode une justice aussi expéditive ; il est tant de fâcheux tenant aux formes, croyant candidement qu'un crime est nécessaire pour être coupable ! Nous aurons également à notre service de bons petits journaux payés grassement, chantant nos louanges, cachant nos fautes, nous prêtant plus de vertus qu'à tous les saints du paradis. Nous en aurons d'autres, et ceux-là nous les paierons plus cher, qui attaqueront nos actes, discuteront notre politique, mais d'une façon si plate, si maladroite, qu'ils ramèneront à nous les gens d'esprit et de bon sens. Quant aux journaux que nous ne paierons pas, ils ne pourront ni blâmer ni approuver ; de toutes manières, nous les supprimerons au plus tôt. Nous devrons aussi protéger les arts, car il n'est pas de grand règne sans grands artistes. Pour en faire naître le plus possible, nous abolirons la liberté de pensée. Il serait peut-être bon aussi de servir une petite rente aux écrivains en retraite, j'entends à tous ceux qui ont su faire fortune, qui sont patentés pour tenir boutique de prose ou de vers. Quant aux jeunes gens, à ceux qui n'auront que du talent, ils auront des lits réservés dans nos hôpitaux. À cinquante ou soixante ans, s'ils ne sont pas tout à fait morts, ils participeront aux bienfaits dont nous comblerons le monde des lettres. Mais les vrais soutiens de notre trône, les gloires de notre règne, ce seront les tailleurs de pierre et les maçons. Nous dépeuplerons les campagnes, nous appellerons à nous tous les hommes de bonne volonté, et leur ferons prendre la truelle. Ce sera un touchant, un sublime spectacle ! Des rues larges, des rues droites trouant une ville d'un bout à un autre ! De beaux murs blancs, de beaux murs jaunes, s'élevant comme par enchantement ! De splendides édifices, décorant d'immenses places plantées d'arbres et de réverbères ! Bâtir n'est rien encore, mais que démolir a de charmes ! Nous démolirons plus que nous ne bâtirons. La cité sera rasée, nivelée, débarbouillée, badigeonnée. Nous changerons une ville de vieux plâtre en une ville de plâtre neuf[1]. De pareils miracles, je le sais, coûteront beaucoup d'argent ; comme ce n'est pas moi qui paierai, la dépense m'inquiète peu. Tenant, avant tout, à laisser des traces glorieuses de mon règne, je trouve que rien n'est plus propre à étonner les générations futures, qu'une effroyable consommation de chaux et de briques. D'ailleurs, j'ai remarqué ceci : plus un roi fait bâtir, plus son peuple se montre satisfait ; il semble ne pas savoir quels sots paient ces constructions, il croit naïvement que son aimable souverain se ruine pour lui donner la joie de contempler une forêt d'échafaudages. Tout ira pour le mieux. Nous vendrons très cher les embellissements aux contribuables, et nous distribuerons les gros sous aux ouvriers, afin qu'ils se tiennent tranquilles sur leurs échelles. Ainsi, du pain au menu peuple et l'admiration de la postérité. N'est-ce pas très ingénieux ? Si quelque mécontent s'avisait de crier, ce serait à coup sûr mauvais cœur et pure jalousie.

« Mon règne sera un règne de maçons.

« Vous le voyez, mes bien-aimés sujets, je me dispose à être un roi très amusant. Je vous chargerai de belles guerres aux quatre coins du monde, qui vous rapporteront des coups et de l'honneur. Je vous égaierai, au-dedans, par de grands tas de décombres et une éternelle poussière de plâtre. Je ne vous ménagerai pas non plus les discours, je les prononcerai les plus vides possible, aiguisant ainsi les esprits curieux qui auront la bonne volonté d'y chercher ce qui n'y sera pas. Aujourd'hui, c'en est assez ; je meurs de soif. Mais, en finissant, je vous fais la promesse de traiter prochainement la grave difficulté du budget ; c'est une matière qui a besoin d'être préparée longtemps à l'avance, pour être embrouillée à point et obscure suivant la convenance. Peut-être auriez-vous aussi le désir de m'entendre causer religion. Ne voulant pas vous tromper dans votre attente, je dois vous déclarer, dès à présent, que je compte ne jamais m'expliquer sur ce sujet[1]. Épargnez-moi donc des demandes indiscrètes, ne me pressez jamais d'avoir un avis en cette matière, qui m'est particulièrement désagréable. Sur ce, mes bien-aimés sujets, que Dieu vous tienne en joie »

Tel fut le discours de Médéric. Tu entends de reste que je t'en donne ici un résumé succinct, car il dura six heures d'horloge, et les limites de ce conte ne me permettent point de le transcrire en entier. L'orateur ne devait-il pas allonger ses phrases, cadencer ses périodes, noyer si bien ses pensées dans un déluge de mots, que le sens en puisse échapper au peuple qui l'écoutait ? En tout cas, mon résumé est conforme au véritable esprit du discours. Si l'armée entendit ce qu'il lui plut d'entendre, ce fut grâce aux précautions oratoires et à la longueur des tirades. N'en est-il pas toujours de même en pareille circonstance ?

Tant que son frère parla, Sidoine travailla rudement des bras et des mâchoires. Il eut des gestes fort applaudis, tantôt familiers sans trivialité, tantôt d'une ampleur noble et d'un lyrisme entraînant. S'il faut tout dire, il se permit par instants d'étranges contorsions, des haut-le-corps qui n'étaient précisément pas de bon goût ; mais cette mimique risquée fut mise sur le compte de l'inspiration. Ce qui enleva les suffrages, ce fut la manière remarquable dont il ouvrait la bouche. Il baissait le menton, puis le relevait, par petites saccades régulières ; il faisait prendre à ses lèvres toutes les figures géométriques, depuis la ligne droite jusqu'à la circonférence, en passant par le triangle et le carré ; même, au trait final de chaque tirade, il montrait la langue, hardiesse poétique qui eut un succès prodigieux.

Lorsque Médéric se tut, Sidoine comprit qu'il lui restait à finir par un coup de maître. Il saisit l'instant favorable ; puis, se cachant de la main, sans plus bouger, il cria d'une voix terrible :

« Vive Sidoine Ier, roi des Bleus ! »

Le seigneur Géant savait placer son mot à l'occasion. Aux éclats de cette voix, chaque bataillon pensa avoir entendu le bataillon voisin pousser ce cri d'enthousiasme. Comme rien n'est plus contagieux qu'une bêtise, l'armée entière se mit à chanter en chœur :

« Vive Sidoine Ier, roi des Bleus ! »

Ce fut, dix minutes durant, un vacarme effroyable. Pendant ce temps, Sidoine, de plus en plus civilisé, prodiguait les révérences.

Les soldats parlèrent de le porter en triomphe. Mais le prince des orateurs, ayant rapidement calculé son poids à vue d'œil, leur démontra les difficultés de l'entreprise. Il se chargea de terminer avec lui. Il lui rendit hommage comme à son roi, au nom du peuple, tout en lui conférant les titres et les privilèges de sa nouvelle position. Il l'invita ensuite à marcher en tête de l'armée, pour faire son entrée dans son royaume, distant d'une dizaine de lieues.

Cependant Médéric se tenait les côtes et pensait mourir de rire. Son propre discours l'avait singulièrement égayé. Ce fut bien autre chose lorsque Sidoine s'acclama lui-même !

« Bravo, Majesté mignonne ! lui dit-il à voix basse. Je suis content de toi, je ne désespère plus de ton éducation. Laisse faire ces braves gens. Essayons du métier de roi, quitte à l'abandonner dans huit jours, s'il nous ennuie. Pour ma part, je ne suis pas fâché d'en tâter, avant d'épouser l'aimable Primevère. Or çà, continue à ne pas faire de sottises, marche royalement, contente-toi des gestes et laisse-moi le soin de la parole. Il est inutile d'apprendre à ce bon peuple que nous sommes deux, ce qui pourrait l'autoriser à se croire en état de république. Maintenant, mon mignon, entrons vite dans notre capitale. »

Les annales des Bleus relatent ainsi l'avènement au trône du grand roi Sidoine Ier. On peut y lire tout au long les événements mentionnés ci-dessus, et y remarquer comme quoi l'historien officiel observe, en différents passages, que ces faits se passaient en Égypte, sur le coup de midi, par une température de quarante-cinq degrés.

VI

MÉDÉRIC MANGE DES MÛRES

Je t'épargnerai la description de l'entrée triomphale de nos héros et des réjouissances publiques qui eurent lieu en cette occasion.

Sidoine joua noblement son rôle de majesté. Il accueillit avec bienveillance une cinquantaine de députations qui vinrent à la file lui prêter serment; il écouta même, sans trop bâiller, les harangues des différents corps de l'État. À vrai dire, il avait grand besoin de sommeil; il aurait volontiers envoyé ces bonnes gens se coucher, pour aller lui-même en faire autant, si Médéric ne lui eût dit tout bas qu'un roi, appartenant à son peuple, ne dormait que lorsque les portefaix de son royaume le voulaient bien.

Enfin les grands dignitaires le conduisirent à son palais, sorte de grange monumentale, haute d'une quinzaine de mètres, devant laquelle les écoliers tiraient leurs chapeaux. Les fourmis saluent ainsi les cailloux du chemin. Sidoine, qui se servait d'une pyramide en guise d'escabeau, témoigna par un geste expressif combien il trouvait le logis insuffisant. Médéric déclara de sa voix la plus douce avoir remarqué, aux portes de la ville, un vaste champ de blé, demeure plus digne d'un grand prince. Les épis lui feraient une belle couche dorée, d'une merveilleuse souplesse, et il aurait pour ciel de lit les larges rideaux célestes que les clous d'or du bon Dieu retiennent aux murs du paradis.

Comme le peuple était très friand de spectacles et de mascarades, il déclara, désirant se rendre populaire, abandonner l'ancien palais aux montreurs d'ours, danseurs de corde et diseurs de bonne aventure. De plus, il y serait établi un théâtre de marionnettes, toutes d'une exécution parfaite, au point de les prendre pour des hommes. La foule accueillit cette offre avec reconnaissance.

Lorsque la question du logement fut vidée, Sidoine se retira, ayant hâte de se mettre au lit. Il ne tarda pas à remarquer, derrière lui, une troupe de gens armés qui le suivaient avec respect. En bon roi, il les prit pour des soldats enthousiastes et ne s'en soucia pas davantage. Cependant, quand il se fut voluptueusement étendu sur sa couche de paille fraîche, il vit les soldats se poster aux quatre coins du champ, se promenant de long en large, l'épée au poing. Cette manœuvre piqua sa curiosité. Il se dressa à demi, tandis que Médéric, comprenant son désir, appelait un des hommes, qui s'était avancé tout proche de l'oreiller royal.

« Hé ! l'ami, cria-t-il, pourrais-tu me dire ce qui vous force, tes compagnons et toi, à quitter vos lits à cette heure, pour venir rôder autour du mien ? Si vous avez des méchants projets sur les passants, il est peu convenable d'exposer votre roi à servir de témoin pour vous faire pendre. Si ce sont vos belles que vous attendez, certes, je m'intéresse à l'accroissement du nombre de mes sujets, mais je ne veux en aucune façon me mêler de ces détails de famille. Ça, franchement, que faites-vous ici ?

— Sire, nous vous gardons, répondit le soldat.

— Vous me gardez ? Contre qui, je vous prie ? Les ennemis ne sont pas aux frontières, que je sache, et ce n'est point avec vos épées que vous me protégerez des moucherons. Voyons, parle. Contre qui me gardez-vous ?

— Je ne sais pas, Sire. Je vais appeler mon capitaine. »

Lorsque le capitaine fut arrivé et qu'il eut entendu la demande du roi :

« Bon Dieu ! Sire, s'écria-t-il, comment Votre Majesté peut-elle me faire une question aussi simple ? Ignore-t-elle ces menus détails ? Tous les rois se font garder contre leurs peuples. Il y a ici cent braves qui n'ont d'autre charge que d'embrocher les curieux. Nous sommes vos gardes du corps, Sire. Sans nous, vos sujets, gens très gourmands de monarques, en auraient déjà fait une effroyable consommation. »

Cependant, Sidoine riait aux larmes. L'idée que ces pauvres diables le gardaient lui avait d'abord paru d'une joyeuseté rare ; mais quand il apprit qu'ils le gardaient contre son peuple, il eut un nouvel accès de gaieté dont il faillit étouffer. De son côté, Médéric pouffait à pleines joues, déchaînant une véritable tempête dans l'oreille de son mignon.

« Holà ! manants, cria-t-il, pliez bagages, décampez au plus vite. Me croyez-vous assez sot pour imiter vos rois trembleurs, qui ferment dix à douze portes sur eux, en plantant une sentinelle à chacune ? Je me garde moi-même, mes bons amis, et je n'aime pas à être regardé quand je dors ; car ma nourrice m'a toujours dit que je n'étais pas beau en ronflant. S'il vous faut absolument garder quelqu'un, au lieu de garder le roi contre le peuple, gardez, je vous prie, le peuple contre le roi ; ce sera mieux employer vos veilles et gagner plus honnêtement votre argent. Les soirs d'été, pour peu que vous désiriez m'être agréables, envoyez-moi vos femmes avec des éventails, ou, s'il pleut, votez-moi une armée de parapluies. Mais vos épées, à quoi diable voulez-vous qu'elles me servent ? Et, maintenant, bonne nuit, messieurs les gardes du corps. »

Sans plus de zèle, capitaine et soldats se retirèrent, enchantés d'un prince si facile à servir. Alors nos amis, satisfaits d'être seuls, purent causer à l'aise des surprenantes aventures qui leur étaient arrivées depuis le matin. Je veux dire, tu m'entends, que Médéric bavarda une petite demi-heure, philosophant sur toute chose, priant son mignon de suivre avec soin le fil de son raisonnement. Le mignon, dès les premiers mots, ronflait, les poings fermés. Notre bavard, ne s'entendant plus lui-même, remit la suite de ses observations au lendemain. C'est ainsi que le roi Sidoine Ier dormit sa première nuit à la belle étoile, dans un champ désert situé aux portes de sa capitale.

Les événements qui se passèrent les jours suivants ne méritent pas d'être rapportés tout au long, bien qu'ils aient été prodigieux et bizarres, comme tous ceux auxquels se trouvèrent mêlés les héros que j'ai choisis. Notre roi en deux personnes — vois à quoi tient un mystère ! — ayant accepté la couronne par simple complaisance, se garda de tenter la moindre réforme. Il laissa le peuple agir selon ses volontés ; ce qui se rencontra être la meilleure façon de régner, la plus commode pour le souverain, la plus profitable pour les sujets.

Au bout de huit jours, Sidoine avait déjà gagné cinq batailles rangées. Il crut devoir mener son armée aux deux premières. Mais il s'aperçut bientôt qu'au lieu de lui donner aide et secours, elle l'embarrassait, se mettant en travers de ses jambes, risquant d'attraper quelque taloche. Il se décida donc à licencier les troupes, déclarant entendre à l'avenir se mettre seul en campagne. Ce fut là le sujet d'une belle proclamation. Elle débutait par cet exorde remarquable : « Il n'est rien de tel pour se gourmer d'importance, comme de savoir pourquoi on se gourme[1]. Or, puisque le roi, lorsqu'il déclare la guerre, connaît seul les causes de son bon plaisir, la logique veut que le roi se batte seul. » Les soldats goûtèrent beaucoup ces pensées ; à la vérité, faute d'une bonne raison pour taper plus longtemps, ils avaient tourné le dos dans maintes batailles. Souvent aussi ils s'étaient étonnés, causant le soir dans les ambulances avec des blessés ennemis, de l'originale méthode des princes, ayant des poings, comme tout le monde, et faisant tuer plusieurs milliers d'hommes, pour vider leurs querelles particulières.

Seulement, les Bleus, s'il te souvient de la charte, avaient pris un maître dans l'unique but de s'égayer à le voir et à l'entendre jouer des poings et de la langue. L'armée obtint donc de suivre son chef à deux kilomètres de distance. De cette façon, elle eut l'agréable spectacle des combats, sans en courir les dangers.

Médéric harangua plus encore que Sidoine ne se battit. Au bout d'une semaine, il avait déjà enrichi la littérature du pays de treize gros volumes. Le troisième jour, en s'éveillant, il se trouva savoir le grec et le latin, sans avoir appris ces langues dans aucun collège ; il put de la sorte répondre par dix pages de Démosthène au prince des orateurs, qui pensait l'embarrasser en lui récitant cinq pages de Cicéron. Depuis ce moment, qui fut celui où le peuple cessa de comprendre, le roi orateur eut encore plus de popularité que le roi guerrier.

Somme toute, la nation Bleue était dans le ravissement. Elle possédait enfin le prince rêvé, un prince idéal, mettant tous ses soins aux menus plaisirs, ne se mêlant jamais des détails sérieux. Cependant, comme un peuple, même un peuple satisfait, murmure toujours un peu, on accusait l'excellent homme de certains goûts bizarres, par exemple de sa singulière obstination à vouloir dormir à la belle étoile. De plus, je crois te l'avoir dit, Sidoine péchait par une grande coquetterie ; dès qu'il eut un budget sous la main, il échangea vite ses peaux de loup contre de splendides vêtements de soie et de velours, trouvant à se regarder quelques dédommagements aux ennuis de sa nouvelle profession. On le blâmait de cet innocent plaisir ; bien qu'il ne fît autre dépense, on lui reprochait d'user trop de satin, de déchirer trop de dentelle. La rosée, il est vrai, tache les étoffes fines, et rien ne les coupe comme la paille. Or Sidoine couchait tout habillé.

Pour en finir, on comptait à peine cinq à six milliers de mécontents dans cet empire de trente millions d'hommes : des courtisans sans emploi dont l'échine se roidissait, des gens de nerfs irritables auxquels les longs discours donnaient la fièvre, surtout des pervers que fâchait la paix publique. Après une semaine de règne, Sidoine aurait pu sans crainte tenter de nouveau le suffrage universel.

Le neuvième jour, Médéric fut pris au réveil d'une irrésistible envie de courir les champs. Il était las de vivre enfermé au logis, j'entends l'oreille de Sidoine ; il s'ennuyait de son rôle de pur esprit. Il descendit doucement. Son mignon dormant encore, il ne l'avertit pas de sa promenade, se promettant de ne prendre l'air que pendant un petit quart d'heure.

C'est une charmante chose qu'une fraîche matinée d'avril. Le ciel se creusait, pâle et profond. Sur les montagnes, se levait un soleil clair, sans chaleur, d'une lumière blanche. Les feuillages, nés de la veille, luisaient par touffes vertes dans la campagne ; les roches, les terrains se détachaient en grandes masses jaunes et rouges. On eût dit, à voir comme tout semblait propre, que la nature était neuve.

Médéric, avant d'aller plus loin, s'arrêta sur un coteau. Après quoi, ayant suffisamment applaudi en grand la vaste plaine, il songea à profiter de la gaieté des sentiers, sans plus s'inquiéter des horizons. Il prit le premier chemin venu ; puis, quand il fut au bout, il en prit un autre. Il se perdit au milieu des églantiers, courut dans l'herbe, s'étendit sur la mousse, fatigua les échos de sa voix, cherchant à faire beaucoup de bruit, parce qu'il se trouvait dans beaucoup de silence. Il admira les champs en détail et à sa façon, qui est la bonne, regardant le ciel par petits coins à travers les feuilles, se faisant un univers d'un buisson creux, découvrant de nouveaux mondes à chaque détour des haies. Il se grisa pour trop boire de cet air pur et un peu froid qu'il trouvait sous les allées, et finit par s'arrêter, haletant, charmé des blancs rayons du soleil et des bonnes couleurs de la campagne.

Or il s'arrêta au pied d'une grosse haie faite de ronces, de ces ronces aux feuilles rudes, aux longs bras épineux, qui produisent à coup sûr les meilleurs fruits que puisse manger un homme d'un goût recherché. Je veux parler de ces belles grappes de mûres sauvages, toutes parfumées du voisinage des lavandes et des romarins. Te souvient-il comme elles sont appétissantes, noires sous les feuilles vertes, et quelle fraîche saveur, moitié sucre, moitié vinaigre, elles ont pour les palais dignes de les apprécier ?

Médéric, ainsi que tous les gens d'humeur libre et de vie vagabonde, était un grand mangeur de mûres. Il en tirait quelque vanité, ayant pour toutes rencontres, dans ses repas le long des haies, trouvé des simples d'esprit, des rêveurs et des amants ; ce qui l'avait amené à conclure que les sots ne savaient faire cas de ces grappes savoureuses, que c'était là un festin donné par les anges du paradis aux bonnes âmes de ce monde. Les sots sont bien trop maladroits pour un tel régal ; ils se trouvent seulement à l'aise devant une table, à couper de grosses bêtes de poires se fondant en eau claire. Belle besogne vraiment, qui ne demande qu'un couteau. Tandis que, pour manger des mûres, il faut une douzaine de rares qualités : la justesse du coup d'œil qui découvre les baies les plus exquises, celles que les rayons et la rosée ont mûries à point ; la science des épines, cette science merveilleuse de fouiller les broussailles sans se piquer ; l'esprit de savoir perdre son temps, de mettre une matinée entière à déjeuner, tout en faisant deux ou trois lieues dans un sentier long de cinquante pas. J'en passe et des plus méritantes. Jamais certaines gens ne s'aviseront de vivre cette vie des poètes : se nourrir d'air pur, philosopher ou dormir entre deux bouchées. Seuls les paresseux, fils bien-aimés du ciel, savent les finesses de ce joli métier.

Voilà pourquoi Médéric se vantait d'aimer les mûres.

Les ronces devant lesquelles il venait de s'arrêter, étaient chargées de grappes longues et nombreuses. Il fut émerveillé.

« Tudieu ! dit-il, les beaux fruits, le beau prodige ! Des mûres en avril, et des mûres d'une telle grosseur : voilà qui me paraît tout aussi étonnant qu'un baquet d'eau changée en vin. On a raison de le dire, rien ne fortifie la foi comme la vue des faits surnaturels : désormais je veux croire les contes de nourrice dont on m'a bercé. Moi, c'est ainsi que j'entends les miracles, lorsqu'ils emplissent mon verre ou mon assiette. Çà, déjeunons, puisqu'il plaît à Dieu de changer le cours des saisons pour me servir selon mon goût. »

Ce disant, Médéric allongea délicatement les doigts et saisit une grosse mûre qui eût suffi au repas de deux moineaux. Il la savoura avec lenteur, puis fit claquer la langue, hochant la tête d'un air satisfait, comme un buveur émérite qui déguste un vieux vin. Alors, le cru étant connu, le déjeuner commença. Le gourmand alla de buisson en buisson, humant le soleil dans les intervalles, établissant des différences de goût, ne pouvant se fixer. Tout en marchant, il discourait à haute voix, car il avait pris l'habitude du monologue en compagnie du silencieux Sidoine ; quand il se trouvait seul, il ne s'en adressait pas moins à son mignon, estimant que sa présence importait peu à la conversation.

« Mon mignon, disait-il, je ne connais pas de besogne plus philosophique que celle de manger des mûres, le long des sentiers. C'est là tout un apprentissage de la vie. Vois quelle adresse il faut déployer pour atteindre les hautes branches qui, remarque-le, portent toujours les plus beaux fruits. Je les incline en attirant à petits coups les tiges basses ; un sot les briserait, moi je les laisse se redresser, en prévision de la saison prochaine. Il y a encore les épines, où les maladroits se blessent ; moi j'utilise les épines, qui me servent de crochets dans cette délicate opération. Veux-tu jamais juger un homme, le connaître aussi bien que Dieu qui l'a fait : mets-le, le ventre vide, devant une ronce chargée de baies, par une claire matinée. Ah ! le pauvre homme ! Pour ameuter les sept péchés capitaux dans une conscience, il suffit d'une mûre au bout d'une haute branche. »

Et Médéric, tout aise de vivre, mangeait, pérorait, clignait les yeux pour mieux embrasser son petit horizon. D'ailleurs, il oubliait parfaitement S.M. Sidoine Ier, la nation Bleue, toute la royale comédie. Le roi en deux personnes avait laissé son corps chez son peuple ; son esprit battait la campagne, perdu dans les haies, se donnant du bon temps. Ainsi, la nuit, l'âme, s'envolant sur l'aile d'un songe, s'en va prendre ses ébats, dans quelque coin inconnu, insoucieuse de la prison dont elle s'est échappée. Cette comparaison n'est-elle pas très ingénieuse ? bien que je me sois défendu d'avoir caché quelque sens philosophique sous le voile léger de cette fiction, ne te dit-elle pas clairement ce qu'il faut penser de mon géant et de mon nain ?

Cependant, comme Médéric faisait les yeux doux à une mûre, il fut, de la façon la plus imprévue, rappelé aux tristes réalités de cette vie. Un dogue, non des plus minces, se précipita brusquement dans le sentier, aboyant avec force, les dents blanches, les paupières sanglantes. As-tu remarqué, Ninette, quel bon caractère hospitalier ont les chiens dans la campagne ? Ces fidèles animaux, lorsqu'ils ont reçu de l'homme les bienfaits de l'éducation, possèdent au plus haut point le sentiment de la propriété. Il y a vol pour eux à fouler la terre d'autrui. Le nôtre, qui eût dévoré Médéric pour le peu de boue qu'un passant emporte à ses semelles, devint furieux, à le voir manger les mûres poussées librement au gré de la pluie et du soleil. Il se précipita, la gueule ouverte.

Médéric ne l'attendit certes pas. Il avait une haine raisonnée pour ces grosses bêtes, aux allures brutales, qui sont chez les animaux ce que sont les gendarmes chez les hommes. Il se mit à fuir, à toutes jambes, fort effrayé, très inquiet des suites de cette mauvaise rencontre. Ce n'est pas qu'il raisonnât beaucoup en cette circonstance ; mais comme il avait, par usage, une grande habitude de la logique, tout en ayant la tête perdue, il posa en principe : Ce chien a quatre pattes, moi j'en ai deux plus faibles et moins exercées ; — en tira comme conséquence : Il doit courir plus longtemps et plus vite que moi ; — fut naturellement conduit à penser : Je vais être dévoré ; — enfin arriva victorieusement à conclure : Ce n'est plus qu'une simple question de temps. La conclusion lui donna froid dans les jambes. Il se tourna et vit le dogue à une dizaine de pas ; il courut plus fort, le dogue courut plus fort ; il sauta un fossé, le dogue sauta le fossé. Étouffant, les bras ouverts, il allait sans volonté ; il sentait des crocs aigus s'enfoncer dans ses chairs, et, les yeux fermés, voyait luire dans l'ombre deux paupières sanglantes. Les abois du chien l'entouraient, le serraient à la gorge, comme font les vagues pour l'homme qui se noie.

Encore deux sauts, c'en était fait de Médéric. Et ici, permets-moi, Ninon, de me plaindre du peu de secours prêté par notre esprit à notre corps, quand ce dernier se trouve dans quelque embarras. Je le demande, où baguenaudait l'esprit de Médéric, tandis que son corps n'avait que deux misérables jambes à son service ? La belle avance, de fuir pour se sauver ! Tout le monde en fait autant. Si son esprit n'eût pas couru la prétentaine[1], l'ingénieux enfant, sans tant s'essouffler ni risquer une pleurésie, aurait, dès les premiers pas, monté tranquillement sur un arbre, comme il le fit, au bout d'un quart d'heure de course folle. C'est là ce que j'appelle un trait de génie ; l'inspiration lui vint d'en haut. Quand il fut à califourchon sur une maîtresse branche, il s'étonna d'avoir songé à une chose aussi simple.

Le dogue, dans son élan furieux, vint se heurter violemment contre l'arbre, puis se mit à tourner autour du tronc, en poussant des abois féroces. Médéric prit ses aises et retrouva la parole.

« Hélas ! hélas ! cria-t-il, mon pauvre mignon, je me trouve vertement puni d'avoir voulu prendre l'air sans emmener tes poings avec moi. Voilà qui me prouve une fois de plus combien nous nous sommes indispensables l'un à l'autre ; notre amitié est œuvre de la Providence. Que fais-tu loin de moi, ayant tes seuls bras pour te tirer d'affaire ? Que fais-je ici moi-même, logé sur une branche, n'ayant pas la moindre taloche à appliquer sur le museau de ce vilain animal. Hélas ! hélas ! c'en est fait de nous ! »

Le dogue, las d'aboyer, s'était gravement assis sur son derrière, le cou allongé, la lèvre retroussée. Il regardait Médéric, sans bouger d'une ligne. Celui-ci, voyant la bête prêter une attention soutenue, crut comprendre qu'elle l'invitait à parler. Il résolut de profiter d'un pareil auditeur, désireux de se faire écouter une fois dans sa vie. D'ailleurs, il n'avait que des phrases à sa disposition pour sortir d'embarras.

« Mon ami, dit-il d'une voix mielleuse, je ne veux pas vous retenir plus longtemps. Allez à vos affaires. Je retrouverai parfaitement mon chemin. Je vous l'avouerai même, il y a, à quelques lieues d'ici, un bon peuple que mon absence doit plonger dans la plus vive inquiétude. Je suis roi, s'il faut tout dire. Vous ne l'ignorez pas, les rois sont des bijoux précieux, que les nations n'aiment point à perdre. Retirez-vous donc. Il serait peu convenable de forcer l'histoire à écrire un jour comme quoi le sot entêtement d'un chien a suffi pour bouleverser un grand empire. Voulez-vous une place à ma cour ? être le gardien des viandes du palais ? Dites, quelle charge puis-je vous offrir pour que Votre Excellence daigne s'éloigner ? »

Le dogue ne bougeait pas. Médéric pensa l'avoir gagné par l'appât d'un titre officiel ; il fit mine de descendre. Sans doute le dogue n'était point ambitieux, car il se mit à hurler de nouveau, se dressant contre l'arbre.

« Le diable t'emporte ! » murmura Médéric.

À bout d'éloquence, il fouilla ses poches. C'est là un moyen qui, chez les hommes, réussit généralement. Mais allez donc jeter une bourse à un chien, si ce n'est pour lui faire une bosse à la tête. Médéric n'était pas d'ailleurs un garçon à avoir une bourse dans ses chausses ; il considérait l'argent comme parfaitement inutile, ayant toujours vécu de libres échanges. Il trouva mieux qu'une poignée de sous, je veux dire qu'il trouva un morceau de sucre. Mon héros étant fort gourmand de sa nature, cette trouvaille n'a rien qui doive t'étonner. Je tiens à te faire remarquer comme les détails de ce récit arrivent naturellement et portent un haut caractère de véracité.

Médéric, tenant le morceau de sucre entre deux doigts, le montra au chien, qui ouvrit la gueule sans façons. Alors l'assiégé descendit doucement. Quand il fut près de terre, il laissa tomber la proie ; le chien la happa au passage, donna un coup de gosier, ne se lécha même pas et se précipita sur Médéric.

« Ah ! brigand ! s'écria celui-ci en remontant vivement sur sa branche, tu manges mon sucre et tu veux me mordre ! Allons, ton éducation a été soignée, je le vois ; tu es bien le fidèle élève de l'égoïsme de tes maîtres : rampant devant eux, toujours affamé de la chair des passants. »

VII

OÙ SIDOINE DEVIENT BAVARD

Il allait continuer sur ce ton, lorsqu'il entendit derrière lui s'élever un bruit sourd, semblable au roulement lointain d'une cataracte. Pas un souffle de vent n'agitait les feuilles ; la rivière voisine coulait avec un murmure trop discret, pour se permettre de pareilles plaintes. Étonné, Médéric écarta les branches, interrogeant l'horizon. Au premier abord, il ne vit rien ; la campagne, de ce côté, s'étendait, grise et nue, sorte de plaine s'élevant de coteaux en coteaux, jusqu'aux montagnes qui la bornaient. Mais le bruit augmentant toujours, il regarda mieux. Alors il remarqua, surgissant d'un pli de terrain, une roche d'une structure singulière. Cette roche — car il était difficile de la prendre pour autre chose qu'une roche —, avait la forme exacte et la couleur d'un nez, mais d'un nez colossal, dans lequel on eût aisément taillé plusieurs centaines de nez ordinaires. Tourné d'une façon désespérée vers le ciel, ce nez avait toutes les allures d'un nez troublé dans sa quiétude par quelque grande douleur. À coup sûr, le bruit partait de ce nez.

Médéric, quand il eut examiné la roche avec attention, hésita un instant, n'osant en croire ses yeux. Enfin, se retrouvant en pays de connaissance, ne pouvant douter :

« Hé! mon mignon! cria-t-il émerveillé, pourquoi diable ton nez se promène-t-il tout seul dans les champs? Que je meure, si ce n'est lui qui est là, à se pâmer comme un veau qu'on égorge! »

À ces mots, le nez — contre toute croyance, la roche n'était en effet autre chose qu'un nez —, le nez s'agita d'une manière déplorable. Il y eut comme un éboulement de terrain. Un long bloc grisâtre, qui ressemblait assez à un énorme obélisque couché sur le sol, s'agita, se replia sur lui-même, se relevant d'un bout, se dédoublant de l'autre. Une tête surgit, une poitrine se dessina, le tout emmanché de deux jambes qui, pour être démesurées, n'en auraient pas moins été des jambes dans toutes les langues, tant anciennes que modernes.

Sidoine, quand il eut ramené ses membres, s'assit sur son séant, les poings dans les yeux, les genoux hauts et écartés. Il sanglotait à fendre l'âme.

« Oh! oh! dit Médéric, je le savais bien, il n'y a que mon mignon dans le monde pour avoir un nez d'une telle encolure. C'est là un nez que je connais comme le clocher de mon village. Hé! mon pauvre frère, nous avons donc aussi de gros chagrins. Je te le jure, je voulais m'absenter dix minutes au plus; si tu me retrouves au bout de dix heures, la faute en est assurément au soleil et aux buissons chargés de mûres. Nous leur pardonnerons. Çà! jette-moi ce dogue à la porte: nous causerons plus à l'aise. »

Sidoine, toujours pleurant, allongea le bras, prit le dogue par la peau du cou. Il le balança une seconde, et l'envoya, hurlant et se tordant, droit dans le ciel, avec une vitesse de plusieurs milliers de lieues à la seconde. Médéric prit le plus grand plaisir à cette ascension. Il suivit la bête de l'œil. Quand il la vit entrer dans la sphère d'attraction de la lune, il battit des mains, félicitant son compagnon d'avoir enfin peuplé ce satellite, pour le plus grand bonheur des astronomes futurs.

« Or çà ! mon mignon, dit-il en sautant à terre, et notre peuple ? »

Sidoine, à cette question, éclata de plus belle en gémissements, dodelinant de la tête, se barbouillant le visage de ses larmes.

« Bah ! reprit Médéric, notre peuple serait-il mort ? L'aurais-tu massacré dans un moment d'ennui, réfléchissant que les peuples rois sont sujets aux abdications tout comme les autres monarques ?

— Frère, frère, sanglota Sidoine, notre peuple s'est mal conduit.

— Vraiment ?

— Il s'est mis en colère à propos de rien...

— Le vilain !

— ... et m'a jeté à la porte...

— Le grossier !

— ... comme jamais grand seigneur n'a jeté un laquais.

— Voyez-vous l'aristocrate ! »

À chaque virgule, Sidoine poussait un profond soupir. Lorsqu'il rencontra un point dans sa phrase, son émotion étant au comble, il fondit de nouveau en larmes.

« Mon mignon, reprit Médéric, il est triste sans doute pour un maître d'être congédié par ses valets, mais je ne vois pas là matière à tant se désoler. Si ta douleur ne me prouvait une fois de plus l'excellence de ton âme et ton ignorance des rapports sociaux, je te gronderais de t'affliger ainsi d'une aventure très fréquente. Nous lirons l'histoire un de ces jours ; tu le verras, c'est une vieille habitude des nations de malmener les princes dont elles ne veulent plus. Malgré le dire de certaines gens, Dieu n'a jamais eu la singulière fantaisie de créer une race particulière, dans le but d'imposer à ses enfants des maîtres élus par lui de père en fils. Ne t'étonne donc pas si les gouvernés veulent devenir gouvernants à leur tour, puisque tout homme a le droit d'avoir cette ambition. Cela soulage de pouvoir raisonner logiquement son malheur. Allons, sèche tes larmes. Elles seraient bonnes chez un efféminé, un glorieux nourri de louanges, qui aurait oublié son métier d'homme en exerçant trop longtemps celui de roi ; mais nous, monarques d'hier, nous savons encore marcher sans autre escorte que notre ombre, et vivre au soleil, n'ayant pour royaume que le peu de poussière où se posent nos pieds.

— Eh ! répondit Sidoine d'un ton dolent, tu en parles à ton aise. La profession me plaisait. Je me battais à poing que veux-tu, je mettais tous les jours mes habits du dimanche, je dormais sur de la paille fraîche. Raisonne, explique tant que tu voudras. Moi, je veux pleurer. »

Et il pleura ; puis, s'arrêtant brusquement au milieu d'un sanglot :

« Voici, dit-il, comment les choses se sont passées...

— Mon mignon, interrompit Médéric, tu deviens bavard ; le désespoir ne te vaut rien.

— Ce matin, vers six heures, comme je rêvais innocemment, un grand bruit m'a éveillé. J'ai ouvert un œil. Le peuple entourait mon lit, paraissant fort ému, attendant mon réveil, en quête de quelque jugement. Bon ! me suis-je dit, voilà qui regarde Médéric : dormons encore. Et je me suis rendormi. Au bout de je ne sais combien de minutes, j'ai senti mes sujets me tirer respectueusement par un coin de ma blouse royale. Force m'a été d'ouvrir les deux yeux. Le peuple s'impatientait. Qu'a donc mon frère Médéric ? ai-je pensé, de méchante humeur. Et, en pensant cela, je me suis mis sur mon séant. Ce que voyant, les braves gens qui m'entouraient ont poussé un murmure de satisfaction. Me comprends-tu, frère, et ne sais-je pas conter à l'occasion ?

— Parfaitement, mais si tu contes de ce train-là, tu conteras jusqu'à demain. Que voulait notre peuple ?

— Ah ! voilà. Je crois n'avoir pas trop bien compris. Un vieux s'est approché de moi, traînant sur ses talons une vache au bout d'un cordeau. Il l'a plantée à mes pieds, la tête dirigée de mon côté. À droite et à gauche de la bête, en face de chaque flanc, se sont formés deux groupes se montrant le poing. Celui de droite criait : "Elle est blanche !" Celui de gauche : "Elle est noire !" Alors le vieux, avec force saluts, m'a dit d'un ton humble : "Sire, est-elle noire, est-elle blanche ?"

— Mais, interrompit Médéric, c'était de la haute philosophie, cela. La vache était-elle noire, mon mignon ?

— Pas précisément.

— Alors elle était blanche ?

— Oh ! pour cela non. D'ailleurs, je m'inquiétais peu d'abord de la couleur de la bête. C'était à toi de répondre, je n'avais que faire de regarder. Tu ne répondais toujours pas. Moi, te pensant en train de préparer ton discours, je m'apprêtais à me rendormir sournoisement. Le vieux, qui s'était courbé en deux pour recevoir ma réponse, se sentant des démangeaisons dans l'échine, me répétait : "Sire, est-elle blanche, est-elle noire ?"

— Mon mignon, tu dramatises ton récit selon toutes les règles de l'art. Pour peu que j'aie le temps, je ferai de toi un auteur tragique. Mais continue.

— Ah ! le paresseux ! me dis-je enfin, il dort comme un roi. Cependant le peuple commençait à s'impatienter de nouveau. Il s'agissait de t'éveiller, le plus doucement possible, sans qu'il s'aperçût du fait. Je glissai un doigt dans mon oreille gauche ; elle était vide. Je le glissai dans mon oreille droite ; vide également. C'est à partir de ces gestes que le peuple s'est fâché.

— Pardieu ! mon mignon, ignores-tu la mimique à ce point ? Se gratter une oreille est signe d'embarras, et toi, lorsque tu as un jugement à rendre, tu vas te gratter les deux !

— Frère, j'étais fort troublé. Je me levai, sans plus faire attention au peuple, je fouillai énergiquement mes poches, celles de la blouse, celles de la culotte, toutes enfin. Rien dans les poches de gauche, rien dans les poches de droite. Mon frère Médéric n'était plus sur moi. J'avais espéré un instant le rencontrer se promenant dans quelque gousset écarté. Je visitai les coutures, j'inspectai chaque pli. Personne. Pas plus de Médéric dans mes vêtements que dans mes oreilles. Le peuple, stupéfait de ce singulier exercice, me soupçonna sans doute de chercher des raisons dans mes poches ; il attendit quelques minutes, puis se mit à me huer, sans plus de respect, comme si j'eusse été le dernier des manants. Avoue-le, frère, il eût fallu une forte tête pour se sauver saine et sauve d'une pareille situation.

— Je l'avoue volontiers, mon mignon. Et la vache ?

— La vache ! c'est en effet la vache qui m'embarrassait. Lorsque j'eus acquis la triste certitude qu'il allait me falloir parler en public, j'appelai à moi le plus de bon sens possible pour regarder la vache et la voir sans prévention aucune. Le vieux venait de se relever, me criant d'une voix colère cette éternelle phrase, reprise en chœur par le peuple : "Est-elle blanche ?

est-elle noire ?" En mon âme et conscience, mon frère Médéric, elle était noire et elle était blanche, le tout ensemble. Je m'apercevais bien que les uns la voulaient noire, les autres blanche ; c'était justement là ce qui me troublait.

— Tu es un simple d'esprit, mon mignon. La couleur des objets dépend de la position des gens. Ceux de gauche et ceux de droite, ne voyant à la fois qu'un des flancs de la vache, avaient également raison, tout en se trompant de même. Toi, la regardant en face, tu la jugeais d'une façon autre. Était-ce la bonne ? Je n'oserais le dire ; car, remarque-le, quelqu'un placé à la queue aurait pu émettre un quatrième jugement tout aussi logique que les trois premiers.

— Eh ! mon frère Médéric, pourquoi tant philosopher ? Je ne prétends pas être le seul qui ait eu raison. Seulement, je dis que la vache était blanche et noire, le tout ensemble ; et, certes, je puis bien le dire, puisque c'est là ce que j'ai vu. Ma première pensée a été de communiquer à la foule cette vérité que mes yeux me révélaient, et je l'ai fait avec complaisance, ayant la naïveté de croire cette décision la meilleure possible, car elle devait contenter tout le monde, en ne donnant tort à personne.

— Eh quoi ! mon pauvre mignon, tu as parlé ?

— Pouvais-je me taire ? Le peuple était là, les oreilles grandes ouvertes, avides de phrases comme la terre d'eau de pluie après deux mois de sécheresse. Les plaisants, à me voir l'air niais et embarrassé, criaient que ma voix de fauvette s'en était allée, juste à la saison des nids. Je tournai sept fois ma phrase dans la bouche ; puis fermant les paupières à demi, arrondissant les bras, je prononçai ces mots du ton le plus flûté possible : "Mes bien-aimés sujets, la vache est noire et blanche, le tout ensemble."

— Oh! là, là! mon mignon, à quelle école as-tu appris à faire des discours d'une phrase? T'ai-je jamais donné de mauvais exemples? Il y avait là matière à emplir deux volumes, et tu vas jeter tout le fruit de tes observations en treize mots! Je jurerais qu'on t'a compris: ton discours était pitoyable!

— Je te crois, mon frère. J'avais parlé très doucement. Tous, hommes, femmes, enfants, vieillards, se bouchèrent les oreilles, se regardant épouvantés, comme s'ils eussent entendu le tonnerre gronder sur leur tête; puis ils poussèrent de grands cris: "Eh quoi! disaient-ils, quel est le malotru qui se permet de pareils beuglements? On nous a changé notre roi. Cet homme n'est pas notre doux seigneur, dont la voix suave faisait les délices de nos oreilles. Sauve-toi vite, vilain Géant, bon tout au plus à effrayer nos filles, quand elles pleurent. Entendez-vous l'imbécile déclarer cette vache blanche et noire. Elle est blanche. Elle est noire. Voudrait-il se moquer de nous, en affirmant qu'elle est noire et blanche? Allons, vite, décampe! Oh! quelle sotte paire de poings! La laide parure, quand il les balance niaisement, comme s'il ne savait qu'en faire. Jette-les dans un coin pour courir plus vite. Tu nous guérirais des rois, si nous pouvions guérir de cette maladie. Hé! plus vite encore! Vide le royaume. Où avions-nous l'idée d'aimer les hommes hauts de plusieurs toises? Rien n'est plus artistement organisé que les moucherons. Nous voulons un moucheron!" »

Sidoine, au souvenir de cette scène de tumulte, ne put maîtriser son émotion; ses larmes coulèrent de nouveau. Médéric ne souffla mot, car son mignon attendait sûrement ses consolations pour se désoler davantage.

« Le peuple, reprit-il après un silence, me poussait lentement hors du territoire. Je reculais pas à pas, sans songer à me défendre, n'osant plus desserrer les lèvres, cherchant à cacher mes poings qui excitaient de telles huées. Je suis fort timide de ma nature, tu le sais, et rien ne me fâche comme de voir une foule s'occuper de moi. Aussi, quand je me trouvai en pleins champs, mon parti fut-il bientôt pris : je tournai le dos à mes révolutionnaires, je me mis à courir de toute la longueur de mes jambes. Je les entendis se fâcher de ma fuite, plus fort qu'ils ne l'avaient fait, deux minutes auparavant, de ma lenteur à reculer. Ils m'appelèrent lâche, me montrèrent le poing, oubliant qu'ils risquaient de me faire souvenir des miens, et finirent par me jeter des pierres lorsque je fus trop loin pour en être atteint. Hélas ! mon frère Médéric, voilà de bien tristes aventures.

— Çà ! courage ! répondit sagement Médéric. Tenons conseil. Que penses-tu d'une légère correction administrée à notre peuple, non pour le faire rentrer dans le devoir — car, après tout, il n'avait pas le devoir de nous garder lorsque nous ne lui plaisions plus —, mais pour lui montrer qu'on ne jette pas impunément à la porte des gens comme nous. Je vote une courte averse de soufflets.

— Oh ! dit Sidoine, de pareilles corrections se lisent-elles dans l'histoire ?

— Mais oui. Parfois, les rois rasent une ville ; d'autres fois, les villes coupent le cou aux rois. C'est une douce réciprocité. Si cela peut te distraire, nous allons assommer ceux pour le compte desquels nous assommions hier.

— Non, mon frère, ce serait une triste besogne. Je suis de ceux qui n'aiment pas à manger les poulets de leur basse-cour.

— Bien dit, mon mignon. Léguons alors le soin de nous faire regretter au roi notre successeur.

D'ailleurs, ce royaume était trop petit ; tu ne pouvais te remuer sans passer les frontières. C'est assez nous amuser aux bagatelles de la porte. Il nous faut chercher au plus vite le Royaume des Heureux, qui est un grand royaume où nous régnerons à l'aise. Surtout, marchons de compagnie. Nous emploierons quelques matinées à parfaire notre éducation, à prendre une idée précise de ce monde, dont nous allons gouverner un des coins. Est-ce dit, mon mignon ? »

Sidoine ne pleurait plus, ne réfléchissait plus, ne parlait plus. Les larmes, un instant, lui avaient mis des pensées au cerveau et des paroles aux lèvres. Le tout s'en était allé ensemble.

« Écoute et ne réponds pas, ajouta Médéric ; nous allons enjamber notre royaume d'hier et nous diriger vers l'Orient, en quête de notre royaume de demain. »

VIII

L'AIMABLE PRIMEVÈRE, REINE DU ROYAUME DES HEUREUX

Il est grand temps, Ninon, de te conter les merveilles du Royaume des Heureux. Voici les détails que Médéric tenait de son ami le bouvreuil.

Le Royaume des Heureux est situé dans un monde que les géographes n'ont encore pu découvrir, mais qu'ont bien connu les braves cœurs de tous les temps, pour l'avoir maintes fois visité en songe. Je ne saurais rien te dire sur la mesure de sa surface, la hauteur de ses montagnes, la longueur de ses fleuves ; les frontières n'en sont point parfaitement arrêtées, et, jusqu'à ce jour, la science du géomètre consiste, dans ce fortuné pays, à mesurer la terre par petits coins, selon les besoins de chaque famille. Le printemps n'y règne pas éternellement, comme tu pourrais le croire, la fleur a ses épines ; la plaine est semée de grands rocs ; les crépuscules sont suivis de nuits sombres, suivies à leur tour de blanches aurores. La fécondité, le climat salubre, la beauté suprême de ce royaume, proviennent de l'admirable harmonie, du savant équilibre des éléments. Le soleil mûrit les fruits que la pluie a fait croître ; la nuit repose le sillon du travail fécondant du jour. Jamais le ciel ne brûle les moissons, jamais les froids n'arrêtent les rivières dans leur course. Rien n'est vainqueur ; tout se contrebalance, se met pour sa part dans l'ordre universel ; de sorte que ce monde, où entrent en égale quantité toutes les influences contraires, est un monde de paix, de justice et de devoir.

Le Royaume des Heureux est très peuplé ; depuis quand ? on l'ignore ; mais, à coup sûr, on ne donnerait pas dix ans à cette nation. Elle ne paraît pas encore se douter de la perfectibilité du genre humain, elle vit paisiblement, sans avoir besoin de voter chaque jour, pour maintenir une loi, vingt lois qui chacune en demanderont à leur tour vingt autres pour être également maintenues. L'édifice d'iniquité et d'oppression n'en est qu'aux fondements. Quelques grands sentiments, simples comme des vérités, y tiennent lieu de règles : la fraternité devant Dieu, le besoin de repos, la connaissance du néant de la créature, le vague espoir d'une tranquillité éternelle. Il y a une entente tacite entre ces passants d'une heure, qui se demandent à quoi bon se coudoyer lorsque la route est large et mène petits et grands à la même porte. Une nature harmonieuse, toujours semblable à elle-même, a influé sur le caractère des habitants : ils ont, comme elle, une âme riche d'émotions, accessible à tous les sentiments. Cette âme, où la moindre passion en plus amènerait des tempêtes, jouit d'un calme inaltérable, par la juste répartition des facultés bonnes et mauvaises.

Tu le vois, Ninon, ce ne sont pas là des anges, et leur monde n'est pas un paradis. Un rêveur de nos pays fiévreux s'accommoderait mal de cette région tempérée où le cœur doit battre d'un mouvement régulier, aux caresses d'un air pur et tiède. Il dédaignerait ces horizons tranquilles, baignés d'une lumière blanche, sans orages, sans midis éblouissants. Mais quelle douce patrie pour ceux qui, sortis hier de la mort, se souviennent en soupirant du bon sommeil qu'ils ont dormi dans l'éternité passée, et qui attendent d'heure en heure le repos de l'éternité future. Ceux-là se refusent à souffrir la vie; ils aspirent à cet équilibre, à cette sainte tranquillité, qui leur rappelle leur véritable essence, celle de n'être pas. Se sentant à la fois bons et méchants, ils ont pris pour loi d'effacer autant que possible la créature sous le ciel, de lui rendre sa place dans la création, en réglant les harmonies de leur âme sur les harmonies de l'univers.

Chez un tel peuple, il ne peut exister grande hiérarchie. Il se contente de vivre, sans se séparer en castes ennemies, ce qui le dispense d'avoir une histoire. Il refuse ces choix du hasard qui appellent certains hommes à la domination de leurs frères, en leur donnant une part d'intelligence plus grande que la commune part dont le ciel peut disposer envers chacun de ses enfants. Courageux et poltrons, idiots et hommes de génie, bons et méchants, se résignent en ce pays à n'être rien par eux-mêmes, à se reconnaître pour tout mérite celui de faire partie de la famille humaine. De cette pensée de justice est née une société modeste, un peu monotone au premier regard, n'ayant pas de fortes personnalités, mais d'un ensemble admirable, ne nourrissant aucune haine, constituant un véritable peuple, dans le sens le plus exact de ce mot.

Donc, ni petits ni grands, ni riches ni pauvres, pas de dignités, pas d'échelle sociale, les uns en haut, les autres en bas, et ceux-ci poussant ceux-là ; une nation insouciante, vivant de tranquillité, aimante et philosophe ; des hommes qui ne sont plus des hommes. Cependant, aux premiers jours du royaume, pour ne pas trop se faire montrer au doigt par leurs voisins, ils avaient sacrifié aux idées reçues en nommant un roi. Ils n'en sentaient pas le besoin ; ils ne virent dans cette mesure qu'une simple formalité, même un moyen ingénieux d'abriter leur liberté à l'ombre d'une monarchie. Ils choisirent le plus humble des citoyens, non point assez bête pour qu'il pût devenir méchant à la longue, mais d'une intelligence suffisante pour qu'il se sentît le frère de ses sujets. Ce choix fut une des causes de la paisible prospérité du royaume. La mesure prise, le roi oublia peu à peu qu'il avait un peuple, le peuple qu'il avait un roi. Le gouvernant et les gouvernés s'en allèrent ainsi côte à côte dans les siècles, se protégeant mutuellement, sans en avoir conscience ; les lois régnaient par cela même qu'elles ne se faisaient pas sentir ; le pays jouissait d'un ordre parfait, résultant de sa position unique dans l'histoire : une monarchie libre dans un peuple libre.

Ce seraient de curieuses annales, celles qui conteraient l'histoire des rois du Royaume des Heureux. Certes, les grands exploits et les réformes humanitaires y tiendraient peu de place, y offriraient un mince intérêt ; mais les braves gens prendraient plaisir à voir avec quelle naïve simplicité se succédait sur le trône cette race d'excellents hommes qui naissaient rois tout naturellement, qui portaient la couronne, comme on porte au berceau des cheveux blonds ou noirs. La nation, ayant au commencement pris la peine de se donner un maître, entendait bien ne plus s'occuper de ce soin, et comptait avoir voté une fois pour toutes. Elle n'agissait pas précisément ainsi par respect pour l'hérédité, mot dont elle ignorait le sens ; mais cette façon de procéder lui paraissait de beaucoup la plus commode.

Aussi, lors du règne de l'aimable Primevère, aucun généalogiste n'aurait-il pu, en remontant le cours des temps, suivre, dans ses différents membres, cette longue descendance de rois, tous issus du même père. L'héritage royal les suivait dans les âges, sans qu'ils aient jamais à s'inquiéter si quelque mendiant ne le leur volait pas en route. Maints d'entre eux parurent même ignorer toute leur vie la haute sinécure qu'ils tenaient de leurs aïeux. Pères, mères, fils, filles, frères, sœurs, oncles, tantes, neveux, nièces, s'étaient passé le sceptre de main en main, comme un joyau de famille.

Le peuple aurait fini par ne plus reconnaître son roi du moment, dans une parenté devenue nombreuse à la longue et fort embrouillée, sans la bonhomie mise par les princes eux-mêmes à se faire reconnaître. Parfois il se présentait telle circonstance où un roi était d'une nécessité absolue. Comme, à tout prendre, le cours ordinaire des choses est préférable, les sujets sommaient leur maître légitime de se nommer. Alors celui qui possédait le bâton de bois doré dans un coin de sa maison, le prenait modestement, jouait son personnage, quitte à se retirer, la farce terminée. Ces courtes apparitions d'une majesté mettaient un peu d'ordre dans les souvenirs de la nation.

Il faut le faire remarquer, au grand honneur de la famille régnante, jamais, à l'appel du peuple, deux rois ne s'étaient présentés ; entre héritiers, le fait mérite d'être constaté : pas d'arrière-neveu envieux du gros lot échu à la branche aînée. Je ne puis affirmer cependant que l'aimable Primevère fût issue directement du roi fondateur de la dynastie. Tu le sais de reste, on n'est pas toujours la fille de son père. En toute certitude, la dignité de reine s'était transmise jusqu'à elle, d'après les lois civiles de parenté. Elle avait dans les veines un sang rose où peut-être pas une goutte de sang royal ne se trouvait mêlée, mais qui certainement gardait encore quelques atomes du sang du premier homme. Magnifique exemple, pour les peuples et les princes de nos contrées, que cette dynastie se développant sans secousse, descendant les âges, au gré des naissances et des morts.

Le père de l'aimable Primevère, comme il vieillissait, oubliant le grand art de ses ancêtres, eut la singulière idée de vouloir apporter quelques réformes dans le gouvernement. Une république faillit bel et bien être déclarée. Sur ces entrefaites, le bonhomme mourut, ce qui évita à ses sujets la peine de se fâcher. Ils n'eurent garde, dès lors, de changer un système politique dont ils se trouvaient au mieux depuis tant de siècles, ils laissèrent tranquillement monter sur le trône la fille unique du défunt, l'aimable Primevère, âgée de douze ans.

L'enfant, qui avait un grand sens pour son âge, se garda de suivre l'exemple de son père. Ayant appris ce qu'il en coûtait de vouloir le bonheur d'une nation qui déclarait jouir d'une parfaite félicité, elle chercha ailleurs des êtres à consoler, des existences à rendre plus douces. Selon l'histoire, elle tenait du ciel une de ces âmes de femmes, faites de pitié et d'amour, souffles d'un Dieu meilleur, et d'une essence si pure que les hommes, pour expliquer cette bonté pénétrante, ont été forcés d'inventer tout un peuple d'anges et de chérubins. Eh ! oui, Ninon, nous peuplons le ciel de nos amoureuses, de nos sœurs à la voix tendre, de nos mères, ces saintes âmes, les anges gardiens de nos prières. Dieu ne perd rien à cette croyance, qui est la mienne. S'il lui faut une milice céleste, il a là-haut, autour de son trône, les pensées miséricordieuses de tous les braves cœurs de femmes aimant en ce monde.

Primevère donna, dès sa naissance, plusieurs preuves de sa mission ; elle naissait pour protéger les faibles et faire des œuvres de paix et de justice. Je ne te dirai point, quand sa mère l'enfanta, qu'on remarqua plus de soleil aux cieux, plus d'allégresse dans les cœurs. Cependant, ce jour-là les hirondelles du toit causèrent de l'événement plus tard que de coutume. Si les loups ne s'attendrirent pas, les larmes de joie n'étant guère dans leur nature, les brebis, passant devant la porte, bêlèrent doucement, se regardant avec des yeux humides. Il y eut, parmi les bêtes du pays, j'entends les bonnes bêtes, une émotion qui adoucit pour une heure leur triste condition de brute. Un Messie était né, attendu de ces pauvres intelligences ; je te le demande, et cela sans raillerie sacrilège, dans leurs souffrances et leurs ténèbres, ne doivent-elles pas, comme nous, espérer un Sauveur ?

Couchée dans son berceau, Primevère, en ouvrant les yeux, accorda son premier sourire au chien et au chat de la maison, assis sur leur derrière, aux deux bords du petit lit, gravement, comme il sied à de hauts dignitaires. Elle versa sa première larme, tendant les mains vers une cage où chantait tristement un rossignol ; lorsque, pour l'apaiser, on lui eut remis la frêle prison, elle l'ouvrit et reprit son sourire, à voir l'oiseau étendre larges ses ailes.

Je ne puis te conter, jour par jour, sa jeunesse

passée à placer près des fourmilières des poignées de blé, non tout à fait au bord, pour ne pas ôter aux ouvrières le plaisir du travail, mais à une courte distance, afin de ménager les pauvres membres de ces infiniment petits ; sa belle jeunesse dont elle fit une longue fête, soulageant son besoin de bonté, donnant à son cœur la continuelle joie de faire le bien, d'aider les misérables : pierrots et hannetons sauvés des mains de méchants garçons[1], chèvres consolées par une caresse de la perte de leurs chevreaux, bêtes domestiques nourries grassement d'os et de soupes cuites, pain émietté sur les toits, fétu de paille tendu aux insectes naufragés, bienfaits, douces paroles de toutes sortes.

Je l'ai dit, elle eut de bonne heure l'âge de raison. Ce qui d'abord avait été chez elle instinct du cœur, devint bientôt jugement et règle de conduite. Ce ne fut plus seulement sa bonté naturelle qui lui fit aimer les bêtes ; ce bon sens dont nous nous servons pour dominer eut en elle ce rare résultat de lui donner plus d'amour, en l'aidant à comprendre combien les créatures ont besoin d'être aimées. Quand elle allait par les sentiers, avec les fillettes de son âge, elle prêchait parfois sa mission, et c'était un charmant spectacle que ce docteur aux lèvres roses, d'une naïveté grave, expliquant à ses disciples la nouvelle religion, celle qui apprend à tendre la main, dans la création, aux êtres les plus déshérités. Elle disait souvent qu'elle avait eu jadis de grandes pitiés, en songeant aux bêtes privées de la parole, ne pouvant ainsi nous témoigner leurs besoins ; elle craignait, dans ses premières années, de passer à leur côté, quand elles avaient faim ou soif, et de s'éloigner sans les soulager, leur laissant ainsi la haineuse pensée du mauvais cœur d'une petite fille se refusant à la charité. De là, disait-elle, vient toute la mésintelligence entre les fils de Dieu, depuis l'homme jusqu'au ver ; ils n'entendent point leurs langages, ils se dédaignent, faute de se comprendre assez pour se secourir en frères.

Bien des fois, en face d'un grand bœuf qui arrêtait, des heures entières, ses yeux mornes sur elle, elle avait cherché avec angoisse ce que pouvait désirer la pauvre créature qui la regardait si tristement. Mais maintenant, pour sa part, elle ne craignait plus d'être jugée méchante. La langue de chaque bête lui était connue ; elle devait cette science à l'amitié de ses chers malheureux qui la lui avaient enseignée dans une longue fréquentation. Et quand on lui demandait la façon d'apprendre ces milliers de langages, pour mettre fin à un malentendu qui rend la création mauvaise, elle répondait avec un doux sourire : « Aimez les bêtes, vous les comprendrez. »

Ce n'étaient pas d'ailleurs des raisonnements bien profonds que les siens ; elle jugeait avec le cœur, ne s'embarrassant pas d'idées philosophiques qu'elle ignorait. Sa façon de voir avait ceci d'étrange, en notre siècle d'orgueil, qu'elle ne considérait pas l'homme seul dans l'œuvre de Dieu. Elle aimait la vie sous toutes les formes ; elle voyait les êtres, du plus humble jusqu'au plus grand, gémir sous une même loi de souffrance ; dans cette fraternité des larmes, elle ne pouvait distinguer ceux qui ont une âme de ceux auxquels nous n'en accordons pas. La pierre seule la laissait insensible ; et encore, par les rudes gelées de janvier, elle songeait à ces pauvres cailloux qui devaient avoir si froid sur les grands chemins. Elle s'était attachée aux bêtes, comme nous nous attachons aux aveugles et aux muets, parce qu'ils ne voient ni n'entendent. Elle allait chercher les plus misérables des créatures, par besoin d'aimer beaucoup.

Certes, elle n'avait pas la sotte idée de croire un homme caché sous la peau d'un âne ou d'un loup ; ce sont là d'absurdes inventions pouvant venir à un philosophe[1], mais peu faites pour la tête blonde d'une petite fille. Voilà encore un parfait égoïste, le sage qui a déclaré aimer les bêtes parce que les bêtes sont des hommes déguisés ! Pour elle, Dieu merci ! elle croyait les bêtes des bêtes complètes. Elle les aimait naïvement, songeant qu'elles vivent, qu'elles sentent la joie et la douleur comme nous. Elle les traitait en sœurs, tout en comprenant la différence qui existe entre leur être et le nôtre, mais en se disant aussi que Dieu, leur ayant donné la vie, les a faites pour être consolées.

Lorsque l'aimable Primevère monta sur le trône, voyant qu'elle ne pouvait faire œuvre de charité en travaillant au bonheur de son peuple, elle prit la résolution de travailler à celui des bêtes de son royaume. Puisque les hommes se déclaraient parfaitement heureux, elle se consacrait à la félicité des insectes et des lions. Ainsi elle apaisait son besoin d'aimer.

Il faut le dire, si la concorde régnait dans les villes, il n'en était pas de même dans les bois. De tous temps, Primevère avait éprouvé de douloureux étonnements à voir la guerre éternelle que se livrent entre elles les créatures. Elle ne pouvait s'expliquer l'araignée buvant le sang de la mouche, l'oiseau se nourrissant de l'araignée. Un de ses plus pesants cauchemars consistait à voir, par les mauvaises nuits d'hiver, une sorte de ronde effrayante, un cercle immense emplissant les cieux ; ce cercle était formé de tous les êtres placés à la file, se dévorant les uns les autres ; il tournait sans cesse, emporté dans la furie du terrible festin. L'épouvante mettait au front de l'enfant une sueur froide, lorsqu'elle comprenait que ce festin ne pouvait finir, que les êtres tourneraient ainsi éternellement, au milieu de cris d'agonie.

Mais c'était là un rêve pour elle ; la chère fillette n'avait pas conscience de la loi fatale de la vie qui ne peut être sans la mort[1]. Elle croyait au pouvoir souverain de ses larmes.

Voici le beau projet qu'elle forma, dans son innocence et sa bonté, pour le plus grand bonheur des bêtes de son royaume.

À peine maîtresse du pouvoir, elle fit publier à son de trompe, aux carrefours de chaque forêt, dans les basses-cours et sur les places des grandes villes, que toute bête se sentant lasse du métier de vagabond trouverait un asile sûr à la cour de l'aimable Primevère. En outre, disait la proclamation, les pensionnaires, instruits dans l'art difficile d'être heureux, selon les lois du cœur et de la raison, jouiraient d'une nourriture abondante, exempte de larmes. Comme l'hiver approchait, les repas devenant rares, des loups maigres, des insectes frileux, tous les animaux domestiques de la contrée, les chats et les chiens errants, enfin cinq à six douzaines de bêtes fauves curieuses se rendirent à l'appel de la jeune reine.

Elle les logea commodément dans un grand hangar, leur donnant mille douceurs les plus nouvelles pour eux. Son système d'éducation était simple comme son âme ; il consistait à beaucoup aimer ses élèves, leur prêchant d'exemple un amour mutuel. Elle fit construire pour chacun d'eux une cellule semblable, sans se soucier de leurs différences de nature, les pourvut de bonnes couches de paille et de bruyère, d'auges propres et à hauteur convenable, de couvertures en hiver, de branches de feuillage en été. Le plus possible, elle voulait les amener à oublier leur vie vagabonde, aux joies cuisantes ; aussi avait-elle, bien à regret, fait entourer le hangar de fortes grilles, pour aider à la conversion, en mettant une barrière entre l'esprit de révolte des bêtes du dehors et les excellentes dispositions de ses disciples. Matin et soir, elle les visitait, les réunissait dans une salle commune, où elle les caressait, chacune selon le mérite. Elle ne leur tenait pas elle-même de longs discours, mais les excitait à des discussions amicales, sur des cas délicats de fraternité et d'abnégation, encourageant les orateurs bien-pensants, réprimandant avec bonté ceux qui élevaient un peu trop la voix. Son but était de les confondre peu à peu en un même peuple ; elle espérait faire perdre à chaque espèce sa langue et ses habitudes, les conduire toutes insensiblement à une unité universelle, en brouillant pour elles, par un continuel contact, leurs diverses façons de voir et d'entendre. Ainsi elle posait les faibles sous les pattes des forts, elle amenait à converser entre eux la cigale, au cri aigre, et le taureau, ronflant à pleins naseaux ; elle logeait à côté des lévriers les lièvres, et les renards au beau milieu des poules. Mais la mesure qu'elle pensa la plus habile fut de servir dans les écuelles de tous une même nourriture. Cette nourriture ne pouvant être ni chair ni poisson, l'ordinaire se composa pour chacun d'une écuelle de lait par jour, plus ou moins profonde, selon l'appétit du pensionnaire.

Tout se trouvant réglé de la sorte, l'aimable Primevère attendit les résultats. Ils ne pouvaient manquer d'être bons, pensait-elle, puisque les moyens employés étaient excellents en eux-mêmes[1]. Les hommes de son royaume se déclaraient de plus en plus heureux, se fâchant dès qu'un philanthrope cherchait à leur démontrer leur misère. Les bêtes, au contraire, avouaient leur malheur et travaillaient à se donner une félicité parfaite. L'aimable Primevère, à cette époque, se trouvait être sans aucun doute la meilleure, la plus satisfaite des reines.

Médéric n'en savait pas plus long sur le Royaume des Heureux. Son ami le bouvreuil lui avait fait entendre qu'il s'était envolé, un beau matin, du hangar hospitalier, sans lui confier la raison de cette fuite inexplicable. Franchement, ce bouvreuil devait être un méchant garnement, n'aimant pas le lait, préférant le soleil et les ronces.

IX

OÙ MÉDÉRIC VULGARISE LA GÉOGRAPHIE,
L'ASTRONOMIE, L'HISTOIRE,
LA THÉOLOGIE, LA PHILOSOPHIE,
LES SCIENCES EXACTES,
LES SCIENCES NATURELLES
ET AUTRES MENUES SCIENCES

Cependant, le géant et le nain s'en allaient par les champs, baguenaudant au soleil, désireux d'arriver et s'oubliant à chaque coude des sentiers. Médéric s'était de nouveau logé dans l'oreille de Sidoine ; le logis lui convenait de tous points ; il y découvrait sans cesse de nouvelles commodités.

Les deux frères marchaient au hasard. Médéric se laissait conduire au gré des jambes de Sidoine, insoucieux de la route ; et, comme ces jambes mesuraient sans peine dans un de leurs pas vingt degrés d'un méridien terrestre[1], il s'ensuivit qu'au bout de la première matinée les voyageurs avaient déjà fait le tour du monde un nombre incalculable de fois. Vers midi, Médéric, las de se taire, ne put laisser de nouveau passer les mers et les continents sans donner une leçon de géographie à son compagnon.

« Hé! mon mignon, dit-il, il y a, en ce moment, des millions de pauvres enfants, enfermés dans des salles froides, qui se tuent les yeux et l'esprit à épeler le monde sur de sales bouts de papier, peints de bleu, de vert, de rouge, couverts de lignes, de noms bizarres, tout comme un grimoire cabalistique. L'homme est à plaindre de ne voir les grands spectacles que rapetissés à sa mesure. Jadis, j'ai par hasard regardé un de ces livres renfermant les contrées connues en vingt ou trente feuilles; c'est une collection peu récréative, bonne tout au plus à meubler la mémoire des enfants. Que ne peut-on leur ouvrir le livre sublime qui s'étend devant nous, le leur faire lire d'un regard, dans son immensité! Mais les marmots, fils de nos mères, n'ont pas la taille pour embrasser la page entière. Les anges seuls peuvent faire de la vraie science, si quelque vieux saint d'esprit morose donne là-haut des leçons de géographie. Or, puisqu'il plaît à Dieu de mettre sous nos yeux cette belle carte naturelle, je désire profiter de cette rare faveur pour attirer ton attention sur les diverses façons d'être de la terre.

— Mon frère Médéric, interrompit Sidoine, je suis un ignorant et je crains fort de ne pas te comprendre. Si peu que parler te fatigue, il est plus profitable pour nous deux que tu gardes le silence.

— Comme toujours, mon mignon, tu dis une sottise. J'ai en ce moment un intérêt considérable à t'entretenir sur les connaissances humaines; car, sache-le, je ne me propose rien moins que de vulgariser ces connaissances. Avant tout, sais-tu ce que c'est que vulgariser?

— Non. Quitte à dire une nouvelle sottise, l'expression me paraît barbare.

— Vulgariser une science, mon mignon, c'est la délayer, l'affadir autant que possible, pour la rendre d'une digestion facile aux cerveaux des enfants et des pauvres d'esprit[1]. Voilà ce qui arrive : les savants dédaignent ces vérités cachées sous de lourdes draperies, et leur préfèrent les vérités nues ; les enfants, jugeant avec raison les études sérieuses venir en leur temps, toujours assez tôt, continuent à jouer jusqu'à l'âge où ils peuvent monter le rude chemin du savoir sans se bander les yeux ; les pauvres d'esprit, je parle de ceux qui n'ont pas la sagesse de se boucher les oreilles, écoutent tant bien que mal les plus belles vulgarisations, s'en bourrent immodérément le cerveau, ce qui les rend des sots complets. Ainsi, personne ne profite de cette idée éminemment philanthropique qui consiste à mettre la science à la portée de tout le monde, personne, si ce n'est le vulgarisateur. Il a fait un tour de force. Tu ne peux décemment m'empêcher de faire un tour de force, mon mignon, si j'ai la moindre vanité d'en vouloir faire un.

— Parle, mon frère Médéric, tes discours ne m'empêchent pas de marcher.

— Voilà de sages paroles. Mon mignon, je te prie de regarder un peu attentivement aux quatre points de l'horizon. De cette hauteur, nous ne distinguons pas les hommes nos frères, nous pouvons prendre aisément leurs villes pour des tas de pavés grisâtres, jetés au fond des plaines ou sur la pente des coteaux. La terre, ainsi considérée, offre un spectacle d'une grandeur singulière : ici des rochers par longues arêtes, là des flaques d'eau dans les trous ; puis, de loin en loin, quelques forêts faisant des taches sombres sur la blancheur du sol. Cette vue a la beauté des horizons immenses ; mais l'homme trouvera toujours plus de charme à contempler une chaumière adossée à une rampe de roches, ayant deux églantiers et un filet d'eau à sa porte. »

Sidoine fit une grimace en entendant ce détail poétique. Médéric continua :

« À de longs intervalles, assure-t-on, d'effrayantes secousses brisent les continents, soulèvent les mers, changent les horizons. Un nouvel acte commence dans la grande tragédie de l'Éternité[1]. En ce moment, je me figure regarder un de ces mondes antérieurs, alors que les géographes n'étaient pas. Bienheureuses montagnes, fleuves fortunés, calmes océans, vous vivez en paix vos milliers de siècles, sans nom devant Dieu, formes passagères d'une terre qui changera peut-être demain. Mon mignon et moi, nous vous voyons de bien haut, comme doit vous voir votre Créateur, et nous n'avons point souci de la profondeur des flots, de la hauteur des monts ni des diverses températures des contrées. Ouvre l'oreille, Sidoine, je vulgarise plus que jamais ; je suis en plein dans la géographie physique du globe. Pour l'Éternel, il devra exister autant de différents mondes qu'il y aura eu de bouleversements. Tu dois comprendre cela. Mais l'homme, créature d'une époque, ne peut envisager la terre que sous une seule façon d'être. Depuis la naissance d'Adam, les paysages n'ont pas changé ; ils sont tels que les eaux du dernier déluge les ont laissés à nos pères. Voilà ma besogne singulièrement simplifiée. Nous avons seulement à étudier des lignes immobiles, une certaine configuration nettement arrêtée. La mémoire du regard va suffire. Regarde, tu seras savant. La carte est belle, je pense, et tu as assez d'intelligence pour ouvrir les yeux.

— Je les ouvre, mon frère, je vois des océans, des montagnes, des rivières, des îles, et mille autres choses. Même, lorsque je ferme les paupières, je revois encore ces choses dans la nuit ; c'est là sans doute ce que tu as appelé la mémoire du regard. Mais il serait bon, je crois, de me dire le nom de ces merveilles, de me parler un peu des habitants, après m'avoir décrit la maison.

— Eh ! mon pauvre mignon, j'ai pu te faire en quatre mots un cours de géographie à l'usage des anges ; s'il me fallait t'enseigner maintenant les sornettes débitées aux écoliers dont je te parlais tantôt, je n'aurais pas fini ton éducation dans dix ans d'ici. L'homme s'est plu à tout brouiller sur la terre ; il a donné vingt noms différents à la même pointe de rocher ; il a inventé des continents et en a nié plus encore ; il a tant fondé de royaumes, en a tant anéanti, que chaque caillou, dans les champs, a sûrement servi de frontière à quelque nation morte. Cette rigueur des lignes, cette éternité des mêmes divisions, existent pour Dieu seul. En introduisant l'humanité sur ce vaste théâtre, il se produit un effrayant pêle-mêle. Il est si aisé, chaque cent ans, de prendre une feuille de papier et de dessiner une nouvelle terre, celle du moment ! Si la terre du Créateur avait subi tous les changements de la terre de l'homme, nous aurions devant nous, au lieu de cette carte naturelle si nette au regard, le plus étrange mélange de couleurs et de lignes. Je ne puis m'amuser aux caprices de nos frères. Je te répète de regarder attentivement. Tu en sauras plus dans un regard que tous les géographes du monde ; car tu auras vu de tes yeux les grandes arêtes de la croûte terrestre, que ces messieurs cherchent encore avec leurs niveaux et leurs compas. Voilà, si je ne me trompe, une leçon de géographie physique et politique un peu bien vulgarisée. »

Comme le maître cessa de parler, l'élève, qui

voyageait pour l'instant au milieu des glaces, enjamba le pôle, sans plus de façons, et posa le pied dans l'autre hémisphère[1]. Il était midi d'un côté, minuit de l'autre. Nos compagnons, qui quittaient un blanc soleil d'avril, continuèrent leur voyage par le plus beau clair de lune qu'on puisse voir. Sidoine, naïf de son naturel, pensa tomber à la renverse du manque de logique que lui parurent avoir en ce moment la lune et le soleil. Il leva le nez, considérant les étoiles.

« Mon mignon, lui cria Médéric dans l'oreille, voici l'instant ou jamais de te vulgariser l'astronomie. L'astronomie est la géographie des astres. Elle enseigne que la terre est un grain de poussière jeté dans l'immensité. C'est une science saine entre toutes, quand elle est prise à dose raisonnable. D'ailleurs, je ne m'appesantirai pas sur cette branche des connaissances humaines; je te sais modeste, peu curieux de formules mathématiques. Mais, si tu avais le moindre orgueil, il me faudrait bien, pour te guérir de cette vilaine maladie, te faire entrevoir, chiffres en main, les effrayantes vérités de l'espace. Un homme, si fou qu'il puisse être, quand il considère les étoiles par une nuit claire, ne saurait conserver une seconde la sotte pensée d'un Dieu créant l'univers, pour le plus grand agrément de l'humanité. Il y a là, au front du ciel, un démenti éternel à ces théories mensongères qui, considérant l'homme seul dans la création, disposent des volontés de Dieu à son égard, comme si Dieu avait à s'occuper uniquement de la terre. Les autres mondes, qu'en fait-on[2]? Si l'œuvre a un but, toute l'œuvre ne sera-t-elle pas employée à atteindre ce but? Nous, les infiniment petits, apprenons l'astronomie pour savoir quelle place nous tenons dans l'infini. Regarde le ciel, mon mignon, regarde-le bien. Tout géant que tu es, tu as au-dessus de ta tête l'immensité avec ses mystères. Si jamais il te prenait la malencontreuse idée de philosopher sur ton principe et sur ta fin, cette immensité t'empêcherait de conclure.

— Mon frère Médéric, vulgariser est un joli jeu. J'aimerais à apprendre la raison du jour et de la nuit. Voilà d'étranges phénomènes auxquels je n'avais jamais songé.

— Mon mignon, il en est de même de toutes choses. Nous les voyons sans cesse sans en savoir le premier mot. Tu me demandes ce que c'est que le jour; je n'ose te vulgariser cette grave question de physique. Sache seulement que les savants ignorent, comme toi, la cause de la lumière; chacun d'eux s'est fait une petite théorie à l'appui de son raisonnement, et le monde n'en est ni plus ni moins éclairé. Mais je puis tenter, pour mon plus grand honneur, une vulgarisation du phénomène de la nuit. Avant tout, apprends que la nuit n'existe pas.

— La nuit n'existe pas, mon frère Médéric? cependant je la vois.

— Eh! mon mignon, ferme les yeux et écoute-moi. Ne le sais-tu pas? seule, l'intelligence de l'homme voit distinctement; les yeux sont un cadeau de l'esprit du mal, induisant la créature en erreur. La nuit n'existe pas, cela est certain, si le jour existe. Tu vas me comprendre. L'été, au temps des moissons, lorsque le ciel brûle et que les voyageurs ne peuvent supporter l'éclat des routes blanches, ils cherchent un mur, à l'ombre duquel ils marchent, dans une nuit relative. Nous, en ce moment, nous nous promenons à l'ombre de la terre, dans ce que le vulgaire appelle une nuit absolue. Mais, parce que les voyageurs marchent à l'ombre, les champs voisins n'ont-ils plus les chaudes caresses du soleil? Parce que nous ne voyons goutte et ne savons où poser nos pieds, l'infini a-t-il perdu un seul rayon de lumière ? Donc, la nuit n'existe pas, si le jour existe.

— Pourquoi cette dernière restriction, mon frère ? Le jour peut-il ne pas exister ?

— Certes, mon mignon, le jour n'existe pas, si la nuit existe. Oh ! la belle vulgarisation, et que je voudrais avoir quelques douzaines d'enfants pour leur faire oublier leurs jouets ! Écoute : la lumière n'est pas une des conditions essentielles de l'espace ; elle est sans doute un phénomène tout artificiel. Notre soleil pâlit, assure-t-on ; les astres s'éteindront forcément. Alors l'immense nuit régnera de nouveau dans son empire, cet empire du néant dont nous sommes sortis. Tout bien considéré, la nuit existe, si le jour n'existe pas.

— Moi, frère, je suis tenté de croire qu'ils n'existent ni l'un ni l'autre.

— Peut-être bien, mon mignon. Si nous avions le temps nécessaire pour prendre une idée sommaire de toutes les connaissances, je veux dire plusieurs existences d'homme, je te prouverais, par un troisième raisonnement, que la nuit et le jour existent l'un et l'autre. Mais c'est assez nous occuper des sciences physiques ; passons aux sciences naturelles. »

Médéric et Sidoine ne s'arrêtaient pas pour causer. Comme, après tout, le seul but de leur promenade était de découvrir le Royaume des Heureux, ils descendaient le globe du nord au midi, le traversaient de l'est à l'ouest, sans se permettre la moindre halte. Cette façon de chercher un empire avait certainement de grands avantages, mais on ne saurait dire qu'elle fût exempte de désagréments. Sidoine risquait depuis la veille des rhumes et des engelures, à passer sans transition des chaleurs accablantes des tropiques aux vents glacés des pôles. Ce qui le contrariait le plus était la brusque disparition du soleil, quand il entrait d'un hémisphère dans l'autre. Toutes les vulgarisations du monde n'auraient pu lui expliquer ce phénomène, qui produisait à ses yeux le va-et-vient de lumière irritant que fait, dans une chambre, un volet ouvert et fermé avec rapidité. Tu peux juger par là le bon pas dont marchaient nos deux compagnons. Quant à Médéric, voituré à l'aise dans l'oreille de son mignon, plus mollement que sur les coussins de la calèche la mieux suspendue, il s'inquiétait peu des incidents de la route, se garait du froid et du chaud. D'ailleurs, il se souciait médiocrement du miroitement du jour et de la nuit.

Les voyageurs venaient de rentrer dans l'hémisphère éclairé. Médéric mit le nez dehors.

« Mon mignon, dit-il, dans les sciences naturelles, l'étude la plus intéressante est celle des diverses races d'une même espèce animale. D'autre part, l'étude de l'espèce humaine offre un attrait tout particulier aux savants, car elle affirme avoir coûté au Créateur toute une journée de travail et n'être pas de la même création que les autres créatures. Nous allons donc examiner les différentes races de la grande famille des hommes. Reste au soleil, afin de voir nos frères et de lire sur leurs faces la vérité de mes paroles. Dès le premier regard, tu peux t'en convaincre, leur visage, pour l'observateur désintéressé, est aussi laid en tous pays. Dans chaque contrée, je le sais, ils trouvent, chez certains d'entre eux, une rare beauté de lignes; mais c'est là une pure imagination, puisque les peuples ne s'accordent pas sur l'idée de beauté absolue, chacun adorant ce que dédaigne le voisin; une vérité est vraie, à la condition d'être vraie toujours et pour tous. Je n'appuierai pas davantage sur la laideur universelle. Les races humaines — tu les vois à tes pieds — sont au nombre de quatre : la noire, la rouge, la jaune et la blanche. Il y a certainement des teintes intermédiaires ; en cherchant, on arriverait à établir la gamme entière, du noir au blanc, en passant par toutes les couleurs. Une question, la seule que je veuille approfondir aujourd'hui, se pose d'abord pour l'homme qui veut vulgariser avec honneur. Voici cette question : Adam était-il blanc, jaune, rouge ou noir ? Si j'affirme qu'il était blanc, étant blanc moi-même, je ne sais comment expliquer les singuliers changements de couleur survenus chez mes frères. Eux-mêmes faisant sans doute le premier père à leur image, les voilà tout aussi embarrassés que moi, lorsqu'ils me considèrent. Avouons-le, la question est épineuse. Ceux qui font métier de la haute science t'expliqueraient peut-être le fait par les influences diverses des climats et des aliments, par cent belles raisons difficiles à prévoir et à comprendre. Moi, je vulgarise, tu m'entendras sans peine. Mon mignon, si l'on trouve aujourd'hui des hommes de quatre couleurs, des noirs, des rouges, des jaunes et des blancs, c'est que Dieu, au premier jour, a créé quatre Adams, un blanc, un jaune, un rouge et un noir.

— Mon frère Médéric, ton explication me satisfait pleinement. Mais, dis-moi, n'est-elle pas un peu impie ? Où serait la fraternité universelle des hommes ? En outre, n'existe-t-il pas un saint livre, dicté par Dieu lui-même, qui parle d'un seul Adam ? Je suis un simple d'esprit, il serait mal à toi de me mettre en tentation de mal penser.

— Mon mignon, tu es trop exigeant. Je ne puis avoir raison et ne pas donner tort aux autres. Sans doute, ma façon de voir en cette matière, qui m'est d'ailleurs personnelle, attaque une vieille croyance, très respectable pour son grand âge. Mais quel mal cela peut-il faire à Dieu, d'étudier son œuvre en toute liberté, puisqu'il nous a laissé cette liberté ? Ce n'est pas le nier, que de discuter son ouvrage. Quand même je nierais le Créateur sous une certaine forme, ce serait pour te le présenter sous une autre. Eh ! mon mignon, je vulgarise la théologie à cette heure ! La théologie est la science de Dieu.

— Bon ! interrompit Sidoine, je la sais, celle-là. Il suffit pour y être passé maître d'avoir l'esprit droit. Enfin je trouve une science simple, qui ne doit pas demander deux mots de raisonnement.

— Que dis-tu là, mon mignon ! La théologie, une science simple ! Pas deux mots de raisonnement ! Certes, il est simple, pour les cœurs naïfs, de reconnaître un Dieu et de borner là leur science, ce qui leur permet d'être savants à peu de frais. Mais les esprits inquiets, une fois Dieu trouvé, en font leur Dieu. Chacun a le sien, qu'il a abaissé à son niveau, afin de le comprendre ; chacun défend son idole, attaque l'idole d'autrui. De là un effroyable entassement de volumes, une éternelle matière à querelle : les façons d'être de Celui qui est, la meilleure méthode de l'adorer, ses manifestations sur la terre, le but final qu'il se propose. Le ciel me garde de vulgariser une telle science ; je tiens trop à mon bon sens[1] ! »

Médéric se tut, ayant l'âme attristée de ces mille vérités qu'il remuait à la pelle. Sidoine, ne l'entendant plus, hasarda une enjambée et arriva droit en Chine. Les habitants, leurs villes, leur civilisation, l'étonnèrent profondément. Il se décida à poser une question.

« Mon frère Médéric, demanda-t-il, voici un peuple qui me fait désirer de t'entendre vulgariser l'histoire. Certainement cet empire doit tenir une large place dans les annales des hommes ?

— Mon mignon, répondit Médéric, puisque tu ne peux te lasser de t'instruire, je veux bien te faire en peu de mots un cours d'histoire universelle. Ma méthode est fort simple ; je compte l'appliquer tout au long, un de ces jours. Elle repose sur le néant de l'homme. Lorsque l'historien interroge les siècles, il voit les sociétés, parties de la naïveté première, s'élever jusqu'à la plus haute civilisation, puis retomber de nouveau dans l'antique barbarie. Ainsi, les empires se succèdent, en s'écroulant tour à tour ; chaque fois qu'un peuple se croit parvenu à la suprême science, cette science elle-même cause sa ruine, et le monde est ramené à son ignorance native. Au commencement des temps, l'Égypte bâtit ses pyramides, borde le Nil de ses cités ; dans l'ombre de ses temples, elle résout les grands problèmes dont l'humanité cherche encore aujourd'hui les solutions ; la première, elle a l'idée de l'unité de Dieu et de l'immortalité de l'âme ; puis, elle meurt, au soir des fêtes de Cléopâtre, en emportant avec elle les secrets de dix-huit siècles. La Grèce sourit alors, parfumée et mélodieuse ; son nom nous parvient mêlé à des cris de liberté et à des chants sublimes ; elle peuple le ciel de ses rêves, elle divinise le marbre de son ciseau ; bientôt lasse de gloire, lasse d'amour, elle s'efface, ne laissant que des ruines pour témoigner de sa grandeur passée. Enfin Rome s'élève, grandie des dépouilles du monde ; la guerrière soumet les peuples, règne par le droit écrit, et perd la liberté en acquérant la puissance ; elle hérite des richesses de l'Égypte, du courage et de la poésie de la Grèce ; elle est toute volupté, toute splendeur ; mais, lorsque la guerrière s'est changée en courtisane, un ouragan venu du nord passe sur la Ville éternelle, en dissipe aux quatre vents les arts et la civilisation. »

Si jamais discours fit bâiller Sidoine, ce fut celui que Médéric déclamait de la sorte.

« Et la Chine ? demanda-t-il d'un ton modeste.

— La Chine ! s'écria Médéric, le diable t'emporte ! Voilà mon histoire universelle inachevée, j'ai perdu l'élan nécessaire pour une pareille tâche. Est-ce que la Chine existe ? Tu crois la voir, et les apparences te donnent raison, je l'avoue ; mais ouvre le premier traité d'histoire venu, tu ne trouveras pas dix pages sur cet empire prétendu si grand par ces mauvais plaisants de géographes. Une moitié du monde a toujours parfaitement ignoré l'histoire de l'autre moitié.

— Le monde n'est pourtant pas si grand, remarqua Sidoine.

— D'ailleurs, mon mignon, sans plus vulgariser, j'estime singulièrement la Chine, je la crains même un peu, comme tout ce qui est inconnu. Je crois voir en elle la grande nation de l'avenir[1]. Demain, quand notre civilisation tombera, ainsi qu'ont tombé toutes les civilisations passées, l'Extrême-Orient héritera sans doute des sciences de l'Occident, et deviendra à son tour la contrée polie, savante par excellence. C'est là une déduction mathématique de ma méthode historique.

— Mathématique ! dit Sidoine, qui venait de quitter la Chine à regret. C'est cela. Je veux apprendre les mathématiques.

— Les mathématiques, mon mignon, ont fait bien des ingrats. Je consens cependant à te faire goûter à ces sources de toutes vérités. La saveur en est âpre ; il faut de longs jours pour que l'homme s'habitue à la divine volupté d'une éternelle certitude. Car sache-le, les sciences exactes donnent seules cette certitude vainement cherchée par la philosophie.

— La philosophie ! Tu ne pouvais mieux parler, mon frère Médéric. La philosophie me paraît devoir être une étude très agréable.

— Sûrement, mon mignon, elle a certains charmes. Les gens du peuple aiment à visiter les maisons d'aliénés, attirés par leur goût du bizarre, par le plaisir qu'ils prennent au spectacle des misères humaines. Je m'étonne de ne pas leur voir lire avec passion l'histoire de la philosophie ; car les fous, pour être philosophes, n'en sont pas moins des fous très récréatifs. La médecine…

— La médecine ! que ne le disais-tu plus tôt ? Je veux être médecin pour me guérir, lorsque j'aurai la fièvre.

— Soit. La médecine est une belle science ; quand elle guérira, elle deviendra une science utile. Jusque-là, il est permis de l'étudier en artiste, sans l'exercer, ce qui est plus humain. Elle a quelque parenté avec le droit, qu'on étudie par simple curiosité d'amateur, pour ne plus s'en préoccuper ensuite.

— Alors, mon frère Médéric, je ne vois aucun inconvénient à commencer par l'étude du droit.

— Quelques mots d'abord sur la rhétorique, mon mignon.

— Oui, la rhétorique me convient assez.

— En grec…

— Le grec, je ne demande pas mieux.

— En latin…

— Le latin d'abord, le grec ensuite, comme tu voudras, mon frère Médéric. Mais ne serait-il pas bon de connaître auparavant l'anglais, l'allemand, l'italien, l'espagnol et les autres langues modernes ?

— Oh ! là, là ! mon mignon ! cria Médéric essoufflé, vulgarisons avec mesure, je te prie. J'ai la langue sèche. Je reconnais humblement ne pouvoir dire qu'un nombre limité de mots par minute. Chaque science, s'il plaît à Dieu, viendra à son heure. Par grâce, un peu de méthode. Ma première leçon n'est pas précisément remarquable par la clarté de l'exposition ni l'enchaînement logique des sujets. Causons toujours, si cela te plaît, mais causons à l'avenir avec l'ordre et le calme qui distinguent la conversation des honnêtes gens.

— Mon frère Médéric, tes sages paroles me donnent à réfléchir. J'aime peu à parler, encore moins à écouter, parce que, dans le second cas, il me faut penser pour comprendre, besogne inutile dans le premier. Certes, il me plairait d'approfondir toutes les connaissances humaines ; mais, vraiment, je préfère les ignorer ma vie entière, si tu ne peux me les communiquer toutes ensemble en trois mots.

— Eh ! mon mignon, que ne me confiais-tu ton horreur des détails ? Je t'aurais, dès le début et sans ouvrir la bouche, donné la pure essence des mille et une vérités de ce monde, cela dans un simple geste. N'écoute plus, regarde. Voici la suprême science. »

Ce disant, Médéric grimpa sur le nez de Sidoine, ce nez qu'il avait si heureusement comparé au clocher de son village. Il s'assit à califourchon sur l'extrémité, les jambes dans l'abîme ; puis, il se renversa un peu en arrière, regardant son mignon d'une façon sournoise et railleuse. Il leva ensuite la main droite grande ouverte, appuya délicatement le pouce au bout de son propre nez ; et, se tournant aux quatre points de l'horizon, il salua la terre en agitant les doigts de l'air le plus galant qu'on puisse voir.

« Oh ! alors, dit Sidoine, les ignorants ne sont pas ceux qu'on pense. Grand merci de la vulgarisation. »

X

DE DIVERSES RENCONTRES,
ÉTRANGES ET IMPRÉVUES,
QUE FIRENT SIDOINE ET MÉDÉRIC

Le soir venu, Sidoine s'arrêta court. Je dis le soir, et je m'exprime mal. Les moments que nous nommons soir et matin n'existaient pas pour des gens suivant le soleil dans sa course, faisant le jour et la nuit à leur volonté. En toute vérité, nos voyageurs couraient le monde depuis environ douze heures.

« Les poings me démangent, dit Sidoine.

— Gratte-les, mon mignon, répondit Médéric. Je ne puis t'offrir d'autre soulagement. Mais, dis-moi, l'éducation n'a-t-elle pas un peu adouci ton naturel batailleur ?

— Non, frère. À vrai dire, mon métier de roi m'a dégoûté des taloches. Les hommes sont vraiment trop faciles à tuer.

— Voilà, mon mignon, de l'humanité bien entendue. Hé ! marche donc ! Tu le sais, nous cherchons le Royaume des Heureux.

— Si je le sais ! Cherchons-nous réellement le Royaume des Heureux ?

— Comment ! mais nous ne faisons autre chose ! Jamais homme n'est allé aussi droit au but. Ce Royaume des Heureux doit être singulièrement situé, je l'avoue, pour toujours échapper à nos regards. Il serait peut-être bon de demander notre chemin.

— Oui, frère, occupons-nous des sentiers, si nous voulons qu'ils nous conduisent quelque part. »

En ce moment, Sidoine et Médéric se trouvaient

sur une grande route, non loin d'une ville. Des deux côtés s'étendaient de vastes parcs, enclos de murs peu élevés, au-dessus desquels passaient des branches d'arbres fruitiers, chargées de pommes, de poires, de pêches, appétissantes à voir, et qui auraient suffi au dessert d'une armée.

Comme ils avançaient, ils avisèrent, assis contre un de ces murs, un bonhomme d'aspect misérable. À leur approche, la pauvre créature se leva, traînant les pieds, grelottant de faim.

« La charité, mes bons messieurs ! demanda-t-il.

— La charité ! lui cria Médéric ; mon ami, je ne sais où elle est. Seriez-vous égaré comme nous ? Vous nous obligeriez, si vous pouviez nous indiquer le Royaume des Heureux.

— La charité, mes bons messieurs ! répéta le mendiant. Je n'ai pas mangé depuis trois jours.

— Pas mangé depuis trois jours ! dit Sidoine émerveillé. Je ne pourrais en faire autant.

— Pas mangé depuis trois jours ! reprit Médéric. Eh ! mon ami, pourquoi tenter une pareille expérience ? Il est universellement reconnu qu'il faut manger pour vivre. »

Le bonhomme s'était de nouveau assis au pied du mur. Il se frottait les mains l'une contre l'autre, fermant les yeux de faiblesse.

« J'ai bien faim, dit-il à voix basse.

— Vous n'aimez donc ni les pêches, ni les poires, ni les pommes ? demanda Médéric.

— J'aime tout, mais je n'ai rien.

— Eh ! mon ami, êtes-vous aveugle ? Allongez la main. Il y a là, sur votre nez, une pêche magnifique qui vous donnera à boire et à manger, le tout ensemble.

— Cette pêche n'est pas à moi », répondit le pauvre.

Les deux compagnons se regardèrent, stupéfaits de cette réponse, ne sachant s'ils devaient rire ou se fâcher.

« Écoutez, bonhomme, reprit Médéric, nous n'aimons pas qu'on se moque de nous. Si vous avez fait gageure de vous laisser mourir de faim, gagnez tout à votre aise votre pari. Si, au contraire, vous désirez vivre le plus longtemps possible, mangez et digérez au soleil.

— Monsieur, répondit le mendiant, je le vois, vous n'êtes pas de ce pays. Vous sauriez qu'on y meurt parfaitement de faim, sans en faire la gageure. Ici, les uns mangent, les autres ne mangent pas. On se trouve dans l'une ou l'autre classe, selon le hasard de la naissance. D'ailleurs, c'est là un état de choses accepté ; il faut que vous veniez de loin pour vous en étonner.

— Voilà de singulières histoires. Et combien êtes-vous qui ne mangez pas ?

— Mais plusieurs centaines de mille.

— Ah ! mon frère Médéric, interrompit Sidoine, la rencontre me paraît des plus étranges et des plus imprévues. Je n'aurais jamais cru qu'on pût trouver sur la terre des gens qui eussent le singulier don de vivre sans manger. Tu ne m'as donc pas tout vulgarisé ?

— Mon mignon, j'ignorais cette particularité. Je la recommande aux naturalistes, comme un nouveau caractère bien tranché séparant l'espèce humaine des autres espèces animales. Je comprends maintenant que, dans ce pays, les pêches ne soient pas à tout le monde. Les petitesses de l'homme ont leurs grandeurs. Du moment où tous n'ont pas une commune richesse, il naît de cette injustice une belle et suprême justice, celle de conserver à chacun son bien. »

Le mendiant avait repris son sourire doux et navrant. Il s'affaissait sur lui-même, comme ne pensant plus, comme s'abandonnant au bon plaisir du ciel. Il balbutia de nouveau, de sa voix traînante :

« La charité, mes bons messieurs !

— La charité, bonhomme, dit Médéric, je sais où elle est. Cette pêche n'est pas à toi, et tu n'oses la prendre, obéissant en cela aux lois de ton pays, te conformant à cette idée du respect de la propriété que tu as sucée avec le lait de ta mère. Ce sont là de bonnes croyances qui doivent être fortement enseignées chez les hommes, s'ils veulent que le tremblant échafaudage de leur société ne croule pas aux premières attaques de l'esprit d'examen. Moi, qui ne suis pas de cette société, qui refuse toute fraternité avec mes frères, je puis enfreindre leurs lois, sans porter le moindre tort à leur législation ni à leurs croyances morales. Prends donc ce fruit, mange-le, pauvre misérable. Si je me damne, je le fais de gaieté de cœur. »

Médéric, en parlant ainsi, cueillait la pêche et l'offrait au mendiant. Celui-ci s'empara du fruit, qu'il considéra avidement. Puis, au lieu de le porter à la bouche, il le rejeta dans le parc, par-dessus le mur. Médéric le regarda faire sans s'étonner.

« Mon mignon, dit-il à Sidoine, je te prie de regarder cet homme. Il est le type le plus pur de l'humanité. Il souffre, il obéit ; il est fier de souffrir et d'obéir. Je le crois un grand sage. »

Sidoine fit quelques enjambées, le cœur triste d'abandonner ainsi un pauvre diable mourant de faim. D'ailleurs, il ne cherchait pas à s'expliquer la conduite du misérable ; il fallait être un peu plus homme qu'il ne l'était pour résoudre un pareil problème. Au départ, il avait ramassé la pêche ; il regardait maintenant devant lui, cherchant du regard quelque pauvre moins scrupuleux à qui la donner.

Comme il approchait de la ville, il vit sortir d'une des portes un cortège de riches seigneurs, accompagnant une litière où se trouvait couché un vieillard. À dix pas, il reconnut que le vieillard n'avait guère plus de quarante ans ; l'âge ne pouvait avoir flétri ses traits ni blanchi ses cheveux. Assurément, le malheureux mourait de faim, à voir sa face pâle et la faiblesse qui alanguissait ses membres.

« Mon frère Médéric, dit Sidoine, offre donc ma pêche à cet indigent. Je ne puis comprendre comment il manque de tout, couché dans le velours et la soie. Mais il a si mauvaise mine que ce ne peut être qu'un pauvre. »

Médéric pensait comme son mignon.

« Monsieur, dit-il poliment à l'homme de la litière, vous n'avez sans doute pas mangé ce matin. La vie a ses hasards. »

L'homme ouvrit les yeux à demi.

« Depuis dix ans je ne mange plus, répondit-il.

— Que disais-je ! s'écria Sidoine. L'infortuné !

— Hélas ! reprit Médéric, ce doit être une double souffrance, de manquer de pain au milieu de ce luxe qui vous entoure. Tenez, mon ami, prenez cette pêche, apaisez votre faim. »

L'homme n'ouvrit pas même les yeux. Il haussa les épaules.

« Une pêche, dit-il, voyez si mes porteurs ont soif. Ce matin, mes servantes, de belles filles aux bras nus, se sont agenouillées devant moi, m'offrant leurs corbeilles, pleines de fruits qu'elles venaient de cueillir dans mes vergers. L'odeur de toute cette nourriture m'a fait mal.

— Vous n'êtes donc pas un mendiant ? interrompit Sidoine désappointé.

— Les mendiants mangent quelquefois. Je vous ai dit que je ne mangeais jamais.

— Et le nom de cette laide maladie ? »

Médéric, ayant compris quelle était la misère de cet indigent paré de bijoux et de dentelle, se chargea de répondre à Sidoine.

« Cette maladie est celle des pauvres millionnaires, dit-il. Elle n'a pas de nom savant, parce que les drogues n'ont aucun effet sur elle ; elle se guérit par une forte dose d'indigence. Mon mignon, si ce seigneur ne mange plus, c'est qu'il a trop à manger.

— Bon ! s'écria Sidoine, voici un monde bien étrange ! Que l'on ne mange pas, quand on manque de pêches, je le comprends jusqu'à un certain point ; mais que l'on ne mange pas davantage, quand on possède des forêts d'arbres à fruits, je me refuse à accepter cela comme logique. Dans quel absurde pays sommes-nous donc ? »

L'homme à la litière se souleva à demi, soulagé dans son ennui par la naïveté de Sidoine.

« Monsieur, répondit-il, vous êtes en plein pays de civilisation. Les faisans coûtent fort cher ; mes chiens n'en veulent plus. Dieu vous garde des festins de ce monde. Je me rends chez une brave femme de ma connaissance, pour essayer de manger une tranche de bon pain noir. Votre gaillarde mine m'a mis en appétit. »

L'homme se recoucha, et le cortège se remit lentement en marche. Sidoine, en le suivant des yeux, haussa les épaules, hocha la tête, fit claquer les doigts, donnant ainsi des signes fort clairs de dédain et d'étonnement. Puis il enjamba la ville, tenant toujours à la main la pêche dont il avait tant de peine à faire l'aumône. Médéric songeait.

Au bout d'une dizaine de pas, Sidoine sentit une légère résistance à la jambe gauche. Il crut que sa culotte venait de rencontrer quelque ronce. Mais s'étant baissé, il demeura fort surpris : c'était un homme, d'air avide et cruel, qui gênait ainsi sa marche. Cet homme demandait tout simplement la bourse aux voyageurs.

Sidoine ne voyait plus que mendiants affamés sur les routes ; sa charité de fraîche date avait hâte de s'exercer. Il n'entendit pas bien la demande de l'homme, il le prit par la peau du cou, l'élevant à la hauteur de son visage, pour converser plus librement.

« Hé ! pauvre hère, lui dit-il, n'as-tu pas faim ? Je te donne volontiers cette pêche, si elle peut te soulager dans tes souffrances.

— Je n'ai pas faim, répondit le brigand mal à l'aise. Je sors d'une excellente taverne où j'ai bu et mangé pour trois jours.

— Alors que me veux-tu ?

— Je ferais un joli métier, si je ne détroussais les passants que pour leur prendre des pêches. Je veux ta bourse.

— Ma bourse ! et pour quoi faire, puisque tu n'auras pas faim de trois jours ?

— Pour être riche. »

Sidoine, stupéfait, prit Médéric dans son autre main. Il le regarda gravement.

« Mon frère, dit-il, les gens de ce pays s'entendent pour se moquer de nous. Dieu ne peut avoir créé des créatures aussi peu sensées. Voici maintenant un imbécile n'ayant pas faim et arrêtant les passants pour leur demander leur bourse, un fou qui a un bon appétit et qui cherche à le perdre en devenant riche.

— Tu as raison, répondit Médéric, tout ceci est parfaitement ridicule. Seulement tu ne me parais pas avoir bien compris quelle sorte de mendiant tu tiens là entre tes doigts. Les voleurs font métier d'accepter uniquement les aumônes qu'ils prennent.

— Écoute, dit alors Sidoine au brigand : d'abord tu n'auras pas ma bourse, et cela pour une excellente raison. Ensuite je crois juste de t'infliger une légère correction. Tout bien examiné, ce qui est doit être ; je ne puis te laisser manger en paix, lorsque je viens de quitter un pauvre diable mourant de faim. Mon frère Médéric me lira un jour le code, pour que je revienne te pendre dans les formes. Aujourd'hui, je me contenterai de laver ta laide mine dans la mare qui est là, à mes pieds. Bois pour trois jours, mon ami. »

Sidoine ouvrit les doigts, et le voleur tomba dans la mare. Un honnête homme se serait noyé ; le coquin se sauva à la nage.

Les voyageurs, sans regarder derrière eux, continuèrent à marcher, Sidoine tenant toujours sa pêche, Médéric songeant aux trois dernières rencontres.

« Mon mignon, dit soudain ce dernier, tu alignes assez proprement les phrases, maintenant. Jamais tu n'as si bien parlé.

— Oh ! répondit Sidoine, c'est une simple habitude à prendre. Je ne me bats plus, je parle.

— Tais-toi, je te prie, j'ai à te faire part de graves réflexions. Je reconstruis en pensée la triste société qui a pu nous offrir au regard, en moins d'une heure, un honnête homme mourant de faim, un gueux le ventre plein pour trois jours, un puissant frappé d'impuissance. Il y a là un grand enseignement.

— Plus d'enseignement, par pitié, mon frère ! je veux croire simplement que nous avons rencontré aujourd'hui des hommes de race particulière, qui n'ont encore été décrits par aucun voyageur.

— Je t'entends, mon mignon. J'ai lu de bien curieux détails dans de vieux livres. Il est des pays dont les habitants n'ont qu'un œil au milieu du front, d'autres où leurs corps sont mi-partis homme et cheval, d'autres encore où leurs têtes et leurs poitrines ne font qu'un. Sans doute nous traversons, en ce moment, une contrée dont les habitants ont l'âme dans les talons, ce qui les empêche de juger sainement les choses et leur donne une remarquable absurdité d'actes et de paroles. Ce sont des monstres. L'homme, fait à l'image de son Dieu, est une créature bien autrement supérieure.

— C'est cela, mon frère Médéric, nous sommes dans un pays de monstres. Hé ! regarde. Vois-tu venir à nous ce quatrième mendiant que j'attendais ? Est-il assez déguenillé, assez maigre, assez affamé, assez effarouché ? Certes, celui-là marche sur son âme, comme tu le disais tantôt. »

L'homme qui s'avançait suivait le bord du fossé, faisant avec amour des miracles d'équilibre. Il venait, les mains derrière le dos, le nez au vent ; son pauvre corps flottait dans ses minces vêtements, sa face exprimait je ne sais quel singulier mélange de béatitude et de souffrance. Il paraissait rêver, le ventre vide, d'un large et plantureux festin.

« Je ne comprends plus rien à la terre, reprit Sidoine, si ce vagabond n'accepte pas ma pêche. Il meurt de faim, et ne me paraît ni un coquin ni un honnête homme. Le tout est de la lui offrir poliment. Mon frère Médéric, charge-toi de cette délicate expédition. »

Médéric descendit à terre. Comme il était sur le bout du soulier de Sidoine, l'homme vint à l'apercevoir.

« Oh ! dit-il, le joli petit insecte ! Mon bel ami, buvez-vous la rosée, vous nourrissez-vous de fleurs ?

— Monsieur, répondit Médéric, l'eau pure m'indispose, et je ne puis, sans maux de tête, endurer les parfums.

— Eh! l'insecte parle! L'excellente rencontre! Vous me sauvez d'une grande disette, mon aimable scarabée.

— Ainsi, vous avouez que vous avez faim?

— Faim! ai-je dit cela? Certes, j'ai toujours faim.

— Et vous mangerez volontiers une pêche?

— La pêche est un fruit que j'estime pour le velouté de sa peau. Merci, je ne puis manger. J'ai bien autre chose en tête. Enfin je viens de trouver ce que je cherchais depuis une heure.

— Çà, dit Sidoine impatienté, que cherchiez-vous donc, monsieur l'affamé, si ce n'est un morceau de pain?

— Bon! s'écria le pauvre diable, seconde trouvaille! Un géant en chair et en os. Monsieur le géant, je cherchais une idée. »

À cette réponse, Sidoine s'assit sur le bord de la route, prévoyant de longues explications.

« Une idée! reprit-il, quel est ce mets?

— Monsieur le géant, continua l'homme sans répondre, je suis poète de naissance. Vous ne l'ignorez pas, la misère est mère du génie. J'ai donc jeté ma bourse à la rivière. Depuis cet heureux jour, je laisse aux sots le triste soin de chercher leur repas. Moi, qui n'ai plus à m'occuper de ce détail, je cherche des idées le long des routes. Je mange le moins possible pour avoir le plus possible de génie. Ne perdez pas votre pitié à me plaindre; je n'ai vraiment faim que lorsque je ne trouve pas mes chères idées. Les beaux festins parfois! Tantôt, en voyant votre petit ami d'une tournure si galante, il m'est venu à la pensée deux ou trois strophes exquises: un mètre harmonieux, des rimes riches, un trait final du meilleur esprit. Jugez si je me suis rassasié. Puis, quand je vous ai aperçu, franchement, j'ai craint les suites d'un pareil régal. Je tenais une antithèse, une belle et bonne antithèse, le plus fin morceau qui puisse être servi à un poète. Vous le voyez, je ne saurais accepter votre pêche.

— Bon Dieu ! s'écria Sidoine après un moment de silence, le pays est décidément plus absurde que je ne croyais. Voilà un fou d'une étrange sorte.

— Mon mignon, répondit Médéric, celui-ci est un fou, mais un fou innocent, un mendiant d'âme généreuse, donnant aux hommes plus qu'il ne reçoit. Je me sens aimer comme lui les grandes routes et la jolie chasse aux idées. Pleurons ou rions, si tu veux, à le voir grand et ridicule ; mais, je t'en prie, ne le rangeons pas parmi les trois monstres de tantôt.

— Range-le comme tu voudras, mon frère, reprit Sidoine de méchante humeur. La pêche me reste, et ces quatre imbéciles ont tellement troublé mes idées sur les biens de la terre, que je n'ose y porter la dent. »

Cependant, le poète s'était assis au bord de la route, écrivant du doigt sur la poussière. Un bon sourire éclairait sa figure maigre, donnant à ses pauvres traits fatigués une expression enfantine. Dans son rêve, il entendit les dernières paroles de Sidoine. Et, comme s'éveillant :

« Monsieur, dit-il, êtes-vous véritablement embarrassé de cette pêche ? Donnez-la-moi. Je sais, près d'ici, un buisson aimé des moineaux d'alentour. J'irai y déposer votre offrande, et je vous assure qu'elle ne sera pas refusée. Demain, je reprendrai le noyau, je le planterai dans quelque coin, pour les moineaux des printemps à venir. »

Il prit la pêche, il se remit à écrire.

« Mon mignon, dit Médéric, voilà notre aumône donnée. Pour te tranquilliser l'esprit, je veux bien te faire remarquer que nous rendons aux moineaux ce qui appartenait aux moineaux. Quant à nous, puisque l'homme ne jouit pas d'une nourriture providentielle, nous tâcherons de ne plus manger ce que le ciel nous enverra. Notre passage en ce pays a fait naître dans nos esprits de nouvelles et tristes questions. Nous les étudierons prochainement. Pour l'instant, contentons-nous de chercher le Royaume des Heureux. »

Le poète écrivait toujours, couché dans la poussière, la tête nue au soleil.

« Hé ! monsieur, lui cria Médéric, pourriez-vous nous indiquer le Royaume des Heureux ?

— Le Royaume des Heureux ? répondit le fou en levant la tête, vous ne sauriez mieux vous adresser. Je me rends souvent dans cette contrée.

— Eh quoi ! serait-elle près d'ici ? Nous venons de battre le monde, sans pouvoir la trouver.

— Le Royaume des Heureux, monsieur, est partout et nulle part. Ceux qui suivent les sentiers, les yeux grands ouverts, ceux qui le cherchent, comme un royaume de la terre, étalant au soleil ses villes et ses campagnes, passeront à son côté toute leur vie, sans jamais le découvrir. Si vaste qu'il soit, il tient bien peu de place en ce monde.

— Et le chemin, je vous prie ?

— Oh ! le chemin est simple et direct. Quel que soit le pays où vous vous trouviez, au nord ou au midi, la distance reste la même, et vous pouvez d'une enjambée passer la frontière.

— Bon ! interrompit Sidoine, voici qui me regarde. Dans quel sens dois-je faire cette enjambée ?

— Dans n'importe quel sens, vous dis-je. Voyons, laissez-moi vous introduire. Avant tout, fermez les yeux. Bien. Maintenant, levez la jambe. »

Sidoine, les yeux fermés, la jambe en l'air, attendit une seconde.

« Posez le pied, commanda de nouveau le poète. Là, vous y êtes, messieurs. »

Il n'avait pas bougé de son lit de poussière, il acheva tranquillement une strophe.

Sidoine et Médéric se trouvaient déjà au beau milieu du Royaume des Heureux.

XI

UNE ÉCOLE MODÈLE

« Sommes-nous au port, mon frère ? demanda Sidoine. Je suis las, j'ai grand besoin d'un trône pour m'asseoir.

— Marchons toujours, mon mignon, répondit Médéric. Il nous faut connaître notre royaume. Le pays me paraît paisible. Nous y dormirons, je crois, nos grasses matinées. Ce soir, nous nous reposerons. »

Les deux voyageurs traversaient les villes et les campagnes, regardant autour d'eux. La terre les ayant attristés, ils trouvaient un délassement dans les purs horizons, dans les foules silencieuses de ce coin perdu de l'univers. Je l'ai dit, le Royaume des Heureux n'était pas un paradis aux ruisseaux de lait et de miel, mais une contrée de clarté douce, de sainte tranquillité.

Médéric comprit l'admirable équilibre de ce royaume. Un rayon de moins, et la nuit eût été faite ; un rayon de plus, et la lumière aurait blessé les yeux. Il se dit que là devait être la sagesse, où l'homme consentait à se mesurer le bien comme le mal, à accepter sa condition sous le ciel, sans se révolter par ses dévouements ou par ses crimes.

Comme ils avançaient, lui et son compagnon, ils

trouvèrent, au milieu d'un champ, un hangar fermé de grilles. Médéric reconnut l'école modèle fondée par l'aimable Primevère, pour ses chers animaux. Depuis longtemps il désirait connaître les suites de cet essai de perfectibilité. Il fit coucher Sidoine au pied du mur ; puis, tous deux, appuyant leurs fronts aux barreaux, ils purent contempler et suivre dans ses détails une scène étrange qui acheva leur éducation.

Au premier regard, ils ne surent quelles créatures bizarres ils avaient devant eux. Trois mois de caresses, d'enseignement mutuel, de régime frugal, avaient mis les pauvres bêtes sur les dents. Les lions, pelés et galeux, semblaient d'énormes chats de gouttière ; les loups portaient la tête basse, plus maigres, plus honteux que des chiens errants ; quant aux autres bêtes de complexion plus délicate, elles gisaient pêle-mêle sur le sol, n'offrant à la vue que des côtes saillantes, des museaux allongés. Les oiseaux et les insectes étaient encore moins reconnaissables, ayant perdu les belles couleurs de leurs ajustements. Tous ces êtres misérables tremblaient de faim et de froid, n'étant plus ce que Dieu les avait créés, mais se trouvant d'ailleurs parfaitement civilisés.

Médéric et Sidoine, peu à peu, finirent par reconnaître les différents animaux. Malgré leur respect du progrès et des bienfaits de l'instruction, ils ne purent s'empêcher de plaindre ces victimes du bien. Il y a tristesse à voir la création s'amoindrir.

Cependant, les bêtes de l'école modèle se traînèrent en gémissant au centre du hangar ; là, elles se rangèrent en cercle. Elles allaient tenir conseil.

Un lion, comme ayant gardé le plus de souffle, porta le premier la parole.

« Mes amis, dit-il, notre plus cher désir, à nous tous qui avons le bonheur d'être enfermés ici, est de persévérer dans l'excellente voie de fraternité et de perfection que nous suivons avec des résultats si remarquables. »

Un grognement d'approbation l'interrompit.

« Je n'ai que faire, reprit-il, de vous présenter le délicieux tableau des récompenses qui attendent nos efforts. Nous formerons un seul peuple dans l'avenir, nous aurons une seule langue, tandis qu'une suprême joie naîtra pour chacun de n'être plus soi et d'ignorer qui on est. Vous dites-vous bien le charme de cette heure où il n'existera plus de races, où toutes les bêtes auront une pensée unique, un même goût, un même intérêt ? Ô mes amis, le beau jour, et combien il sera gai ! »

Un nouveau grognement témoigna de l'unanime satisfaction de l'assemblée.

« Puisque nous hâtons de nos vœux la venue de ce jour, continua le lion, il serait urgent de prendre des mesures pour que nous puissions le voir se lever. Le régime suivi jusqu'ici est certainement excellent, mais je le crois peu substantiel. Avant tout, il nous faut vivre, et nous maigrissons avec constance ; la mort ne saurait être loin si, dans le but louable de nourrir nos âmes, nous continuons à négliger de nourrir nos corps. Il serait absurde, songez-y, de tenter un paradis dont nous ne saurions jouir, par la nature même des moyens employés. Une réforme radicale est nécessaire. Le lait est une nourriture très moralisante, d'une digestion facile, ce qui adoucit singulièrement les mœurs ; mais je pense résumer toutes les opinions en disant que nous ne pouvons supporter le lait plus longtemps, que rien n'est plus fade, qu'en fin de compte il nous faut un ordinaire plus varié et moins écœurant. »

Une véritable ovation de hurlements et de bruits de mâchoires accueillit ces dernières paroles de l'orateur. La haine du lait était populaire parmi ces honnêtes animaux vivant depuis trois mois de cette boisson sucrée. L'écuelle quotidienne leur donnait des nausées. Ah ! qu'un peu de fiel leur eût semblé doux !

Lorsque le silence se fut rétabli :

« Mes amis, reprit le lion, le sujet de notre délibération se trouve donc fixé. Nous tenons conseil pour proscrire le lait, pour le remplacer par un aliment nous engraissant, nous aidant tout à la fois aux bonnes pensées. Ainsi, nous allons proposer chacun notre mets ; puis, nous nous déciderons en faveur de celui qui réunira le plus de suffrages. Ce mets constituera dès lors notre commun ordinaire. Je crois inutile de vous faire observer quel esprit doit vous guider dans votre choix : cet esprit est l'entière abnégation de vos goûts personnels, la recherche d'une nourriture convenant également à chacun, offrant surtout des garanties de morale et de santé. »

À ce point de l'allocution, l'enthousiasme fut au comble. Rien n'est plus doux que de faire cas de la morale, quand le ventre est préalablement rempli. Une même pensée, une touchante unanimité de sentiments animait l'assemblée.

Le lion, pour sa part, discourait d'un ton humble et affable. Le regard baissé, il eût converti ses frères du désert, tant il offrait un spectacle édifiant. Du geste il réclama l'attention. Il termina en ces termes :

« Je me crois autorisé par ma longue expérience à vous donner le premier mon avis en cette matière délicate. Je le ferai avec toute la modestie qui convient à un simple membre de cette assemblée, mais aussi avec toute l'autorité d'une bête convaincue. C'est dire que je désespère de notre unité future, si mon plat n'est pas accepté à l'unanimité. En mon âme et conscience, ayant longtemps réfléchi au mets nous convenant le mieux, prenant en considération l'intérêt commun, je déclare, j'affirme hautement que rien ne contentera l'estomac et le cœur de chacun, comme une large tranche de chair saignante mangée le matin, une seconde tranche à midi et une troisième le soir. »

Le lion s'arrêta sur cette parole pour recueillir les justes applaudissements que lui semblait mériter sa proposition. Il était de bonne foi, il demeura tout étonné du manque d'ensemble des grognements. Adieu l'unanimité ! L'assemblée n'approuvait plus avec un complet abandon. Les loups et les autres bêtes fauves, les oiseaux et les insectes d'appétits sanguinaires, s'extasièrent sur l'excellence du choix. Mais les animaux de nature différente, ceux qui vivent dans les prairies ou sur le bord des étangs, témoignèrent, par leur silence, par leurs mines contristées, du peu de vertu civilisatrice qu'ils accordaient à la chair.

Quelques minutes s'écoulèrent, pleines de froideur et de malaise. On risque gros à combattre l'avis des puissants, surtout lorsqu'ils parlent au nom de la fraternité. Enfin une brebis, plus osée que ses sœurs, se décida à prendre la parole.

« Puisque nous sommes ici, dit-elle, pour émettre franchement nos opinions, laissez-moi vous donner la mienne avec la naïveté qui sied à ma nature. J'avoue n'avoir aucune expérience du mets proposé par mon frère le lion ; il peut être excellent pour l'estomac et d'une rare délicatesse de goût ; je me récuse sur ce point de la discussion. Mais je crois ce mets d'une influence nuisible, quant à la morale. Une des plus fermes bases de notre progrès doit être le respect de la vie ; ce n'est point la respecter que de nous nourrir de corps morts. Mon frère le lion ne craint-il pas de s'égarer en son zèle, de créer une guerre sans fin, en choisissant un tel ordinaire, au lieu d'arriver à cette belle unité dont il a parlé en termes si chaleureux ? Je le sais, nous sommes d'honnêtes bêtes ; il n'est pas question de nous dévorer entre nous. Loin de moi cette vilaine pensée ! Puisque les hommes déclarent pouvoir nous manger, sans cesser d'être de bonnes âmes, des créatures selon l'esprit de Dieu, nous pouvons assurément manger les hommes et rester de sages, de fraternels animaux, tendant à une perfection absolue. Toutefois, je crains les mauvaises tentations, les forces de l'habitude, si un jour les hommes venaient à manquer. Aussi ne puis-je voter une nourriture aussi imprudente. Croyez-moi, un seul mets nous convient, un mets que la terre produit en abondance, sain, rafraîchissant, d'une quête amusante et facile, varié à l'infini. Ô les plantureux festins, mes bons frères ! Luzerne, légumes, toutes les herbes des plaines, toutes les herbes des montagnes ! J'en parle savamment, sans arrière-pensée, n'ayant que l'innocent désir de vivre sans tuer. Je vous le dis en vérité : hors de l'herbe, pas d'unité. »

La brebis se tut, constatant à la dérobée l'effet produit par son discours. Quelques maigres adhésions s'élevèrent du côté de l'assemblée occupé par les chevaux, les bœufs et autres mangeurs de grains et de verdure. Quant aux bêtes qui avaient approuvé le choix du lion, elles parurent accueillir la nouvelle proposition avec un singulier mépris, une grimace de mauvais présage pour l'orateur.

Un ver à soie, de vue basse et privé de tact, prit alors la parole. C'était un philosophe austère, s'inquiétant peu du jugement d'autrui, prêchant le bien pour le bien.

« Vivre sans tuer, dit-il, est une belle maxime. Je ne puis qu'applaudir aux conclusions de ma sœur la brebis. Seulement, ma sœur me paraît très gourmande. Pour un mets que nous cherchons, elle nous en offre cinquante ; elle paraît même se complaire dans la pensée d'un menu de prince, aux plats nombreux et de goûts divers. Oublie-t-elle que la sobriété, le dédain des fins morceaux, sont des vertus nécessaires à des bêtes se piquant de progrès ? L'avenir d'une société dépend de la table : manger peu et d'un seul plat, là est l'unique moyen de hâter la venue d'une haute civilisation, forte et durable. Je propose donc, pour ma part, de veiller sur notre appétit, surtout de nous contenter d'une seule sorte de feuilles. Le choix n'étant plus qu'une affaire de goût, je pense satisfaire celui de chacun en choisissant la feuille du mûrier.

— Çà ! vieux radoteur, cria un pélican, ne sommes-nous pas assez maigres, sans risquer des coliques, à nous nourrir d'herbe humide ? Fraternise avec la brebis. Moi, je pense comme mon frère le lion, si ce n'est qu'il me paraît faire un choix regrettable en proposant de la chair saignante. La chair seule donne au corps la force de faire le bien, mais j'entends la chair de poisson, blanche, délicate ; c'est là une nourriture d'un manger savoureux, aimée de tout le monde. Enfin, et ce dernier argument doit vous convaincre, les mers occupant sur le globe deux fois plus de place que les continents, nous ne saurions avoir un plus vaste garde-manger. Mes frères comprendront ces raisons. »

Les frères se gardèrent de comprendre. Ils jugèrent à propos, pour clore les débats, de crier tous à la fois. Autant d'animaux, autant d'opinions ; pas deux pauvres esprits pensant de compagnie, pas deux natures semblables. Chaque bête se mit à gesticuler, à pérorer, offrant son mets, le défendant au nom de la

Aventures du grand Sidoine et du petit Médéric 273

morale et de la gourmandise. À les en croire, si tous les plats proposés avaient été acceptés, le monde entier aurait passé en ragoût ; il n'est matière qui ne fut déclarée excellente nourriture, depuis la feuille jusqu'au bois, depuis la chair jusqu'au caillou. Profond enseignement, comme disait Médéric, montrant ce qu'est la terre, un fœtus ne vivant encore qu'à demi, où la vie et la mort luttent dans nos temps à forces égales.

Au milieu du vacarme, un jeune chat s'évertuait pour faire comprendre à l'assemblée qu'il désirait lui communiquer une vérité décisive. Il joua ferme des pattes et du gosier, si bien qu'il finit par obtenir un peu de silence.

« Hé ! dit-il, mes bons frères, par pitié, cessez cette discussion qui afflige ici les âmes tendres. Mon cœur saigne à voir cette scène pénible. Hélas ! nous sommes loin de ces mœurs douces, de cette sagesse de paroles que, pour ma part, je cherche depuis mes jeunes ans. Voilà bien un grand sujet de querelle, une méchante nourriture, soutien d'un corps périssable ! Rappelez vos esprits ; vous rirez de votre colère, vous laisserez là cette misérable question. Le choix plus ou moins heureux d'un vil aliment n'est pas digne de nous occuper une seconde. Vivons comme nous avons vécu, n'ayant souci que de réformes morales. Philosophons, mes bons frères, et buvons notre écuelle de lait. Après tout, le lait est d'un goût fort agréable ; je l'estime supérieur aux plats par lesquels vous voulez le remplacer. »

Des hurlements épouvantables accueillirent ces derniers mots. La malencontreuse idée du jeune chat acheva de rendre les bêtes furieuses, en leur rappelant le fade breuvage dont elles s'étaient lavé les entrailles pendant trois longs mois. Il leur vint une faim terrible, aiguisée de toute leur colère. La nature l'emporta. Elles oublièrent, en une seconde, les bons procédés que se doivent entre eux des animaux civilisés, elles se sautèrent simplement à la gorge les unes des autres. Celles qui avaient choisi la chair, à bout d'arguments, trouvèrent plus commode de prêcher d'exemple. Les autres, n'ayant ni grain, ni herbe, ni poisson, ni aucun plat pour se venger, se contentèrent de servir à la vengeance de leurs frères.

Ce fut, pendant quelques minutes, une mêlée effrayante. Le nombre des affamés diminuait rapidement, sans qu'il restât un seul blessé à terre. Singulière lutte, dans laquelle les morts tombaient on ne savait où. À peine rassasié, le mangeur était mangé. Tous s'engraissaient mutuellement; la fête commençait au plus faible pour finir au plus fort. Au bout d'un quart d'heure, le plancher se trouva net. Seules, dix ou douze bêtes fauves, assises sur leur derrière, se léchaient complaisamment, les yeux demi-clos, les membres alanguis, ivres de nourriture.

L'école modèle avait donc eu pour résultat la plus grande unité possible, celle qui consiste à s'assimiler autrui corps et âme. Peut-être est-ce là l'unité dont l'homme a vaguement conscience, le but final, le travail mystérieux des mondes tendant à confondre tous les êtres en un seul. Mais quelle rude raillerie aux idées de notre âge qui promettent perfection et fraternité à des créatures différentes d'instincts et d'habitudes, parcelles de boue où un même souffle de vie produit des effets contraires! Sans philosopher davantage, les lions sont les lions.

« Mon frère Médéric, dit Sidoine, voici devant nous dix ou douze scélérats qui ont sur la conscience un poids énorme de péchés. Ils ont parlé le mieux du monde, mais ils ont agi comme des sacripants. Voyons si mes poings ne sont pas rouillés. »

Ce disant, il assena sur le hangar un renfoncement[1] formidable qui pulvérisa les poutres et fit voler les pierres de taille en éclats. Les animaux restants, seul espoir de la régénération des bêtes, ne poussèrent pas un cri. Médéric parut chagrin de cette exécution.

« Hé ! mon mignon, cria-t-il, que ne m'as-tu consulté ! Voilà un coup de poing dont tu auras tristesse et remords. Écoute-moi.

— Quoi ! mon frère, n'ai-je pas frappé justement ?

— Oui, selon l'idée que nous nous faisons du bien. Mais, entre nous, et ceci je le dis tout bas pour ne pas troubler une croyance nécessaire, le bien et le mal ne sont-ils pas de création humaine ? Un loup commet-il vraiment une mauvaise action lorsqu'il mange un agneau ? L'homme, ami des agneaux, qui lui porterait un plat de légumes, ne serait-il pas plus ridicule que le loup ne serait coupable ?

— Voudrais-tu, frère, induire logiquement de là que le bien et le mal n'existent pas ?

— Peut-être, mon mignon. Vois-tu, nous voulons trop souvent devancer l'heure fixée par Dieu. Il est certaines lois, sans doute d'une essence divine, qui échappent à notre intelligence et auxquelles nous avons donné le vilain nom de fatalités. Nous désirons sottement réagir contre la nature. Nous admettons, par un rare blasphème, que le mal a pu être créé, et nous voilà nous érigeant en juges, récompensant et punissant, parce que nos sens sont trop faibles pour pénétrer chaque chose, pour nous montrer que tout est bien devant Dieu. Remarque l'absurde justice de ton coup de poing. Tu as puni ces bêtes d'agir selon les lois d'après lesquelles elles doivent vivre. Tu les as jugées en égoïste, au point de vue purement humain, surtout poussé par cet effroi de la mort qui a donné à l'homme le respect de la vie. Enfin, tu t'es scandalisé de voir une race en dévorer une autre, lorsque toi-même tu ne te fais aucun scrupule de te nourrir de la chair des deux.

— Mon frère Médéric, parle plus clairement, ou je n'aurai aucun remords de mon coup de poing.

— Je t'entends, mon mignon. Somme toute, je le veux bien : le mal existe ; ce qui me dispense de te prouver que le bien absolu est impossible. D'ailleurs, les décombres sur lesquels nous sommes assis en sont la preuve. Mais, dis-moi, voulais-tu manger ces bêtes fauves ?

— Certes non. Je n'aime pas le gros gibier.

— Alors, mon mignon, pourquoi les tuer ? »

À cette question, Sidoine demeura fort sot. Il chercha une réponse, qu'il ne trouva pas. Le plus vif étonnement se peignit dans ses gros yeux bleus. Puis, comme un homme qui découvre enfin une vérité :

« Eh ! mais, cria-t-il, tu l'as dit, mon coup de poing est absurde. On ne doit tuer que pour manger. Voilà un précepte éminemment pratique, ayant au plus haut point cette justice relative et humaine dont tu m'as parlé. Les hommes devraient le faire écrire en lettres d'or sur les murs de leurs tribunaux et sur les drapeaux de leurs armées. Hélas ! mes pauvres poings ! On ne doit tuer que pour manger. »

XII

MORALE

Le soleil venait de disparaître derrière les collines du couchant. La terre, voilée d'une ombre douce, sommeillait déjà à demi, rêveuse et mélancolique. Au-dessus des horizons s'étendait un ciel blanc, sans transparence. Il est une heure, chaque soir, d'une profonde tristesse : la nuit n'est pas encore, la lumière s'éteint lentement, comme à regret ; et l'homme, dans cet adieu, se sent au cœur une vague inquiétude, un besoin immense d'espérance et de foi. Les premiers rayons du matin mettent des chansons sur les lèvres ; les derniers rayons du soir mettent des larmes dans les yeux. Est-ce la pensée désolante du labeur sans cesse repris, sans cesse abandonné, l'âpre désir mêlé d'effroi d'un repos éternel ? Est-ce la ressemblance de toutes choses humaines avec cette lente agonie de la lumière et du bruit ?

Sidoine et Médéric s'étaient assis sur les décombres du hangar. Dans l'effacement de la terre et du ciel, une étoile brillait au-dessus des branches noires d'un chêne. Et tous deux regardaient cette lueur consolatrice trouant d'un rayon d'espoir le voile morne du crépuscule.

Une voix qui sanglotait ramena leurs regards sur le sentier. Entre les haies, ils virent venir à eux Primevère, blanche dans les ténèbres. Elle s'avançait à petits pas, les cheveux dénoués.

Elle s'assit au côté de Médéric. Puis, appuyant la tête à son épaule :

« Ô mon ami, dit-elle, que les bêtes sont méchantes ! »

Et elle pleurait toutes ses larmes, les laissant couler sur ses joues, les mains jointes, sans les essuyer.

« Les pauvres dédaignées, reprit-elle, je les aimais comme des sœurs. Je croyais par mes caresses leur avoir fait oublier leurs dents et leurs griffes. Est-ce donc si difficile de n'être pas cruel ? »

Médéric se garda de répondre. La science du bien et du mal n'était pas faite pour cette enfant.

« Dites-moi, demanda-t-il, n'êtes-vous pas l'aimable Primevère, reine du Royaume des Heureux ?

— Oui, répondit-elle, je suis Primevère.

— Alors, ma mie, essuyez vos larmes. Je viens pour vous épouser. »

Primevère essuya ses larmes. Et mettant les mains dans les mains de Médéric, elle le regarda en face.

« Je ne suis qu'une ignorante, dit-elle doucement. Voilà des yeux mauvais, qui pourtant ne me font pas peur. Il y a de la bonté, sous je ne sais quelle triste raillerie, dans ces yeux-là. Avez-vous besoin de mes caresses pour devenir meilleur ?

— J'en ai besoin, répondit Médéric. J'ai couru le monde et je suis las.

— Le ciel est bon, reprit l'enfant. Il ne laisse pas chômer ma tendresse. Je vous épouserai, cher seigneur. »

Ce disant, elle s'assit de nouveau. Elle songeait à cette pitié inconnue qui naissait en elle ; jamais elle n'avait senti pareil désir de consoler. Dans sa naïveté, elle se demandait si elle ne venait pas de trouver enfin la mission confiée par Dieu en ce monde aux jeunes reines d'âme tendre et charitable. Les hommes jouissent d'une félicité si parfaite, qu'ils se fâchent au moindre bienfait ; les bêtes ont de méchants caractères, malaisés à comprendre. Sûrement, puisque le ciel lui donnait des pleurs et des caresses, elle ne pouvait les donner à son tour à aucune créature, si ce n'était à son cher seigneur, qui lui disait en avoir grand besoin. Pour ne rien cacher, elle se sentait tout autre ; elle ne pensait plus à son peuple, elle oubliait même complètement ses pauvres élèves sur le tombeau desquels elle se trouvait. Son amour, offert à la création entière et que la création refusait, venait de grandir encore, en se fixant sur un seul être. Elle s'abîmait dans cet infini, insoucieuse de la terre, ignorante du mal, comprenant qu'elle obéissait à Dieu, et qu'une heure de pareille extase est préférable à mille ans de progrès et de civilisation.

Tous trois, Primevère, Sidoine et Médéric, se taisaient. Autour d'eux, un immense silence, de grandes ombres vagues changeant la campagne en un lac de ténèbres, aux flots lourds et immobiles; au-dessus de leurs têtes, un ciel sans lune, semé d'étoiles, voûte criblée de trous d'or. Là, suivant chacun leurs pensées, ayant le monde à leurs pieds, ils songeaient dans la nuit, assis sur les ruines de l'école modèle. Primevère, mince et souple, avait passé les bras au cou de Médéric; elle se laissait aller sur sa poitrine, les yeux grands ouverts, regardant les ténèbres. Sidoine, renversé à demi, honteux et désespéré, cachait ses poings, pensait en dépit de lui-même.

Soudain il parla, et sa voix rude eut un accent d'indicible tristesse.

« Hélas! dit-il, mon frère Médéric, que ma pauvre tête est vide, depuis le jour où tu l'as emplie de pensées ! Où sont mes loups galeux que j'assommais de si bon cœur, mes beaux champs de pommes de terre qu'ensemençaient les voisins, ma brave stupidité qui me garait des vilains songes ?

— Mon mignon, demanda doucement Médéric, regrettes-tu nos courses et la science acquise ?

— Oui, frère. J'ai vu le monde et ne l'ai pas compris. Tu as cherché à me le faire épeler, mais tes leçons ont eu je ne sais quoi d'amer qui a troublé ma sainte quiétude de pauvre d'esprit. Au départ, j'avais des croyances d'instinct, une foi entière en mes volontés naturelles ; à l'arrivée, je ne vois plus nettement ma vie, je ne sais où aller ni que faire.

— J'avoue, mon mignon, t'avoir instruit un peu à l'aventure. Mais, dis-moi, dans ce tas de sciences imprudemment remuées, ne te rappelles-tu pas quelques vérités vraies et pratiques ?

— Eh ! mon frère Médéric, ce sont justement ces belles vérités qui me chagrinent. Je sais à présent que la terre, ses fruits, ses moissons, ne m'appartiennent pas ; je vais jusqu'à mettre en doute mon droit de me distraire en écrasant des mouches le long des murs. Ne pouvais-tu m'épargner le terrible supplice de la pensée ? Va, je te dispense maintenant de tenir tes promesses.

— Que t'avais-je donc promis, mon mignon ?

— De me donner un trône à occuper et des hommes à tuer. Mes pauvres poings, qu'en faire à cette heure ? Sont-ils assez inutiles, assez embarrassants ! Je n'aurais pas le courage de les lever sur un moucheron. Nous nous trouvons dans un royaume sagement indifférent aux grandeurs et aux misères humaines ; point de guerre, point de cour, presque point de roi. Hélas ! et nous voici cette ombre de monarque. C'est là sans doute le châtiment de notre ambition ridicule. Je t'en prie, mon frère Médéric, calme le trouble de mon esprit.

— Ne t'inquiète ni ne t'afflige, mon mignon, nous sommes au port. Il était écrit que nous serions rois, mais c'est là une fatalité dont nous saurons nous consoler. Nos voyages ont eu cet excellent résultat de changer nos idées premières de domination et de conquêtes. En ce sens, notre règne chez les Bleus a été un apprentissage aussi rude que salutaire. Le destin a sa logique. Il nous faut remercier la fortune de ce que, ne pouvant épargner la royauté, elle nous a donné un beau royaume, vaste et fertile à souhait, où nous vivrons en honnêtes gens. Nous gagnerons tout au moins la liberté, à ce métier de roi honoraire, n'ayant pas les soucis de la charge ; nous vieillirons dans notre dignité, jouissant de notre couronne en avares, je veux dire ne la montrant à personne ; ainsi, notre existence aura un noble but, celui de laisser nos sujets tranquilles, et notre récompense sera la tranquillité qu'ils nous donneront eux-mêmes. Va, mon mignon, ne te désespère. Nous allons reprendre notre vie d'insouciance, oubliant tous les vilains spectacles, toutes les vilaines pensées du monde que nous venons de traverser ; nous allons être parfaitement ignorants et n'avoir cure que de nous aimer. Dans nos domaines royaux, au soleil en hiver, en été sous les chênes, moi j'aurai la mission de caresser Primevère, tandis que Primevère aura celle de me rendre deux caresses pour une ; toi, comme tu ne saurais, sans mourir d'ennui, garder tes poings en repos, pendant ce temps, tu laboureras nos champs, les sèmeras de grains, couperas nos moissons, vendangeras nos vignes ; de la sorte, nous mangerons du pain, boirons du vin, qui nous appartiendront. Nous ne tuerons jamais plus, même pour manger. En ces questions seules je consens à rester savant. Je te le disais bien au départ : "Je te taillerai une si belle besogne que dans mille ans le monde parlera encore de tes poings." Car les laboureurs des temps à venir s'émerveilleront, en passant au milieu de ces campagnes. À voir leur éternelle fécondité, ils se diront entre eux : "Là travaillait jadis le roi Sidoine." Je l'avais prédit, mon mignon, tes poings devaient être des poings de roi ; seulement ce seront des poings de roi travailleur, les plus beaux, les plus rares qui existent. »

À ces mots, Sidoine ne se sentit pas d'aise. Sa mission, dans la vie commune, lui parut de beaucoup la plus agréable, comme étant celle qui demandait le plus de force.

« Parbleu! frère, cria-t-il, raisonner est une belle chose, quand on conclut sagement. Me voici tout consolé. Je suis roi et je règne sur mon champ. On ne saurait mieux trouver. Tu verras mes légumes superbes, mon blé haut comme des roseaux, mes vendanges à soûler une province. Va, je suis né pour me battre avec la terre. Dès demain, je travaille et dors au soleil. Je ne pense plus[1]. »

Sidoine, en terminant, croisa les bras, se laissant aller à un demi-sommeil. Primevère regardait toujours les ténèbres, souriante, les bras au cou de Médéric, n'entendant que les battements du cœur de son ami.

Après un silence :

« Mon mignon, reprit celui-ci, il me reste à faire un discours. Ce sera le dernier, je le jure. Toute histoire, assure-t-on, demande une morale. Si jamais quelque pauvre hère, malade de silence, se met un jour en tête de conter l'étonnant récit de nos aventures, il fera bien auprès de ses lecteurs la plus sotte mine du monde, en ce sens qu'il leur paraîtra parfaitement absurde, s'il reste véridique. Je crains même qu'on ne le lapide, pour la liberté de paroles et d'allures de ses héros. Comme ce pauvre hère naîtra sans doute sur le tard, au milieu d'une société parfaite en tous points, son indifférence et ses négations blesseront à juste titre le légitime orgueil de ses concitoyens. Il serait donc charitable de chercher, avant de quitter la scène, la moralité de nos aventures, afin d'éviter à notre historiographe le chagrin de passer pour un malhonnête homme. Toutefois, s'il a quelque probité, voici ce qu'il écrira sur le dernier feuillet : "Bonnes gens qui m'avez lu, nous sommes, vous et moi, de parfaits ignorants. Pour nous, rien n'est plus près de la raison que la folie. Je me suis, il est vrai, moqué de vous ; mais, auparavant, je me suis moqué de moi-même. Je crois que l'homme n'est rien. Je doute de tout le reste. La plaisanterie de notre apothéose a trop duré. Nous mentons effrontément, en nous déclarant le dernier mot de Dieu, la créature par excellence, celle pour laquelle il a créé le ciel et la terre. Sans doute, on ne saurait imaginer une fable plus consolante ; car si demain mes frères venaient à s'avouer ce qu'ils sont, ils iraient probablement se suicider chacun dans leur coin. Je ne crains pas d'amener leur raison à ce point extrême de logique ; ils ont une inépuisable charité, une copieuse provision de respect et d'admiration pour leur être. Donc, je n'ai pas même l'espoir de les faire convenir de leur néant, ce qui eût été une moralité comme une autre. D'ailleurs, pour une croyance que je leur ôterais, je ne pourrais leur en donner une meilleure ; peut-être essaierai-je plus tard. Aujourd'hui, j'ai grande tristesse ; j'ai conté mes mauvais songes de la nuit dernière. J'en dédie le récit à l'humanité. Mon cadeau est digne d'elle ; et, de toutes manières, peu importe une gaminerie de plus parmi les gamineries de ce monde. On m'accusera de n'être pas de mon temps, de nier le progrès, aux jours les plus féconds en conquêtes. Eh ! bonnes gens, vos nouvelles clartés ne sont encore que des ténèbres. Comme hier, le grand mystère nous échappe. Je me désole à chaque prétendue vérité que l'on découvre, car ce n'est pas là celle que je cherche, la Vérité une et entière, qui seule guérirait mon esprit malade. En six mille ans, nous n'avons pu faire un pas. Que si, à cette heure, pour vous éviter le souci de me juger fou à lier, il vous faut absolument une morale aux aventures de mon géant et de mon nain, peut-être vous contenterai-je en vous donnant celle-ci : Six mille ans et six mille ans encore s'écouleront, sans que nous achevions jamais notre première enjambée[1]." Voilà, mon mignon, ce qu'un historien consciencieux conclurait de notre histoire. Mais, tu penses, les beaux cris qui accueilleraient une pareille conclusion ! Je me refuse nettement à être une cause de scandale pour nos frères. Dès ce moment, désireux de voir notre légende courir le monde dûment autorisée et approuvée, j'en rédige la morale comme suit : "Bonnes gens qui m'avez lu, écrira le pauvre hère, je ne puis vous détailler ici les quinze ou vingt morales de ce récit. Il y en a pour tous les âges, pour toutes les conditions. Il suffit de vous recueillir et de bien interpréter mes paroles. Mais la vraie morale, la plus moralisante, celle dont je compte moi-même faire profit à ma prochaine histoire, est celle-ci : Lorsqu'on se met en route pour le Royaume des Heureux, il faut en connaître le chemin. Êtes-vous édifiés ? J'en suis fort aise." Hé ! mon mignon Sidoine, tu n'applaudis pas ? »

Sidoine dormait. Au ciel, la lune venait de se lever ; une clarté douce emplissait l'horizon, bleuissant l'espace, tombant en nappes d'argent des hauteurs dans la campagne. Les ténèbres s'étaient dissipées ; le silence régnait, plus profond. À l'effroi de l'heure précédente avait succédé une sereine tristesse. Dans le premier rayon, Médéric et Primevère apparurent au sommet des décombres, enlacés, immobiles ; tandis que, à leurs pieds, gisait Sidoine, éclairé par de larges pans de lumière.

Il ouvrit un œil, et, moitié endormi :

« J'entends, dit-il. Mon frère Médéric, où est la sagesse ?

— Mon mignon, répondit Médéric, prends une bêche.

— J'entends, dit Sidoine. Où est le bonheur ? »

Alors Primevère, lente, repliant les bras, se souleva. Elle allongea les lèvres et baisa les lèvres de Médéric.

Sidoine, satisfait, se rendormit, dodelinant de la tête, tournant les pouces, plus bête que jamais.

NOUVEAUX
CONTES À NINON

À NINON

Il y a juste dix ans, ma chère âme, que je t'ai conté mes premiers contes. Quels beaux amoureux nous étions alors ! J'arrivais de cette terre de Provence, où j'ai grandi si libre, si confiant, si plein de tous les espoirs de la vie. J'étais à toi, à toi seule, à ta tendresse, à ton rêve[1].

Te souviens-tu, Ninon ? Le souvenir est aujourd'hui l'unique joie où mon cœur se repose. Jusqu'à vingt ans, nous avons battu ensemble les sentiers. J'entends tes petits pieds sur la terre dure ; j'aperçois des bouts de ta jupe blanche au ras des herbes folles ; je sens ton haleine parmi de lointains souffles de sauge, qui m'arrivent comme des bouffées de jeunesse. Et les heures charmantes se précisent : c'était un matin, sur la berge, au bord de l'eau réveillée à peine, toute pure, toute rose des premières rougeurs du ciel ; c'était une après-midi, dans les arbres, dans un trou de feuilles, avec la campagne écrasée, dormant autour de nous, sans un frisson ; c'était un soir, au milieu d'un pré, lentement noyé sous le flot bleuâtre du crépuscule, qui coulait des coteaux ; c'était une nuit, marchant le long d'une route interminable, allant tous deux à l'inconnu, insoucieux des étoiles elles-mêmes, au seul bonheur de laisser la ville, de nous perdre loin, très loin, au fond de l'ombre discrète. Te souviens-tu, Ninon ?

Quelle vie heureuse ! Nous étions lâchés dans l'amour, dans l'art, dans le songe. Il n'est pas de buisson qui n'ait caché nos baisers, étouffé nos causeries. Je t'emmenais, je te promenais, comme la vivante poésie de mon enfance. À nous deux, nous avions le ciel, la terre, et les arbres, et les eaux, jusqu'aux roches nues qui fermaient l'horizon. Il me semblait, à cet âge, qu'en ouvrant les bras, j'allais prendre toute la campagne sur ma poitrine, pour lui donner un baiser de paix. Je me sentais des forces, des désirs, des bontés de géant. Nos courses de gamins échappés, nos amours d'oiseaux libres, m'avaient inspiré un grand mépris du monde, une tranquille croyance aux seules énergies de la vie. Oui, c'est dans tes tendresses de toutes les heures, mon amie, que j'ai fait jadis cette provision de courage, dont mes compagnons, plus tard, se sont si souvent étonnés. Les illusions de nos cœurs étaient des armures d'acier fin, qui me protègent encore.

Je te quittai, je quittai cette Provence dont tu étais l'âme, et ce fut toi que, dès la veille de la lutte, j'invoquais comme une bonne sainte. Tu eus mon premier livre. Il était tout plein de ton être, tout parfumé du parfum de tes cheveux. Tu m'avais envoyé au combat, avec un baiser au front, en amante brave qui veut la victoire du soldat qu'elle aime. Et moi, je ne me souvenais toujours que de ce baiser, je ne pensais qu'à toi, je ne pouvais parler que de toi.

Dix ans se sont écoulés. Ah ! ma chère âme, que de tempêtes ont grondé, que d'eau noire, que de débâcles ont passé depuis ce temps sous les ponts croulants de mes rêves ! Dix ans de travaux forcés, dix ans d'amertume, de coups donnés et reçus, d'éternel combat ! J'ai le cœur et le cerveau tout balafrés de blessures. Si tu voyais ton amoureux de jadis, ce grand garçon souple qui rêvait de déplacer les montagnes d'une chiquenaude, si tu le voyais passer dans le jour blafard de Paris, la face terreuse, alourdi de lassitude, tu grelotterais, ma pauvre Ninon, en regrettant les clairs soleils, les midis ardents, éteints à jamais. Certains soirs, je suis si brisé, que j'ai une envie lâche de m'asseoir au bord de la route, quitte à m'endormir pour toujours dans le fossé. Et sais-tu, Ninon, ce qui me pousse sans cesse en avant, ce qui me rend du cœur, à chaque faiblesse ? C'est ta voix, ma bien-aimée, ta voix lointaine, ton filet de voix pure qui me crie mes serments.

Certes, je te sais fille de courage. Je puis te montrer mes plaies, tu ne m'en aimeras que mieux. Cela me soulagera de me plaindre à toi, qui me consoleras. Je n'ai pas quitté la plume un seul jour, mon amie ; je me suis battu en soldat qui a son pain à gagner ; si la gloire vient, elle m'empêchera de manger mon pain sec. Que de besogne mauvaise, et dont j'ai encore le dégoût à la gorge ! Pendant dix ans, j'ai alimenté comme tant d'autres du meilleur de moi la fournaise du journalisme. De ce labeur colossal, il ne reste rien, qu'un peu de cendre. Feuilles jetées au vent, fleurs tombées à la boue, mélange de l'excellent et du pire, gâché dans l'auge commune. J'ai touché à toutes choses, je me suis sali les mains dans ce torrent de médiocrité trouble qui coule à pleins bords. Mon amour de l'absolu saignait, au milieu de ces niaiseries, si grosses d'importance le matin, si oubliées le soir. Lorsque je rêvais quelque coup de pouce éternel donné dans le granit, quelque œuvre de vie plantée debout à jamais, je soufflais des bulles de savon que crevait l'aile des mouches ronflantes au soleil. J'aurais glissé à l'hébétement du métier si, dans mon amour de la force, je n'avais eu une consolation, celle de cette production incessante, qui me rompait à toutes les fatigues[1].

Puis, mon amie, j'étais armé en guerre. Tu ne saurais croire les soulèvements de colère que la sottise produisait en moi. J'avais la passion de mes opinions, j'aurais voulu enfoncer mes croyances dans la gorge des autres. Un livre me rendait malade, un tableau me désespérait comme une catastrophe publique ; je vivais dans une bataille continue d'admiration et de mépris. En dehors des lettres, en dehors de l'art, le monde n'était plus. Et quels coups de plume, quels chocs furieux pour faire la place nette ! Aujourd'hui, je hausse les épaules. Je suis un vieil endurci dans le mal, j'ai gardé ma foi, je crois même être plus intraitable encore ; mais je me contente de m'enfermer et de travailler. C'est la seule façon de discuter sainement ; car les œuvres ne sont que des arguments, dans l'éternelle discussion du beau.

Tu penses bien que je ne suis pas sorti intact de la bataille. J'ai des cicatrices un peu partout, je te l'ai dit, au cerveau et au cœur. Je ne riposte plus, j'attends qu'on s'habitue à mon air. Peut-être ainsi pourrai-je te revenir entier. C'est que, mon amie, j'ai quitté nos galants sentiers d'amoureux, où les fleurs poussent, où l'on ne cueille que des sourires. J'ai pris la grand-route, grise de poussière, aux arbres maigres ; je me suis même, je le confesse, arrêté curieusement devant des chiens crevés, au coin des bornes ; j'ai parlé de vérité, j'ai prétendu qu'on pouvait tout écrire, j'ai voulu prouver que l'art est dans la vie et non ailleurs. Naturellement, on m'a poussé au ruisseau[2]. Moi,

Ninon, moi qui ai employé ma jeunesse à glaner pour ton corsage les pâquerettes et les bluets !

Tu me pardonneras mes infidélités d'amant. Les hommes ne peuvent rester toujours dans les jupes des filles. Il vient une heure où vos fleurs sont trop douces. Tu te rappelles la pâle soirée d'automne, la soirée de nos adieux ? C'est au sortir de tes bras frêles, que la vérité m'a emporté dans ses dures mains. J'ai été fou d'analyse exacte. Après les travaux courants, je prenais mes nuits, j'écrivais page à page les livres qui me hantaient. Si j'ai un orgueil, j'ai celui de cette volonté, dont l'effort m'a tiré lentement des besognes du métier. J'ai mangé, sans rien vendre de mes croyances. Je te devais ces confidences, à toi qui as le droit de savoir quel homme est devenu l'enfant dont tu as protégé les débuts.

Aujourd'hui, ma seule souffrance est d'être seul. Le monde finit à la grille de mon jardin. Je me suis enfermé chez moi pour ne mettre que le travail dans ma vie, et je me suis si bien enfermé, que personne ne vient plus. C'est pourquoi, ma chère âme, j'ai évoqué ton souvenir, au milieu de la lutte. J'étais trop seul, après dix ans de séparation ; je voulais te revoir, te baiser les cheveux, te dire que je t'aime toujours. Cela me soulage. Viens, et n'aie point peur, je ne suis pas si noir qu'on me fait. Je t'assure, je t'aime toujours, je rêve d'avoir encore des roses, pour en mettre un bouquet à ton sein. J'ai des envies de laitage. Si je ne craignais de faire rire, je t'emmènerais sous quelque charmille, avec un mouton blanc, pour nous dire tous les trois des choses tendres.

Et sais-tu ce que j'ai fait, Ninon, pour te retenir auprès de moi toute cette nuit ? Je te le donne en mille. J'ai fouillé le passé, j'ai cherché dans ces centaines de pages écrites un peu partout, si je n'en trouverais pas d'assez délicates pour tes oreilles. Au beau milieu de mes rudesses, il m'a plu de mettre cette douceur. Oui, j'ai voulu ce régal pour nous deux. Nous redevenons enfants, nous goûtons sur l'herbe. Ce sont des contes, rien que des contes, de la confiture dans de la porcelaine de gamins. N'est-ce pas charmant ? trois groseilles, deux grains de raisin sec, suffiront à notre faim, et nous nous griserons avec cinq gouttes de vin dans de l'eau claire. Écoute, curieuse. J'ai d'abord quelques contes assez décents ; certains même ont un commencement et une fin ; d'autres, il est vrai, vont pieds nus, après avoir jeté leur bonnet par-dessus les toits. Mais je dois t'avertir que, plus loin, nous entrerons dans des fantaisies qui battent absolument la campagne. Dame ! j'ai tout glané, il fallait bien te retenir la nuit entière. Là, je chante la chanson des « t'en souviens-tu ? ». Ce sont nos souvenirs à la queue leu leu, ma fille ; tout ce qu'il y a de plus doux pour nous, le meilleur de nos amours. Si cela ennuie les autres, tant pis ! ils n'ont pas besoin de venir mettre le nez dans nos affaires. Puis, pour te garder encore, j'entamerai une longue histoire, la dernière, celle qui nous mènera, je l'espère, jusqu'au matin. Elle est tout au bout des autres, placée à dessein pour t'endormir dans mes bras. Nous laisserons tomber le volume, et nous nous embrasserons.

Ah ! Ninon, quelle débauche de blanc et de rose ! Je ne promets pas cependant que, malgré tous mes soins à enlever les épines, il ne reste pas quelque goutte de sang dans ma botte de fleurs. Je n'ai plus les mains assez pures pour nouer des bouquets sans danger. Mais ne t'inquiète point : si tu te piques, je baiserai tes doigts, je boirai ton sang. Ce sera moins fade.

Demain, j'aurai rajeuni de dix ans. Il me semblera que j'arrive de la veille, du fond de notre jeunesse, avec le miel de ton baiser aux lèvres. Ce sera le recommencement de ma tâche. Ah! Ninon, je n'ai rien fait encore. Je pleure sur cette montagne de papier noirci ; je me désole à penser que je n'ai pu étancher ma soif du vrai, que la grande nature échappe à mes bras trop courts. C'est l'âpre désir, prendre la terre, la posséder dans une étreinte, tout voir, tout savoir, tout dire. Je voudrais coucher l'humanité sur une page blanche, tous les êtres, toutes les choses ; une œuvre qui serait l'arche immense[1].

Et ne m'attends pas de longtemps au rendez-vous que je t'ai donné, en Provence, après la tâche achevée. Il y a trop à faire. Je veux le roman, je veux le drame, je veux la vérité partout. Ne m'apporte plus ton cher souvenir que la nuit ; viens sur le rayon de lune qui glisse entre mes rideaux, à l'heure où je pourrai pleurer avec toi sans être vu. J'ai besoin de toute ma virilité. Plus tard, oh! plus tard, ce sera moi qui irai te retrouver dans les campagnes tièdes encore de nos tendresses. Nous serons bien vieux ; mais nous nous aimerons toujours. Tu me mèneras en pèlerinage sur la berge, au bord de l'eau, réveillée à peine ; dans les trous de feuilles, avec la campagne ardente dormant autour de nous ; au milieu des prés, lentement noyés sous le flot bleuâtre du crépuscule ; le long de la route interminable, insoucieux des étoiles, au seul bonheur de nous perdre dans l'ombre. Et les arbres, les brins d'herbe, jusqu'aux cailloux, nous reconnaîtront de loin, à nos baisers, et nous souhaiteront la bienvenue.

Écoute, pour que nous ne nous cherchions pas, je veux te dire derrière quelle haie j'irai te prendre. Tu sais l'endroit où la rivière fait un coude, après le pont, plus bas que le lavoir, juste en face du grand rideau de peupliers ? Souviens-toi, nous nous y sommes baisé les mains, un matin de mai. Eh bien! à gauche, il y a une haie d'aubépines, ce mur de verdure au pied duquel nous nous couchions pour ne plus voir que le bleu du ciel. C'est derrière la haie d'aubépines, ma chère âme, que je te donne rendez-vous, à des années, un jour de soleil pâle, lorsque ton cœur me saura dans les environs.

ÉMILE ZOLA

Paris, 1er octobre 1874

UN BAIN

Je te le donne en mille, Ninon. Cherche, invente, imagine : un vrai conte bleu, quelque chose de terrifiant et d'invraisemblable... Tu sais, la petite baronne, cette excellente Adeline de C***, qui avait juré... Non, tu ne devinerais pas, j'aime mieux te tout dire.

Eh bien ! Adeline se remarie, positivement. Tu doutes, n'est-ce pas ? Il faut que je sois au Mesnil-Rouge, à soixante-sept lieues de Paris[1], pour croire à une pareille histoire. Ris, le mariage ne s'en fera pas moins. Cette pauvre Adeline, qui était veuve à vingt-deux ans, et que la haine et le mépris des hommes rendaient si jolie ! En deux mois de vie commune, le défunt, un digne homme, certes, pas trop mal conservé, qui eût été parfait sans les infirmités dont il est mort, lui avait enseigné toute l'école du mariage. Elle avait juré que l'expérience suffisait. Et elle se remarie ! Ce que c'est que de nous, pourtant !

Il est vrai qu'Adeline a eu de la malchance. On ne prévoit pas une aventure pareille. Et si je te disais qui elle épouse ! Tu connais le comte Octave de R***, ce grand jeune homme qu'elle détestait si parfaitement. Ils ne pouvaient se rencontrer sans échanger des sourires pointus, sans s'égorger doucement avec des phrases aimables. Ah! les malheureux! si tu savais où ils se sont rencontrés une dernière fois... Je vois bien qu'il faut que je te conte ça. C'est tout un roman. Il pleut ce matin. Je vais mettre la chose en chapitres.

I

Le Château est à six lieues de Tours. Du Mesnil-Rouge, j'en vois les toits d'ardoise, noyés dans les verdures du parc. On le nomme le Château de la Belle au bois dormant, parce qu'il fut jadis habité par un seigneur qui faillit y épouser une de ses fermières. La chère enfant y vécut cloîtrée, et je crois que son ombre y revient. Jamais pierres n'ont eu une telle senteur d'amour.

La Belle qui y dort aujourd'hui est la vieille comtesse de M***, une tante d'Adeline. Il y a trente ans qu'elle doit venir passer un hiver à Paris. Ses nièces et ses neveux lui donnent chacun une quinzaine, à la belle saison. Adeline est très ponctuelle. D'ailleurs, elle aime le Château, une ruine légendaire que les pluies et les vents émiettent, au milieu d'une forêt vierge.

La vieille comtesse a formellement recommandé de ne toucher ni aux plafonds qui se lézardent, ni aux branches folles qui barrent les allées. Elle est heureuse de ce mur de feuilles qui s'épaissit là, chaque printemps, et elle dit, d'ordinaire, que la maison est encore plus solide qu'elle. La vérité est que toute une aile est par terre. Ces aimables retraites, bâties sous Louis XV, étaient, comme les amours du temps, un déjeuner de soleil. Les plâtres se sont fendus, les planchers ont cédé, la mousse a verdi jusqu'aux alcôves.

Toute l'humidité du parc a mis là une fraîcheur où passe encore l'odeur musquée des tendresses d'autrefois.

Le parc menace d'entrer dans la maison. Des arbres ont poussé au pied des perrons, dans les fentes des marches. Il n'y a plus que la grande allée qui soit carrossable ; encore faut-il que le cocher conduise ses bêtes à la main. À droite, à gauche, les taillis restent vierges, creusés de rares sentiers, noirs d'ombre, où l'on avance, les mains tendues, écartant les herbes. Et les troncs abattus font des impasses de ces bouts de chemins, tandis que les clairières rétrécies ressemblent à des puits ouverts sur le bleu du ciel. La mousse pend des branches, les douces-amères tendent des rideaux sous les futaies ; des pullulements d'insectes, des bourdonnements d'oiseaux qu'on ne voit pas, donnent une étrange vie à cette énormité de feuillages. J'ai eu souvent de petits frissons de peur, en allant rendre visite à la comtesse ; les taillis me soufflaient sur la nuque des haleines inquiétantes.

Mais il y a surtout un coin délicieux et troublant, dans le parc : c'est à gauche du Château, au bout d'un parterre, où il ne pousse plus que des coquelicots aussi grands que moi. Sous un bouquet d'arbres, une grotte se creuse, s'enfonçant au milieu d'une draperie de lierre, dont les bouts traînent jusque dans l'herbe. La grotte, envahie, obstruée, n'est plus qu'un trou noir, au fond duquel on aperçoit la blancheur d'un Amour de plâtre, souriant, un doigt sur la bouche. Le pauvre Amour est manchot, et il a, sur l'œil droit, une tache de mousse qui le rend borgne. Il semble garder, avec son sourire pâle d'infirme, quelque amoureuse dame morte depuis un siècle.

Une eau vive, qui sort de la grotte, s'étale en large nappe au milieu de la clairière ; puis, elle s'échappe par un ruisseau perdu sous les feuilles. C'est un bassin naturel, au fond de sable, dans lequel les grands arbres se regardent; le trou bleu du ciel fait une tache bleue au centre du bassin. Des joncs ont grandi, des nénuphars ont élargi leurs feuilles rondes. On n'entend, dans le jour verdâtre de ce puits de verdure, qui semble s'ouvrir en haut et en bas sur le lac du grand air, que la chanson de l'eau, tombant éternellement, d'un air de lassitude douce. De longues mouches d'eau patinent dans un coin. Un pinson vient boire, avec des mines délicates, craignant de se mouiller les pattes. Un frisson brusque des feuilles donne à la mare une pâmoison de vierge dont les paupières battent. Et, du noir de la grotte, l'Amour de plâtre commande le silence, le repos, toutes les discrétions des eaux et des bois, à ce coin voluptueux de nature.

II

Lorsque Adeline accorde une quinzaine à sa tante, ce pays de loups s'humanise. Il faut élargir les allées pour que les jupes d'Adeline puissent passer. Elle est venue, cette saison, avec trente-deux malles, qu'on a dû porter à bras, parce que le camion du chemin de fer n'a jamais osé s'engager dans les arbres. Il y serait resté, je te le jure.

D'ailleurs, Adeline est une sauvage, comme tu sais. Elle est fêlée, là, entre nous. Au couvent, elle avait des imaginations vraiment drôles. Je la soupçonne de venir au Château de la Belle au bois dormant pour y dépenser, loin des curieux, son appétit d'extravagances. La tante reste dans son fauteuil, le Château appartient à la chère enfant qui doit y rêver les plus étonnantes fantaisies. Cela la soulage. Quand elle sort de ce trou, elle est sage pour une année.

Pendant quinze jours, elle est la fée, l'âme des verdures. On la voit en toilette de gala, promener des dentelles blanches et des nœuds de soie au milieu des broussailles. On m'a même assuré l'avoir rencontrée en marquise Pompadour, avec de la poudre et des mouches, assise sur l'herbe, dans le coin le plus désert du parc. D'autres fois, on a aperçu un petit jeune homme blond qui suivait doucement les allées. Moi, j'ai une peur affreuse que le petit jeune homme ne soit cette chère toquée.

Je sais qu'elle fouille le Château des caves aux greniers. Elle furète dans les encoignures les plus noires, sonde les murs de ses petits poings, flaire de son nez rose toute cette poussière du passé. On la trouve sur des échelles, perdue au fond des grandes armoires, l'oreille tendue aux fenêtres, rêveuse devant les cheminées, avec l'envie évidente de monter dedans et de regarder. Puis, comme elle ne trouve sans doute pas ce qu'elle cherche, elle court le parterre aux grands coquelicots, les sentiers noirs d'ombre, les clairières blanches de soleil. Elle cherche toujours, le nez au vent, saisissant le lointain et vague parfum d'une fleur de tendresse qu'elle ne peut cueillir.

Positivement, je te l'ai dit, Ninon, le vieux Château sent l'amour, au milieu de ses arbres farouches. Il y a eu une fille enfermée là-dedans, et les murs ont conservé l'odeur de cette tendresse, comme les vieux coffrets où l'on a serré des bouquets de violettes. C'est cette odeur-là, je le jurerais, qui monte à la tête d'Adeline et qui la grise. Puis, quand elle a bu ce parfum de vieil amour, quand elle est grise, elle partirait sur un rayon de lune visiter le pays des contes, elle se laisserait baiser au front par tous les chevaliers de passage qui voudraient bien l'éveiller de son rêve de cent ans.

Des langueurs la prennent, elle porte des petits bancs dans le bois pour s'asseoir. Mais, par les jours de grandes chaleurs, son soulagement est d'aller se baigner, la nuit, dans le bassin, sous les hauts feuillages. C'est là sa retraite. Elle est la fille de la source. Les joncs ont des tendresses pour elle. L'Amour de plâtre lui sourit, quand elle laisse tomber ses jupes et qu'elle entre dans l'eau, avec la tranquillité de Diane confiante dans la solitude. Elle n'a que les nénuphars pour ceinture, sachant que les poissons eux-mêmes dorment d'un sommeil discret. Elle nage doucement, ses épaules blanches hors de l'eau, et l'on dirait un cygne gonflant les ailes, filant sans bruit. La fraîcheur calme ses anxiétés. Elle serait parfaitement tranquille, sans l'Amour manchot qui lui sourit.

Une nuit, elle est allée au fond de la grotte, malgré la peur horrible de cette ombre humide ; elle s'est dressée sur la pointe des pieds, mettant l'oreille aux lèvres de l'Amour, pour savoir s'il ne lui dirait rien.

III

Ce qu'il y a d'affreux, cette saison, c'est que la pauvre Adeline, en arrivant au Château, a trouvé, installé dans la plus belle chambre, le comte Octave de R***, ce grand jeune homme, son ennemi mortel. Il paraît qu'il est quelque peu le petit-cousin de la vieille Mme de M***. Adeline a juré qu'elle le délogerait. Elle a bravement défait ses malles, et elle a repris ses courses, ses fouilles éternelles. Octave, pendant huit jours, l'a tranquillement regardée de sa fenêtre, en fumant des cigares. Le soir, plus de paroles aiguës, plus de guerre sourde. Il était d'une telle politesse, qu'elle a fini par le trouver assommant, et qu'elle ne s'est plus occupée de lui. Lui, fumait toujours ; elle, battait le parc et prenait ses bains.

C'était vers minuit qu'elle descendait à la nappe d'eau, quand tout le monde dormait. Elle s'assurait surtout si le comte Octave avait bien soufflé sa bougie. Alors, à petits pas, elle s'en allait, comme à un rendez-vous d'amour, avec des désirs tout sensuels pour l'eau froide. Elle avait un petit frisson de peur exquis, depuis qu'elle savait un homme au Château. S'il ouvrait une fenêtre, s'il apercevait un coin de son épaule à travers les feuilles ! Rien que cette pensée la faisait grelotter, quand elle sortait ruisselante de la nappe, et qu'un rayon de lune blanchissait sa nudité de statue.

Une nuit, elle descendit vers onze heures. Le Château dormait depuis deux grandes heures. Cette nuit-là, elle se sentait des hardiesses particulières. Elle avait écouté à la porte du comte, et elle croyait l'avoir entendu ronfler. Fi ! un homme qui ronfle ! Cela lui avait donné un grand mépris pour les hommes, un grand désir des caresses fraîches de l'eau, dont le sommeil est si doux. Elle s'attarda sous les arbres, prenant plaisir à détacher ses vêtements un à un. Il faisait très sombre, la lune se levait à peine ; et le corps blanc de la chère enfant ne mettait sur la rive qu'une blancheur vague de jeune bouleau. Des souffles chauds venaient du ciel, qui passaient sur ses épaules avec des baisers tièdes. Elle était très à l'aise, un peu languissante, un peu étouffée par la chaleur, mais pleine d'une nonchalance heureuse qui lui faisait, sur le bord, tâter la source du pied.

Cependant, la lune tournait, éclairait déjà un coin de la nappe. Alors, Adeline, épouvantée, aperçut sur cette nappe une tête qui la regardait, dans ce coin éclairé. Elle se laissa glisser, se mit de l'eau jusqu'au menton, croisa les bras comme pour ramener sur sa poitrine tous les voiles tremblants du bassin, et demanda d'une voix frémissante :

« Qui est là ?... Que faites-vous là ?

— C'est moi, madame, répondit tranquillement le comte Octave... N'ayez pas peur, je prends un bain. »

IV

Il se fit un silence formidable. Il n'y avait plus, sur la nappe d'eau, que les ondulations qui s'élargissaient lentement autour des épaules d'Adeline et qui allaient mourir sur la poitrine du comte, avec un clapotement léger. Celui-ci, tranquillement, leva les bras, fit le geste de prendre une branche de saule pour sortir de l'eau.

« Restez, je vous l'ordonne, cria Adeline d'une voix terrifiée... Rentrez dans l'eau, rentrez dans l'eau bien vite !

— Mais, madame, répondit-il en rentrant dans l'eau jusqu'au cou, c'est qu'il y a plus d'une heure que je suis là.

— Ça ne fait rien, monsieur, je ne veux pas que vous sortiez, vous comprenez... Nous attendrons. »

Elle perdait la tête, la pauvre baronne. Elle parlait d'attendre, sans trop savoir, l'imagination détraquée par les éventualités terribles qui la menaçaient. Octave eut un sourire.

« Mais, hasarda-t-il, il me semble qu'en tournant le dos...

— Non, non, monsieur ! Vous ne voyez donc pas la lune ! »

Il était de fait que la lune avait marché et qu'elle éclairait en plein le bassin. C'était une lune superbe. Le bassin luisait, pareil à un miroir d'argent, au milieu du noir des feuilles ; les joncs, les nénuphars des bords, faisaient sur l'eau des ombres finement dessinées, comme lavées au pinceau, avec de l'encre de Chine. Une pluie chaude d'étoiles tombait dans le bassin par l'étroite ouverture des feuillages. Le filet d'eau coulait derrière Adeline, d'une voix plus basse et comme moqueuse. Elle hasarda un coup d'œil dans la grotte, elle vit l'Amour de plâtre qui lui souriait d'un air d'intelligence.

« La lune, certainement, murmura le comte, pourtant en tournant le dos...

— Non, non, mille fois non. Nous attendrons que la lune ne soit plus là... Vous voyez, elle marche. Quand elle aura atteint cet arbre, nous serons dans l'ombre...

— C'est qu'il y en a pour une bonne heure, avant qu'elle soit derrière cet arbre !

— Oh ! trois quarts d'heure au plus... Ça ne fait rien. Nous attendrons... Quand la lune sera derrière l'arbre, vous pourrez vous en aller. »

Le comte voulut protester ; mais, comme il faisait des gestes en parlant, et qu'il se découvrait jusqu'à la ceinture, elle poussa de petits cris de détresse si aigus, qu'il dut, par politesse, rentrer dans le bassin jusqu'au menton. Il eut la délicatesse de ne plus remuer. Alors, ils restèrent tous les deux là, en tête à tête, on peut le dire. Les deux têtes, cette adorable tête blonde de la baronne, avec les grands yeux que tu sais, et cette tête fine du comte, aux moustaches un peu ironiques, demeurèrent bien sagement immobiles, sur l'eau dormante, à une toise au plus l'une de l'autre[1]. L'Amour de plâtre, sous la draperie de lierre, riait plus fort.

V

Adeline s'était jetée en plein dans les nénuphars. Quand la fraîcheur de l'eau l'eut remise, et qu'elle eut pris ses dispositions pour passer là une heure, elle vit que l'eau était d'une limpidité vraiment choquante. Au fond, sur le sable, elle apercevait ses pieds nus. Il faut dire que cette diablesse de lune se baignait, elle aussi, se roulait dans l'eau, l'emplissait des frétillements d'anguilles de ses rayons. C'était un bain d'or liquide et transparent. Peut-être le comte voyait-il les pieds nus sur le sable, et s'il voyait les pieds et la tête... Adeline se couvrit, sous l'eau, d'une ceinture de nénuphars. Doucement, elle attira de larges feuilles rondes qui nageaient, et s'en fit une grande collerette. Ainsi habillée, elle se sentit plus tranquille.

Cependant, le comte avait fini par prendre la chose stoïquement. N'ayant pas trouvé une racine pour s'asseoir, il s'était résigné à se tenir à genoux. Et pour ne pas avoir l'air tout à fait ridicule, avec de l'eau au menton comme un homme perdu dans un plat à barbe colossal, il avait lié conversation avec la baronne, évitant tout ce qui pouvait rappeler le désagrément de leur position respective.

« Il a fait bien chaud aujourd'hui, madame.

— Oui, monsieur, une chaleur accablante. Heureusement que ces ombrages donnent quelque fraîcheur.

— Oh! certainement... Cette brave tante est une digne personne, n'est-ce pas?

— Une digne personne, en effet. »

Puis, ils parlèrent des dernières courses et des bals qu'on annonce déjà pour l'hiver prochain. Adeline, qui commençait à avoir froid, réfléchissait que le comte devait l'avoir vue pendant qu'elle s'attardait sur la rive.

Cela était tout simplement horrible. Seulement, elle avait des doutes sur la gravité de l'accident. Il faisait noir sous les arbres, la lune n'était pas encore là ; puis, elle se rappelait, maintenant, qu'elle se tenait derrière le tronc d'un gros chêne. Ce tronc avait dû la protéger. Mais, en vérité, ce comte était un homme abominable. Elle le haïssait, elle aurait voulu que le pied lui glissât, qu'il se noyât. Certes, ce n'est pas elle qui lui aurait tendu la main. Pourquoi, quand il l'avait vue venir, ne lui avait-il pas crié qu'il était là, qu'il prenait un bain ? La question se formula si nettement en elle, qu'elle ne put la retenir sur ses lèvres. Elle interrompit le comte, qui parlait de la nouvelle forme des chapeaux.

« Mais je ne savais pas, répondit-il ; je vous assure que j'ai eu très peur... Vous étiez toute blanche, j'ai cru que c'était la Belle au bois dormant qui revenait, vous savez, cette fille qui a été enfermée ici... J'avais si peur, que je n'ai pas pu crier. »

VI

Au bout d'une demi-heure, ils étaient bons amis. Adeline s'était dit qu'elle se décolletait bien dans les bals, et qu'en somme elle pouvait montrer ses épaules. Elle était sortie un peu de l'eau, elle avait échancré la robe montante qui la serrait au cou. Puis, elle avait risqué les bras. Elle ressemblait à une fille des sources, la gorge nue, les bras libres, vêtue de toute cette nappe verte qui s'étalait et s'en allait derrière elle comme une large traîne de satin.

Le comte s'attendrissait. Il avait obtenu de faire quelques pas pour se rapprocher d'une racine. Ses dents claquaient un peu. Il regardait la lune avec un intérêt très vif.

« Hein ! elle marche lentement ? demanda Adeline.

— Eh ! non, elle a des ailes », répondit-il avec un soupir.

Elle se mit à rire, en ajoutant :

« Nous en avons encore pour un gros quart d'heure. »

Alors, il profita lâchement de la situation : il lui fit une déclaration. Il lui expliqua qu'il l'aimait depuis deux ans, et que s'il la taquinait, c'était qu'il avait trouvé cela plus drôle que de lui dire des fadeurs. Adeline, prise d'inquiétude, remonta sa robe verte jusqu'au cou, fourra les bras dans les manches. Elle ne passait plus que le bout de son nez rose sous les nénuphars ; et, comme elle recevait en plein la lune dans les yeux, elle était tout étourdie, tout éblouie. Elle ne voyait plus le comte, quand elle entendit un grand barbotement et qu'elle sentit l'eau s'agiter et lui monter aux lèvres.

« Voulez-vous bien ne pas remuer ! cria-t-elle ; voulez-vous bien ne pas marcher comme cela dans l'eau !

— Mais je n'ai pas marché, dit le comte, j'ai glissé… Je vous aime !

— Taisez-vous, ne remuez plus, nous parlerons de tout cela, quand il fera noir… Attendons que la lune soit derrière l'arbre… »

VII

La lune se cacha derrière l'arbre. L'Amour de plâtre éclata de rire.

LES FRAISES

I

Un matin de juin, en ouvrant la fenêtre, je reçus au visage un souffle d'air frais. Il avait fait pendant la nuit un violent orage. Le ciel paraissait comme neuf, d'un bleu tendre, lavé par l'averse jusque dans ses plus petits coins. Les toits, les arbres dont j'apercevais les hautes branches entre les cheminées, étaient encore trempés de pluie, et ce bout d'horizon riait sous le soleil jaune. Il montait des jardins voisins une bonne odeur de terre mouillée.

« Allons, Ninette[1], criai-je gaiement, mets ton chapeau, ma fille... Nous partons pour la campagne. »

Elle battit des mains. Elle eut terminé sa toilette en dix minutes, ce qui est très méritoire pour une coquette de vingt ans.

À neuf heures, nous étions dans les bois de Verrières.

II

Quels bois discrets, et que d'amoureux y ont promené leurs amours! Pendant la semaine, les taillis sont déserts, on peut marcher côte à côte, les bras à la taille, les lèvres se cherchant, sans autre danger que d'être vus par les fauvettes des buissons. Les allées s'allongent, hautes et larges, à travers les grandes futaies ; le sol est couvert d'un tapis d'herbe fine, sur lequel le soleil, trouant les feuillages, jette des palets d'or. Et il y a des chemins creux, des sentiers étroits, très sombres, où l'on est obligé de se serrer l'un contre l'autre. Et il y a encore des fourrés impénétrables, où l'on peut se perdre, si les baisers chantent trop haut.

Ninon quittait mon bras, courait comme un jeune chien, heureuse de sentir les herbes frôler ses chevilles. Puis elle revenait et se pendait à mon épaule, lasse, caressante. Toujours le bois s'étendait, mer sans fin aux vagues de verdure. Le silence frissonnant, l'ombre vivante qui tombait des grands arbres nous montaient à la tête, nous grisaient de toute la sève ardente du printemps. On redevient enfant, dans le mystère des taillis.

« Oh ! des fraises, des fraises ! » cria Ninon en sautant un fossé comme une chèvre échappée, et en fouillant les broussailles.

III

Des fraises, hélas ! non, mais des fraisiers, toute une nappe de fraisiers qui s'étalait sous les ronces.

Ninon ne songeait plus aux bêtes dont elle avait une peur horrible. Elle promenait gaillardement les mains au milieu des herbes, soulevant chaque feuille, désespérée de ne pas rencontrer le moindre fruit.

« On nous a devancés, dit-elle avec une moue de dépit... Oh ! dis, cherchons bien, il y en a sans doute encore. »

Et nous nous mîmes à chercher avec une conscience exemplaire. Le corps plié, le cou tendu, les yeux fixés à terre, nous avancions à petits pas prudents, sans risquer une parole, de peur de faire envoler les fraises. Nous avions oublié la forêt, le silence et l'ombre, les larges allées et les sentiers étroits. Les fraises, rien que les fraises. À chaque touffe que nous rencontrions, nous nous baissions, et nos mains frémissantes se touchaient sous les herbes.

Nous fîmes ainsi plus d'une lieue, courbés, errant à droite, à gauche. Pas la plus petite fraise. Des fraisiers superbes, avec de belles feuilles d'un vert sombre. Je voyais les lèvres de Ninon se pincer et ses yeux devenir humides.

IV

Nous étions arrivés en face d'un large talus, sur lequel le soleil tombait droit, avec des chaleurs lourdes. Ninon s'approcha de ce talus, décidée à ne plus chercher ensuite. Brusquement, elle poussa un cri aigu. J'accourus, effrayé, croyant qu'elle s'était blessée. Je la trouvai accroupie ; l'émotion l'avait assise par terre, et elle me montrait du doigt une petite fraise, à peine grosse comme un pois, mûre d'un côté seulement.

« Cueille-la, toi », me dit-elle d'une voix basse et caressante.

Je m'étais assis près d'elle, au bas du talus.

« Non, répondis-je, c'est toi qui l'as trouvée, c'est toi qui dois la cueillir.

— Non, fais-moi ce plaisir, cueille-la. »

Je me défendis tant et si bien que Ninon se décida enfin à couper la tige de son ongle. Mais ce fut une bien autre histoire, quand il fallut savoir lequel de nous deux mangerait cette pauvre petite fraise qui nous coûtait une bonne heure de recherches. À toute force, Ninon voulait me la mettre dans la bouche. Je résistai fermement ; puis, je finis par faire des concessions, et il fut arrêté que la fraise serait partagée en deux.

Elle la mit entre ses lèvres, en me disant avec un sourire :

« Allons, prends ta part. »

Je pris ma part. Je ne sais si la fraise fut partagée fraternellement. Je ne sais même si je goûtai à la fraise, tant le miel du baiser de Ninon me parut bon.

V

Le talus était couvert de fraisiers, et ces fraisiers-là étaient des fraisiers sérieux. La récolte fut ample et joyeuse. Nous avions étalé à terre un mouchoir blanc, en nous jurant solennellement d'y déposer notre butin, sans rien en détourner. À plusieurs reprises pourtant, il me sembla voir Ninon porter la main à sa bouche.

Quand la récolte fut faite, nous décidâmes qu'il était temps de chercher un coin d'ombre pour déjeuner à l'aise. Je trouvai, à quelques pas, un trou charmant, un nid de feuilles. Le mouchoir fut religieusement placé à côté de nous.

Grands dieux ! qu'il faisait bon là, sur la mousse, dans la volupté de cette fraîcheur verte ! Ninon me regardait avec des yeux humides. Le soleil avait mis des rougeurs tendres sur son cou. Comme elle vit toute ma tendresse dans mon regard, elle se pencha vers moi, en me tendant les deux mains, avec un geste d'adorable abandon.

Le soleil, flambant sur les hauts feuillages, jetait des palets d'or, à nos pieds, dans l'herbe fine. Les fauvettes elles-mêmes se taisaient et ne regardaient pas. Quand nous cherchâmes les fraises pour les manger, nous nous aperçûmes avec stupeur que nous étions couchés en plein sur le mouchoir.

LE GRAND MICHU

I

Une après-midi, à la récréation de quatre heures, le grand Michu me prit à part, dans un coin de la cour. Il avait un air grave qui me frappa d'une certaine crainte ; car le grand Michu était un gaillard, aux poings énormes, que, pour rien au monde, je n'aurais voulu avoir pour ennemi.

« Écoute, me dit-il de sa voix grasse de paysan à peine dégrossi, écoute, veux-tu en être ? »

Je répondis carrément : « Oui ! » flatté d'être de quelque chose avec le grand Michu. Alors, il m'expliqua qu'il s'agissait d'un complot. Les confidences qu'il me fit, me causèrent une sensation délicieuse, que je n'ai jamais peut-être éprouvée depuis. Enfin, j'entrais dans les folles aventures de la vie, j'allais avoir un secret à garder, une bataille à livrer. Et, certes, l'effroi inavoué que je ressentais à l'idée de me compromettre de la sorte, comptait pour une bonne moitié dans les joies cuisantes de mon nouveau rôle de complice.

Aussi, pendant que le grand Michu parlait, étais-je en admiration devant lui. Il m'initia d'un ton un peu rude, comme un conscrit dans l'énergie duquel on a une médiocre confiance. Cependant, le frémissement d'aise, l'air d'extase enthousiaste que je devais avoir en l'écoutant, finirent par lui donner une meilleure opinion de moi.

Comme la cloche sonnait le second coup, en allant tous deux prendre nos rangs pour rentrer à l'étude :

« C'est entendu, n'est-ce pas ? me dit-il à voix basse. Tu es des nôtres... Tu n'auras pas peur, au moins ; tu ne trahiras pas ?

— Oh ! non, tu verras... C'est juré. »

Il me regarda de ses yeux gris, bien en face, avec une vraie dignité d'homme mûr, et me dit encore :

« Autrement, tu sais, je ne te battrai pas, mais je dirai partout que tu es un traître, et personne ne te parlera plus. »

Je me souviens encore du singulier effet que me produisit cette menace. Elle me donna un courage énorme. « Bast ! me disais-je, ils peuvent bien me donner deux mille vers ; du diable si je trahis Michu ! » J'attendis avec une impatience fébrile l'heure du dîner. La révolte devait éclater au réfectoire.

II

Le grand Michu était du Var. Son père, un paysan qui possédait quelques bouts de terre, avait fait le coup de feu en 51, lors de l'insurrection provoquée par le coup d'État. Laissé pour mort dans la plaine d'Uchâne[1], il avait réussi à se cacher. Quand il reparut, on ne l'inquiéta pas. Seulement, les autorités du pays, les notables, les gros et les petits rentiers ne l'appelèrent plus que ce brigand de Michu.

Ce brigand, cet honnête homme illettré, envoya son fils au collège d'A***. Sans doute il le voulait savant pour le triomphe de la cause qu'il n'avait pu défendre, lui, que les armes à la main. Nous savions vaguement cette histoire, au collège, ce qui nous faisait regarder notre camarade comme un personnage très redoutable.

Le grand Michu était, d'ailleurs, beaucoup plus âgé que nous. Il avait près de dix-huit ans, bien qu'il ne se trouvât encore qu'en quatrième. Mais on n'osait le plaisanter. C'était un de ces esprits droits, qui apprennent difficilement, qui ne devinent rien ; seulement, quand il savait une chose, il la savait à fond et pour toujours. Fort, comme taillé à coups de hache, il régnait en maître pendant les récréations. Avec cela, d'une douceur extrême. Je ne l'ai jamais vu qu'une fois en colère ; il voulait étrangler un pion qui nous enseignait que tous les républicains étaient des voleurs et des assassins. On faillit mettre le grand Michu à la porte.

Ce n'est que plus tard, lorsque j'ai revu mon ancien camarade dans mes souvenirs, que j'ai pu comprendre son attitude douce et forte. De bonne heure, son père avait dû en faire un homme.

III

Le grand Michu se plaisait au collège, ce qui n'était pas le moindre de nos étonnements. Il n'y éprouvait qu'un supplice dont il n'osait parler : la faim. Le grand Michu avait toujours faim.

Je ne me souviens pas d'avoir vu un pareil appétit. Lui qui était très fier, il allait parfois jusqu'à jouer des comédies humiliantes pour nous escroquer un morceau de pain, un déjeuner ou un goûter. Élevé en plein air, au pied de la chaîne des Maures, il souffrait encore plus cruellement que nous de la maigre cuisine du collège.

C'était là un de nos grands sujets de conversation, dans la cour, le long du mur qui nous abritait de son filet d'ombre. Nous autres, nous étions des délicats. Je me rappelle surtout une certaine morue à la sauce rousse et certains haricots à la sauce blanche qui étaient devenus le sujet d'une malédiction générale. Les jours où ces plats apparaissaient, nous ne tarissions pas. Le grand Michu, par respect humain, criait avec nous, bien qu'il eût avalé volontiers les six portions de sa table.

Le grand Michu ne se plaignait guère que de la quantité des vivres. Le hasard, comme pour l'exaspérer, l'avait placé au bout de la table, à côté du pion, un jeune gringalet qui nous laissait fumer en promenade. La règle était que les maîtres d'étude avaient droit à deux portions. Aussi, quand on servait des saucisses, fallait-il voir le grand Michu lorgner les deux bouts de saucisses qui s'allongeaient côte à côte sur l'assiette du petit pion.

« Je suis deux fois plus gros que lui, me dit-il un jour, et c'est lui qui a deux fois plus à manger que moi. Il ne laisse rien, va ; il n'en a pas de trop ! »

IV

Or, les meneurs avaient résolu que nous devions à la fin nous révolter contre la morue à la sauce rousse et les haricots à la sauce blanche.

Naturellement, les conspirateurs offrirent au grand Michu d'être leur chef. Le plan de ces messieurs était d'une simplicité héroïque : il suffirait, pensaient-ils, de mettre leur appétit en grève, de refuser toute nourriture, jusqu'à ce que le proviseur déclarât solennellement que l'ordinaire serait amélioré. L'approbation que le grand Michu donna à ce plan, est un des plus beaux traits d'abnégation et de courage que je connaisse. Il accepta d'être le chef du mouvement, avec le tranquille héroïsme de ces anciens Romains qui se sacrifiaient pour la chose publique.

Songez donc ! lui se souciait bien de voir disparaître la morue et les haricots ; il ne souhaitait qu'une chose, en avoir davantage, à discrétion ! Et, pour comble, on lui demandait de jeûner ! Il m'a avoué depuis que jamais cette vertu républicaine que son père lui avait enseignée, la solidarité, le dévouement de l'individu aux intérêts de la communauté, n'avait été mise en lui à une plus rude épreuve.

Le soir, au réfectoire — c'était le jour de la morue à la sauce rousse —, la grève commença avec un ensemble vraiment beau. Le pain seul était permis. Les plats arrivent, nous n'y touchons pas, nous mangeons notre pain sec. Et cela gravement, sans causer à voix basse, comme nous en avions l'habitude. Il n'y avait que les petits qui riaient.

Le grand Michu fut superbe. Il alla, ce premier soir, jusqu'à ne pas même manger de pain. Il avait mis les deux coudes sur la table, il regardait dédaigneusement le petit pion qui dévorait.

Cependant, le surveillant fit appeler le proviseur, qui entra dans le réfectoire comme une tempête. Il nous apostropha rudement, nous demandant ce que nous pouvions reprocher à ce dîner, auquel il goûta et qu'il déclara exquis.

Alors le grand Michu se leva.

« Monsieur, dit-il, c'est la morue qui est pourrie, nous ne parvenons pas à la digérer.

— Ah ! bien ! cria le gringalet de pion, sans laisser

au proviseur le temps de répondre, les autres soirs, vous avez pourtant mangé presque tout le plat à vous seul. »

Le grand Michu rougit extrêmement. Ce soir-là, on nous envoya simplement coucher, en nous disant que, le lendemain, nous aurions sans doute réfléchi.

V

Le lendemain et le surlendemain, le grand Michu fut terrible. Les paroles du maître d'étude l'avaient frappé au cœur. Il nous soutint, il nous dit que nous serions des lâches si nous cédions. Maintenant, il mettait tout son orgueil à montrer que, lorsqu'il le voulait, il ne mangeait pas.

Ce fut un vrai martyr. Nous autres, nous cachions tous dans nos pupitres du chocolat, des pots de confitures, jusqu'à de la charcuterie, qui nous aidèrent à ne pas manger tout à fait sec le pain dont nous emplissions nos poches. Lui, qui n'avait pas un parent dans la ville, et qui se refusait d'ailleurs de pareilles douceurs, s'en tint strictement aux quelques croûtes qu'il put trouver.

Le surlendemain, le proviseur ayant déclaré que, puisque les élèves s'entêtaient à ne pas toucher aux plats, il allait cesser de faire distribuer du pain, la révolte éclata, au déjeuner. C'était le jour des haricots à la sauce blanche.

Le grand Michu, dont une faim atroce devait troubler la tête, se leva brusquement. Il prit l'assiette du pion, qui mangeait à belles dents, pour nous narguer et nous donner envie, la jeta au milieu de la salle, puis entonna *La Marseillaise* d'une voix forte[1]. Ce fut comme un grand souffle qui nous souleva tous. Les assiettes, les verres, les bouteilles, dansèrent une jolie danse. Et les pions, enjambant les débris, se hâtèrent de nous abandonner le réfectoire. Le gringalet, dans sa fuite, reçut sur les épaules un plat de haricots, dont la sauce lui fit une large collerette blanche.

Cependant, il s'agissait de fortifier la place. Le grand Michu fut nommé général. Il fit porter, entasser les tables devant les portes. Je me souviens que nous avions tous pris nos couteaux à la main. Et *La Marseillaise* tonnait toujours. La révolte tournait à la révolution. Heureusement, on nous laissa à nous-mêmes pendant trois grandes heures. Il paraît qu'on était allé chercher la garde. Ces trois heures de tapage suffirent pour nous calmer.

Il y avait au fond du réfectoire deux larges fenêtres qui donnaient sur la cour. Les plus timides, épouvantés de la longue impunité dans laquelle on nous laissait, ouvrirent doucement une des fenêtres et disparurent. Ils furent peu à peu suivis par les autres élèves. Bientôt le grand Michu n'eut plus qu'une dizaine d'insurgés autour de lui. Il leur dit alors d'une voix rude :

« Allez retrouver les autres, il suffit qu'il y ait un coupable. »

Puis s'adressant à moi qui hésitais, il ajouta :

« Je te rends ta parole, entends-tu ! »

Lorsque la garde eut enfoncé une des portes, elle trouva le grand Michu tout seul, assis tranquillement sur le bout d'une table, au milieu de la vaisselle cassée. Le soir même, il fut renvoyé à son père. Quant à nous, nous profitâmes peu de cette révolte. On évita bien pendant quelques semaines de nous servir de la morue et des haricots. Puis, ils reparurent ; seulement la morue était à la sauce blanche, et les haricots, à la sauce rousse.

VI

Longtemps après, j'ai revu le grand Michu. Il n'avait pu continuer ses études. Il cultivait à son tour les quelques bouts de terre que son père lui avait laissés en mourant.

« J'aurais fait, m'a-t-il dit, un mauvais avocat ou un mauvais médecin, car j'avais la tête bien dure. Il vaut mieux que je sois un paysan. C'est mon affaire... N'importe, vous m'avez joliment lâché. Et moi qui justement adorais la morue et les haricots ! »

LE JEÛNE

I

Quand le vicaire monta en chaire, avec son large surplis d'une blancheur angélique, la petite baronne était béatement assise à sa place accoutumée, près d'une bouche de chaleur, devant la chapelle des Saints-Anges.

Après le recueillement d'usage, le vicaire se passa délicatement sur les lèvres un fin mouchoir de batiste ; puis, il ouvrit les bras, pareil à un séraphin qui va prendre son vol, pencha la tête, et parla. Sa voix fut d'abord, dans la vaste nef, comme un murmure lointain d'eau courante, comme une plainte amoureuse du vent au milieu des feuillages. Et, peu à peu, le souffle grandit, la brise devint tempête, la voix roula sous les voûtes avec de majestueux grondements de tonnerre. Mais toujours, par instants, même au milieu de ses plus formidables coups de foudre, la voix du vicaire se faisait subitement douce, jetant un clair rayon de soleil au milieu du sombre ouragan de son éloquence.

La petite baronne, dès les premiers susurrements dans les feuilles, avait pris la pose gourmande et charmée d'une personne d'oreille délicate qui s'apprête à goûter toutes les finesses d'une symphonie aimée. Elle parut ravie de la douceur exquise des phrases musicales du début ; elle suivit ensuite, avec une attention de connaisseur, les renflements de la voix, l'épanouissement de l'orage final, ménagé avec tant de science ; et quand la voix eut acquis tout son développement, quand elle tonna, grandie par les échos de la nef, la petite baronne ne put retenir un bravo discret, un hochement de satisfaction.

Dès lors, ce fut une jouissance céleste. Toutes les dévotes se pâmaient.

II

Cependant, le vicaire disait quelque chose ; sa musique accompagnait des paroles. Il prêchait sur le jeûne, il disait combien étaient agréables à Dieu les mortifications de la créature. Penché au bord de la chaire, dans son attitude de grand oiseau blanc, il soupirait :

« L'heure est venue, mes frères et mes sœurs, où nous devons tous, comme Jésus, porter notre croix, nous couronner d'épines, monter notre calvaire, les pieds nus sur les rocs et dans les ronces. »

La petite baronne trouva sans doute la phrase mollement arrondie, car elle cligna doucement les yeux, comme chatouillée au cœur. Puis, la symphonie du vicaire la berçant, tout en continuant à suivre les phrases mélodiques, elle se laissa aller à une demi-rêverie pleine de voluptés intimes.

En face d'elle, elle voyait une des longues fenêtres du chœur, grise de brouillard. La pluie ne devait pas avoir cessé. La chère enfant était venue au sermon par un temps atroce. Il faut bien pâtir un peu, quand on a de la religion. Son cocher avait reçu une averse épouvantable, et elle-même, en sautant sur le pavé, s'était légèrement mouillé le bout des pieds. Son coupé, d'ailleurs, était excellent, clos, capitonné comme une alcôve. Mais c'est si triste de voir, au travers des glaces humides, une file de parapluies affairés courir sur chaque trottoir ! Et elle pensait que, s'il avait fait beau, elle aurait pu venir en victoria. C'eût été beaucoup plus gai.

Au fond, sa grande crainte était que le vicaire ne dépêchât trop vivement son sermon. Il lui faudrait alors attendre sa voiture, car elle ne consentirait certes pas à patauger par un temps pareil. Et elle calculait que, du train dont il allait, jamais le vicaire n'aurait de la voix pour deux heures ; son cocher arriverait trop tard. Cette anxiété lui gâtait un peu ses joies dévotes.

III

Le vicaire, avec des colères brusques qui le redressaient, les cheveux secoués, les poings en avant, comme un homme en proie à l'esprit vengeur, grondait :

« Et surtout malheur à vous, pécheresses, si vous ne versez pas sur les pieds de Jésus le parfum de vos remords, l'huile odorante de vos repentirs. Croyez-moi, tremblez et tombez à deux genoux sur la pierre. C'est en venant vous enfermer dans le purgatoire de la pénitence, ouvert par l'Église pendant ces jours de contrition universelle ; c'est en usant les dalles sous vos fronts pâlis par le jeûne, en descendant dans les angoisses de la faim et du froid, du silence et de la nuit, que vous mériterez le pardon divin, au jour fulgurant du triomphe ! »

La petite baronne, tirée de sa préoccupation par ce terrible éclat, dodelina de la tête, lentement, comme étant tout à fait de l'avis du prêtre courroucé. Il fallait prendre des verges, se mettre dans un coin bien noir, bien humide, bien glacial, et là se donner le fouet ; cela ne faisait pas de doute pour elle.

Puis, elle retomba dans ses songeries ; elle se perdit au fond d'un bien-être, d'une extase attendrie. Elle était assise à l'aise sur une chaise basse, à large dossier, et elle avait sous les pieds un coussin brodé, qui lui empêchait de sentir le froid de la dalle. À demi renversée, elle jouissait de l'église, de ce grand vaisseau où traînaient des vapeurs d'encens, dont les profondeurs, pleines d'ombres mystérieuses, s'emplissaient d'adorables visions. La nef, avec ses tentures de velours rouge, ses ornements d'or et de marbre, avec son air d'immense boudoir plein de senteurs troublantes, éclairé de clartés tendres de veilleuse, clos et comme prêt pour des amours surhumaines, l'avait peu à peu enveloppée du charme de ses pompes. C'était la fête de ses sens. Sa jolie personne grasse s'abandonnait, flattée, bercée, caressée. Et sa volupté venait surtout de se sentir si petite dans une si grande béatitude.

Mais à son insu, ce qui la chatouillait encore le plus délicieusement, c'était l'haleine tiède de la bouche de chaleur ouverte presque sous ses jupes. Elle était très frileuse, la petite baronne. La bouche de chaleur soufflait discrètement ses caresses chaudes le long de ses bas de soie. Des assoupissements la prenaient, dans ce bain d'une souplesse molle.

IV

Le vicaire était toujours en plein courroux. Il plongeait toutes les dévotes présentes dans l'huile bouillante de l'enfer.

« Si vous n'écoutez pas la voix de Dieu, si vous n'écoutez pas ma voix qui est celle de Dieu lui-même, je vous le dis en vérité, vous entendrez un jour vos os craquer d'angoisse, vous sentirez votre chair se fendre sur des charbons ardents, et alors c'est en vain que vous crierez : "Pitié, Seigneur, pitié, je me repens !" Dieu sera sans miséricorde, et du pied vous rejettera dans l'abîme ! »

À ce dernier trait, il y eut un frisson dans l'auditoire. La petite baronne, qu'endormait décidément l'air chaud qui courait dans ses jupes, sourit vaguement. Elle connaissait beaucoup le vicaire, la petite baronne. La veille, il avait dîné chez elle. Il adorait le pâté de saumon truffé, et le pommard était son vin favori. C'était, certes, un bel homme, trente-cinq à quarante ans, brun, le visage si rond et si rose, qu'on eût volontiers pris ce visage de prêtre pour la face réjouie d'une servante de ferme. Avec cela, homme du monde, belle fourchette, langue bien pendue. Les femmes l'adoraient, la petite baronne en raffolait. Il lui disait d'une voix si adorablement sucrée : « Ah ! madame, avec une telle toilette, vous damneriez un saint. »

Et il ne se damnait pas, le cher homme. Il courait débiter à la comtesse, à la marquise, à ses autres pénitentes, la même galanterie, ce qui en faisait l'enfant gâté de ces dames.

Quand il allait dîner chez la petite baronne, le jeudi, elle le soignait en chère créature que le moindre courant d'air pourrait enrhumer, et à laquelle un mauvais morceau donnerait infailliblement une indigestion. Au salon, son fauteuil était au coin de la cheminée ; à table, les gens de service avaient ordre de veiller particulièrement sur son assiette, de verser à lui seul un certain pommard, âgé de douze ans, qu'il buvait en fermant les yeux de ferveur, comme s'il eût communié.

Il était si bon, si bon, le vicaire ! Tandis que, du haut de la chaire, il parlait d'os qui craquent et de membres qui grillent, la petite baronne, dans l'état de demi-sommeil où elle était, le voyait à sa table, s'essuyant béatement les lèvres, lui disant : « Voici, chère madame, une bisque qui vous ferait trouver grâce auprès de Dieu le Père, si votre beauté ne suffisait déjà pas pour vous assurer le paradis. »

V

Le vicaire, quand il eut usé de la colère et de la menace, se mit à sangloter. C'était, d'habitude, sa tactique. Presque à genoux dans la chaire, ne montrant plus que les épaules, puis, tout d'un coup, se relevant, se pliant, comme abattu par la douleur, il s'essuyait les yeux, avec un grand froissement de mousseline empesée, il jetait ses bras en l'air, à droite, à gauche, prenant des poses de pélican blessé. C'était le bouquet, le final, le morceau à grand orchestre, la scène mouvementée du dénouement.

« Pleurez, pleurez, larmoyait-il, la parole expirante ; pleurez sur vous, pleurez sur moi, pleurez sur Dieu... »

La petite baronne dormait tout à fait, les yeux ouverts. La chaleur, l'encens, l'ombre croissante, l'avaient comme engourdie. Elle s'était pelotonnée, elle s'était renfermée dans les sensations voluptueuses qu'elle éprouvait ; et, sournoisement, elle rêvait des choses très agréables.

À côté d'elle, dans la chapelle des Saints-Anges, il y avait une grande fresque, représentant un groupe de beaux jeunes hommes, à demi nus, avec des ailes dans le dos. Ils souriaient, d'un sourire d'amants transis, tandis que leurs attitudes penchées, agenouillées, semblaient adorer quelque petite baronne invisible. Les beaux garçons, lèvres tendres, peau de satin, bras musculeux ! Le pis était qu'un d'entre eux ressemblait absolument au jeune duc de P***, un des bons amis de la petite baronne. Dans son assoupissement, elle se demandait si le duc serait bien nu, avec des ailes dans le dos. Et, par moments, elle s'imaginait que le grand chérubin rose portait l'habit noir du duc. Puis, le rêve se fixa : ce fut véritablement le duc, très court-vêtu, qui, du fond des ténèbres, lui envoyait des baisers.

VI

Quand la petite baronne se réveilla, elle entendit le vicaire qui disait la phrase sacramentelle :

« Et c'est la grâce que je vous souhaite. »

Elle resta un instant étonnée ; elle crut que le vicaire lui souhaitait les baisers du jeune duc.

Il y eut un grand bruit de chaises. Tout le monde s'en alla ; la petite baronne avait deviné juste, son cocher n'était point encore au bas des marches. Ce diable de vicaire avait dépêché son sermon, volant à ses pénitentes au moins vingt minutes d'éloquence.

Et, comme la petite baronne s'impatientait dans

une nef latérale, elle rencontra le vicaire qui sortait précipitamment de la sacristie. Il regardait l'heure à sa montre, il avait l'air affairé d'un homme qui ne veut point manquer un rendez-vous.

« Ah ! que je suis en retard ! chère madame, dit-il. Vous savez, on m'attend chez la comtesse. Il y a un concert spirituel, suivi d'une petite collation. »

LES ÉPAULES DE LA MARQUISE

I

La marquise dort dans son grand lit, sous les larges rideaux de satin jaune. À midi, au timbre clair de la pendule, elle se décide à ouvrir les yeux.

La chambre est tiède. Les tapis, les draperies des portes et des fenêtres, en font un nid moelleux, où le froid n'entre pas. Des chaleurs, des parfums traînent. Là, règne l'éternel printemps.

Et, dès qu'elle est bien éveillée, la marquise semble prise d'une anxiété subite. Elle rejette les couvertures, elle sonne Julie.

« Madame a sonné ?

— Dites, est-ce qu'il dégèle ? »

Oh! bonne marquise! Comme elle a fait cette question d'une voix émue! Sa première pensée est pour ce froid terrible, ce vent du nord qu'elle ne sent pas, mais qui doit souffler si cruellement dans les taudis des pauvres gens. Et elle demande si le ciel a fait grâce, si elle peut avoir chaud sans remords, sans songer à tous ceux qui grelottent.

« Est-ce qu'il dégèle, Julie ? »

La femme de chambre lui offre le peignoir du

matin, qu'elle vient de faire chauffer devant un grand feu.

« Oh ! non, Madame, il ne dégèle pas. Il gèle plus fort, au contraire... On vient de trouver un homme mort de froid sur un omnibus. »

La marquise est prise d'une joie d'enfant ; elle tape ses mains l'une contre l'autre, en criant :

« Ah ! tant mieux ! j'irai patiner cette après-midi. »

II

Julie tire les rideaux, doucement, pour qu'une clarté brusque ne blesse pas la vue tendre de la délicieuse marquise.

Le reflet bleuâtre de la neige emplit la chambre d'une lumière toute gaie. Le ciel est gris, mais d'un gris si joli qu'il rappelle à la marquise une robe de soie gris perle qu'elle portait, la veille, au bal du ministère. Cette robe était garnie de guipures blanches, pareilles à ces filets de neige qu'elle aperçoit au bord des toits, sur la pâleur du ciel.

La veille, elle était charmante, avec ses nouveaux diamants. Elle s'est couchée à cinq heures. Aussi a-t-elle encore la tête un peu lourde. Cependant, elle s'est assise devant une glace, et Julie a relevé le flot blond de ses cheveux. Le peignoir glisse, les épaules restent nues, jusqu'au milieu du dos.

Toute une génération a déjà vieilli dans le spectacle des épaules de la marquise. Depuis que, grâce à un pouvoir fort, les dames de naturel joyeux peuvent se décolleter et danser aux Tuileries, elle a promené ses épaules dans la cohue des salons officiels, avec une assiduité qui a fait d'elle l'enseigne vivante des charmes du second Empire. Il lui a bien fallu suivre la mode, échancrer ses robes, tantôt jusqu'à la chute des reins, tantôt jusqu'aux pointes de la gorge ; si bien que la chère femme, fossette à fossette, a livré tous les trésors de son corsage. Il n'y a pas grand comme ça de son dos et de sa poitrine qui ne soit connu de la Madeleine à Saint-Thomas-d'Aquin. Les épaules de la marquise, largement étalées, sont le blason voluptueux du règne[1].

III

Certes, il est inutile de décrire les épaules de la marquise. Elles sont populaires comme le Pont-Neuf. Elles ont fait pendant dix-huit ans partie des spectacles publics. On n'a besoin que d'en apercevoir le moindre bout, dans un salon, au théâtre ou ailleurs, pour s'écrier : « Tiens ! la marquise ! je reconnais le signe noir de son épaule gauche ! »

D'ailleurs, ce sont de fort belles épaules, blanches, grasses, provocantes. Les regards d'un gouvernement ont passé sur elles en leur donnant plus de finesse, comme ces dalles que les pieds de la foule polissent à la longue.

Si j'étais le mari ou l'amant, j'aimerais mieux aller baiser le bouton de cristal du cabinet d'un ministre, usé par la main des solliciteurs, que d'effleurer des lèvres ces épaules sur lesquelles a passé le souffle chaud du Tout-Paris galant. Lorsqu'on songe aux mille désirs qui ont frissonné autour d'elles, on se demande de quelle argile la nature a dû les pétrir pour qu'elles ne soient pas rongées et émiettées, comme ces nudités de statues, exposées au grand air des jardins, et dont les vents ont mangé les contours.

La marquise a mis sa pudeur autre part. Elle a fait de ses épaules une institution. Et comme elle a combattu pour le gouvernement de son choix ! Toujours sur la brèche, partout à la fois, aux Tuileries, chez les ministres, dans les ambassades, chez les simples millionnaires, ramenant les indécis à coups de sourires, étayant le trône de ses seins d'albâtre, montrant dans les jours de danger des petits coins cachés et délicieux, plus persuasifs que des arguments d'orateurs, plus décisifs que des épées de soldats, et menaçant, pour enlever un vote, de rogner ses chemisettes jusqu'à ce que les plus farouches membres de l'opposition se déclarent convaincus !

Toujours les épaules de la marquise sont restées entières et victorieuses. Elles ont porté un monde, sans qu'une ride vînt en fêler le marbre blanc.

IV

Cette après-midi, au sortir des mains de Julie, la marquise, vêtue d'une délicieuse toilette polonaise, est allée patiner. Elle patine adorablement.

Il faisait, au Bois, un froid de loup, une bise qui piquait le nez et les lèvres de ces dames, comme si le vent leur eût soufflé du sable fin au visage. La marquise riait, cela l'amusait d'avoir froid. Elle allait, de temps à autre, chauffer ses pieds aux brasiers allumés sur les bords du petit lac. Puis elle rentrait dans l'air glacé, filant comme une hirondelle qui rase le sol[1].

Ah ! quelle bonne partie, et comme c'est heureux que le dégel ne soit pas encore venu ! La marquise pourra patiner toute la semaine.

En revenant, la marquise a vu, dans une contre-allée des Champs-Élysées, une pauvresse grelottant au pied d'un arbre, à demi morte de froid.

« La malheureuse ! », a-t-elle murmuré d'une voix fâchée.

Et comme la voiture filait trop vite, la marquise, ne pouvant trouver sa bourse, a jeté son bouquet à la pauvresse, un bouquet de lilas blancs qui valait bien cinq louis[1].

MON VOISIN JACQUES

I

J'habitais alors, rue Gracieuse, le grenier de mes vingt ans. La rue Gracieuse est une ruelle escarpée, qui descend la butte Saint-Victor, derrière le Jardin des Plantes[1].

Je montais deux étages — les maisons sont basses en ce pays —, m'aidant d'une corde pour ne pas glisser sur les marches usées, et je gagnais ainsi mon taudis dans la plus complète obscurité. La pièce, grande et froide, avait les nudités, les clartés blafardes d'un caveau. J'ai eu pourtant des clairs soleils dans cette ombre, les jours où mon cœur avait des rayons.

Puis, il me venait des rires de gamine, du grenier voisin, qui était peuplé de toute une famille, le père, la mère, et une bambine de sept à huit ans.

Le père avait un air anguleux, la tête plantée de travers entre deux épaules pointues. Son visage osseux était jaune, avec de gros yeux noirs enfoncés sous d'épais sourcils. Cet homme, dans sa mine lugubre, gardait un bon sourire timide ; on eût dit un grand enfant de cinquante ans, se troublant, rougissant comme une fille. Il cherchait l'ombre, filait le long des murs avec l'humilité d'un forçat gracié.

Quelques saluts échangés m'en avaient fait un ami. Je me plaisais à cette face étrange, pleine d'une bonhomie inquiète. Peu à peu, nous en étions venus aux poignées de main.

II

Au bout de six mois, j'ignorais encore le métier qui faisait vivre mon voisin Jacques et sa famille. Il parlait peu. J'avais bien, par pur intérêt, questionné la femme à deux ou trois reprises ; mais je n'avais pu tirer d'elle que des réponses évasives, balbutiées avec embarras.

Un jour — il avait plu la veille, et mon cœur était endolori —, comme je descendais le boulevard d'Enfer, je vis venir à moi un de ces parias du peuple ouvrier de Paris, un homme vêtu et coiffé de noir, cravaté de blanc, tenant sous le bras la bière étroite d'un enfant nouveau-né.

Il allait, la tête basse, portant son léger fardeau avec une insouciance rêveuse, poussant du pied les cailloux du chemin. La matinée était blanche. J'eus plaisir à cette tristesse qui passait. Au bruit de mes pas, l'homme leva la tête, puis la détourna vivement, mais trop tard : je l'avais reconnu. Mon voisin Jacques était croque-mort.

Je le regardai s'éloigner, honteux de sa honte. J'eus regret de ne pas avoir pris l'autre allée. Il s'en allait, la tête plus basse, se disant sans doute qu'il venait de perdre la poignée de main que nous échangions chaque soir.

III

Le lendemain, je le rencontrai dans l'escalier. Il se rangea peureusement contre le mur, se faisant petit, petit, ramenant avec humilité les plis de sa blouse, pour que la toile n'en touchât pas mon vêtement. Il était là, le front incliné, et j'apercevais sa pauvre tête grise tremblante d'émotion.

Je m'arrêtai, le regardant en face. Je lui tendis la main, toute large.

Il leva la tête, hésita, me regarda en face à son tour. Je vis ses gros yeux s'agiter et sa face jaune se tacher de rouge. Puis, me prenant le bras brusquement, il m'accompagna dans mon grenier, où il retrouva enfin la parole.

« Vous êtes un brave jeune homme, me dit-il ; votre poignée de main vient de me faire oublier bien des regards mauvais. »

Et il s'assit, se confessant à moi. Il m'avoua qu'avant d'être de la partie, il se sentait, comme les autres, pris de malaise, lorsqu'il rencontrait un croque-mort. Mais, depuis ce temps, dans ses longues heures de marche, au milieu du silence des convois, il avait réfléchi à ces choses, il s'était étonné du dégoût et de la crainte qu'il soulevait sur son passage.

J'avais vingt ans alors, j'aurais embrassé un bourreau. Je me lançai dans des considérations philosophiques, voulant démontrer à mon voisin Jacques que sa besogne était sainte. Mais il haussa ses épaules pointues, se frotta les mains en silence, en reprenant de sa voix lente et embarrassée :

« Voyez-vous, monsieur, les cancans du quartier, les mauvais regards des passants, m'inquiètent peu, pourvu que ma femme et ma fille aient du pain. Une seule chose me taquine. Je n'en dors pas la nuit, quand j'y songe. Nous sommes, ma femme et moi, des vieux qui ne sentons plus la honte. Mais les jeunes filles, c'est ambitieux. Ma pauvre Marthe rougira de moi plus tard. À cinq ans, elle a vu un de mes collègues, et elle a tant pleuré, elle a eu si peur, que je n'ai pas encore osé mettre le manteau noir devant elle. Je m'habille et me déshabille dans l'escalier. »

J'eus pitié de mon voisin Jacques ; je lui offris de déposer ses vêtements dans ma chambre, et d'y venir les mettre à son aise, à l'abri du froid. Il prit mille précautions pour transporter chez moi sa sinistre défroque. À partir de ce jour, je le vis régulièrement matin et soir. Il faisait sa toilette dans un coin de ma mansarde.

IV

J'avais un vieux coffre dont le bois s'émiettait, piqué par les vers. Mon voisin Jacques en fit sa garde-robe ; il en garnit le fond de journaux, il y plia délicatement ses vêtements noirs.

Parfois, la nuit, lorsqu'un cauchemar m'éveillait en sursaut, je jetai un regard effaré sur le vieux coffre, qui s'allongeait contre le mur, en forme de bière. Il me semblait en voir sortir le chapeau, le manteau noir, la cravate blanche.

Le chapeau roulait autour de mon lit, ronflant et sautant par petits bonds nerveux ; le manteau s'élargissait, et, agitant ses pans comme des grandes ailes noires, volait dans la chambre, ample et silencieux ; la cravate blanche s'allongeait, s'allongeait, puis se mettait à ramper doucement vers moi, la tête levée, la queue frétillante.

J'ouvrais les yeux démesurément, j'apercevais le vieux coffre immobile et sombre dans son coin.

V

Je vivais dans le rêve, à cette époque, rêve d'amour, rêve de tristesse aussi. Je me plaisais à mon cauchemar ; j'aimais mon voisin Jacques, parce qu'il vivait avec les morts, et qu'il m'apportait les âcres senteurs des cimetières. Il m'avait fait des confidences. J'écrivais les premières pages des *Mémoires d'un croque-mort*.

Le soir, mon voisin Jacques, avant de se déshabiller, s'asseyait sur le vieux coffre pour me conter sa journée. Il aimait à parler de ses morts. Tantôt, c'était une jeune fille — la pauvre enfant, morte poitrinaire, ne pesait pas lourd ; tantôt, c'était un vieillard — ce vieillard, dont le cercueil lui avait cassé le bras, était un gros fonctionnaire qui devait avoir emporté son or dans ses poches. Et j'avais des détails intimes sur chaque mort ; je connaissais leur poids, les bruits qui s'étaient produits dans les bières, la façon dont il avait fallu les descendre, aux coudes des escaliers.

Il arriva que mon voisin Jacques, certains soirs, rentra plus bavard et plus épanoui. Il s'appuyait aux murs, le manteau agrafé sur l'épaule, le chapeau rejeté en arrière. Il avait rencontré des héritiers généreux qui lui avaient payé « les litres et le morceau de brie de la consolation ». Et il finissait par s'attendrir ; il me jurait de me porter en terre, lorsque le moment serait venu, avec une douceur de main tout amicale.

VI

Je vécus ainsi plus d'une année en pleine nécrologie.

Un matin mon voisin Jacques ne vint pas. Huit jours après, il était mort.

Lorsque deux de ses collègues enlevèrent le corps, j'étais sur le seuil de ma porte. Je les entendis plaisanter en descendant la bière, qui se plaignait sourdement à chaque heurt.

L'un d'eux, un petit gras, disait à l'autre, un grand maigre :

« Le croque-mort est croqué. »

LE PARADIS DES CHATS

Une tante m'a légué un chat d'Angora qui est bien la bête la plus stupide que je connaisse. Voici ce que mon chat m'a conté, un soir d'hiver, devant les cendres chaudes.

I

J'avais alors deux ans, et j'étais bien le chat le plus gras et le plus naïf qu'on pût voir. À cet âge tendre, je montrais encore toute la présomption d'un animal qui dédaigne les douceurs du foyer. Et pourtant que de remerciements je devais à la Providence pour m'avoir placé chez votre tante! La brave femme m'adorait. J'avais, au fond d'une armoire, une véritable chambre à coucher, coussin de plume et triple couverture. La nourriture valait le coucher; jamais de pain, jamais de soupe, rien que de la viande, de la bonne viande saignante.

Eh bien! au milieu de ces douceurs, je n'avais qu'un désir, qu'un rêve, me glisser par la fenêtre entrouverte et me sauver sur les toits. Les caresses me semblaient fades, la mollesse de mon lit me donnait des nausées, j'étais gras à m'en écœurer moi-même. Et je m'ennuyais tout le long de la journée à être heureux.

Il faut vous dire qu'en allongeant le cou, j'avais vu de la fenêtre le toit d'en face. Quatre chats, ce jour-là, s'y battaient, le poil hérissé, la queue haute, se roulant sur les ardoises bleues, au grand soleil, avec des jurements de joie. Jamais je n'avais contemplé un spectacle si extraordinaire. Dès lors, mes croyances furent fixées. Le véritable bonheur était sur ce toit, derrière cette fenêtre qu'on fermait si soigneusement. Je me donnais pour preuve qu'on fermait ainsi les portes des armoires, derrière lesquelles on cachait la viande.

J'arrêtai le projet de m'enfuir. Il devait y avoir dans la vie autre chose que de la chair saignante. C'était là l'inconnu, l'idéal. Un jour, on oublia de pousser la fenêtre de la cuisine. Je sautai sur un petit toit qui se trouvait au-dessous.

II

Que les toits étaient beaux ! De larges gouttières les bordaient, exhalant des senteurs délicieuses. Je suivis voluptueusement ces gouttières, où mes pattes enfonçaient dans une boue fine, qui avait une tiédeur et une douceur infinies. Il me semblait que je marchais sur du velours. Et il faisait une bonne chaleur au soleil, une chaleur qui fondait ma graisse.

Je ne vous cacherai pas que je tremblais de tous mes membres. Il y avait de l'épouvante dans ma joie. Je me souviens surtout d'une terrible émotion qui faillit me faire culbuter sur les pavés. Trois chats qui roulèrent du faîte d'une maison, vinrent à moi en miaulant affreusement. Et comme je défaillais, ils me traitèrent de grosse bête, ils me dirent qu'ils miaulaient pour rire. Je me mis à miauler avec eux. C'était charmant. Les gaillards n'avaient pas ma stupide graisse. Ils se moquaient de moi, lorsque je glissais comme une boule sur les plaques de zinc, chauffées par le grand soleil. Un vieux matou de la bande me prit particulièrement en amitié. Il m'offrit de faire mon éducation, ce que j'acceptai avec reconnaissance.

Ah! que le mou de votre tante était loin. Je bus aux gouttières, et jamais lait sucré ne m'avait semblé si doux. Tout me parut bon et beau. Une chatte passa, une ravissante chatte, dont la vue m'emplit d'une émotion inconnue. Mes rêves seuls m'avaient jusque-là montré ces créatures exquises dont l'échine a d'adorables souplesses. Nous nous précipitâmes à la rencontre de la nouvelle venue, mes trois compagnons et moi. Je devançai les autres, j'allais faire mon compliment à la ravissante chatte, lorsqu'un de mes camarades me mordit cruellement au cou. Je poussai un cri de douleur.

« Bah! me dit le vieux matou en m'entraînant, vous en verrez bien d'autres. »

III

Au bout d'une heure de promenade, je me sentis un appétit féroce.

« Qu'est-ce qu'on mange sur les toits? demandai-je à mon ami le matou.

— Ce qu'on trouve », me répondit-il doctement.

Cette réponse m'embarrassa, car j'avais beau chercher, je ne trouvais rien. J'aperçus enfin, dans une mansarde, une jeune ouvrière qui préparait son déjeuner. Sur la table, au-dessous de la fenêtre, s'étalait une belle côtelette, d'un rouge appétissant.

« Voilà mon affaire », pensai-je en toute naïveté.

Et je sautai sur la table, où je pris la côtelette. Mais l'ouvrière m'ayant aperçu, m'assena sur l'échine un terrible coup de balai. Je lâchai la viande, je m'enfuis, en jetant un juron effroyable.

« Vous sortez donc de votre village ? me dit le matou. La viande qui est sur les tables est faite pour être désirée de loin. C'est dans les gouttières qu'il faut chercher. »

Jamais je ne pus comprendre que la viande des cuisines n'appartînt pas aux chats. Mon ventre commençait à se fâcher sérieusement. Le matou acheva de me désespérer en me disant qu'il fallait attendre la nuit. Alors nous descendrions dans la rue, nous fouillerions les tas d'ordures. Attendre la nuit ! Il disait cela tranquillement, en philosophe endurci. Moi, je me sentais défaillir, à la seule pensée de ce jeûne prolongé.

IV

La nuit vint lentement, une nuit de brouillard qui me glaça. La pluie tomba bientôt, mince, pénétrante, fouettée par des souffles brusques de vent. Nous descendîmes par la baie vitrée d'un escalier. Que la rue me parut laide ! Ce n'était plus cette bonne chaleur, ce large soleil, ces toits blancs de lumière où l'on se vautrait si délicieusement. Mes pattes glissaient sur le pavé gras. Je me souvins avec amertume de ma triple couverture et de mon coussin de plume.

À peine étions-nous dans la rue, que mon ami le matou se mit à trembler. Il se fit petit, petit, et fila sournoisement le long des maisons, en me disant de le suivre au plus vite. Dès qu'il rencontra une porte cochère, il s'y réfugia à la hâte, en laissant échapper un ronronnement de satisfaction. Comme je l'interrogeais sur cette fuite :

« Avez-vous vu cet homme qui avait une hotte et un crochet[1] ? me demanda-t-il.

— Oui.

— Eh bien ! s'il nous avait aperçus, il nous aurait assommés et mangés à la broche !

— Mangés à la broche ! m'écriai-je. Mais la rue n'est donc pas à nous ? On ne mange pas, et l'on est mangé ! »

V

Cependant, on avait vidé les ordures devant les portes. Je fouillai les tas avec désespoir. Je rencontrai deux ou trois os maigres qui avaient traîné dans les cendres. C'est alors que je compris combien le mou frais est succulent. Mon ami le matou grattait les ordures en artiste. Il me fit courir jusqu'au matin, visitant chaque pavé, ne se pressant point. Pendant près de dix heures je reçus la pluie, je grelottai de tous mes membres. Maudite rue, maudite liberté, et comme je regrettai ma prison !

Au jour, le matou, voyant que je chancelais :

« Vous en avez assez ? me demanda-t-il d'un air étrange.

— Oh ! oui, répondis-je.

— Vous voulez rentrer chez vous ?

— Certes, mais comment retrouver la maison ?

— Venez. Ce matin, en vous voyant sortir, j'ai compris qu'un chat gras comme vous n'était pas fait pour les joies âpres de la liberté. Je connais votre demeure, je vais vous mettre à votre porte. »

Il disait cela simplement, ce digne matou. Lorsque nous fûmes arrivés :

« Adieu, me dit-il, sans témoigner la moindre émotion.

— Non, m'écriai-je, nous ne nous quitterons pas ainsi. Vous allez venir avec moi. Nous partagerons le même lit et la même viande. Ma maîtresse est une brave femme… »

Il ne me laissa pas achever.

« Taisez-vous, dit-il brusquement, vous êtes un sot. Je mourrais dans vos tiédeurs molles. Votre vie plantureuse est bonne pour les chats bâtards. Les chats libres n'achèteront jamais au prix d'une prison votre mou et votre coussin de plume… Adieu. »

Et il remonta sur ses toits. Je vis sa grande silhouette maigre frissonner d'aise aux caresses du soleil levant.

Quand je rentrai, votre tante prit le martinet et m'administra une correction que je reçus avec une joie profonde. Je goûtai largement la volupté d'avoir chaud et d'être battu. Pendant qu'elle me frappait, je songeais avec délices à la viande qu'elle allait me donner ensuite.

VI

Voyez-vous — a conclu mon chat, en s'allongeant devant la braise —, le véritable bonheur, le paradis, mon cher maître, c'est d'être enfermé et battu dans une pièce où il y a de la viande.

Je parle pour les chats[1].

LILI

I

Tu arrives des champs, Ninon, des vrais champs, aux senteurs âpres, aux horizons larges. Tu n'es pas assez sotte pour aller t'enfermer dans un Casino, au bord de quelque plage mondaine. Tu vas où ne va pas la foule, dans un trou de feuillage, en pleine Bourgogne. Ta retraite est une maison blanche, cachée comme un nid au milieu des arbres. C'est là que tu vis tes printemps, dans la santé de l'air libre. Aussi quand tu me reviens pour quelques jours, tes bonnes amies sont-elles étonnées de tes joues aussi fraîches que tes aubépines, de tes lèvres aussi rouges que tes églantiers.

Mais ta bouche est toute sucrée, et je jurerais qu'hier encore tu mangeais des cerises. C'est que tu n'es pas une petite-maîtresse qui craint les guêpes et les ronces. Tu marches bravement au grand soleil, sachant bien que le hâle de ton cou a des transparences d'ambre fin. Et tu cours les champs en robe de toile, sous ton large chapeau, comme une paysanne amie de la terre. Tu coupes les fruits avec tes petits ciseaux de brodeuse, faisant une maigre besogne, il est vrai, mais travaillant de tout ton cœur et rentrant au logis, fière des égratignures roses que les chardons ont laissées sur tes mains blanches.

Que feras-tu en décembre prochain ? Rien. Tu t'ennuieras, n'est-ce pas ? Tu n'es pas mondaine. Te souviens-tu de ce bal où je t'ai conduite, un soir ? Tu avais les épaules nues, tu grelottais dans la voiture. Il faisait une chaleur étouffante, à ce bal, sous la lumière crue des lustres. Tu es restée au fond de ton fauteuil, bien sage, étouffant de légers bâillements derrière ton éventail. Ah ! quel ennui ! Et, lorsque nous sommes rentrés, tu as murmuré, en me montrant ton bouquet fané :

« Regarde ces pauvres fleurs. Je mourrais comme elles, si je vivais dans cet air chaud. Mon cher printemps, où êtes-vous ? »

Nous n'irons plus au bal, Ninon. Nous resterons chez nous, au coin de notre cheminée. Nous nous aimerons ; et, quand nous serons las, nous nous aimerons encore.

Je me rappelle ton cri de l'autre jour : « Vraiment une femme est bien oisive. » J'ai songé jusqu'au soir à cet aveu. L'homme a pris tout le travail, et vous a laissé la rêverie dangereuse. La faute est au bout des longues songeries. À quoi penser quand on brode la journée entière ? On bâtit des châteaux où l'on s'endort comme la Belle au bois dormant, dans l'attente des baisers du premier chevalier qui passera sur la route.

« Mon père, m'as-tu dit souvent, était un brave homme qui m'a laissée grandir chez lui. Je n'ai point appris le mal à l'école de ces délicieuses poupées qui cachent, en pension, les lettres de leurs cousins dans leurs livres de messe. Jamais je n'ai confondu le bon Dieu avec Croquemitaine, et j'avoue que j'ai toujours plus redouté de faire du chagrin à mon père que d'aller cuire dans les marmites du diable. Il faut te dire encore que je salue naturellement, sans avoir étudié l'art des révérences ; mon maître à danser ne m'a pas exercée davantage à baisser les yeux, à sourire, à mentir du visage ; je suis d'une ignorance crasse sur le chapitre de ces grimaces de coquettes qui constituent le plus clair d'une éducation de jeune fille bien née. J'ai poussé librement, comme une plante vigoureuse. C'est pourquoi j'étouffe dans l'air de Paris. »

II

Dernièrement, par une de ces rares belles après-midi que le printemps nous ménage, je me trouvais assis aux Tuileries, dans l'ombre jeune des grands marronniers. Le jardin était presque vide. Quelques dames brodaient, par petits groupes, au pied des arbres. Des enfants jouaient, coupant de rires aigus le sourd murmure des rues voisines.

Mes regards finirent par s'arrêter sur une petite fille de six ou sept ans, dont la jeune mère causait avec une amie, à quelques pas de moi. C'était une enfant blonde, haute comme ma botte, qui prenait déjà des airs de grande demoiselle. Elle portait une de ces délicieuses toilettes dont les Parisiennes seules savent attifer leurs bébés : une jupe de soie rose bouffante, laissant voir les jambes couvertes de bas gris perle ; un corsage décolleté garni de dentelles ; un toquet à plumes blanches ; des bijoux, un collier et un bracelet de corail. Elle ressemblait à madame sa mère, avec un peu de coquetterie en plus.

Elle avait réussi à lui prendre son ombrelle, et elle se promenait gravement, l'ombrelle ouverte, bien qu'il n'y eût pas sous les arbres le moindre filet de soleil. Elle s'étudiait à marcher légèrement, en glissant avec grâce, comme elle avait vu faire aux grandes personnes. Elle ne se savait pas observée ; elle répétait son rôle en toute conscience, essayant des mines, des moues gracieuses, apprenant des tours de tête, des regards, des sourires. Elle finit par rencontrer le tronc d'un vieux marronnier, devant lequel elle tira sérieusement une demi-douzaine de grandes révérences.

C'était une petite femme. Je fus vraiment terrifié de son aplomb et de sa science. Elle n'avait pas sept ans, et elle savait déjà son métier d'enchanteresse. C'est à Paris seulement qu'on trouve des fillettes si précoces, connaissant la danse avant de connaître leurs lettres. Je me rappelle les enfants de province ; ils sont gauches et lourds ; ils se traînent bêtement par terre. Ce n'est pas Lili qui irait gâter sa belle toilette ; elle préfère ne pas jouer ; elle se tient bien droite dans ses jupes empesées, mettant sa joie à être regardée, à entendre dire autour d'elle : « Ah ! la charmante enfant ! »

Cependant, Lili saluait toujours le tronc du vieux marronnier. Brusquement, je la vis se redresser et se mettre sous les armes : l'ombrelle penchée, le sourire aux lèvres, l'air un peu fou. Je compris bientôt. Une autre petite fille, une brune en jupe verte, venait par la grande allée. C'était une amie, et il s'agissait de s'aborder en toute élégance.

Les deux bambines se touchèrent légèrement la main, firent les grimaces d'usage entre femmes du même monde. Elles avaient ce sourire heureux qu'il est de bon ton d'avoir en pareille circonstance. Quand elles eurent achevé leurs politesses, elles se mirent à marcher côte à côte, causant d'une voix fluette. Il ne fut pas question du tout de jouer.

« Vous avez là une jolie robe.

— C'est de la valenciennes, n'est-ce pas ? cette garniture.

— Maman a été indisposée, ce matin. J'ai bien craint de ne pouvoir venir, ainsi que je vous l'avais promis.

— Avez-vous vu la poupée de Thérèse ? Elle a un trousseau magnifique.

— Est-ce à vous cette ombrelle ? Elle est charmante. »

Lili devint très rouge. Elle faisait des grâces avec l'ombrelle de sa mère, voyant qu'elle écrasait son amie qui n'avait pas d'ombrelle. La question de celle-ci l'embarrassa, elle comprit qu'elle était vaincue, si elle disait la vérité.

« Oui, répondit-elle gracieusement. C'est papa qui m'en a fait cadeau. »

C'était le comble. Elle savait mentir, comme elle savait être belle. Elle pouvait grandir : elle n'ignorait rien de ce qui fait une jolie femme. Avec de telles éducations, comment voulez-vous que les pauvres maris dorment tranquilles ?

À ce moment un petit garçon de huit ans passa, traînant une charrette chargée de cailloux. Il poussait des *hue !* terribles ; il faisait le charretier ; il jouait de tout son cœur ; en passant, il manqua heurter Lili.

« Que c'est brutal un homme ! dit-elle avec dédain. Voyez donc comme cet enfant est débraillé ! »

Ces demoiselles eurent un rire passablement méprisant. L'enfant, en effet, devait leur paraître bien petit garçon de faire ainsi le cheval. Dans vingt ans d'ici, si une d'elles l'épouse, elle le traitera toujours avec la supériorité d'une femme qui a su jouer de l'ombrelle à sept ans, lorsqu'à cet âge il ne savait encore que déchirer ses culottes.

Lili s'était remise à marcher, après avoir rétabli soigneusement les plis de sa jupe.

« Regardez donc, reprit-elle, cette grande bête de fille en robe blanche qui s'ennuie toute seule là-bas. L'autre jour, elle m'a fait demander si je voulais bien qu'elle me fût présentée. Imaginez-vous, ma chère, qu'elle est fille d'un petit employé. Vous comprenez, je n'ai pas voulu : on ne doit pas se compromettre. »

Lili avait une moue de princesse outragée. Son amie était décidément battue : elle n'avait pas d'ombrelle, et personne encore ne sollicitait la faveur de lui être présenté. Elle pâlissait en femme qui assiste au triomphe d'une rivale. Elle avait passé le bras autour de la taille de Lili, cherchant à la chiffonner par-derrière, sans qu'elle s'en aperçût. Et elle lui souriait, d'ailleurs, d'un adorable sourire, avec de petites dents blanches, prêtes à mordre.

Comme elles s'éloignaient de leurs mères, elles s'aperçurent enfin que je les observais. Dès lors, elles se firent plus sucrées : elles eurent des coquetteries de demoiselles qui veulent mériter et retenir l'attention. Un monsieur était là qui les regardait. Ah ! filles d'Ève, le diable vous tente au berceau !

Puis, elles éclatèrent de rire. Un détail de ma toilette devait les surprendre, leur paraître très comique : mon chapeau sans doute, dont la forme n'est plus de mode. Elles se moquaient de moi, à la lettre ; elles raillaient, la main sur les lèvres, retenant les perles de leurs rires, comme les dames font dans les salons. Je finis par avoir honte, par rougir, par ne plus savoir que faire de ma personne. Et je m'enfuis, abandonnant la place à ces deux bambines qui avaient des gaietés et des regards étranges de femmes faites.

III

Ah ! Ninon, Ninon, emmène-moi ces demoiselles dans des fermes, habille-les de toile grise et laisse-les se rouler dans la mare où barbotent les canards. Elles reviendront bêtes comme des oies, saines et vigoureuses comme de jeunes arbres. Quand nous les épouserons, nous leur apprendrons à nous aimer. Elles seront assez savantes.

LA LÉGENDE DU PETIT
MANTEAU BLEU DE L'AMOUR

I

Elle naquit, la belle fille aux cheveux roux, un matin de décembre, comme la neige tombait, lente et virginale. Il y eut, dans l'air, des signes certains qui annoncèrent la mission d'amour qu'elle venait accomplir ; le soleil brilla, rose sur la neige blanche, et il passa sur les toits des parfums de lilas et des chants d'oiseaux, comme au printemps.

Elle vit le jour au fond d'un bouge, par humilité sans doute, afin de montrer qu'elle souhaitait les seules richesses du cœur. Elle n'eut pas de famille, elle put aimer l'humanité entière, ayant les bras assez souples pour embrasser le monde. Dès qu'elle atteignit l'âge d'amour, elle quitta l'ombre où elle se recueillait ; elle se mit à marcher par les chemins, à chercher les affamés qu'elle rassasiait de ses regards.

C'était une grande et forte fille, aux yeux noirs, à la bouche rouge. Elle avait une chair d'une pâleur mate, couverte d'un duvet léger qui faisait de sa peau un velours blanc. Quand elle marchait, son corps ondulait dans un rythme tendre.

D'ailleurs, en quittant la paille où elle était née, elle avait compris qu'il entrait dans sa mission de se vêtir de soie et de dentelle. Elle tenait en don ses dents blanches, ses joues roses ; elle sut trouver des colliers de perles blancs comme ses dents, des jupes de satin roses comme ses joues.

Et quand elle fut équipée, il fit bon la rencontrer dans les sentiers, par les claires matinées de mai. Elle avait le cœur et les lèvres ouvertes à tous venants. Lorsqu'elle trouvait un mendiant sur le bord d'un fossé, elle le questionnait d'un sourire ; s'il se plaignait des brûlures, des fièvres âpres du cœur, vite sa bouche lui donnait une aumône, et la misère du mendiant était soulagée.

Aussi tous les pauvres de la paroisse la connaissaient-ils. Ils se pressaient à sa porte, attendant la distribution. Comme une sœur charitable, elle descendait matin et soir, partageant ses trésors de tendresse, servant à chacun sa part.

Elle était bonne et tendre comme le pain blanc. Les pauvres de la paroisse l'avaient surnommée le Petit Manteau bleu de l'amour[1].

II

Or, il advint qu'une épidémie terrible désola la contrée. Tous les jeunes gens furent frappés, et le plus grand nombre faillit en mourir.

Les symptômes du fléau étaient terrifiants. Le cœur cessait de battre, la tête se vidait, le moribond s'abêtissait. Les jeunes hommes, pareils à des pantins ridicules, se promenaient en ricanant, en achetant des cœurs à la foire, comme les enfants achètent des bâtons de sucre d'orge. Quand l'épidémie s'attaquait à de braves garçons, le mal se manifestait par une tristesse noire, une désespérance mortelle. Les artistes pleuraient d'impuissance devant leurs œuvres, les amants inassouvis allaient se jeter dans les rivières.

Vous pensez que la belle enfant sut se distinguer, en cette circonstance grave. Elle établit des ambulances, elle soigna les malades nuit et jour, usant ses lèvres à fermer les blessures, remerciant le ciel de la grande tâche qu'il lui donnait.

Elle fut une providence pour les jeunes hommes. Elle en sauva un grand nombre. Ceux dont elle ne put guérir le cœur, furent ceux qui n'avaient déjà plus de cœur. Son traitement était simple : elle donnait aux malades ses mains secourables, son souffle tiède. Jamais elle ne demandait un paiement. Elle se ruinait avec insouciance, faisant l'aumône à pleine bouche.

Aussi les avares du temps hochaient-ils la tête, en voyant la jeune prodigue disperser de la sorte la grande fortune de ses grâces. Ils disaient entre eux :

« Elle mourra sur la paille, elle qui donne le sang de son cœur, sans jamais en peser les gouttes. »

III

Un jour, en effet, comme elle fouillait son cœur, elle le trouva vide. Elle eut un frisson de terreur : il lui restait à peine quelques sous de tendresse. Et l'épidémie sévissait toujours.

L'enfant se révolta, ne songeant plus à l'immense fortune qu'elle avait dissipée follement, éprouvant des besoins de charité cuisants qui lui rendaient sa misère plus affreuse. Il était si doux, par les beaux soleils, d'aller en quête des mendiants, si doux d'aimer et d'être aimée ! Et, maintenant, il lui fallait vivre à l'ombre, en attendant à son tour des aumônes qui ne viendraient peut-être jamais.

Un instant, elle eut la sage pensée de garder précieusement les quelques sous qui lui restaient et de les dépenser en toute prudence. Mais il lui prit un tel froid, dans son isolement, qu'elle finit par sortir, cherchant les rayons de mai.

Sur son chemin, à la première borne, elle rencontra un jeune homme dont le cœur se mourait évidemment d'inanition. À cette vue, sa charité ardente s'éveilla. Elle ne pouvait mentir à sa mission. Et, rayonnante de bonté, plus grande d'abnégation, elle mit tout le reste de son cœur sur ses lèvres, se courba doucement, donna un baiser au jeune homme, en lui disant :

« Tiens, voilà mon dernier louis. Rends-moi la monnaie. »

IV

Le jeune homme lui rendit la monnaie.

Le soir même, elle envoya à ses pauvres une lettre de faire-part, pour leur apprendre qu'elle se voyait forcée de suspendre ses aumônes. Il restait à la chère fille tout juste de quoi vivre dans une honnête aisance, avec le dernier affamé qu'elle avait secouru.

La légende du Petit Manteau bleu de l'amour n'a pas de morale.

LE FORGERON

Le Forgeron était un grand, le plus grand du pays, les épaules noueuses, la face et les bras noirs des flammes de la forge et de la poussière de fer des marteaux. Il avait, dans son crâne carré, sous l'épaisse broussaille de ses cheveux, de gros yeux bleus d'enfant, clairs comme de l'acier. Sa mâchoire large roulait avec des rires, des bruits d'haleine qui ronflaient, pareils à la respiration et aux gaietés géantes de son soufflet ; et, quand il levait les bras, dans un geste de puissance satisfaite — geste dont le travail de l'enclume lui avait donné l'habitude —, il semblait porter ses cinquante ans plus gaillardement encore qu'il ne soulevait « la Demoiselle », une masse pesant vingt-cinq livres, une terrible fillette qu'il pouvait seul mettre en danse, de Vernon à Rouen.

J'ai vécu une année chez le Forgeron[1], toute une année de convalescence. J'avais perdu mon cœur, perdu mon cerveau, j'étais parti, allant devant moi, me cherchant, cherchant un coin de paix et de travail, où je pusse retrouver ma virilité. C'est ainsi qu'un soir, sur la route, après avoir dépassé le village, j'ai aperçu la forge, isolée, toute flambante, plantée de travers à la croix des Quatre-Chemins. La lueur était telle, que la porte charretière, grande ouverte, incendiait le carrefour, et que les peupliers, rangés en face, le long du ruisseau, fumaient comme des torches. Au loin, au milieu de la douceur du crépuscule, la cadence des marteaux sonnait à une demi-lieue, semblable au galop de plus en plus rapproché de quelque régiment de fer. Puis, là, sous la porte béante, dans la clarté, dans le vacarme, dans l'ébranlement de ce tonnerre, je me suis arrêté, heureux, consolé déjà, à voir ce travail, à regarder ces mains d'homme tordre et aplatir les barres rouges.

J'ai vu, par ce soir d'automne, le Forgeron pour la première fois. Il forgeait le soc d'une charrue. La chemise ouverte, montrant sa rude poitrine, où les côtes, à chaque souffle, marquaient leur carcasse de métal éprouvé, il se renversait, prenait un élan, abattait le marteau. Et cela, sans un arrêt, avec un balancement souple et continu du corps, avec une poussée implacable des muscles. Le marteau tournait dans un cercle régulier, emportant des étincelles, laissant derrière lui un éclair. C'était « la Demoiselle », à laquelle le Forgeron donnait ainsi le branle, à deux mains ; tandis que son fils, un gaillard de vingt ans, tenait le fer enflammé au bout de la pince, et tapait de son côté, tapait des coups sourds qu'étouffait la danse éclatante de la terrible fillette du vieux. Toc, toc — toc, toc — on eût dit la voix grave d'une mère encourageant les premiers bégaiements d'un enfant. « La Demoiselle » valsait toujours, en secouant les paillettes de sa robe, en laissant ses talons marqués dans le soc qu'elle façonnait, chaque fois qu'elle rebondissait sur l'enclume. Une flamme saignante coulait jusqu'à terre, éclairant les arêtes saillantes des deux ouvriers, dont les grandes ombres s'allongeaient dans les coins sombres et confus de la forge. Peu à peu, l'incendie pâlit, le Forgeron s'arrêta. Il resta noir, debout, appuyé sur le manche du marteau, avec une sueur au front qu'il n'essuyait même pas. J'entendais le souffle de ses côtes encore ébranlées, dans le grondement du soufflet que son fils tirait, d'une main lente.

Le soir, je couchais chez le Forgeron, et je ne m'en allais plus. Il avait une chambre libre, en haut, au-dessus de la forge, qu'il m'offrit et que j'acceptai. Dès cinq heures, avant le jour, j'entrais dans la besogne de mon hôte. Je m'éveillais au rire de la maison entière, qui s'animait jusqu'à la nuit de sa gaieté énorme. Sous moi, les marteaux dansaient. Il semblait que « la Demoiselle » me jetât hors du lit, en tapant au plafond, en me traitant de fainéant. Toute la pauvre chambre, avec sa grande armoire, sa table de bois blanc, ses deux chaises, craquait, me criait de me hâter. Et il me fallait descendre. En bas, je trouvais la forge déjà rouge. Le soufflet ronronnait, une flamme bleue et rose montait du charbon, où la rondeur d'un astre semblait luire, sous le vent qui creusait la braise. Cependant, le Forgeron préparait la besogne du jour. Il remuait du fer dans les coins, retournait des charrues, examinait des roues. Quand il m'apercevait, il mettait les poings aux côtes, le digne homme, et il riait, la bouche fendue jusqu'aux oreilles. Cela l'égayait, de m'avoir délogé du lit à cinq heures. Je crois qu'il tapait pour taper, le matin, pour sonner le réveil avec le formidable carillon de ses marteaux. Il posait ses grosses mains sur mes épaules, se penchait comme s'il eût parlé à un enfant, en me disant que je me portais mieux, depuis que je vivais au milieu de sa ferraille. Et tous les jours, nous prenions le vin blanc ensemble, sur le cul d'une vieille carriole renversée.

Puis, souvent, je passais ma journée à la forge. L'hiver surtout, par les temps de pluie, j'ai vécu toutes mes heures là. Je m'intéressais à l'ouvrage. Cette lutte continue du Forgeron contre ce fer brut qu'il pétrissait à sa guise, me passionnait comme un drame puissant. Je suivais le métal du fourneau sur l'enclume, j'avais de continuelles surprises à le voir se ployer, s'étendre, se rouler, pareil à une cire molle, sous l'effort victorieux de l'ouvrier. Quand la charrue était terminée, je m'agenouillais devant elle, je ne reconnaissais plus l'ébauche informe de la veille, j'examinais les pièces, rêvant que des doigts souverainement forts les avaient prises et façonnées ainsi sans le secours du feu. Parfois, je souriais en songeant à une jeune fille que j'avais aperçue, autrefois, pendant des journées entières, en face de ma fenêtre, tordant de ses mains fluettes des tiges de laiton, sur lesquelles elle attachait, à l'aide d'un fil de soie, des violettes artificielles.

Jamais le Forgeron ne se plaignait. Je l'ai vu, après avoir battu le fer pendant des journées de quatorze heures, rire le soir de son bon rire, en se frottant les bras d'un air satisfait. Il n'était jamais triste, jamais las. Il aurait soutenu la maison sur son épaule, si la maison avait croulé. L'hiver, il disait qu'il faisait bon dans sa forge. L'été, il ouvrait la porte toute grande et laissait entrer l'odeur des foins. Quand l'été vint, à la tombée du jour, j'allais m'asseoir à côté de lui, devant la porte. On était à mi-côte; on voyait de là toute la largeur de la vallée. Il était heureux de ce tapis immense de terres labourées, qui se perdait à l'horizon dans le lilas clair du crépuscule.

Et le Forgeron plaisantait souvent. Il disait que toutes ces terres lui appartenaient, que la forge, depuis plus de deux cents ans, fournissait des charrues à tout le pays. C'était son orgueil. Pas une moisson ne poussait sans lui. Si la plaine était verte en mai et jaune en juillet, elle lui devait cette soie changeante. Il aimait les récoltes comme ses filles, ravi des grands soleils, levant le poing contre les nuages de grêle qui crevaient. Souvent, il me montrait au loin quelque pièce de terre qui paraissait moins large que le dos de sa veste, et il me racontait en quelle année il avait forgé une charrue pour ce carré d'avoine ou de seigle. À l'époque du labour, il lâchait parfois ses marteaux ; il venait au bord de la route ; la main sur les yeux, il regardait. Il regardait la famille nombreuse de ses charrues mordre le sol, tracer leurs sillons, en face, à gauche, à droite. La vallée en était toute pleine. On eût dit, à voir les attelages filer lentement, des régiments en marche. Les socs des charrues luisaient au soleil, avec des reflets d'argent. Et lui, levait les bras, m'appelait, me criait de venir voir quelle « sacrée besogne » elles faisaient.

Toute cette ferraille retentissante qui sonnait au-dessous de moi me mettait du fer dans le sang. Cela me valait mieux que les drogues des pharmacies. J'étais accoutumé à ce vacarme, j'avais besoin de cette musique des marteaux sur l'enclume pour m'entendre vivre. Dans ma chambre tout animée par les ronflements du soufflet, j'avais retrouvé ma pauvre tête. Toc, toc — toc, toc — c'était là comme le balancier joyeux qui réglait mes heures de travail. Au plus fort de l'ouvrage, lorsque le Forgeron se fâchait, que j'entendais le fer rouge craquer sous les bonds des marteaux endiablés, j'avais une fièvre de géant dans les poignets, j'aurais voulu aplatir le monde d'un coup de ma plume. Puis, quand la forge se taisait, tout faisait silence dans mon crâne ; je descendais, et j'avais honte de ma besogne, à voir tout ce métal vaincu et fumant encore.

Ah ! que je l'ai vu superbe, parfois, le Forgeron, pendant les chaudes après-midi ! Il était nu jusqu'à la ceinture, les muscles saillants et tendus, semblable à une de ces grandes figures de Michel-Ange, qui se redressent dans un suprême effort. Je trouvais, à le regarder, la ligne sculpturale moderne, que nos artistes cherchent péniblement dans les chairs mortes de la Grèce. Il m'apparaissait comme le héros grandi du travail, l'enfant infatigable de ce siècle, qui bat sans cesse sur l'enclume l'outil de notre analyse, qui façonne dans le feu et par le fer la société de demain. Lui, jouait avec ses marteaux. Quand il voulait rire, il prenait « la Demoiselle », et, à toute volée, il tapait. Alors il faisait le tonnerre chez lui, dans le halètement rose du fourneau. Je croyais entendre le soupir du peuple à l'ouvrage.

C'est là, dans la forge, au milieu des charrues, que j'ai guéri à jamais mon mal de paresse et de doute.

LE CHÔMAGE[1]

I

Le matin, quand les ouvriers arrivent à l'atelier, ils le trouvent froid, comme noir d'une tristesse de ruine. Au fond de la grande salle, la machine est muette, avec ses bras maigres, ses roues immobiles; et elle met là une mélancolie de plus, elle dont le souffle et le branle animent toute la maison, d'ordinaire, du battement d'un cœur de géant, rude à la besogne.

Le patron descend de son petit cabinet. Il dit d'un air triste aux ouvriers :

« Mes enfants, il n'y a pas de travail aujourd'hui... Les commandes n'arrivent plus; de tous les côtés, je reçois des contrordres; je vais rester avec de la marchandise sur les bras. Ce mois de décembre, sur lequel je comptais, ce mois de gros travail, les autres années, menace de ruiner les maisons les plus solides... Il faut tout suspendre. »

Et comme il voit les ouvriers se regarder entre eux avec la peur du retour au logis, la peur de la faim du lendemain, il ajoute d'un ton plus bas :

« Je ne suis pas égoïste, non, je vous le jure... Ma situation est aussi terrible, plus terrible peut-être que la vôtre. En huit jours, j'ai perdu cinquante mille francs. J'arrête le travail aujourd'hui, pour ne pas creuser le gouffre davantage ; et je n'ai pas le premier sou de mes échéances du 15... Vous voyez, je vous parle en ami, je ne vous cache rien. Demain, peut-être, les huissiers seront ici. Ce n'est pas notre faute, n'est-ce pas ? Nous avons lutté jusqu'au bout. J'aurais voulu vous aider à passer ce mauvais moment ; mais c'est fini, je suis à terre ; je n'ai plus de pain à partager. »

Alors, il leur tend la main. Les ouvriers la lui serrent silencieusement. Et, pendant quelques minutes, ils restent là, à regarder leurs outils inutiles, les poings serrés. Les autres matins, dès le jour, les limes chantaient, les marteaux marquaient le rythme ; et tout cela semble déjà dormir dans la poussière de la faillite. C'est vingt, c'est trente familles qui ne mangeront pas la semaine suivante. Quelques femmes qui travaillaient dans la fabrique ont des larmes au bord des yeux. Les hommes veulent paraître plus fermes. Ils font les braves, ils disent qu'on ne meurt pas de faim dans Paris.

Puis, quand le patron les quitte, et qu'ils le voient s'en aller, voûté en huit jours, écrasé peut-être par un désastre plus grand encore qu'il ne l'avoue, ils se retirent un à un, étouffant dans la salle, la gorge serrée, le froid au cœur, comme s'ils sortaient de la chambre d'un mort. Le mort, c'est le travail, c'est la grande machine muette, dont le squelette est sinistre dans l'ombre.

II

L'ouvrier est dehors, dans la rue, sur le pavé. Il a battu les trottoirs pendant huit jours, sans pouvoir trouver du travail. Il est allé de porte en porte, offrant ses bras, offrant ses mains, s'offrant tout entier à n'importe quelle besogne, à la plus rebutante, à la plus dure, à la plus mortelle. Toutes les portes se sont refermées.

Alors l'ouvrier a offert de travailler à moitié prix. Les portes ne se sont pas rouvertes. Il travaillerait pour rien qu'on ne pourrait le garder. C'est le chômage, le terrible chômage qui sonne le glas des mansardes. La panique a arrêté toutes les industries, et l'argent, l'argent lâche, s'est caché.

Au bout des huit jours, c'est bien fini. L'ouvrier a fait une suprême tentative, et il revient lentement, les mains vides, éreinté de misère. La pluie tombe ; ce soir-là, Paris est funèbre dans la boue. Il marche sous l'averse, sans la sentir, n'entendant que sa faim, s'arrêtant pour arriver moins vite. Il s'est penché sur un parapet de la Seine ; les eaux grossies coulent avec un long bruit ; des rejaillissements d'écume blanche se déchirent à une pile du pont. Il se penche davantage, la coulée colossale passe sous lui, en lui jetant un appel furieux. Puis, il se dit que ce serait lâche, et il s'en va.

La pluie a cessé. Le gaz flamboie aux vitrines des bijoutiers. S'il crevait une vitre, il prendrait d'une poignée du pain pour des années. Les cuisines des restaurants s'allument ; et, derrière les rideaux de mousseline blanche, il aperçoit des gens qui mangent. Il hâte le pas, il remonte au faubourg, le long des rôtisseries, des charcuteries, des pâtisseries, de tout le Paris gourmand qui s'étale aux heures de la faim.

Comme la femme et la petite fille pleuraient, le matin, il leur a promis du pain pour le soir. Il n'a pas osé venir leur dire qu'il avait menti, avant la nuit tombée. Tout en marchant, il se demande comment il entrera, ce qu'il racontera, pour leur faire prendre patience. Ils ne peuvent pourtant rester plus longtemps sans manger. Lui essaierait bien, mais la femme et la petite sont trop chétives.

Et, un instant, il a l'idée de mendier. Mais quand une dame ou un monsieur passent à côté de lui, et qu'il songe à tendre la main, son bras se raidit, sa gorge se serre. Il reste planté sur le trottoir, tandis que les gens comme il faut se détournent, le croyant ivre, à voir son masque farouche d'affamé.

III

La femme de l'ouvrier est descendue sur le seuil de la porte, laissant en haut la petite endormie. La femme est toute maigre, avec une robe d'indienne. Elle grelotte dans les souffles glacés de la rue.

Elle n'a plus rien au logis ; elle a tout porté au Mont-de-Piété. Huit jours sans travail suffisent pour vider la maison. La veille, elle a vendu chez un fripier la dernière poignée de laine de son matelas ; le matelas s'en est allé ainsi ; maintenant, il ne reste que la toile. Elle l'a accrochée devant la fenêtre pour empêcher l'air d'entrer, car la petite tousse beaucoup.

Sans le dire à son mari, elle a cherché de son côté. Mais le chômage a frappé plus rudement les femmes que les hommes. Sur son palier, il y a des malheureuses qu'elle entend sangloter pendant la nuit. Elle en a rencontré une tout debout au coin d'un trottoir ; une autre est morte ; une autre a disparu.

Elle, heureusement, a un bon homme, un mari qui ne boit pas. Ils seraient à l'aise, si des mortes-saisons ne les avaient dépouillés de tout. Elle a épuisé les crédits : elle doit au boulanger, à l'épicier, à la fruitière, et elle n'ose plus même passer devant les boutiques.

L'après-midi, elle est allée chez sa sœur pour emprunter vingt sous ; mais elle a trouvé, là aussi, une telle misère qu'elle s'est mise à pleurer, sans rien dire, et que toutes deux, sa sœur et elle, ont pleuré longtemps ensemble. Puis, en s'en allant, elle a promis d'apporter un morceau de pain, si son mari rentrait avec quelque chose.

Le mari ne rentre pas. La pluie tombe, la femme se réfugie sous la porte ; de grosses gouttes clapotent à ses pieds, une poussière d'eau pénètre sa mince robe. Par moments, l'impatience la prend, elle sort, malgré l'averse, elle va jusqu'au bout de la rue, pour voir si elle n'aperçoit pas celui qu'elle attend, au loin, sur la chaussée. Et quand elle revient, elle est trempée ; elle passe ses mains sur ses cheveux pour les essuyer ; elle patiente encore, secouée par de courts frissons de fièvre.

Le va-et-vient des passants la coudoie. Elle se fait toute petite pour ne gêner personne. Des hommes la regardent en face ; elle sent, par moments, des haleines chaudes qui lui effleurent le cou. Tout le Paris suspect, la rue avec sa boue, ses clartés crues, ses roulements de voiture, semble vouloir la prendre et la jeter au ruisseau. Elle a faim, elle est à tout le monde. En face, il y a un boulanger, et elle pense à la petite qui dort, en haut.

Puis, quand le mari se montre enfin, filant comme un misérable le long des maisons, elle se précipite, elle le regarde anxieusement.

« Eh bien ! » balbutie-t-elle.

Lui, ne répond pas, baisse la tête. Alors, elle monte la première, pâle comme une morte.

IV

En haut, la petite ne dort pas. Elle s'est réveillée, elle songe, en face du bout de chandelle qui agonise sur un coin de la table. Et on ne sait quoi de monstrueux et de navrant passe sur la face de cette gamine de sept ans, aux traits flétris et sérieux de femme faite.

Elle est assise sur le bord du coffre qui lui sert de couche. Ses pieds nus pendent, grelottants; ses mains de poupée maladive ramènent contre sa poitrine les chiffons qui la couvrent. Elle sent là une brûlure, un feu qu'elle voudrait éteindre. Elle songe.

Elle n'a jamais eu de jouets. Elle ne peut aller à l'école, parce qu'elle n'a pas de souliers. Plus petite, elle se rappelle que sa mère la menait au soleil. Mais cela est loin. Il a fallu déménager; et, depuis ce temps, il lui semble qu'un grand froid a soufflé dans la maison. Alors, elle n'a plus été contente; toujours elle a eu faim.

C'est une chose profonde dans laquelle elle descend, sans pouvoir la comprendre. Tout le monde a donc faim? Elle a pourtant tâché de s'habituer à cela, et elle n'a pas pu. Elle pense qu'elle est trop petite, qu'il faut être grande pour savoir. Sa mère sait, sans doute, cette chose qu'on cache aux enfants. Si elle osait, elle lui demanderait qui vous met ainsi au monde pour que vous ayez faim.

Puis, c'est si laid, chez eux! Elle regarde la fenêtre où bat la toile du matelas, les murs nus, les meubles éclopés, toute cette honte du grenier que le chômage salit de son désespoir. Dans son ignorance, elle croit avoir rêvé des chambres tièdes avec de beaux objets qui luisaient; elle ferme les yeux pour revoir cela; et, à travers ses paupières amincies, la lueur de la chandelle devient un grand resplendissement d'or dans lequel elle voudrait entrer. Mais le vent souffle, il vient un tel courant d'air par la fenêtre qu'elle est prise d'un accès de toux. Elle a des larmes plein les yeux.

Autrefois, elle avait peur, lorsqu'on la laissait toute seule ; maintenant, elle ne sait plus, ça lui est égal. Comme on n'a pas mangé depuis la veille, elle pense que sa mère est descendue chercher du pain. Alors, cette idée l'amuse. Elle taillera son pain en tout petits morceaux ; elle les prendra lentement, un à un. Elle jouera avec son pain.

La mère est rentrée, le père a fermé la porte. La petite leur regarde les mains à tous deux, très surprise. Et, comme ils ne disent rien, au bout d'un bon moment, elle répète sur un ton chantant :

« J'ai faim, j'ai faim. »

Le père s'est pris la tête entre les poings, dans un coin d'ombre ; il reste là, écrasé, les épaules secouées par de rudes sanglots silencieux. La mère, étouffant ses larmes, est venue recoucher la petite. Elle la couvre avec toutes les hardes du logis, elle lui dit d'être sage, de dormir. Mais l'enfant, dont le froid fait claquer les dents, et qui sent le feu de sa poitrine la brûler plus fort, devient très hardie. Elle se pend au cou de sa mère ; puis, doucement :

« Dis, maman, demande-t-elle, pourquoi donc avons-nous faim ? »

LE PETIT VILLAGE

I

Où est-il, le petit village ? Dans quel pli de terrain cache-t-il ses maisons blanches ? Se groupent-elles autour de l'église, au fond de quelque creux ? ou, le long d'une grande route, s'en vont-elles gaiement à la file ? ou encore grimpent-elles sur un coteau, comme des chèvres capricieuses, étageant et cachant à demi leurs toits rouges dans les verdures ?

A-t-il un nom doux à l'oreille, le petit village ? Est-ce un nom tendre, aisé aux lèvres françaises, ou quelque nom allemand, rude, hérissé de consonnes, rauque comme un cri de corbeau ?

Et moissonne-t-on, vendange-t-on, dans le petit village ? Est-ce pays de blés ou pays de vignobles ? À cette heure, que font les habitants dans les terres, au grand soleil ? Le soir, au retour, le long des sentiers, s'arrêtent-ils pour voir d'un coup d'œil les larges récoltes, en remerciant le ciel de l'année heureuse ?

II

Je me l'imagine volontiers sur un coteau. Il est là, si discret dans les arbres, que, de loin, on le prendrait pour un champ de rochers écroulés et couverts de mousse. Mais des fumées sortent des branches ; dans un sentier qui descend la pente, des enfants poussent une brouette. Alors, de la plaine, on le regarde avec une envie jalouse ; on passe, en emportant le souvenir de ce nid entrevu.

Non, je le crois plutôt dans un coin de la plaine, au bord d'un ruisseau. Il est si petit qu'un rideau de peupliers le cache à tous les yeux. Ses chaumières, pareilles à des baigneuses chastes, disparaissent dans les oseraies de la rive. Un bout de prairie verte lui sert de tapis ; une haie vive le clôt de toutes parts, comme un grand jardin. On passe à côté de lui sans le voir. Les voix des laveuses sonnent, semblables à des voix de fauvettes. Pas un filet de fumée. Il dort dans sa paix, au fond de son alcôve verte.

Aucun de nous ne le connaît. La ville voisine sait à peine qu'il existe, et il est si humble que pas un géographe ne s'est soucié de lui. Ce n'est personne. Son nom prononcé n'éveille aucun souvenir. Dans la foule des villes, aux noms retentissants, il est un inconnu, sans histoire, sans gloires et sans hontes, qui s'efface modestement.

Et c'est pour cela sans doute qu'il sourit si doucement, le petit village. Ses paysans vivent au désert ; les marmots se roulent sur la berge ; les femmes filent dans l'ombre des arbres. Lui, tout heureux de son obscurité, s'emplit des gaietés du ciel. Il est si loin de la boue et du tapage des grandes cités ! Son rayon de soleil lui suffit ; sa joie est faite de son silence, de son humilité, de ce rideau de peupliers qui le cache au monde entier.

III

Et, demain peut-être, le monde entier saura qu'il existe, le petit village.

Ah ! misère ! la rivière sera rouge, le rideau de peupliers aura été rasé par les boulets, les chaumières éventrées montreront le désespoir muet des familles, le petit village sera célèbre.

Plus de chant de laveuses, plus de marmots se roulant sur la berge, plus de récoltes, plus de silence, plus d'humilité heureuse. Un nouveau nom dans l'histoire, victoire ou défaite, une nouvelle page sanglante, un nouveau coin du pays engraissé par le sang de nos enfants.

Il rit, il sommeille, il ignore qu'il donnera son nom à une tuerie, et demain il sanglotera, il retentira dans l'Europe avec des râles d'agonie. Puis, il restera sur la terre comme une tache de sang. Lui, si gai, si tendre, il s'entourera d'un cercle d'ombre sinistre, il verra des visiteurs blêmes passer devant ses ruines, comme on passe devant les dalles de la Morgue. Il sera maudit.

Nous, s'il est Austerlitz ou Magenta[1], nous l'entendrons sonner dans nos cœurs avec des éclats de clairons. Et, s'il est Waterloo, il roulera lugubrement dans nos mémoires, comme le son d'un tambour voilé d'un crêpe, menant les funérailles de la nation.

Qu'il regrettera alors ses rives solitaires, ses paysans ignorants, son coin perdu, si loin des hommes, connu seulement des hirondelles qui y revenaient à chaque printemps ! Souillé, honteux, avec son ciel empli d'un vol de corbeaux, et ses terres grasses puant la mort, il vivra éternellement dans les siècles, comme un coupe-gorge, un endroit louche où deux nations se seront égorgées.

Le nid d'amour, le nid de paix, le petit village, ne sera plus qu'un cimetière, une fosse commune, où les mères éplorées ne pourront aller déposer des couronnes.

IV

La France a semé le monde de ces cimetières lointains. Aux quatre coins de l'Europe, nous pourrions nous agenouiller et prier. Nos champs de repos ne s'appellent pas seulement le Père-Lachaise, Montmartre, Montparnasse ; ils s'appellent encore du nom de toutes nos victoires et de toutes nos défaites. Il n'y a pas, sous le ciel, un coin de terre où ne soit couché un Français assassiné, de la Chine au Mexique, des neiges de la Russie aux sables de l'Égypte.

Cimetières silencieux et déserts qui dorment lourdement dans la paix immense de la campagne. La plupart, presque tous, s'ouvrent au pied de quelque hameau désolé dont les murs croulants sont encore pleins d'épouvante. Waterloo n'était qu'une ferme, Magenta comptait à peine cinquante maisons. Un vent affreux a soufflé sur ces infiniment petits, et leurs syllabes, la veille innocentes, ont pris une telle odeur de sang et de poudre, qu'à jamais l'humanité frissonnera, en les sentant sur ses lèvres.

Pensif, je regardais une carte du théâtre de la guerre. Je suivais les bords du Rhin, j'interrogeais les plaines et les montagnes. Le petit village était-il à gauche, était-il à droite du fleuve[1] ? Fallait-il le chercher dans les environs des places fortes, ou plus loin, dans quelque solitude large ?

Et j'essayais alors, en fermant les yeux, de m'imaginer cette paix, ce rideau de peupliers tiré devant les maisons blanches, ce bout de prairie que rase le vol des hirondelles, ces chansons des lavandières, cette terre vierge que la guerre va violer, et dont les clairons souffleront brutalement la souillure aux quatre coins de l'horizon.

Où est-il donc, le petit village* ?

---

* Le petit village était en Alsace. Il s'appelait Wœrth[1].

SOUVENIRS

I

Oh ! l'éternelle pluie, l'ennuyeuse pluie, la pluie grise qui met un crêpe au ciel de mai et de juin ! On va à la fenêtre, on soulève un coin de rideau. Le soleil est noyé. Entre deux ondées, il surnage, blafard, verdi, comme un corps d'astre qui s'est suicidé de désespoir, et que quelque marinier céleste ramène d'un coup de croc.

Te rappelles-tu, Ninon, la bise aigre du printemps, quand il a plu ? On a quitté Paris avec le printemps des poètes, le printemps rêvé dans le cœur, une saison tiède, des nappes de fleurs, des crépuscules alanguis. On arrive à la nuit tombante. Le ciel est mort, pas un brin de braise n'allume le couchant, morne foyer de cendres froides. Il faut enjamber les flaques des sentiers, avec l'humidité pénétrante des feuillages sur les épaules. Et quand on entre dans la grande pièce mélancolique, où l'hiver a mis tous ses frissons, on grelotte, on ferme portes et fenêtres, on allume un grand feu de sarment, en maudissant les paresses du soleil.

Pendant huit jours, la pluie vous tient au logis. Au loin, au milieu du lac des prairies inondées, toujours le même rideau de peupliers qui se fondent en eau, ruisselants, amaigris, vagues dans la buée qui les noie. Puis, une mer grise, une poussière de pluie roulant et barrant l'horizon. On bâille, on cherche à s'intéresser aux canards qui se risquent sous l'averse, aux parapluies bleus des paysans qui passent. On bâille plus largement. Les cheminées fument, le bois vert pleure sans brûler, il semble que le déluge monte, qu'il gronde à la porte, qu'il pénètre par toutes les fentes comme un sable fin. Et de désespoir on reprend le chemin de fer, on rentre à Paris, niant le soleil, niant le printemps.

*

Et pourtant rien ne me désespère plus que ces fiacres que l'on rencontre filant vers les gares. Ils sont chargés de malles, ils traversent la ville avec la mine souriante de prisonniers dont on vient de lever l'écrou.

Je bats de mes pieds les trottoirs, je les regarde rouler vers les rivières bleues, les grandes eaux, les grands monts, les grands bois. Celui-ci va peut-être à un trou de rochers, que je connais près de Marseille ; on est bien, dans ce trou, où l'on peut se déshabiller comme dans une cabine, et où les vagues viennent vous chercher. Celui-là certainement court en Normandie, dans le coin de verdure que j'aime, près du coteau qui produit ce petit vin aigre dont le bouquet gratte si agréablement le gosier. Cet autre part sans doute pour l'inconnu, ici ou là, quelque part où l'on sera très bien, à l'ombre, au soleil peut-être, je ne sais, enfin là où je brûle d'aller.

Les cochers tapent leurs rosses du bout du fouet. Ils ne semblent guère se douter qu'ils fouettent mon rêve. Eux, se disent que les malles sont lourdes et que les pourboires sont légers. Ils ne savent même pas qu'ils font le deuil des pauvres garçons qui passent, en voiture dans leurs souliers, et qui sont condamnés à roussir leurs semelles à Paris, sur l'ardent pavé de juillet et d'août.

Oh ! cette file de fiacres, chargés de malles, roulant vers les gares ! Cette vision de la grande cage ouverte, des oiseaux heureux prenant leur volée ! Cette raillerie cruelle de la liberté traversant les galères de nos rues et de nos places ! Ce cauchemar de tous mes printemps qui me trouble dans mon cachot, qui m'emplit du désir inassouvi des feuillages et des cieux libres !

*

Je voudrais me faire tout petit, tout petit, et me glisser dans la grande malle de cette dame en chapeau rose, dont le coupé se dirige vers la gare de Lyon. On doit être très bien, dans la malle de cette dame. Je devine des jupes soyeuses, des linges fins, toutes sortes de choses douces, parfumées, tièdes. Je me coucherai sur quelque soie claire, j'aurai sous le nez des mouchoirs de batiste, et si j'ai froid, ma foi, tant pis ! je mettrai tous les jupons sur moi.

Elle est fort jolie, cette dame. Vingt-cinq ans au plus. Un menton ravissant avec une fossette qui doit se creuser quand elle rit. Je voudrais la faire rire, pour voir. Ce diable de cocher est bien heureux de la promener dans sa boîte. Elle doit aimer la violette. Je suis sûr que son linge est parfumé à la violette. C'est exquis. Je roule au fond de sa malle pendant des heures, pendant des jours. J'ai creusé mon trou dans le coin à gauche, entre le paquet des chemises et un grand carton qui me gêne un peu. J'ai eu la curiosité de soulever le couvercle du carton ; il contenait deux chapeaux, un petit portefeuille plein de lettres, puis des choses que je n'ai pas voulu voir. J'ai mis le carton sous ma tête et m'en suis fait un oreiller. Je roule, je roule. Les bas sont à ma droite ; j'ai sous moi trois costumes, et je sens, à ma gauche, des objets plus résistants que je crois reconnaître pour des paires de petites bottes. Mon Dieu, qu'on est donc bien, dans tous ces chiffons musqués !

Où pouvons-nous aller comme ça ? Nous arrêterons-nous en Bourgogne ? Ferons-nous un détour vers la Suisse, ou descendrons-nous jusqu'à Marseille ? Je rêve que nous allons jusqu'au trou de rochers, vous savez, celui où l'on se déshabille comme dans une cabine et où les vagues viennent vous chercher. Elle se baignera. On est à cent lieues des imbéciles. Au fond, le golfe s'arrondit, avec l'immense bleuissement de la Méditerranée. Il y a trois pins, en haut, au bord du trou. Et, pieds nus, sur les larges plaques de pierre jaune qui dallent la mer, nous arracherons des arapèdes[1], du bout de nos couteaux. Elle n'a pas l'air pimbêche. Elle aimera le grand air, et nous ferons les gamins. Si elle ne sait pas nager, je lui apprendrai.

La malle est rudement secouée. Nous devons monter la rue de Lyon. Et que ce sera délicieux lorsque, arrivée à Marseille, elle ouvrira sa malle ! Elle sera bien surprise de me trouver là, dans le coin, à gauche. Pourvu que je ne lui chiffonne pas trop tous ces volants sur lesquels je suis couché ! « Comment, monsieur, vous êtes là, vous avez osé ! — Mais certainement, madame ; on ose tout pour sortir de prison... » Et je lui expliquerai, et elle me pardonnera.

Ah ! nous voilà arrivés à la gare. Je crois qu'on m'enregistre...

*

Hélas ! hélas ! il pleut, et la dame au chapeau rose s'en va toute seule par la pluie, avec sa grande malle, bâiller chez quelque vieille tante de province, où elle grelottera, dans la mauvaise humeur du printemps frileux.

II

Il faut avoir vécu dans une ville dévote et aristocratique, une de ces petites villes où l'herbe pousse et où les cloches des couvents sonnent les heures dans l'air endormi, pour savoir ce que sont encore les processions de la Fête-Dieu.

À Paris, quatre prêtres font le tour de la Madeleine. En Provence, pendant huit jours, la rue appartient au clergé. Tout le moyen âge ressuscite par les claires après-midi, et s'en va, chantant des cantiques, promenant des cierges, avec deux gendarmes en tête, et le maire, sanglé de son écharpe, à la queue.

*

Je me souviens. C'étaient des jours de joie pour nous collégiens, qui ne demandions pas mieux que de courir les rues. S'il faut tout dire, dans ces villes amoureuses, les processions font les affaires des amants. Tout le long du cortège, les filles montrent leurs robes neuves. La robe neuve est de rigueur. Il n'est pas si pauvre demoiselle qui, ces jours-là, n'étrenne quelque indienne. Et le soir, les églises sont noires, bien des mains se rencontrent.

J'appartenais à une société musicale qui était de toutes les solennités. J'ai de gros péchés sur la conscience. Je m'accuse d'avoir, à cette époque, donné l'aubade à plus d'un fonctionnaire revenant de Paris avec le ruban rouge. Je m'accuse d'avoir promené le bon Dieu officiel, les Saints qui font pleuvoir, les saintes Vierges qui guérissent du choléra. J'ai même aidé au déménagement d'un couvent de nonnes cloîtrées. Les pauvres filles, enveloppées dans de larges toiles grises, pour qu'on ne pût rien voir de leur visage ni de leurs membres, trébuchaient, se soutenaient, comme des fantômes de trépassées surpris par l'aube. Et des petites mains blanches, des mains d'enfant, passaient, au bord des toiles grises.

Hélas! oui, j'ai mangé les collations des sacristies. On ne nous payait pas, on nous offrait quelques gâteaux. Je me rappelle que, le jour des recluses, arrivés au nouveau couvent, nous fûmes servis au moyen d'un tour. Les bouteilles, les assiettes de petits fours, se succédaient dans le mur, comme par enchantement. Et quelles bouteilles, grands dieux! des bouteilles de toutes formes, de toutes couleurs, de toutes liqueurs. J'ai souvent rêvé à l'étrange cave qui avait pu fournir une si curieuse variété de vins fins. C'était la confusion dans la douceur.

Depuis ces jours d'erreur, j'ai longuement fait pénitence, et je crois être pardonné.

*

Dès le matin, on pavoise les rues que doit suivre la procession. Chaque fenêtre a son lambeau. Dans les quartiers riches, ce sont de vieilles tapisseries à grands personnages mythologiques, tout l'Olympe païen, nu et blafard, venant regarder passer l'Olympe catholique, les vierges blanches, les christs saignants ; ce sont encore des courtepointes de soie prises au lit de quelque marquise, des rideaux de damas décrochés des tringles du salon, des tapis de velours, toutes sortes d'étoffes riches qui émerveillent les passants. Les bourgeois mettent leurs mousselines brodées, leurs toiles les plus fines. Et, dans les quartiers pauvres, les bonnes femmes, plutôt que de ne rien étaler, pendent leurs fichus, des foulards qu'elles ont cousus ensemble. Alors, les rues sont dignes du bon Dieu.

On a balayé. Dans certains coins, on a dressé des reposoirs. Ces reposoirs sont le sujet de grandes jalousies, de haines qui durent de longs mois. Si le reposoir du quartier des Chartreux est plus beau que celui du quartier Saint-Marc, cela suffit pour faire blanchir les cheveux des dévotes. Tout le quartier contribue au reposoir. Tel a apporté les flambeaux, tel les vases dorés, tel les fleurs, tel les dentelles. C'est un pied-à-terre que le quartier offre au ciel.

Cependant, le long des minces trottoirs, on a aligné deux rangs de chaises. Les curieux attendent, très tapageurs, riant de ce rire provençal qui a des sonneries de clairon. Les fenêtres se garnissent. La grande chaleur tombe. Et, dans les souffles légers qui se lèvent, passent au loin des volées de cloches, des roulements de tambours.

C'est la procession qui sort de l'église.

*

En avant marchent tous les beaux jeunes gens de la ville. C'est une promenade réglementaire. Ils viennent là pour voir et pour être vus. Les filles sont sur les portes. Il y a de discrets saluts, des sourires, des paroles chuchotées entre camarades. Les jeunes gens font ainsi le tour de la ville, entre les deux rangées de croisées pavoisées, uniquement pour passer devant une certaine fenêtre. Ils lèvent la tête, et c'est tout. L'après-midi est doux ; les cloches sonnent ; des enfants jettent, dans les ruisseaux et sur les pavés, des poignées de fleurs de genêts et des poignées de roses effeuillées.

La rue est rose ; les fleurs de genêts font, sur ce carmin pâle, des nappes d'or. Et ce sont d'abord les deux gendarmes qui se montrent. Puis, vient la file des enfants assistés, des pensionnats, des confréries, des vieilles dames, des vieux messieurs. Un christ se balance au bout des bras d'un bedeau. Un moine trapu porte un emblème compliqué où sont représentés tous les instruments de la Passion. Quatre grosses gaillardes, dont la santé fait crever les robes blanches, soutiennent avec des rubans une immense bannière, où dort innocemment un petit mouton. Puis, au-dessus des têtes, dans la lueur des cierges que le plein jour effare, des encensoirs d'argent montent, jetant un éclair, laissant un flot de fumée épaisse, dont la blancheur roule un instant, comme un lambeau envolé de toutes ces robes de mousseline qui se suivent.

La procession va lentement. C'est un piétinement sourd, qui laisse entendre le bruit étouffé des voix. Un éclat de cymbale retentit, des cuivres sonnent. Puis, ce sont des voix aiguës qui se perdent, minces et frêles, dans le grand air. Des balbutiements de lèvres passent. Et, brusquement, de grands silences se font. Ce n'est plus qu'un glissement discret, une chapelle ardente perdue en plein soleil. Au loin, les tambours battent une marche.

*

Je me souviens des pénitents. Il y en a encore de toutes les couleurs, les blancs, les gris, les bleus. Ces derniers se sont donné la rude mission d'enterrer les suppliciés. Ils comptent parmi eux les plus illustres noms de la ville. Vêtus d'une robe de serge bleue, coiffés d'une cagoule à bonnet pointu, à long voile percé de deux trous pour les yeux, ils sont vraiment farouches. Les trous sont souvent trop espacés, les yeux louchent sous ce masque terrifiant. Au bord de la robe, passent des pantalons gris perle et des bottines vernies.

Les pénitents sont la grande curiosité. Une procession sans pénitents est un pauvre régal. Et, enfin, vient le clergé. Parfois, des petits enfants portent des palmes, des épis de blé sur des coussins, des couronnes, des pièces d'orfèvrerie. Mais les dévotes retournent leurs chaises, s'agenouillent, regardent en dessous. C'est le dais qui approche. Il est monumental, tendu de velours rouge, surmonté de panaches, échafaudé sur des bâtons dorés. J'ai vu des sous-préfets porter cette litière immense, dans laquelle la religion malade se fait promener au soleil de juin. Une bande d'enfants de chœur marchent à reculons, les encensoirs balancés à toute volée. On n'entend que la psalmodie des prêtres et le bruit argentin des chaînes des encensoirs, à chaque secousse.

C'est le catholicisme éclopé qui se traîne sous le ciel bleu des vieilles croyances. Le soleil se couche ; des lueurs roses s'éteignent sur les toits ; une grande douceur tombe avec le crépuscule ; et, dans cet air limpide du Midi, la procession s'en va avec des voix mourantes, effacement mélancolique de tout un âge qui descend dans la terre.

Les autorités suivent en costume, les tribunaux, les Facultés, sans compter les marguilliers, avec des lanternes sculptées et dorées. Et la vision disparaît. Les roses effeuillées, les genêts d'or sont meurtris. Il ne monte plus des pavés que l'odeur âcre de toutes ces fleurs fanées.

*

Parfois, la nuit surprend la procession, à l'heure où elle rentre par les rues tortueuses du vieux quartier. Les robes blanches ne sont plus que des pâleurs vagues; les pénitents se perdent en file sombre, le long des trottoirs; les petites flammes des cierges mettent, dans l'étranglement noir des maisons, des follets dansants, des étoiles filant avec lenteur. Et les voix ont comme un frisson de peur, au milieu de ces croix, de ces bannières, de ce dais, dont on distingue à peine les bras morts dans les ténèbres.

C'est l'heure où les galopins embrassent les jeunes coquines. L'orgue gronde au fond de l'église, le bon Dieu est rentré chez lui. Alors, les filles s'en vont avec un baiser sur le cou et un billet doux dans la poche.

III

Quand je passe sur les ponts, par ces soirées ardentes, la Seine m'appelle avec des grondements d'amitié. Elle coule, large, fraîche, pleine de lenteurs amoureuses, s'offrant, s'attardant entre les quais. L'eau a des froissements de jupes moirées. C'est une amante souple, dans laquelle on a des désirs irrésistibles de « piquer une tête ».

*

Les propriétaires de bains flottants[1] qui regardaient avec consternation tomber les continuelles pluies de mai, suent avec béatitude sous les lourds soleils de juin. Enfin, l'eau est bonne. Dès six heures du matin, c'est un encombrement. Les caleçons n'ont pas le temps de sécher, et les peignoirs manquent, vers le soir.

Je me souviens de ma première visite à un de ces bains, à une de ces grandes cuves de bois, dans lesquelles les baigneurs tournent comme des pailles dansant au fond d'une casserole d'eau bouillante.

J'arrivais d'une petite ville, d'une petite rivière où j'avais barboté en toute liberté, et je fus consterné de cette auge, où l'eau prenait des couleurs de suie. Vers six heures du soir, le grouillement est tel, qu'il faut calculer son élan pour ne pas s'asseoir sur un dos ou s'enfoncer dans un ventre. L'eau écume, les blancheurs des corps l'emplissent d'un reflet blafard, tandis que les bouts de toile, pendus à des cordes en guise de plafond, laissent tomber une clarté louche.

Le tapage est effroyable. Par moments, sous des élans brusques, l'eau a des rejaillissements, qui roulent avec des bruits lointains de canon. Des mains de farceurs battent la rivière du tic-tac des moulins ; et il y en a qui s'apprennent à tomber à la renverse, de façon à faire le plus de vacarme possible et à inonder l'établissement. Mais ce n'est rien encore auprès des cris intolérables, de ce glapissement de voix qui rappelle les pensionnats en récréation. L'homme redevient enfant, dans l'eau pure. Les promeneurs graves qui suivent les quais, jettent un regard effaré sur ces toiles volantes, entre lesquelles ils voient gambader de grands diables nus. Les dames passent plus vite.

*

J'ai goûté pourtant là de bonnes heures, de très grand matin, quand la ville dort encore. Ce n'est plus le pullulement d'épaules maigres, de têtes chauves, de ventres énormes de l'après-midi. Le bain est presque désert. Quelques jeunes gens y nagent en baigneurs convaincus. L'eau est plus fraîche, après le sommeil de la nuit. Elle est plus pure, plus vierge.

Il faut y aller avant cinq heures. La ville a un réveil tiède. Rien n'est délicieux comme de suivre les quais, en regardant l'eau, de ce regard de convoitise des amants. Elle va être à vous. Dans le bain, l'eau dort. C'est vous qui la réveillez. Vous pouvez la prendre entre vos bras, en silence. Vous sentez le courant s'en aller tout du long de votre chair, de la nuque aux talons, avec une caresse fuyante.

Le soleil levant met des bandes roses sur les linges qui pavoisent le plafond. Puis, un frisson court sur la peau avec les baisers plus vifs de la rivière, et il fait bon alors s'envelopper d'un peignoir et marcher sous les galeries. Vous êtes à Athènes, les pieds nus, le cou libre, avec une simple robe roulée à la taille. Les culottes, le gilet, et la redingote, et les bottes, et le chapeau, sont loin. Votre nudité s'égaie à l'aise, dans ce lambeau d'étoffe. Le rêve va jusqu'au printemps de la Grèce, au bord du bleu éternel de l'Archipel[1].

Mais dès que la bande des baigneurs arrive, il faut fuir. Ils apportent la chaleur des pavés à leurs talons. La rivière n'est plus la vierge du petit jour ; elle est la fille de midi qui se donne à tous, qui est toute meurtrie, toute chaude des embrassements de la foule.

*

Et quelles laideurs ! Les dames font bien de hâter le pas, sur les quais. Le musée des antiques, chargé par un artiste farceur, n'arriverait pas à ce haut point de comique navrant.

C'est une terrible épreuve pour un homme moderne, pour un Parisien, que de se mettre nu. Les gens prudents ne vont jamais aux bains froids. On m'y a montré, un jour, un conseiller d'État, si piteux avec ses épaules pointues et son pauvre ventre plat, que toutes les fois que j'ai rencontré son nom dans quelque grave affaire, je n'ai pu retenir un sourire.

Il y a les gros, il y a les maigres, et les grands, et les courts, ceux qui se ballonnent sur l'eau comme des vessies, ceux qui s'enfoncent et qui semblent se fondre comme des bâtons de sucre d'orge. Les chairs tombent, les os s'accusent, les têtes entrent dans les épaules ou se perchent sur des cous de poulets plumés, les bras ont des longueurs de pattes, les jambes se ramassent pareilles à des membres tordus de canard. Il y en a tout en derrière, d'autres tout en ventre, et il y en a qui n'ont ni ventre ni derrière. Galerie grotesque et lamentable, qui arrête l'éclat de rire dans la pitié.

Le pis est que ces pauvres corps gardent l'orgueil de leur habit noir et du porte-monnaie qu'ils ont laissés au vestiaire. Les uns se drapent, ramènent les coins de leur peignoir, avec des cambrures de propriétaires ayant pignon sur rue. D'autres marchent dans leur nudité extravagante avec la dignité de chefs de bureau traversant leur peuple d'employés. Les plus jeunes font des grâces, comme s'ils se croyaient en veston, dans les coulisses de quelque petit théâtre; les plus vieux oublient qu'ils ont retiré leur corset et qu'ils ne sont point au coin du feu, chez la belle comtesse de B***.

J'ai vu, pendant toute une saison, aux bains du Pont-Royal, un gros homme, rond comme une tonne,

rouge comme une tomate mûre, qui jouait les
Alcibiade. Il avait étudié les plis de son peignoir
devant quelque tableau de David. Il était à l'Agora ; il
fumait avec des gestes antiques[1]. Quand il daignait se
jeter dans la Seine, c'était Léandre traversant l'Hellespont pour rejoindre Héro[2]. Le pauvre homme ! Je me
souviens encore de son torse court où l'eau mettait
des plaques violettes. Ô laideur humaine !

*

Non, je préfère encore ma petite rivière. Nous ne
mettions pas même de caleçons. À quoi bon ! les
martins-pêcheurs et les bergeronnettes ne rougissaient seulement pas. Et nous choisissions les trous,
les « goures », comme on dit dans le Midi.

On traversait la rivière à pied sec, en sautant sur les
grosses pierres ; mais les trous étaient tragiques. Certains de ces trous, chaque année, dévoraient deux ou
trois enfants. Il y avait des légendes atroces, avec des
poteaux pleins de menaces dont nous ne nous inquiétions guère. Nous les prenions pour cibles, et il ne
restait souvent qu'un bout de planche tenu par un
clou, que le vent balançait.

Le soir, l'eau était brûlante. Les grands soleils
chauffaient l'eau des trous, au point qu'il fallait la
laisser refroidir, dans les premières fraîcheurs du crépuscule. Nous restions nus sur le sable, pendant des
heures, luttant, jetant des pierres aux poteaux, prenant des grenouilles avec les mains, dans la vase. La
nuit tombait, un immense soupir, un soupir de soulagement passait sur les arbres.

Alors, c'était des baignades sans fin. Quand nous
étions las, nous nous couchions dans l'eau, sur le
bord, à un endroit peu profond, la tête sur quelque

touffe d'herbe. Et nous demeurions là, avec le continuel glissement de la rivière sur notre peau, nos jambes flottant, comme emportées à la dérive. C'était l'heure où les pions étaient sévèrement jugés et où les devoirs du lendemain s'en allaient dans la fumée des premières pipes.

Bonne rivière où j'ai appris à faire la planche, eau tiède où les petits poissons blancs cuisaient, je t'aime encore comme une maîtresse enfantine. Tu nous as pris un camarade, un soir, dans un de ces trous dont nous nous moquions, et c'est peut-être cette tache de sang sur ta robe verte qui a laissé en moi des frissons de désir pour ton maigre filet d'eau. Il y a des sanglots, dans ton babil d'innocente.

IV

Je ne connais qu'une chasse, une chasse dont les Parisiens ignorent les charmes tranquilles. Ici, dans les champs, il y a des lièvres et des perdrix ; on ne tire pas sa poudre aux moineaux, on dédaigne les alouettes, réservant son coup de feu aux seules grosses pièces. En Provence, lièvres et perdrix sont rares ; les chasseurs s'attardent aux fauvettes, à tous les petits oiseaux des buissons. Quand ils ont tué leur douzaine de becfigues, ils rentrent très fiers au logis.

J'ai souvent couru les terres labourées, pendant des journées entières, pour rapporter trois ou quatre culs-blancs. J'enfonçais jusqu'aux chevilles dans le sol mouvant comme un sable fin. Le soir, quand je ne pouvais plus me tenir sur les jambes, je rentrais, ravi.

Si, par miracle, un lièvre passait entre mes jambes, je le regardais courir avec un saint étonnement, tant j'étais peu habitué à rencontrer de si grosses bêtes.

Je me souviens qu'un matin un vol de perdrix se leva devant moi ; je restai si abasourdi par ce grand bruit d'ailes, que je lâchai au hasard un coup de feu qui alla cribler un poteau télégraphique.

D'ailleurs, je confesse avoir toujours été un tireur détestable. Si j'ai tué pas mal de pierrots[1] dans ma vie, je n'ai jamais pu abattre une hirondelle.

*

C'est sans doute pour cela que je préférais la chasse au poste.

Imaginez une sorte de petite construction ronde, enfoncée dans la terre, s'élevant à peine d'un mètre au-dessus du sol. Cette cabane, faite de pierres sèches, est recouverte de tuiles qu'on dissimule le plus possible sous des bouts de lierre. On dirait un débris de tourelle rasée près des fondations et perdue dans l'herbe.

À l'intérieur, l'étroite pièce prend jour par des meurtrières, que ferment des vitres mobiles. Le plus souvent, le réduit a une cheminée et des armoires ; j'ai même connu un poste qui avait un divan. Autour du poste sont plantés des arbres morts, des cimeaux, comme on les nomme, au pied desquels on accroche les appeaux, les oiseaux prisonniers chargés d'appeler les oiseaux libres.

La tactique est simple. Le chasseur, tranquillement enfermé, attend en fumant sa pipe. Il surveille les cimeaux par les meurtrières. Puis, quand un oiseau se pose sur quelque branche sèche, il prend son fusil méthodiquement, en appuie le canon sur le bord d'une meurtrière et foudroie la malheureuse bête presque à bout portant.

Les Provençaux ne chassent pas autrement aux oiseaux de passage, aux ortolans en août, aux grives en novembre.

*

Je partais à trois heures du matin, par de glaciales matinées de novembre. J'avais une lieue à faire dans la nuit, chargé comme un mulet ; car il faut porter les appeaux, et je vous assure qu'une trentaine de cages ne se transportent pas facilement, dans un pays de collines, par des sentiers à peine frayés. On pose les cages sur de longs cadres de bois, où des ficelles les tiennent et les serrent les unes contre les autres.

Quand j'arrivais, il faisait noir encore, le plateau s'étendait, profond, farouche, pareil à une mer d'ombre, avec ses broussailles grises, à l'infini. J'entendais tout autour de moi, dans les ténèbres, ce remous des pins, cette grande voix confuse qui ressemble aux lamentations des vagues. J'avais alors quinze ans, et je n'étais pas toujours très rassuré. C'était déjà une émotion, un plaisir âcre.

Mais il fallait se dépêcher. Les grives sont matinales. J'accrochais mes cages, je m'enfermais dans le poste. Il était trop tôt encore, je ne distinguais pas les branches des cimeaux. Et pourtant j'entendais sur ma tête le sifflement rude des grives. Ces gueuses-là voyagent la nuit. J'allumais du feu en grondant, je me hâtais d'obtenir un grand brasier, qui luisait rose sur la cendre. Dès que la chasse a commencé, il ne faut plus que le moindre filet de fumée sorte du poste. Cela pourrait effaroucher le gibier. J'attendais le jour, en faisant griller des côtelettes sur la braise.

Et j'allais de meurtrière en meurtrière, épiant la première lueur pâle. Rien encore ; les cimeaux dressaient leurs bras désolés, vaguement. J'avais déjà de mauvais yeux, je craignais de lâcher un coup de fusil sur un bout de branche noirci, comme cela m'arrivait quelquefois. Je ne me fiais pas seulement à ma vue, j'écoutais. Dans le silence, frissonnaient mille bruits, ces chuchotements, ces soupirs profonds de la terre à son réveil. La clameur des pins grandissait, et il me semblait par moments qu'un vol innombrable de grives allait s'abattre sur le poste, en sifflant furieusement.

*

Mais les nuées devenaient laiteuses. Sur le ciel clair, les cimeaux se détachaient en noir, avec une singulière netteté. Alors, toutes mes facultés se tendaient, je restais plié d'anxiété.

Quel coup dans l'estomac, lorsque, brusquement, j'apercevais la longue silhouette d'une grive sur un cimeau ! La grive s'allonge, fait la belle au premier rayon, reste droite, les yeux au soleil, dans le bain matinal de lumière. Je prenais mon fusil avec des précautions infinies, pour ne point heurter le canon ou la crosse. Je tirais, l'oiseau tombait. Je n'allais pas le ramasser, cela aurait pu éloigner d'autres victimes.

Et je reprenais mon attente, secoué par cette émotion du joueur qui a eu un coup heureux, et qui ne sait ce que lui garde la chance. Tout le plaisir d'une pareille chasse consiste dans l'imprévu, dans la bonne volonté que le gibier met à venir se faire tuer. Une autre grive se posera-t-elle sur un des cimeaux ? Question troublante. Je n'étais pas difficile, d'ailleurs : quand les grives ne venaient pas, je tuais des pinsons.

*

Je revois aujourd'hui le petit poste, au bord du grand plateau désert. Il vient des collines une senteur fraîche de thym et de lavande. Les appeaux sifflent doucement dans le grand remous des pins. Le soleil montre à l'horizon une mèche de ses cheveux flambants, et il y a là, sur un cimeau, dans la clarté blanche, une grive immobile.

Allez courir les lièvres, et ne riez pas, car vous feriez envoler ma grive.

V

J'ai deux chattes. L'une, Françoise, est blanche comme une matinée de mai. L'autre, Catherine, est noire comme une nuit d'orage.

Françoise a la tête ronde et rieuse d'une fille d'Europe. Ses grands yeux, d'un vert pâle, tiennent tout son visage. Son nez et ses lèvres roses sont enduits de carmin. On la dirait peinte comme une vierge folle de son corps. Elle est grasse, potelée, parisienne jusqu'au bout des griffes. Elle s'affiche en marchant, prenant des airs engageants, retroussant la queue avec le frémissement brusque d'une petite dame qui relève la traîne de sa robe.

Catherine a la tête pointue et fine d'une déesse égyptienne. Ses yeux, jaunes comme des lunes d'or, ont la fixité, la dureté impénétrable des prunelles d'une idole barbare. Aux coins de ses lèvres minces, rit l'éternelle ironie silencieuse des sphinx. Quand elle s'accroupit sur ses pattes de derrière, la tête haute et immobile, elle est une divinité de marbre noir, la grande Pacht hiératique[1] des temples de Thèbes.

*

Elles passent toutes deux leurs journées sur le sable jaune du jardin.

Françoise se vautre, le ventre en l'air, toute à sa toilette, se léchant les pattes avec le soin délicat d'une coquette qui se blanchirait les mains dans de l'huile d'amande douce. Elle n'a pas trois idées dans la tête. Cela se devine, à son air fou de grande mondaine.

Catherine songe. Elle songe, regardant sans voir, pénétrant du regard dans le monde inconnu des dieux. Pendant des heures, elle demeure droite, implacable, souriant de son étrange sourire de bête sacrée.

*

Quand je caresse Françoise de la main, elle arrondit le dos, en poussant un miaulement léger de béatitude. Elle est si heureuse qu'on s'occupe d'elle ! Elle lève la tête, d'un mouvement câlin, me rendant ma caresse en frottant son nez contre ma joue. Ses poils frémissent, sa queue a de lentes ondulations. Et elle finit par se pâmer, les yeux clos, ronronnant d'une façon douce.

Quand je veux caresser Catherine, elle évite ma main. Elle préfère vivre solitaire, au fond de son rêve religieux. Elle a une pudeur de déesse qu'irrite et blesse tout contact humain. Si je parviens à la prendre sur mes genoux, elle s'aplatit, la tête allongée, les yeux fixes, prête à s'échapper d'un bond. Ses membres nerveux, son corps maigre restent inertes sous mes doigts qui la flattent. Elle ne daigne point descendre à la joie d'amour d'une mortelle.

Et c'est ainsi que Françoise est une fille de Paris, lorette ou marquise, créature légère et charmante qui se vendrait pour un compliment sur sa robe blanche ;

c'est ainsi que Catherine est une fille de quelque cité en ruines, je ne sais où, là-bas, du côté du soleil. Elles sont de deux civilisations, poupée moderne, idole d'une nation morte.

Ah ! si je pouvais lire dans leurs yeux ! Je les prends dans mes bras, je les regarde fixement, pour qu'elles me content leur secret. Elles ne baissent pas les paupières, et ce sont elles qui m'étudient. Je ne lis rien dans la transparence vitreuse de ces yeux qui s'ouvrent comme des trous sans fond, comme des puits de clarté pâle où nagent des étincelles ardentes.

Et Françoise ronronne plus tendrement, tandis que les regards jaunes de Catherine me pénètrent comme des tiges de laiton.

*

Dernièrement, Françoise est devenue mère. Cette écervelée a un excellent cœur. Elle soigne avec des tendresses exquises le petit qu'on lui a laissé. Elle le prend délicatement par la peau du cou, pour le promener dans toutes les armoires de la maison.

Catherine la regarde faire, perdue dans de profondes réflexions. Le petit l'intéresse. Elle a, en face de lui, des attitudes de philosophe ancien songeant à la vie et à la mort des créatures, bâtissant dans le rêve tout un système de philosophie.

Hier, pendant que la mère était sortie, elle est venue s'accroupir à côté de l'enfant. Elle l'a senti, l'a retourné avec la patte. Puis, brusquement, elle l'a emporté dans un coin obscur. Là, se croyant bien cachée, elle s'est posée devant le petit, avec les yeux luisants, l'échine frémissante d'une prêtresse s'apprêtant pour un sacrifice. Elle allait, je crois, broyer d'un coup de dents la tête de la victime, lorsque je me suis hâté d'intervenir et de la chasser. Elle m'a jeté, en s'enfuyant, des regards diaboliques, souple, silencieuse, sans un jurement.

*

Eh bien ! j'aime toujours Catherine ; je l'aime parce qu'elle est perfide et cruelle, comme une bête de l'enfer. Que m'importent les grâces légères de Françoise, ses moues délicieuses, ses allures de vierge folle ! Toutes nos filles d'Ève ont sa blancheur ronronnante. Mais je n'ai pu encore trouver une sœur à Catherine, une créature perverse et froide, une idole noire qui vive dans le songe éternel du mal.

VI

Les rosiers, dans les cimetières, épanouissent des fleurs larges, d'une blancheur de lait, d'un rouge sombre. Les racines vont, au fond des bières, prendre la pâleur des poitrines virginales, l'éclat sanglant des cœurs meurtris. Cette rose blanche, c'est la floraison d'une enfant morte à seize ans ; cette rose rouge, c'est la dernière goutte de sang d'un homme tombé dans la lutte.

Ô fleurs éclatantes, fleurs vivantes, où il y a un peu de nos morts !

*

À la campagne, les pruniers et les abricotiers poussent gaillardement derrière l'église, le long des murs croulants du petit cimetière. Le grand soleil dore les fruits, le grand air leur donne une saveur exquise. Et la gouvernante du curé fait des confitures qui sont renommées à plus de dix lieues à la ronde. J'en ai mangé. On dirait, selon l'heureuse expression des paysans, qu'on avale « la culotte de velours du bon Dieu ».

Je connais un de ces cimetières étroits de village où il y a des groseilliers superbes, hauts comme des arbres. Les groseilles, rouges sous les feuilles vertes, ressemblent à des grappes de cerises. Et j'ai vu le bedeau venir, le matin, avec une miche de pain sous le bras, et déjeuner tranquillement, assis sur le coin d'une vieille pierre tombale. Une bande de moineaux l'entouraient. Il cueillait les groseilles, il jetait des mies de pain aux moineaux; tout ce petit monde-là mangeait avec un grand appétit sur la tête des morts.

C'est une fête pour le cimetière. L'herbe pousse, drue et forte. Dans un coin, des touffes de coquelicots mettent une nappe rouge. L'air vient largement de la plaine, soufflant toutes les bonnes odeurs des foins coupés. À midi, les abeilles bourdonnent dans le soleil; les petits lézards gris se pâment, la gueule ouverte, buvant la chaleur, au bord de leur trou. Les morts ont chaud; et ce n'est plus un cimetière, c'est un coin de la vie universelle, où l'âme des morts passe dans le tronc des arbres, où il n'y a plus qu'un vaste baiser de ce qui était hier et de ce qui sera demain. Les fleurs, ce sont les sourires des filles; les fruits, ce sont les besognes des hommes.

Là, il n'y a pas crime à cueillir les bleuets et les coquelicots. Les enfants viennent faire des bouquets. Le curé ne se fâche que quand ils montent dans les pruniers. Les pruniers sont au curé, mais les fleurs sont à tout le monde. Parfois, on est obligé de faucher le cimetière; l'herbe est si haute, que les croix de bois noir sont noyées; alors, c'est la jument du curé qui mange le foin. Le village n'y entend pas malice, et pas un des paroissiens ne songe à accuser la jument de mordre à l'âme des morts.

Mathurine avait planté un rosier sur la tombe de son promis, et tous les dimanches, en mai, Mathurine allait cueillir une rose qu'elle mettait à son fichu. Elle passait le dimanche dans le parfum de son amour disparu. Quand elle baissait les yeux sur son fichu, il lui semblait que son promis lui souriait.

*

J'aime les cimetières, quand le ciel est bleu. J'y vais tête nue, oubliant mes haines, comme dans une ville sainte où l'on est tout amour et tout pardon.

Un de ces derniers matins, je suis allé au Père-Lachaise. Le cimetière, sur la limpidité bleue de l'horizon, étageait ses rangs de tombes blanches. Des masses d'arbres montaient sur la hauteur, laissant voir, sous la dentelle encore tendre de leurs feuilles, les coins éclatants des grands tombeaux. Le printemps est doux pour les champs déserts où reposent nos morts bien-aimés; il sème de gazon les molles allées que suivent à pas lents les jeunes veuves; il blanchit les marbres d'une gaieté enfantine et claire. De loin, le cimetière ressemblait à un énorme bouquet de verdure, piqué çà et là d'une touffe d'aubépine. Les tombeaux sont comme les fleurs virginales des herbes et des feuillages.

*

J'ai suivi lentement les allées. Quel silence frissonnant, quelles senteurs pénétrantes, quels souffles tièdes, venus on ne sait d'où, comme des haleines caressantes de femmes qu'on ne voit pas ! On sent que tout un peuple dort dans cette terre émue et douloureuse sous le pied du promeneur. Il s'échappe de chaque arbuste des massifs, de chaque fente des dalles, une respiration régulière et douce comme celle d'un enfant, qui se traîne au ras du sol, avec toute la paix du dernier sommeil.

Des hivers nouveaux ont passé sur le marbre de Musset. Je l'ai retrouvé plus pâle, plus attendri. Les dernières pluies lui ont mis une robe neuve. Un rayon, tombant d'un arbre voisin, éclairait d'une clarté vivante le profil fin et nerveux du poète. Ce médaillon, avec son éternel sourire, a une grâce qui attriste.

D'où vient donc l'étrange puissance de Musset sur ma génération[1] ? Il est peu de jeunes hommes qui, après l'avoir lu, n'aient gardé au cœur une douceur éternelle. Et pourtant Musset ne nous a appris ni à vivre ni à mourir ; il est tombé à chaque pas ; il n'a pu, dans son agonie, que se relever sur les genoux, pour pleurer comme un enfant. N'importe, nous l'aimons ; nous l'aimons d'amour, ainsi qu'une maîtresse qui nous féconderait le cœur en le meurtrissant.

C'est qu'il a jeté le cri de désespérance du siècle ; c'est qu'il a été le plus jeune et le plus saignant de nous.

Le saule que des mains pieuses ont planté devant son tombeau, est toujours languissant. Jamais ce saule, à l'ombre duquel il a voulu dormir, n'a poussé, vigoureux et libre, dans la force de sa sève. Son feuillage jaune pend tristement, ses tiges retombent comme des larmes lourdes et lasses. Peut-être ses racines vont-elles boire, dans le cœur du mort, toutes les amertumes d'une vie gaspillée.

Longtemps, je suis resté rêveur. Là-bas, Paris grondait. Ici, un cri d'oiseau, le susurrement d'un insecte, le craquement subit d'une branche. Puis, des silences profonds, dans lesquels l'haleine des tombes s'entendait plus forte. Seul, un habitant du quartier, quelque petit rentier, suivait doucement l'allée, les pieds dans des pantoufles, les mains derrière le dos, en bon bourgeois qui hume les premières tiédeurs de l'air.

*

Mes souvenirs s'éveillaient. Ils me parlaient de ma jeunesse, de cette époque heureuse où je courais les sentiers de ma chère Provence. Musset était alors mon compagnon. Je l'emportais dans mon carnier ; et, derrière le premier buisson j'oubliais mon fusil sur l'herbe, je lisais le poète, dans cette ombre chaude du Midi, parfumée de sauge et de lavande.

Je lui dois mes premiers chagrins et mes premières joies. Aujourd'hui encore, dans la passion d'analyse exacte qui m'a pris, lorsqu'il me monte au visage de soudaines bouffées de jeunesse, je songe à ce désespéré, je le remercie de m'avoir enseigné à pleurer.

VII

Mai, le mois des fleurs, le mois des nids ! Le soleil sourit discrètement, ce matin, et je veux croire au soleil. Je m'en vais par les rues, dans la blanche matinée, attentif aux seules gaietés des moineaux.

S'il pleut ce soir, que le ciel me pardonne mon chant de joie qui salue le printemps.

*

Au parc Monceau, ce matin, une jeune femme, une jeune épouse qui allait être mère, était assise devant une pelouse. Elle portait une robe de soie grise. Ses petites mains gantées, les dentelles de sa jupe et de son corsage, la pâleur tendre de son visage, témoignaient de l'élégante et riche oisiveté de sa vie. C'était une heureuse de ce monde.

La jeune dame regardait deux moineaux qui sautaient gaillardement dans l'herbe, à ses pieds. À tour de rôle, ils venaient voler un brin de foin et se sauvaient sur un arbre voisin. Ils bâtissaient leur nid. La femelle prenait délicatement chaque fétu, le tressait aux autres matériaux déjà apportés, l'aplatissait sous le poids tiède et frissonnant de sa gorge. C'était un va-et-vient furtif, une besogne d'amour où la tendresse suppléait à la force.

L'inconnue vêtue de soie grise, contemplait les deux amants qui préparaient en toute hâte le berceau. Elle apprenait la science des pauvres gens qui n'ont que quelques brins de foin et la chaleur de leurs caresses pour protéger leurs petits contre les nuits fraîches.

Elle eut un sourire d'une douceur triste, et je crus lire la rêverie qui passait dans ses yeux songeurs.

« Hélas ! je suis riche, je dois ignorer la joie de ces oiseaux. Un ébéniste fait en ce moment la bercelonnette de bois de rose, dans laquelle une nourrice normande ou picarde bercera mon enfant. Un métier fabrique quelque part les tissus de laine et de fil qui réchaufferont ses membres délicats. Une ouvrière coud la layette. Une sage-femme donnera les premiers soins au nouveau-né. Je ne serai qu'à moitié la mère du cher petit ; je le mettrai nu au monde, il ne tiendra pas tout de moi. Et ces moineaux construisent le berceau, tissent et cousent les étoffes ; ils n'ont rien, ils créent tout, par un miracle d'amour ; ils changent en bercelonnette tiède le premier trou de muraille venu. Ce sont des artisans de tendresse que les jeunes mères envient. »

*

Aux champs, les nids poussent naturellement, dans les haies et sur les arbres, comme des fleurs vivantes. Ils s'ouvrent, ils s'épanouissent au premier rayon du soleil. Ils laissent échapper des gazouillements, à l'heure où l'aubépine exhale des parfums.

Les pinsons, les chardonnerets, les bouvreuils, choisissent les arbustes pour alcôves ; les corbeaux et les pies montent jusqu'aux plus hautes branches des peupliers ; les alouettes, les fauvettes, restent à terre, dans les blés et dans les broussailles. Il faut à ces amants, jaloux de leurs tendresses, le grand silence de la campagne. Je sais bien qu'il existe des misérables qui violent les nids pour plumer les petits et pour manger les œufs en omelette. Aussi les oiseaux, à chaque saison, se cachent-ils davantage ; ils vont au désert.

Seuls, les moineaux et les hirondelles osent confier leurs amours aux murs et aux arbres de Paris. Ils vivent, ils aiment parmi nous. Nous avons bien des serins en cage qui pondent et couvent. Mais quels tristes amoureux ! On dirait que nos serins sont mariés devant monsieur le maire. Leur union forcée, gardée sous grille, est bête comme un mariage. Ils ont des petits moroses et pâlots, qui ne donnent jamais les libres coups d'ailes des enfants de l'amour.

Il faut voir les moineaux libres dans les trous des vieux murs, les hirondelles libres au faîte des cheminées. Ceux-là s'aiment, conçoivent en plein ciel ; il n'y a parmi eux que des mariages d'inclination.

*

Les hirondelles font de Paris leur villa d'été. Dès leur arrivée, les voyageuses visitent les berceaux vides qu'elles ont dû abandonner aux premiers froids. Elles réparent la frêle maison, la consolident, la meublent de duvet. Et les poètes, les amoureux qui passent, l'oreille et le cœur ouverts, entendent, pendant tout l'été, leurs petits cris de tendresse dominant le roulement des fiacres.

Mais le véritable enfant de Paris, le gamin de l'air, est le moineau franc, le pierrot, qui porte la blouse grise du faubourien. Il est populacier, gouailleur, effronté. Son cri semble une moquerie, son battement d'aile un geste railleur ; ses airs de tête ont je ne sais quelle insouciance goguenarde et agressive.

Il préfère, certes, les allées grises de poussière, les boulevards brûlants, aux frais ombrages de Meudon et de Montmorency. Il se plaît dans le tapage des roues, boit au ruisseau, mange du pain, se promène tranquillement sur les trottoirs. Il a quitté les champs où il s'ennuyait en compagnie de bêtes sottes et arriérées, pour venir vivre parmi nous, logeant sous nos tuiles, la nuit s'éclairant au gaz, et le jour faisant ses petites affaires dans nos rues, en promeneur ou en homme pressé.

Le pierrot est un Parisien qui ne paie pas ses contributions. Il est le titi de la nation ailée, et il a un faible pour le pain d'épice et pour la civilisation moderne.

*

C'est surtout dans les jardins publics qu'il faut étudier, en mai, les allures lestes et tendres des pierrots.

Il y a des gens qui vont au Jardin des Plantes pour se poser devant les grilles et regarder les bêtes enfermées. Si vous visitez un jour la Ménagerie, regardez donc les bêtes libres, les pierrots qui volent en plein soleil.

Les pierrots entourent les grilles d'une chanson triomphante. Ils célèbrent haut le grand air. Ils entrent impunément dans les cages, les emplissent de leur liberté, sont l'éternel désespoir des malheureux prisonniers. Ils volent des mies de pain aux singes et aux ours ; les singes leur montrent le poing, les ours protestent par un balancement de tête plein d'une dédaigneuse impatience. Eux, ils se sauvent, ils sont la créature libre et gaie, dans cette arche où l'homme essaie d'enfermer la création.

En mai, les pierrots du Jardin des Plantes bâtissent leur nid sous les tuiles des maisons voisines. Ils deviennent plus caressants, ils essaient de voler un brin de laine ou de crin à la fourrure des animaux. Un jour, j'ai vu un grand lion allongeant sa tête puissante sur ses pattes étendues, regardant un pierrot qui sautait gaillardement entre les barreaux de sa cage. Une rêverie douce et poignante fermait à demi les yeux de la bête fauve. Le grand lion songeait aux horizons libres. Il laissa le pierrot lui voler un poil roux de sa patte.

VIII

Je suis allé aux Halles, une de ces dernières nuits. Paris est morne à ces heures matinales. On ne lui a point encore fait un bout de toilette. Il ressemble à quelque vaste salle à manger toute tiède, toute grasse du repas de la veille ; des os traînent, des ordures encombrent la nappe sale des pavés. Les maîtres se sont couchés sans faire desservir ; et, le matin seulement, la servante donne un coup de balai, met du linge propre pour le déjeuner.

Aux Halles, le vacarme est grand. C'est l'office colossale où s'engouffre la nourriture de Paris endormi. Quand il ouvrira les yeux, il aura déjà le ventre plein. Dans les clartés frissonnantes du matin, au milieu du grouillement de la foule, s'entassent des quartiers rouges de viande, des paniers de poissons qui luisent avec des éclairs d'argent, des montagnes de légumes piquant l'ombre de taches blanches et vertes. C'est un éboulement de mangeailles, des charrettes vidées sur le pavé, des caisses éventrées, des sacs ouverts, laissant couler leur contenu, un flot montant de salades, d'œufs, de fruits, de volailles, qui menacent de gagner les rues voisines et d'inonder Paris entier.

J'allais curieusement au milieu de ce tohu-bohu, lorsque j'ai aperçu des femmes qui fouillaient à pleines mains dans de larges tas noirâtres, étalés sur le carreau. Les lueurs des lanternes dansaient, je distinguais mal, et j'ai cru d'abord que c'était là des débris de viande qu'on vendait au rabais.

Je me suis approché. Les tas de débris de viande étaient des tas de roses.

*

Tout le printemps des rues de Paris traîne sur ce carreau boueux, parmi les mangeailles des Halles. Les jours de grande fête, la vente commence à deux heures du matin.

Les jardiniers de la banlieue apportent leurs fleurs par grosses bottes. Les bottes, suivant la saison, ont un prix courant, comme les poireaux et les navets.

Cette vente est une œuvre de nuit. Les revendeuses, les petites marchandes, qui enfoncent leurs bras jusqu'aux coudes dans des charretées de roses, ont l'air de faire un mauvais coup, de tremper leurs mains au fond de quelque besogne sanglante.

C'est affaire de toilette. Les bœufs éventrés qui saignent seront lavés, tatoués de guirlandes, ornés de fleurs artificielles; les roses qu'on foule aux pieds, montées sur des brins d'osier, auront un parfum discret dans leur collerette de feuilles vertes.

Je m'étais arrêté devant ces pauvres fleurs expirantes. Elles étaient humides encore, serrées brutalement par des liens qui coupaient leurs tiges délicates. Elles gardaient l'odeur forte des choux en compagnie desquels elles étaient venues. Et il y avait des bottes roulées dans le ruisseau qui agonisaient.

J'ai ramassé une de ces bottes. Elle était toute boueuse d'un côté. On la lavera dans un seau d'eau, elle retrouvera son parfum doux et tendre. Un peu de boue, restée tout au fond des pétales, témoignera seul de sa visite au ruisseau. Les lèvres qui la baiseront le soir seront peut-être moins pures qu'elle.

*

Alors, au milieu de l'abominable tapage des Halles, je me suis souvenu de cette promenade que je fis avec toi, Ninon, il y a quelque dix ans. Le printemps naissait, les jeunes feuillages luisaient au blanc soleil d'avril. Le petit sentier qui suivait la côte était bordé de larges champs de violettes. Quand on passait, on sentait monter autour de soi une odeur douce qui vous pénétrait et alanguissait votre âme.

Tu t'appuyais sur mon bras toute pâmée, comme endormie d'amour par l'odeur douce. La campagne était claire, et il y avait de petites mouches qui volaient dans le soleil. Un grand silence tombait du ciel. Notre baiser fut si discret, qu'il n'effaroucha pas les pinsons des cerisiers en fleur.

Au détour d'un chemin, dans un champ, nous vîmes des vieilles femmes courbées, qui cueillaient des violettes qu'elles jetaient dans de grands paniers. J'appelai une de ces femmes.

« Vous voulez des violettes ? me demanda-t-elle. Combien ?... Une livre ? »

Elle vendait ses fleurs à la livre ! Nous nous sauvâmes, désolés tous deux, croyant voir le Printemps ouvrir, dans l'amoureuse campagne, une boutique d'épicerie. Je me glissai le long des haies, je volai quelques violettes maigres, qui eurent pour toi un parfum de plus. Mais voilà que dans le bois, en haut, sur le plateau, il poussait des violettes, des violettes toutes petites qui avaient une peur terrible, et qui savaient se cacher sous les feuilles avec une foule de ruses.

Vite, tu jetas les violettes volées, ces bêtes de violettes qui poussaient dans de la terre labourée, et qu'on vendait à la livre. Tu voulais des fleurs libres, des filles de la rosée et du soleil levant. Pendant deux grandes heures, je furetai dans l'herbe. Dès que j'avais trouvé une fleur, je courais te la vendre. Tu me l'achetais un baiser.

*

Et je songeais à ces choses lointaines, dans les odeurs grasses, dans le vacarme assourdissant des Halles, devant les pauvres fleurs mortes sur le carreau. Je me rappelais mon amoureuse et ce bouquet de violettes séchées que j'ai chez moi, au fond d'un tiroir. J'ai compté, en rentrant, les brins flétris ; il y en a vingt, et j'ai senti sur mes lèvres la brûlure douce de vingt baisers.

IX

J'ai visité un campement de Bohémiens, établi en face du poste-caserne de la porte Saint-Ouen. Ces sauvages doivent bien rire de cette grande bête de ville qui se dérange pour eux. Il m'a suffi de suivre la foule ; tout le faubourg se portait autour de leurs tentes, et j'ai même eu la honte de voir des gens qui n'avaient pourtant pas l'air tout à fait d'imbéciles, arriver en voiture découverte, avec des valets de pied en livrée.

Quand ce pauvre Paris a une curiosité, il ne la marchande guère. Le cas de ces Bohémiens est celui-ci. Ils étaient venus pour rétamer les casseroles et poser des pièces aux chaudrons du faubourg. Seulement, dès le premier jour, à voir la bande de gamins qui les dévisageaient, ils ont compris à quel genre de ville civilisée ils avaient affaire. Aussi se sont-ils empressés de lâcher les chaudrons et les casseroles. Comprenant qu'on les traitait en ménagerie curieuse, ils ont consenti, avec une bonhomie railleuse, à se montrer pour deux sous. Une palissade entoure le campement ; deux hommes se sont placés à deux ouvertures très étroites, où ils recueillent les offrandes des messieurs et des dames qui veulent visiter le chenil. C'est une poussée, un écrasement. Et il a même fallu mettre là des sergents de ville. Les Bohémiens tournent parfois la tête pour ne pas s'égayer au nez des braves gens qui s'oublient jusqu'à leur jeter des pièces de monnaie blanche.

Je me les imagine, le soir, comptant la recette, quand le monde n'est plus là. Quelles gorges chaudes ! Ils ont traversé la France, dans les rebuffades des paysans et les méfiances des gardes champêtres. Ils arrivent à Paris, avec la crainte qu'on ne les jette au fond de quelque basse-fosse. Et ils s'éveillent au milieu de ce rêve doré de tout un peuple de messieurs et de dames en extase devant leurs guenilles. Eux, eux qu'on chasse de ville en ville ! Il me semble les voir se dresser sur le talus des fortifications, drapés dans leurs loques, jetant un grand rire de mépris à Paris endormi.

*

La palissade entoure sept ou huit tentes, ménageant entre elles une sorte de rue. Des chevaux étiques, petits et nerveux, broutent l'herbe roussie, derrière les tentes. Sous des lambeaux de vieilles bâches, on aperçoit les roues basses des voitures.

Au-dedans, règne une puanteur insupportable de saleté et de misère. Le sol est déjà battu, émietté, purulent. Sur les pointes des palissades, la literie prend l'air, des paillots[1], des couvertures déteintes, des matelas carrés où deux familles doivent dormir à l'aise, tout le déballage de quelque hôpital de lépreux séchant au soleil. Dans les tentes, dressées à la mode arabe, très hautes et s'ouvrant comme les rideaux d'un ciel de lit, des chiffons s'entassent, des selles, des harnais, un bric-à-brac sans nom, des objets qui n'ont plus ni couleur, ni forme, qui dorment là dans une couche de crasse superbe, chaude de ton et faite pour ravir un peintre.

Pourtant, j'ai cru découvrir la cuisine, au bout du campement, dans une tente plus étroite que les autres. Il y avait là quelques marmites de fer et des trépieds ; j'ai même reconnu une assiette. D'ailleurs, pas la moindre apparence de pot-au-feu. Les marmites servent peut-être à préparer la bouillie du sabbat.

Les hommes sont grands, forts, la face ronde, les cheveux très longs, bouclés, d'un noir lisse et huileux. Ils sont vêtus de toutes les défroques ramassées en chemin. Un d'eux se promenait, drapé dans un rideau de cretonne à grands ramages jaunes. Un autre avait une veste qui devait provenir de quelque habit noir dont on avait arraché la queue. Plusieurs ont des jupons de femme. Ils sourient dans leurs longues barbes, claires et soyeuses. Leurs coiffures de prédilection paraissent être des fonds de vieux chapeaux de feutre, dont ils ont fait des calottes en en coupant les ailes.

Les femmes sont également grandes et fortes. Les vieilles, séchées, hideuses avec leurs maigreurs nues et leurs cheveux dénoués, ressemblent à des sorcières cuites aux feux de l'enfer. Parmi les jeunes, il y en a de très belles, sous leur couche de crasse, la peau cuivrée, avec de grands yeux noirs d'une douceur exquise. Celles-là font les coquettes ; elles ont les cheveux nattés en deux grosses nattes tombantes, rattachées derrière les oreilles, étranglées de place en place par des bouts de chiffons rouges. Dans leur jupon de couleur, les épaules couvertes d'un châle noué à la ceinture, coiffées d'un mouchoir qui les serre au front, elles ont un grand air de reines barbares tombées dans la vermine.

Et les enfants, tout un troupeau d'enfants, grouillent. J'en ai vu un en chemise, avec un gilet d'homme immense qui lui battait les mollets ; il tenait un beau cerf-volant bleu. Un autre, un tout petit, deux ans au plus, allait nu, absolument nu, très grave, au milieu des rires bruyants des filles curieuses du quartier. Et il était si sale, le cher petit, si vert et si rouge, qu'on l'aurait pris pour un bronze florentin, une de ces charmantes figurines de la Renaissance.

*

Toute la bande reste impassible devant la curiosité bruyante de la foule. Des hommes et des femmes dorment sous les tentes. Une mère allaite, le sein nu et noir comme une gourde brunie par l'usage, un poupon tout jaune, qui a l'air d'être en cuivre. D'autres femmes, accroupies, regardent sérieusement ces Parisiens étranges qui furètent dans la saleté. J'ai demandé à une d'elles ce qu'elle pensait de nous ; elle a souri faiblement, sans répondre.

Une belle fille d'une vingtaine d'années se promène au milieu des badauds, tente les dames en chapeau et en robe de soie, auxquelles elle offre de dire la bonne aventure. Je l'ai vue opérer. Elle a pris la main d'une jeune femme, la gardant dans la sienne, d'une façon câline, si bien que la main a fini par s'abandonner à elle. Alors, elle a fait entendre qu'il fallait mettre une pièce de monnaie dans la main ; une pièce de dix sous n'a pas suffi, elle en a voulu deux, et même elle parlait de cinq francs. Au bout de quelques secondes, après avoir promis une longue vie, des enfants, beaucoup de bonheur, elle a pris les deux pièces de dix sous, s'en est servie pour faire des signes de croix sur le bord du chapeau de la jeune femme, et au mot : *Amen*, les a fait disparaître dans sa poche, une poche immense, où j'ai entrevu des poignées de monnaie blanche.

Il est vrai qu'elle vend un talisman. Elle casse, entre les dents, un petit morceau d'une matière rougeâtre, qui ressemble à de l'écorce d'orange séchée ; elle noue ce morceau dans le coin du mouchoir de la personne à laquelle elle vient de dire la bonne aventure ; puis, elle lui recommande d'ajouter au talisman du pain, du sel et du sucre. Cela doit empêcher toutes les maladies et conjurer le mauvais esprit.

Et la diablesse fait son métier avec une gravité étonnante. Si on lui reprend une des pièces de monnaie qu'elle a fait mettre dans la main, elle jure que ses bons souhaits se tourneront en des maux effroyables. C'est naïf, mais le geste et l'accent sont excellents.

*

Dans la petite ville provençale où j'ai grandi, les Bohémiens sont tolérés ; mais ils ne soulèvent pas une telle émeute de curiosité. On les accuse de manger les chiens et les chats perdus, ce qui les fait regarder de travers par les bourgeois. Les gens comme il faut tournent la tête, quand ils ont à passer dans leur voisinage.

Ils arrivent avec leur maison roulante, s'installent dans le coin de quelque terrain abandonné des faubourgs. Certains coins, d'un bout de l'année à l'autre, sont habités par des tribus d'enfants déguenillés, d'hommes et de femmes vautrés au soleil. J'y ai vu des créatures belles à ravir. Nous autres galopins, qui n'avions pas les dégoûts des gens comme il faut, nous allions regarder au fond des voitures où ces gens dorment l'hiver. Et je me souviens qu'un jour, ayant sur le cœur quelque gros chagrin d'écolier, je fis le rêve de monter dans une de ces voitures qui partaient, de m'en aller avec ces grandes belles filles dont les yeux noirs me faisaient peur, de m'en aller bien loin, au bout du monde, roulant à jamais le long des routes.

X

Un jeune chimiste de mes amis me dit, un matin :

« Je connais un vieux savant qui s'est retiré dans une petite maison du boulevard d'Enfer[1], pour y étudier en paix la cristallisation des diamants. Il a déjà obtenu de jolis résultats. Veux-tu que je te mène chez lui ? »

J'ai accepté avec une secrète terreur. Un sorcier m'aurait moins effrayé, car j'ai une peur médiocre du diable ; mais je crains l'argent, et j'avoue que l'homme qui trouvera un de ces jours la pierre philosophale me frappera d'une respectueuse épouvante.

*

En chemin, mon ami me donna quelques détails sur la fabrication des pierres précieuses. Nos chimistes s'en occupent depuis longtemps. Mais les cristaux qu'ils ont déjà obtenus, sont si petits, et les frais de fabrication s'élèvent si haut, que les expériences ont dû rester à l'état de simples curiosités scientifiques. La question en est là. Il s'agit uniquement de trouver des agents plus puissants, des procédés plus économiques, pour pouvoir fabriquer à bas prix.

Cependant, nous étions arrivés. Mon ami, avant de sonner, me prévint que le vieux savant n'aimant pas les curieux, allait sans doute me recevoir fort mal. J'étais le premier profane qui pénétrait dans le sanctuaire.

Le chimiste nous ouvrit, et je dois confesser que je lui trouvai d'abord l'air stupide, un air de cordonnier hâve et abruti. Il accueillit mon ami affectueusement, m'acceptant avec un sourd grognement, comme un chien qui aurait appartenu à son jeune disciple. Nous traversâmes un jardin laissé inculte. Au fond, se trouvait la maison, une masure en ruine. Le locataire a abattu toutes les cloisons pour ne faire qu'une seule pièce, vaste et haute. Il y avait là un outillage complet de laboratoire, des appareils bizarres, dont je n'essayai même pas de m'expliquer l'usage. Pour tout luxe, pour tout ameublement, un banc et une table de bois noir.

C'est dans ce bouge que j'ai eu un des éblouissements les plus aveuglants de ma vie. Le long des murs, sur le carreau, étaient rangés des fonds de corbeilles lamentables, dont l'osier crevait, pleins à déborder de pierres précieuses. Chaque tas était fait d'une espèce de pierre. Les rubis, les améthystes, les émeraudes, les saphirs, les opales, les turquoises, jetés dans les coins comme des pelletées de cailloux au bord d'un chemin, luisaient avec des lueurs vivantes, éclairaient la pièce du pétillement de leurs flammes. C'étaient des brasiers, des charbons ardents, rouges, violets, verts, bleus, roses. Et l'on eût dit des millions d'yeux de fées qui riaient dans l'ombre, à fleur de terre. Jamais conte arabe n'a étalé un pareil trésor, jamais femme n'a rêvé un tel paradis.

Je ne pus retenir un cri d'admiration :

« Quelle richesse ! m'écriai-je. Il y a là des milliards. »

Le vieux savant haussa les épaules. Il parut me regarder d'un air de pitié profonde.

« Chacun de ces tas revient à quelques francs, me dit-il de sa voix lente et sourde. Ils m'embarrassent. Je les sèmerai demain dans les allées de mon jardin, en guise de graviers. »

Puis se tournant vers mon ami, il continua, en prenant les pierreries à poignées :

« Voyez donc ces rubis. Ce sont les plus beaux que

j'aie encore obtenus... Je ne suis pas satisfait de ces émeraudes ; elles sont trop pures ; celles que la nature fait ont toutes quelque tache, et je ne veux pas faire mieux que la nature... Ce qui me désespère, c'est que je n'ai encore pu obtenir le diamant blanc. J'ai recommencé hier mes expériences... Dès que j'aurai réussi, l'œuvre de ma vie sera couronné, je mourrai heureux. »

L'homme avait grandi. Je ne lui trouvai plus l'air stupide ; je commençai à frissonner devant ce vieillard blême qui pouvait jeter sur Paris une pluie miraculeuse.

« Mais vous devez avoir peur des voleurs ? lui demandai-je. Je vois à votre porte et à vos fenêtres de solides barres de fer. C'est une précaution.

— Oui, j'ai peur parfois, murmura-t-il, peur que des imbéciles ne me tuent avant que j'aie trouvé le diamant blanc... Ces cailloux qui n'auront plus aucune valeur demain, pourraient aujourd'hui tenter mes héritiers. Ce sont mes héritiers qui m'épouvantent ; ils savent qu'en me faisant disparaître, ils enseveliraient avec moi les secrets de ma fabrication, et qu'ils conserveraient ainsi tout son prix à ce prétendu trésor. »

Il resta songeur et triste. Nous nous étions assis sur les tas de diamants, et je le regardai, la main gauche perdue dans le panier des rubis, la main droite faisant couler machinalement des poignées d'émeraudes. Les enfants font ainsi couler le sable entre leurs doigts.

*

Au bout d'un silence :

« Vous devez mener une vie intolérable ! m'écriai-je. Vous vivez ici dans la haine des hommes... N'avez-vous aucun plaisir ? »

Il me regarda, d'un air surpris.

« Je travaille, répondit-il simplement, je ne m'ennuie jamais... Quand je suis en gaieté, mes jours de folie, je mets quelques-uns de ces cailloux dans ma poche, et je vais m'installer au bout de mon jardin, derrière une meurtrière qui donne sur le boulevard... Là, de temps à autre, je lance un diamant au milieu de la chaussée... »

Il riait encore au souvenir de cette excellente plaisanterie.

« Vous ne sauriez vous imaginer les grimaces des gens qui trouvent mes cailloux. Ils frissonnent, ils regardent derrière eux, puis ils se sauvent avec des pâleurs de mort. Ah! les pauvres gens, quelles bonnes comédies ils m'ont données! J'ai passé là de joyeuses heures. »

Sa voix sèche me causait un malaise inexprimable. Évidemment, il se moquait de moi.

« Hein! jeune homme, reprit-il, j'ai là de quoi acheter bien des femmes; mais je suis un vieux diable... Vous comprenez que, si j'avais la moindre ambition, il y a longtemps que je serais roi quelque part... Bah! je ne tuerais pas une mouche, je suis bon, et c'est pour cela que je laisse vivre les hommes. »

Il ne pouvait me dire plus poliment que, s'il lui en prenait la fantaisie, il m'enverrait à l'échafaud.

*

Des pensées chaudes montaient en moi, sonnant à mes oreilles toutes les cloches du vertige. Les yeux de fées des pierreries me regardaient de leurs regards aigus, rouges, violets, verts, bleus, roses. J'avais serré les mains sans le savoir, je tenais à gauche une poignée de rubis, à droite une poignée d'émeraudes. Et, s'il faut tout dire, une envie irrésistible me poussait à les glisser dans mes poches.

Je lâchai ces cailloux maudits, je m'en allai avec des galops de gendarmes dans le crâne.

XI

J'étais allé à Versailles, et je montais la vaste cour des Maréchaux[1], solitude de pierres qui m'a rappelé souvent la lande déserte de la Crau, dont la mer de cailloux verdit au grand soleil.

L'hiver dernier, j'ai vu le château par des temps de neige, le toit bleuâtre, majestueux et triste sur le gris du ciel, comme le royal palais du froid. L'été, il est triste encore, plus mélancolique, plus abandonné, dans les tiédeurs de l'air, au milieu des pousses puissantes des arbres du parc. À chaque belle saison, les vieux troncs se refont une jeunesse de feuilles. Le château agonise ; la sève de la vie ne monte plus dans ses pierres qui s'émiettent ; la ruine vient, implacable, rongeant les angles, descellant les dalles, faisant à chaque heure son travail de mort.

Les logis, bouges ou palais, ont leurs maladies dont ils languissent et dont ils meurent. Ce sont de grands corps vivants, des personnes qui ont une enfance et une vieillesse, les uns robustes jusque dans la mort, les autres las et vacillants avant l'âge. Je me souviens de maisons entrevues de la portière d'un wagon, sur le bord des routes : bâtiments neufs, pavillons discrets, châteaux déserts, donjons écroulés. Et tous ces êtres de pierre me parlaient, me contaient la santé dont ils vivaient, le mal dont ils agonisaient. Quand l'homme ferme portes et fenêtres et qu'il part, c'est le sang de la maison qui s'en va. Elle se traîne des années au soleil, avec la face ravagée des moribondes ; puis, par une nuit d'hiver, vient un coup de vent qui l'emporte.

C'est de cet abandon que meurt le château de Versailles. Il a été bâti trop vaste pour la vie que l'homme peut y mettre. Il faudrait tout un peuple d'habitants pour faire couler le sang dans ces couloirs sans fin, dans ces enfilades de pièces immenses. Il fut l'erreur colossale de l'orgueil d'un roi, qui le voua dès l'enfance à la ruine, en le voulant trop grand. La gloire de Louis XIV n'emplit plus même la chambre où il couchait, chambre froide dans laquelle sa cendre royale ne met aujourd'hui qu'un peu de poussière de plus.

*

Je montais la cour des Maréchaux, et je vis à droite, dans un coin perdu de cette lande, la vieille femme, la Sarcleuse légendaire qui, depuis cinquante ans, arrache l'herbe des pavés. Du matin au soir, elle est là, au milieu du champ de pierres, luttant contre l'invasion, contre le flot montant des giroflées sauvages et des coquelicots. Elle marche, courbée, visitant chaque fente, épiant les brins verts, les mousses folles. Il lui faut près d'un mois pour aller d'un bout à l'autre de son désert. Et, derrière elle, l'herbe repousse, victorieuse, si drue, si implacable, que, lorsqu'elle recommence son éternelle besogne, elle retrouve les mêmes herbes poussées de nouveau, les mêmes coins de cimetière envahis par les fleurs grasses.

La Sarcleuse connaît la flore de ces ruines. Elle sait que les coquelicots préfèrent le côté sud, que les pissenlits poussent au nord, que les giroflées affectionnent les fentes des piédestaux. La mousse est une lèpre qui s'étend partout. Il y a des plantes persistantes dont elle a beau arracher la racine et qui repoussent toujours ; une goutte de sang est peut-être tombée là, une âme mauvaise y doit être enterrée, jetant à jamais hors de terre les pointes rousses de ses chardons. Dans ce cimetière de la royauté, les morts ont des floraisons étranges.

Mais il faut entendre la Sarcleuse raconter l'histoire de ces herbes. Elles n'ont pas poussé à toutes les époques avec la même sève. Sous Charles X, elles étaient encore timides ; elles s'étendaient à peine comme un gazon léger, tapis de verdure tendre qui amollissait les pavés sous les pieds des dames. La cour venait encore au château, les talons des courtisans battaient le sol, faisaient en une matinée la besogne qui demande à la Sarcleuse un grand mois. Sous Louis-Philippe, les herbes se durcirent ; le château, peuplé des fantômes paisibles du Musée historique, commençait à n'être plus que le palais des ombres. Et ce fut sous le second empire que les herbes triomphèrent ; elles grandirent impudemment, prirent possession de leur proie, menacèrent un instant de gagner les galeries, de verdir les grands et les petits appartements.

*

J'ai rêvé, à voir la Sarcleuse s'en aller lentement, le tablier plein d'herbe, courbée dans sa vieille jupe d'indienne. Elle est la dernière pitié qui empêche aux orties de monter et de cacher la tombe de la monarchie. Elle soigne, en bonne femme, cette lande où poussent les verdures des fosses.

Je me suis imaginé qu'elle était l'ombre de quelque marquise, revenue d'un des bosquets du parc, et qui avait la religion de ces ruines. Elle lutte sans cesse, de ses pauvres doigts raidis, contre la mousse impitoyable. Elle s'entête dans sa besogne vaine, sentant bien que si elle s'arrêtait un jour, le flot des herbes déborderait et la noierait elle-même. Parfois, quand elle se redresse, elle jette un long regard sur le champ de pierres, elle en surveille les coins éloignés, où la végétation est plus grasse. Et elle reste là, un instant, la face pâle, comprenant peut-être l'inutilité de ses bons soins, heureuse de la joie amère d'être la suprême consolatrice de ces pavés.

Mais il viendra un jour où les doigts de la Sarcleuse se raidiront encore. Alors le château croulera dans un dernier hoquet du vent. Le champ de pierres sera livré aux orties, aux chardons, à toutes les herbes folles. Il deviendra broussaille énorme, taillis de plantes tordues et aigres. Et la Sarcleuse se perdra dans les fourrés, écartant des poignées de tiges plus hautes qu'elle, se frayant un passage au milieu de brins de chiendent grands comme de jeunes bouleaux, luttant encore, jusqu'au jour où ces brins la lieront de toutes parts, la prendront aux membres, à la taille, à la gorge, pour la jeter morte à cette mer qui la roulera dans le flot toujours montant des verdures.

XII

La guerre, la guerre infâme, la guerre maudite ! Nous ne la connaissions pas, nous autres jeunes hommes qui n'avions pas vingt ans en 1859. Nous étions encore sur les bancs du collège. Son nom terrible, qui fait pâlir les mères, ne nous rappelait que des jours de congé.

Et nous n'apercevions, dans nos souvenirs, que des soirées tièdes où le peuple riait sur les trottoirs ; le matin, la nouvelle d'une victoire avait passé sur Paris comme un souffle de fête ; et, dès le crépuscule, les boutiquiers illuminaient, les gamins tiraient des pétards d'un sou dans les rues. Sur la porte des cafés, il y avait des messieurs qui buvaient de la bière en faisant de la politique. Tandis que, là-bas, dans quelque coin perdu de l'Italie ou de la Russie, les morts, étendus sur le dos, regardaient naître les étoiles avec leurs grands yeux ouverts, vides de regard.

En 1859, le jour où la nouvelle de la bataille de Magenta se répandit[1], je me souviens qu'au sortir du collège, j'allai sur la place de la Sorbonne, pour voir, pour me promener dans cette fièvre qui courait les rues. Là, il y avait un tas de galopins qui criaient : « Victoire ! Victoire ! » Nous flairions un jour de congé. Et, dans ces rires, dans ces cris, j'entendis des sanglots. C'était un vieux savetier qui pleurait au fond de son échoppe. Le pauvre homme avait deux enfants en Italie.

J'ai souvent, depuis cette époque, entendu ces sanglots dans ma mémoire. À chaque bruit de guerre, il me semble que le vieux savetier, le peuple en cheveux blancs, pleure au loin, dans les frissons chauds des places publiques.

*

Mais je me souviens mieux encore de l'autre guerre, de la campagne de Crimée[2]. J'avais alors quatorze ans, je vivais au fond de la province, j'étais en pleine insouciance, à ce point que je ne voyais autre chose dans la guerre que le continuel passage des troupes, dont le défilé était devenu une de nos récréations les plus passionnées.

La petite ville du Midi que j'habitais fut, je crois, traversée par presque tous les soldats qui allèrent en Orient. Un journal de la localité annonçait à l'avance les régiments qui devaient passer. Les départs avaient lieu vers cinq heures du matin. Dès quatre heures, nous étions sur le Cours ; pas un externe du collège ne manquait au rendez-vous.

Ah ! les beaux hommes ! et les cuirassiers, et les lanciers, et les dragons, et les hussards ! Nous avions un faible pour les cuirassiers. Quand le soleil se levait et que ses rayons obliques flambaient dans les cuirasses, nous reculions, aveuglés, ravis, comme si une armée d'astres à cheval eût passé devant nous.

Puis les clairons sonnaient. Et l'on partait.

Nous partions avec les soldats. Nous les suivions sur les grandes routes blanches. La musique jouait alors, remerciait la ville de son hospitalité. Et, dans l'air clair, dans la matinée limpide, c'était une fête.

Je me rappelle avoir fait des lieues de la sorte. Nous marchions au pas, nos livres attachés sur le dos par une courroie, comme une giberne. Nous ne devions jamais accompagner les soldats plus loin que la Poudrière ; puis, nous allions jusqu'au pont ; puis, nous remontions la côte ; puis, nous nous accordions jusqu'au prochain village.

Et quand la peur nous prenait et que nous consentions à nous arrêter, nous grimpions sur un coteau, et de là, au loin, entre les plis des terrains, le long des coudes de la route, nous suivions le régiment, nous le regardions se perdre et s'effacer, avec ses mille petites flammes, dans la lumière éclatante de l'horizon.

Ces jours-là, on se souciait bien du collège ! On faisait l'école buissonnière, on s'amusait à tous les tas de cailloux. Et il n'était pas rare que la bande descendît à la rivière et s'y oubliât jusqu'au soir.

*

Dans le Midi, les soldats sont peu aimés. J'en ai vu pleurer de lassitude et de rage, assis sur les trottoirs, leur billet de logement à la main : les bourgeois, les petits rentiers pointus, les gros négociants épaissis, n'avaient pas voulu les recevoir. Il fallait que l'autorité s'en mêlât.

Chez nous, c'était la maison du bon Dieu. Ma grand-mère, qui était Beauceronne[1], riait à tous ces enfants du Nord qui lui rappelaient le pays. Elle causait avec eux, leur demandait le nom de leur village, et quelle joie, lorsque ce village se trouvait à quelques lieues du sien !

On nous envoyait deux hommes, à chaque régiment. Nous ne pouvions les garder, nous les mettions à l'auberge ; mais ils ne s'en allaient pas, sans que ma grand-mère leur eût fait subir son petit interrogatoire.

Je me souviens qu'un jour il en vint deux qui étaient de son pays même. Ceux-là, elle ne voulut pas les laisser partir. Elle les fit dîner à la cuisine. Et ce fut elle qui leur servit à boire. Moi, en rentrant du collège, je vins voir les soldats ; je crois même que je trinquai avec eux.

Il y en avait un petit et un grand. Je me souviens bien qu'au moment de partir les yeux du grand s'emplirent de larmes. Celui-là avait laissé au pays une pauvre vieille femme, et il remerciait avec effusion ma grand-mère qui lui rappelait sa chère Beauce, tout ce qu'il abandonnait derrière lui.

« Baste ! lui dit la bonne femme, vous reviendrez, et vous aurez la croix. »

Mais il hochait douloureusement la tête.

« Eh bien ! reprit-elle, si vous repassez par ici, il faudra revenir me voir. Je vous garderai une bouteille de ce vin, que vous avez trouvé bon. »

Les deux pauvres garçons se mirent à rire. Cette invitation leur fit oublier un instant l'avenir terrible, et ils se revirent sans doute de retour, attablés dans cette petite maison hospitalière, buvant aux dangers passés. Ils s'engagèrent formellement à revenir boire la bouteille.

*

Que j'ai suivi de régiments à cette époque, et que de soldats blêmes sont venus frapper à notre porte ! Toujours je me rappellerai la procession interminable de ces hommes qui marchaient à la mort. Parfois, en fermant les yeux, je les revois encore, je me rappelle certaines figures, et je me demande : « Dans quel fossé perdu est-il couché celui-là ? »

Puis, les régiments devinrent plus rares, et un jour on les vit repasser en sens inverse, éclopés, saignants, se traînant sur les routes. Certes, nous n'allions plus les attendre, nous ne les accompagnions plus, ces infirmes. Ce n'étaient plus nos beaux soldats. Ils ne valaient pas le moindre pensum.

Le triste défilé dura longtemps. L'armée semait des agonisants en chemin. Parfois, ma grand-mère disait :

« Et les deux Beaucerons, tu sais, est-ce qu'ils vont m'oublier ? »

Mais un soir, au crépuscule, un soldat vint frapper à la porte. Il était seul. C'était le petit.

« Le camarade est mort », dit-il en entrant.

Ma grand-mère apporta la bouteille.

« Oui, dit-il, je boirai tout seul. »

Et quand il se vit là, attablé, levant son verre, et

qu'il chercha le verre du camarade pour trinquer, il poussa un gros soupir, en murmurant :

« C'est moi qu'il a chargé d'aller consoler sa vieille ; j'aimerais mieux être resté là-bas à sa place. »

*

Plus tard, j'ai eu Chauvin[1] pour camarade, dans une administration. Nous étions petits employés tous deux, et nos bureaux se touchaient au fond d'une pièce noire, trou excellent pour ne rien faire, en attendant l'heure de la sortie.

Chauvin avait été sergent, et il revenait de Solferino[2], avec des fièvres qu'il avait prises dans les rizières du Piémont. Il sacrait contre ses douleurs, mais il se consolait en les mettant sur le compte des Autrichiens. C'était ces gueux-là qui l'avaient arrangé de la sorte.

Que d'heures passées à commérer ! Je tenais mon ancien soldat, et j'étais bien décidé à ne pas le lâcher avant de lui avoir arraché certaines vérités. Je ne me payais point des grands mots : gloire, victoire, lauriers, guerriers, qui prenaient dans sa bouche un ronflement superbe. Je laissais passer le flot de son enthousiasme. Je l'attaquais par les petits détails. Je consentais à écouter le même récit vingt fois, pour saisir l'esprit vrai. Sans qu'il s'en doutât, Chauvin finit par me faire de belles confidences.

Au fond, il était d'une naïveté d'enfant. Il ne se vantait pas pour lui-même ; il parlait simplement une langue courante de fanfaronnade militaire ; c'était un « blagueur » inconscient, un brave garçon dont les casernes avaient fait une insupportable ganache.

Il avait des récits, des mots tout prêts ; on sentait cela. Les phrases faites à l'avance ornaient ses anecdotes de « troupiers invincibles » et de « braves officiers sauvés dans le carnage par l'héroïsme de leurs soldats ». Pendant deux ans, j'ai subi, quatre heures par jour, la campagne d'Italie. Mais je ne m'en plains pas. Chauvin a complété mon instruction.

Grâce à lui, grâce aux aveux qu'il m'a faits, dans notre trou noir, sans songer à mal, je connais la guerre, la vraie, non pas celle dont les historiens nous racontent les épisodes héroïques, mais celle qui sue la peur en plein soleil et glisse dans le sang comme une fille soûle.

*

Je questionnais Chauvin.

« Et les soldats, ils allaient gaiement au feu ?

— Les soldats ! on les poussait, donc ! Je me souviens de conscrits qui n'avaient jamais vu le feu et qui se cabraient comme des chevaux ombrageux. Ils avaient peur ; à deux reprises ils prirent la fuite. Mais on les ramena, et une batterie en tua la moitié. Il fallait alors les voir, couverts de sang, aveuglés, se jetant comme des loups sur les Autrichiens. Ils ne se connaissaient plus, ils pleuraient de rage, ils voulaient mourir.

— C'est un apprentissage à faire, disais-je pour le pousser.

— Oh ! oui, un rude, j'en réponds. Voyez-vous, les plus crânes ont des sueurs froides. Il faut être gris pour bien se battre. Alors on ne voit plus rien, on tape devant soi comme un furieux. »

Et il se laissait aller à ses souvenirs.

« Un jour, on nous avait placés à cent mètres d'un village occupé par les ennemis, avec ordre de ne pas bouger, de ne pas tirer. Voilà que ces gueux d'Autrichiens ouvrent sur notre régiment une fusillade de tous les diables. Pas moyen de s'en aller. À chaque rafale de balles, nous baissions la tête. J'en ai vu qui se jetaient à plat ventre. C'était honteux. On nous a laissés là pendant un quart d'heure. Et il y a deux de mes camarades dont les cheveux ont blanchi. »

Puis il reprenait :

« Non, vous n'avez point la moindre idée de cela. Les livres arrangent la chose... Tenez, le soir de Solferino, nous ne savions seulement pas si nous étions vainqueurs. Des bruits couraient que les Autrichiens allaient venir nous massacrer. Je vous assure que nous n'étions pas à la noce. Aussi, le matin, quand on nous fit lever avant le jour, nous grelottions, nous avions une peur terrible que la bataille ne reprît de plus belle. Ce jour-là, nous aurions été vaincus, car nous n'avions plus pour deux liards de force. Puis, on vint nous dire : "la paix est signée". Alors tout le régiment se mit à faire des cabrioles. Ce fut une joie bête. Des soldats se prenaient les mains et faisaient des rondes, comme des petites filles... Je ne mens pas, allez. J'y étais. Nous étions bien contents. »

Chauvin, qui me voyait sourire, s'imaginait que je ne pouvais croire à un si grand amour de la paix dans l'armée française. Il était d'une simplesse adorable. Je le menais parfois très loin. Je lui demandais :

« Et vous, n'aviez-vous jamais peur ?

— Oh! moi, répondait-il en riant modestement, j'étais comme les autres... Je ne savais pas... Est-ce que vous croyez qu'on sait si l'on est courageux ? On tremble et l'on cogne, voilà la vérité... Une fois, une balle morte me renversa. Je restai par terre, en réfléchissant que si je me relevais, je pourrais bien attraper quelque chose de pire. »

XIII

… Il est mort en chevalier, comme il a vécu.

Vous vous souvenez, mes amis, de ce doux printemps, lorsque nous allions lui serrer la main dans sa petite maison de Clamart. Jacques nous accueillait avec son bon sourire. Et nous dînions sous le berceau couvert de vignes vierges, tandis que Paris, là-bas, à l'horizon, grondait dans la nuit tombante.

Vous n'avez jamais bien connu sa vie. Moi qui ai grandi dans le même berceau que lui, je puis vous conter son cœur. Il vivait à Clamart, depuis deux ans, avec cette grande fille blonde qui se mourait si doucement. C'est toute une histoire exquise et poignante.

*

Jacques avait rencontré Madeleine à la fête de Saint-Cloud. Il se mit à l'aimer, parce qu'elle était triste et souffrante. Il voulait, avant que la pauvre enfant s'en allât dans la terre, lui donner deux saisons d'amour. Et il vint se cacher avec elle, dans ce pli de terrain de Clamart, où les roses poussent comme des herbes folles.

Vous connaissez la maison. Elle était toute modeste, toute blanche, perdue comme un nid dans les feuilles vertes. Dès le seuil, on y respirait une discrète affection. Jacques, peu à peu, s'était pris d'un amour infini pour la mourante. Il regardait le mal la pâlir davantage chaque jour, avec d'amères tendresses. Madeleine, comme une de ces veilleuses d'églises, qui jettent une lueur vive avant de s'éteindre, souriait, éclairait de ses yeux bleus la petite maison blanche.

Pendant deux saisons, l'enfant sortit à peine. Elle emplit le jardin étroit de son être charmant, de ses robes claires, de ses pas légers. Ce fut elle qui planta les grandes giroflées fauves dont elle nous faisait des bouquets. Et les géraniums, les rhododendrons, les héliotropes, toutes ces fleurs vivantes, ne vivaient que par elle, que pour elle. Elle était l'âme de ce coin de nature.

Puis, à l'automne, vous vous souvenez, Jacques vint un soir nous dire, de sa voix lente : « Elle est morte. » Elle était morte sous le berceau, comme une enfant qui s'endort, à l'heure pâle où le soleil se couche. Elle était morte au milieu de ses verdures, dans le trou perdu où l'amour avait bercé deux ans son agonie.

*

Je n'avais plus revu Jacques. Je savais qu'il vivait toujours à Clamart, sous le berceau, dans le souvenir de Madeleine. Depuis le commencement du siège, j'étais si brisé de fatigue, que je ne songeais plus à lui, lorsque le 13 au matin, apprenant qu'on se battait du côté de Meudon et de Sèvres, je revis brusquement dans mon souvenir la petite maison blanche, cachée sous les feuilles vertes. Et je revis aussi Madeleine, Jacques, nous tous, prenant le thé dans le jardin, au milieu de la grande paix du soir, en face de Paris ronflant sourdement à l'horizon.

Alors, je sortis par la porte de Vanves, et j'allai devant moi. Les routes étaient encombrées de blessés. J'arrivai ainsi aux Moulineaux, où j'appris notre succès ; mais, quand j'eus tourné le bois et que je me trouvai sur le coteau, une émotion terrible me serra le cœur.

En face de moi, dans les terres piétinées, ravagées, je ne vis plus, à la place de la petite maison blanche, qu'un trou noir où la mitraille et l'incendie avaient passé. Je descendis le coteau, les larmes aux yeux.

*

Ah ! mes amis, quelle épouvantable chose ! Vous savez, la haie d'aubépines, elle a été rasée au pied par les boulets. Les grandes giroflées fauves, les géraniums, les rhododendrons, traînaient, hachés, broyés, si lamentables à voir, que j'ai eu pitié d'eux, comme si j'avais eu devant moi les membres saignants de pauvres gens de ma connaissance.

La maison est tout écroulée d'un côté. Elle montre, par sa plaie béante, la chambre de Madeleine, cette chambre pudique, tendue d'une perse rose, et dont on voyait de la route les rideaux toujours fermés. Cette chambre, brutalement ouverte par la canonnade prussienne, cette alcôve amoureuse qu'on aperçoit maintenant de toute la vallée, m'ont fait saigner l'âme, et je me suis dit que j'étais au milieu du cimetière de notre jeunesse. Le sol couvert de débris, creusé par les obus, ressemblait à ces terrains fraîchement remués par la pelle des fossoyeurs, et dans lequel on devine des bières neuves.

Jacques avait dû abandonner cette maison criblée par la mitraille. J'avançai encore, j'entrai sous le berceau, qui, par miracle, est resté presque intact. Là, à terre, dans une mare de sang, Jacques dormait, la poitrine trouée de plus de vingt blessures. Il n'avait pas quitté les vignes vierges où il avait aimé, il était mort où était morte Madeleine.

J'ai ramassé à ses pieds sa giberne vide, son chassepot brisé, et j'ai vu que les mains du pauvre mort étaient noires de poudre. Jacques, pendant cinq heures, seul avec son arme, avait défendu furieusement le blanc fantôme de Madeleine.

XIV

Pauvre Neuilly ! Je me souviendrai longtemps de la lamentable promenade que j'ai faite hier, 25 avril 1871. À neuf heures, dès que l'armistice conclu entre Paris et Versailles[1] a été connu, une foule considérable s'est portée vers la porte Maillot. Cette porte n'existe plus ; les batteries du rond-point de Courbevoie et du mont Valérien en ont fait un tas de décombres. Lorsque j'ai franchi cette ruine, des gardes nationaux étaient occupés à réparer la porte ; peine perdue, car quelques coups de canon suffiront pour emporter les sacs de terre et les pavés qu'ils entassaient.

À partir de la porte Maillot, on marche en pleines ruines. Toutes les maisons avoisinantes sont effondrées. Par les fenêtres brisées, j'aperçois des coins de mobiliers luxueux ; un rideau pend déchiqueté à un balcon, un serin vit encore dans une cage accrochée à la corniche d'une mansarde. Plus on avance, plus les désastres s'amoncellent. L'avenue est semée de débris, labourée par les obus ; on dirait une voie de douleur, le calvaire maudit de la guerre civile.

*

Je me suis engagé dans les rues de traverse, espérant échapper à cette horrible grand-route, le long de laquelle, à chaque pas, on rencontre des mares de sang. Hélas ! dans les petites rues qui aboutissent à l'avenue, les ravages sont peut-être plus horribles encore. Là, on s'est battu pied à pied, à l'arme blanche.

Les maisons ont été prises et reprises dix fois ; les soldats des deux partis ont creusé les murs pour cheminer à l'intérieur, et ce que les obus ont épargné, ils l'ont renversé à coups de pioche. Ce sont surtout les jardins qui ont souffert. Les pauvres jardins printaniers ! Les murs de clôture ont des brèches béantes, les corbeilles de fleurs sont défoncées, les allées, piétinées, ravagées. Et, sur tout ce printemps souillé de sang, fleurit seule une mer de lilas. Jamais mois d'avril n'a vu une pareille floraison. Les curieux entrent dans les jardins par les brèches ouvertes. Ils emportent sur leurs épaules des brassées de lilas, des bouquets si lourds que des brins s'échappent à chaque pas, et que les rues de Neuilly sont bientôt toutes semées de fleurs, comme pour le passage d'une procession.

Les plaies des maisons, les trous des murs apitoient la foule. Mais il est une plus grande tristesse. C'est le déménagement du malheureux village. Il y a là trois ou quatre mille personnes qui fuient en emportant leurs objets précieux. Je vois des gens qui rentrent dans Paris avec un petit panier de linge et une énorme pendule de zinc doré entre les bras. Toutes les voitures de déménagement ont été réquisitionnées. On va jusqu'à emporter des armoires à glace sur des civières, comme des blessées que le moindre heurt pourrait tuer.

Les habitants ont souffert atrocement. J'ai causé avec un des fugitifs qui est resté quinze jours enfermé dans une cave avec une trentaine d'autres personnes. Ces malheureux mouraient de faim. Un d'entre eux s'étant dévoué pour aller chercher du pain, fut frappé sur le seuil de la cave, et son cadavre, pendant six jours, resta sur les premières marches. N'est-ce pas un véritable cauchemar ? La guerre qui laisse ainsi les cadavres pourrir au milieu des vivants, n'est-elle pas une guerre impie ? Tôt ou tard, la patrie portera la peine de ces crimes.

*

Jusqu'à cinq heures, la foule s'est promenée sur le théâtre de la lutte. J'ai vu des petites filles, venues tout doucement des Champs-Élysées, qui jouaient au cerceau parmi les décombres. Et leurs mères, souriantes, causaient entre elles, s'arrêtaient parfois, prises d'une pointe d'horreur charmante. Étrange peuple que ce peuple de Paris qui s'oublie entre des canons chargés, qui pousse la badauderie jusqu'à vouloir regarder si les boulets sont bien dans les gueules de bronze. À la porte Maillot, des gardes nationaux ont dû se fâcher contre des dames qui voulaient absolument toucher à une mitrailleuse pour s'en expliquer le mécanisme.

Lorsque j'ai quitté Neuilly, vers sept heures, pas un coup de canon n'avait encore été tiré. La foule rentrait lentement dans Paris. Aux Champs-Élysées, on aurait pu se croire à quelque retour attardé des courses de Longchamp. Et longtemps encore, jusqu'à la nuit close, on a rencontré, dans les rues de Paris, des promeneurs, des familles entières qui pliaient sous des charges de lilas. Du village sinistre où des frères s'égorgent, de l'avenue maudite, aux maisons effondrées dans le sang, il n'y a, à cette heure, sur nos cheminées, que des grappes fleuries et odorantes.

*

Nous venons d'avoir trois jours de soleil. Les boulevards étaient pleins de promeneurs. Ce qui fait mon continuel étonnement, c'est l'aspect animé des squares et des jardins publics. Aux Tuileries, des femmes brodent à l'ombre des marronniers, des enfants jouent, tandis que, là-haut, du côté de l'Arc de Triomphe, les obus éclatent. Ce bruit intolérable d'artillerie ne fait même plus tourner la tête à ce petit peuple joueur. On voit des mères tenant des bébés par chaque main, qui viennent examiner de près les formidables barricades construites sur la place de la Concorde.

Mais le trait le plus caractéristique est la partie de plaisir que, pendant huit jours, les Parisiens sont allés faire à la butte Montmartre. Là, sur la face ouest, dans un terrain vague, tout Paris s'est donné rendez-vous. C'est un magnifique amphithéâtre pour assister de loin à la bataille qui se livre de Neuilly à Asnières. On apportait des chaises, des pliants. Des industriels[1] avaient même établi des bancs ; pour deux sous, on était placé tout comme au parterre d'un théâtre. Les femmes, surtout, venaient en grand nombre. Puis, c'étaient de grands éclats de rire dans cette foule. À chaque obus, dont on apercevait au loin l'explosion, on trépignait d'aise, on trouvait quelque bonne plaisanterie qui courait dans les groupes comme une fusée de gaieté. J'ai même vu des personnes apporter là leur déjeuner, un morceau de charcuterie sur du pain. Pour ne pas quitter la place, elles mangeaient debout, elles envoyaient chercher du vin chez un débitant du voisinage. Il faut des spectacles à ces foules ; quand les théâtres ferment et que la guerre civile ouvre, elles vont voir mourir pour tout de bon, avec la même curiosité goguenarde qu'elles mettent à attendre le cinquième acte d'un mélodrame.

« C'est si loin, disait une charmante jeune femme, blonde et pâle, que ça ne me fait rien du tout de leur voir faire la cabriole. Quand les hommes sont coupés en deux, on dirait qu'on les plie comme des écheveaux. »

LES QUATRE JOURNÉES
DE JEAN GOURDON

I

PRINTEMPS

Ce jour-là, vers cinq heures du matin, le soleil entra avec une brusquerie joyeuse dans la petite chambre que j'occupais chez mon oncle Lazare, curé du hameau de Dourgues[1]. Un large rayon jaune tomba sur mes paupières closes, et je m'éveillai dans de la lumière.

Ma chambre, blanchie à la chaux, avec ses murailles et ses meubles de bois blanc, avait une gaieté engageante. Je me mis à la fenêtre, et je regardai la Durance qui coulait, toute large, au milieu des verdures noires de la vallée. Et des souffles frais me caressaient le visage, les murmures de la rivière et des arbres semblaient m'appeler.

J'ouvris ma porte doucement. Il me fallait, pour sortir, traverser la chambre de mon oncle. J'avançai sur la pointe des pieds, craignant que le craquement de mes gros souliers ne réveillât le digne homme qui dormait encore, la face souriante. Et je tremblais d'entendre la cloche de l'église sonner l'angélus. Mon oncle Lazare, depuis quelques jours, me suivait partout, d'un air triste et fâché. Il m'aurait peut-être empêché d'aller là-bas, sur le bord de la rivière, et de me cacher sous les saules de la rive, afin de guetter au passage Babet, la grande fille brune, qui était née pour moi avec le printemps nouveau.

Mais mon oncle dormait d'un profond sommeil. J'eus comme un remords de le tromper et de me sauver ainsi. Je m'arrêtai un instant à regarder son visage calme, que le repos rendait plus doux; je me souvins avec attendrissement du jour où il était venu me chercher dans la maison froide et déserte que quittait le convoi de ma mère. Depuis ce jour, que de tendresse, que de dévouement, que de sages paroles! Il m'avait donné sa science et sa bonté, toute son intelligence et tout son cœur.

Je fus un instant tenté de lui crier:

« Levez-vous, mon oncle Lazare! Allons faire ensemble un bout de promenade, dans cette allée que vous aimez, au bord de la Durance. L'air frais et le jeune soleil vous réjouiront. Vous verrez au retour quel vaillant appétit! »

Et Babet qui allait descendre à la rivière, et que je ne pourrais voir, vêtue de ses jupes claires du matin! Mon oncle serait là, il me faudrait baisser les yeux. Il devait faire si bon sous les saules, couché à plat ventre, dans l'herbe fine! Je sentis une langueur glisser en moi, et, lentement, à petits pas, retenant mon souffle, je gagnai la porte. Je descendis l'escalier, je me mis à courir comme un fou dans l'air tiède de la joyeuse matinée de mai.

Le ciel était tout blanc à l'horizon, avec des teintes bleues et roses d'une délicatesse exquise. Le soleil pâle semblait une grande lampe d'argent, dont les rayons pleuvaient dans la Durance en une averse de clartés. Et la rivière, large et molle, s'étendant avec paresse sur le sable rouge, allait d'un bout à l'autre de la vallée, pareille à la coulée d'un métal en fusion. Au couchant, une ligne de collines basses et dentelées faisait sur la pâleur du ciel de légères taches violettes.

Depuis dix ans, j'habitais ce coin perdu. Que de fois mon oncle Lazare m'avait attendu pour me donner ma leçon de latin ! Le digne homme voulait faire de moi un savant. Moi, j'étais de l'autre côté de la Durance, je dénichais des pies, je faisais la découverte d'un coteau sur lequel je n'avais pas encore grimpé. Puis, au retour, c'était des remontrances : le latin était oublié, mon pauvre oncle me grondait d'avoir déchiré mes culottes, et il frissonnait en voyant parfois que la peau, par-dessous, se trouvait entamée. La vallée était à moi, bien à moi ; je l'avais conquise avec mes jambes, j'en étais le vrai propriétaire, par droit d'amitié. Et ce bout de rivière, ces deux lieues de Durance, comme je les aimais, comme nous nous entendions bien ensemble ! Je connaissais tous les caprices de ma chère rivière, ses colères, ses grâces, ses physionomies diverses à chaque heure de la journée.

Ce matin-là, lorsque j'arrivai au bord de l'eau, j'eus comme un éblouissement à la voir si douce et si blanche. Jamais elle n'avait eu un si gai visage. Je me glissai vivement sous les saules, dans une clairière où il y avait une grande nappe de soleil posée sur l'herbe noire. Là, je me couchai à plat ventre, l'oreille tendue, regardant entre les branches le sentier par lequel allait descendre Babet.

« Oh ! comme l'oncle Lazare doit dormir ! » pensais-je.

Et je m'étendais de tout mon long sur la mousse. Le soleil pénétrait mon dos d'une chaleur tiède, tandis que ma poitrine, enfoncée dans l'herbe, était toute fraîche.

N'avez-vous jamais regardé dans l'herbe, de tout près, les yeux sur les brins de gazon ? Moi, en attendant Babet, je fouillais indiscrètement du regard une touffe de gazon qui était vraiment tout un monde. Dans ma touffe de gazon, il y avait des rues, des carrefours, des places publiques, des villes entières. Au fond, je distinguais un grand tas d'ombre où les feuilles du dernier printemps pourrissaient de tristesse ; puis les tiges légères se levaient, s'allongeaient, se courbaient avec mille élégances, et c'étaient des colonnades frêles, des églises, des forêts vierges. Je vis deux insectes maigres qui se promenaient au milieu de cette immensité ; ils étaient certainement perdus, les pauvres enfants, car ils allaient de colonnade en colonnade, de rue en rue, d'une façon effarouchée et inquiète.

Ce fut juste à ce moment qu'en levant les yeux je vis tout au haut du sentier les jupes blanches de Babet se détachant sur la terre noire. Je reconnus sa robe d'indienne grise à petites fleurs bleues. Je m'enfonçai dans l'herbe davantage, j'entendis mon cœur qui battait contre la terre, qui me soulevait presque par légères secousses. Ma poitrine brûlait maintenant, je ne sentais plus les fraîcheurs de la rosée.

La jeune fille descendait lestement. Ses jupes, rasant le sol, avaient des balancements qui me ravissaient. Je la voyais de bas en haut, toute droite, dans sa grâce fière et heureuse. Elle ne me savait point là, derrière les saules ; elle marchait d'un pas libre, elle courait sans se soucier du vent qui soulevait un coin de sa robe. Je distinguais ses pieds, trottant vite, vite, et un morceau de ses bas blancs, qui était bien large comme la main, et qui me faisait rougir d'une façon douce et pénible.

Oh ! alors, je ne vis plus rien, ni la Durance, ni les saules, ni la blancheur du ciel. Je me moquais bien de la vallée ! Elle n'était plus ma bonne amie ; ses joies, ses tristesses me laissaient parfaitement froid. Que m'importaient mes camarades, les cailloux et les arbres des coteaux ! La rivière pouvait s'en aller tout d'un trait si elle voulait ; ce n'est pas moi qui l'aurais regrettée.

Et le printemps, je ne me souciais nullement du printemps ! Il aurait emporté le soleil qui me chauffait le dos, ses feuillages, ses rayons, toute sa matinée de mai, que je serais resté là, en extase, à regarder Babet, courant dans le sentier en balançant délicieusement ses jupes. Car Babet avait pris dans mon cœur la place de la vallée, Babet était le printemps. Jamais je ne lui avais parlé. Nous rougissions tous les deux, lorsque nous nous rencontrions dans l'église de mon oncle Lazare. J'aurais juré qu'elle me détestait.

Elle causa, ce jour-là, pendant quelques minutes avec les lavandières. Ses rires perlés arrivaient jusqu'à moi, mêlés à la grande voix de la Durance. Puis, elle se baissa pour prendre un peu d'eau dans le creux de sa main ; mais la rive était haute ; Babet, qui faillit glisser, se retint aux herbes.

Je ne sais quel frisson me glaça le sang. Je me levai brusquement, et, sans honte, sans rougeur, je courus auprès de la jeune fille. Elle me regarda, effarouchée ; puis, elle se mit à sourire. Moi, je me penchai, au risque de tomber. Je réussis à remplir d'eau ma main droite, dont je serrais les doigts. Et je tendis à Babet cette coupe nouvelle, l'invitant à boire.

Les lavandières riaient. Babet, confuse, n'osait accepter, hésitait, tournait la tête à demi. Enfin, elle se décida, elle appuya délicatement les lèvres sur le bout de mes doigts ; mais elle avait trop tardé, toute l'eau s'en était allée. Alors elle éclata de rire, elle redevint enfant, et je vis bien qu'elle se moquait de moi.

J'étais fort sot. Je me penchai de nouveau. Cette fois, je pris de l'eau dans mes deux mains, me hâtant de les porter aux lèvres de Babet. Elle but, et je sentis le baiser tiède de sa bouche, qui remonta le long de mes bras jusque dans ma poitrine, qu'il emplit de chaleur.

« Oh! que mon oncle doit dormir! » me disais-je tout bas.

Comme je me disais cela, j'aperçus une ombre noire à côté de moi, et, m'étant tourné, j'aperçus mon oncle Lazare en personne, à quelques pas, nous regardant d'un air fâché, Babet et moi. Sa soutane paraissait toute blanche au soleil; il y avait dans ses yeux des reproches qui me donnèrent envie de pleurer.

Babet eut grand-peur. Elle devint rouge, elle se sauva en balbutiant :

« Merci, monsieur Jean, je vous remercie bien. »

Moi, essuyant mes mains mouillées, je restai confus, immobile devant mon oncle Lazare.

Le digne homme, les bras pliés, ramenant un coin de sa soutane, regarda Babet qui remontait le sentier en courant, sans tourner la tête. Puis, lorsqu'elle eut disparu derrière les haies, il abaissa ses regards vers moi, et je vis sa bonne figure sourire tristement.

« Jean, me dit-il, viens dans la grande allée. Le déjeuner n'est pas prêt. Nous avons une demi-heure à perdre. »

Il se mit à marcher de son pas un peu pesant, évitant les touffes d'herbe mouillées de rosée. Sa soutane, dont un bout traînait sur les graviers, avait de petits claquements sourds. Il tenait son bréviaire sous le bras; mais il avait oublié sa lecture du matin, et il s'avançait, la tête baissée, rêvant, ne parlant point.

Son silence m'accablait. Il était bavard d'ordinaire. À chaque pas, mon inquiétude croissait. Pour sûr, il m'avait vu donner à boire à Babet. Quel spectacle, Seigneur ! La jeune fille, riant et rougissant, me baisait le bout des doigts, tandis que moi, me dressant sur les pieds, tendant les bras, je me penchais comme pour l'embrasser. C'est alors que mon action me parut épouvantable d'audace. Et toute ma timidité revint. Je me demandai comment j'avais pu oser me faire baiser les doigts d'une façon si douce.

Et mon oncle Lazare qui ne disait rien, qui marchait toujours à petits pas devant moi, sans avoir un seul regard pour les vieux arbres qu'il aimait ! Il préparait sûrement un sermon. Il ne m'emmenait dans la grande allée qu'afin de me gronder à l'aise. Nous en aurions au moins pour une heure : le déjeuner serait froid, je ne pourrais revenir au bord de l'eau et rêver aux tièdes brûlures que les lèvres de Babet avaient laissées sur mes mains.

Nous étions dans la grande allée. Cette allée, large et courte, longeait la rivière ; elle était faite de chênes énormes, aux troncs crevassés, qui allongeaient puissamment leurs hautes branches. L'herbe fine tendait un tapis sous les arbres, et le soleil, criblant les feuillages, brodait ce tapis de rosaces d'or. Au loin, tout autour, s'élargissaient des prairies d'un vert cru.

Mon oncle, sans se retourner, sans changer son pas, alla jusqu'au bout de l'allée. Là, il s'arrêta, et je me tins à son côté, comprenant que le moment terrible était venu.

La rivière tournait brusquement ; un petit parapet faisait du bout de l'allée une sorte de terrasse. Cette voûte d'ombre donnait sur une vallée de lumière. La campagne s'agrandit largement devant nous, à plusieurs lieues. Le soleil montait dans le ciel, où les rayons d'argent du matin s'étaient changés en un ruissellement d'or ; des clartés aveuglantes coulaient de l'horizon, le long des coteaux, s'étalant dans la plaine avec des lueurs d'incendie.

Après un instant de silence, mon oncle Lazare se tourna vers moi.

« Bon Dieu, le sermon ! » pensai-je.

Et je baissai la tête. D'un geste large, mon oncle me montra la vallée ; puis, se redressant :

« Regarde, Jean, me dit-il d'une voix lente, voilà le printemps. La terre est en joie, mon garçon, et je t'ai amené ici, en face de cette plaine de lumière, pour te montrer les premiers sourires de la jeune saison. Vois quel éclat et quelle douceur ! Il monte de la campagne des senteurs tièdes qui passent sur nos visages comme des souffles de vie. »

Il se tut, paraissant rêver. J'avais relevé le front, étonné, respirant à l'aise. Mon oncle ne prêchait pas.

« C'est une belle matinée, reprit-il, une matinée de jeunesse. Tes dix-huit ans vivent largement, au milieu de ces verdures âgées au plus de dix-huit jours. Tout est splendeur et parfum, n'est-ce pas ? La grande vallée te semble un lieu de délices : la rivière est là pour te donner sa fraîcheur, les arbres pour te prêter leur ombre, la campagne entière pour te parler de tendresse, le ciel lui-même pour embraser ces horizons que tu interroges avec espérance et désir. Le printemps appartient aux gamins de ton âge. C'est lui qui enseigne aux garçons la façon de faire boire les jeunes filles... »

Je baissai la tête de nouveau. Décidément, mon oncle Lazare m'avait vu.

« Un vieux bonhomme comme moi, continua-t-il, sait malheureusement à quoi s'en tenir sur les grâces du printemps. Moi, mon pauvre Jean, j'aime la Durance parce qu'elle arrose ces prairies et qu'elle fait vivre toute la vallée ; j'aime ces jeunes feuillages parce qu'ils m'annoncent les fruits de l'été et de l'automne ; j'aime ce ciel parce qu'il est bon pour nous, parce que sa chaleur hâte la fécondité de la terre. Il me faudrait te dire cela un jour ou l'autre ; je préfère te le dire aujourd'hui, à cette heure matinale. C'est le printemps lui-même qui te fait la leçon. La terre est un vaste atelier où l'on ne chôme jamais. Regarde cette fleur, à nos pieds : elle est un parfum pour toi ; pour moi elle est un travail, elle accomplit sa tâche en produisant sa part de vie, une petite graine noire qui travaillera à son tour, le printemps prochain. Et, maintenant, interroge le vaste horizon. Toute cette joie n'est qu'un enfantement. Si la campagne sourit, c'est qu'elle recommence l'éternelle besogne. L'entends-tu à présent respirer fortement, active et pressée ? Les feuilles soupirent, les fleurs se hâtent, le blé pousse sans relâche ; toutes les plantes, toutes les herbes se disputent à qui grandira le plus vite ; et l'eau vivante, la rivière vient aider le travail commun, et le jeune soleil qui monte dans le ciel, a charge d'égayer l'éternelle besogne des travailleurs. »

Mon oncle, à ce moment, me força à le regarder en face. Il acheva en ces termes :

« Jean, tu entends ce que te dit ton ami le printemps. Il est la jeunesse, mais il prépare l'âge mûr ; son clair sourire n'est que la gaieté du travail. L'été sera puissant, l'automne sera fécond, car le printemps chante à cette heure, en accomplissant bravement sa tâche. »

Je restai fort sot. Je comprenais mon oncle Lazare. Il me faisait bel et bien un sermon, dans lequel il me disait que j'étais un paresseux et que le moment de travailler était venu.

Mon oncle paraissait aussi embarrassé que moi. Après avoir hésité pendant quelques instants :

« Jean, dit-il en balbutiant un peu, tu as eu tort de ne pas venir me tout conter... Puisque tu aimes Babet et que Babet t'aime...

— Babet m'aime ! » m'écriai-je.

Mon oncle eut un geste d'humeur.

« Eh ! laisse-moi dire. Je n'ai pas besoin d'un nouvel aveu... Elle me l'a avoué elle-même.

— Elle vous a avoué cela, elle vous a avoué cela ! »

Et je sautai brusquement au cou de mon oncle Lazare.

« Oh ! que c'est bon ! ajoutai-je... Je ne lui avais jamais parlé, vrai... Elle vous a dit ça à confesse, n'est-ce pas ?... Jamais je n'aurais osé lui demander si elle m'aimait, moi, jamais je n'en aurais rien su... Oh ! que je vous remercie ! »

Mon oncle Lazare était tout rouge. Il sentait qu'il venait de commettre une maladresse. Il avait pensé que je n'en étais pas à ma première rencontre avec la jeune fille, et voilà qu'il me donnait une certitude, lorsque je n'osais encore rêver une espérance. Il se taisait maintenant ; c'était moi qui parlais avec volubilité.

« Je comprends tout, continuai-je. Vous avez raison, il faut que je travaille pour gagner Babet. Mais vous verrez comme je serai courageux... Ah ! que vous êtes bon, mon oncle Lazare, et que vous parlez bien ! J'entends ce que dit le printemps ; je veux avoir, moi aussi, un été puissant, un automne fécond. On est bien ici, on voit toute la vallée ; je suis jeune comme elle, je sens la jeunesse en moi qui demande à remplir sa tâche... »

Mon oncle me calma.

« C'est bien, Jean, me dit-il. J'ai longtemps espéré faire de toi un prêtre, je ne t'avais donné ma science que dans ce but. Mais ce que j'ai vu ce matin au bord de l'eau, me force à renoncer définitivement à mon rêve le plus cher. C'est le ciel qui dispose de nous. Tu aimeras Dieu d'une autre façon... Tu ne peux rester maintenant dans ce village, où je veux que tu ne rentres que mûri par l'âge et le travail. J'ai choisi pour toi le métier de typographe ; ton instruction te servira. Un de mes amis, un imprimeur de Grenoble, t'attend lundi prochain. »

Une inquiétude me prit.

« Et je reviendrai épouser Babet ? » demandai-je.

Mon oncle eut un imperceptible sourire. Sans répondre directement :

« Le reste est à la volonté du ciel, répondit-il.

— Le ciel, c'est vous, et j'ai foi en votre bonté. Oh ! mon oncle, faites que Babet ne m'oublie pas. Je vais travailler pour elle. »

Alors mon oncle Lazare me montra de nouveau la vallée que la lumière inondait de plus en plus, chaude et dorée.

« Voilà l'espérance, me dit-il. Ne sois pas aussi vieux que moi, Jean. Oublie mon sermon, garde l'ignorance de cette campagne. Elle ne songe pas à l'automne ; elle est toute à la joie de son sourire ; elle travaille, insouciante et courageuse. Elle espère. »

Et nous revînmes à la cure, marchant lentement dans l'herbe que le soleil avait séchée, causant avec des attendrissements de notre prochaine séparation. Le déjeuner était froid, comme je l'avais prévu ; mais cela m'importait peu. J'avais des larmes dans les yeux, chaque fois que je regardais mon oncle Lazare. Et, au souvenir de Babet, mon cœur battait à m'étouffer.

Je ne me rappelle pas ce que je fis le reste du jour. J'allai, je crois, me coucher sous mes saules, au bord de l'eau. Mon oncle avait raison, la terre travaillait.

En appliquant l'oreille contre le gazon, il me semblait entendre des bruits continus. Alors, je rêvais ma vie. Enfoncé dans l'herbe, jusqu'au soir, j'arrangeai une existence toute de travail, entre Babet et mon oncle Lazare. La jeunesse énergique de la terre avait pénétré dans ma poitrine, que j'appuyais fortement contre la mère commune, et je m'imaginais par instants être un des saules vigoureux qui vivaient autour de moi. Le soir, je ne pus dîner. Mon oncle comprit sans doute les pensées qui m'étouffaient, car il feignit de ne pas remarquer mon peu d'appétit. Dès qu'il me fut permis de me lever, je me hâtai de retourner respirer l'air libre du dehors.

Un vent frais montait de la rivière, dont j'entendais au loin les clapotements sourds. Une lumière veloutée tombait du ciel. La vallée s'étendait comme une mer d'ombre, sans rivage, douce et transparente. Il y avait des bruits vagues dans l'air, une sorte de frémissement passionné, comme un large battement d'ailes, qui aurait passé sur ma tête. Des odeurs poignantes montaient avec la fraîcheur de l'herbe.

J'étais sorti pour voir Babet ; je savais que, tous les soirs, elle venait à la cure, et j'allai m'embusquer derrière une haie. Je n'avais plus mes timidités du matin ; je trouvais tout naturel de l'attendre là, puisqu'elle m'aimait et que je devais lui annoncer mon départ.

Quand je vis ses jupes dans la nuit limpide, je m'avançai sans bruit. Puis, à voix basse :

« Babet, murmurai-je, Babet, je suis ici. »

Elle ne me reconnut pas d'abord, elle eut un mouvement de terreur. Quand elle m'eut reconnu, elle parut plus effrayée encore, ce qui m'étonna profondément.

« C'est vous, monsieur Jean, me dit-elle. Que faites-vous là ? Que voulez-vous ? »

J'étais près d'elle, je lui pris la main.

« Vous m'aimez bien, n'est-ce pas ?

— Moi ! qui vous a dit cela ?

— Mon oncle Lazare. »

Elle demeura atterrée. Sa main se mit à trembler dans la mienne. Comme elle allait se sauver, je pris son autre main. Nous étions face à face, dans une sorte de creux que formait la haie, et je sentais le souffle haletant de Babet qui courait tout chaud sur mon visage. La fraîcheur, le silence frissonnant de la nuit, traînaient lentement autour de nous.

« Je ne sais pas, balbutia la jeune fille, je n'ai jamais dit cela... M. le curé a mal entendu... Par grâce, laissez-moi, je suis pressée.

— Non, non, repris-je, je veux que vous sachiez que je pars demain, et que vous me promettiez de m'aimer toujours.

— Vous partez demain ! »

Oh ! le doux cri, et que Babet y mit de tendresse ! Il me semble encore entendre sa voix alarmée, pleine de désolation et d'amour.

« Vous voyez bien, criai-je à mon tour, que mon oncle Lazare a dit la vérité. D'ailleurs, il ne ment jamais. Vous m'aimez, vous m'aimez, Babet ! Vos lèvres, ce matin, l'avaient confié tout bas à mes doigts. »

Et je la fis asseoir au pied de la haie. Mes souvenirs m'ont gardé ma première causerie d'amour, dans sa religieuse innocence. Babet m'écouta comme une petite sœur. Elle n'avait plus peur, elle me confia l'histoire de son amour. Et ce furent des serments solennels, des aveux naïfs, des projets sans fin. Elle jura de n'épouser que moi, je jurai de mériter sa main à force de travail et de tendresse. Il y avait un grillon derrière la haie, qui accompagnait notre causerie de son chant d'espérance, et toute la vallée, chuchotant dans l'ombre, prenait plaisir à nous entendre causer si doucement.

Nous nous séparâmes en oubliant de nous embrasser.

Quand je rentrai dans ma petite chambre, il me sembla que je l'avais quittée depuis une année au moins. Cette journée si courte me paraissait éternelle de bonheur. C'était là ma journée de printemps, la plus tiède, la plus parfumée de ma vie, celle dont le souvenir est aujourd'hui la voix lointaine et émue de ma jeune saison.

II

ÉTÉ

Ce jour-là, lorsque je m'éveillai, vers trois heures du matin, j'étais couché sur la terre dure, brisé de lassitude, le visage couvert de sueur. Une nuit de juillet, chaude et lourde, pesait sur ma poitrine.

Autour de moi, mes compagnons dormaient, enveloppés dans leurs capotes; ils tachaient de noir la terre grise, et la plaine obscure haletait; il me semblait entendre la respiration forte d'une multitude endormie. Des bruits perdus, des hennissements de chevaux, des chocs d'armes, s'élevaient dans le silence frissonnant.

Vers minuit, l'armée avait fait halte, et nous avions reçu l'ordre de nous coucher et de dormir. Depuis trois jours nous marchions, brûlés par le soleil, aveuglés par la poussière. L'ennemi était enfin devant nous, là-bas, sur les coteaux de l'horizon. Au petit jour, une bataille décisive devait être livrée.

Un accablement m'avait pris. Pendant trois heures, j'étais resté comme écrasé, sans souffle et sans rêves. L'excès même de la fatigue venait de me réveiller. Maintenant, couché sur le dos, les yeux grands ouverts, je songeais en regardant la nuit, je songeais à cette bataille, à cette tuerie que le soleil allait éclairer. Depuis plus de six ans[1], au premier coup de feu de chaque combat, je disais adieu à mes chères affections, à Babet, à l'oncle Lazare. Et voilà, un mois à peine avant ma libération, qu'il me fallait leur dire adieu encore, cette fois pour toujours peut-être !

Puis mes pensées s'adoucirent. Les yeux fermés, je vis Babet et mon oncle Lazare. Comme il y avait longtemps que je ne les avais embrassés ! Je me souvenais du jour de notre séparation ; mon oncle pleurait d'être pauvre, de me laisser partir ainsi, et Babet, le soir, m'avait juré de m'attendre, de ne jamais aimer que moi. J'avais dû tout quitter, mon patron de Grenoble, mes amis de Dourgues. De loin en loin, quelques lettres étaient venues me dire qu'on m'aimait toujours, que le bonheur m'attendait dans ma bien-aimée vallée. Et moi, j'allais me battre, j'allais me faire tuer.

Je me mis à rêver le retour. Je vis mon pauvre vieil oncle sur le seuil de la cure, tendant vers moi ses bras tremblants ; et, derrière lui, il y avait Babet toute rouge, en larmes et souriante. Je me jetais dans leurs bras, je les embrassais en balbutiant...

Brusquement un roulement de tambour me ramena à la terrible réalité. L'aube était venue, la plaine grise s'élargissait dans les vapeurs du matin. Le sol s'anima, des formes vagues surgirent de toutes parts. Un bruit grandissant emplit l'air ; c'étaient des appels de clairon, des galops de chevaux, des roulements d'artillerie, des cris de commandement. La guerre se dressait, menaçante, au milieu de mon rêve de tendresse.

Je me levai péniblement ; il me sembla que mes os étaient rompus et que ma tête allait se fendre. Je réunis mes hommes à la hâte ; car je dois vous dire que j'avais atteint le grade de sergent. Nous reçûmes bientôt l'ordre de nous porter sur la gauche et d'occuper un petit coteau qui dominait la plaine.

Comme nous étions près de partir, le vaguemestre passa en courant, et cria :

« Une lettre pour le sergent Gourdon ! »

Et il me remit une lettre froissée, maculée, qui traînait depuis huit jours peut-être dans les sacs de cuir de l'administration des postes. Je n'eus que le temps de reconnaître l'écriture de mon oncle Lazare.

« En avant, marche ! » cria le commandant.

Il me fallut marcher. Pendant quelques secondes, je tins ma pauvre lettre à la main, la dévorant des yeux ; elle me brûlait les doigts, j'aurais donné tout au monde pour m'asseoir, pour pleurer à mon aise en la lisant. Je dus me décider à la glisser sous ma tunique, contre mon cœur.

Jamais je n'avais éprouvé une angoisse pareille. Je me disais, pour me consoler, ce que mon oncle m'avait répété souvent : j'étais à l'été de ma vie, à l'heure de la lutte ardente, et il me fallait remplir bravement mon devoir, si je voulais avoir un automne paisible et fécond. Mais ces raisonnements m'exaspéraient davantage ; cette lettre, qui venait me parler de bonheur, brûlait mon cœur révolté contre la folie de la guerre. Et je ne pouvais même la lire ! J'allais mourir peut-être sans savoir ce qu'elle contenait, sans entendre une dernière fois les bonnes paroles de mon oncle Lazare.

Nous étions arrivés sur le coteau. Nous devions attendre là l'ordre de nous porter en avant. Le champ de bataille se trouvait merveilleusement choisi pour s'égorger à l'aise. L'immense plaine s'étendait toute nue, à plusieurs lieues, sans un arbre, sans une maison. Des haies, des broussailles faisaient de maigres taches sur la blancheur du sol. Jamais je n'ai revu une pareille campagne, une mer de poussière, un sol crayeux, crevé çà et là, montrant ses entrailles brunes. Et jamais non plus je n'ai revu un ciel d'une pureté si ardente, une si belle et si chaude journée de juillet ; à huit heures, l'air embrasé brûlait déjà nos visages. Ô la splendide matinée, et quelle plaine stérile pour tuer et mourir !

Depuis longtemps la fusillade éclatait avec des bruits secs et irréguliers, appuyée de la voix grave du canon. Les ennemis, des Autrichiens aux vêtements blafards[1], avaient quitté les hauteurs, et la plaine était sillonnée de longues files d'hommes qui me paraissaient gros comme des insectes. On eût dit une fourmilière en insurrection. Des nuages de fumée traînaient sur le champ de bataille. Par instants, lorsque ces nuages se déchiraient, j'apercevais des soldats qui fuyaient, pris d'une terreur panique. Il y avait ainsi des courants d'effroi qui emportaient les hommes, des élans de honte et de courage qui les ramenaient sous les balles.

Je ne pouvais entendre les cris des blessés, ni voir couler le sang. Je distinguais seulement, pareils à des points noirs, les morts que les bataillons laissaient derrière eux. Je me mis à regarder avec curiosité les mouvements des troupes, m'irritant contre la fumée qui me cachait une bonne moitié du spectacle, trouvant une sorte de plaisir égoïste à me savoir en sûreté, tandis que les autres mouraient.

Vers neuf heures, on nous fit avancer. Nous descendîmes le coteau au pas gymnastique, nous dirigeant vers le centre qui pliait. Le bruit régulier de nos pas me parut funèbre. Les plus braves d'entre nous haletaient, pâles, les traits tirés.

Je me suis promis de dire la vérité. Aux premiers sifflements des balles le bataillon s'arrêta brusquement, tenté de fuir.

« En avant, en avant ! » criaient les chefs.

Mais nous étions cloués au sol, baissant la tête, lorsqu'une balle sifflait à nos oreilles. Ce mouvement est instinctif ; si la honte ne m'avait retenu, je me serais jeté à plat ventre dans la poussière.

Devant nous il y avait un grand rideau de fumée que nous n'osions franchir. Des éclairs rouges traversaient cette fumée. Et, frémissants, nous n'avancions toujours pas. Mais les balles venaient jusqu'à nous ; des soldats tombaient avec un hurlement. Les chefs criaient plus haut :

« En avant, en avant ! »

Les rangs de derrière, qu'ils poussaient, nous forçaient à marcher. Alors, fermant les yeux, nous prîmes un nouvel élan, nous entrâmes dans la fumée.

Une rage furieuse s'était emparée de nous. Lorsque retentit le cri de : « Halte ! » nous eûmes peine à nous arrêter. Dès qu'on reste immobile, la peur revient, on a des envies de se sauver. La fusillade commença. Nous tirions devant nous, sans viser, trouvant quelque soulagement à envoyer des balles dans la fumée. Je me rappelle que je lâchais mes coups de feu machinalement, les lèvres serrées, les yeux agrandis ; je n'avais plus peur, car, à vrai dire, je ne savais plus si j'existais. La seule idée qui me battait dans la tête, était que je tirerais jusqu'à ce que tout fût fini. Mon compagnon de gauche reçut une balle en plein visage et il tomba sur moi ; je le repoussai brutalement, essuyant ma joue qu'il avait inondée de sang. Et je me remis à tirer.

Je me souviens encore d'avoir vu notre colonel, M. de Montrevert, ferme et droit sur son cheval, regardant tranquillement du côté de l'ennemi. Cet homme me parut gigantesque. Il n'avait pas de fusil pour se distraire, et sa poitrine s'étalait toute large au-dessus de nous. De temps à autre, il abaissait ses regards, il nous criait d'une voix sèche :

« Serrez les rangs, serrez les rangs ! »

Nous serrions les rangs comme des moutons, marchant sur les morts, hébétés, tirant toujours. Jusque-là, l'ennemi ne nous avait envoyé que des balles ; un éclat sourd se fit entendre, un boulet nous emporta cinq hommes. Une batterie, qui devait être en face de nous et que nous ne pouvions voir, venait d'ouvrir son feu. Les boulets frappaient en plein tas, presque au même endroit, faisant une trouée sanglante que nous bouchions sans cesse, avec un entêtement de brutes farouches.

« Serrez les rangs, serrez les rangs ! » répétait froidement le colonel.

Nous donnions de la chair humaine au canon. À chaque soldat qui tombait, je faisais un pas de plus vers la mort, je me rapprochais de l'endroit où les boulets ronflaient sourdement, écrasant les hommes dont le tour était venu de mourir. Les cadavres s'amoncelaient à cette place, et bientôt les boulets ne frappèrent plus que dans un tas de chairs meurtries ; des lambeaux de membres volaient, à chaque nouveau coup de canon. Nous ne pouvions plus serrer les rangs.

Les soldats hurlaient, les chefs eux-mêmes furent entraînés.

« À la baïonnette, à la baïonnette ! »

Et, sous une pluie de balles, le bataillon courut avec rage au-devant des boulets. Le rideau de fumée se déchira ; sur un petit monticule, nous aperçûmes la batterie ennemie rouge de flammes, qui faisait feu sur nous de toutes les gueules de ses pièces. Mais l'élan était pris, les boulets n'arrêtaient que les morts.

Je courais à côté du colonel de Montrevert, dont le cheval venait d'être tué, et qui se battait comme un simple soldat. Brusquement, je fus foudroyé ; il me sembla que ma poitrine s'ouvrait et que mon épaule était emportée. Un vent terrible me passa sur la face.

Et je tombai. Le colonel s'abattit à mon côté. Je me sentis mourir, je songeai à mes chères affections, je m'évanouis en cherchant d'une main défaillante la lettre de mon oncle Lazare.

Lorsque je revins à moi, j'étais couché sur le flanc, dans la poussière. Une stupeur profonde m'anéantissait. Les yeux grands ouverts, je regardais devant moi, sans rien voir ; il me semblait que je n'avais plus de membres et que mon cerveau était vide. Je ne souffrais pas, car la vie paraissait s'en être allée de ma chair.

Un soleil lourd, implacable, tombait sur ma face comme du plomb fondu. Je ne le sentais pas. Peu à peu la vie me revint ; mes membres devinrent plus légers, mon épaule seule resta broyée par un poids énorme. Alors, avec l'instinct d'une bête blessée, je voulus me mettre sur mon séant. Je poussai un cri de douleur et je retombai sur le sol.

Mais je vivais maintenant, je voyais, je comprenais. La plaine s'élargissait nue et déserte, toute blanche au grand soleil. Elle étalait sa désolation sous la sérénité ardente du ciel ; des tas de cadavres dormaient dans la chaleur, et les arbres abattus semblaient d'autres morts qui séchaient. Il n'y avait pas un souffle d'air. Un silence effrayant sortait des tas de cadavres ; puis, par instants, des plaintes sourdes qui traversaient ce silence, lui donnaient un long frisson. À l'horizon, sur les coteaux, de minces nuages de fumée traînaient, tachaient seuls de gris le bleu éclatant du ciel. La tuerie continuait sur les hauteurs.

Je pensai que nous étions vainqueurs, je goûtai un plaisir égoïste à me dire que je pourrais mourir en paix dans cette plaine déserte. Autour de moi, la terre était noire. En levant la tête, je vis à quelques mètres, la batterie ennemie sur laquelle nous nous étions rués. La lutte avait dû être horrible ; le monticule était couvert de corps hachés et défigurés ; le sang avait coulé si abondamment, que la poussière semblait un large tapis rouge. Au-dessus des cadavres, les canons allongeaient leurs gueules sombres. Je frissonnai, en écoutant le silence de ces canons.

Alors, doucement, avec des précautions infinies, je parvins à me mettre sur le ventre. J'appuyai ma tête sur une grosse pierre tout éclaboussée, et je tirai de ma poitrine la lettre de mon oncle Lazare. Je la posai devant mes yeux ; mes larmes m'empêchaient de la lire.

Et le soleil me brûlait le dos, des odeurs âcres de sang me prenaient à la gorge. Je sentais autour de moi la plaine navrante, j'étais comme roidi par la rigidité des morts. C'était dans le silence chaud et nauséabond du meurtre que mon pauvre cœur pleurait.

L'oncle Lazare m'écrivait :

Mon cher enfant,

J'apprends que la guerre est déclarée, et j'espère encore que tu recevras ton congé avant l'ouverture de la campagne. Chaque matin, je prie Dieu de t'épargner de nouveaux dangers ; il m'exaucera, il voudra bien que tu puisses un jour me fermer les yeux.

Ah ! mon pauvre Jean, je deviens vieux, j'ai grand besoin de ton bras. Depuis ton départ, je ne sens plus à mon côté ta jeunesse qui me rendait mes vingt ans. Te souviens-tu de nos promenades du matin dans l'allée de chênes ? Maintenant, je n'ose plus aller sous ces arbres ; je suis seul, j'ai peur. La Durance pleure. Viens vite me consoler, apaiser mes inquiétudes...

Les sanglots me suffoquaient, je ne pus continuer. À ce moment, un cri déchirant se fit entendre à quelques pas de moi ; je vis un soldat se dresser brusquement, la face contractée ; il leva les bras avec angoisse, et s'abattit sur le sol, où il se tordit dans des convulsions effroyables ; puis, il ne bougea plus.

J'ai mis mon espoir en Dieu, continuait mon oncle, il te ramènera à Dourgues sain et sauf, nous recommencerons notre douce vie. Laisse-moi rêver tout haut, te dire mes projets d'avenir.

Tu n'iras plus à Grenoble, tu resteras près de moi ; je ferai de mon enfant un fils de la terre, un paysan qui vivra gaiement au milieu des travaux de la campagne.

Et moi, je me retirerai dans ta ferme. Mes mains tremblantes ne pourront bientôt plus tenir l'hostie. Je ne demande au ciel que deux années d'une pareille existence. Ce sera la récompense des quelques bonnes œuvres que j'ai pu faire. Alors tu me conduiras parfois dans les sentiers de notre chère vallée, où chaque rocher, chaque haie me rappellera ta jeunesse que j'ai tant aimée...

Je dus m'arrêter de nouveau. J'éprouvai à l'épaule une douleur si vive, que je faillis m'évanouir une seconde fois. Une inquiétude terrible venait de me prendre ; il me semblait que le bruit de la fusillade se rapprochait, et je me disais avec terreur que notre armée reculait peut-être, que dans sa fuite elle allait descendre me passer sur le corps. Mais je ne voyais toujours que les minces nuages de fumée qui traînaient sur les coteaux.

Mon oncle Lazare ajoutait:

Et nous serons trois à nous aimer. Ah! mon bien-aimé Jean, comme tu as eu raison de lui donner à boire, un matin, au bord de la Durance. Moi, je redoutais Babet, j'étais de méchante humeur, et maintenant je suis jaloux, car je vois bien que jamais je ne pourrai t'aimer autant qu'elle t'aime. « Dites-lui, me répétait-elle hier en rougissant, que s'il se fait tuer, j'irai me jeter dans la rivière, à l'endroit où il m'a donné à boire. »

Pour l'amour de Dieu! ménage ta vie. Il est des choses que je ne puis comprendre, mais je sens bien que le bonheur t'attend ici. J'appelle déjà Babet ma fille; je la vois à ton bras, dans l'église, lorsque je bénirai votre union. Je veux que ce soit là ma dernière messe.

Babet est une grande et belle fille maintenant. Elle t'aidera dans tes travaux...

Le bruit de la fusillade s'était éloigné. Je pleurais des larmes douces. Il y avait des plaintes sourdes parmi les soldats qui râlaient entre les roues des canons. J'en apercevais un qui faisait des efforts pour se débarrasser d'un de ses camarades, blessé comme lui, dont le corps lui écrasait la poitrine; et, comme ce blessé se débattait en se plaignant, le soldat le repoussa brutalement, le fit rouler sur la pente du monticule, où le misérable hurla de douleur. À ce gémissement, une rumeur monta de l'entassement des cadavres. Le soleil, qui baissait, avait des rayons d'un blond fauve. Le bleu du ciel était plus doux.

J'achevai la lettre de mon oncle Lazare.

Je voulais simplement, disait-il encore, *te donner de nos nouvelles, te supplier de venir au plus tôt nous rendre heureux. Et voilà que je pleure, que je bavarde comme un vieil enfant. Espère, mon pauvre Jean, je prie, et Dieu est bon.*

Réponds-moi vite, fixe-moi, s'il est possible, l'époque de ton retour. Nous comptons les semaines, Babet et moi. À bientôt, bonne espérance.

L'époque de mon retour !... Je baisai la lettre en sanglotant, je crus un instant que j'embrassais Babet et mon oncle. Jamais, sans doute, je ne les reverrais. J'allais mourir comme un chien, dans la poussière, sous le soleil de plomb. Et c'était dans cette plaine désolée, au milieu de râles d'agonie, que mes chères affections me disaient adieu. Un silence bourdonnant m'emplissait les oreilles ; je regardais la terre blanche tachée de sang, qui s'étendait déserte jusqu'aux lignes grises de l'horizon. Je répétais : « Il faut mourir. » Alors je fermai les yeux, j'évoquai le souvenir de Babet et de mon oncle Lazare.

Je ne sais combien je passai de temps dans une sorte de somnolence douloureuse. Mon cœur souffrait autant que ma chair. Des larmes coulaient sur mes joues, lentes et chaudes. Au milieu des cauchemars que me donnait la fièvre, j'entendais un râle pareil à la plainte continue d'un enfant qui souffre. Par instants, je m'éveillais, je regardais le ciel avec étonnement.

Je compris enfin que c'était M. de Montrevert, gisant à quelques pas, qui râlait ainsi. Je l'avais cru mort. Il était couché la face contre terre, les bras écartés. Cet homme avait été bon pour moi ; je me dis que je ne pouvais le laisser mourir ainsi, le visage dans la terre, et je me mis à ramper doucement vers lui.

Deux cadavres nous séparaient. J'eus un instant la pensée de passer sur le ventre de ces morts pour abréger le chemin ; car, à chaque mouvement, mon épaule me faisait horriblement souffrir. Mais je n'osai pas. J'avançai sur les genoux, m'aidant d'une main. Quand je fus arrivé auprès du colonel, je poussai un soupir de soulagement ; il me sembla que j'étais moins seul ; nous allions mourir ensemble, et cette mort partagée ne m'épouvantait plus.

Je voulais qu'il vît le soleil, je le retournai le plus délicatement possible. Quand les rayons tombèrent sur son visage, il souffla fortement ; il ouvrit les yeux. Penché sur lui, j'essayai de lui sourire. Il abaissa de nouveau les paupières ; à ses lèvres qui tremblaient, je compris qu'il avait conscience de ses souffrances.

« C'est vous, Gourdon, me dit-il enfin d'une voix faible ; la bataille est-elle gagnée ?

— Je le crois, colonel », lui répondis-je.

Il y eut un instant de silence. Puis, ouvrant les yeux et me regardant :

« Où êtes-vous blessé ? me demanda-t-il.

— À l'épaule... Et vous, colonel ?

— Je dois avoir le coude broyé... Je me rappelle, c'est le même boulet qui nous a arrangés comme cela, mon garçon. »

Il fit un effort pour se remettre sur son séant.

« Ah ! ça, dit-il avec une gaieté brusque, nous n'allons pas coucher ici ? »

Vous ne sauriez croire combien cette bonhomie courageuse me donna des forces et de l'espoir. Je me sentais tout autre depuis que nous étions deux à lutter contre la mort.

« Attendez, m'écriai-je, je vais bander votre bras avec mon mouchoir, et nous tâcherons de nous porter l'un l'autre jusqu'à la prochaine ambulance.

— C'est ça, mon garçon... Ne serrez pas trop fort... Maintenant, prenons-nous chacun par notre bonne main et essayons de nous lever. »

Nous nous levâmes en chancelant. Nous avions perdu beaucoup de sang ; nos têtes tournaient, nos jambes se dérobaient. On nous aurait pris pour des hommes ivres, trébuchant, nous soutenant, nous poussant, faisant des détours pour éviter les morts. Le soleil se couchait dans une lueur rose, et nos ombres gigantesques dansaient bizarrement sur le champ de bataille. C'était la fin d'un beau jour.

Le colonel plaisantait ; des frissons crispaient ses lèvres, ses rires ressemblaient à des sanglots. Je sentais bien que nous allions tomber dans un coin pour ne plus nous relever. Par instants, des vertiges nous prenaient, nous étions obligés de nous arrêter, fermant les yeux. Au fond de la plaine, les ambulances faisaient de petites taches grises sur la terre sombre.

Nous heurtâmes un gros caillou, et nous fûmes renversés l'un sur l'autre. Le colonel jura comme un païen. Nous essayâmes de marcher à quatre pattes, en nous accrochant aux ronces. Nous fîmes ainsi, sur les genoux, une centaine de mètres. Mais nos genoux saignaient.

« J'en ai assez, dit le colonel en se couchant ; on viendra me ramasser si l'on veut. Dormons. »

J'eus encore la force de me dresser à demi et de crier de tout le souffle qui me restait. Des hommes passaient au loin, ramassant les blessés ; ils accoururent, ils nous couchèrent côte à côte sur une civière.

« Mon camarade, me dit le colonel pendant le trajet, la mort ne veut pas de nous. Je vous dois la vie, je m'acquitterai de ma dette, le jour où vous aurez besoin de moi... Donnez-moi votre main. »

Je mis ma main dans la sienne, et c'est ainsi que nous arrivâmes aux ambulances. On avait allumé des torches ; les chirurgiens coupaient et sciaient, au milieu de hurlements épouvantables ; une odeur fade s'exhalait des linges ensanglantés, tandis que les torches jetaient dans les cuvettes des moires d'un rose sombre.

Le colonel supporta courageusement l'amputation de son bras ; je vis seulement ses lèvres blanchir et ses yeux se voiler. Quand mon tour fut venu, un chirurgien me visita l'épaule.

« C'est un boulet qui vous a fait cela, dit-il ; deux centimètres plus bas, et vous aviez l'épaule emportée. La chair seule a été meurtrie. »

Et, comme je demandais à l'aide qui me pansait si ma blessure était grave :

« Grave ! me répondit-il en riant, vous en avez pour trois semaines à garder le lit et à vous refaire du sang. »

Je me tournai contre le mur, ne voulant pas laisser voir mes larmes. Et j'aperçus des yeux du cœur Babet et mon oncle Lazare qui me tendaient les bras. J'en avais fini avec les luttes sanglantes de ma journée d'été.

III

AUTOMNE

Il y avait près de quinze ans que j'avais épousé Babet dans la petite église de mon oncle Lazare. Nous avions demandé le bonheur à notre chère vallée. Je m'étais fait cultivateur ; la Durance, ma première amante, était maintenant pour moi une bonne mère qui semblait se plaire à rendre mes champs gras et fertiles. Peu à peu, appliquant les méthodes nouvelles de culture, je devenais un des plus riches propriétaires du pays.

À la mort des parents de ma femme, nous avions acheté l'allée de chênes et les prairies qui s'étendaient le long de la rivière. J'avais fait bâtir sur ce terrain une habitation modeste qu'il nous fallut bientôt agrandir ; chaque année, je trouvais moyen d'arrondir nos terres de quelque champ voisin, et nos greniers étaient trop étroits pour nos moissons.

Ces quinze premières années furent simples et heureuses. Elles s'écoulèrent dans une joie sereine, et elles n'ont laissé en moi que le souvenir vague d'un bonheur calme et continu. Mon oncle Lazare avait réalisé son rêve en se retirant chez nous ; son grand âge ne lui permettait même plus de lire chaque matin son bréviaire ; il regrettait parfois sa chère église, il se consolait en allant rendre visite au jeune vicaire qui l'avait remplacé. Dès le lever du soleil, il descendait de la petite chambre qu'il occupait, et souvent il m'accompagnait aux champs, se plaisant au grand air, retrouvant une jeunesse au milieu des senteurs fortes de la campagne.

Une seule tristesse nous faisait soupirer parfois. Dans la fécondité qui nous entourait, Babet restait stérile. Bien que nous fussions trois à nous aimer, certains jours, nous nous trouvions trop seuls : nous aurions voulu avoir dans nos jambes une tête blonde qui nous eût tourmentés et caressés.

L'oncle Lazare avait une peur terrible de mourir avant d'être grand-oncle. Il était redevenu enfant, il se désolait de ce que Babet ne lui donnait pas un camarade qui aurait joué avec lui. Le jour où ma femme nous confia en hésitant que nous allions sans doute être bientôt quatre, je vis le cher oncle tout pâle, se retenant pour ne pas pleurer. Il nous embrassa, songeant déjà au baptême, parlant de l'enfant comme s'il était âgé de trois ou quatre ans.

Et les mois passèrent dans une tendresse recueillie. Nous parlions bas entre nous, attendant quelqu'un. Je n'aimais plus Babet, je l'adorais à mains jointes, je l'adorais pour deux, pour elle et pour le petit.

Le grand jour approchait. J'avais fait venir de Grenoble une sage-femme qui ne quittait plus la ferme. L'oncle était dans des transes horribles ; il n'entendait rien à de pareilles aventures, il alla jusqu'à me dire qu'il avait eu tort de se faire prêtre et qu'il regrettait beaucoup de n'être pas médecin.

Un matin de septembre, vers six heures, j'entrai dans la chambre de ma chère Babet qui sommeillait encore. Son visage souriant reposait paisiblement sur la toile blanche de l'oreiller. Je me penchai, retenant mon souffle. Le ciel me comblait de ses biens. Je songeai tout à coup à cette journée d'été où je râlais dans la poussière, et je sentis en même temps, autour de moi, le bien-être du travail, la paix du bonheur. Ma brave femme dormait, toute rose, au milieu de son grand lit ; tandis que la chambre entière me rappelait nos quinze années de tendresse.

J'embrassai doucement Babet sur les lèvres. Elle ouvrit les yeux, me sourit, sans parler. J'avais des envies folles de la prendre dans mes bras, de la serrer contre mon cœur ; mais, depuis quelque temps, j'osais à peine lui presser la main, tant elle me semblait fragile et sacrée.

Je m'assis sur le bord de la couche, et, à voix basse :

« Est-ce pour aujourd'hui ? lui demandai-je.

— Non, je ne crois pas, me répondit-elle... Je rêvais que j'avais un garçon : il était déjà très grand et portait d'adorables petites moustaches noires... L'oncle Lazare me disait hier qu'il l'avait aussi vu en rêve. »

Je commis une grosse maladresse.

« Je connais l'enfant mieux que vous, repris-je. Je le vois chaque nuit. C'est une fille... »

Et comme Babet se tournait vers la muraille, près de pleurer, je compris ma bêtise, je me hâtai d'ajouter :

« Quand je dis une fille... je ne suis pas bien sûr. Je vois l'enfant tout petit, avec une longue robe blanche... C'est certainement un garçon. »

Babet m'embrassa pour cette bonne parole.

« Va surveiller les vendanges, reprit-elle. Je me sens calme, ce matin.

— Tu me ferais prévenir s'il arrivait quelque chose ?

— Oui, oui... Je suis très lasse. Je vais encore dormir. Tu ne m'en veux pas de ma paresse ?... »

Et Babet ferma les yeux, languissante et attendrie. Je restai penché sur elle, recevant au visage le souffle tiède de ses lèvres. Elle s'endormit peu à peu, sans cesser de sourire. Alors, je dégageai ma main de la sienne avec des précautions infinies ; je travaillai pendant cinq minutes pour mener à bien cette besogne délicate. Puis je posai sur son front un baiser qu'elle ne sentit pas, et je me retirai, palpitant, le cœur débordant d'amour.

Je trouvai, en bas, dans la cour, mon oncle Lazare qui regardait avec inquiétude la fenêtre de la chambre de Babet. Dès qu'il m'aperçut :

« Eh bien ! me demanda-t-il, est-ce pour aujourd'hui ? »

Depuis un mois il m'adressait régulièrement cette question chaque matin.

« Il paraît que non, lui répondis-je. Venez-vous avec moi voir vendanger ? »

Il alla chercher sa canne, et nous descendîmes l'allée de chênes. Lorsque nous fûmes au bout de l'allée, sur cette terrasse qui dominait la Durance, nous nous arrêtâmes tous deux, regardant la vallée.

De petits nuages blancs frissonnaient dans le ciel pâle. Le soleil avait des rayons blonds qui jetaient comme une poussière d'or sur la campagne, dont la nappe jaune s'étendait toute mûre, n'ayant plus les lumières ni les ombres énergiques de l'été. Les feuillages doraient, par larges plaques, la terre noire. La rivière coulait plus lente, lasse d'avoir fécondé les champs pendant une saison. Et la vallée restait calme et forte. Elle portait déjà les premières rides de l'hiver, mais son flanc gardait la chaleur de ses derniers enfantements, étalant ses formes amples, dépouillée des herbes folles du printemps, plus orgueilleusement belle de cette seconde jeunesse de la femme qui a fait œuvre de vie.

Mon oncle Lazare resta silencieux; puis, se tournant vers moi:

« Te souviens-tu ? Jean, me dit-il, il y a plus de vingt ans, je t'ai conduit ici par une jeune matinée de mai. Ce jour-là, je t'ai montré la vallée prise d'une activité folle, travaillant aux fruits de l'automne. Regarde: la vallée vient encore une fois d'achever son travail.

— Je me souviens, cher oncle, répondis-je. J'avais grand-peur ce jour-là; mais vous étiez bon, et votre leçon fut convaincante. Je vous dois toutes mes joies.

— Oui, tu en es à l'automne, tu as travaillé et tu récoltes. L'homme, mon enfant, a été créé à l'image de la terre. Et, comme la mère commune, nous sommes éternels: les feuilles vertes renaissent chaque année des feuilles sèches; moi, je renais en toi, et toi, tu renaîtras dans tes enfants. Je te dis cela pour que la vieillesse ne t'effraie pas, pour que tu saches mourir en paix, comme meurt cette verdure, qui repoussera de ses propres germes au printemps prochain. »

J'écoutais mon oncle, et je songeais à Babet, qui dormait dans son grand lit de toile blanche. La chère créature allait enfanter, à l'image de ce sol puissant qui nous avait donné la fortune. Elle aussi en était à l'automne : elle avait le sourire fort, l'ampleur sereine de la vallée. Je croyais la voir sous le soleil blond, lasse et heureuse, trouvant une généreuse volupté à être mère. Et je ne savais plus si mon oncle Lazare me parlait de ma chère vallée ou de ma chère Babet.

Nous montâmes lentement sur les coteaux. En bas, le long de la Durance, étaient les prairies, de larges tapis d'un vert cru; puis venaient des terres jaunes que, çà et là, les oliviers grisâtres et les maigres amandiers coupaient en allées largement espacées; puis, tout en haut, se trouvaient les vignes, des souches puissantes dont les ceps traînaient sur le sol.

Dans le midi de la France, on traite la vigne en rude commère, et non en délicate demoiselle, comme dans le nord. Elle pousse un peu à l'aventure, selon le bon plaisir de la pluie et du soleil. Les souches, alignées sur deux rangs, en longues files, jettent autour d'elles des jets d'une verdure sombre. Dans les intervalles, on sème du blé ou de l'avoine. Un vignoble ressemble à une immense pièce d'étoffe rayée, faite de la bande verte des pampres et du ruban jaune des chaumes.

Des hommes et des femmes, accroupis dans les vignes, coupaient les grappes de raisin, qu'ils jetaient ensuite au fond de grands paniers. Nous marchions lentement, mon oncle et moi, le long des allées de chaume. Lorsque nous passions, les vendangeurs tournaient la tête et nous saluaient. Mon oncle s'arrêtait parfois pour causer avec les plus vieux des travailleurs.

« Hé ! père André, disait-il, le raisin est-il bien mûr, le vin sera-t-il bon, cette année ? »

Et les paysans, levant leurs bras nus, montraient au soleil de longues grappes d'un noir d'encre, dont les grains pressés semblaient éclater d'abondance et de force.

« Voyez, monsieur le curé, criaient-ils, ce sont là les petites. Il y en a qui pèsent plusieurs livres. Voici dix ans que nous n'avions eu une pareille besogne. »

Puis, ils rentraient dans les feuilles. Leurs vestes brunes faisaient des taches sur la verdure. Et les femmes, nu-tête, ayant au cou un mince fichu bleu, se courbaient en chantant. Il y avait des enfants qui se roulaient au soleil, dans les chaumes, poussant des rires aigus, égayant de leur turbulence l'atelier en plein air. Au bord du champ, de grosses charrettes immobiles attendaient le raisin ; elles se détachaient sur le ciel clair, tandis que des hommes allaient et venaient sans cesse, portant les paniers pleins, rapportant les paniers vides.

Je l'avoue, au milieu de ce champ, il me vint des pensées d'orgueil. J'entendais la terre enfanter sous mes pas ; la vie mûre et toute-puissante coulait dans les veines de la vigne, et chargeait l'air de souffles larges. Un sang chaud battait dans ma chair, j'étais comme soulevé par la fécondation qui débordait du sol et qui montait en moi. Le labeur de ce peuple d'ouvriers était mon œuvre, ces vignes étaient mes enfants ; cette campagne entière devenait ma famille plantureuse et obéissante. J'avais plaisir à sentir mes pieds s'enfoncer dans la terre grasse.

Alors, j'embrassai d'un coup d'œil les terrains qui descendaient jusqu'à la Durance, et je possédai ces vignobles, ces prés, ces chaumes, ces oliviers. La maison blanchissait à côté de l'allée de chênes ; la rivière semblait une frange d'argent posée au bord du grand manteau vert de mes pâturages. Je crus un instant que ma taille grandissait, qu'en étendant les bras, j'allais pouvoir serrer contre ma poitrine la propriété entière, les arbres et les prairies, la maison et les terres labourées.

Et comme je regardais, je vis, dans l'étroit sentier qui montait le coteau, une de nos servantes courant à perdre haleine. Elle se heurtait aux cailloux, emportée par son élan, agitant les deux bras, nous appelant de ses gestes éperdus. Une émotion inexprimable me prit à la gorge.

« Mon oncle, mon oncle ! criai-je, voyez donc courir Marguerite... Je crois que c'est pour aujourd'hui. »

Mon oncle Lazare devint tout pâle. La servante était enfin arrivée sur le plateau ; elle venait à nous, en sautant par-dessus les vignes. Quand elle fut devant moi, l'haleine lui manqua ; elle étouffait, appuyant les mains sur sa poitrine.

« Parlez donc ! lui dis-je. Qu'arrive-t-il ? »

Elle poussa un gros soupir, fit aller les mains, put enfin prononcer ce seul mot :

« Madame... »

Je n'attendis pas davantage.

« Venez, venez vite, oncle Lazare ! Ah ! ma pauvre et chère Babet ! »

Et je descendis le sentier, lancé à me briser les os. Les vendangeurs, qui s'étaient mis debout, me regardaient courir en souriant. L'oncle Lazare, ne pouvant me rejoindre, agitait sa canne avec désespoir.

« Hé ! Jean, que diable ! criait-il, attends-moi. Je ne veux pas arriver le dernier. »

Mais je n'entendais plus l'oncle Lazare, je courais toujours.

J'arrivai à la ferme, haletant, plein de terreur et d'espérance. Je montai rapidement l'escalier, je frappai du poing à la porte de Babet, riant, pleurant, la tête perdue. La sage-femme entrebâilla la porte, pour me dire d'un ton fâché de ne point faire tant de bruit. Je demeurai désespéré et honteux.

« Vous ne pouvez entrer, ajouta-t-elle. Allez attendre dans la cour. »

Et comme je ne bougeais pas :

« Tout va bien, continua la sage-femme. Je vous appellerai. »

La porte se referma. Je restai droit devant elle, ne me décidant pas à descendre. J'entendais Babet se plaindre d'une voix brisée. Et, comme j'étais là, elle poussa un cri déchirant qui me frappa comme une balle en pleine poitrine. Il me prit une envie irrésistible d'enfoncer la porte d'un coup d'épaule. Pour ne pas céder à cette envie, je mis les mains à mes oreilles, je me précipitai follement dans l'escalier.

Je trouvai dans la cour mon oncle Lazare qui arrivait tout essoufflé. Le cher homme fut obligé de s'asseoir sur la margelle du puits.

« Eh bien ! me demanda-t-il, où est l'enfant ?
— Je ne sais pas, répondis-je ; on m'a mis à la porte... Babet souffre et pleure. »

Nous nous regardâmes, n'osant prononcer une parole. Nous tendions l'oreille avec angoisse, nous ne quittions pas des yeux la fenêtre de Babet, cherchant à voir au travers des petits rideaux blancs. L'oncle, tremblant, restait immobile, les deux mains appuyées fortement sur sa canne ; moi, pris de fièvre, je marchais devant lui à grands pas. Par moments, nous échangions des sourires inquiets.

Les charrettes des vendangeurs arrivaient une à une. Les paniers de raisin étaient posés contre un des murs de la cour, et des hommes, les jambes nues, foulaient les grappes sous leurs pieds, dans des auges de bois. Les mulets hennissaient, les charretiers juraient, tandis que le vin tombait avec des bruits sourds au fond de la cuve. Des odeurs âcres montaient dans l'air tiède.

Et j'allais toujours de long en large, comme grisé par ces odeurs. Ma pauvre tête éclatait, je songeais à Babet, en regardant couler le sang du raisin. Je me disais avec une joie toute physique que mon enfant naissait à l'époque féconde de la vendange, dans les senteurs du vin nouveau.

L'impatience me torturait, je montai de nouveau. Mais je n'osai frapper, je collai mon oreille contre le bois de la porte, et j'entendis les plaintes de Babet, qui sanglotait tout bas. Alors le cœur me manqua, je maudis la souffrance. L'oncle Lazare, qui était doucement monté derrière moi, dut me ramener dans la cour. Il voulut me distraire, il me dit que le vin serait excellent ; mais il parlait sans s'écouter lui-même. Et, par instants, nous nous taisions tous deux, écoutant avec anxiété une plainte plus prolongée de Babet.

Peu à peu, les cris s'adoucirent, ce ne fut plus qu'un murmure douloureux, une voix d'enfant qui s'endort en pleurant. Puis, un grand silence se fit. Bientôt ce silence me causa une épouvante indicible. La maison me paraissait vide, maintenant que Babet ne sanglotait plus. J'allais monter, lorsque la sage-femme ouvrit sans bruit la fenêtre. Elle se pencha, et, me faisant signe de la main :

« Venez », me dit-elle.

Je montai lentement, goûtant des joies plus profondes à chaque marche. Mon oncle Lazare frappait déjà à la porte, que j'étais encore au milieu de l'escalier, prenant une sorte de plaisir étrange à retarder le moment où j'embrasserais ma femme.

Sur le seuil je m'arrêtai, le cœur battant à grands coups. Mon oncle était penché sur le berceau. Babet, toute blanche, les yeux fermés, semblait dormir. J'oubliai l'enfant, j'allai droit à Babet, je pris sa chère tête entre mes mains. Les larmes n'avaient pas séché sur ses joues, et ses lèvres, encore frémissantes, souriaient, trempées de pleurs. Elle leva paresseusement les paupières. Elle ne me parla pas, mais je l'entendis me dire : « J'ai bien souffert, mon brave Jean, mais j'étais si heureuse de souffrir ! Je te sentais en moi. »

Alors, je me penchai, je baisai les yeux de Babet, je bus ses larmes. Elle riait doucement, elle s'abandonnait avec une langueur caressante. La fatigue la tenait endolorie. Elle dégagea lentement ses mains du drap de lit, et, me prenant par le cou, approchant sa bouche de mon oreille :

« C'est un garçon », murmura-t-elle d'une voix faible, avec un air de triomphe.

Ce furent là les premiers mots qu'elle prononça après la terrible crise qui venait de la secouer.

« Je savais bien que ce serait un garçon, continua-t-elle, je voyais l'enfant chaque nuit... Donne-le-moi, couche-le à mon côté. »

Je me tournai, et je vis la sage-femme et mon oncle se quereller. La sage-femme avait toutes les peines du monde à empêcher l'oncle Lazare de prendre le petit entre ses bras. Il voulait le bercer.

Je regardai l'enfant que la mère m'avait fait oublier. Il était tout rose. Babet disait avec conviction qu'il me ressemblait ; la sage-femme trouvait qu'il avait les yeux de sa mère ; moi je ne savais pas, j'étais ému jusqu'aux larmes, j'embrassai le cher petit comme du pain, croyant encore embrasser Babet.

Je posai l'enfant sur le lit. Il poussait des cris continus qui nous semblaient être une musique céleste. Je m'assis sur le bord de la couche, mon oncle se mit dans un grand fauteuil, et Babet, lasse et sereine, couverte jusqu'au menton, resta les paupières levées, les yeux souriants.

La fenêtre était ouverte toute grande. L'odeur du raisin entrait avec les tiédeurs de la douce après-midi d'automne. On entendait les piétinements des vendangeurs, les secousses des charrettes, les claquements des fouets ; par moments, montait la chanson aiguë d'une servante qui traversait la cour. Tous ces bruits s'adoucissaient dans la sérénité de cette chambre, encore émue des sanglots de Babet. Et la fenêtre taillait en plein ciel et en pleine campagne une large bande de paysage. Nous apercevions l'allée de chênes dans sa longueur ; puis la Durance, comme un ruban de satin blanc, passait au milieu de l'or et de la pourpre des feuillages ; tandis que, au-dessus de ce coin de terre, un ciel pâle, bleu et rose, creusait ses limpides profondeurs.

C'est dans le calme de cet horizon, dans les exhalaisons de la cuve, dans les joies du travail et de l'enfantement, que nous causions tous trois, Babet, l'oncle Lazare et moi, en regardant le cher petit nouveau-né.

« Oncle Lazare, disait Babet, quel nom donnerez-vous à l'enfant ?

— La mère de Jean s'appelait Jacqueline, répondit l'oncle, je nommerai l'enfant Jacques.

— Jacques, Jacques, répéta Babet... Oui, c'est un joli nom... Et, dites-moi, que ferons-nous de ce petit homme : un curé ou un soldat, un monsieur ou un paysan ? »

Je me mis à rire.

« Nous avons le temps de songer à cela, lui dis-je.

— Mais non, reprit Babet presque fâchée, il grandira vite. Vois comme il est fort. Ses yeux parlent déjà. »

Mon oncle Lazare pensait absolument comme ma femme. Il reprit d'un ton grave :

« N'en faites ni un prêtre ni un soldat, à moins que le garçon n'ait une vocation irrésistible... En faire un monsieur, cela est grave... »

Babet, anxieuse, me regardait. La chère femme n'avait pas un brin d'orgueil pour elle ; mais, comme toutes les mères, elle eût voulu être humble et fière devant son fils. J'aurais juré qu'elle le voyait déjà notaire ou médecin. Je l'embrassai, je lui dis doucement :

« Je désire que l'enfant habite notre chère vallée. Un jour, il trouvera, au bord de la Durance, une Babet de seize ans, à laquelle il offrira à boire. Souviens-toi, mon amie... La campagne nous a donné la paix : notre fils sera paysan comme nous, heureux comme nous. »

Babet, tout émue, m'embrassa à son tour. Elle regarda par la fenêtre les feuillages et la rivière, les prairies et le ciel ; puis, en souriant :

« Tu as raison, Jean, me dit-elle. Ce pays a été bon pour nous, il le sera pour notre petit Jacques... Oncle Lazare, vous serez le parrain d'un fermier. »

L'oncle Lazare approuva de la tête, d'un signe las et affectueux. Depuis un instant, je l'examinais, et je voyais ses yeux se voiler, ses lèvres pâlir. Renversé dans le fauteuil, en face de la fenêtre ouverte, il avait posé ses mains blanches sur ses genoux, il regardait fixement le ciel d'un air d'extase recueillie.

Je fus pris d'inquiétude.

« Souffrez-vous, oncle Lazare ? lui demandai-je. Qu'avez-vous ?... Répondez, par grâce. »

Il leva doucement une de ses mains, comme pour me prier de parler plus bas ; puis il la laissa retomber, et, d'une voix faible :

« Je suis brisé, dit-il. À mon âge, le bonheur est mortel... Ne faites pas de bruit... Il me semble que ma chair est devenue toute légère : je ne sens plus mes jambes ni mes bras. »

Babet, effrayée, se souleva, regardant l'oncle Lazare. Je me mis à genoux devant lui, le contemplant avec anxiété. Lui, souriait.

« Ne vous épouvantez pas, reprit-il. Je n'éprouve aucune souffrance ; une douceur descend en moi, je crois que je vais m'endormir d'un sommeil juste et bon... Cela vient de me prendre tout d'un coup, et je remercie Dieu. Ah ! mon pauvre Jean, j'ai trop couru dans le sentier du coteau, l'enfant m'a donné trop de joie. »

Et comme nous comprenions, comme nous éclations en sanglots, l'oncle Lazare continua, sans cesser de regarder le ciel :

« Ne gâtez pas ma joie, je vous en supplie... Si vous saviez combien je suis heureux de m'endormir pour toujours dans ce fauteuil ! Jamais je n'ai osé rêver une mort si consolante. Toutes mes tendresses sont là, à mes côtés... Et voyez quel ciel bleu ! Dieu m'envoie une belle soirée. »

Le soleil se couchait derrière l'allée de chênes. Les rayons obliques jetaient des nappes d'or sous les arbres qui prenaient des tons de vieux cuivre. Au loin, la campagne verte se perdait dans une sérénité vague. L'oncle Lazare s'affaiblissait de plus en plus, en face de ce silence attendri, de ce coucher de soleil, apaisé, entrant par la fenêtre ouverte. Il s'éteignait lentement, comme ces lueurs légères qui pâlissaient sur les hautes branches.

« Ah ! ma bonne vallée, murmura-t-il, tu me fais de tendres adieux... J'avais peur de mourir l'hiver, lorsque tu es toute noire. »

Nous retenions nos larmes, nous ne voulions pas troubler cette mort si sainte. Babet priait à voix basse. L'enfant jetait toujours de légers cris.

Mon oncle Lazare entendit ces cris, dans le rêve de son agonie. Il essaya de se tourner vers Babet, et, souriant encore :

« J'ai vu l'enfant, dit-il, je meurs bien heureux. »

Alors, il regarda le ciel pâle, la campagne blonde, et, renversant la tête, il poussa un faible soupir. Aucun frisson ne secoua le corps de l'oncle Lazare ; il entra dans la mort comme on entre dans le sommeil.

Une telle douceur s'était faite en nous, que nous restâmes muets, sans larmes. Nous n'éprouvions qu'une tristesse sereine en face de tant de simplicité dans la mort. Le crépuscule tombait, les adieux de l'oncle Lazare nous laissaient confiants, ainsi que les adieux du soleil qui meurt le soir pour renaître le matin.

Telle fut ma journée d'automne, qui me donna un fils et qui emporta mon oncle Lazare dans la paix du crépuscule.

IV

HIVER

Janvier a de sinistres matinées, qui glacent le cœur. Au réveil, ce jour-là, je fus pris d'une inquiétude vague. Pendant la nuit, le dégel était venu, et, lorsque, du seuil de la porte, je regardai la campagne, elle m'apparut comme un immense haillon d'un gris sale, souillé de boue, troué de déchirures.

Un rideau de brouillard cachait les horizons. Dans ce brouillard les chênes de l'allée dressaient lugubrement leurs bras noirs, pareils à une rangée de spectres gardant l'abîme de vapeur qui se creusait derrière eux. Les terres étaient défoncées, couvertes de flaques d'eau, le long desquelles traînaient des lambeaux de neige salie. Au loin, la grande voix de la Durance s'enflait.

L'hiver est d'une vigueur saine, lorsque le ciel est clair et que la terre est dure. L'air pince les oreilles, on marche gaillardement dans les sentiers gelés qui sonnent sous les pas avec des bruits d'argent. Les champs s'élargissent, propres et nets, blancs de glace, jaunes de soleil. Mais je ne sais rien de plus attristant que ces temps fades de dégel ; je hais les brouillards dont l'humidité pèse aux épaules.

Je frissonnai devant ce ciel cuivré ; je me hâtai de rentrer, décidé à ne point aller aux champs, ce jour-là. Il ne manquait pas de travail dans l'intérieur de la ferme.

Jacques était levé depuis longtemps. Je l'entendais siffler sous un hangar, où il donnait un coup de main à des hommes qui enlevaient des sacs de blé. Le garçon avait déjà dix-huit ans ; c'était un grand gaillard, aux bras forts. Il n'avait pas eu un oncle Lazare pour le gâter et lui apprendre le latin, il n'allait point rêver sous les saules de la rive. Jacques était devenu un vrai paysan, un travailleur infatigable, qui se fâchait, lorsque je touchais à quelque chose, me disant que je me faisais vieux et que je devais me reposer.

Et, comme je le regardais de loin, un être doux et léger, qui me sauta sur les épaules, posa ses petites mains sur mes yeux, en me demandant :

« Qui est-ce ? »

Je me mis à rire.

« C'est, répondis-je, la petite Marie, que sa mère vient d'habiller. »

La chère fillette allait avoir dix ans, et, depuis dix ans, elle était la joie de la ferme. Venue la dernière, à une époque où nous n'espérions plus avoir d'enfant, elle était doublement aimée. Sa santé chancelante nous la rendait chère. On la traitait en demoiselle ; sa mère voulait absolument en faire une dame, et je n'avais pas le courage de vouloir autre chose, tant la petite Marie était mignonne, dans ses belles jupes de soie ornées de rubans.

Marie n'était pas descendue de mes épaules.

« Maman, maman, criait-elle, viens donc voir ; je joue au cheval. »

Babet, qui entrait, eut un sourire. Ah ! ma pauvre Babet, comme nous étions vieux ! Je me souviens que nous grelottions de lassitude, ce jour-là, en nous regardant d'un air triste, lorsque nous étions seuls. Nos enfants nous rendaient notre jeunesse.

Le déjeuner fut silencieux. Nous avions été obligés d'allumer la lampe. Les clartés rousses qui traînaient dans la pièce, étaient d'une tristesse à mourir.

« Bah ! disait Jacques, il vaut mieux cette pluie tiède qu'un grand froid qui gèlerait nos oliviers et nos vignes. »

Et il essayait de plaisanter. Mais il était inquiet comme nous, sans savoir pourquoi. Babet avait fait de mauvais rêves. Nous écoutions le récit de ses cauchemars, riant des lèvres, le cœur serré.

« C'est le temps qui nous met l'âme à l'envers, dis-je pour rassurer tout le monde.

— Oui, oui, c'est le temps, se hâta de reprendre Jacques. Je vais mettre quelques sarments dans le feu. »

Une flambée joyeuse jeta de larges nappes de lumière contre les murs. Les ceps brûlaient avec des pétillements, laissant des brasiers roses. Nous nous étions assis devant la cheminée ; l'air, au-dehors, était tiède ; mais, dans l'intérieur de la ferme, il tombait des plafonds une humidité glaciale. Babet avait pris la petite Marie sur ses genoux ; elle causait tout bas avec elle, s'égayant de son babil d'enfant.

« Venez-vous, père ? me demanda Jacques. Nous allons visiter les caves et les greniers. »

Je sortis avec lui. Depuis quelques années, les récoltes devenaient mauvaises. Nous subissions de grosses pertes : nos vignes, nos arbres étaient surpris par les froids ; la grêle hachait nos blés et nos avoines. Et je disais parfois que je devenais vieux, que la fortune, qui est femme, n'aime pas les vieillards. Jacques riait, en me répondant qu'il était jeune, lui, et qu'il allait faire la cour à la fortune.

J'en étais à l'hiver, à la saison froide. Je sentais bien que tout mourait autour de moi. À chaque gaieté qui s'en allait, je songeais à l'oncle Lazare, qui était resté si calme dans la mort ; je demandais des forces à son cher souvenir.

Vers trois heures, le jour tomba complètement. Nous descendîmes dans la salle commune. Babet cousait au coin de la cheminée, la tête penchée ; la petite Marie, assise par terre, en face du feu, habillait gravement une poupée. Jacques et moi, nous nous étions mis devant un bureau d'acajou, qui nous venait de l'oncle Lazare ; nous nous occupions à vérifier nos comptes.

La fenêtre était comme murée ; le brouillard, collé aux vitres, bâtissait une véritable muraille de ténèbres. Derrière cette muraille, se creusait le vide, l'inconnu. Seule, une clameur large, une voix haute, qui emplissait l'ombre, s'élevait dans le silence.

Nous avions congédié les travailleurs, ne gardant avec nous que notre vieille servante Marguerite. Quand je levais la tête et que j'écoutais, il me semblait que la ferme se trouvait suspendue au milieu d'un gouffre. Aucun bruit humain ne venait du dehors, je n'entendais que la clameur de l'abîme. Alors je regardais ma femme et mes enfants, j'avais les lâchetés des vieilles gens qui se sentent trop faibles pour protéger ceux qui les entourent contre les périls inconnus.

La clameur devint plus rauque, et il nous sembla qu'on heurtait à la porte. Au même instant, les chevaux de l'écurie se mirent à hennir furieusement, les bestiaux poussèrent des beuglements étouffés. Nous nous étions tous levés, pâles d'inquiétude. Jacques se précipita vers la porte, l'ouvrit toute grande.

Un flot d'eau trouble entra brusquement et s'étala dans la pièce.

La Durance débordait[1]. C'était elle qui jetait la clameur s'élargissant au loin depuis le matin. Les neiges fondaient dans les montagnes, chaque coteau était devenu un torrent qui enflait la rivière. Le rideau de brouillard nous avait caché cette crue soudaine.

Souvent, dans les hivers rigoureux, en temps de dégel, l'eau était ainsi montée jusqu'à la porte de la ferme. Mais jamais le flot n'avait grandi si rapide. Par la porte ouverte, nous apercevions la cour transformée en lac. Nous avions déjà de l'eau jusqu'aux chevilles.

Babet avait soulevé la petite Marie, qui pleurait en serrant sa poupée contre sa poitrine. Jacques voulait aller ouvrir les portes des écuries et des étables; mais sa mère, le retenant par ses vêtements, le supplia de ne point sortir. L'eau montait toujours. Je poussai Babet vers l'escalier.

« Vite, vite, allons dans les chambres », criai-je.

Et je forçai Jacques à passer devant moi. Je quittai le rez-de-chaussée le dernier.

Marguerite, terrifiée, descendit du grenier où elle se trouvait. Je la fis asseoir au fond de la pièce, à côté de Babet, qui restait silencieuse, pâle, les yeux suppliants. Nous avions couché la petite Marie dans le lit ; elle n'avait pas voulu se séparer de sa poupée, elle s'endormait doucement, en la serrant entre ses bras. Ce sommeil de l'enfant me soulageait ; lorsque je me tournais et que je voyais Babet, écoutant le souffle régulier de la fillette, j'oubliais le danger, je n'entendais plus l'eau qui battait les murs.

Mais nous ne pouvions, Jacques et moi, nous empêcher de regarder le péril en face. L'anxiété nous poussait à nous rendre compte des progrès de l'inondation. Nous avions ouvert la fenêtre toute grande, nous nous penchions au risque de tomber, nous interrogions la nuit. Le brouillard, plus épais, traînait sur l'eau, suant une pluie fine qui nous pénétrait de frissons. De vagues reflets d'acier indiquaient seuls la nappe mouvante, au fond des ténèbres. En bas, dans la cour, le flot clapotait, montant le long des murailles avec des ondulations douces. Et nous n'entendions toujours que la colère de la Durance et que l'épouvante des chevaux et des bestiaux.

Les hennissements, les beuglements de ces pauvres bêtes me fendaient l'âme. Jacques m'interrogeait du regard ; il aurait voulu tenter de les délivrer. Bientôt leurs plaintes d'agonie devinrent lamentables, et un grand craquement se fit entendre. Les bœufs venaient de briser les portes de l'étable. Nous les vîmes passer devant nous, emportés par les eaux, roulés dans le courant. Et ils disparurent dans la clameur de la rivière.

Alors la colère me prit à la gorge, je devins comme fou, je montrai le poing à la Durance. Debout devant la fenêtre, je l'insultais.

« Mauvaise ! criai-je au milieu du vacarme des eaux, je t'ai aimée d'amour, tu as été ma première maîtresse, et tu me voles aujourd'hui, tu viens ébranler ma ferme et emporter mes bestiaux. Ah! maudite, maudite!... Puis, tu m'as donné Babet, tu t'es promenée avec douceur au bord de mes prés. Moi, je croyais que tu étais une bonne mère, je me rappelais que l'oncle Lazare avait eu de la tendresse pour tes eaux claires, je pensais te devoir de la reconnaissance... Tu es une marâtre, je ne te dois que de la haine... »

Mais la Durance, de sa voix de tonnerre, étouffait mes cris ; et, large, indifférente, elle étalait et poussait ses flots avec l'entêtement tranquille des choses.

Je rentrai dans la chambre, j'allai embrasser Babet qui pleurait. La petite Marie dormait en souriant.

« Ne t'effraie pas, dis-je à ma femme. L'eau ne peut toujours monter... Elle va certainement descendre... Il n'y a aucun danger.

— Non, il n'y a aucun danger, répétait Jacques fiévreusement. La maison est solide. »

À ce moment, Marguerite, qui s'était approchée de la fenêtre, prise de la curiosité de la peur, se pencha comme folle, et tomba, en poussant un cri. Je me jetai devant la fenêtre, mais je ne pus empêcher Jacques de sauter dans l'eau. Marguerite l'avait bercé, il éprouvait pour la pauvre vieille une tendresse de fils. Au bruit des deux chutes, Babet s'était levée, épouvantée, les mains jointes. Elle resta là, debout, la bouche ouverte, les yeux agrandis, regardant la fenêtre.

Je m'étais assis sur l'appui de bois, les oreilles pleines du grondement des eaux. Je ne sais depuis combien de temps nous étions, Babet et moi, dans cette stupeur douloureuse, lorsqu'une voix m'appela. C'était Jacques qui se tenait au mur, sous la fenêtre. Je lui tendis la main, et il remonta.

Babet le prit avec force dans ses bras. Elle pouvait sangloter, maintenant ; elle se soulageait.

Il ne fut pas question de Marguerite. Jacques n'osait dire qu'il n'avait pu la retrouver, et nous n'osions le questionner sur ses recherches.

Il me prit à part, il me ramena à la fenêtre.

« Père, me dit-il à demi-voix, il y a déjà plus de deux mètres d'eau dans la cour, et la rivière monte toujours. Nous ne pouvons rester ici davantage. »

Jacques avait raison. La maison s'émiettait, les planches des hangars s'en allaient une à une. Puis, cette mort de Marguerite pesait sur nous. Babet, affolée, nous suppliait. Sur le grand lit, la petite Marie restait seule paisible, sa poupée entre les bras, dormant avec son bon sourire d'ange.

À chaque minute, le péril croissait. L'eau allait atteindre l'appui de la fenêtre et envahir la chambre. On aurait dit qu'une machine de guerre ébranlait la ferme à coups sourds, profonds, réguliers. Le courant devait nous prendre en pleine façade. Et nous ne pouvions espérer aucun secours humain !

« Les minutes sont précieuses, dit Jacques avec angoisse. Nous allons être écrasés sous les décombres... Cherchons des planches, construisons un radeau. »

Il disait cela dans la fièvre. Certes, j'aurais mille fois préféré être au milieu de la rivière, sur quelques poutres liées ensemble, que sous le toit de cette maison qui allait s'effondrer. Mais où prendre les poutres nécessaires ? De rage, j'arrachai les planches des armoires, Jacques brisa les meubles, nous enlevâmes les volets, toutes les pièces de bois que nous pûmes atteindre. Et sentant qu'il était impossible d'utiliser ces débris, nous les jetions au milieu de la chambre, devenus furieux, cherchant toujours.

Notre dernière espérance s'en allait, nous comprenions notre misère et notre impuissance. L'eau montait ; les voix rauques de la Durance nous appelaient avec colère. Alors, j'éclatai en sanglots, je pris Babet entre mes bras frémissants, je suppliai Jacques de venir près de nous. Je voulais que nous mourions tous dans une même étreinte.

Jacques s'était remis à la fenêtre. Et, brusquement :
« Père, cria-t-il, nous sommes sauvés !... Viens voir. »

Le ciel était bon. Le toit d'un hangar, arraché par le courant, venait d'échouer devant la fenêtre. Ce toit, large de plusieurs mètres, était fait de poutres légères et de chaume ; il surnageait, il devait former un excellent radeau. Je joignis les mains, j'aurais adoré ce bois et cette paille.

Jacques sauta sur le toit, après l'avoir fortement amarré. Il marcha sur le chaume, s'assurant de la solidité de chaque partie. Le chaume résista ; nous pouvions nous aventurer sans crainte.

« Oh ! il nous portera bien tous, dit Jacques joyeusement. Vois donc comme il s'enfonce peu dans l'eau !... Le difficile sera de le diriger. »

Il regarda autour de lui et saisit au passage deux perches que le courant emportait.

« Eh ! voici les rames, continua-t-il... Père, nous nous mettrons, toi à l'arrière, moi à l'avant, et nous conduirons aisément le radeau. Il n'y a pas trois mètres de fond... Vite, vite, embarquez, il ne faut pas perdre une minute. »

Ma pauvre Babet tâchait de sourire. Elle enveloppa délicatement la petite Marie dans un châle ; l'enfant venait de se réveiller ; tout effrayée, elle gardait un silence coupé de gros soupirs. Je mis une chaise devant la fenêtre, je fis monter Babet sur le radeau. Comme je la tenais dans mes bras, je l'embrassai avec une émotion poignante ; je sentais que ce baiser était un baiser suprême.

L'eau commençait à couler dans la chambre. Nous avions les pieds trempés. Je m'embarquai le dernier ; puis, je déliai la corde. Le courant nous collait contre le mur ; il nous fallut des précautions et des efforts infinis pour nous éloigner de la ferme.

Peu à peu, le brouillard était tombé. Lorsque nous partîmes, il pouvait être minuit. Les étoiles se noyaient encore dans une buée ; la lune, presque au bord de l'horizon, éclairait la nuit d'une sorte d'aurore blafarde.

C'est alors que l'inondation nous apparut dans toute son horreur grandiose. La vallée était devenue fleuve. D'un coteau à l'autre, entre les masses sombres des cultures, la Durance passait énorme, seule vivante dans l'horizon mort, grondant d'une voix souveraine, gardant dans sa colère la majesté de son jet colossal. Par endroits, des bouquets d'arbres émergeaient, tachant la nappe pâle de marbrures noires. Je reconnus, devant nous, les cimes des chênes de l'allée ; le courant nous poussait vers ces branches qui étaient pour nous autant de récifs. Autour du radeau flottaient des débris, des pièces de bois, des tonneaux vides, des paquets d'herbes ; la rivière charriait les ruines que sa colère avait faites.

À gauche, nous apercevions les lumières de Dourgues. Des lueurs de lanternes couraient dans la nuit. L'eau n'avait pas dû monter jusqu'au village ; les terres basses seules étaient envahies. Des secours allaient arriver sans doute. Nous interrogions les clartés qui traînaient sur l'eau ; il nous semblait, à chaque instant, entendre des bruits de rames.

Nous étions partis à l'aventure. Dès que le radeau fut au milieu du courant, perdu dans les tourbillons de la rivière, l'angoisse nous reprit, nous regrettâmes presque d'avoir quitté la ferme. Je me tournais parfois, je regardais la maison qui restait toujours debout, grise sur l'eau blanche. Babet, accroupie au milieu du radeau, dans le chaume du toit, tenait la petite Marie sur ses genoux, la tête contre sa poitrine, pour lui cacher l'horreur de la rivière, toutes deux repliées, courbées dans un embrassement, comme rapetissées par la crainte. Jacques, debout à l'avant, appuyait de toute sa puissance sur sa perche ; il nous jetait, par instants, de rapides regards, puis se remettait silencieusement à la besogne. Je le secondais de mon mieux, mais nos efforts pour gagner la rive restaient sans effet. Peu à peu, malgré nos perches que nous enfoncions dans la vase à les briser, nous étions dérivés ; une force, qui semblait venir du fond de l'eau, nous poussait au large. Lentement, la Durance s'emparait de nous.

Luttant, baignés de sueur, nous en étions arrivés à la colère, nous nous battions avec la rivière comme avec un être vivant, cherchant à la vaincre, à la blesser, à la tuer. Elle nous serrait entre ses bras de géant, et nos perches devenaient, dans nos mains, des armes que nous lui enfoncions en pleine poitrine avec rage. Elle rugissait, elle nous jetait sa bave au visage, elle se tordait sous nos coups. Les dents serrées, nous résistions à sa victoire. Nous ne voulions pas être vaincus. Et il nous prenait des envies folles d'assommer le monstre, de le calmer à coups de poing.

Lentement, nous allions au large. Nous étions déjà à l'entrée de l'allée de chênes. Les branches noires perçaient l'eau qu'elles déchiraient avec des bruits lamentables. La mort nous attendait peut-être là, dans un heurt. Je criai à Jacques de prendre l'allée et de la suivre, en s'appuyant aux branches. Et c'est ainsi que je passai une dernière fois au milieu de cette allée de chênes où j'avais promené ma jeunesse et mon âge mûr. Dans la nuit terrible, sur le gouffre hurlant, je songeai à mon oncle Lazare, je vis les belles heures de ma vie me sourire tristement.

Au bout de l'allée, la Durance triompha. Nos perches ne touchèrent plus le fond. L'eau nous emporta dans l'élan furieux de sa victoire. Et maintenant elle pouvait faire de nous ce qu'il lui plairait. Nous nous abandonnâmes. Nous descendions avec une rapidité effrayante. De grands nuages, des haillons sales et troués traînaient dans le ciel ; puis, lorsque la lune se cachait, une obscurité lugubre tombait. Alors nous roulions dans le chaos. Des flots énormes d'un noir d'encre, pareils à des dos de poissons, nous emportaient en tournoyant. Je ne voyais plus Babet ni les enfants. Je me sentais déjà dans la mort.

J'ignore combien de temps dura cette course suprême. Brusquement, la lune se dégagea, les horizons blanchirent. Et, dans cette lumière, j'aperçus en face de nous une masse noire, qui barrait le chemin, et sur laquelle nous courions de toute la violence du courant. Nous étions perdus, nous allions nous briser là.

Babet s'était levée toute droite. Elle me tendait la petite Marie.

« Prends l'enfant, me cria-t-elle... Laisse-moi, laisse-moi ! »

Jacques avait déjà saisi Babet dans ses bras. D'une voix forte :

« Père, dit-il, sauvez la petite... Je sauverai ma mère. »

La masse noire était devant nous. Je crus reconnaître un arbre. Le choc fut terrible, et le radeau, fendu en deux, sema sa paille et ses poutres dans le tourbillon de l'eau.

Je tombai, serrant avec force la petite Marie. L'eau glacée me rendit tout mon courage. Remonté à la surface de la rivière, je maintins l'enfant, je la couchai à moitié sur mon cou, et je me mis à nager péniblement. Si la petite ne s'était pas évanouie et qu'elle se fût débattue, nous serions restés tous les deux au fond du gouffre.

Et, tandis que je nageais, une anxiété me serrait à la gorge. J'appelais Jacques, je cherchais à voir au loin ; mais je n'entendais que le grondement, je ne voyais que la nappe pâle de la Durance. Jacques et Babet étaient au fond. Elle avait dû s'attacher à lui, l'entraîner dans une étreinte mortelle. Quelle agonie atroce ! J'aurais voulu mourir ; j'enfonçais lentement, j'allais les retrouver sous l'eau noire. Et, dès que le flot touchait à la face de la petite Marie, je luttais de nouveau avec une énergie farouche pour me rapprocher de la rive.

C'est ainsi que j'abandonnai Babet et Jacques, désespéré de ne pouvoir mourir comme eux, les appelant toujours d'une voix rauque. La rivière me jeta sur les cailloux, pareil à un de ces paquets d'herbe qu'elle laissait dans sa course. Lorsque je revins à moi, je pris entre les bras ma fille qui ouvrait les yeux. Le jour naissait. Ma nuit d'hiver était finie, cette terrible nuit qui avait été complice du meurtre de ma femme et de mon fils.

À cette heure, après des années de regrets, une dernière consolation me reste. Je suis l'hiver glacé, mais je sens en moi tressaillir le printemps prochain. Mon oncle Lazare le disait : nous ne mourons jamais. J'ai eu les quatre saisons, et voilà que je reviens au printemps, voilà que ma chère Marie recommence les éternelles joies et les éternelles douleurs.

DOSSIER

CHRONOLOGIE
1840-1902

1840. *2 avril* : **naissance à Paris d'Émile Zola.** Il est le fils d'un ingénieur d'origine italienne, François Zola, et d'une jeune Beauceronne, Émilie Aubert.
1843. Les Zola s'installent à Aix-en-Provence.
1847. *27 mars* : mort de François Zola. Sa famille connaîtra dès lors une situation matérielle difficile.
1853. Zola entre en sixième à Aix au collège Bourbon. Il fait la connaissance de Paul Cézanne.
1857. *Novembre* : la mère de Zola part pour Paris, à la recherche de soutiens. Son fils la rejoint au mois de février suivant.
1858. *1er mars* : Zola entre en seconde au lycée Saint-Louis.
1859. *4 août* : échec au baccalauréat. Nouvel échec en novembre. Zola abandonne ses études.
1860. Zola est quelques semaines employé à l'administration des Docks de Paris.
1860-1861. Il mène une vie de bohème assez misérable.
1862. *1er mars* : Zola entre à la librairie Hachette, comme employé au bureau des expéditions, puis à la publicité. Ses fonctions lui font connaître le monde des écrivains et des journalistes.
1863. Premiers contes publiés dans la *Revue du mois* à Lille.
1864. *Juin* : Zola devient chef de la publicité à la librairie Hachette.
Décembre : **publication des *Contes à Ninon*.**

1864-1865. Il donne des comptes rendus critiques et des chroniques à plusieurs journaux.
1865. Il rencontre Alexandrine Meley, qui deviendra sa femme.
Novembre : publication de *La Confession de Claude*, son premier roman, en partie autobiographique.
1866. *31 janvier* : Zola quitte la librairie Hachette. Désormais il ne vit plus que de sa plume. Il collabore à de nombreux journaux, devient critique littéraire et pictural. Son *Salon*, paru dans *L'Événement*, fait scandale. Zola y défend Manet et Courbet. Il publie *Mon salon* et *Mes haines*, recueil d'articles de critique littéraire. En novembre paraît *Le Vœu d'une morte*, roman d'abord publié en feuilleton dans *L'Événement*.
1867. Année difficile. Les collaborations aux journaux se font rares. Zola fréquente les futurs impressionnistes, Manet, Pissarro, Monet.
Décembre : Zola publie son premier chef-d'œuvre, *Thérèse Raquin*. En même temps, son roman-feuilleton *Les Mystères de Marseille* paraît dans *Le Messager de Provence*.
1868. Publication de *Madeleine Férat*.
1868-1869. Zola collabore à la presse républicaine, et son opposition à l'Empire devient de plus en plus vive. Il projette les premiers plans d'un cycle romanesque en dix volumes, l'*Histoire d'une famille*, qu'il présente à l'éditeur Albert Lacroix. Il se lie d'amitié avec les Goncourt.
1870. Zola achève *La Fortune des Rougon*, qui paraît en feuilleton dans *Le Siècle* à partir du 28 juin, et prépare *La Curée*.
31 mai : Zola épouse Alexandrine Meley.
19 juillet : la guerre éclate entre la France et la Prusse.
7 septembre : Les Zola quittent Paris pour Marseille.
11 décembre : Zola est à Bordeaux où siège le gouvernement provisoire. Il a des ambitions politiques vite déçues.
1871. À Bordeaux puis à Versailles, Zola est chroniqueur parlementaire. Il se tient éloigné de la Commune.
Octobre-novembre : *La Curée* paraît en feuilleton dans *La Cloche*, mais la publication doit cesser sur ordre du procureur de la République.

1872. Zola se lie avec Georges Charpentier, qui devient son éditeur et celui des naturalistes. Il fréquente Flaubert, Daudet, Tourgueniev.
1873. *Le Ventre de Paris.*
1874. *La Conquête de Plassans*, **Nouveaux Contes à Ninon**. Échec d'une pièce de théâtre, *Les Héritiers Rabourdin*.
1875. *La Faute de l'abbé Mouret.*
1876. *Son Excellence Eugène Rougon.*
1877. *L'Assommoir.* Premier grand succès. Zola fait figure de chef d'école. Campagnes en faveur du naturalisme.
1878. *Avril* : *Une page d'amour.*
Mai : avec les droits de *L'Assommoir*, Zola achète une maison à Médan, près de Poissy. Ce sera sa résidence d'été, qu'il ne cessera d'agrandir.
1880. *Nana*, deuxième grand succès. *Le Roman expérimental*, recueil de textes théoriques dans lequel Zola rattache le naturalisme à la méthode scientifique. En avril ont paru *Les Soirées de Médan*, recueil collectif de nouvelles (Zola, Alexis, Céard, Hennique, Huysmans, Maupassant). Médan devient la capitale du naturalisme.
1881. Zola publie trois recueils de textes critiques : *Les Romanciers naturalistes*, *Le Naturalisme au théâtre*, *Documents littéraires*.
1882. *Pot-Bouille*, roman. *Une campagne*, recueil d'articles du *Figaro*.
1883. *Au Bonheur des dames.*
1884. *La Joie de vivre.*
1885. *Germinal*, troisième grand succès. C'est l'apogée du naturalisme.
1886. *L'Œuvre.* Cézanne, qui croit s'être reconnu dans le personnage de Claude Lantier, peintre génial et détraqué, se brouille avec Zola.
1887. *La Terre.* Une polémique s'ensuit. Zola est violemment attaqué, dans les colonnes du *Figaro*, par cinq jeunes écrivains de l'entourage de Goncourt et de Daudet.
1888. *Le Rêve.*
Décembre : Jeanne Rozerot, lingère engagée par Alexandrine Zola, devient la maîtresse de l'écrivain.

1889. Naissance de Denise, la fille de l'écrivain et de Jeanne Rozerot.
1890. *La Bête humaine*.
1891. *L'Argent*. Naissance de Jacques, fils de Zola et de Jeanne Rozerot.
1892. *La Débâcle*.
1893. *Le Docteur Pascal*. Fin des *Rougon-Macquart*, célébrée le 21 juin par un grand banquet.
1894. *Lourdes*, première des *Trois Villes*.
29 octobre-16 décembre: voyage en Italie pour la préparation de *Rome*.
1896. *Rome*.
1897. *Nouvelle Campagne*, recueil d'articles du *Figaro*. À la fin de l'année, Zola s'engage aux côtés des partisans de l'innocence de Dreyfus.
1898. *Paris*.
13 janvier: publication dans *L'Aurore* de «J'accuse», lettre au président de la République qui relance l'affaire Dreyfus et fait scandale. Condamné à un an de prison, Zola doit s'exiler en Angleterre *(juillet 1898-juin 1899)*.
1899. *Fécondité*, le premier des *Quatre Évangiles*.
1901. *Travail*.
1902. Août: Zola termine *Vérité*, qui paraîtra après sa mort en 1903 (*Justice*, le quatrième *Évangile*, restera à l'état de notes préparatoires).
Dans la nuit du 28 au 29 septembre, Zola meurt à Paris d'une asphyxie due au mauvais tirage de sa cheminée. Il s'agit vraisemblablement d'un acte de malveillance. Ses funérailles, le *5 octobre*, sont l'occasion d'une grande manifestation populaire. Le *4 juin 1908*, sa dépouille sera transférée au Panthéon.

BIBLIOGRAPHIE

MANUSCRITS

Seuls trois manuscrits ont été conservés pour les textes recueillis dans les *Contes à Ninon* : ceux de « Simplice » (13 feuillets recto-verso), « Le Carnet de danse » (7 feuillets recto-verso et 9 feuillets recto seul), et « Les Voleurs et l'âne » (38 feuillets). Ils appartiennent aux descendants de l'écrivain.

Aucun manuscrit n'a été conservé pour les *Nouveaux Contes à Ninon*. Voir sur ce point l'article d'Henri Mitterand, « Les "Manuscrits perdus" d'Émile Zola », *Les Cahiers naturalistes*, n° 39, 1970, p. 83-90.

PRINCIPALES ÉDITIONS

Éditions originales

Contes à Ninon, Librairie internationale J. Hetzel et A. Lacroix, 1864, 324 p. (*Bibliographie de la France*, 10 décembre 1864).
Contes à Ninon, Charpentier, 1874, 364 p. (*Bibliographie de la France*, 2 mai 1874) [cette deuxième édition donne le texte définitif].
Nouveaux Contes à Ninon, Charpentier, 1874, 311 p. (*Bibliographie de la France*, 28 novembre 1874).

Premières éditions illustrées

Contes à Ninon, Charpentier, « Petite Bibliothèque Charpentier », 1883 (*Bibliographie de la France*, 14 avril 1883).

Nouveaux Contes à Ninon, Charpentier, « Petite Bibliothèque Charpentier », 1885 (*Bibliographie de la France*, 21 février 1885).

Principales éditions commentées

Lazare, suivi de *Sœur-des-Pauvres*, *Le Sang*, *Souvenirs*, préface d'Henri Guillemin, Neuchâtel, Ides et Calendes, 1962.

Œuvres complètes, Cercle du Livre précieux, t. IX, *Contes et nouvelles*, 1968 [pour les *Contes à Ninon*, préface d'André Stil ; pour les *Nouveaux Contes à Ninon*, préface de Roger Ripoll. Notices et notes d'Henri Mitterand].

Contes à Ninon, Garnier-Flammarion, « GF », préface de Colette Becker, 1971.

Contes et nouvelles, Gallimard, « Bibliothèque de la Pléiade », texte établi, présenté et annoté par Roger Ripoll, 1976 [l'édition de référence].

Contes et nouvelles 1 (1864-1874), Garnier-Flammarion, « GF », édition de François-Marie Mourad, 2008 [anthologie].

PRINCIPALES ÉTUDES
SUR LES *CONTES* ET
NOUVEAUX CONTES À NINON
(PAR ORDRE CHRONOLOGIQUE)

Ouvrages

MITTERAND, Henri, *Zola journaliste. De l'affaire Manet à l'affaire Dreyfus*, Armand Colin, « Kiosque », 1962.

LAPP, John C., *Zola before the « Rougon-Macquart »*, Toronto, University of Toronto Press, 1964 (traduction française : *Les Racines du naturalisme. Zola avant « Les Rougon-Macquart »*, Bordas, 1972).

BECKER, Colette, *Les Apprentissages de Zola. Du poète romantique au romancier naturaliste, 1840-1867*, Presses Universitaires de France, « Écrivains », 1993.

Articles

HEMMINGS, F.W.J., « Les sources d'inspiration de Zola conteur », *Les Cahiers naturalistes*, n° 24-25, 1963, p. 29-44.

WEINBERG, Henry H., « Some Observations on the Early Development of Zola's Style », *The Romanic Review*, décembre 1971, p. 283-288.

DÉDÉYAN, Charles, « Zola conteur et nouvelliste », dans *Beiträge zur vergleichenden Literaturgeschichte. Festschrift für Kurt Wais*, édition de Johannes Hösle et Wolfgang Eitel, Tübingen, Niemeyer, 1972, p. 253-263.

BELLATORRE, André, « Analyse d'un conte de Zola : "Celle qui m'aime" », *Les Cahiers naturalistes*, n° 47, 1974, p. 88-97.

BAGULEY, David, « Narcisse conteur : sur les contes de fées de Zola », *Revue de l'Université d'Ottawa/University of Ottawa Quarterly*, octobre-décembre 1978, p. 382-397.

COUILLARD, Marie, « La "fille-fleur" dans les *Contes à Ninon* et *Les Rougon-Macquart* », *Revue de l'Université d'Ottawa/University of Ottawa Quarterly*, octobre-décembre 1978, p. 393-406.

PETREY, Sandy, « From Cyclical to Historical Discourse: The *Contes à Ninon* and *La Fortune des Rougon* », *Revue de l'Université d'Ottawa/University of Ottawa Quarterly*, octobre-décembre 1978, p. 371-381.

AUSTEN-SMITH, Jane, « A Zola Short Story : The Origins of a Political Mythology », *Nottingham French Studies*, XVIII, n° 2, octobre 1979, p. 46-60 [à propos des « Aventures du grand Sidoine et du petit Médéric »].

WOLFZETTEL, Friedrich, « Les *Contes à Ninon*, ou le problème de la légitimité du Romantisme », *Les Cahiers naturalistes*, n° 62, 1988, p. 183-195.

CAPITANIO, Sarah, « Les voix qui content », *Journal of the Australasian Universities Modern Language and Literature Association*, n° 91, mai 1999, p. 53-66 [étude narratologique des *Contes à Ninon*].

BECKER, Colette, « Féerie et fantaisie dans les *Contes à Ninon* », in *La Fantaisie post-romantique*, édition de Jean-Louis Cabanès et Jean-Pierre Saïdah, Toulouse, Presses universitaires du Mirail, 2003, p. 329-341.

COMFORT, Kathy, « "Sœur-des-pauvres" : A Saint's Legend », *Neophilologus*, juillet 2008, p. 417-428.

SANTOS, Dulce, « Ninon : la femme, la Provence, l'écriture », dans *Visages de la Provence. Actes du colloque international d'Aix-en-Provence, 19-21 octobre 2007*, édition de Valérie Minogue et Patrick Pollard, Londres, The Émile Zola Society, 2008, p. 107-113.

NOTICE

Genèse des Contes à Ninon

C'est dans une lettre datée du 29 décembre 1859 que le jeune Zola, âgé de dix-neuf ans seulement, exprime pour la première fois son désir de publier un volume de contes. À son ancien condisciple Jean-Baptistin Baille il annonce en effet que *La Provence*, journal aixois, va publier de lui « un conte de fées : "La Fée Amoureuse" ». Mais déjà il esquisse un projet plus vaste : « Les quelques lignes qui vont paraître ne sont en quelque sorte qu'un canevas. Je veux parler plus longuement de ma belle Sylphide, je veux en faire une véritable création. Je vais entreprendre un volume de nouvelles, et ce conte qui n'occupe maintenant que quelques colonnes, occupera la moitié du livre. » Premier texte des futurs *Contes à Ninon*, « La Fée Amoureuse » parut en effet dans *La Provence* en deux livraisons, le 29 décembre 1859 et le 26 janvier 1860. Et si le projet de développer ce « canevas » n'eut pas de suite, la correspondance de Zola en 1860 montre que celui-ci n'avait pas abandonné l'idée d'un recueil de contes, et qu'il cherchait à se constituer un stock de textes publiables. Déjà, le 29 décembre 1859, il déclarait à Baille qu'il avait achevé aussi « une espèce de nouvelle », « Les Grisettes de Provence », dont le texte a été perdu. Huit mois plus tard, fin août ou début septembre 1860, il écrit à son ami : « Je termine une nouvelle intitulée "Un coup de vent", style simple et gracieux. Quand je serai à Aix, je te la ferai lire, et tu me diras ton avis. Je compte en composer cinq ou six pareilles et les faire éditer ensemble sous le titre général de *Contes de mai*. Mon rêve est de faire paraître, avant deux ans d'ici, deux volumes, un de prose et un de vers. » Ces projets n'auront pas de suite, au moins sous ce titre et à cette date, mais ils témoignent d'une intention générale qui ne variera pas jusqu'à l'aboutissement du recueil que nous connaissons.

En ces années 1860-1864, qui sont celles de la genèse des *Contes à Ninon*, on voit donc l'écrivain débutant, sous l'influence de modèles romantiques au premier rang desquels il faut placer Musset, hésiter entre la poésie lyrique et la prose légère. C'est l'époque où il compose, selon ses dires, « huit à dix mille » vers (« Rodolpho », « L'Aérienne », « Paolo », etc.) dont bien peu seront publiés, avant que Paul Alexis n'en exhume quelques échantillons, en 1882, dans ses *Notes d'un ami*. Mais cette hésitation sera de courte durée. Zola va bientôt comprendre que la poésie n'est pas sa vocation, et se tourner résolument vers la prose. Ce sera chose faite en 1864, ainsi qu'il l'annonce le 18 août à Antony Valabrègue : « Je suis à la prose et m'en trouve bien […] hors de la prose, point de salut. » Les contes, en ces années décisives où se dessine l'orientation future du jeune écrivain, préparent donc l'entrée dans une voie nouvelle, celle du roman, dans laquelle l'œuvre de Zola, à partir de 1865, trouvera son accomplissement et sa vérité.

La composition des futurs *Contes à Ninon*, de 1859 à 1864, accompagne l'évolution de la situation de l'écrivain dans les premières années de son existence parisienne. Les premiers textes, « La Fée Amoureuse », puis « Les Grisettes de Provence », qui est perdu, et « Un coup de vent », qui restera inédit pendant plus d'un siècle[1], datent des années 1859-1860, années de bohème, de vie précaire et de rêveries. On peut rattacher très vraisemblablement à ce groupe des contes les plus anciens « Simplice », d'abord intitulé « Le Baiser de l'ondine », publié dans la *Revue du mois* le 25 octobre 1863 et rédigé sans doute l'année précédente, mais dont l'idée première vient certainement de plus loin, tant son sujet, sa tonalité mélancolique, son recours à la féerie et

---

1. « Un coup de vent » a été publié pour la première fois en 1968 par Henri Mitterand dans son édition des *Œuvres complètes* de Zola, au Cercle du Livre précieux, t. IX, p. 871-893. L'invocation à Ninette, qui ouvre le conte, permet de rattacher celui-ci à l'ensemble des *Contes à Ninon*, même s'il en fut ensuite retranché, pour des raisons que nous ignorons.

sa conception idéaliste de l'amour le rapprochent de « La Fée Amoureuse [1] ». À la même époque remonte encore, Roger Ripoll l'a bien montré [2], « Le Carnet de danse », terminé en août 1862, mais dont la rédaction a dû être commencée deux ans plus tôt, comme l'indique l'écriture du manuscrit. Ces contes constituent donc la strate la plus ancienne du futur recueil, et correspondent à la toute première époque de l'œuvre de Zola, celle des rêveries idéalistes et des tâtonnements littéraires.

Le 1er février 1862, Zola entre à la librairie Hachette, d'abord au bureau des expéditions, puis au service de la publicité. C'en est fini des hésitations et des atermoiements. Désormais astreint à un travail régulier, il découvre le monde réel, les relations sociales, et les milieux de l'édition dans lesquels il occupe bientôt une position stratégique. Ses projets littéraires s'en trouvent confirmés. Alors que 1861 est une année de doutes et de crises sur lesquels nous savons peu de choses (aucun conte ne semble avoir vu le jour), l'été 1862 est une période créatrice. Coup sur coup, en août-septembre, Zola achève « Le Carnet de danse », écrit « Le Sang » et « Les Voleurs et l'âne », passant du registre du merveilleux à celui du réalisme fantastique et de la fable ironique. « J'ai déjà écrit trois nouvelles d'environ trente pages, depuis le départ de Baille », écrit-il à Cézanne le 29 septembre. « Je compte en commettre une quinzaine et tâcher ensuite de les faire éditer quelque part. » En même temps qu'il prépare toujours son futur recueil, Zola cherche à publier ses contes dans les journaux. Le 23 septembre 1862, il envoie « Le Baiser de l'ondine » à Alphonse de Calonne, directeur de *La Revue contemporaine*. Sans succès. Le 5 juin 1863, il récidive auprès de Jules Claretie, et lui envoie deux nouvelles (sans doute « Simplice » et « Le Sang »), espérant que celui-ci pourra les faire passer dans *L'Univers illustré*. Nouvel échec. C'est finalement Géry-Legrand, directeur de la *Revue du mois* paraissant à Lille, qui acceptera de publier « Le Sang », en août 1863, puis « Simplice » dans le numéro d'octobre. Zola lui en témoigne, le 31 octobre, sa reconnaissance : « *La Revue du mois* m'aura porté bonheur. »

---

1. Le sujet de « Simplice », comme celui de « La Fée Amoureuse », est indiqué dans un poème de jeunesse de Zola, daté de 1859, « Vision » (*Œuvres complètes*, Cercle du Livre précieux, t. XV, p. 873).
2. Émile Zola, *Contes et nouvelles*, « Bibliothèque de la Pléiade », p. 1187.

À l'automne 1863, Zola se trouve donc à la tête d'un ensemble de contes dont la somme pourrait bientôt constituer un recueil publiable. Pour corser le volume, il va rédiger assez vite trois textes supplémentaires : « Sœur-des-Pauvres », « Celle qui m'aime », et « Les Aventures du grand Sidoine et du petit Médéric ». Faute de manuscrit, nous ignorons la date exacte de leur composition. Mais celle-ci se situe très vraisemblablement à la fin de 1863 ou dans les premiers mois de 1864. Le 30 mars 1864 en effet, Zola propose à Pierre-Jules Hetzel un conte qu'il estime « de nature à être inséré dans le *Magasin d'éducation et de récréation* », publication pour la jeunesse que l'éditeur venait de lancer dix jours plus tôt. Il s'agit certainement de « Sœur-des-Pauvres », que Zola avait d'abord cherché à placer, sans succès, dans le *Journal de la jeunesse* publié par la librairie Hachette[1]. Mais Hetzel ne se presse pas de répondre. Zola fait alors intervenir Émile Deschanel, qu'il avait rencontré au début de l'année 1864 aux conférences de la rue de la Paix, dont il était chargé de faire le compte rendu pour la *Revue de l'instruction publique*, un des organes de la maison Hachette. Deschanel écrit à son ami Hetzel, le 4 juin : « Un jeune homme de mes amis, M. Zola, a remis entre vos mains, il y a six semaines, une petite nouvelle de sa façon pour votre *Magasin de récréation et d'instruction* (*sic*). Il désirerait bien savoir, le plus tôt qu'il vous serait possible, votre impression sur cet essai ; d'autant qu'il a un volume de nouvelles semblables, qu'il pourrait vous apporter à publier, dans le cas où cette première œuvre vous aurait plu[2]. »

Hetzel ne publia pas « Sœur-des-Pauvres » dans le *Magasin*, mais il fit mieux. Il rencontra Zola, au cours du mois de juin 1864, et s'entendit avec lui pour éditer le recueil de contes chez ses associés Lacroix et Verbœckhoven. Lacroix le confirme à Zola le 30 juin : « Nous acceptons, M. Hetzel et nous, de publier dans la collection Hetzel et Lacroix, votre volume de nouvelles[3]. » On a conservé le traité passé entre l'écrivain et ses

---

1. Voir Paul Alexis, *Émile Zola. Notes d'un ami*, Charpentier, 1882, p. 61.
2. Cité par Alain Parménie et Catherine Bonnier de la Chapelle, *Histoire d'un éditeur et de ses auteurs, P.-J. Hetzel*, Albin Michel, 1953, p. 432.
3. *Ibid.*

éditeurs[1]. Daté du 2 juillet, il stipulait que le livre serait imprimé à 1 500 exemplaires, tirage important pour un ouvrage de débutant. Il contenait aussi une condition moins habituelle et liée au poste que Zola occupait alors au service de publicité de la librairie Hachette : les frais d'impression et de fabrication du volume devraient être remboursés par les articles publicitaires que l'auteur s'engageait à obtenir dans les journaux : « Comme équivalent de vos frais de première édition, je m'engage, aux termes de ma lettre de proposition, à faire pour mon volume, dans tous les journaux, des annonces ou réclames, pour une valeur au moins égale aux frais d'impression de l'ouvrage, sans que M. Hetzel, ou vous [Albert Lacroix], vous ayez à supporter aucune dépense de ce chef. » Ainsi les *Contes à Ninon* ont-ils été, de façon indirecte certes, mais bien réelle, publiés à compte d'auteur.

Réception des Contes à Ninon

La publication du livre était prévue pour l'automne 1864. À partir de l'été, Zola, fidèle à sa promesse, s'est employé à obtenir du plus grand nombre de journaux le plus d'articles possible. Le 4 novembre, il peut écrire à Antony Valabrègue :

> Voici un grand mois que mes *Contes à Ninon* m'occupent plusieurs heures par jour ; il m'a fallu d'abord corriger les épreuves, et c'est, je vous assure, une besogne peu agréable et très fatigante ; maintenant, je travaille à obtenir pour mon volume le plus de publicité possible, et j'espère arriver à un splendide résultat. Dieu merci, tout est à peu près terminé : le volume est à la brochure, mes lettres d'envoi sont écrites, mes réclames rédigées : j'attends.

Certes, Zola n'a pas ménagé sa peine. Il s'est adressé aussi bien aux grands titres de la presse parisienne qu'aux plus modestes feuilles de province. *Le Moniteur de l'Algérie*, *La Gazette de Péronne*, *L'Avenir de Blois*, *L'Indépendant de la Moselle*, entre bien d'autres, lui ont promis des articles. Pour plus de sûreté, il a rédigé lui-même une notule publicitaire

---

1. Voir Zola, *Correspondance*, Presses de l'Université de Montréal-Éditions du CNRS, 1978, t. I, p. 365.

dont s'inspireront les journaux, et que plusieurs d'entre eux reprendront même telle quelle[1] :

> Ce volume est l'œuvre de début d'un artiste, d'un poète qui doit porter en lui son poème et qui nous le donnera tôt ou tard. L'auteur, M. Émile Zola [...], est en littérature de la famille des esprits libres, des tempéraments passionnés et finement railleurs : il procède de Mérimée, Voltaire, Alfred de Musset, Nodier, Murger, Heine. C'est un conteur qui cause avec sa Muse selon son caprice du moment ; de là, ce livre étrange, où chaque récit naît d'une inspiration particulière. Le succès des *Contes à Ninon* est assuré auprès de tous les gens de goût.

Ainsi, lorsque le livre paraîtra, fin novembre, sa sortie sera accompagnée d'une rafale d'articles favorables, généralement aussi vides que complaisants : Eugène Paz dans *Le Petit Journal* (29 novembre 1864), Marius Roux, fidèle ami de Zola, dans *Le Mémorial d'Aix* (4 décembre), Camille Guinhut dans *Le Nord* (9 décembre), A. Rolland dans *Le Pays* (9 décembre), Jules Claretie dans *Le Figaro* (15 décembre), Charles Deulin dans la *Revue de Paris* (18 décembre), Niemann (pseudonyme de Georges Pajot, autre ami de Zola) dans le *Journal populaire de Lille* (21 décembre), Charles Durier dans *Le Siècle* (28 décembre), Paul Girard, dans *Le Charivari* du 21 janvier 1865, etc. Zola pourra donc écrire à bon droit à Antony Valabrègue, le 6 février 1865, non sans quelque naïveté : « Je suis satisfait du succès obtenu par mon livre. Il y a déjà eu une centaine d'articles, dont vous me dites avoir lu quelques-uns. En somme, la presse a été bienveillante : un concert d'éloges, sauf deux ou trois notes désagréables. »

Parmi ces « notes désagréables », quelques vérités. Dans la *Revue française* du 1er janvier 1865, Gustave Vapereau, l'auteur du *Dictionnaire universel des contemporains* et le rédacteur de

---

1. Voir par exemple le *Journal populaire de Lille* du 27 novembre 1864, et *Le Figaro-Programme*, du 28 novembre. Zola a vraisemblablement rédigé aussi une notice plus détaillée qui a servi de modèle à plusieurs critiques et qui a paru le 22 janvier 1865 dans *La Gazette des étrangers*. Voir le texte de cet article dans l'édition des *Contes et nouvelles* de Zola, « Bibliothèque de la Pléiade », p. 1241-1242.

L'Année littéraire et dramatique, critique dans les *Contes à Ninon* la fadeur des sentiments et la préciosité du style :

> Comme conteur, M. Zola affectionne la grâce, la délicatesse, la mignardise même et le précieux. Son premier conte, « Simplice », est une fantaisie qui anime toute la nature, donne des sentiments aux fleurs et aux brins d'herbe, la parole aux insectes, et associe le monde entier des bois et des eaux aux destinées, enviables et malheureuses à la fois, d'un amour tué par sa première jouissance. Le genre gracieux est porté plus loin encore dans les contes suivants : « La Fée Amoureuse », « Sœur-des-Pauvres », etc., qui pourraient fournir des échantillons curieux d'afféterie dans le sentiment et le langage.

À propos des « Aventures du grand Sidoine et du petit Médéric », le critique reproche à Zola des maladresses dues à l'imitation trop étroite de ses modèles et à des intentions satiriques trop lourdement appuyées :

> M. Émile Zola s'est souvenu de *Gargantua*, de *Micromégas* et de *Gulliver*. [...] Le monde que parcourent le grand Sidoine et le petit Médéric, l'un portant l'autre, est notre monde vu tour à tour, dans ses misères et ses prétentions, par le gros bout et le petit bout de la lunette. Le conte sera donc semé d'épigrammes, d'allusions, de traits de satire ; il aura presque des pages de pamphlet. Les mœurs, la littérature, la politique même seront touchées, tantôt d'une main légère et inoffensive, tantôt trop rude et appesantie. L'inexpérience se trahit en général par l'exagération des effets. Elle se manifeste aussi, dans les *Contes à Ninon*, par des procédés d'imitation poussés jusqu'au pastiche.

L'article le plus juste et le plus mesuré est sans doute celui que Jules Vallès fait paraître le 3 janvier 1865 dans *Le Progrès* de Lyon. Tout en regrettant le battage entretenu autour du livre, Vallès discerne très justement les qualités et les promesses de cette œuvre de débutant : « Ce titre un peu fade m'a effrayé ; mais dans le livre il y a du talent, du soin ; M. Zola est trop difficile pour lui-même pour que nous soyons sévère pour lui. Tous ces récits, un peu légers de trame, sont très délicatement travaillés. Il s'y mêle, à je ne sais quelle odeur du dix-huitième siècle, un parfum de réalisme contemporain qu'on devine plutôt qu'on ne le respire. M. Zola donne des espérances. Un mot pourtant : les journaux sont pleins de son nom, et on n'a pour lui dans tous les coins des épithètes aimables. Mais ces adjectifs sentent la réclame, et M. Zola doit s'effrayer de ces louanges. Qu'il fasse taire, il le peut je pense, tous les applaudisseurs qui ne l'ont pas lu pour la plupart, et qu'il n'en appelle, pour réussir, qu'à son énergie et à son talent. Il en a assez pour se passer des claqueurs et des complaisants. Il s'en trouvera mieux et la critique aussi. »

Toute cette agitation avait tout de même contribué au succès du livre. Succès relatif, sans doute, mais réel, que Zola peut annoncer à Antony Valabrègue, le 13 janvier 1865 : « Ici, les *Contes à Ninon* marchent très bien. Plus de la moitié de la première édition est vendue. » C'est ce que confirme à l'auteur Théophile Guérin, employé de la librairie Lacroix, le 16 février : « J'ai fait compter les exemplaires des *Contes à Ninon* qui restent en feuilles chez notre brocheur ; il en a encore 640 et il nous en reste à la librairie 50 à 60 exemplaires brochés. » Pour un premier livre, c'était un résultat très honorable. Il restait maintenant à confirmer ce succès en produisant une œuvre majeure. Zola l'annonçait déjà à Antony Valabrègue le 4 novembre 1864 : « J'ai hâte d'écrire autre chose et de profiter du peu d'expérience que j'ai acquis pendant ces derniers mois. » Cette « autre chose », ce sera un premier roman, *La Confession de Claude*, entrepris depuis 1862, abandonné en 1864 au profit des contes, repris au début de 1865 et publié chez Lacroix à la fin de cette même année. Dorénavant, c'est vers le roman que s'orientera l'essentiel de l'activité littéraire du jeune écrivain.

Genèse et publication des Nouveaux Contes à Ninon

Lorsque Zola publie son second recueil de contes, dix ans plus tard, en novembre 1874, la situation est bien différente. Son œuvre s'est étoffée : neuf romans ont déjà paru, dont quatre *Rougon-Macquart* (*La Fortune des Rougon*, *La Curée*, *Le Ventre de Paris*, *La Conquête de Plassans*). Si la notoriété de l'écrivain n'est pas encore ce qu'elle sera, trois ans plus tard, après le triomphe de *L'Assommoir*, son statut s'est affirmé, le champ de ses productions s'est élargi, de la critique littéraire et picturale aux chroniques politiques, des œuvres dramatiques (l'adaptation théâtrale de *Thérèse Raquin*, *Les Héritiers Rabourdin*) au grand projet romanesque des *Rougon-Macquart*. Il semblerait donc que Zola n'ait plus besoin, après 1871, de cultiver encore le genre mineur du récit court. Pourtant, il ne s'en désintéresse pas. Les contes, bien adaptés au format du journal, se multipliaient à l'époque dans la presse, et peu d'écrivains négligeaient cette source de profit. Réunis ensuite en volume, ils représentent une part non négligeable de la production littéraire à partir du Second Empire. Sans doute Zola a-t-il en mémoire le succès récent des recueils de Daudet, *Lettres de mon moulin* (1869), *Contes du lundi* (1873), *Robert Helmont* (1874). En avril 1874, il a autorisé une réédition des *Contes à Ninon* chez Charpentier, avec un texte remanié. Six mois plus tard, en réunissant dans un nouveau volume des textes qu'il a publiés dans la presse entre 1865 et 1874, il entend rappeler que le conte est un genre qu'il a lui-même souvent pratiqué avec bonheur, et montrer qu'il est capable de varier ses créations et de rivaliser avec les meilleurs conteurs de son temps.

Les *Nouveaux Contes à Ninon* sont composés de plusieurs strates assez différentes. La première est constituée de textes relativement anciens, de peu postérieurs au premier recueil des *Contes à Ninon*. À cette catégorie appartiennent des récits anecdotiques comme « Mon voisin Jacques », publié dans le *Journal des villes et des campagnes* le 21 novembre 1865 sous le titre « Un souvenir du printemps de ma vie », des chroniques parues dans *Le Figaro* sous le titre général « Dans Paris » et souvent profondément remaniées au moment de la publication en volume : « Les Violettes » (20 novembre 1866), devenu « Souvenirs VIII » ; « Le Paradis des chats », d'abord intitulé « La Journée d'un chien errant » (1er décembre 1866) ; « Les Nids » (15 mai 1867), devenu « Souvenirs VII ». Il faut joindre à ces textes brefs la longue nouvelle en quatre parties, « Les Quatre Journées de Jean Gourdon », publiée dans *L'Illustration* en huit livraisons, du 15 décembre 1866 au 16 février 1867, qui fermera le recueil de 1874 comme « Les Aventures du grand Sidoine et du petit Médéric » fermaient celui de 1864.

Une deuxième strate est composée de chroniques parues d'abord en 1868 dans *L'Événement illustré*, petit journal littéraire dans lequel Zola publia aussi, en feuilleton, *Madeleine Férat* (sous le titre *La Honte*) et *Les Mystères de Marseille* (sous le titre *La*

Famille Cayol). Tels sont « La Tombe de Musset » (4 mai 1868), devenu la deuxième partie de « Souvenirs VI ») ; « Chronique » (23 mai 1868), devenu « Souvenirs X » ; « Les Fraises » (2 juin 1868) ; « Aux Tuileries » (15 juin 1868), devenu la deuxième et la troisième partie de « Lili » ; « Mes Chattes » (22 juin 1868), devenu « Souvenirs V » ; « La Vierge aux baisers » (11 août 1868), devenu « La Légende du Petit Manteau bleu de l'amour » ; « Chronique » (1er septembre 1868), devenu « Souvenirs IV ». Ces textes, repris pour la plupart dans *La Tribune* et dans *La Cloche* avant d'être rassemblés en volume, ont subi chaque fois d'importantes modifications (voir ci-après la bibliographie).

Un troisième ensemble regroupe des articles plus engagés parus en 1870 dans *La Cloche*, journal républicain fondé par Louis Ulbach en décembre 1869, dans lesquels la critique du régime impérial se fait plus violente, et qui s'achèvent, au début de la guerre franco-prussienne, sur des textes accordés à la gravité des événements. Ce sont « Les Épaules de la marquise » (21 février 1870), « Le Grand Michu » (1er mars), « Le Jeûne » (29 mars), « La Guerre » (11 juillet) et « Chauvin » (18 juillet), deux textes réunis dans les *Nouveaux Contes à Ninon* sous le titre « Souvenirs XII », et enfin « Le Petit Village » (25 juillet), l'un des derniers articles donnés à *La Cloche* avant le départ de Zola pour Marseille, le 7 septembre. Il faut joindre à ces textes de guerre deux « Lettres de Paris » évoquant des scènes de la guerre civile, parues dans *Le Sémaphore de Marseille* le 2 mai et le 9 mai 1871, et réunies sous le titre « Souvenirs XIV ».

Un quatrième ensemble est constitué par les chroniques publiées après la guerre dans *La Cloche* sous le titre général de « Lettres parisiennes ». Parues en 1872, de mai à septembre, elles alimentent une grande partie de la section « Souvenirs » des *Nouveaux Contes à Ninon*. Ce sont dans l'ordre les chroniques du 11 mai (devenue « Souvenirs XIII »), du 1er juin (« Souvenirs II »), du 2 juin (« Souvenirs I »), du 9 juin (« Souvenirs XI »), du 20 juin (« Souvenirs III »), du 27 juin (« Souvenirs VI », première partie) et du 11 septembre (« Souvenirs IX »). Ces textes variés mêlent à des souvenirs de jeunesse des évocations d'une histoire plus récente, marquée encore par la guerre.

Enfin Zola, pour compléter son recueil, a retenu trois récits autonomes très différents, plus proches par leur date de composition de l'année de publication du volume, et plus ouverts sur l'œuvre romanesque que l'écrivain développe à la même époque. « Le Lendemain de la crise » (devenu « Le Chômage »), paru dans *Le Corsaire* le 22 décembre 1872, se rapproche par sa virulence des chroniques publiées dans *La Cloche* en 1870[1], mais annonce aussi la critique sociale de *L'Assommoir* et surtout de *Germinal*. « Un bain », seul texte des *Nouveaux Contes à Ninon* d'abord publié dans une revue littéraire (*La Renaissance littéraire et artistique* d'Émile Blémont, 24 août 1873), renoue avec la veine légère et fantaisiste des « Fraises », tout en annonçant les thèmes naturistes de *La Faute de l'abbé Mouret*. Quant au « Forgeron », paru en 1874 dans *L'Almanach des travailleurs*, c'est le plus récent des *Nouveaux Contes à Ninon*, le plus optimiste aussi. On retrouvera cet éloge de la figure épique du forgeron dans *L'Assommoir*, auquel le romancier commencera à travailler dès l'été 1875, avec le personnage de Goujet.

On voit donc l'extrême diversité des textes réunis dans les *Nouveaux Contes à Ninon*. Diversité dans la date de composition, qui donne au recueil l'allure d'un bilan de l'abondante production journalistique de Zola depuis près de dix ans, hors du roman et de la critique littéraire ou artistique. Diversité dans le genre (récit, chronique, conte proprement dit, longue nouvelle), dans le ton (de la fantaisie à la gravité, de l'ironie à l'exaltation épique), dans les sujets (anecdotes, souvenirs personnels, petits faits, ou au contraire évocation des grandes crises de la société et de l'histoire). Mais cette diversité n'est pas une cause de disparité. Au contraire Zola s'est soucié, beaucoup plus que dans le premier volume, de construire son recueil. Refusant l'ordre chronologique aussi bien qu'un banal classement par sujets, il a commencé par distribuer une série de douze écrits autonomes brefs, les plus conformes aux règles génériques du conte et aux habitudes des lecteurs contemporains. Il a regroupé ensuite, sous le titre « Souvenirs », des textes plus proches de la chronique, que leur juxtaposition fait apparaître comme les fragments d'un ensemble complexe, reliant, sous le signe de la mémoire, le passé au présent, l'individu à la société, l'histoire personnelle à l'histoire collective. Enfin, « Les Quatre journées de Jean Gourdon », sorte de quadruple nouvelle, contiennent en

---

1. La violence de ce texte entraîna la suspension du journal qui l'avait publié. Voir p. 516-523 la version originale non expurgée de l'article.

puissance quatre romans possibles : un roman d'amour, un roman de guerre, un roman paysan, un récit de catastrophe. C'est donc par la forme, plus que par les thèmes, que se distinguent les trois grandes parties du livre. Ce qui n'empêche pas, d'une section à l'autre, la circulation de thèmes, d'idées, d'images qui assurent l'unité d'ensemble du recueil.

La correspondance de Zola ne nous renseigne pas, comme elle l'avait fait pour le premier volume, sur la genèse des *Nouveaux Contes à Ninon*. Le temps des grandes lettres-confidences à Baille, à Cézanne, à Valabrègue, était passé. L'écrivain, sans doute plus soucieux de ses romans que de ses contes (en 1873-1874, il travaille à *La Conquête de Plassans* et à *La Faute de l'abbé Mouret*), et pressé par des activités multiples, littéraires et théâtrales, ne put accorder à son nouveau recueil l'attention presque exclusive qu'il avait portée aux *Contes à Ninon*. De plus, ayant quitté le service de publicité de la maison Hachette le 31 janvier 1866, il n'occupait plus la position stratégique qui lui avait permis d'organiser la campagne de promotion de son premier livre. C'est pourquoi les journaux, en décembre 1874, passèrent à peu près sous silence la sortie des *Nouveaux Contes à Ninon*. La critique, jusqu'à nos jours, ne leur a guère prêté attention non plus. Notons toutefois ce jugement privé d'Edmond de Goncourt dans son *Journal*, à la date du 4 décembre 1874 : « Cette nuit, dans l'insomnie que produit chez moi la venue de la gelée dans l'air, je me suis mis à lire les *Nouveaux Contes à Ninon* de Zola. C'est vraiment trop de riens, trop longuement racontés. Il faudrait, pour que le livre eût une valeur, être le plus léger et le plus gracieux conteur du monde — et Zola n'est pas ce conteur. Il veut vraiment trop de choses, mon ami : il veut être dramatique, il veut être comique, il veut être fantaisiste — et n'a d'étoffe, au fond, que pour continuer à être l'auteur de *Thérèse Raquin*. » La critique est dure, et témoigne d'une aigreur qui ne fera que croître dans les jugements que Goncourt portera sur l'œuvre de Zola et sur l'homme lui-même, surtout après le succès de *L'Assommoir*. Mais, en l'occurrence, elle ne manque sans doute pas de justesse. Zola lui-même a montré qu'il n'attribuait pas à ses contes une importance excessive. En 1886, il déclarera dans une lettre-préface à une édition de luxe illustrée des *Nouveaux Contes à Ninon*[1] : « Mes contes

---

1. En deux volumes, à la Librairie Conquet.

n'ont pas d'histoire, ces contes semés jadis un peu partout, au hasard des journaux qui voulaient bien les prendre, et réunis plus tard en volume, lorsque la vie devenue meilleure m'a permis de repêcher les pages les moins mauvaises, dans tout ce fatras que la nécessité du pain m'a fait publier pendant dix ans[1]. » N'accordons pas non plus à ces pages de jeunesse, à ces textes épars, jetés dans des feuilles souvent éphémères, plus d'importance qu'ils n'en méritent. Mais sachons aussi reconnaître l'intérêt de ces créations plus modestes, poussées à l'ombre des grandes entreprises romanesques, et entretenant avec elles, dans les thèmes comme dans les idées, des rapports étroits et souvent éclairants.

---

1. *Œuvres complètes* d'Émile Zola, Cercle du Livre précieux, t. IX, p. 487.

PUBLICATIONS PRÉORIGINALES

CONTES À NINON

« Simplice » : *Revue du mois*, 25 octobre 1863 (titre : « Contes à Ninette : Simplice ») ; *Nouvelle Revue de Paris*, 1er octobre-1er novembre 1864.
« Le Carnet de danse » : *Le Petit Journal*, 6 novembre 1864 (préoriginale partielle).
« Celle qui m'aime » : *L'Entracte*, 18, 19, 21, 22 et 23 novembre 1864.
« La Fée Amoureuse » : *La Provence*, 29 décembre 1859 et 26 janvier 1860.
« Le Sang » : *La Revue du mois*, 25 août 1863.
« Les Voleurs et l'âne » : pas de préoriginale.
« Sœur-des-pauvres » : pas de préoriginale.
« Aventures du grand Sidoine et du petit Médéric » : pas de préoriginale.

NOUVEAUX CONTES À NINON

« Un bain » : *La Renaissance littéraire et artistique*, 24 août 1873.
« Les Fraises » : *L'Événement illustré*, 2 juin 1868 ; *La Tribune*, 9 janvier 1870 (titre : « Causerie ») ; *La Cloche*, 3 juin 1872 (titre : « Lettres parisiennes »).
« Le Grand Michu » : *La Cloche*, 1er mars 1870.
« Le Jeûne » : *La Cloche*, 29 mars 1870 ; *La Libre Pensée*, 9 et 16 avril 1870 (titre : « Le Sermon »).

« Les Épaules de la marquise » : *La Cloche*, 21 février 1870.

« Mon voisin Jacques » : *Journal des villes et des campagnes*, 21 novembre 1865, (titre : « Variétés. Voyages dans Paris. Un souvenir du printemps de ma vie ») ; *L'Événement*, 3 novembre 1866 (titre : « Dans Paris. Un croque-mort ») ; *La Tribune*, 10 octobre 1869 (titre : « Causerie ») ; *La Cloche*, 24 juin 1872 (titre : « Lettres parisiennes »).

« Le Paradis des chats » : *Le Figaro*, 1er décembre 1866 (titre : « Dans Paris. La journée d'un chien errant ») ; *La Tribune*, 1er novembre 1868 (titre : « Causerie ») ; *La Cloche*, 12 juin 1872 (titre : « Lettres parisiennes »).

« Lili » :

I. *La Tribune*, 27 septembre 1868 (titre : « Causerie ») ; *La Cloche*, 8 juillet 1872 (titre : « Lettres parisiennes »).

II et III. *L'Événement illustré*, 15 juin 1868 (titre : « Aux Tuileries ») ; *La Tribune*, 14 novembre 1869 (titre : « Causerie ») ; *La Cloche*, 13 mai 1872 (titre : « Lettres parisiennes »).

« La Légende du Petit Manteau bleu de l'amour » : *L'Événement illustré*, 11 août 1868 (titre : « La Vierge aux baisers. Légende dédiée à ces dames » ; *La Tribune*, 9 janvier 1870 (titre : « Causerie ») ; *La Cloche*, 17 juillet 1872 (titre : « Lettres parisiennes »).

« Le Forgeron » : *Almanach des travailleurs*, F. Polo, 1874.

« Le Chômage » : *Le Corsaire*, 22 décembre 1872 (titre : « Le Lendemain de la crise »).

« Le Petit Village » : *La Cloche*, 25 juillet 1870.

« Souvenirs » :

I. *La Cloche*, 2 juin 1872 (titre : « Lettres parisiennes ») ; *Revue du monde nouveau*, mars 1874 (titre : « Villégiature »).

II. *La Cloche*, 1er juin 1872 (titre : « Lettres parisiennes »).

III. *La Cloche*, 20 juin 1872 (titre : « Lettres parisiennes »).

IV. *L'Événement illustré*, 1er septembre 1868 (titre : « Chronique ») ; *La Tribune*, 12 septembre 1869 (titre : « Causerie ») ; *La Cloche*, 14 août 1872 (titre : « Lettres parisiennes »).

V. *L'Événement illustré*, 22 juin 1868 (titre : Mes chattes ») ; *La Cloche*, 5 juillet 1872 (titre : « Lettres parisiennes »).

VI. 1ère partie [du début à « il lui semblait que son promis lui souriait »], *La Cloche*, 27 juin 1872 (titre : « Lettres parisiennes »). 2e partie [de « J'aime les cimetières » à la fin], *L'Événement illustré*, 4 mai 1868 (titre : « La Tombe de

Musset »); *La Tribune*, 7 novembre 1869 (titre : « Causerie »); *La Cloche*, 7 juin 1872 (titre : « Lettres parisiennes »).
VII. *Le Figaro*, 15 mai 1867 (titre : « Dans Paris. Les Nids »); *La Tribune*, 21 novembre 1869 (titre : « Causerie »); *La Cloche*, 17 mai 1872 (titre : « Lettres parisiennes »).
VIII. *Le Figaro*, 20 novembre 1866 (titre : Dans Paris. Les violettes »); *La Tribune*, 17 octobre 1869 (titre : « Causerie »); *La Cloche*, 18 août 1872 (titre : « Lettres parisiennes »).
IX. *La Cloche*, 11 septembre 1872 (titre : « Lettres parisiennes »).
X. *L'Événement illustré*, 23 mai 1868 (titre : « Chronique »); *La Tribune*, 2 janvier 1870 (titre : « Causerie »); *La Cloche*, 27 mai 1872 (titre : « Lettres parisiennes »).
XI. *La Cloche*, 9 juin 1872 (titre : « Lettres parisiennes »).
XII. 1ère partie [du début à « là-bas à sa place »], *La Cloche*, 11 juillet 1870 (titre : « La Guerre »). 2e partie [de « Plus tard » à la fin], *La Cloche*, 18 juillet 1870 (titre : « Chauvin »).
XIII. *La Cloche*, 11 mai 1872 (titre : « Lettres parisiennes »).
XIV. 1ère partie [du début à « fleuries et odorantes »], *Le Sémaphore de Marseille*, 2 mai 1871 (titre : « Lettre de Paris, 26 avril »). 2e partie [de « Nous venons » à la fin], *Le Sémaphore de Marseille*, 9 mai 1871 (titre : « Lettre de Paris, 4 mai »).

« Les Quatre Journées de Jean Gourdon » : *L'Illustration*, 15 et 29 décembre 1866, 5, 12 et 26 janvier 1867, 2, 9 et 16 février 1867.

LE LENDEMAIN DE LA CRISE

Nous donnons ici la version primitive du texte intitulé « Le Chômage » dans les Nouveaux Contes à Ninon, *parue d'abord sous le titre « Le Lendemain de la crise » dans* Le Corsaire *du 22 décembre 1872. La virulence de cet article, qui suscita des réactions violentes dans les rangs de la droite bonapartiste et royaliste, entraîna la suspension du journal qui l'avait publié. On était en effet dans une période d'instabilité politique, causée par la montée en puissance des partisans de « l'ordre moral » opposés à l'instauration de la République. Le gouvernement présidé par Thiers, favorable à une République modérée, était en butte aux attaques des monarchistes, et le mois de novembre 1872 avait été marqué à l'Assemblée par plusieurs interpellations réclamant le départ de Thiers lui-même, qui fut effectivement renversé le 24 mai 1873. La crise qu'évoque le titre de l'article n'est donc pas économique, comme pourrait le croire le lecteur du XXIe siècle, mais politique. Elle n'en a pas moins des répercussions dans le domaine économique, l'agitation entretenue par les partis de droite contribuant à ralentir le mouvement des affaires et à paralyser l'industrie. « Le lendemain de la crise » est donc à l'origine un texte étroitement lié au contexte politique des derniers mois de 1872, comme le montrent, à la fin de chaque partie, les attaques personnelles dirigées par le républicain Zola contre des membres influents de la droite réactionnaire.*

On voit donc tout ce qui sépare la chronique de 1872 du texte recueilli en 1874 dans les Nouveaux Contes à Ninon. *La suppression des paragraphes terminant chacune des quatre parties annule l'opposition violente établie dans la version primitive entre la misère des ouvriers et l'égoïsme satisfait de la bourgeoisie réactionnaire. Elle transforme ce qui était en 1872 une évocation claire de la lutte des classes et une accusation portée contre les nantis, responsables de la misère du peuple, en un texte beaucoup plus neutre, purgé de toute signification politique évidente, et dans lequel la question finale demeure sans réponse. Zola a sans doute choisi en 1874 d'édulcorer son texte pour en supprimer le côté polémique, déplacé dans un recueil de contes et lié à une actualité qui s'éloignait. Il a voulu aussi donner au thème de la misère ouvrière un caractère de généralité qui annonce* L'Assommoir, *roman dont il va bientôt entreprendre la préparation, à partir de l'été 1875.*

I

Le matin, quand les ouvriers arrivent à l'atelier, ils le trouvent froid et comme noir d'une tristesse de ruine. Au fond de la grande salle, la machine est muette, avec ses bras maigres et ses roues immobiles ; et elle met là une mélancolie de plus, elle dont le souffle et dont le branle animent toute la maison, d'ordinaire, du battement d'un cœur de géant, joyeux et rude à la besogne.

Le patron descend de son petit cabinet, et dit d'un air très triste aux ouvriers :

« Mes enfants, il n'y a pas de travail aujourd'hui... Les commandes n'arrivent plus ; de tous les côtés, je reçois des contrordres ; je vais rester avec de la marchandise sur les bras. Ce mois de décembre, sur lequel je comptais, ce mois de gros travail, les autres années, menace de ruiner les maisons les plus solides... Il faut tout suspendre. »

Et comme il voit les ouvriers se regarder entre eux, avec la peur du retour au logis, la peur de la faim du lendemain, il ajoute d'un ton plus bas :

« Je ne suis pas égoïste, non, je vous le jure... Ma situation est aussi terrible, plus terrible peut-être que la vôtre. En huit jours, j'ai perdu cinquante mille francs. J'arrête le travail aujourd'hui, pour ne pas creuser le gouffre davantage ; et je n'ai pas le premier sou de mes échéances du 15... Vous voyez, je vous parle en ami, je ne vous cache rien. Demain, peut-être, les huissiers seront ici. Ce n'est pas notre faute, n'est-ce pas ? Nous avons lutté jusqu'au bout. J'aurais voulu vous aider à passer ce mauvais moment ; mais c'est fini, je suis à terre, je n'ai plus de pain à partager. »

Alors, il leur tend la main. Les ouvriers la lui serrent silencieusement. Et, pendant quelques minutes, ils restent là, à regarder leurs outils inutiles, les poings serrés. Les autres matins, dès le jour, les limes chantaient, les marteaux marquaient le rythme, et tout cela semble déjà dormir dans la poussière de la faillite. C'est vingt, c'est trente familles qui ne mangeront pas la semaine suivante. Quelques femmes qui travaillaient dans la fabrique ont des larmes au bord des yeux. Les hommes veulent paraître plus fermes. Ils font les braves, ils disent qu'on ne meurt pas de faim dans Paris.

Puis, quand le patron les quitte, et qu'ils le voient s'en aller, voûté en huit jours, écrasé peut-être par un désastre plus grand encore qu'il ne l'avoue, ils se retirent un à un, étouffant dans la salle, la gorge serrée et le froid au cœur, comme s'ils sortaient de la chambre d'un mort. Le mort, c'est le travail, c'est la grande machine muette dont le squelette est sinistre dans l'ombre.

. . . .

Cependant, il y a, ce matin-là, partie carrée à l'hôtel des Réservoirs[1]. MM. Batbie, de Broglie, d'Audiffret-Pasquier et de Lorgeril[2] déjeunent avec des crevettes roses, des côtelettes Soubise et une tranche de saumon. M. de Broglie, très distingué comme on sait, parle de faire « péter la boutique »; M. Batbie boit son café à petites gorgées, en disant que cela va très bien, que la France râle à merveille; et M. de Lorgeril, qui s'est emparé d'un flacon de fine champagne, appelle entre ses dents les républicains des coquins et des meurt-de-faim. Au mot de « meurt-de-faim », M. d'Audiffret-Pasquier, qui n'a rien dit, sourit finement.

---

1. L'hôtel des Réservoirs, à Versailles, est l'ancien hôtel de Madame de Pompadour, transformé au XIXe siècle en hôtel de luxe doublé d'un restaurant réputé. C'était le lieu de réunion des députés légitimistes. En 1872, l'Assemblée nationale, élue en 1871, siégeait toujours à Versailles.

2. Zola énumère quatre représentants de la droite réactionnaire, d'importance inégale. Deux sont des personnalités de premier plan : le duc Albert de Broglie (1821-1901), orléaniste et catholique libéral, chef de la coalition des droites contre le gouvernement Thiers et futur ministre et président du Conseil ; le duc d'Audiffret-Pasquier (1823-1905), député de centre droit, futur président de l'Assemblée nationale et du Sénat. Anselme Batbie (1828-1887), député du Gers puis sénateur de centre droit, n'a pas la même envergure. Quant au vicomte de Lorgeril (1811-1888), député légitimiste des Côtes-du-Nord, futur sénateur inamovible, il était célèbre à la Chambre pour ses interruptions fréquentes et parfois incongrues. C'était une des têtes de Turc de la presse républicaine et de Zola en particulier, qui l'attaque régulièrement dans ses *Lettres parisiennes* parues dans *La Cloche* en 1872.

II

L'ouvrier est dehors, dans la rue, sur le pavé. Il a battu les trottoirs pendant huit jours, sans pouvoir trouver de travail. Il est allé de porte en porte, offrant ses bras, offrant ses mains, s'offrant tout entier à n'importe quelle besogne, à la plus rebutante, à la plus dure, à la plus mortelle. Toutes les portes se sont refermées. Il n'y a pas de travail ; la ruine entre partout ; « la boutique pète » et la France râle.

Alors, l'ouvrier a offert de travailler à moitié prix. Les portes ne s'ouvrent pas davantage. Il travaillerait pour rien, qu'on ne pourrait le garder. C'est le chômage, le terrible chômage qui sonne le glas des mansardes. La panique a arrêté toutes les industries, et l'argent, l'argent lâche s'est caché.

Au bout des huit jours, c'est bien fini. L'ouvrier a fait une suprême tentative et il revient lentement, les mains vides, éreinté de misère. La pluie tombe ce soir-là ; Paris est funèbre dans la boue. Il marche sous l'averse, sans la sentir, n'entendant que sa faim, s'arrêtant pour arriver moins vite. Il s'est penché sur un parapet de la Seine ; les eaux grossies coulent avec un long bruit ; et il voit des rejaillissements d'écume blanche à une pile du pont. Il se penche davantage, la coulée grisâtre et colossale passe sous lui en lui jetant un appel furieux. Puis, il se dit que ce serait lâche et il s'en va.

La pluie a cessé. Le gaz flamboie aux vitrines des bijoutiers. S'il crevait une vitre, il prendrait d'une poignée du pain pour des années. Les cuisines des restaurants s'allument ; et, derrière les rideaux de mousseline blanche, il aperçoit des gens qui mangent. Et il y a encore les rôtisseries, les charcuteries, les pâtisseries, tout le Paris gourmand qui s'étale aux heures de la faim.

Lui, traverse la ville, remonte au faubourg, au milieu de toute cette nourriture. Comme la femme et la petite fille pleuraient, le matin, il leur a promis du pain pour le soir. Il n'a pas osé venir leur dire qu'il avait menti, avant la nuit tombée. Tout en marchant, il se demande comment il entrera, ce qu'il racontera, pour leur faire prendre patience. Il n'a que de mauvaises nouvelles ; rien n'indique la reprise des affaires, et partout on lui a dit de ne repasser qu'au bout d'une quinzaine. Ils ne peuvent pourtant rester sans manger jusque-là. Lui, il essaierait ; mais la femme et la petite sont trop chétives.

Et, un instant, il a l'idée de mendier. Mais quand une dame ou un monsieur passent à côté de lui, et qu'il songe à tendre la main, son bras se raidit, sa gorge se serre. Il reste planté sur le trottoir, et les gens comme il faut se détournent, le croyant ivre, à voir son masque farouche d'affamé. À la même heure, ils sont des milliers qui rentrent sans pain, et qui n'apportent à leur famille que l'eau de leurs souliers troués.

. . . .

Cependant, il y a réception intime chez M. d'Audiffret-Pasquier, MM. Batbie, de Broglie et de Lorgeril sont là, dans un petit salon, avec le maître de la maison. Ils ont dîné en artistes, en gens qui savent encore manger. Hélas ! dit M. de Lorgeril, c'est une tradition qui se perd ; on ne sait même plus boire. Ces messieurs trempent des petits fours dans du thé à la crème. Mais M. de Broglie, qui est tout chaud de la journée, prétend que la victoire est certaine, que M. Thiers se fatigue, que la France en a assez, et qu'il s'agit de tenir bon encore quelques mois. M. Batbie hoche la tête ; il trouve qu'on est un peu mou ; la crise n'est pas conduite assez rondement, et il y a encore trop de pain chez les boulangers de Paris.

III

La femme de l'ouvrier est descendue sur le seuil de la porte, laissant en haut la petite endormie. La femme est toute maigre, avec une robe d'indienne, et elle grelotte dans les souffles glacés de la rue.

Elle n'a plus rien au logis ; elle a tout porté au Mont-de-Piété. Huit jours sans travail suffisent pour vider la maison. La veille, elle a vendu chez un fripier la dernière poignée de laine de son matelas ; le matelas s'en est allé ainsi, et maintenant, il ne reste que la toile. Elle l'a accrochée devant la fenêtre, pour empêcher l'air d'entrer : la petite tousse beaucoup.

Sans le dire à son mari, elle a cherché de son côté. Mais le chômage a frappé plus rudement les femmes que les hommes. Sur son palier, il y a des malheureuses qu'elle entend sangloter pendant la nuit. Elle en a rencontré une tout debout au coin d'un trottoir, et qui se vendait ; une autre est morte ; une autre a disparu. À chaque crise, de pauvres filles roulent à la Seine ou aux maisons de tolérance.

Elle, heureusement, a un bon homme, un mari qui ne boit pas. Ils seraient à l'aise si les deux sièges et les continuelles secousses du moment ne les avaient dépouillés de tout. Elle a épuisé les crédits : elle doit au boulanger, à l'épicier, à la fruitière, et elle n'ose plus même passer devant les boutiques. L'après-midi, elle est allée chez sa sœur pour emprunter vingt sous ; mais elle a trouvé, là aussi, une telle misère qu'elle s'est mise à pleurer sans rien dire et que toutes deux, sa sœur et elle, ont pleuré longtemps ensemble. Puis, en s'en allant, elle a promis d'apporter un morceau de pain si son mari rentrait avec quelque chose.

Le mari ne rentre pas. La pluie tombe, la femme se réfugie sous la porte ; de grosses gouttes clapotent à ses pieds, une poussière d'eau pénètre sa mince robe. Par moments, l'impatience la prend, elle sort, malgré l'averse, elle va jusqu'au bout de la rue pour voir si elle n'aperçoit pas celui qu'elle attend, au loin, sur la chaussée. Et quand elle revient, elle est trempée ; elle passe ses mains sur ses cheveux pour les essuyer, et elle patiente encore, secouée par de courts frissons de fièvre.

Le va-et-vient des passants la coudoie. Elle se fait toute petite pour ne gêner personne. Des hommes la regardent en face, et elle sent, par moments, des haleines chaudes qui lui effleurent le cou. Tout le Paris suspect, la rue avec sa boue, ses clartés crues, ses roulements de voiture, semble vouloir la prendre et la jeter au ruisseau. Elle a faim, elle est à tout le monde. En face, il y a un boulanger, et elle pense à la petite qui dort, en haut.

Puis, quand le mari se montre enfin, filant comme un misérable le long des maisons, elle se précipite, elle le regarde anxieusement.

« Eh bien ! » balbutie-t-elle.

Lui, ne répond pas, baisse la tête. Alors, elle monte la première, pâle comme une morte.

. . . .

Cependant, il y a un dîner politique chez M. de Broglie. On n'en est encore qu'au rôti. Comme on se trouve entre amis, on ne se gêne pas. On cause des adresses envoyées à M. Thiers par les commerçants et les industriels. M. de Lorgeril, qui a la bouche pleine d'un blanc de faisan très délicat, dit en s'essuyant les lèvres que Paris doit s'estimer heureux de ne pas avoir été rasé. Le maître de la maison approuve de la tête et parle du doigt de Dieu ; la misère est une punition divine. M. d'Audiffret-Pasquier a alors un de ses fins sourires, en faisant remarquer que si les républicains meurent de faim, c'est la faute de la République. Cela déride un peu M. Batbie ; il est morose, il n'a pas vu assez d'enterrements dans les rues, et les petits gueux qu'il a rencontrés dans les quartiers populeux lui ont semblé trop bien portants.

IV

En haut, la petite ne dort pas. Elle s'est réveillée, elle songe, en face du bout de chandelle qui agonise sur un coin de la table. Et on ne sait quoi de monstrueux et de navrant passe sur la face de cette gamine de sept ans, aux traits flétris et sérieux de femme faite.

Elle est assise sur le bord du coffre qui lui sert de couche. Ses pieds nus pendent grelottants ; ses mains de poupée maladive ramènent contre sa poitrine les chiffons qui la couvrent. Elle sent là une brûlure, un feu qu'elle voudrait éteindre. Elle songe.

Elle n'a jamais eu de jouets. Elle ne peut aller à l'école, parce qu'elle n'a pas de souliers. Plus petite, elle se rappelle que sa mère la menait au soleil. Mais cela est loin. Il a fallu déménager ; et, depuis ce temps, il lui semble qu'un grand froid a soufflé dans la maison. Alors, elle n'a plus été contente ; toujours elle a eu faim.

C'est une chose profonde dans laquelle elle descend, et qu'elle ne comprend pas. Tout le monde a donc faim ? Elle a pourtant tâché de s'habituer à cela, et elle n'a pas pu. Elle pense qu'elle est trop petite, qu'il faut être grande pour savoir. Sa mère sait, sans doute, cette chose qu'on cache aux enfants. Si elle osait, elle lui demanderait qui vous met ainsi au monde pour que vous ayez faim.

Puis, c'est si laid chez eux ! Elle regarde la fenêtre où bat la toile du matelas, les murs nus, les meubles éclopés, toute cette honte du grenier que le chômage salit de son désespoir. Dans son ignorance, elle croit avoir rêvé des chambres tièdes avec de beaux objets qui luisaient ; elle ferme les yeux pour revoir cela, et, à travers ses paupières amincies, la lueur de la chandelle devient un grand resplendissement d'or dans lequel elle voudrait entrer. Mais le vent souffle, il vient un tel courant d'air par la fenêtre qu'elle est prise d'un accès de toux. Elle tousse si fort qu'elle a des larmes plein les yeux.

Autrefois, elle avait peur, lorsqu'on la laissait toute seule ; maintenant, elle ne sait plus, ça lui est égal. Comme on n'a pas mangé depuis la veille, elle pense que sa mère est descendue chercher du pain. Alors, cette idée l'amuse. Elle taillera son pain en tout petits morceaux, et elle les prendra lentement, un à un. Elle jouera avec son pain.

La mère est rentrée, le père a fermé la porte. La petite leur regarde les mains à tous deux, très surprise. Et, comme ils ne disent rien, au bout d'un bon moment, elle répète sur un ton doux et chantant :

« J'ai faim, bien faim, bien faim. »

Le père a pris la tête entre ses poings, dans un coin d'ombre, et il reste là, écrasé, les épaules secouées par de rudes sanglots silencieux. La mère, étouffant ses larmes, est venue recoucher la petite. Elle la couvre avec toutes les hardes du logis, elle lui dit d'être sage, de dormir. Mais l'enfant, dont le froid fait claquer les dents, et qui sent le feu de sa poitrine la brûler plus fort, devient très hardie ; et se pendant au cou de sa mère :

« Dis, maman, demande-t-elle, pourquoi donc avons-nous faim ? »

. . . .

Cependant ces messieurs se mettent au lit. M. de Lorgeril a un grand lit jaune, où il enfonce moelleusement, et où il achève de digérer. Le lit de M. d'Audiffret-Pasquier est rouge ; celui de M. de Broglie, violet ; celui de M. Batbie, bleu ciel. Tous quatre ne montrent plus, au-dessus des couvertures, que la rosette de leur foulard. La tiédeur des édredons berce leur demi-sommeil, dans lequel passent des lambeaux de discours, des mots d'ordre donnés à voix basse. Puis, ils s'endorment, ils ronflent même un peu. Et ils font le même rêve : la crise est finie, la France affamée s'est rendue, ils se partagent les portefeuilles sur le corps de la moribonde. M. de Lorgeril est aux Cultes ; M. Batbie, à l'Instruction publique ; M. de Broglie, aux Affaires étrangères ; M. d'Audiffret-Pasquier, à l'Intérieur[1].

(*Le Corsaire*, 22 décembre 1872)

---

1. Zola ne se trompe guère dans ses prédictions. Après la chute de Thiers (24 mai 1873), le maréchal de Mac-Mahon confiera la présidence du Conseil au duc de Broglie qui se chargera en outre des Affaires étrangères. Batbie sera quant à lui ministre de l'Instruction publique.

NOTES

CONTES À NINON

« À Ninon »

Page 44.

1. *Cette patrie sévère qui n'est pas la mienne* : expression ambiguë qui peut signifier que Zola, exilé à Paris, se plaint d'avoir été dépossédé de sa patrie provençale ; mais qui peut vouloir dire aussi, plus simplement, que la Provence n'est pas réellement sa patrie, quoi qu'il fasse, puisque l'écrivain est né à Paris de parents étrangers à la Provence, et que l'amour qu'il porte à ce pays où il a vécu longtemps n'est pas légitimé par des origines autochtones.

Page 48.

1. *Voici bientôt sept ans que je t'ai quittée* : Zola dit vrai. Il est arrivé à Paris en février 1858, il y aura donc bientôt sept ans, puisque le texte est daté du 1er octobre 1864.

« Simplice »

Page 55.

1. *Un papillon chiffonnant la collerette d'une marguerite* : souvenir, comme le signale Roger Ripoll (Zola, *Contes et nouvelles*, « Bibliothèque de la Pléiade », p. 1209), des *Contemplations* de Victor Hugo (I, XXVII, v. 40-42) : « Et le frais papillon,

libertin de l'azur, / Qui chiffonne gaîment une fleur demi-nue, / Si je viens à passer dans l'ombre, continue [...] ».

Page 62.

1. *Anthapheleia limnaia* : cette appellation savante, conforme à la classification linnéenne, est riche de sens. Elle contient d'abord une traduction approximative du nom de Fleur-des-Eaux : en grec, *anthos* désigne la fleur et *limnaios* renvoie à l'eau, mais à l'eau marécageuse plutôt qu'à la source, ce qui peut souligner la dégradation introduite dans la dernière partie du conte par l'irruption de l'homme d'esprit et de l'homme de science. Quant à *apheleia*, le mot, qui signifie en grec « simplicité », « naïveté », est un rappel évident du nom de Simplice. Cette dénomination complexe, dans laquelle le nom de Simplice est comme embrassé par celui de Fleur-des-Eaux, est donc un emblème de la réunion des amants, unis dans le symbole de la fleur comme le seront Loïs et Odette dans « La Fée Amoureuse ».

« *Le Carnet de danse* »

Page 68.

1. *La mémoire perclue* : la forme régulière de l'adjectif *perclus* au féminin est *percluse*. Mais il existe une variante régionale et populaire *perclue* que Zola utilise quelquefois.

« *Celle qui m'aime* »

Page 81.

1. *De déplorables culottes de casimir* : le casimir est une étoffe légère de laine croisée, utilisée pour la confection des vêtements d'homme, gilets, culottes, pantalons.

Page 82.

1. *Je suis l'Ami du peuple* : cette appellation évoque le titre du journal fondé par Marat, qui parut de 1789 à 1792. Mais il renvoie plus encore au socialisme humanitaire de l'époque romantique, celui de Pierre Leroux, de George Sand, des socialistes utopiques, que Zola semble traiter ici avec beaucoup de condescendance ironique.

« La Fée Amoureuse »

Page 99.

1. *Le géant Buch Tête-de-Fer [...] Giralda la lourde épée* : ces noms de fantaisie renvoient à un Moyen Âge romantique, tel qu'on peut le voir représenté dans *La Légende des siècles* de Victor Hugo, dont la première série avait été publiée en 1859. La *Giralda* est le nom du clocher de la cathédrale de Séville, ancien minaret de la mosquée almohade. De là peut-être une allusion aux luttes contre les Maures qui forment le sujet de nombreuses épopées médiévales.

« Le Sang »

Page 103.

1. *Gneuss* et *Elberg* sont deux noms de consonance germanique qui peuvent renvoyer aux combats meurtriers de la guerre de Trente Ans ou des batailles napoléoniennes. Mais les noms suivants n'appartiennent pas au même domaine. *Flem* est plutôt breton, *Clérian* est le nom d'un peintre aixois qui fut directeur de l'école de dessin de la ville au début du XIXe siècle. Zola s'est employé à brouiller les pistes et à maintenir le conte dans une indistinction historique et géographique propice au fantastique.

Page 107.

1. Le rêve d'Elberg est tout entier placé sous l'invocation de Victor Hugo. Zola se souvient notamment du « Sacre de la femme », premier poème de *La Légende des siècles*.

Page 109.

1. On reconnaît dans cette énumération des allusions au sacrifice d'Iphigénie, au viol de Lucrèce, à l'abandon d'Ariane par Thésée, aux amours tragiques de Francesca da Rimini et Paolo Malatesta. Tous ces épisodes avaient été abondamment représentés par la peinture, et c'est surtout à des tableaux que Zola se réfère ici.

Page 113.

1. *Une fauvette chantait sur la croix* : souvenir d'un poème d'Hégésippe Moreau, « La fauvette du calvaire », paru en 1838

dans le recueil *Le Myosotis*. Mais la ressemblance ne va pas au-delà du titre, et le contenu du poème est tout différent de celui du conte de Zola.

« *Les Voleurs et l'âne* »

Page 116.

1. *Le livre de Michelet* : ce livre peut être *La Femme* (1859), ou plus probablement *L'Amour* (1858), dans lequel Michelet fait l'éloge de la femme et de l'amour conjugal.

Page 117.

1. *Le livre du poète* : ce poète est Henry Murger, et son livre les *Scènes de la vie de bohème* (1851 ; édition définitive en 1859), ainsi que le confirme, un peu plus bas dans le texte, l'évocation de Musette et Mimi, les deux grisettes du roman. Murger était mort le 28 janvier 1861.

Page 118.

1. *Le voile d'or dont le poète a paré des épaules indignes* : souvenir précis des *Scènes de la vie de bohème*, comme l'a montré Roger Ripoll (« Bibliothèque de la Pléiade », p. 1226). Murger a écrit : « Lorsque [...] nous nous apercevons que nous sommes nous-mêmes la dupe de nos erreurs, nous chassons la misérable qui, la veille, a été notre idole ; nous lui reprenons les voiles d'or de notre poésie, que nous allons le lendemain jeter de nouveau sur les épaules d'une inconnue, qui passe sur-le-champ à l'état d'idole auréolée » (« Folio classique », p. 345).

Page 135.

1. *Vous souvient-il de certaine fable ?* : La fable de La Fontaine, « Les Voleurs et l'âne » (*Fables*, I, XIII), qui donne au conte son titre et sa moralité.

« *Sœur-des-Pauvres* »

Page 137.

1. *Un bon jupon de grosse futaine* : la futaine est une étoffe épaisse et pelucheuse de fil et de coton servant à faire des jupons et des camisoles.

Page 138.

1. *Son oncle Guillaume et sa tante Guillaumette* : les noms de ces personnages renvoient à une célèbre comptine (« Bonjour Guillaume, as-tu bien déjeuné… »). Ces deux noms en écho soulignent le caractère enfantin et merveilleux du conte. De même, dans *Le Rêve*, les personnages d'Hubert et Hubertine.

Page 139.

1. Souvenir des *Misérables* (publiés en 1862). Sœur-des-Pauvres est une seconde Cosette, Guillaume et Guillaumette d'autres Thénardier.

Page 148.

1. *Pierrot* : « nom vulgaire du moineau franc » (Littré).

Page 149.

1. *Ils pesaient à peine une once* : l'once représentait sous l'Ancien Régime la seizième partie de la livre de Paris, soit 30,59 grammes.

Page 153.

1. *Des souliers de coutil* : forte toile de chanvre ou de lin destinée à confectionner des vêtements solides et servant aussi, comme la prunelle, à fabriquer des chaussures.

Page 155.

1. *Crapauds volants* : appellation populaire de l'engoulevent, oiseau insectivore qui se nourrit surtout de papillons de nuit.

« Aventures du grand Sidoine et du petit Médéric »

Page 167.

1. *Des hommes spéciaux* : des « spécialistes » (ce mot, apparu vers le milieu du XIXe siècle, n'était pas encore d'un usage courant en 1864).

Page 183.

1. *Le plus mince réservoir* : la recherche des sources du Nil est une des grandes énigmes géographiques proposées aux explorateurs de l'Afrique du Sud-Est au XIXe siècle. Ce sont

finalement Burton et Speke, deux Anglais, qui, en plusieurs voyages (1858-1862), déterminèrent le lieu d'origine du fleuve, à la sortie du lac Victoria. Mais, devenus rivaux, Burton et Speke entrèrent dans une violente controverse, qui faisait toujours rage en 1864.

2. *Memphis*, ville de Basse-Égypte, à l'entrée du delta du Nil, fut la capitale de l'Ancien Empire (2700-2200 av. J.-C.).

Page 186.

1. *Se gourmer* : se battre à coups de poings.

Page 187.

1. *Dauber*, au sens originel de « rouer de coups ».

Page 197.

1. *La guerre au-dehors est une excellente politique* : allusion satirique aux campagnes du Second Empire : guerres de Crimée (1854-1856), d'Italie (1859), du Mexique (à partir de 1861, prise de Mexico en 1863).

Page 199.

1. *En soutiens des bonnes causes, en dévoués serviteurs des grandes idées* : c'était l'argument avancé pour justifier l'engagement de la France en Italie (soutenir la cause de la liberté, le droit des peuples à disposer d'eux-mêmes) et même au Mexique (obtenir le remboursement de la dette mexicaine pour un certain nombre de créanciers dont beaucoup étaient anglais ou espagnols).

2. *Gouverner chez moi aussi despotiquement que je l'entendrai* : attaque directe contre l'autoritarisme de Napoléon III.

Page 201.

1. *Nous changerons une ville de vieux plâtre en une ville de plâtre neuf* : critique de la politique de grands travaux menée par Haussmann, qui en 1864 avait déjà transformé radicalement la physionomie de la ville de Paris. L'aspect économique de cette critique annonce, sept ans plus tard, les thèmes de *La Curée*.

Page 203.

1. *Je compte ne jamais m'expliquer sur ce sujet* : on a reproché à Napoléon III les ambiguïtés et les retournements de sa politique religieuse, notamment vis-à-vis de la Papauté.

Page 209.

1. *Savoir pourquoi on se gourme* : jeu de mots sur le verbe « se gourmer », qui signifie d'abord ici « se donner un air supérieur » (« se gourmer d'importance ») et ensuite « se battre à coups de poings » (comme plus haut, p. 186).

Page 215.

1. *Courir la prétentaine* : locution familière, « laisser son imagination vagabonder ».

Page 234.

1. *Pierrots* : voir p. 148, n. 1. — Primevère exerce vis-à-vis des animaux la même charité que Sœur-des-Pauvres pratiquait vis-à-vis des malheureux. Premier témoignage de cet « amour des bêtes » que Zola a toujours éprouvé et manifesté dans son œuvre. Voir la chronique qui porte ce titre (*Le Figaro*, 24 mars 1896), recueillie dans *Nouvelle Campagne*.

Page 236.

1. *D'absurdes inventions pouvant venir à un philosophe* : allusions aux philosophes partisans de la métempsycose comme Pythagore ou Platon (voir par exemple le *Phédon*, 81a-b), pour qui l'âme humaine pouvait se réincarner sous des formes animales.

Page 237.

1. *La loi fatale de la vie, qui ne peut être sans la mort* : idée fondamentale de Zola, qui parlera dans *Au Bonheur des dames* de « l'œuvre invincible de la vie, qui veut la mort pour continuelle semence ».

Page 238.

1. *Les moyens employés étaient excellents en eux-mêmes* : critique ironique des utopies socialistes humanitaires. Zola se moque des « philanthropes » qui cherchent à faire le bonheur de l'humanité dans l'uniformité et les bons sentiments. La naïveté bien-pensante de « l'aimable Primevère » se distingue de celle de Sœur-des-Pauvres, qui s'en tient à l'action charitable efficace, sans autre souci que de soulager les misères.

Page 239.

1. *Vingt degrés d'un méridien terrestre* : un degré de méridien équivalant à peu près à 111,200 km, il faudrait comprendre que

chaque pas de Sidoine mesure 2 224 km ! Il ne lui faudrait donc que dix-huit pas pour faire le tour du monde... Zola s'est bien gardé de fixer la taille de son géant qui varie au fil des chapitres, au mépris, évidemment, de toute vraisemblance.

Page 241.

1. *Digestion facile aux cerveaux des enfants et des pauvres d'esprit* : cette critique ironique de la vulgarisation scientifique semble témoigner d'un état ancien de la pensée de l'écrivain. Elle est contraire aux idées que Zola commence à se former, vers 1864, sur le progrès des sciences et la place que doit leur réserver la littérature (voir sur ce point Henri Mitterand, *Zola. Sous le regard d'Olympia*, Fayard, t. I, 1999, p. 394-398). L'éditeur Hachette, chez lequel Zola travaillait au moment de la publication des *Contes à Ninon*, s'était fait une spécialité des ouvrages de vulgarisation, notamment avec sa « Bibliothèque des merveilles » lancée fin 1864, et sa revue *Le Tour du monde*, fondée en 1860, dirigées toutes deux par Édouard Charton. Zola lui-même a rendu compte élogieusement de deux ouvrages de vulgarisation destinés à un grand succès, *Le Ciel* d'Amédée Guillemin et *Le Monde de la mer* d'Alfred Frédol, dans *L'Écho du Nord* des 26 et 27 décembre 1864, au moment même où paraissaient les *Contes à Ninon* (Zola, *Œuvres complètes*, Cercle du Livre précieux, 1968, t. X, p. 321-329).

Page 242.

1. *Dans la grande tragédie de l'Éternité* : écho des théories de Cuvier, opposé à l'idée de la transformation des espèces. Celui-ci distinguait dans l'histoire de la Terre plusieurs étapes séparées par des catastrophes (séismes, déluges, etc.). Les espèces de chaque période disparaissaient alors, pour être remplacées par des espèces nouvelles.

Page 244.

1. *Dans l'autre hémisphère* : inadvertance ou désinvolture de Zola : ce n'est pas le pôle qui sépare les hémisphères, mais l'équateur ! En fait l'écrivain appelle hémisphères, comme plus loin (p. 247), les deux moitiés du globe éclairées l'une après l'autre par la lumière du soleil.

2. *Les autres mondes, qu'en fait-on ?* : c'est l'idée chrétienne d'un monde créé spécialement pour l'homme qui est ici combattue. Zola reprend les arguments des philosophes des

Lumières. L'astronome Camille Flammarion venait de publier en 1862 son livre sur *La Pluralité des mondes habités*.

Page 249.

1. *Je tiens trop à mon bon sens !* : cette critique de la théologie reprend les idées de la philosophie des Lumières, et notamment celles que Voltaire a exprimées dans le *Traité sur la tolérance* (1763).

Page 251.

1. *Je crois voir en elle la grande nation de l'avenir* : le traité de Pékin, à la suite de la seconde guerre de l'opium, avait accordé en 1860 à l'Angleterre et à la France des concessions dans la ville de Tien-Tsin. Parallèlement, l'expansion française en Extrême-Orient avait abouti en 1862 au traité de Saïgon reconnaissant la souveraineté de la France sur une partie de la Cochinchine. De là un mouvement d'intérêt en France pour la Chine, pays encore mal connu et inquiétant. Mais quand Zola affirme en 1864 que la Chine est « la grande nation de l'avenir », il fait preuve d'une prescience rare, à une époque où ce pays est généralement considéré comme un empire décadent, et comme une proie pour les appétits occidentaux.

Page 275.

1. *Renfoncement* : au sens maintenant vieilli de « fort coup de poing ».

Page 282.

1. *Je ne pense plus* : cette conclusion rappelle la morale de *Candide* : « Travaillons sans raisonner, dit Martin ; c'est le seul moyen de rendre la vie supportable. »

Page 284.

1. *Notre première enjambée* : ici le narrateur a repris la parole. Sa conclusion reflète les idées de Zola avant 1863, inspirées par le désenchantement romantique : l'homme n'est rien, il n'y a pas de progrès, ni moral, ni social, ni intellectuel, il n'y a pas de vérité. Il ne reste donc que deux moyens de salut : le travail (Sidoine) et l'amour (Médéric). Zola reviendra plus tard sur ce pessimisme de jeunesse, mais il ne variera jamais sur cette conclusion dernière.

NOUVEAUX CONTES À NINON

« À Ninon »

Page 289.

1. Zola relie étroitement les *Nouveaux Contes* aux *Contes à Ninon*: même titre de la préface, même invocation à Ninon, mêmes rappels des moments heureux de liberté dans la campagne provençale. Mais il triche sur les dates: ce n'est pas en 1864 qu'il est arrivé à Paris, mais en février 1858.

Page 292.

1. *Cette production incessante, qui me rompait à toutes les fatigues*: Zola a exprimé sur son activité de journaliste, essentielle à partir de 1865, et qui le restera jusqu'en 1881 (avant les derniers combats de l'affaire Dreyfus), un jugement ambigu. D'une part, non sans quelque mauvaise foi sans doute, il déprécie le travail du journaliste qu'il considère ou feint de considérer, avec la plupart des écrivains de son temps, comme le contraire de l'activité littéraire. De ce rejet plus ou moins sincère, le *Journal* des Goncourt porte témoignage (voir les entrées des 14 décembre 1868 et 19 février 1877). Mais d'autre part, Zola a souvent fait l'éloge du journalisme, dans lequel il voit une école de force et de style (voir par exemple « Adieux », article publié dans *Le Figaro* du 22 septembre 1881, repris dans *Une campagne*).

2. *On m'a poussé au ruisseau*: la conversion de Zola au réalisme s'est faite progressivement, entre 1863 et 1866 (voir sur ce sujet l'ouvrage de Colette Becker, *Les Apprentissages de Zola. Du poète romantique au romancier naturaliste. 1840-1867*, PUF, 1993). Elle est plus rapide dans ses écrits théoriques que dans ses textes littéraires. Zola évoque ici l'accueil très hostile que la critique a réservé à ses premières œuvres « naturalistes », *Mes Haines* (1866), *Mon Salon* (1866), *Thérèse Raquin* (1867).

Page 295.

1. *Une œuvre qui serait l'arche immense*: ce rêve d'une œuvre totale, incluant l'ensemble de la création, hommes, bêtes et choses, Zola l'a caressé tout au long de sa vie d'écrivain. Il est à la base de la série des *Rougon-Macquart*. On en trouve un écho dans les déclarations du romancier Sandoz, un personnage auquel Zola a prêté beaucoup de lui-même, dans

L'Œuvre : « Ah ! que ce serait beau, si l'on donnait son existence entière à une œuvre, où l'on tâcherait de mettre les choses, les bêtes, les hommes, l'arche immense ! Et pas dans l'ordre des manuels de philosophie, selon la hiérarchie imbécile dont notre orgueil se berce ; mais en pleine coulée de la vie universelle, un monde où nous ne serions qu'un accident, où le chien qui passe, et jusqu'à la pierre des chemins, nous complèteraient, nous expliqueraient ; enfin, le grand tout, sans haut ni bas, ni sale ni propre, tel qu'il fonctionne... » (Zola, *Les Rougon-Macquart*, « Bibliothèque de la Pléiade », t. IV, p. 46. Voir de même *ibid.*, p. 162).

« Un bain »

Page 297.

1. *À soixante-sept lieues de Paris* : soixante-sept lieues font 268 kilomètres. Nous saurons bientôt que le château est situé en Touraine, à six lieues (24 km) de Tours, sans doute au sud de la ville, si la distance de Paris indiquée par le narrateur est exacte. Le nom de *Mesnil-Rouge* est fantaisiste. C'était déjà celui de la demeure de M. Tellier dans un roman de jeunesse de Zola, *Le Vœu d'une morte* (1866).

Page 305.

1. *À une toise au plus l'une de l'autre* : la toise, unité de mesure valant six pieds, correspond à peu près à 1,80 mètre. Les deux personnages sont donc tout proches...

« Les Fraises »

Page 309.

1. *Ninette* : dans les versions primitives du texte (voir la chronologie des publications préoriginales, p. 512), le personnage s'appelait Cendrine. C'était le diminutif du prénom d'Alexandrine Meley, compagne de Zola depuis 1865, et que celui-ci allait épouser en mai 1870.

« Le Grand Michu »

Page 315.

1. La *plaine d'Uchâne*, près d'Aups dans le Var, où furent écrasés, en décembre 1851, une partie des insurgés

républicains de Provence, soulevés contre le coup d'État de Louis-Napoléon Bonaparte. Zola avait rendu compte élogieusement, dans *La Tribune* du 29 août 1869, de l'*Histoire de l'insurrection du Var en décembre 1851* de l'avocat toulonnais Noël Blache.

Page 319.

1. *La Marseillaise* est un chant révolutionnaire alors séditieux (le conte a été publié pour la première fois sous l'Empire, le 1er mars 1870). Cette révolte de collégiens est ainsi placée dans le droit fil de l'insurrection républicaine de 1851.

« Les Épaules de la marquise »

Page 332.

1. *Les épaules de la marquise [...] sont le blason voluptueux du règne* : ainsi en ira-t-il des épaules de Renée dans *La Curée*, « ces belles épaules, si connues du tout Paris officiel, et qui étaient les fermes colonnes de l'Empire » (« Bibliothèque de la Pléiade », t. I, p. 475).

Page 333.

1. *Filant comme une hirondelle qui rase le sol* : Renée, de même, ira patiner au Bois, en compagnie de Maxime : « Ils filaient tous deux dans l'air glacé, du vol rapide des hirondelles qui rasent le sol » (*La Curée, op. cit.*, p. 495).

Page 334.

1. *Cinq louis* (cent francs) de 1870 valent à peu près 300 euros des années 2010.

« Mon voisin Jacques »

Page 335.

1. La *rue Gracieuse*, parallèle à la rue Mouffetard, est située dans un quartier alors pauvre que Zola connaissait bien pour y avoir habité à son arrivée à Paris. En 1860, il a logé non loin de là, au 35 de la rue Saint-Victor, puis, l'année suivante, au 24 de la rue Neuve-Saint-Étienne (maintenant rue Rollin).

« Le Paradis des chats »

Page 345.

1. *Cet homme qui avait une hotte et un crochet* : la hotte et le crochet sont les attributs des chiffonniers. Dans *Les Français*

peints par eux-mêmes (Curmer, t. III, 1841), l'auteur du texte sur « Les chiffonniers », Louis-Auguste Berthaud, décrit ainsi les bouges où habitent ces parias de la société : « Là, tout est pêle-mêle, la nature vivante et la nature morte, les ordures et les morceaux de pain, les chiffonniers, les chiffonnières et les cadavres des chiens et des chats qu'ils ont tués ou trouvés morts dans leurs rondes de jour et de nuit. »

Page 346.

1. *Je parle pour les chats* : cette dernière phrase donne la clef du conte, en dégageant sa signification politique. Ainsi les hommes, sous le régime autoritaire de l'Empire, se satisfont de l'oppression à condition d'être bien nourris et de pouvoir digérer en paix. Ce sera aussi la morale du *Ventre de Paris*.

« *La Légende du Petit Manteau bleu de l'amour* »

Page 355.

1. Le surnom de *Petit Manteau bleu* avait été donné sous la Monarchie de Juillet à Edme Champion (1766-1852), philanthrope célèbre. Cette expression a désigné couramment, jusqu'à la fin du XIXe siècle, une personne remarquable par ses œuvres de charité.

« *Le Forgeron* »

Page 358.

1. *J'ai vécu une année chez le Forgeron* : Zola se souvient du séjour qu'il fit en 1868 à Bennecourt, près de Mantes, chez le forgeron et maréchal-ferrant Levasseur. Mais il modifie la réalité (son séjour n'a pas duré un an, mais quelques semaines), et transforme son personnage en une figure épique, qui annonce celle de Goujet dans *L'Assommoir*.

« *Le Chômage* »

Page 364.

1. Voir en Annexes, p. 516, la première version non censurée de ce conte, publiée dans *Le Corsaire* du 22 décembre 1872, sous le titre « Le Lendemain de la crise ».

« Le Petit Village »

Page 373.

1. *S'il est Austerlitz ou Magenta* : la victoire franco-piémontaise de Magenta en Lombardie sur les troupes autrichiennes, le 4 juin 1859, est la première (avant Solferino le 24 juin) des deux grandes batailles de la campagne d'Italie qui aboutit à l'annexion de la Lombardie par le royaume du Piémont, première étape de l'unité italienne.

Page 374.

1. *Était-il à droite du fleuve ?* : c'est-à-dire : était-il en France ou au Grand-Duché de Bade, membre de la Confédération germanique et allié de la Prusse en 1870 ?

Page 375.

1. *Il s'appelait Wœrth* : note ajoutée par Zola en 1874 dans l'édition originale des *Nouveaux Contes à Ninon*. C'est sur le site de la commune de Wœrth, dans le Bas-Rhin, le 6 août 1870, qu'eut lieu la bataille de Frœschwiller, restée célèbre par la charge de cavalerie dite de Reichshoffen, dans laquelle la division Bonnemains se sacrifia inutilement, alors que la bataille était perdue.

« Souvenirs »

Page 379.

1. *Arapèdes* : nom provençal des mollusques du genre patelle qui vivent accrochés aux rochers sur les côtes de la Méditerranée. Dans « Les Coquillages de M. Chabre » (conte recueilli dans *Naïs Micoulin*), Zola leur suppose des vertus aphrodisiaques et favorables à la génération.

Page 386

1. Les *bains flottants* ou bains froids se sont multipliés le long des quais de la Seine pendant tout le XIXe siècle. Ils étaient très fréquentés, et comprenaient galeries, cafés, salles de repos. Les bains Deligny, situés quai d'Orsay, près du pont de la Concorde, étaient, selon le *Tableau de Paris* d'Edmond Texier (Paulin et Le Chevalier, t. II, 1853), « le prototype du genre ».

Page 387.

1. Depuis le Moyen Âge, on appelait traditionnellement *Archipel*, sans autre précision, l'ensemble des îles de la mer Égée. Cette appellation était encore courante au XIXe siècle. Un roman de Jules Verne s'intitule *L'Archipel en feu* (1884).

Page 389.

1. Zola file la métaphore hellénique inaugurée à la page précédente avec l'évocation des palestres athéniennes. *Alcibiade* (450-404 av. J.-C.), stratège et homme politique athénien, était célèbre pour sa beauté, son faste et ses extravagances. Le peintre Jacques-Louis *David* (1748-1825) contribua à remettre en vigueur les idéaux esthétiques de l'Antiquité gréco-romaine et peignit de nombreux tableaux inspirés de la mythologie grecque et de l'histoire ancienne (*La Mort de Socrate*, *Le Serment des Horaces*, *Léonidas aux Thermopyles*, etc.). L'*agora* était, dans les villes de la Grèce antique, la place publique où se traitaient les affaires et se prononçaient les discours politiques.
2. La légende tragique d'*Héro* et *Léandre* a inspiré de nombreux peintres et poètes. Héro, prêtresse d'Aphrodite, recevait chaque nuit son amant Léandre, qui pour la rejoindre traversait à la nage l'Hellespont (les Dardanelles), guidé par une lanterne allumée au sommet de la tour où Héro habitait. Mais une nuit de tempête, le vent éteignit la lampe et Léandre, privé de repère, se noya. Apercevant son corps rejeté par les vagues, Héro se jeta du haut de la tour pour mourir avec son amant.

Page 391.

1. *Pierrots* : voir p. 148, n. 1.

Page 394.

1. *La grande Pacht hiératique* : la déesse Pacht (ou Bast, ou Bastet), à tête de chatte, personnification de la lumière fécondante du Soleil, était adorée en Basse-Égypte, dans la ville de Bubastis.

Page 400.

1. Zola a très souvent proclamé sa sympathie pour *Musset*, l'homme et le poète. Voir par exemple ce qu'il en dit dans *L'Œuvre* (« Bibliothèque de la Pléiade », t. IV, p. 40), et notre article « Zola lecteur de Musset », dans *Alfred de Musset*,

Premières poésies, Poésies nouvelles, Éd. interuniversitaires, 1995, p. 169-186.

Page 410.
1. *Paillot* : petite paillasse pour un lit d'enfant.

Page 414.
1. Le *boulevard d'Enfer* correspondait à la partie de l'actuel boulevard Raspail comprise entre le boulevard Montparnasse et la place Denfert-Rochereau. Mais le nom est bien sûr symbolique : c'est l'épreuve de la tentation que va subir le narrateur, de la part d'un être diabolique et passablement inquiétant.

Page 418.
1. Il n'y a pas de *cour des Maréchaux* au château de Versailles, mais seulement un escalier et des salles des Maréchaux. Zola appelle sans doute ainsi la partie de la cour d'Honneur (dite cour des Ministres) qui se trouve du côté de l'escalier des Maréchaux. Après l'occupation prussienne de 1871 et les troubles de la Commune, le château, au moment où Zola écrivait, était en très mauvais état.

Page 422.
1. *Le jour où la nouvelle de la bataille de Magenta se répandit* : sans doute le 5 juin 1859, la bataille ayant eu lieu le 4 (voir plus haut, p. 373, n. 1). Zola était alors élève au lycée Saint-Louis.
2. La guerre de *Crimée* (mars 1854-mars 1856) opposa une coalition franco-anglo-turque à l'empire russe. Il s'agissait d'empêcher la Russie d'établir son protectorat sur la Turquie, et ainsi d'obtenir un libre accès à la Méditerranée. La principale bataille de cette guerre longue et meurtrière fut le siège de Sébastopol (1854-1855). Zola était alors élève au collège d'Aix-en-Provence.

Page 424.
1. *Ma grand-mère, qui était Beauceronne* : la grand-mère maternelle de Zola, Henriette Aubert, était née à Auneau le 11 avril 1787.

Page 426.

1. *Chauvin* est un personnage légendaire incarnant à la fois la valeur militaire et le patriotisme fanatique. Il tire son nom d'un soldat de Napoléon, Nicolas Chauvin, réputé pour sa bravoure. Mais sa fortune vient d'un vaudeville de Théodore et Cogniard, *La Cocarde tricolore* (1831) inspiré par l'expédition d'Alger, dans lequel Chauvin est un jeune conscrit patriote.

2. La bataille de *Solferino*, en Lombardie (24 juin 1859) est la seconde des grandes batailles de la campagne d'Italie de 1859 (voir plus haut, p. 373, n. 1).

Page 432.

1. *L'armistice conclu entre Paris et Versailles* : il s'agit de la suspension d'armes de huit heures conclue le 25 avril 1871 entre les Versaillais et la Commune de Paris pour permettre l'évacuation des habitants de Neuilly, pris sous le feu des batteries du Mont-Valérien et de Courbevoie, tenues par les Versaillais.

Page 435.

1. *Des industriels* : c'est-à-dire des hommes habiles et inventifs.

« *Les Quatre Journées de Jean Gourdon* »

Page 436.

1. *Dourgues* : il n'y a pas, le long de la Durance, de village de ce nom, mais la consonance est méridionale, et il existe plusieurs lieux-dits appelés Dourgues dans les départements du Midi (Basses-Alpes, Aude, Tarn, Gironde).

Page 450.

1. *Depuis plus de six ans* : la loi du 10 mars 1818 avait instauré un service militaire de six ans, avec tirage au sort. Elle était encore en vigueur en 1866, au moment où la nouvelle a été publiée.

Page 452.

1. *Des Autrichiens aux vêtements blafards* : les uniformes autrichiens étaient blancs. L'allusion à l'Autriche montre que, même si la nouvelle ne comporte aucun repère historique

précis, Zola pense à la bataille de Solferino (24 juin 1859), qui fut particulièrement meurtrière.

Page 480.

1. *La Durance débordait* : la Durance est réputée pour l'irrégularité de son débit et l'importance de ses crues. Au XIXe siècle, celles de 1843, 1856, 1863 ont été particulièrement dévastatrices. Mais Zola peut penser aussi, au moment où il écrit sa nouvelle (automne 1866), à d'autres inondations plus récentes, et notamment à celle de la Loire, en septembre 1866.

Préface de Jacques Noiray — 7
Note sur l'édition — 40

CONTES À NINON

À Ninon — 43
Simplice — 51
Le Carnet de danse — 63
Celle qui m'aime — 78
La Fée Amoureuse — 95
Le Sang — 102
Les Voleurs et l'âne — 116
Sœur-des-Pauvres — 137
Aventures du grand Sidoine et du petit Médéric — 166

NOUVEAUX CONTES À NINON

À Ninon — 289
Un bain — 297
Les Fraises — 309
Le Grand Michu — 314

Le Jeûne	322
Les Épaules de la marquise	330
Mon voisin Jacques	335
Le Paradis des chats	341
Lili	347
La Légende du Petit Manteau bleu de l'amour	354
Le Forgeron	358
Le Chômage	364
Le Petit Village	371
Souvenirs	376
Les Quatre Journées de Jean Gourdon	436

DOSSIER

Chronologie	491
Bibliographie	495
Notice	499
Publications préoriginales	512
Le Lendemain de la crise	515
Notes	523

DU MÊME AUTEUR

Dans la même collection

LES ROUGON-MACQUART. *Édition établie et annotée par Henri Mitterand.*

    I. LA FORTUNE DES ROUGON. *Préface de Maurice Agulhon.*

    II. LA CURÉE. *Préface de Jean Borie.*

    III. LE VENTRE DE PARIS. *Préface d'Henri Guillemin.*

    IV. LA CONQUÊTE DE PLASSANS. *Préface de Marc B. de Launay.*

    V. LA FAUTE DE L'ABBÉ MOURET. *Préface de Jean-Philippe Arrou-Vignod.*

    VI. SON EXCELLENCE EUGÈNE ROUGON. *Préface d'Henri Mitterand.*

    VII. L'ASSOMMOIR. *Préface de Jean-Louis Bory.*

    VIII. UNE PAGE D'AMOUR. *Préface d'Henri Mitterand.*

    IX. NANA. *Préface d'Henri Mitterand.*

    X. POT-BOUILLE. *Préface d'André Fermigier.*

    XI. AU BONHEUR DES DAMES. *Préface de Jeanne Gaillard.*

    XII. LA JOIE DE VIVRE. *Préface de Jean Borie.*

    XIII. GERMINAL. *Préface d'André Wurmser.*

    XIV. L'ŒUVRE. *Préface de Bruno Foucart.*

    XV. LA TERRE. *Préface d'Emmanuel Le Roy Ladurie.*

    XVI. LE RÊVE. *Préface d'Henri Mitterand.*

    XVII. LA BÊTE HUMAINE. *Préface de Gilles Deleuze.*

    XVIII. L'ARGENT. *Préface d'André Wurmser.*

    XIX. LA DÉBÂCLE. *Préface de Raoul Girardet.*

    XX. LE DOCTEUR PASCAL. *Préface d'Henri Mitterand.*

THÉRÈSE RAQUIN. *Édition présentée et établie par Robert Abirached.*

LES TROIS VILLES. *Édition présentée et établie par Jacques Noiray.*

  I. LOURDES.

 II. ROME.

III. PARIS.

Composition Igs
Impression Maury Imprimeur
45330 Malesherbes
le 2 janvier 2014.
Dépôt légal : janvier 2014.
Numéro d'imprimeur : 186901.

ISBN 978-2-07-044383-3. / Imprimé en France.

183978